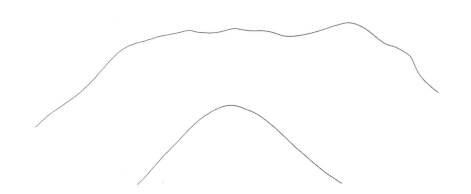

万葉文化論

上野誠著

ミネルヴァ書房

序詩

まる裸にされた私は――
三人の男の前に引き出された。
まん中の男は、憐れむように笑うと、

お前の標榜する万葉文化論の「文化」――。それは文化人類学や民俗学が研究対象とする「文化」ではないか。
百年の歴史もない言葉の使い方だ。そんな言葉で、千三百年前を論じるとは？

と言い放った。おそらく、男はそのあとに「笑止千万」と言おうとしたに違いない。

私は、縛られた両手の痛みに耐えつつ、こう答えた。

たしかに、そうです。しかし、表現が、その時代に流通し、消費されるためには、表現を支える生活習慣や言葉の伝統がなくてはなりませぬ。それこそが、私のいう「文化」でありまして……。

そう言い終らぬうちに、メモを取っていた左の男が、まるで反吐でも吐くかのようにこう言った。

ならば、万葉文化とは、万葉歌の表現を支える「文化」なのか？　愚かな奴め……

おそらく、従来の文学論とどう違うのかと問われているのだと思ったが、答えるいとまもなく、鞭で肩を打たれた。

痛い！　右の男が打ったのだ。

すると、まん中の男の顔が、みるみるうちに憤怒の相に変わった。そして、怒髪天を突く声で、こう言った。


ならば、九つの歌を以ちて、申し開きをせよ！

私は、痛みに堪え、痛みに堪え、震える声で歌いはじめた。


線は結ぶ、点と点。

線は結ぶ、生活と表現と心性と。

それは、くらすこと、つくること、こだわること。

私は見つけたい、生活と表現と心性を結ぶ線を。

それが本書の本願とするところ。

ソレイケ、ヤレイケ、三角形ヲ作レ――。


（緒言　万葉文化論の自己定位より）

万葉の都に生きる人びとは、
いかなる思いでその地に住み、

序　詩

山を見たのか――。
　香具山ヲ。
　三笠ノ月ヲ。

（第一章　古代宮都とその景の万葉文化論より）

生きることは働くこと、
そして、楽しむこと。
　律令官人たちは、
いかなる宴を楽しんだのかぁ？
その特性は！
　祝福ト、怨嗟ト、皮肉ノ交ジル宴歌ノ世界。

（第二章　律令官人と宴の万葉文化論より）

物は結ぶ、人と人。
歌は結ぶ、人と人。
人は結ぶ、人と人。
　人モ物モ歌モ往来スル。
人間――コノ往来ト贈答スル生キモノ。

（第三章　往来と贈答の万葉文化論より）

歌は歌うもの。
歌は書くもの。

どこで歌う。
何に書く。
　木簡ニ書カレタ歌ハ、
　何ノタメニ――。

（第四章　歌と木簡の万葉文化論より）

山が神なら、森も神。
森が神なら、木々も神。
木々が神なら、水も岩も……。
　なのになぜ、人は庭に、木を植え、
　石を据え、池を作るのか。
　庭は自然か――。
　　ハテ、サテ、神々ト自然ト庭ノ関係ハ？

（第五章　自然と庭の万葉文化論より）

耕ス人ハ語ル、ソノ苦労。
耕ス人ハ歌ウ、ソノ苦労。
万葉びと、それは耕す人びと。
　タブセ、私田、苗代水……。
　　耕ス人ノ言葉ハ、何ノ比喩ニ用イラレタノカァ？

（第六章　農と心性の万葉文化論より）

女たちは服を織る、昨日も今日も、ギッコン、バッタン。
女たちは洗う、昨日も今日も、ザブザブ、ザブザブ。
　掃除、洗濯。
　洗濯、掃除。
そして、また、紡ぐ――。
忙しく働く女たちに、
男たちは歌いかける。ちょっかいの歌。
　女性ト労働ノ文化論ハ、ココニ。

（第七章　洗濯と掃除の万葉文化論より）

生きて生きて、死んで死んで、
私たちは、今、ここに。
　離れゆく霊魂。
　墓で泣く人びと。
そして、死を達観しようとした大宰府のインテリたち。
　死ハ、イカニ語ラレタノカ――。
　死ハ、イカニ歌ワレタノカ――。

（第八章　死と霊魂の万葉文化論より）

序　詩

あぁ、もう歌えない。喉が焼ける。

はて、私はこれから、どこに連れてゆかれるのだろう。

万葉文化論　〔目次〕

凡例

一、本書の冒頭には「序詩」を置いた。これは、本書全体の内容を眺望するために置かれたものである。本書全体を一つのイメージとして捉える工夫の一つと理解せられたい。

一、引用は、特別な事由のない限り、原則として書き下し文とした。万葉歌については、小島憲之他校注・訳『万葉集』①〜④（『新編日本古典文学全集』小学館、一九九四〜一九九六年）を使用しているが、私意により改めたところがある。『古事記』『日本書紀』『風土記』『続日本紀』等については、改版ごとに訓が異なる場合もあり、また私意により改めた場合もあるので、引用ごとに書誌を示すこととした。煩瑣とはなるが、了とせられたい。なお、なにも断らずに国歌大観番号のみを記した歌は、すべて万葉歌である。

一、参考文献は、論文執筆時に引見した文献である。したがって、以降に単行本に所収されても、追い切れていない場合もあるので、ご寛恕を乞う。引用した単行本が初版ではない場合は、初版年を入れた。引用論文のうち、単行本から引用した論文については、単行本に初出が記載されている場合のみ、これを記した。しかし、初出が記されていない場合は、探索していない。この点も了とされたい。

一、各節の冒頭には、一部の例外を除いて、釈義を置いている。この釈義（Paraphrase）は、直訳をもとに、筆者が各節の論文で得られた知見を強調して示すものであり、論旨を集約し、それをイメージとして伝えるものである。論理と実証の整合性を問う論文においてはふさわしくないかもしれないが、あえて釈義を置くこととした。なお、釈義作成の指針については、「意訳で心意を伝える意訳主義」「注記にすべき内容を釈義に盛り込む釈義完結主義」「現代文化の文脈に置き換える翻案主義」の三点を旨とする。この三点については、第三章第二節の注の（23）に示しているので、参照されたい。

一、注意喚起のために、古典引用歌、古典引用文の一部に、傍点、傍線、波線、囲み四角を筆者が施したところがある。しかし、その一つ一つについては、逐一言及していない。一方、引用した研究論文に筆者が施した傍点、傍線、波線については、逐一言及している。以って、了とされたい。

緒言　万葉文化論の自己定位

文学が、社会生活の論理を発掘する事を目ざすものであり、民間伝承は、民族性格の個的因由を解明する唯一のものとすれば、一国文学の研究は、其民俗学の目的とする所から出発しなければならない筈である。

（折口信夫「地方に居て試みた民俗研究の方法」折口信夫全集刊行会編『折口信夫全集』第十九巻所収、中央公論社、一九九六年、初出一九三五年）

はじめに

国文学、日本文学と同じように、現在その存在意義を厳しく問われている学問がある。それが、日本民俗学である。日本文学研究とりわけ古典研究と、日本民俗学は、さまざまな点で親和性を持っている。実際の研究においても、互いの研究業績を参照しあうことも多い学問である。しかし、緒言では、そういうメソッドとしての方法論ではなくして、「学」としての枠組みを考えるところから、「万葉民俗学」「万葉文化論」の可能性を考えてみたい、と思う。

〈国文学、日本文学〉と〈日本民俗学〉の二つの学問は、今日細分化されているものの共通した枠組みのなかにある、と筆者は考えている。その一つは、「一国国文学」「一国民俗学」といわれるように、「日本国民」「日本民族」「日本人」というような外形的な枠組みのなかにあるということである。もちろん、比較という観点はあるにはあったが、その場合は〈ウチ／ソト〉とか〈彼／我〉という枠組みのなかで論じられてきた。こういった学問の枠組みは、近代以降の「国民意識」「民族意識」の成立と深く関わっているが、日本においては近世期の国学思想を、「国民」ないし「民族」統合の学として読み替えていった歴史がある。とすれば、国文学、日本文学、日本民俗学は国学の末裔であるともいえるし、「国民国家」統合の学としての役割を担った学問であるともいえる(1)。したがって、戦争中の一時期に、柳田國男が民俗学を「新国学」と呼ぼうとしたのは、その系譜を時局に合わせて意識したためなのだが、一方で必然的な帰結であったともいえよう。以上から、古典研究や民俗学には、国民性や民族性のようなものを語ることが、社会的に要請されていたのである(2)。とりわけ、古代文学研究には、そういう社会的要請が現在でも強いように思われる。たとえば、「万葉集には民族の心がある」「万葉集は日本人の心のふるさと」というような言説が、それにあたる。

もう一つの共通点は、研究対象となる「作品」「テキスト」「民間伝承」「民俗」は、いずれも歴史資料としての側面を持っている、ということである。ために、日本民俗学においては、歴史学と民俗学との関係について、多くの議論が戦わされてきた。民俗学は、歴史学の一分野なのか、補助学なのか、はたまた文化人類学の一分野なのか、ならば民俗学の独自性はどこにあるのかなど、さまざまな主張と論議が現在も続いている(3)。それは、歴史学との方法論の違いを明確にしないと、日本民俗学の独自性が主張できないからである。もちろん、この事情は、国文学、日本文学においても変わるところがない。ただし、民俗学とやや事情が異なる点もある。それは、国文学、日本文学には芸術の学という側面があり、民俗学よりは、歴史学との境界線がはっきりしていて、方法論も異なる部分が多々あるからである。しかし、歴史学者・津田左右吉の『文学に現はれたる我が国民思想の研究』(東京洛陽堂、一九一六年刊行開始)などの文学史を見ると、〈歴史学の個別分野史の一つとしての文学史〉という分野も成り立つことに気付かされる。文学史を経済史のように、歴史学の一分野として研究することだってできるはずだ。したがって、国文学、日本文学と日本民俗学は、歴史資料をあつかうという点においては共通しているのである。

つまり、古典研究と日本民俗学はともに国学の末裔であり、国民性、民族性を語ることが社会的に要請されていたという点、[4]そして、研究の対象となる資料に歴史資料としての側面があるという点に共通点を持っている。それでは、民族性の究明と研究資料の歴史性ということを、日本民俗学は、どのように捉えて、自らの学を自己規定しているのだろうか。

一　日本民俗学の自己規定

およそ日本民俗学ほど、その自己規定を語りたがる学問を、筆者は知らない。なぜならば、無限の生活情報のうち、どれが「民俗」で、どれが「民俗」ではないのかということを峻別してゆく必要があるからである。それは、そのまま民俗学を説明することの難しさにも繋がっている。柳田國男監修・民俗学研究所編『民俗学辞典』(東京堂出版、一九五二年)は、柳田と民俗学研究所周辺の研究者たちの公式見解集として読むことのできる辞典である。この辞典の「民俗学」の項の冒頭には、

民間傳承を通して生活變遷の跡を尋ね、民族文化を明らかにせんとする學問である。
〔柳田國男監修・民俗学研究所編　一九五二年〕

とある。そして、日本においては、柳田國男が民俗学を一国民俗学として規定し、「ナショナルな学」「内省の学」として方向付けしたことが、明記されている。

では、歴史学との関係については、どのように書いてあるのだろうか。歴史学との関係については、次のように言及している。

（民俗学と文献史学の）二つは過去生活を明らかにする學問であり、とくに日本にあつてはその知らんとする問題は屢々重なり合うのを常としている。しかも兩者の取上げる問題には開きがあり、使う資料を異にしている。史學の使用する史料は概ね文書記録として提出されており、大體において事件を中心とした個別的な事象であり、時日を明確にし得る資料が重んぜられる。しかるに民俗學では日常生活における慣習を對象とする。それは何回となく繰返えされる類型的な生活事實である。日常生活の中で實践され、意識的または無意識に口承あるいは以心傳心によつて世代傳承される生活體驗の蓄積である。

（柳田國男監修・民俗学研究所編　一九五一年、括弧内は引用者）

以上のような自己規定は、半世紀を過ぎた今日においても、ほぼ踏襲されているが、五十年後に刊行された福田アジオ他編『日本民俗大辞典』（吉川弘文館、二〇〇〇年）と比較すると、微妙なズレがあることに気付く。

世代をこえて伝えられる人々の集合的事象によって生活文化の歴史的展開を明らかにし、それを通して現代の生活文化を説明する学問。

（福田アジオ他編　二〇〇〇年、福田アジオ執筆項目）

『民俗学辞典』では、民俗学の最終目的を民族文化の究明としているが、『日本民俗大辞典』では民族文化という言葉が消え、生活文化の変遷をたどり、現代の生活文化を説明する学であると規定されている。「民族」という言葉は消え、「人々」という言葉になっているのである。「人々」とは、学術辞典としては、きわめてあいまいな表現だが、筆者はその記述の差異を次のように理解している。

一つは、民俗学の研究対象を単一の民族文化として規定することが、困難になってきたという事情があるのだろう。稲作を中心とした単一文化論への反省が、民俗学の内部からも起こり、多元的な世界観が提示されるようになってきたからである。坪井洋文『イモと日本人』（未來社、一九七九年）は、非稲作文化の存在を柳田の民俗学の方法を以って示した点で、大きな影響を与えることになった。つまり、日本列島に存在する多元的な文化の存在を明らかにしようとしたのである。ここから坪井は、「一国民俗学」から、「一国比較民俗学」へという枠組みの変換を主張したのであった。ちなみに坪井は柳田のもとで民俗学を学んだ学徒であり、ために大きな反響を呼ぶこととなった。これは、歴史学者・網野善彦が示した多様な「日本」とも呼応するものであり、民俗学の目的を、一民族の単一文化の解明と規定することが、困難になってきたからである。(5)「民族」という概念そのものが、近代において成立したことを想起すれば、当然のことなのだが、その「民族」が歴史上一系のものとして通時的に存在したということも、今日においては民俗学の前提とはなり得ないのである。さらに、近時においては、いわゆる「在日外国人」の人びとの文化も視野に入れた「多文化主義民俗学」が提唱されつつある。

もう一つの違いは、生活文化の変遷の究明と並列で、現代の生活文化の説明が目的として挙げられている点である。これは、日本民俗学の生みの親・柳田國男の初志ともいうべきものだが、民俗学があらためて現代学であるという点が強調されているのである。その主張は、現代生活そのものを考究の対象にすべきであるという「現代民俗学」の主張に配慮したものであろうが、執筆者の福田は別の論文で「現代民俗学」に対する態度を次のように表明している。福田は、民俗学は現代人が抱える諸問題に取り組む学問でなくてはならないが、問題の所在を歴史的に明らかにすることが、民俗学の方法であると説いている（福田　一九九八年）。広く過去に学ぶという意味の歴史という点では、歴史学も、国文学、日本文学も日本民俗学も、歴史ないしは歴史的遺産に学ぶ学問であるということができよう。したがって、民俗学が研究の対象とする過去から継承してきた「民間伝承」や「民俗」の歴史性を考慮しないというのは、自らの手足を縛ることになるのではなかろうか。福田の主張に、筆者は首肯したい。こうした日本民俗学の自己規定を踏まえて、「万葉民俗学」「万葉文化論」の立場というものを明らかにする必要があるであろう。

二　「万葉民俗学」の自己規定と「万葉文化論」と

以上のように考えてゆくと、「万葉民俗学」が成り立つためには、一つの前提が存在していることがわかる。それは、『万葉集』を民俗資料として認定し得るか、という問題である。この前提なくして、「万葉民俗学」は存立し得ない。前述した『民俗学辞典』のように、歴史資料と民俗資料とを判別し、民俗資料を研究するのが民俗学であるとする立場からは、「万葉民俗学」は成り立たないことになる。しかし、文献資料も民俗資料の一つとして、民俗学の研究の対象とし、民俗学を構築してゆくべきであるとする立場も少数意見ながら存在する。もっとも有名なのが、平山敏治郎の発言である〔平山　一九五一年〕。平山は、伝承も歴史学の一分野として民俗学の資料となるべきことを説いている。この方法では、民俗学と歴史学との方法の境界線が、きわめてあいまいなものとなる。ために、民俗学の独自性を主張しにくく、民俗学の内部では人気のない主張ではあるのだが、歴史学ごとに文化史と民俗学を表裏一体とする研究方法として、成立し得るのではなかろうか。(6) すくなくとも筆者は、そう考える。したがって、こういった方法は、文化史の民俗学的方法、民俗学の文化史的方法という二面性をもつことになる。実際に、平山や柴田実の著作を読むと、その二面性をもっている。以上のような立場に立脚すれば、「万葉民俗学」という学問分野も、成立する余地はあるのではないか、と考える。

『万葉集』に限らずあらゆる古典や文献には、歴史資料としての側面と、民俗資料としての側面がある。そして、古典には当然文学資料としての側面もある。したがって、『万葉集』もその例外ではない。このことを踏まえて、「万葉民俗学」と「万葉集の民俗学的研究」を規定すると、当たり前のことなのだが、以下のようになる。すなわち、「万葉民俗学」とは、『万葉集』を資料とした民俗学であり、「万葉集の民俗学的研究」とは、民俗学の方法を用いた文学研究である。この二者の違いを強調し、「万葉民俗学」の確立を急いだのが、桜井満であった。対して、本書においてはこれを承け、「万葉民俗学」と「万葉集の民俗学的研究」は表裏一体のものであり、その往復によって、万葉歌の背景にある生活世界と文学との関係を明らかにしてゆく研究方法も存在する、という立場に立脚したい〔桜井満　一九九三年〕〔上野　二〇〇三年〕。

そこで、〈国文学、日本文学〉〈民俗学〉〈歴史学〉のそれぞれの学問から『万葉集』を見てみよう。三つの学問から見ると、『万葉集』は《文学資料》《民俗資料》《歴史資料》として、それぞれ位置付けられることになる。とすれば、

①　文学研究……………文学資料としての『万葉集』を対象とする民俗学的研究および歴史学的研究
②　民俗学研究…………民俗資料としての『万葉集』を対象とする文学的研究および歴史学的研究
③　歴史学研究…………歴史資料としての『万葉集』を対象とする文学的研究および民俗学的研究

も可能なのではなかろうか。もちろん、これは研究法による概念上の区分であり、成り立ちやすいものと、成り立ちにくいものがあるはずである。と同時に、それぞれは表裏一体のものであり、諸学の境界線はきわめてあいまいなものとなることが、予測される。つまり、これらは『万葉集』を資料として研究される民俗学や文化史、それと表裏一体をなす民俗学的研究、文化史的研究であるといえよう。本書が構想する「万葉文化論」とは、そういう学と学のあわいにあるものである〔上野　二〇〇〇年〕。学ならざる未発の論として。筆者は、そこに従来の古典研究によって蓄積された万葉学の成果を活かしつつ、文化論を展開してゆく糸口を見出したいのである。

それでは、実際には「万葉民俗学」や「万葉文化論」は、どのような問題を研究の対象とするのだろうか。そこで、筆者がその先駆的業績と考えている著作の一部を紹介しておこう。

人類学者であり、万葉研究についても多くの発言をしている西村真次の『萬葉集の文化史的研究』（東京堂、一九二八年）からその項目を拾ってみると、食物、住居、庭園、衣服、交通、暦術、音楽、舞踊、性、家族、年中行事、呪的習俗、禁忌的習俗、占い、霊感、祈祷、祭祀、神話、伝説などを挙げることができる。西村の著作は、当時の「社会学」「土俗学」の調査項目をそのまま『万葉集』に当てはめて、該当する歌をピックアップして短評をつけたに過ぎないが、先駆的業績の一つといえよう。

民俗学者・中山太郎の遺著となった『萬葉集の民俗学的研究』（校倉書房、一九六二年）は、「民俗学的研究」ではなく、まさに「万葉民俗学」というべきものである。未整理の原稿を歴史学者・洞富雄が編集したものであり、どこまでが中山の整理によるかはわからないが、「習礼伝承」として今日の「人生儀礼」の分野をあつかい、「時令伝承」として現在の「年中行事」、「生活伝承」として飲食、機織、服飾、建築、器具、燈火、燃料を挙げて解説している。本書は、民俗学における民間伝承の分類をそのまま利用した点に特色があるといえるだろう。記述上の特色としては、資料博捜の民俗学者にふさわしく、戦前の民俗誌が引見参照されている点にある。これは民俗学者による最初の「万葉民俗学」といってよいであろう。

桜井満監修・並木宏衛他編『万葉集の民俗学』（桜楓社、一九九三年）は、次のような項目を立てている。「古代の生活」として信仰、服飾、食、食器、住居、農耕、狩猟、漁撈をあつかい、「季節の行事と祭り」としていわゆる年中行事、「生と死の民俗世界」として霊魂観、恋、婚姻、死、葬送、「歌と語りの伝承世界」として言霊、歌、語り、伶人、「民俗の文化的位相」として民俗の思想、王権、律令、自然、風土をあつかっている。本書は、柳田や折口をはじめとする民間伝承分類案に依拠しつつも、それよりもやや広く文化史的観点を加味している、といえるだろう。さらに、それにも増して重要なことは、民俗学の分類項目を万葉歌に当てはめるのではなく、万葉研究の側から、民俗学が研究の対象としている問題を自ら発見、発掘して、独自の項目を設定している点である。長く『万葉集』の民俗学的研究を牽引してきた監修者と、その研究グループならではの著作といえよう。

上野誠・大石泰夫共編『万葉民俗学を学ぶ人のために』（世界思想社、二〇〇三年）は、「万葉集から民俗を読み取る」ことを念頭に置いて、恋と婚姻、手向け、住空間、領巾と袖の民俗、祭り、稲作、心意、女性労働、恋歌と禁忌、占い、葬送、墓制などが論じられている。そして、最後は国文学、民俗学、考古学の研究者による鼎談が行なわれている。本書の項目設定も、民俗学の分類項目をそのまま当てはめるのではなく、万葉研究の側から問題の提示がなされ、そこから新たに論が展開されている点が注目されよう。

ところで、これらの項目を古代文学研究プロパーの研究者が今見ても、それほどの違和感はないのではなかろうか。それは、現在においては、古代文学研究において、民俗学の知見や用語がかなり普及してきたからである。「呪術」「禁忌」「予祝」等の民俗学および文化人類学用語は、すでに古代文学研究のなかに定着している。したがって、文献中心の万葉研究と、「万葉民俗学」や「万葉文化論」との間に大きな隔絶感を感じることは少なくなってきているのである。(7)こういった状況を踏まえて、次頁では、「万葉民俗学」と「万葉文化論」の可能性を述べて緒言の結語としたい。

おわりに

今日、国文学、日本文学や民俗学の目的を、「国体」「国民性」「民族文化」の究明に求める研究者は、いないのではなかろうか。求めたとしても、いわゆる日本文化の連続性の確認という程度に留まるのではないか。国文学、日本文学、民俗学、歴史学も、広くいえば、過去と対話するための知恵から出た学問であるということができる。

したがって、それらはすべて現代学としての側面をもち、研究する側の時代状況や社会的要請を投影するという性質がある。これらの学問の誕生は、「国民国家」の成立、「民族意識」の定着と深く関わっている。なかでも、戦後の民俗学は、一九五〇年代までは民族文化の究明を志向するが、六〇年代となり高度成長期に入ると失われつつある故郷を記録し、語る学問となった。八〇年代となり高度成長が終わると、ポスト・モダンの新たなる知として注目を集めた。そして、今日、現代人の悩みに答える現代学であると主張しはじめている。存在意義が問われつづけるなかで。このあたりは、国文学、日本文学とは事情が異なるところである。国文学、日本文学がこれほどの変身を遂げてゆかないのは、よくも悪しくもテキストのある学問だからであろう。

では、「万葉文化論」は、これから何を目指すのか。その一つとして、筆者は「蓄積された歴史を実感する方法の模索」という点を挙げたい。蓄積された歴史とは、通過する歴史に対する謂いである。歴史は、時間とともに進んでゆくものであると同時に、人や場所、さらには文献に蓄積されてゆくものである。「記憶」「心意」「感覚」「知識」「伝承」「慣習」のようなかたちをとりながら、人や場のなかに蓄積される歴史というものもあるのである。筆者には、正月の前には、大掃除をしなくては気が済まないという「感覚」があるが、これは個人の心に蓄積されている歴史であり、一つの時間感覚である。そして、それは現代生活においても、多くの人びとに共有されている感覚でもある。たとえば、そういう時間感覚を万葉歌を通して考える、という研究もあっていいはずである。したがって、この方法は、常に研究する側の今が問われ続ける方法であり、そこに自家撞着の危険性も孕んでいよう（図緒-1、図緒-2、図緒-3）。

ならば、本書のいう「万葉文化論」とは、どのような方法で立論されるのだろうか。筆者は、万葉歌を次の三点から分析しようと思う。

A_1　生活性（くらす）

B_1　表現性（つくる）

C_1　心性（こだわる）

A_1の「生活性」とは、歌の背負っている生活的側面や社会的側面をいう。いかなる文芸も、生活や社会と無縁に存在するわけではない。B_1の「表現性」とは、歌の背負っている表現的側面や歌をかたちづくる創意工夫のことをいう。カタを守るのか、破るのかなどの選択も、表現性の問題であろう。C_1の「心性」とは、心の傾きというべきものである。したがって、日本語としては、「おもう」よりも「こころかたむける」「こだわる」の方がよいかもしれない。すでに多くの読者は気付いていることと思うが、アナール学派のいうマンタリテに触発されて設定

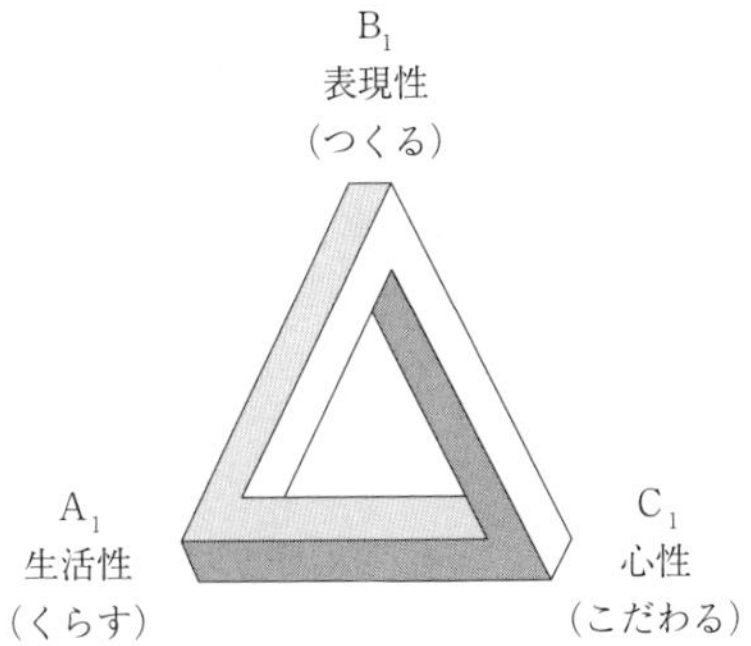

図緒－1　生活性・表現性・心性

筆者作成。

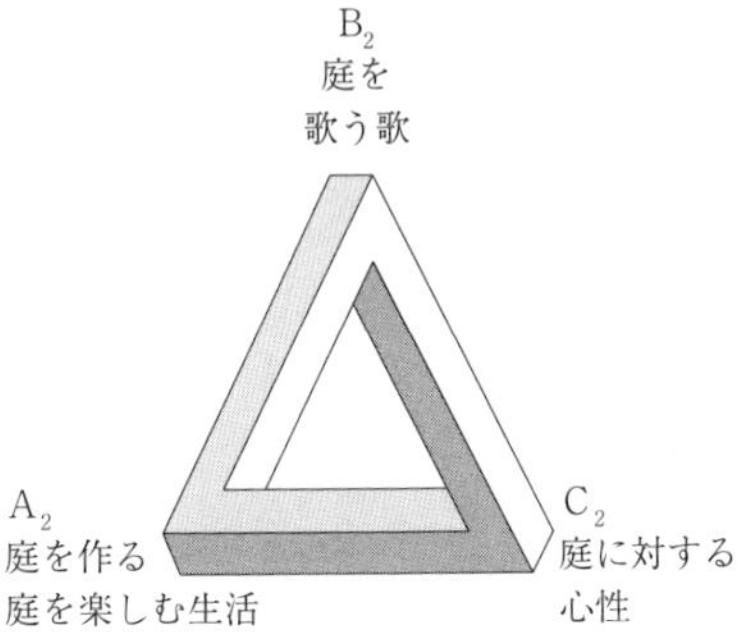

図緒－2　庭の歌の生活性・表現性・心性

筆者作成。

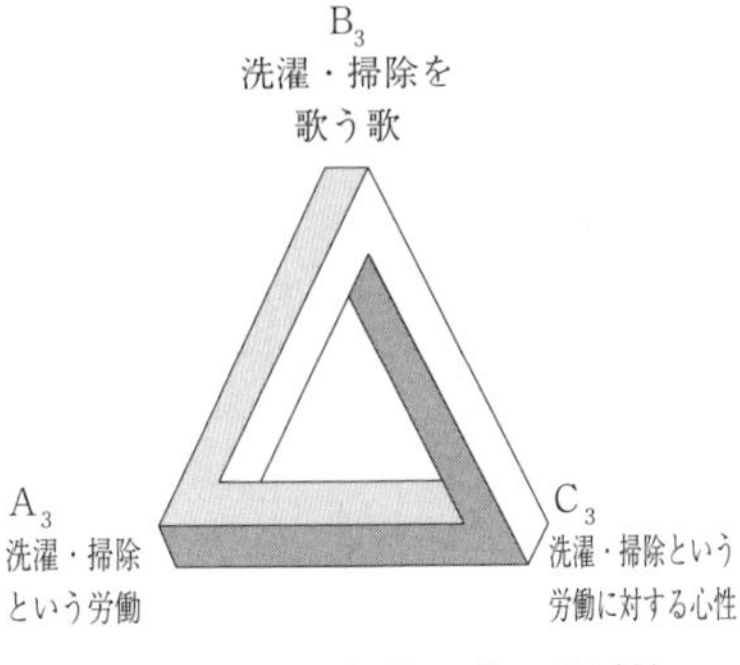

図緒－3　洗濯と掃除の歌の生活性・表現性・心性

筆者作成。

した分析用語である。ただし、心の傾きといっても、個々人の心性もあれば、各地域、各集団、各時代で共有されているものもあろう。また、時空を越える普遍性の高い心性もある。そうかと思えば、一期一会の一回生起的な心性もあるはずである。

筆者は、この三つが相互に作用しあうものと考え、$A_1B_1C_1$を結ぶ回路のごときものを明らかにしたいのである。そして、その回路を明らかにする研究を、「万葉文化論」と呼びたいのである。以下、具体的に、研究の方法について述べてみたい。

第五章第二節「王の庭と民の庭」では、飛鳥、奈良時代の庭園文化を考古学の研究蓄積を利用して、古くは主人の権力を表象していた庭から、主人の趣向を表象する庭が生まれたことを説いた。それは、変化ではなく分化であり、個々人の趣味を反映する庭が生まれてきたのである。注目したのは、「ヤド」と呼ばれる個々人の庭の設えである。すると、自らの庭を作って楽しむ人びとが生まれることになる。そして、そこから、庭の主人どうしの競争のごときものも生まれてくる。筆者は、こういった庭園文化の考察を抜きにして、大伴旅人の亡妻歌群の理解は不可能だと考えるし、大伴書持挽歌の理解も不可能だと考える（第三章第一節、第五章第二節）。図示したように、庭を作り、庭を楽しむ生活から、庭を主人の趣味が反映するところであるとの認識が生まれ（A_2）、亡き人を偲ぶよすがとするような心性も生まれ（C_2）、庭を通して亡き個人の人柄を偲ぶ歌も生まれてくるのだ（B_2）、と考えたいのである。$A_2B_2C_2$は相方向で連絡しあっており、循環しているものと考えている。

もう一例、挙げておこう。第七章では、洗濯と掃除に焦点を定めた考察を行なっている。洗濯と掃除は、女性労働であるとともに、優位者と劣位者がいた場合、劣位者が担うべき労働であった。そういう生活秩序や生活世界から、洗濯、掃除という労働（A_3）に対する心性（C_3）が生まれる。しかし、その心性がそのまま洗濯、掃除の歌に反映されるわけではない。洗濯や掃除に対する心性を逆手に取って、正月の雪見の宴が行なわれたり、遣唐使激励歌が作られたりもするのである（B₃）（第七章第四節）。筆者は、この三極トライアングルを設定して、「万葉文化論」を構想したい、と考えている。そして、そこから、古典に学びたい、と思う。

古典に学ぶということは、古典に蓄積されている歴史に学ぶということであり、民俗に学ぶということも、そのなかに蓄積された歴史に学ぶということである。そういう蓄積された歴史に学ぶ方法の一つとして、わが「万葉文化論」は構想されているのである。

ここに、過去二十年において執筆した各論を集成し、一書をなしたい、と思う。

注

（1）思想史の子安宣邦の「一国民俗学の誕生」は、その事情を詳しく説明している〔子安　一九九八年、初版一九九三年〕。万葉研究でいえば、『万葉集』が国民国家のカノンになった経過を、品田悦一が丹念にたどっている〔品田　二〇〇一年〕。

（2）ドイツ文献学の日本への導入者であり、日本における近代文献学の父でもある芳賀矢一は、ドイツ民俗学の影響も受け、国民性に関する言及が著作に散見する。しかし、これは「一国国文学」として発達した明治・大正期の国文学の著作に共通するものでもある。一方で、その芳賀が、日本で最初に民俗を冠した学会「日本民俗学会」の創立者の一人でもあったことには、注意を払うべきであろう〔発会は一九一二年、機関紙『民俗』の創刊はその翌年〕。芳賀は、その中心人物であった。

（3）その代表的見解を一つ挙げるとすれば、桜井徳太郎の主張を挙げるのが適当であろう。桜井は日本民族が送ってきた伝承生活、さらには現在進行形の伝承生活を通じて、民族の特質を明らかにする学問であるとしている〔桜井徳太郎　一九五七年〕。

（4）釘貫亨「古代人のこゑ（声）を聞く」は、音声言語研究の原動力となった民族文化の根源を探ろうとするイデオロギーを明らかにしている〔釘貫　二〇〇一年〕。

（5）　この主張が先鋭に表れているものとしては、網野善彦『〈日本の歴史〉日本とは何か』を挙げることができる〔網野　二〇〇〇年〕。

（6）　主にこれは、京都大学の西田直二郎（一八八六―一九六四）の文化史学の影響を受けた民俗学者の立場である、と筆者は考えている。

（7）　また、品田悦一が説くように、文学史の前史に枕詞のように置かれる〈口誦文学〉も、「民族」統合の学たる民俗学の援用によって発見あるいは創造され、定着したものである〔品田　一九九九年〕。

参考文献

網野善彦　二〇〇〇年『〈日本の歴史〉日本とは何か』講談社。

上野　誠　二〇〇〇年「万葉研究の現状と研究戦略」『日本文学』第四十九巻第一号所収、日本文学協会。

――　二〇〇三年「万葉民俗学の可能性を探る」上野誠・大石泰夫共編『万葉民俗学を学ぶ人のために』所収、世界思想社。

小川靖彦　二〇〇七年『萬葉学史の研究』おうふう。

折口信夫　一九九六年a「民俗学」折口信夫全集刊行会編『折口信夫全集』第十九巻所収、中央公論社、初出一九三四年。

――　一九九六年b「地方に居て試みた民俗研究の方法」折口信夫全集刊行会編『折口信夫全集』第十九巻、中央公論社、初出一九三五年。

釘貫　亨　二〇〇一年「古代人のこゑ（声）を聞く」『美夫君志』第六十三号所収、美夫君志会。

子安宣邦　一九九八年「一国民俗学の誕生」新田義弘他編『思想としての二〇世紀（岩波講座　現代思想①）』所収、岩波書店、初版一九九三年。

桜井徳太郎　一九五七年「日本史研究との関連」『日本民俗学』第四巻第二号所収、日本民俗学会。

桜井　満　一九九三年「万葉集の民俗学」桜井満監修・並木宏衛他編『万葉集の民俗学』所収、桜楓社。
品田悦一　一九九九年「民族の声」稲岡耕二編『声と文字　上代文学へのアプローチ』所収、塙書房。
――――　二〇〇一年『万葉集の発明』新曜社。
津田左右吉　一九一六年『文学に現はれたる我が国民思想の研究』東京洛陽堂。
坪井洋文　一九七九年『イモと日本人』未來社。
中山太郎　一九六二年『萬葉集の民俗学的研究』校倉書房。
西村真次　一九二八年『萬葉集の文化史的研究』東京堂。
平山敏治郎　一九五一年「史料としての伝承」『民間伝承』第十五巻第三号所収、日本民俗学会。
福田アジオ　一九九八年「民俗学の方法」福田アジオ・小松和彦編『民俗学の方法（講座　日本の民俗学）』第一巻所収、雄山閣。
福田アジオ他編　二〇〇〇年『日本民俗大辞典』吉川弘文館。
柳田國男監修・民俗学研究所編　一九五二年『民俗学辞典』東京堂出版。

初　出
「万葉民俗学と万葉文化論の将来」全国大学国語国文学会編『日本語日本文学の新たな視座』全国大学国語国文学会、二〇〇六年。

第一章　古代宮都とその景の万葉文化論

万葉歌の主たる担い手は、飛鳥（五九二―六九四）、藤原（六九四―七一〇）、平城（七一〇―七八四）の都に住む人びとであった。そして、その都に住む人びとのうちでも、律令官人こそ、その主たる担い手であった。とすれば、律令官人と古代の宮都との関係を考えることこそ、万葉歌の担い手を考えることに繋がるはずである。『万葉集』は、古代都市生活者の文芸であるという主張を、本書の冒頭にまずしておきたい。

第一節　古代宮都と官人の心性

昔はね
「難波田舎」と
言われたもんだが……
　今は都らしくなってきてね
今じゃすっかり都らしいところになったわい——
　今ジャスッカリ都ジャワイナ——

（巻三の三一二釈義）

はじめに

本節では、万葉歌から律令官人の心性のようなものを語りたい、と思う。

言うまでもなく都市は、政治や文化の中心地である。それは、平城京についても当てはまる。天皇の居所となる平城宮は、律令国家の中枢たる官司が集中していた場所であったし、そこでは大嘗祭や外国使節の謁見などの国家的儀式が取り行なわれていた。さらには、出土する多くの荷札木簡が示すように、経済の中心地でもあった。歌人や享受者を含めた万葉歌の担い手たちの多くは、この平城京の生活者なのであり、合わせて律令官人としての生活を送っていたのである。そして、時として地方勤務も体験したのであった。

こういった政治と経済の強い中心性が、都での生活者の誇りともなり、一方では他の地域を蔑視する価値観を生じさせた、といえるだろう。つまり、都市の文化を優位なものと見る観念が生み出されていったのである。

「ミヤ」という名詞は、建物を表す「ヤ」に、尊敬の接頭語「ミ」がついたもので、神や天皇の居所を表す言葉である。その名詞「ミヤ」を動詞として活用させたのが、上二段動詞「ミヤブ」である。「ブ」はそれらしくするという意味を添えて、動詞を作る接尾語と考えるとわかりやすい。この動詞「ミヤブ」の連用形が、「ミヤビ」であり、連用名詞形として機能することが多いのである。対して「ミヤ」に、場所を表す接尾語「コ」を付けたのが「ミヤコ」で、「ミヤコ」とは天皇の居所のある場所を示す言葉である、と考えることができる。なお、後述するように「ミヤコ」に「ブ」をつけて、「ミヤコブ」という上二段動詞が作られることもある。

したがって、「ミヤコ」の持つ雰囲気や情趣を備えたものが「ミヤビ」なのであり、「ミヤビ」を備えた男を『万葉集』では「ミヤビヲ」と呼んでいる。「ミヤビ」が都会的文化を象徴するのは、以上のような理由によるのである。

この「ミヤコ」「ミヤビ」に対して、田舎や地方、田舎風をいう言葉が「ヒナ」「ヒナビ」であった。早くに中西進が注目したように、『万葉集』においては「比奈」という仮名書き例を除くと、「ヒナ」はすべて「夷」と書き表わされている〔中西　一九六八年〕。古代の中国における「夷」とは、中華思想に基づいて東方の異民族を呼ぶ言葉であり、「化外の民」を指す言葉であった。都会の文化を中心と位置付け、地方や田舎の文化を周縁と位置付ける考え方を、この表記法にも見出だすことができよう。

以上のことを端的に示す歌があるので、見ておこう。神亀三年（七二六）十月二十六日に知造難波宮事《ちぞうなにわくうじ》に任命された藤原宇合《うまかい》は、実に五年半の歳月を要して天平四年（七三二）三月に難波宮を再興した。得意満面に宇合は歌う。

式部卿藤原宇合卿、難波の都を改め造らしめらるる時に作る歌一首

昔こそ　難波田舎と　言はれけめ　今は都引き　都びにけり　（巻三の三一二）

「難波田舎」とは、難波という田舎という言い回しである。ところが、今となっては都らしくなった、と宇合は歌っている。「都引き」とは都に引かれて、都にならってという意味と見られる。つまり、田舎が〈ミヤコビキ〉によって、〈ミヤコビ〉になったのである。それは、難波宮が再興されたからであった。

一　ホンネとタテマエと

縷々述べてきたように、都会の文化の先進性、優位性をいう言葉が「ミヤビ」であり、対して田舎や地方の後進性、劣位性をいう言葉が「ヒナビ」であると考えてよい。そういった「ミヤコ」と「ヒナ」に関する感情をもって、律令官人たちは地方に赴任していったのである。

天平二年（七三〇）、九州・大宰府に赴任していた大伴旅人は、その任期を終え、平城京に帰任することになった。『万葉集』巻五は、旅人帰任にあたって大宰府で行なわれた送別の宴の歌群を収載している（巻五の八七六～八八二）。「書殿にして餞酒する日の倭歌」（八七六～八七九）は、その宴の雰囲気をよく伝える歌で、惜別の情、羨望の情、祝福の気持ちなどが伝わってくる作品である。筆者はこの歌を読むと、現代のサラリーマンの転勤を思い起こす。たとえば、地方の支店で支社長の本社勤務復帰が決まり、その栄転を祝う送別会が行なわれたとしよう。送別会では、口に出して言うかどうかは別にして、惜別、羨望、祝福などの感情が参会者の胸の内に飛来するであろう。さて、問題とするのはその次に位置する「敢布二私懐一歌三首」である。

敢《あ》へて私懐《しくわい》を布《の》ぶる歌三首

天離《あまざか》る　鄙に五年《いつとせ》　住まひつつ　都のてぶり　忘らえにけり
かくのみや　息づき居《を》らむ　あらたまの　来《き》経《へ》行《ゆ》く年の　限り知らずて
我《あ》が主《ぬし》の　御《み》霊《たま》賜《たま》ひて　春さらば　奈良の都に　召《め》上《さ》げたまはね

天平二年十二月六日に、筑前国司山上憶良謹上す。
（巻五の八八〇〜八八二）

「敢へて私懐を布」べるというのは、公には役人として口にすべきではないことを、敢えて言うという意味に考えてよい。ここに、山上憶良のジレンマを見て取ることができる。それは、「私懐」すなわち「私情」だからである。役人としては、命令とあらば一切の私情を排して、任地に赴くべきである。という「タテマエ」に対して、都に少しでも早く帰任したいと思う「ホンネ」もあろう。以下、順次、歌を読解してゆこう。

一首目の「天離る鄙」とは、天から遠く離れた「ヒナ」という意味である。『万葉集』には、二十八例の「ヒナ」の用例があり、うち二十四例がこの「天離る鄙」という句を構成する用例である。「天」とは、「ヒナ」の上方にもあるはずだが、この場合は都の上方にしかない「天」を指す。つまり、天は都のことと考えねばならない〔金井一九八七年〕。ちなみに、どんな土地が万葉歌では「ヒナ」と呼ばれているかといえば、近江、明石以西、石見、土佐、越、対馬、筑紫となる〔上野　一九九七年〕。言うまでもないことだが、都を中心とした畿内は含まれない。この「天離る鄙」に五年暮らしたというのは、憶良が国司として筑前国に赴任していたからである。国司の任限はさまざまに運用がなされるので一様ではないが、六年、五年、四年を区切りにしている。したがって、憶良の筑前国での勤務も、終わりに近くなっていたことがわかる。「都のてぶり」とは後述するが、都の風俗であり、五年も「ヒナ」に暮らしたので、都の風俗を忘れてしまった、と憶良は歌ったのであった。

二首目の「かくのみや」とは、「こんなにも」の意味である。したがって、「かくのみや　息づき居らむ」とは、

「こんなにも、ため息が出てしまいますことか！」と詠嘆した表現となる。その理由が、下の句に述べられている。「（筑紫での）過ぎ行く年限もわかりません」と。つまり、そろそろ都に帰ることができる年を迎えているにもかかわらず帰任の報がなく……、「ヒナ」の地で暮らしていることを嘆いているのである。

三首目の「我が主」というのは、都に帰る旅人のことを示す。旅人が送別の宴の主賓であるにしても、大げさな表現である。もちろん、誇張の背後には、笑いに包んだ羨望の気持ちがあったのではないか、と筆者は推測する。「御霊賜ひて」とは、「恩寵にすがって」という意味で、憶良は春になったら「我が主」の恩寵によって、奈良の都に召し上げてください、と歌ったのであった。おそらく、この歌から想起されるのは帰任の口添えである。

そこで、歌の構成を確認しておこう。一首目で「ヒナ」に来てもう五年ですと歌い、二首目でため息が出ますと歌い、三首目でお力にすがって奈良の都に帰りたい、と歌う三首構成である。見方によっては、露骨な口添えの依頼とも取れるが、そうではあるまい。猟官運動ならば、歌として公表することなどありえないからだ。この巻五の八八〇〜八八二については、第二章第一節と第二節において、歌の場に即して具体的に考察を加えたい。

二　官人意識との葛藤

これまでは送る側の憶良の心情について考えてみた。そこで、ここからは送別会の主賓であった旅人とその子・家持の歌について見てみよう。巻三には、天平元年（七二九）の作と推定される大宰府での宴席歌が収載されている（三二八〜三三五）。この歌群の中には、有名な、

大宰少弐小野老朝臣の歌一首

あをによし　奈良の都は　咲く花の　薫《にほ》ふがごとく　今盛りなり　（巻三の三二八）

も含まれている。この平城京讃歌に続いて、奈良の都への望郷の情をめぐる歌のやりとりがある。

防人司佑《さきもりのつかさのじょう》　大伴四綱《よつな》が歌二首

やすみしし　我が大君の　敷きませる　国の中《うち》には　都し思ほゆ

藤波の　花は盛りに　なりにけり　奈良の都を　思ほすや君

（巻三の三二九、三三〇）

四綱は一首目で、天皇が治める国のなかでも、やはり都のことが気に掛かると「ホンネ」を述べている。二首目では、眼前の景をとらえて、藤の花は今満開になりました、この花を見ると奈良の都のことが思われますか、あなたは――と歌いかけている。ここでは都の文化は、花に喩えられているのである。この「思ほすや君」を受けて、旅人は次のように答えている（なお、「君」を旅人と解釈するのは契沖『代匠記』初稿本以来の通説による）。

帥大伴卿の歌五首

我が盛り　またをちめやも　ほとほとに　奈良の都を　見ずかなりなむ

（巻三の三三一）

［以下、四首省略］

旅人は、若き日に思いを馳せ、青春の日々はまた戻ってくるのだろうか、もう奈良の都を見ずに終わってしまうのではないか、と歌い返している。彼はこの一首に引き続き、吉野（三三二、三三五）、香具山（三三四）などに思いを馳せた歌を歌ったのであった。この場合は、問いかけに対して、素直に「ホンネ」で答えている、といえよう。ところが、これとは反対に、「タテマエ」で答えることもあったようである。石川朝臣足人《たるひと》の帰任の宴の歌と考えられている次の問答を見てみよう。時に神亀五年（七二八）のことである。

大宰少弐石川朝臣足人の歌一首

さす竹の　大宮人の　家と住む　佐保の山をば　思ふやも君

帥大伴卿の和《こた》ふる歌一首

やすみしし　我が大君の　食《を》す国は　大和もここも　同じとぞ思ふ

（巻六の九五五、九五六）

足人も、旅人の邸宅のあった佐保の山のことが思われるでしょう、と四綱と同じように旅人に歌い掛けている。しかしながら、これに対して旅人は「タテマエ」でそっけなく答えている。旅人は歌う、天皇が統治しているところはどこも同じであると。この切り返しについては、吉井巌が当時の政治情勢からこの旅人のそっけない表現の意図を探っており、一案を提示しているのが注目されよう〔吉井　一九八四年〕。対して、大濱眞幸は、旅人の望郷の心が飛鳥に向かっていることに着目し、その返答の意味を問いかけている〔大濱　二〇〇〇年〕。どちらも、説得力のある解といえるだろう。ただ、本節で注目したいのは、いずれの理由にせよ、「タテマエ」を歌うこともあった、という事実である。

ところで、旅人の子である家持も、越中の国司として地方赴任の経験をしている。家持の越中赴任は天平十八年（七四六）である。そのいわゆる越中時代の家持の作品に、次のような表現があることに注目したい。時に、天平勝宝二年（七五〇）の三月八日、それは越中で迎える四度目の春のことであった。

八日に、白き大鷹を詠む歌一首〔并せて短歌〕

あしひきの　山坂越えて　行き変はる　年の緒長く　しなざかる　越にし住めば　大君の　敷きます国は　都をも　ここも同じと　心には　思ふものから　語り放《さ》け　見放くる人目　乏しみと　思ひし繁し……
（巻十九の四一五四）

この長歌は、山坂を越えて、長い年月越に住んでいると、天皇のお治めになる国は、都もここ越中も同じであると、心では思っているものの……と歌いはじめられる。いわば「タテマエ」であろう。しかし、「ものから」は逆接の接続助詞であり、心では思っているのだが……語り合い、慰めあう人は少なく、やるせない気持ちはつのるばかりだ、と家持は歌い継いでゆく。その欝屈した気持ちを慰めるのが鷹狩りである、と家持は長歌の後半で述べているのである。

大久保広行が指摘しているように、当該長歌の冒頭の表現は、父・旅人の「我が大君の　食す国は　大和もここも　同じとそ思ふ」（巻六の九五六）から学んだものであろう（大久保　一九九五年）。父の「タテマエ」を述べた表現を逆接の助詞につないで、地方赴任者の「ホンネ」を述べているのである。そこにわれわれは屈折した家持の感情を読み取ることができるのではなかろうか。歳月人を待たず、父・旅人が大宰府で歌ってから、すでに二十年余の時が過ぎていた。

おわりに

万葉歌の表現を通して、律令官人の「ミヤコ」と「ヒナ」に対する意識をこれまで見てきた。そこで、まとめとして、「ミヤビ」ということの内実を問いたいと思う。古代文学における「ミヤビ」の内実については、廣岡義隆に網羅的な整理があり（廣岡　一九八四年）、さらに呉哲男は中国の反俗の知識人の生き方との関わりを指摘している〔呉　一九九六年〕。また、筆者も、古代の庭園文化における「ミヤビ」の内実について考えたことがある〔上野二〇〇〇年〕。こういった研究蓄積を踏まえた上で、今後の古代文学における「ミヤビ」の研究は進んでゆくであろう。

本節では、前掲の憶良歌の「都のてぶり」（巻五の八八〇）という言葉を手がかりにして考えてゆくことにしよう。まず、「てぶり」というからには、手に関わる何らかの動作や所作の様式についていっていることは間違いない。しかし、それは諸注釈が指摘しているように、「てぶり」によって代表される都の風俗や生活習慣を指すのである。この点について、藤原範兼《ふじわらののりかね》が著した歌学書『和歌童蒙抄《わかどうもうしょう》』（一一二七年までに成立か）に、「都のてぶりとはふるまひといふぞと古くは申しける」とある。

とすれば、なぜ都の風俗が「てぶり」によって代表されたかが問題となろう。それは「てぶり」のような動作が、変化の激しくかつ微妙な流行であるということを前提にしているのではなかろうか。だから、憶良は「五年、鄙の地に住んでいると、都のてぶりを忘れた」と言っているのであろう。しかも、それは都にいないと習得できない、身体に染みついた場の雰囲気のごとき微妙なものであることがわかる。つまり、五年も地方にいれば、消えてしまうようなものなのである。

今日の六本木などのディスコやクラブで踊られている踊りを想像してみればよい。曲と振りは日々変化し、留まることを知らない。一九九九年からリバイバル・ヒットしたパラパラという踊りは、新曲に振りが次々と付けられ、地方の若者は東京からビデオを送ってもらって練習を重ね、流行に乗り遅れまいと涙ぐましいほどの努力をしていた。福岡では、東京から送ってもらったビデオで、若者が集まって練習をすることを「パラコウ」と呼んでいた（二〇〇〇年五月聞き取り）。聞けば、パラパラ講習会の略であるという。聞き取り時点における十代後半の若者文化の一断面である。

話を万葉に戻すと、当該歌を宴席における歌い出しの謙辞とみる見方がある。井村哲夫は、憶良を芸能の徒とみる立場から、「一首は以下三首の弾琴唱歌の枕」とし、例歌として次の歌を上げている〔井村　一九八四年〕。

天皇に献る歌一首〔大伴坂上郎女、佐保の宅に在りて作る〕

あしひきの　山にし居れば　風流《みやび》なみ　我がするわざを　とがめたまふな

〔巻四の七二一〕

これは、聖武天皇に大伴坂上郎女が奉った歌である。「わざ」の解釈が難しいが、山暮しをしているので、「ミヤビ」ではない不粋な「わざ」をしますが、お許しください——という内容の歌である。「わざ」のような無形のものにも「ミヤビ」があり、「ヒナ」にある者がそれを行なう際には、ためらいがあったのであろう〔当該歌の場合は、それが山住みで象徴的に表現されている〕。

「ミヤビ」の内実が、衣食住のすべてに及ぶことは間違いない。そして、それは五官で感じ取ることのできるすべてに及ぶものであろう。服装、化粧、景観、音楽、匂いなどにも、「ミヤビ」が存在していたことは間違いない。さらには「てぶり」「わざ」などの身体技法にも及んでいたことが、これらの歌からわかるのである。無形でいて、移り変りの早い「都のてぶり」、それは都に住む者だけが共有できるものであったのだろう。だから、都の風俗を代表するのである。憶良は、歌いはじめる前に、もう都から離れて五年、流行の遅れになっているかもしれませんが、私の歌を聞いてくださいという意味を込めて、こう歌ったのであった。

本節では、万葉歌を通じて、地方に赴任することによって自覚された平城京の文化について論じてみた。次節では、都に住むという感覚のようなものを、都と都を囲む三山との関係から考えてゆきたい。

参考文献

井村哲夫　一九八四年　『萬葉集全注　巻第五』有斐閣。
上野　誠　一九九七年　『古代日本の文芸空間――万葉挽歌と葬送儀礼』雄山閣出版。
――――　二〇〇〇年　『万葉びとの生活空間――歌・庭園・くらし』塙書房。
大久保広行　一九九五年　「鄙に在ること――旅人における時空意識」『國語と國文学』第七十二巻第二号所収、東京大学国語国文学会。
大濱眞幸　二〇〇〇年　「旅人の望郷歌」神野志隆光・坂本信幸編『万葉の歌人と作品』第四巻所収、和泉書院。
金井清一　一九八七年　「柿本人麻呂――その『天』の用例、『天離』など」和歌文学会編『論集万葉集』所収、和歌文学会。
呉　哲男　一九九六年　「万葉『風流』考」『相模国文』第二十三号所収、相模女子大学。
中西　進　一九六八年　「夷」『万葉史の研究』桜楓社。
廣岡義隆　一九八四年　「鄙に目を向けた家持」『人文論叢』第一号所収、三重大学人文科学部文化学科。
古橋信孝　一九九四年　『古代都市の文芸生活』大修館書店。
吉井　巌　一九八四年　『万葉集全注　巻第六』有斐閣。

初　出

「文学が語る都市――律令官人と『万葉集』」奈良大学文学部世界遺産コース編『世界遺産と都市』風媒社、二〇〇一年。

第二節　古代宮都と三山

奈良の都はね……
　かぎろひの　春ともなれば――
　春日山　三笠の野辺の
　桜花の　その木陰に隠れて
　かお鳥たちが　絶え間なく鳴くところ
露霜降る　秋ともなれば――
　生駒山　飛火が岡の
　萩の枝を　踏みしだく雄鹿たちが
　妻を呼んで　その声が響きわたるところ

（巻六の一〇四七の一部の釈義）

はじめに

本節では、金子裕之「古代都城と道教思想――張寅成教授『百済大香炉の道教文化的背景』と藤原・平城京」（『古代文化論叢』第五十三集所収、九州古文化研究会、二〇〇五年）に対して、筆者の依って立つ万葉文化論の立場からいくつかの意見を開陳したい、と思う（以下、金子論文と記す）。古代都城研究と万葉文化論を結ぶことを目途として。

一　百済、新羅、そして飛鳥

金子論文は、張寅成「百済大香炉の道教文化的背景」に触発されて、日本の都城プランの背景にあったと推定される思想を、近年の都城研究の成果を踏まえて考察した論文である（以下、張論文と記す〔張　二〇〇五年〕）。具体的には、宮廷苑池と都城の三山をめぐり、それらの背後にある道教思想について論じた新考ということができよう。その張論文は、一九九三年に韓国扶餘陵山里遺跡で発見された百済金銅大香炉の意匠に道教文化的背景があることを指摘し、百済に受け容れられた道教の神仙思想を考察した論文である。神仙世界の山をかたどる香炉、さらには神仙世界の三山を鎮めとする都城プランが、百済にあったことを指摘している。張論文は、漢武帝が神仙思想による理想世界を体現するために作った上林苑が博山香炉を生み出し、それが百済に受け容れられて、百済大香炉や百済王宮の苑池を生むに至ったとの理解を示している。その上で、神仙思想を背景とした百済王宮苑池は、新羅王宮の苑池にも影響をもたらしたとする。やや図式的理解にすぎるきらいはあるものの、香炉と都城に共通するのは神仙思想であり、百済と新羅の両方の都城に神仙思想の影響が見られるとする指摘は、きわめて重要であろう。なお、『特別展　金銅龍鳳蓬莱山香爐』を紐解くと、蓬莱山香炉の諸作例を通覧することができる〔韓国・国立中央博物館美術部編　一九九四年〕。個々の香炉の山を表す造形法の具象度、抽象度を観察してゆくと、飛鳥の須弥山石の山岳造形との関係が想起せられる。

飛鳥の苑池群と、新羅の都・慶州の雁鴨池との異同については、すでに諸家の研究が指摘し、その関係についても論じられているところであるが、二〇〇五年秋に開催された飛鳥資料館の特別展「東アジアの古代苑池」は、それをさらに東アジアのなかで捉えてゆくことの重要性を、多くの研究者に知らしめた、と思う（苑池の形状については、第五章第三節において述べることにする）。

金子は、こういった新たな研究状況を先取りし、前述の張論文を手がかりとして、中国起源の都城とそのなかにある苑池が、百済、新羅、日本にどのように受容されたかを論じたのである。それは、まさしく時宜を得た新考であった。

二　藤原宮の御井の歌の三山

金子論文は、三山についても論じている。三山が都城の鎮を作すという思想は、和銅元年（七〇八）二月の平城遷都の詔に顕著である。

方に今、平城の地、四禽図に叶ひ、三山鎮を作し、亀筮並に従ふ。都邑を建つべし。

（『続日本紀』巻第四、元明天皇　和銅元年［七〇八］二月十五日条、青木和夫他校注『続日本紀　一（新日本古典文学大系）』岩波書店、一九九一年、初版一九八九年）

つまり、詔は平城の地が、四神相応であり三山が鎮めをなす地であるというのである。これは、平城の地についていったものであるが、いわゆる藤原京が三山を鎮めとする都であったことは、『万葉集』の「藤原宮の御井の歌」（巻一の五二、五三）によって確認できる。

やすみしし　わご大君　高照らす　日の皇子　荒たへの　藤井が原に　大御門　始めたまひて　埴安の　堤の上に　あり立たし　見したまへば　大和の　青香具山は　日の経の　大き御門に　春山と　しみさび立てり　畝傍の　この瑞山は　日の緯の　大き御門に　瑞山と　山さびいます　耳梨の　青菅山は　背面の　大き御門に　宜しなへ　神さび立てり　名ぐはしき　吉野の山は　影面の　大き御門ゆ　雲居にそ　遠くありけ

る　高知るや　天の御陰　天知るや　日の御陰の　水こそば　常にあらめ　御井の清水

反歌

藤原の　大宮仕へ　生れつくや　娘子がともは　ともしきろかも　（巻一の五二、五三）

この歌は、「藤原宮の役民が作る歌」（巻一の五〇）、「明日香宮より藤原宮に遷居りし後に、志貴皇子の作らす歌」（巻一の五一）の次に配列されており、それは事実上、御井をモチーフとした藤原宮讃歌となっている。香具山について見た場合、「大和の」と冠されているところを見ると、香具山をもって大和を代表する山とする考え方を看取することができる（井手　一九七四年）。これは、巻一の二番歌の「大和には　群山あれど　とりよろふ　天の香具山」という択一発想にも通ずるものであり、『日本書紀』崇神天皇十年九月条や、同神武即位前紀戊午年九月条のヤマトのモノザネの神話論理とも合致するものである。さらに注意すべきなのは、東方を意味する「日の経の」その「大き御門に」香具山が「春山と」して「しみさび立てり」と記されていることである。

青（色）――香具山（藤原宮から見て東方の山）――東（方位）――春（季節）

という陰陽五行説に対応した表現がなされている。つまり、香具山を最初に叙述していることからもわかるように、香具山は大和を代表する山であり、東、青、春を以って表象される山であることがわかる。そして、藤原宮を讃えるにあたって選ばれた景とは、香具山を代表とする三山と、とこしえの御井の水だった、ということができよう。

以上縷々解説してきた景は、当然のことながら実景ではない。藤原京は大宝律令の法体系を視覚化するものであり、当該歌の景はあるべき都の景なのである。その理想の景を描くにあたって用いられたのが、陰陽五行説である。すなわち、当該歌の景は、陰陽五行説に基づいて理念的に再構成された景なのである。とすれば、巻一の配列から考えて、少なくとも平城京遷都以前に、三山で藤原の都を讃える考え方があったことは、間違いない。

では、三山が都の鎮めとなるという地相観はどこからもたらされた新思想であろうか。もちろん、それは中国起源のはずなのだが、金子論文では、

張寅成教授論文は百済の王都に三山があり、それが新羅の王都（慶州）に影響したとする。前者は東西に並ぶが、後者は大和三山に類似して三角状に並ぶ。新羅の三山と大和三山が関わるなら、これは後者の可能性を示唆すると同時に、近年の藤原京の原型についての議論に新たな視点をもたらすことになろう。

と述べ、以下藤原京の発掘の成果を示して、その影響関係を論じている。そこから、三山が都城の鎮めとなる地相観は、新羅から伝えられた新思想と結論付けている。実は、筆者はかつてカムナビと都城との関係を論じた論文の中で、都城の守神がカムナビから三山に変化するとの仮説を立てて、飛鳥は「皇孫の命の近き守神」であるカムナビの守る都であり（旧型）、平城京は三山が守る都（新型）であるとした上で、藤原はその交にあたるとの考えを示したことがあった（新旧並存型）。そして、それは三山鎮護の思想は方形の都城から発想されるものであると論じたことがある。しかしながら、当時はその影響関係を漠然と考えていたため、藤原宮の御井の歌の景を「そういった方形の宮都を守る三山に、神仙思想の三神山の考えが結びついた」とのみ単純に理解していた〔上野　一九九七年、初出一九九五年〕。

ところが、金子論文によって、その新思想が新羅からもたらされた可能性があることがわかったのである。しかも、それは藤原京の設計プランと深く結びついたものとして理解しなくてはならないようだ。とすれば、藤原宮の

御井の歌は、新たにもたらされた三山都城鎮護の地相観を、歌で表現した讃歌ということができるであろう。つまり、新都のプランの基になっている地相観によって、新都を讃えている歌と考えることができよう。この点は、金子論文から得た大きな収穫であった。

三　香具山の表記と三山の伝説

以上見てきたように、金子論文には、重要な指摘が多く含まれているのである。そこで、金子の万葉歌理解に対して、筆者の考えを申し述べたいと思う。一つは、香具山の表記に「芳来山」「芳山」とあるのを重視し、神仙思想の「蓬萊山」との関わりを考える点についてである。仮にこの指摘が正しいとしても、万葉歌の表記から確認できるのは表記者の表記意識なので、これはあくまでも表記のレベルであることを断っておく必要があるだろう。いわゆる作者と表記者は異なる場合もあることを念頭に置くべきである。集中の「カグヤマ」の表記を通覧すると、以下のようになる。

香具山（巻一の二、巻一の五二、巻三の三三四、巻七の一〇九六）
高山（巻一の一三、一四）
香来山（巻一の二八、巻二の一九九）
芳来山（巻三の二五七）
香山（巻三の二五九、巻十一の二四四九）
芳山（巻十の一八一二）

そのようないくつかの書き方の一つに「芳来山」「芳山」もあり、神仙世界の三神山の「蓬莱山」が意識されている表記もあるくらいに考えておくのが穏当であろう。表記に限らず、意識やイメージ、さらには伝説には、さまざまなレベルがあり、それが層をなしている。金子論文が注意した表記も、重層したイメージの一つから連想された表記であると筆者は考えている。たとえば、同じ三山のイメージでも、有名な妻争いの歌もある。

中大兄の三山の歌

香具山は　畝傍ををしと　耳梨と　相争ひき　神代より　かくにあるらし　古も　然にあれこそ　うつせみも
妻を　争ふらしき　（巻一の一三）

「神代より　かくにあるらし」とあるように、これはあきらかに斉明朝に存在していた伝説を歌ったものである。金子論文が説くように、新羅の都城の影響を藤原京に求め、新羅から三山鎮護の思想も伝えられたとするならば、妻争い伝説の三山に、三神山鎮護の新しい地相観が付加されたということになるであろう。その新思想を反映した表記を、『万葉集』は幸いにも留めている、と考えた方がより実態に近いと考えられる。金子論文は、三山鎮護の新地相観を伝来と影響の観点から捉えるが、筆者は重層するイメージや伝説に加わったものの一つの層として、考えてゆきたいのである。

四　平城京の三山の比定

金子論文では、張論文を踏まえ、新たに平城京の三山についても考察を行なっている。金子は、張論文を受け、自身の平城京の三山に対する説の補強を行なっている。平城京の三山の通説は、東の春日山、北の平城山、西の生駒山である。対して金子は、大和三山と照らし合わせて、より小さな独立丘を求め、東の御蓋山、北の平城天皇陵、西の垂仁天皇陵に比定している〔金子　一九九七年〕。

そこで、『万葉集』を通覧すると、東の春日山に対して、西の生駒山が対比されている歌があることに気付く。

奈良の故郷を悲しびて作る歌一首

やすみしし　我が大君の　高敷かす　大和の国は　天皇の　神の御代より　敷きませる　国にしあれば　生れ
まさむ　御子の継ぎ継ぎ　天の下　知らしまさむと　八百万　千年をかねて　定めけむ　奈良の都は　▼かぎ
ろひの　春にしなれば　春日山　三笠の野辺に　桜花　木の暗隠り　かほ鳥は　間なくしば鳴く　■露霜の
秋さり来れば　生駒山　飛火が岡に　萩の枝を　しがらみ散らし　さ雄鹿は　妻呼びとよむ　山見れば　山も
見が欲し　里見れば　里も住み良し　もののふの　八十伴の男の　うちはへて　思へりしくは　天地の　寄り
合ひの極み　万代に　栄え行かむと　思へりし　大宮すらを　頼めりし　奈良の都を　新た代の　事にしあれ
ば　大君の　引きのまにまに　春花の　うつろひ変はり　群鳥の　朝立ち行けば　さす竹の　大宮人の　踏み
平し　通ひし道は　馬も行かず　人も行かねば　荒れにけるかも

（巻六の一〇四七）

当該歌は、田辺福麻呂歌集歌であり、久邇新京遷都後の平城京を歌ったものである。内容は旧都の荒廃を歌ったものである。その往事を追懐する部分があり、春秋が対比されている。

▼かぎろひ――春（季節）――春日山（平城京の東方の山）三笠の野辺――桜、かほ鳥（春の景物）

■露霜――秋（季節）――生駒山（平城京の西方の山）飛火が岡――萩、鹿（秋の景物）

この対比的叙述は平城京での生活実感を踏まえながらも、それを理念的に再構成した景であろう。藤原宮の御井の歌は、讃歌であり、当該歌は旧都歌という違いはあるが、都の東西軸を意識して東西の山を対比的に述べるという方法は同じである。この方法も、方形の都城と条坊制から発想された景の叙述方法である。新都讃歌と旧都愛惜歌は裏表の関係にあるのだが、選ばれて歌われる山は、その都を表象する山であることには変わりがない。つまり、それらはともに、理念的に再構成されたあるべき理想の景なのである。もちろん、歌われ方は、時代とともに変化し、当該歌では春の桜とかほ鳥、秋の萩と鹿が歌われる。それは、平城京郊外において行なわれた宴の記憶を喚起するための方法であろう。ここでいう記憶とは、多くの人びとが体験し、多くの人びとが容易に想起できるいわば共有された記憶のことである。だから、天平万葉を代表する春秋の景物が歌われているのである。

以上の点を勘案しつつ、藤原宮の御井の歌を踏まえ、当該歌を読めば、香具山にあたるのが春日山、畝傍山にあたるのが生駒山と考えるのが穏当であろう。しかも、両歌はともに、春秋と東西の対比が、陰陽五行説に基づいて構成されているのである。長歌形式で都の景を構成的に表現した歌の嚆矢である御井の歌を踏まえ当該歌を読むかぎりにおいては、やはり平城京の鎮めは、通説のごとく東の春日山、西の生駒山によって表象されている、と考えざるを得ない。

五　影響・受容・解釈の重層性

歴史地理学の千田稔とともに、考古学の立場から都城の空間構成法に影響を与えた神仙思想の影響を検証してきた金子の新論文について、筆者の研究領域に関わる部分について意見を申し述べた。金子は、漢字、儒教、律令、仏教のみを基軸として語られていた都城論に異を唱え、道教や神仙思想の影響を考古学の立場から説いてきた。これは、きわめて魅力的な観点である。しかしながら、筆者は文化とその解釈の重層性を重んずる立場から、金子論文が神仙思想との関係のみをことさらに強調している点について違和感を覚えたのも事実である。それは、苑池についても、またしかりである。苑池の島の解釈について、筆者はかつて次のような発言をしたことがある。

たとえ、同じ苑池の島であっても、仏教的な意味付けをすれば、「須弥山」となるだろうし、仏教のなかでも、後の浄土教の思想によって解釈すれば、「浄土」や「彼岸」となるであろう。つまり、どのような思想の説明の体系によって解釈するかで、見立てが変わってくるのである。したがって、飛鳥の庭園についても、「神仙思想」や「道教」の影響のみを想定して研究を進めると、その本質を見失う危険性があるのである。さらには、前に述べたように、解釈の背景になる思想の理解度も、問題にしなければなるまい。〔上野　二〇〇〇年〕

以上の点については、現在も意見は変わらないのだが、今回金子論文を読み、金子自身が結語で述べた「藤原京と慶州の新羅王京との対比は新たな段階に入った」という点については、了承せざるを得なくなった。金子がいうように都城と神仙思想との間には深い関わりがあるようだ。なお、島の宮の島が象徴するものについては、渡瀬昌忠の研究に詳しく、渡瀬も島を重層するイメージのなかで捉えている〔渡瀬　二〇〇四年〕。

おわりに

都城研究において藤原京のプランを論ずる場合、縷々述べてきたように資料としてよく万葉歌が引用されるのだが、万葉研究者の側は、これに反応し批判することを避ける傾向が強いように思われる。

近時、学際的研究の重要性が声高に叫ばれているが、特定分野の研究者が他の分野の研究を批判することは、きわめて難しいのである（例えば、第四章）。本節では、考古学による都城研究の金子論文に対して、万葉文化論の立場から、いくつかの指摘を行なってみて、さらにその感を強くした。続く第三節では、香具山歌と古代宮都との関係について論じてみたい、と思う。

参考文献

井手　至　一九七四年「天の香具山」『大阪市立大学紀要人文研究』第二十六巻三分冊所収、大阪市立大学。

上野　誠　一九九七年「古代宮都とカムナビ」『古代日本の文芸空間――万葉挽歌と葬送儀礼』雄山閣出版、初出一九九五年。

――　二〇〇〇年「発掘された苑池」『万葉びとの生活空間』塙書房。

小村宏史　二〇一一年『古代神話の研究』新典社。

小澤　毅　二〇一八年「古代都市」『古代宮都と関連遺跡の研究』吉川弘文館、初出二〇〇五年。

金子裕之　一九九七年「神のみやこ」『平城京の精神生活』角川書店。

――　二〇〇五年「古代都城と道教思想――張寅成教授『百済大香炉の道教文化的背景』と藤原・平城京」『古文化論叢』第五十三集所収、九州古文化研究会。

金子裕之編　二〇〇二年『古代庭園の思想』角川書店。

韓国・国立中央博物館美術部編　一九九四年『特別展　金銅龍鳳蓬莱山香爐』通川文化社。

千田　稔　一九九一年『古代日本の歴史地理学的研究』岩波書店。

多田　元　二〇一一年『古代文芸の基層と諸相』おうふう。

張　寅成　二〇〇五年「百済大香炉の道教文化的背景」『古文化論叢』第五十三集所収、九州古文化研究会。

独立行政法人奈良文化財研究所飛鳥資料館　二〇〇五年『東アジアの古代苑池』同資料館。

渡瀬昌忠　二〇〇四年「『島の宮』の『島』新考」『美夫君志』第六十九号所収、美夫君志会。

〔補説〕

日本は、新羅に対して、臣下の礼を取ることを求めていた。そのため、両国は常に係争状態にあった。この点を踏まえた小澤毅は、次のように述べている。

ちなみに、藤原京や「新城」に、新羅の王京である慶州の影響を想定する説もあるが、新羅を一貫して従属国と位置づけようとした当時の外交姿勢を勘案すると、その都城制を模倣したとは考えにくい。

〔小澤　二〇一八年、初出二〇〇五年〕

都城モデル採用にあたっては、そういった政治状況も反映するはずなので、今後の日本都城モデルの研究を注意深く見守ってゆく必要があるだろう。

初　出

「金子裕之『古代都城と道教思想』の問いかけるもの――万葉歌の三山」『明日香風』第百号、古都飛鳥保存財団、二〇〇六年。

第三節　香具山から見た明日香

おやおや春が過ぎて
もう夏が来たらしいぞ
まっ白なまっ白な衣が干してあるよ
あの天の香具山に――
モウ夏ダナァ――
（巻一の二八釈義）

はじめに

高市岡本宮に天の下治めたまひし天皇の代〔息長足日広額天皇〕
天皇、香具山に登り望国《くにみ》したまふ時の御製歌
大和には　群山あれど　とりよろふ　天の香具山　登り立ち　国見をすれば　国原は　煙立ち立つ　海原は
かまめ立ち立つ　うまし国そ　あきづ島　大和の国は
（巻一の二）

『古事記』は、推古天皇の一代記を以って、その三巻が閉じられる。しかしながら、『古事記』に記されたもっとも新しい歴史的事実は、舒明天皇の以下の即位記事となっている。

此の天皇の御子等、并せて十七《とをまりなな》はしらの王《みこ》の中に、日子人太子、庶妹《ままいも》田村王、亦の名は糠代比売命《ぬかしろ》を娶りて、生みし御子は、岡本宮に坐して天の下を治めし天皇。次に、中津王。次に、多良王〈三柱〉。
（『古事記』下巻、敏達天皇条、山口佳紀・神野志隆光校注・訳『古事記（新編日本古典文学全集）』小学館、一九九七年）

つまり、舒明天皇こそ、一代記は形成しないものの、『古事記』に登場する最後の天皇ということができるのである。一方で、『万葉集』の巻一は、巻頭の雄略天皇御製歌を「枕詞的存在」とすれば、真の万葉の時代は舒明天皇の時代から始まるということができる。(1)すでに、伊藤博をはじめとする諸家が説き尽したように、舒明朝の画期として、〈以前／以後〉という歴史認識を、『古事記』『万葉集』は共有しているのであろう〔伊藤　一九七四年〕。換言すれば、『万葉集』巻一の編纂段階においては、自分たちに直接的に繋がる今は、舒明天皇の時代より始まるのだという時代観が当時としては有力な歴史認識であった、と考えてよいのである。

では、そのような歴史認識は、どこから生まれてきたのであろうか。それは、一つには、皇統が交代し、新しく舒明皇統の時代がはじまったという意識から生まれてきた、と考えることができる。もう一つの理由は、この新皇統の祖・舒明天皇が、明日香を天皇（大王）の恒常的正宮として定めた最初の天皇であるところから生まれてきたのであろう。この点については、すでに詳述したので簡潔に示すと、明日香に最初に宮を営んだのが推古天皇であるのに対して、八〇年にわたって明日香の恒常的天皇宮となった岡本宮を最初に営んだのは舒明天皇であり、舒明朝から、明日香の岡本に都がほぼ固定化してきた、といえるのである〔上野　一九九七年〕。時々の事情で、難波や大津に遷都が行なわれたものの、六三〇年以後約八〇年のあいだ、明日香岡本宮の時代は続くのである。

今日、小澤毅などの研究によって、板蓋宮と浄御原宮と岡本宮は、ほぼ同地だと比定されている〔小澤　二〇〇三年〕）。つまり、舒明天皇が明日香において定めた宮が、後に明日香時代の中心的な宮となっていったのである（恒常的正宮）。

さて、この舒明天皇のことを『万葉集』の標目は、「高市岡本宮御宇天皇」と記している。「岡本」は岡の麓の意であろうから、それは明日香の岡の麓ということになる。では、明日香の岡とはどの地をさすのであろうか。本居宣長は、『菅笠日記』（寛政七年〔一七九五〕）において、まず明日香川の位置を確認し、岡寺と岡寺のある岡寺山の位置を確認して、ここを明日香の岡として、その西麓に岡本宮を比定している。これは、見事なフィールド・ワークというべきであろう。宣長は「天皇、飛鳥岡の傍に遷りたまふ。是を岡本宮と謂ふ」という記事を手がかりとして、明日香に住んでいる人は、他の地域の岡と区別しない限り、「アスカヲカ（飛鳥岡）」との名称を用いることはない、と考えたのである（『日本書紀』舒明二年〔六三〇〕冬十月条）。まさに、宣長の比定地こそ、発掘によって確定された伝板蓋宮跡であり、岡本宮、飛鳥浄御原宮の地なのである。

ために、舒明天皇は、「岡本天皇」とも呼ばれていたのである。この呼び方は、天智天皇を近江天皇と呼称するように、地名を冠して天皇を呼びわける古代の呼称法である。これは、舒明天皇が、地名の「岡本」に天皇号を冠して呼ばれていたことを示す証左となるものであろう。

▼崗本天皇（巻四の四八五題詞）

▼崗本天皇（巻八の一五一一題詞）

加えて、岡本の地のある「高市」を冠して呼ぶ呼称法もあった。

▼九月の丁丑《ていちう》の朔にして壬午《じんご》に、息長足日広額天皇を押坂陵に葬りまつる。〔或本に云はく、広額天皇を呼《まを》して高市天皇とすといふ。〕
（『日本書紀』巻第二十四、皇極天皇二年〔六四三〕九月六日条、小島憲之他校注・訳『日本書紀③（新編日本古典文学全集）』小学館、一九九八年）

とすれば、「高市」と、その「岡本」の地は、舒明皇統の胎動の地として認識されていたはずである。これは、今日において、明治天皇の時代以降を近代のはじまりと考え、その象徴的できごととして、東京遷都を捉えるのとまったく同じ論理構成を持つ考え方である。(2) そのように捉えると、やはり、『古事記』が、舒明天皇を最後の天皇として、敏達記にその即位の事実のみを伝え、『万葉集』が舒明御製歌を雄略御製歌の次に置くのは、舒明朝を一つの画期と考えていたからにほかならないと思われる。つまり、舒明天皇の「国見歌」から、自分たちに繋がる歌の歴史もはじまったのだ、と『万葉集』の編纂者は考えていたのである。

一　はじまりの天皇のまなざしで見ること

縷々述べたように、舒明天皇は、明日香のはじまりの天皇であるということができる。以下、本節では、明日香のはじまりの天皇の歌として、舒明天皇御製歌を読んでゆきたいと思う。筆者は、当該歌を読む場合、見落としがちなポイントがあると思う。それは題詞と歌中に作歌契機の明示と、視点の明示がなされているということである。

▼天皇、香具山に登り望国したまふ時………作歌契機の明示
▼天の香具山　登り立ち　国見をすれば……視点の明示

つまり、舒明天皇御製歌は、天皇の視線によって描かれた景であることが、明示されている歌なのである。国見が一つの儀礼であり、そこでの見る行為が、呪的行為であるという点については、折口信夫や高崎正秀、桜井満のような民俗学派が早くに着目していたところである。ただし、それを歌の表現の側から明確に指摘したのは、山路平四郎であろう〔山路　一九六四年〕。山路は、「国原は」以下の景を、あるがままの実景として捉えるのではなく、国見歌の景として、あるべき景であると指摘し、「海原はかまめ立ち立つ」は、魚群に群がる鳥の群であることを指摘したのであった。この山路論文を突破口として、「国原は……海原は……」という対比表現の研究が進むことになる。山路論文を大きく発展させ、この表現を王権の問題として捉え、国の支配と海の支配に関わる「政治的論理」によるものであると指摘をしたのは、川口勝康である〔川口　一九七七年〕。川口は、『古事記』『日本書紀』に見られる古代王権の空間の支配構造が歌に表現されたものとして、舒明国見歌の表現を理解しようとしたのであった。川口の観点は、その後、神野富一や青木周平に引きつがれることになる〔神野　一九八二年〕〔青木　一九八六年〕。神野は祈年祭祝詞と「国―海」の表現との比較から、青木は三貴子分治の空間理解のありようとの比較からこれを論じ、その表現の主眼が「国原」と「海原」の豊饒性や原初性を示すことにあったことを指摘している。以上の研究は、「海原」を実際の景として捉え、それを埴安の池などに比定するなどというような実景論的地理研究を完全に駆逐することに成功した、といえるだろう。

つまり、舒明国見歌の景とは、天皇が幻視する「あるべき国土の景」と考えてよい(3)。この幻視を天皇の呪的権能という側面から考察した研究者に、内田賢徳がいる。

共同体に了解されている超風景を見ることとは、そこに一つの資格を求める。神と視線を共有することとそれを規定するなら、右の要請と約束は黙契として所与のことであったし、またそれを実現する者の神との同一性の意識はより限定された者にのみありえただろう。天皇という存在にそれを見る時、その権能は、未明の共同体の延長としての国家を統治する者の権利でもあらねばならない。〔内田　一九九二年〕

内田の発言は難解だが、舒明国見歌の景が、天皇と神のみ幻視することを許された超風景（≠あるべき豊饒の景）であることを含意している。だからこそ、「うまし国そ　あきづ島　大和の国は」と、自明のこととして断定的に語られるのであろう。つまり、天皇が見た時点で、国土の豊饒はあらかじめ約束されているのである。さらに、もう一つ注意を払わなくてはならないことがある。「国原」と「海原」を二項対立的に表現することによって、「国土」全体が包み込まれる表現になっているという点である。この点については、鉄野昌弘が綿密な分析をしている〔鉄野　一九九六年、一九九七年、一九九九年〕。さらに、鉄野は、かくのごとき国見歌の景の歌われ方が、国見歌的望郷歌に展開されていった跡をたどっている。

こういった歌が、舒明天皇の国見歌として、『万葉集』二番歌の位置に据えられていることは、重要であろう。それは、まさしく、はじまりの天皇のまなざしで見た景だからであり、『万葉集』の編纂の歴史認識を投影するものだからである。

二　なぜ、岡本天皇の国見歌が香具山で行なわれたと伝えるのか

筆者は、これまで次のことを縷々述べてきた。一つは、舒明天皇は明日香のはじまりの天皇であること。次にその舒明天皇は新皇統の祖であること。三番目に、その舒明天皇の国見歌の景とは、天皇のみに見ることが許された幻視の景であること。以上のように考えてゆくと、なぜ香具山が国見の山として選ばれたのかということを考えなくてはならないだろう。それは、「大和には、たくさんの山があるけれど、トリヨロフ天の香具山に……」と書か

れている。「トリヨロフ」は、未詳の語であるのだが、讃め言葉であることは疑えない。とすれば、多くの山が存在する大和において、「トリヨロフ天の香具山」がとりたてて選ばれ、天皇が香具山に登ったと記されているのである。

つまり、「天の香具山」だから、天皇は登ったのだという意味付けが歌のなかに明確に述べられているのである。これは、山々のなかでも、とりわけ天の香具山という観念が形成されていなければ、表現され得ない表現である。こういった観念は、『古事記』や『日本書紀』の天の岩戸説話によく表われている。

天の香山の真男鹿の肩を内抜きに抜きて、天の香山の天のははかを取りて、占合ひまかなはしめて、天の香山の五百津真賢木を、根こじにこじて、上つ枝に八尺の勾璁の五百津の御すまるの玉を取り著け、中つ枝に八尺の鏡を取り繋け、下つ枝に白丹寸手・青丹寸手を取り垂でて、此の種々の物は、布刀玉命、ふと御幣と取り持ちて、天児屋命、ふと詔戸言禱き白して、天手力男神、戸の掖に隠り立ちて、天宇受売命、手次に天の香山の天の日影を繋けて、天の真析を縵と為て、手草に天の香山の小竹の葉を結ひて、天の石屋の戸にうけを伏せて、蹈みとどろこし、神懸り為て、胸乳を掛き出だし、裳の緒をほとに忍し垂れき。爾くして、高天原動みて、八百万の神共に咲ひき。

（『古事記』上巻、山口佳紀・神野志隆光校注・訳『古事記（新編日本古典文学全集）』小学館、一九九七年）

とあるように、ここが地上の香具山の話なのか、高天の原の話なのか判別し得ない神話表現となっている。しかも、「アメノ（天の）カグヤマ」が、省略されることなく繰り返されている。つまり、舒明国見歌は、『古事記』や『日本書紀』の神話に示された「天の香具山」に対する観念と強く結びついて形成されていると見てよいのである。とすれば、舒明天皇の国見歌は、天武天皇の修史事業によって、神話が再編され、今日見ることのできる『古事記』や『日本書紀』の神話世界が形成された天武、持統朝に形成された歌と見ることができるだろう。

少なくとも、「天の香具山」という観念を抜きに、舒明天皇国見歌は成立し得ないのである。このことの証左となるのは、持統御製歌に、

天皇の御製歌

春過ぎて　夏来るらし　白たへの　衣干したり　天の香具山　（巻一の二八）

とあることである。[4]持統迎夏歌は、その配列より見れば、藤原京遷都以前の歌と考えられるべきで、明日香宮の時代に歌われた歌である。したがって、これを一つの目安とすれば、舒明天皇御製歌は、天武朝後半から、持統朝に形成され、舒明天皇の歌として伝えられた歴史があった、と推考することができる。

舒明天皇が登るのはあくまでも「天の香具山」でなくてはならず、その「天の香具山」という神話的観念が形成されるのは、「高天の原」の観念が生まれる持統朝と見なくてはならないであろう。とすると、舒明天皇が香具山において国見をしたとする伝承は、明日香に住む人びとから発想された観念であるということができるのではないか。そう考えを進めてみると、北から南の明日香を俯瞰する場所として、香具山が選ばれたと見るべきであろう（図1－1）。つまり、香具山（北）⇕明日香（南）という軸で、舒明国見歌は発想されているのである。すなわち、舒明天皇は北の香具山から明日香を見たとする伝承が、天武朝後半から持統朝に形成されたのであろう。天から降ってきた天の香具山から、南面して明日香を望んだとする伝承が天武、持統朝に形成されたのではないか。それは、天子南面の思想に由来するものであろう。

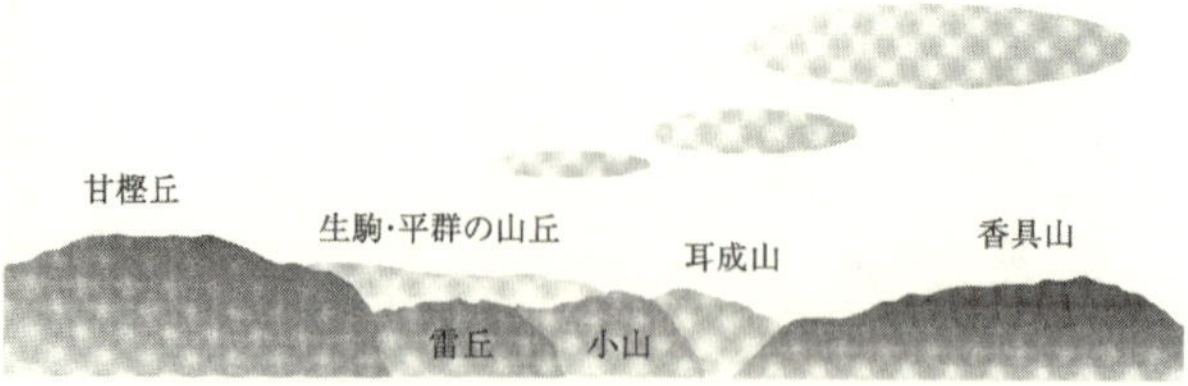

図１－１　伝飛鳥板蓋宮跡から北を望む風景

（注）　このスケッチでは、近景の山を濃く、遠景になるにしたがって薄く描いた。

上野〔2008年〕より。

この香具山の頂上と明日香の宮域の中心を結ぶのが、中ツ道で、この道は飛鳥寺の西門を通り、橘寺の南のミハ山に到達する道である。もちろん、これは、香具山までの中ツ道を延伸して推定されるコースではあるのだけれども、飛鳥寺の西門前の道が香具山の頂上に達するということを多くの人びとに想起させる道である。以上のように考えてゆくと、舒明天皇国見歌は、南北軸から発想されている、と考えざるを得ないのである（図１－２）。

これまでの議論を、「見る側」と「見られる側」という立場で整理してみると、次のようになるだろう。「見る側」の舒明天皇は、天皇という権能において呪的に南を見て祝福する。「見られる側」は、一義的には可視の範囲にある明日香の人びとが見られることで祝福されることになる。それが、二義的には「あきづ島　大和の国」として、すべての国土が含み込まれることになるのである。そう見なければ、なぜ香具山という具体的な場所を指定して登って国見をしたのかということを、整合的に説明できないのではなかろうか。

つまり、これを伝承の形成という面から見れば、明日香に住む人びとが形成した伝承であり、そこから望む景は一義的には南の明日香が想定されているといってよいだろう。対して、二義的には「国土」のすべてが俯瞰されているということになるのであろう。

以上を整理すると、舒明天皇の国見歌は、次のように整理されることにな

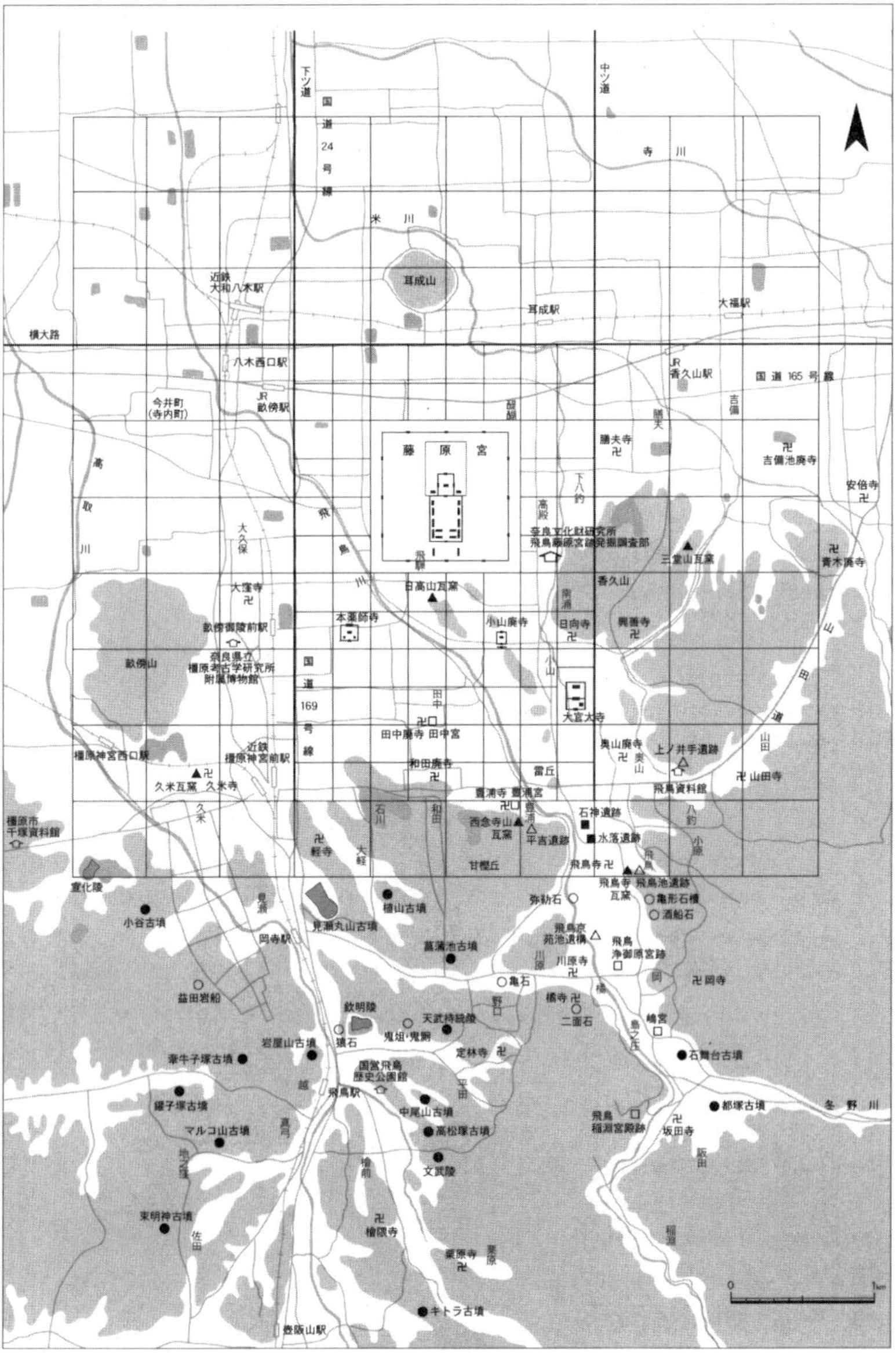

図1－2　飛鳥・藤原地域の地図

奈良文化財研究所「飛鳥・藤原京展――古代律令国家の創造」朝日新聞社〔2003年〕180頁より。

る。

見る側……………舒明天皇／見るという天皇の権能
見られる側……可視範囲（一義的）／あきづ島大和の国のすべて（二義的）
一義的…………香具山を望み得る地域の人びとの歌、ことに明日香に住む人びと
二義的…………見ることによって祝福される国土に住まうすべての人びとの歌

おわりに

明日香に住む人びとにとって、舒明天皇は明日香のはじまりの天皇であった。その天皇が、香具山から南面して一義的には明日香を、二義的には国土を祝福するという伝承が、天武朝後半から持統朝に形成されたと考えられよう。具体的な一地点が明示されているにもかかわらず、景の叙述が国土全体を祝福したものになっているのは、そのためであると思われる。

大和三山のうち、伝板蓋宮を中心とする地域から望み得るのは、香具山と耳成山のみである。畝傍山は、甘樫丘にさえぎられて見ることができない。見ることができる二山のうち、もっとも近景に大きく見えるのは、香具山であり、明日香は三山のうちでもっとも小ぶりな香具山が、もっとも大きく見える場所なのである。その香具山の麓の藤井が原の地に遷都が計画されはじめた天武朝の後半から持統朝こそ、高天の原神話が形成された時期なのであった。そして、それはとりもなおさず香具山が、「天の香具山」として特別に神聖視された時期でもあった。この時代に、舒明天皇が「天の香具山」に登り国見をしたとする伝承が形成されたのであろう。その香具山と明日香の宮域は中ツ道という南北道路によって、結ばれている。舒明天皇が、国のかたちを見るという伝承は、見られる

明日香の側から発想され、歌となり、伝承として定着したというのが、筆者の臆説である。では、縷々論じてきた明日香は、続く奈良朝、平安朝には、どのような場所として認識されてゆくのだろうか。次項の付説において、考えを述べておくこととする。

注

（1）もちろん、諸家が説き尽くしているように、雄略御製歌が巻頭に据えられた意義も当然ある。

（2）同時に舒明天皇の父も、舒明皇統の時代には讃仰されることとなる。たとえば、舒明天皇の父・押坂彦人大兄は、「皇祖大兄」と称されている（『日本書紀』孝徳天皇大化二年［六四六］三月条）。これは、押坂彦人大兄が、皇極、孝徳、天智、天武の各天皇の祖父であり、自分たちの皇統の祖たる舒明天皇の父として「皇祖大兄」たる呼称で敬われていたことを意味しよう。

（3）見ることの呪的性格、そのタマフリ的意義については、土橋寛、中西進、立花直徳、大石泰夫らが、それぞれの研究の文脈の中で触れている。本節では、それらについて、一つ一つは言及し得ない。すでに諸氏の研究は、学界の共有財産になっていると思われ、ご寛恕を乞う。また、管見の他にもあるはずである。

（4）我田引水となるが、持統太上天皇の歌と伝えられる巻二の一六一番歌に登場する「南向山」が香具山であるとするなら、明日香と香具山は、北の香具山と南の明日香という軸で理解されていたことを補強する傍証となろう。

参考文献

青木周平　一九八六年「舒明天皇国見歌の神話的表現」『日本文学論究』第四十五冊所収、國學院大學文学会。
伊藤　博　一九七四年『萬葉集の構造と成立（上）』塙書房。
稲岡耕二　一九九〇年「初期万葉歌の記定」『松田好夫先生追悼論文集　万葉学論攷』所収、続群書類従完成会。
井上和人　二〇〇八年『日本古代都城制の研究――藤原京・平城京の史的意義』吉川弘文館。

上野　誠　一九九七年『古代日本の文芸空間——万葉挽歌と葬送儀礼』雄山閣出版。
——　二〇〇八年『大和三山の古代』講談社。
内田賢徳　一九九二年『萬葉の知』塙書房。
小澤　毅　二〇〇三年『日本古代宮都構造の研究』青木書店。
川口勝康　一九七七年「舒明御製と国見歌の源流」『万葉集を学ぶ　第一集』有斐閣。
神野富一　一九八二年「舒明天皇国見歌攷」『甲南国文』第二十九号所収、甲南女子大学日本語日本文学科。
岸　俊男　一九七七年「万葉歌の歴史的背景」『宮都と木簡——よみがえる古代史』吉川弘文館。
——　一九八四年『古代宮都の探究』塙書房。
——　一九八八年『日本古代宮都の研究』岩波書店。
——　一九九一年『古代史からみた万葉集』学生社。
鉄野昌弘　一九九六年「『国見的望郷歌』試論」『東京女子大学日本文学』第八十五号所収、東京女子大学日本文学研究会。
——　一九九七年「『国見歌』覚書」『国文学　解釈と鑑賞』第六十二巻第八号所収、至文堂。
——　一九九九年「舒明天皇の望国歌」神野志隆光・坂本信幸編『初期万葉の歌人たち（セミナー　万葉の歌人と作品　第一巻）』所収、和泉書院。
山路平四郎　一九六四年「国見の歌二つ」『国文学研究』第二十九号所収、早稲田大学出版部。
渡瀬昌忠　一九七六年『柿本人麻呂研究——島の宮の文学』桜楓社。

初　出

「明日香からの視線で舒明天皇御製歌を読む」美夫君志会編『万葉集の今を考える』新典社、二〇〇九年。

付　奈良時代、平安時代の明日香

年月もね
それほど経っていないのにさぁ
　明日香川のね
　浅瀬に置いておいた
　飛び石ももうなくなっている
　　――世ノ中無常ナリ――
（巻七の一一二六釈義）

はじめに

『万葉集』の編纂者にとって、明日香の時代は遥か遠い時代であった。たとえば、『万葉集』の聖徳太子歌の題詞には、詳細な注記が付いているのである。

上宮聖徳皇子、竹原井に出遊でましし時に、竜田山の死人を見悲傷して作らす歌一首〔小墾田宮に天の下治めたまひし天皇の代。小墾田宮に天の下治めたまひしは豊御食炊屋姫天皇なり。諱は額田、諡は推古〕

家ならば　妹が手まかむ　草枕　旅に臥やせる　この旅人あはれ
（巻三の四一五）

当該歌は、巻三の挽歌部の冒頭に置かれている歌であり、理想の皇太子たる聖徳太子の「慈悲」の心を示す歌である。行き倒れになった人物に声をかける聖徳太子の説話は、太子の慈悲の心を示すものとして、『日本書紀』や『日本霊異記』などにも収載されているところである。巻三の挽歌部の冒頭にこの歌が据えられているのは、当該の説話が太子の遺徳を示すものとして人口に膾炙し、編纂者はそういう歌を冒頭に掲げることに意味を感じたのであろう。なぜならば、『万葉集』は巻頭に、雄略天皇のような偉大なる人物の古歌を引用するからである。つまり、一種の権威付けである。

しかし、『万葉集』の編纂が行なわれた奈良時代の終わりころには、上宮聖徳皇子の名前や事跡は想起できたとしても、その時代を容易に想起することはできなかったのではないか。だから、「小墾田宮御宇天皇代、小墾田宮御宇者豊御食炊屋姫天皇也、諱額田謚推古」という、天皇の御代、和風謚号、忌み名、漢風謚号のすべてが注記されているのであろう。これは、天皇の御代ごとに編纂され、天皇について丁寧な注記をほどこす巻一、巻二に比してもきわめて詳細な注記といわねばならない。

「推古」という漢風謚号が物語るように、推古以前は奈良時代の人びとにとって遠い時代であった。『古事記』が推古天皇で終わり、『古事記』の伝える最も新しい歴史的事実が舒明天皇の即位であることを考え合わせると、舒明朝以降を「今」に繋がる歴史と見ていたことは間違いない。それは、従来から多くの歴史や文学の研究者が注目してきた事実である。『万葉集』巻一が雄略天皇御製歌からはじまり、次にいきなり舒明天皇の時代に飛び、舒明天皇の国見歌が二番歌に据えられている理由も、ここにあるのである。つまり、舒明天皇以降、その皇統に連なる人びとが即位をしてきたことを考え合わせれば、舒明朝以降が奈良時代の人びとにとっての「今」のはじまりだったのだろう。このことは、われわれが明治維新を、一つの歴史的転換点として捉え、以降を「今」に直接繋がる歴史と考えるのと同じである。以上、推古天皇から舒明天皇へという時代を歴史の転換点とする認識があったことを述べてきた。実はこの二人の天皇こそ、明日香の発展の基礎を作った天皇なのであった。

明日香に初めて天皇の居所が営まれたのは、推古天皇の豊浦宮を嚆矢とする。そして、続く小墾田宮は平安時代初期までその命脈を保つことになる。推古天皇は、明日香に宮を営んだ最初の天皇だったのである。対して、舒明天皇が営んだ岡本宮は、明日香のなかでも中核的機能をもつ宮となって、六三〇年から藤原に都が遷る六九四年までの間、恒常的天皇正宮としての役割を果たすこととなるのである。現在、飛鳥岡本宮、飛鳥板蓋宮、後飛鳥岡本宮、飛鳥浄御原宮は、同一地に営まれ続けた明日香の正宮と考えられている〔小澤　一九九五年〕。つまり、明日香は舒明皇統の記念すべき創業の地なのであった。明日香に都が遷って、『古事記』はその幕を閉じるのであり、それは古事すなわちフルコトの終焉を意味すると考えてよい。そして、真の万葉の時代が、舒明天皇の御代からはじまるのである。

一　われわれの歴史は明日香からはじまる

つまり、奈良時代の人びとは、今のわれわれに直接繫がる歴史は明日香からはじまるという意識を持っていたのである。五九二年の推古天皇の豊浦宮から、六九四年の藤原遷都にいたる一〇二年間が明日香の時代であり、続く藤原京は明日香京を拡大した都であった。すでに、諸家が説き尽くしたように、「新益京」という名称もこの事実に基づくものである。

ところで、『万葉集』では、平城遷都以降、フルサトといえば明日香を指すという原則があった。すなわち、明日香での生活体験を共有した人びとにとっては、明日香は皆が共有するフルサトなのである。万葉貴族は、個別に本貫地を持っているが、明日香は多くの人びとが心のうちに共有するフルサトだったといえよう。このような意識は平城京において育った次世代にも受け継がれたのであった。山部赤人が、明日香を追懐するのもそのためである。

神岳に登りて、山部宿禰赤人が作る歌一首〔并せて短歌〕
みもろの　神奈備山に　五百枝さし　しじに生ひたる　つがの木の　いや継ぎ継ぎに　玉葛　絶ゆることなく
ありつつも　止まず通はむ　明日香の　古き都は　山高み　川とほしろし　春の日は　山し見が欲し　秋の夜
は　川しさやけし　朝雲に　鶴は乱れ　夕霧に　かはづは騒く　見るごとに　音のみし泣かゆ　古思へば
反歌
明日香川　川淀去らず　立つ霧の　思ひ過ぐべき　恋にあらなくに　（巻三の三二四、三二五）

この赤人歌においても確認できるように、フルサトを代表する景は、明日香のカムナビと、明日香川である。そのことは、次に挙げる歌からも、確認することができる〔上野　一九九七年〕。

故郷を偲ふ
清き瀬に　千鳥妻呼び　山の際に　霞立つらむ　神奈備の里
年月も　いまだ経なくに　明日香川　瀬々ゆ渡しし　石橋もなし　（巻七の一一二五、一一二六）

したがって、奈良時代の天皇にとって明日香の地を訪れることは、皇統の創業の地を訪れることであった。以上のような理由から、吉野や紀伊国に行幸する場合においても、明日香古京にわざわざ宿泊したのである。

幣帛を　奈良より出でて　水蓼　穂積に至り　鳥網張る　坂手を過ぎ　石橋の　神奈備山に　朝宮に　仕へ奉りて　吉野へと　入ります見れば　古思ほゆ

反歌

月も日も　変はらひぬとも　久に経る　三諸の山の　離宮所

右の二首、ただし、或本の歌に曰く、「旧き都の　離宮所」といふ。

（巻十三の三二三〇、三二三一）

「朝宮に」とあるのは、泊まった翌朝ということであり、この行幸では平城宮を朝出発し、明日香に泊まって翌日吉野に入ったようである。その姿は、壬申の乱やそれに続く天武天皇、持統天皇の吉野行幸とも重ね合わせられ、「古思ほゆ」という結句に繋がっているのである。

つまり、奈良時代においても日並皇子ゆかりの島宮や小墾田宮が存続するのは、このような創業の地という認識があったからであろう。飛鳥時代、一〇二年間の正宮の基礎を作った舒明天皇、壬申の乱に勝利して都を明日香に戻した天武天皇、天武天皇と持統天皇の子として、奈良時代に皇統の始祖と仰がれた日並皇子。明日香を訪れるということは、こういう父祖ゆかりの地を訪れることだったのである。

二　称徳天皇の明日香巡幸

さて、舒明皇統、続く天武皇統の後継者という意識を強く持っていた天皇に、孝謙・称徳天皇がいる。淳仁天皇と不和となった孝謙太上天皇は、宣命第二十七詔で、次のように自らの即位事情を語る。

六月庚戌、五位已上を朝堂に喚し集へて、詔して曰はく、「太上天皇の御命以て卿等諸に語らへと宣りたまはく、朕が御祖太皇后の御命以て朕に告りたまひしに、岡宮に御宇しし天皇の日継は、かくて絶えなむとす。女子の継には在れども嗣がしめむと宣りたまひて、此の政行ひ給ひき。……」

（『続日本紀』巻第二十四、淳仁天皇　天平宝字六年〔七六二〕六月三日条、青木和夫他校注『続日本紀　三（新日本古典文学大系）』岩波書店、一九九二年）

ここで、孝謙太上天皇は、「岡宮に御宇しし天皇」すなわち日並皇子の皇統を継ぐ男子がいないために女性ではあるが、自分が即位をした、と述べているのである。つまり、孝謙・称徳天皇には、唯一の日並皇子皇統の継承者という自負があったのである〔瀧浪　一九九一年〕。かくのごとき強烈な直系意識が、日並皇子の血を引かない傍系の淳仁天皇との不和を招いたことは、想像に難くない。淳仁天皇は、舒明天皇と天武天皇の血を引くが、舎人皇子の子であり、称徳天皇からすれば、傍系と映ったのである。

その称徳天皇が天平神護元年（七六五）の冬十月十三日に明日香を訪れる。それは、紀伊国行幸の途次のことであった。この行幸は、聖武天皇の即位儀礼の一環として行なわれた紀伊国行幸を意識して行なわれたと考えられる。すなわち、神亀元年（七二四）冬十月の聖武天皇の玉津島行幸である。おそらく、それは、重祚した自分以外に正統な皇嗣はいないのだということを内外に示す目的を持った行幸であった、と思われる。その旅程を『続日本紀』は詳細に伝えている。天皇一行は、十三日の早朝平城宮を出発、夕刻に明日香に着き、小墾田宮に宿泊している。続く十四日には、大原、長岡をまわり明日香川を巡見し、さらに小墾田宮にもう一泊。そして、翌日は日並皇子の真弓丘陵に詣でて、宇智郡に至っている。つまり、称徳天皇は明日香に二泊もしているのである。

さて、最初の訪問地である大原は、天武天皇とその妻・藤原夫人の、

　　天皇、藤原夫人に賜ふ御歌一首

我が里に　大雪降れり　大原の　古りにし里に　降らまくは後

藤原夫人の和へ奉る歌一首
我が岡の　竈に言ひて　降らしめし　雪の摧けし　そこに散りけむ
（巻二の一〇三、一〇四）

で知られるように、藤原夫人の居所だった場所である。筆者が注意したいのは、天武天皇の「大原の　古りにし里」という呼びかけに対して、その大原を「我が岡」と返している点である。つまり、大原は「岡」の一部と認識されていたのであった。

皇族出身者以外では初めて「夫人」になった藤原夫人は、天武天皇亡き後、藤原不比等の妻となって、藤原麻呂を産んだ女性である。巻八の雑歌の冒頭部には次のような歌が据えられている。

藤原夫人の歌一首〔明日香清御原宮に天の下治めたまひし天皇の夫人なり。字を大原大刀自といふ。即ち新田部皇子の母なり〕
ほととぎす　いたくな鳴きそ　汝が声を　五月の玉に　あへ貫くまでに
（巻八の一四六五）

当該歌が巻八の「夏の雑歌」の冒頭に据えられているのも、一つの「権威付け」である。ここでも、注記に注目してみよう。題詞の注記には、藤原夫人が天武天皇の夫人であったこと、大原大刀自と呼ばれていたこと、新田部皇子の母であることが記されている。つまり、藤原夫人はその居所から、「大原大刀自」とも呼ばれていたことがわかるのである。以上のことを勘案すれば、称徳天皇は、「我が岡」と詠まれた大原の藤原夫人の故居を訪ねた、と結論付けることができる。

次に長岡であるが、これは今もって不明とされている。しかし、筆者は長岡を、日並皇子に追贈された岡宮天皇の「岡」と関係づけて、現在考えている。この「岡宮天皇」の由来となった「岡」とは、「飛鳥岡」ではなかろうか。現在の飛鳥坐神社の鎮座地、鳥形山から岡寺へ、そこから島宮へと南北に伸びる丘陵こそ「長岡」なのであろう。実は、この飛鳥岡の南の端に島宮があるのである。つまり、長い岡という意味で「飛鳥岡」を「長岡」と称することもあったのではなかろうか。「飛鳥岡」という呼称は、明日香以外の土地の「岡」と区別する呼称なのであって、明日香にあっては単に「岡」と称すれば事足りたはずである。日並皇子に対して、「岡宮天皇」という名前が追贈されるのは、この「飛鳥岡」の南端に島宮があったからであろう。その麓が「岡本」であり、この「岡本」が舒明朝以来の明日香の正宮が営まれた地なのである。後代の史料とはなってしまうのだが、『釈日本紀』『本朝皇胤紹運録』『帝王編年記』などは、日並皇子の追号を「岡宮天皇」ではなく「長岡天皇」と伝えている。とすれば、日並皇子は「長岡」を居所とした天皇という意味で、「長岡天皇」という尊号が贈られたのであろう。この岡の北に大原があり、中央部に岡寺があるのである。

以上のように考えると、『続日本紀』が示した大原⇩長岡⇩明日香川という称徳天皇の巡幸の道も無理なく理解できる。朝、小墾田を出発。まず、南北に伸びる長岡の北麓にあたる大原を訪ね、そこから南進し、島宮のある長岡の南端まで行き、明日香川を望んだのであろう。そうすれば、真神の原を眼下に望みながら、島宮に行ける。そして、翌日は曾祖父・日並皇子の真弓丘陵に詣でているのである。これらのことを勘案すれば、称徳天皇の明日香巡幸は皇統創業の地を巡ることに意味があった、との結論を導き出すことができよう。だから、称徳天皇は「我が岡」（巻二の一〇四）の大原に登ったのである。

三　その後の大和三山

明日香古京を代表する景が、明日香川と明日香のカムナビであるとすれば、明日香を拡張した都である藤原京を代表する景は、大和三山といえる。「藤原宮の御井の歌」（巻一の五二）については、すでに、第一章第二節において見たところである。大和三山のなかでもとりわけ、香具山を大和の山の代表であるという認識が当該歌にはあるようである。それは、香具山に「大和の」という句を冠しているからである。

明日香に住む人びとにとっては、藤原と明日香は別地域として認識されていたことは、この歌の前に、

明日香宮より藤原宮に遷居りし後に、志貴皇子の作らす歌

采女の　袖吹き返す　明日香風　京を遠み　いたづらに吹く（巻一の五一）

が置かれていることによってわかるが、平城遷都後は一体の地域として認識されていたのではなかろうか。つまり、平城京の生活者から見ると明日香と藤原の違いはあまり意味がないのである。唐突ではあるが、一つの例を挙げてみよう。筆者はかつて東京都文京区に住んでいたが、現在は奈良市に住んでいる。その奈良では、現在、文京区と新宿区の違いを意識することなどほとんどない。平城京の生活者が、明日香と藤原を一つの地域として考えるのも、これと同じであろう。

この香具山は、天の岩戸神話の舞台ともなっており、天界から降ってきたという伝承もある。だから、『延喜式』の神名帳などをみると、その山麓には古社が密集している。

畝尾に坐す健土安神社〈大、月次・新嘗〉

耳成山口神社〈大、月次・新嘗〉　竹田神社　坂門神社〈鍬・靫〉

子部神社二座〈みな大、月次・新嘗〉　畝尾都多本神社〈鍬・靫〉

天香山に坐す櫛真命神社〈大、月次・新嘗、もとは大麻等乃知神と名づく〉

（虎尾俊哉編『延喜式　上』集英社、二〇〇〇年）

つまり、平安時代においても大和三山なかんずく香具山は神域と考えられていたのである。『日本後紀』延暦二十四年（八〇五）十二丁巳条に、畝傍山、香具山、耳梨山の木材を伐採しないようにとの勅が出ている。国吏が寛容で、今までは、禁制にしていなかったが、今から以降は、厳しく伐採を取り締まるようにという命令である。すなわち、平安時代初期までは、大和三山を神域として、その景観保全が図られたのである。

香具山の西麓には、高市皇子の居所があったことは、『万葉集』の高市皇子挽歌（巻二の一九九）によって知ることができる。この香具山宮は、鬼頭清明が推定するように、香具山正倉として八世紀にも受け継がれていたようである（鬼頭　一九九二年）。近年の発掘において、香具山の山麓から掘立柱建物群が見つかり、そのうち八世紀代に使われていたと見られる井戸から「香山」と墨書された土器が発掘されている（奈良国立文化財研究所編　一九八七年）。「香山」とは香具山のことであるから、香具山の麓の役所において使用されていたものであろう[1]。

以上のように考えると、明日香と香具山の近辺には、平安朝初期まで離宮やその他の施設が維持せられ、さらには神域としてその景観の保全が図られていたことがわかる。したがって、明日香と藤原の旧都は、奈良時代まではいくつかの建物群によって、その威厳を保つべく維持、管理されていた、と考えることができよう。もちろん、往時の面影はないにしても、大和三山が禿山になるようなことを、奈良朝から平安朝はじめまでの為政者は好まなかったのである。それは、父祖の地、フルサトだからである。こういった事実を踏まえて次の歌を読んでみたい。

古の　事は知らぬを　我見ても　久しくなりぬ　天の香具山

（山を詠む、巻七の一〇九六）

大昔のことは知らないが、私が見てからも久しくなった……と香具山のことを述べている。逆に、このような言い方がなされるのは、香具山に関する故事が語られていたからである。その故事について、作者たる「我」自身は詳しくないのだが、と前置きして歌ははじまる。そこから、作者が言いたかったことは何か。何も古いことを知らない「我」にも、その景観から歴史の重さは伝わってくる、ということであろう。

四　長屋王家の耳梨御田、大伴氏の竹田庄

これまで、平城遷都後の明日香と藤原に関して縷々述べてきた。この地には、いくつかの離宮や正倉などの建物が残され、旧都の威厳が損なわれないようにされていたようである。その藤原の周辺には、貴族が経営する農園が平城京の時代にも存していたのであった。いわゆる初期荘園である。これらの荘園は、平城遷都以前に都の周辺において、獲得され、相続されていったと推定することができる。高市皇子から長屋王に引き継がれたと考えられる「御田」に「耳梨御田」がある。そこには「耳梨御田司」と呼ばれる農園を管理する司が置かれていたようである。

・耳梨御田司進上〔芹二束　智佐二把　古自二把　河夫毘一把〕右四種進上婢
・間佐女　今月五日太津嶋　　340・28・4　011　TD11

（奈良国立文化財研究所編『平城宮発掘調査出土木簡概報　第二十一――長屋王家木簡　一』奈良国立文化財研究所、一九八九年）

「耳梨御田」から、「芹」や「智佐（チシャ）」といった野菜類が、平城京の長屋王邸宅に運ばれていることがわかる。ちなみに、この木簡に登場する「太津嶋」は、この「耳梨御田」の管理責任者の一人である。また、野菜を運

んだのは「間佐」と呼ばれた女性であった。野菜は、無事に届けられ、木簡は用済みとなって平城京の邸宅で破棄されたのであろう。つまり、長屋王家の食膳には、耳梨山の麓から届けられた野菜も供されていたのである。

この長屋王の「耳梨御田」の眼と鼻の先に営まれていたと考えられるのが、大伴氏の「竹田庄」である。『万葉集』の巻八は、天平十一年秋の大伴氏の人びとの動向をわれわれに伝えてくれる資料ともなる。

大伴家持、姑坂上郎女の竹田の庄に至りて作る歌一首
玉桙の　道は遠けど　はしきやし　妹を相見に　出でてそ我が来し
大伴坂上郎女の和ふる歌一首
あらたまの　月立つまでに　来まさねば　夢にし見つつ　思ひそ我がせし
右の二首、天平十一年己卯の秋八月に作る。（巻八の一六一九、一六二〇）

この年の稲刈りの季節、大伴坂上郎女は竹田庄に下向していたのである。収穫期に庄に下向するのは、収穫した稲の倉入れに関して、実地検分をするためであろう。しかし、家持は平城京での勤務などのため、姑がいる竹田庄を訪れることができなかったのである。ようやくやってきた家持は、照れ隠しもあって、道のりは遠いのですが、いとおしいあなたに逢うためにやってきました、と歌ったのであった。対して、大伴坂上郎女は恋人のように——月が変わるまで、やってこないから、夢を見ながら待っていましたよ——と応じているのであった。まさに、家族間のじゃれあいの世界である。

家持が竹田から平城京に戻ると、大伴坂上郎女のさびしい田舎暮らしが再びはじまったようだ。

大伴坂上郎女、竹田の庄にして作る歌二首

然とあらぬ　五百代小田を　刈り乱り　田廬に居れば　都し思ほゆ

こもりくの　泊瀬の山は　色付きぬ　しぐれの雨は　降りにけらしも

右、天平十一年己卯の秋九月に作る。

（巻八の一五九二、一五九三）

「田廬」とは雨露をしのぐだけの仮の小屋のことであるが、これは東野治之が指摘しているように、「庄」の宿泊施設を卑下していったものであろう〔東野　一九九六年〕（第六章第一節）。とすれば、「田廬に居れば」という言い方で、庄での生活を卑下していることになる。この「田廬」に対比されるのは、平城京での生活である。彼女は都での生活を想起しながら、竹田から泊瀬の紅葉を歌ったのである。

筆者は、宅と庄との人、物、書簡の往来を基礎として成立した文芸を、〈宅庄往来の文芸〉と呼ぶことにしている〔上野　二〇〇〇年〕。つまり、明日香のその周辺には、御田、御園、庄があり、農繁期には万葉貴族も彼の地に下向していたのである。こういう御田、御薗、庄への下向の機会というものを踏まえて、今後は万葉歌の地域的広がりを見てゆく必要もあるのではなかろうか。

おわりに

都として機能している明日香や藤原を論ずるとすれば、それは天皇宮を中心に広がる律令各官司の建物群、皇子たちの邸宅、外国使節を歓待する建物群、壮麗な寺院群を想起しなくてはならない。そういった王都としての機能を持っていた明日香と藤原の地を、われわれは、『日本書紀』と近年の発掘の成果を重ね合わせることによって復元してきた。しかし、万葉の明日香は、主として平城遷都後の明日香を歌うものが中心であることを、忘れてはならない。

明日香と藤原の地は、平城遷都以降、万葉びとにとっての心のフルサトとなっていったことは縷々述べたとおりである。だから、万葉の明日香は、山も川も美しい心のフルサトとして歌われるのである。つまり、それは極度に〈理想化された景〉といえるだろう。現在、多くの日本人が思い浮かべるのは、このフルサト明日香のイメージである〔上野　二〇〇二年〕。これに対して、明日香といって、霞ヶ関の官庁街や新宿の高層ビル群を思い浮かべる人はいないだろう。本付説においては、万葉のフルサト明日香のイメージの母胎となる「それからの明日香」についてあらあらのスケッチを試みた。次節においては、平城京生活者が三笠山をどう見ていたのか、考えてみたい。

注

（1）高市皇子の香具山宮が、香具山正倉に繋がるという説については、藤原京左京六条三坊の発掘調査が進んできたことから、見直しが進められる可能性がある〔奈良文化財研究所　二〇一七年〕。報告書は、文献上、この説が成り立つ余地があることを述べつつも、いまだ大規模倉庫施設が検出できていないこと、高市皇子宮としては、推定地が狭すぎることなどを挙げて、藤原京左京六条三坊の調査地内に、高市皇子の香具山宮を求めることを困難であるとしている。ただ、調査報告書も、きわめて慎重に「現状では」と記述されており、今後の発掘成果の推移を注意深く見守ってゆきたい、と思う。

参考文献

上野　誠　一九九七年　『古代日本の文芸空間――万葉挽歌と葬送儀礼』雄山閣出版。
――　二〇〇〇年　『万葉びとの生活空間』塙書房。
――　二〇〇二年　「飛鳥の観光政策に関する若干の提言――歴史的文化資源のワイズユースという観点から」『奈良大学総合研究所特別研究成果報告書』所収、奈良大学総合研究所。

小澤　毅　一九九五年「小墾田宮・飛鳥宮・嶋宮――七世紀における宮都空間の形成」奈良国立文化財研究所編『文化財論集Ⅱ』所収、同朋出版。
鬼頭清明　一九九二年『古代宮都の日々』校倉書房。
瀧浪貞子　一九九一年『日本古代宮廷社会の研究』思文閣。
東野治之　一九九六年『長屋王木簡の研究』塙書房。
奈良国立文化財研究所編　一九八七年『飛鳥・藤原宮跡発掘調査概報十七』奈良国立文化財研究所。
奈良文化財研究所　二〇一七年『飛鳥・藤原宮発掘調査報告Ⅴ――藤原京左京六条三坊の調査（奈良文化財研究所学報第九十四冊）』奈良文化財研究所。

初　出

「それからの明日香」『東アジアの古代文化』第百十三号、大和書房、二〇〇二年。

第四節　平城京と三笠山の月

春日にある　三笠の山に
　月の舟が出たよ
　都の伊達男たちが
　飲む酒杯に
　　その影を映してね——
　　その影を映してね——
（巻七の一二九五釈義）

はじめに

唐土にて月を見てよみける　　阿倍仲麻呂
天の原　ふりさけ見れば　春日なる　三笠の山に　いでし月かも

この歌は、「昔、仲麻呂を唐土に物ならはしに遣はしたりけるに、あまたの年を経て、え帰りまうで来ざりけるを、この国より又使ひまかりいたりけるに、たぐひてまうできなむとていでたちけるに、明州という所の海辺にて、かの国の人うまのはなむけしけり。夜になりて、月のいとおもしろくさしいでたりけるを見てよめる」となむ語り伝ふる

（『古今和歌集』巻第九の四〇六、小沢正夫・松田成穂校注・訳『古今和歌集（新編日本古典文学全集）』小学館、一九九四年、ただし、私意により改めたところがある）

管見の限り、当該歌についてもっとも適切であると思われる評言は、窪田空穂の「作意は、いま、天の原に現われて来た月に対して、若かったとき、本国の奈良で、春日の三笠の山から出た月の面影を認め、その対照によって、昔の恋しく、本国の恋しい心を余情としているものである」というものであろう〔窪田　一九六五年〕。

しかし、こういった評言が可能なのは、詞書および左注に示された阿倍仲麻呂伝のなかで歌を機能させて享受するからにほかならない。したがって、歌だけを見ると、窪田も続いて述べているように「これを形の上から見ると、『万葉集』にあっては、『天の原ふりさけ見れば』も、『春日なる三笠の山』も、ほとんど成句に近いまでのもので、何らの新しさもない。おそらく万葉集に入れても単純な方の歌である」ということになる。ために、当該歌を奈良時代の歌とみる研究者も多い（〔平山　一九七〇年〕など）。

本節では、阿倍仲麻呂の伝と、歌とをいったん切り離して、歌の表現の特徴を万葉歌の歌表現と比較して考察し、そのいわんとするところを探りたいと思う。当該歌については、仲麻呂実作説や後人仮託説、伝承歌説があるのだが、まずは歌そのものの理解を深めることが先決ではないのか、と考えるからである〔小川　一九六八年〕〔杉本　一九六八年〕〔黒川　一九七五年〕。

そこで、まず注意しなくてはならないのは、学校文法でいうところのいわゆる回想の助動詞「き」が使用されている点であろう。ために「いでし月」は、自らがかつて現実に見た月ということになる。すると、詠歌の時場は、昔に対する今であり、奈良以外の他郷ということになる。もう一つ、注意しておくべきことがある。それは、末句が終助詞「かも」で結ばれていることである。『万葉集』では「かも」が用いられるが、『古今集』においては「かな」が一般的となる。『古今集』においては「かも」は五例を数えるのみだが、対して「かな」は六十八例もある〔片桐　一九九八年〕。この点を考慮すれば、次の二つの可能性を想定しておく必要があるであろう。一つの可能性は、万葉時代に生きた作者が「かも」と表現した可能性。もう一つの可能性は、「かな」ではなく「かも」を使用することで古歌であることを後人が装った可能性である。

もちろん、後者は、仮託説や伝承説に立つ考え方であるが、筆者はこの当否を判断することは不可能であると考える。なぜならば、古歌か古歌を装う歌であるかを短歌体一首の表現だけでは、判断し得ないと考えるからである。ただし、どちらであるにせよ、『古今集』は、その序文に述べられているように、「『万葉集』に入らぬ古き歌」も献上せよとの命を受けて編纂された書物である。したがって、当該歌を古歌と考えた場合、『古今集』の時代の古歌である万葉歌の表現と比較考究することについては、一定の意味があると考えている。また、それが、たとえ古歌を装った歌であったとしても、万葉歌の表現との比較考察は一定の意味があると考える。考察が有効であると考える理由は二つある。第一の理由は、当該歌は奈良の歌であり、『古今集』には、三笠山の月を歌う歌が他には一首もないこと。第二の理由は、すでに『万葉集』時代において確立していた類型表現によって造型された歌だからである。したがって、筆者は、万葉歌と比較することは、あながち不当とはいえないと考える。

ために、本節では、「昔」奈良で見た月を、「今」他郷で回想して歌った歌ということ以外に何の前提も考慮しないことにする。まずは、詞書も左注も、阿倍仲麻呂の伝も、考慮せずに、万葉歌の類型表現のなかでだけで、当該歌の表現の特色を考えてみたいのである。なお、本節にいう「御蓋山」＝「三笠山」は、地籍図等に「御蓋山」と表記される山であり、山頂に春日大社の本宮神社（浮雲宮）の鎮座する山であって、現在の若草山（葛尾山）の別称ではない。

一　「春日なる三笠の山にいでし月」とは

『万葉集』には、「春日なる三笠の山」という表現が、四例ある。「春日ニアル三笠ノ山」ということだが、これは当然、春日の地の範囲の内にあるという表現である。

①春日なる　三笠の山に　月の舟出づ　みやびをの　飲む酒坏に　影に見えつつ　（巻七の一二九五）
②春日なる　三笠の山に　月も出でぬかも　佐紀山に　咲ける桜の　花の見ゆべく　（巻十の一八八七）
③雁がねの　寒く鳴きしゆ　春日なる　三笠の山は　色付きにけり　（巻十の二二一二）
④春日なる　三笠の山に　居る雲を　出で見るごとに　君をしそ思ふ　（巻十二の三二〇九）

四例のうち二例は月の出を歌うものであるのだが、加えて三笠山の月の出を歌った歌は、①②の他に二例ある。

⑤雨隠る　三笠の山を　高みかも　月の出で来ぬ　夜はふけにつつ　（巻六の九八〇）
⑥待ちかてに　我がする月は　妹が着る　三笠の山に　隠りてありけり　（巻六の九八七）

このように見てゆくと、「奈良の都では月は三笠山から出るものであって、ほかの山から出るものではない」という発言にも十分な説得力がある、といえよう〔和田　一九八〇年〕。ただし、和田も注意しているように、

⑦春日山　山高からし　岩の上の　菅の根見むに　月待ち難し　（巻七の一三七三）
⑧猟高の　高円山を　高みかも　出で来る月の　遅く照るらむ　（巻六の九八一）

という月の出もあるので、あたりまえのことであるが見る場所によって月の出の山は違うのである。また、後述するように、春日山の月の出も歌われていることに、ここでは注意をしておきたい。

①②⑤⑥⑦⑧の「三笠山」「春日山」「高円山」の月の出の歌々は、すべて平城京から東方を望んだ景ということができるから、これらは平城京地域から見る月の出の景であり、そこから生まれた表現の一つに「春日なる三笠の山にいでし月かも」もあったということができよう。そして、それは『万葉集』においてすでに類型化していたとみてよい。してみると、春日山と三笠山との関係が問題となるが、これについて適切な指摘をしているのは藤原定家が撰した『顕註密勘』である。

あまの原とは空をいふ。ふりさけみればとはふりあふぎてみるなり。かすがなる三笠の山とは大和國春日山に御笠山とてひきくだりてちいさき山に春日の社はおはします。御笠の杜ともよめり。かすがの森のふもとにあり。されば春日なる御笠の山とはよめり。春日の山は惣名也。御笠の山は別也。

（財団法人日本古典文学会編『顕註密勘（日本古典文学影印叢刊二十二　第二期第十一回配本）』三巻、同会、一九八七年、ただし、私意により改めたところがある）

この記述に過不足はない。

ところが、実際には、三笠山から出る月を見るのはことのほか難しい。なぜならば、標高二九三メートルの三笠山の背後には、標高四九八メートルの春日山があり、平城京から東を望んで月の出を待つと春日山からは昇っても、三笠山からは月が出ないからである。たとえば、平城宮跡まで西にゆくと、三笠山は春日山の中に埋没してしまって、春日山と三笠山を見分けることさえも難しくなる。(1)この疑問について考察しようとした研究者が管見の限り三人いる。その一人が、北島葭江である。北島は、三笠山に近づけば背後の春日山の稜線より、三笠山の稜線が上になることを、次のように説いている。

三笠の山から月の出る歌は、安倍仲麻呂の歌を初めとして萬葉集には多く出て來るが、三笠山は後に高い春日山があるので、直接三笠山から月の出て來る状景は見得べきでないといはれて居た。然るに実際に行つて見ると、その高畑町あたりからも、三笠山が視線角度の関係で、春日山の前面に突出して見えるし、又東大寺轉害門から佐保内の方へ行く道からも高く春日山を凌いで見え、春秋の候は丁度そこから月が上るので萬葉歌人吾等を欺かざることを覚つたのである。〔北島　一九四一年〕

北島のこの発言を踏査によってマッピングしたのが和田嘉寿男であった。和田は、踏査によって、三笠山の山頂が春日山の稜線をうわまわる地域を特定したのである。すると、それは、平城京の外京よりもさらに東のきわめて狭い範囲の地域となってしまう〔図1－3参照〕。和田は、「春日なる三笠の山にいでし月」という表現がそのような狭い範囲の地域でしか成り立ち得ないことに疑問を持ち、次のように考えたのであった。奈良時代においては、現在の春日山も含めて三笠山と呼ぶことがあったのではないか、と〔和田　一九八〇年〕。和田の考えが正しいとすれば、この問題は解決しよう。たしかに、春日の山系の一峰が三笠山に当たるから、春日山も三笠山も同じ山塊ということができる。しかし、筆者は和田の考えに従うことができない。なぜならば、同じ山塊のうちではあっても、三笠山と春日山は区別されて、呼称されていたと考えるからである。やはり、「ミカサヤマ」というからには笠型の円錐型でなくてはならないだろう。その円錐型の峰は、あきらかに背後の春日山と区別されていたと考えるからである〔図1－4〕。

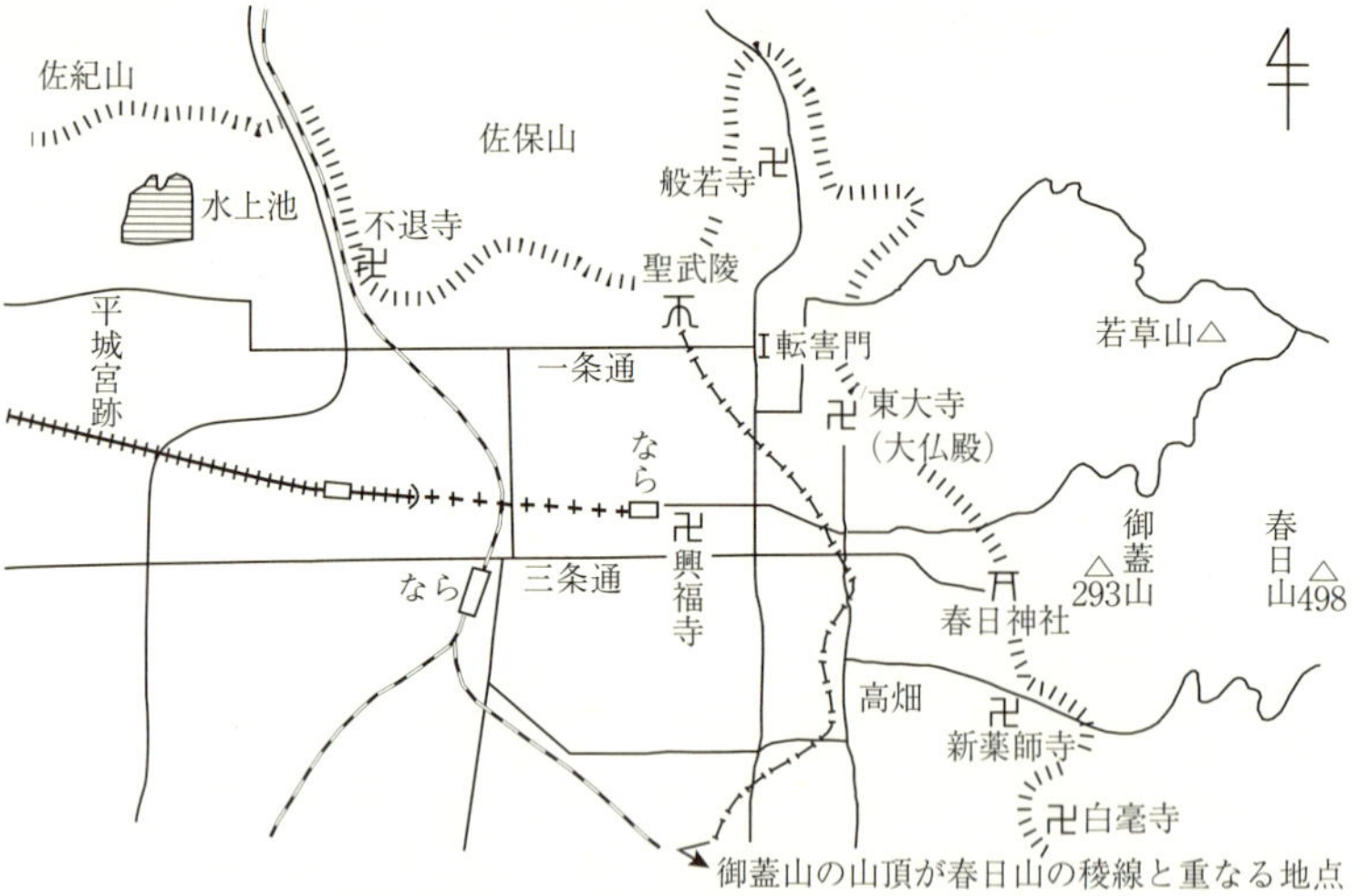

図1－3　和田嘉寿男の踏査

（注）　御蓋山（三笠山）と春日山の稜線の接する地域はきわめて限定された地域となる。
和田〔1980年〕より。

もう一人、三笠山からの月の出に疑問を持った研究者に、桜井満がいる。桜井は、藤原氏によって春日神社が創建される以前には、阿倍氏の氏神の祭場が三笠山にあったという記録を重視して、三笠山の麓で行なわれた氏族祭祀で阿倍氏の人びとが見た月の印象が、当該歌に投影されているのではないか、と論を進めたのであった〔鈴木靖民　一九六八年〕〔長谷川　一九六九年〕。桜井説は、仲麻呂が三笠山の麓で月を見た理由を阿倍氏の氏神祭祀に求めようとするものである〔桜井　一九九二年、初出一九八三年〕。筆者はこの説にも従わない。詞書にも左注にもない伝を歌に注入して解釈することになるからである。また、春日なる三笠山の月の歌は、そのすべてを阿倍氏との関わりで説明できるわけではないのだから、やはり根拠薄弱といわねばならない。

二　空間表現として考える

しかしながら、「春日なる三笠の山にいでし月かも」という表現を、三笠山の稜線から出た月ととってしまうと、どうしても三笠山の麓で見た月の出と考えなくてはならなくなる。すると、和田説のように三笠山といっても春日山であると考えるか、桜井説のように積極的に三笠山の麓で月を見ることの意味を問うかという方向で論が展開していってしまうのである。

対して、筆者は、この表現はむしろ東西を軸として広く俯瞰して、ないしは仰ぎ見たことにして歌われた表現であるとみたい。「天の原」とは天空を地上の原に見立てた類型表現で、「天の原ふりさけ見れば」も『万葉集』の中に七例ある類型表現である。とすれば、振り仰いで広い空間を認識した時の表現とみなくてはならない(2)。つまり、表現者は、今、広い空間を意識し、そこに月を発見して、その月からかつて見た月を想起したのである。したがって、「天の原ふりさけ見れば」と歌い出して、「春日なる三笠の山にいでし月かも」と続けば、三笠山全体を他郷から懐古して、歌われた表現と見るべきなのである。とすれば、かつて見た月も、春日以外の土地から広く仰ぎ見た月と考える方が自然であろう。しかし、そう考えたところで、春日山より前の、より低い「三笠の山にいでし月」という表現がなぜ可能なのかという疑問は残ってしまう。この問題に関する筆者の考えは、こうだ。

おそらく、それは三笠山が春日の中心にある山だからであり、その三笠山を中心として春日野（巻三の四〇四など）、春日の里（巻三の四〇七など）が広がるからであると思われる。春日野、春日の里とは、西から見れば、春日山の西麓全域と意識されるはずである。かの春日山を鳥の翼と見立てた場合、鳥の頭部にあたるのが三笠山なのであって、三笠山を中心に南北に広がる野こそ春日野、春日の里なのである。以上のごとくに考えると、三笠山を中心として南北に広い空間が意識されることになる。おそらく、「春日なる三笠の山」と表現した場合には、春日山の前方部の空間全体が想起されたと思われるのである。その南北に広がる空間から出る月こそ、「春日なる三笠の山にいでし月」ではないのか。したがって、必ずしも三笠山の稜線から出た月だけが、「春日なる三笠の山にいでし月」であると考える必要はないではないか。こういった春日の空間の切り取り方は、次の歌によっても傍証できる。

平城宮跡から見る春日山と三笠山の稜線イメージ（遠景の春日なる羽易の山）

平城京外京東京極から飛火野を望む春日山と三笠山の稜線イメージ（近景の春日なる羽易の山）

図1-4　2つの稜線イメージ

筆者作成。

春日なる　羽易の山ゆ　佐保の内へ　鳴き行く
なるは　誰呼子鳥　（巻十の一八二七）

「春日なる羽易の山」とは、春日山を両翼として、三笠山を頭部として景を見立てた表現だからである(3)。ために、「春日なる三笠の山」と歌えば、南北両翼の広い空間が意識されるので、月（①②）雁（③）雲（④）などの大きく空間を移動するものが対置されるのである（図1-4）。

さらに、春日山と三笠山を歌えば、春日野を含む広い空間が意識されたと類推できる例をもう一つ挙げておこう。

山部宿禰赤人が春日野に登りて作る歌一首
〔并せて短歌〕
春日を　春日の山の　高座の　三笠の山に　朝
去らず　雲居たなびき　容鳥の　間なくしば鳴
く……　（巻三の三七二）

題詞に「春日野に登りて」とあるのは、西から春日野に移動する場合に登り勾配であることを意味していると思われる。野に登るとは不思議な表現だが、具体的に考えると現在の奈良県庁前登大路や、猿沢の池から春日大社の一の鳥居に行く坂道がそれにあたる。その春日野に登る歌で歌われているのが、「春日の山」と「三笠の山」であるということは、南北に続く春日山の西麓の中心に、三笠山があることを意味し、それが春日野の代表的な景だったからなのである。[4] 以上から筆者は、「春日なる三笠の山にいでし月」とは、三笠山を頭部として、春日山を両翼とする山塊に出た月というくらいに広くとらえ、「三笠の山に」と歌われるのは、三笠山を中心に南北に広がる春日野、春日の里が念頭にあるからだと考える。

さらにもう一つ、考察しておきたいことがある。それは、当該歌が「春日なる三笠の山をいでし月」ではなくて、「春日なる三笠の山にいでし月」となっている点である。「三笠の山を」と表現した場合には、どこの山から出た月かということに関心を示した表現となるから、三笠の山の背後から出た月ということを含意した表現となる（いわゆる「出格」）。つまり、三笠山の背後から三笠山の上に月が出たという月の動きに焦点を合わせた表現となるのである。対して、「三笠の山に」と表現した場合には、その場所に月が今存在しているということに焦点を合わせた表現となるはずである。つまり、どこの山の背後から月が出たかということを問題にした表現ではないのである。三笠山の背後から月が出ようが、春日山の背後から月が出ようが、表現者の関心は、そこにはないといえるだろう。表現者の関心は、三笠山の上空に月があるかどうか、という点にあるのである。ちなみに、『万葉集』の用例で見てみると、冒頭に示した①②の二例が「〜山ニ出ヅル月」の全用例となる。対して「〜山ヲ出ヅル月」の用例は、集中には存在しない。[5] ただし、「山ヲ高ミ出デ来ル月」の用例は四例ある。それは、前掲⑤⑧に次の二例を加えた合計四例である。

倉橋の　山を高みか　夜隠りに　出で来る月の　光り乏しき　（巻三の二九〇）

沙弥女王の歌一首

倉橋の　山を高みか　夜隠りに　出で来る月の　片待ち難き　（巻九の一七六三）

四例は、ともに「〜ヲ〜ミ」のミ語法の構文であるが、すべて山の高さを問題とした表現で、山が高いので月の出が遅く待ち遠しいことを歌った歌である。[6]つまり、四例の歌の表現者の関心はどの山の稜線から、いつ、どのように月が出たかということにあるといってよく、それは「出デ来ル」と表現されていることからもわかる。以上のように月の出の表現を分析してみると、「三笠の山にいでし月」と表現されている場合には、必ずしも三笠山の稜線から出る月であるとは限らない、というのが筆者の考えである。[7]

三　平城京の東のシンボル

大和の東の青垣の一つとして南北に翼を広げる春日山。かの春日山の西にある三笠山に出る月とはいかなる月であったのだろうか。その答は、平城京生活者がその住地から見る、日々の生活のなかで見た月であったというあたりに落ち着くのではないか。おそらく、春日と三笠の山や野は、平城京生活者にとって平城京の東を代表する土地であったのであろう。そのことは、巻六の一〇四七番歌からわかる（第一章第二節、三七頁に掲載）。一〇四七番歌は、田辺福麻呂が久邇（恭仁）新京遷都後の平城京を歌ったものだが、そのなかに、昔を思い出して歌っている部分があって、春は、「かぎろひ――春（季節）――春日山（平城京の東方の山）三笠の野辺――桜、かほ鳥（春の景物）」という構成になっている。対して、秋は、「露霜――秋（季節）――生駒山（平城京の西方の山）飛火が岡――萩、鹿（秋の景物）」という構成になっていて、春秋は見事に対応している。[8]季節、方角、景物が、この歌では対比的に構成されているのである（第一章第二節）。一〇四七番歌からわかることは、「春日山　三笠の山」とは、平城京の東のシンボルだということである。以上のように理解すると、春日、三笠の野辺」「春日なる三笠の日の出と月の出は、生駒、飛火が岡の日の入と月の入と対比されるべきスケール感をもって理解されるべきことが知られるのである。「春日なる三笠の山の月」を単に三笠山の麓で、特定の祭祀の日に見た月というように時場を限定してしまって理解してはならないのである〔鈴木靖民　一九六八年〕〔長谷川　一九六九年〕〔桜井　一九九二年、初出一九八三年〕。

おわりに

筆者は、第一章第二節において、平城遷都の詔「方に今、平城の地、四禽図に叶ひ、三山鎮を作し、亀筮並に従ふ。都邑を建つべし」（『続日本紀』和銅元年〔七〇八〕二月十五日条）にみられる平城京の三山の東西にあたる山を、前掲の一〇四七番歌から、東の春日山と西の生駒山と考えるべきであると、すでに主張した。実は、平城京の三条大路は、やや南にずれてはいるものの、「春日なる三笠の山」を起点としているのである（辰巳和弘氏直談）。中ッ道が、香具山を起点としているように、古代の道路や古代の都は、特定の山を起点としていることが多く、三条大路もその一例ということになろう（第一章第三節）。平城京においては二条大路が朱雀門に面する大路であるのに対して、下って三条大路は、三笠山を起点としていて、都の東西軸を強く意識させる道であったと思われる。実際に三条大路を直進してみると、東上するにつれて三笠山がやや右手にだんだん大きく見えるようになってゆく。本節では、当該歌をあたかも、奈良時代の歌のごとくに分析してみたが、そう考えてみると、「春日なる三笠の山の月」とは、平城京を住地とする人びとが、東の月の出を想起した時にまず思い浮かべる月であったという程度に考えておけばよいのである。当該歌については、すでに新間一美、三木雅博、東城敏毅、大谷雅夫の諸氏が指摘しているように、他郷にあって故郷で見た月を思う漢詩の影響下に成立していることは間違いない〔新間　一九八七年〕〔三

木　一九九一年〕〔東城　一九九五年〕〔大谷　二〇〇八年〕。

その故郷の月として「春日なる三笠の山の月」が選ばれたのは、かの地が平城京生活者にとって、京の東を象徴的に表す土地だったからなのである。阿倍仲麻呂伝と当該歌とを結びつける前に、まずは以上のように歌が表現しているところを理解しておくべきであろう。三笠の山は、平城京のシンボルであり、その月が歌われているからこそ、望郷歌になるのである。次章においては、故郷・平城京から、地方赴任をした律令官人たちの宴の文化について考えてみたい。

注

（1）むしろ、晴れた日よりもある程度霞のかかった日の方が、春日山と三笠山の区別は容易になる。二峰の間に霞が入ることで、三笠山が際立つからである。筆者は、霞がかかることで突然、浮かび上がる三笠山を何度か見たことがある。

（2）ために、月や雲など大きく移動するものを振り仰ぐ時に使用されるのである。『土佐日記』の承平五年一月二十日条においては、「天の原」が「青海原」に置き換えられている。そう初句を変更しても歌が成り立つのは、ともに広い空間を認識した時の感動を示す表現だからであると思われる。

（3）大濱厳比古は、飛鳥、藤原の「大鳥の羽易山」（巻二の二一〇、二一三或本歌）に対して、平城京の羽易山が「春日なる羽易の山」として「春日なる」を冠して区別して表現されたとする〔大濱　一九七九年〕。

（4）正倉院宝物の「東大寺山堺四至図」では、春日山にあたる地を「南北度山峰」と記している。

（5）集中には、「山ヲ出ヅル月」の用例はないが、出格のカラを使った「山カラ出ヅル月」の用例は二例ある（巻十二の三〇〇二、巻十三の三二七六）。

（6）ミ語法の「ヲ」については、間投助詞説、係助詞説、格助詞説などがあるが、筆者の学力の及ぶ範囲ではない。

（7）流布本をはじめとして、高野切（貫之）、筋切（佐理）等の諸本が「三笠の山に」であるのに対して、宮本長則氏蔵清輔筆永治本、天理図書館蔵清輔本等には「に」の部分に「を」との異本の書き入れがあり、それは「三笠の山を」という伝本が存在したことを意味する。「を」⇩「に」〔杉本　一九六八年〕、「に」⇩「を」〔長谷川　一九六九年〕を想定する論があるが、その判断は不可能であると考える。ために、本節では、多数派の「に」を尊重し立論を急ぐ。

（8）こういった対比的な歌い方は、平城京での生活実感を踏まえながらも、記憶を再構成したものである。いわば、理想化、理念化した表現といえよう。

参考文献

上野　誠　二〇〇八年『大和三山の古代』講談社。
上安広治　二〇〇一年「阿倍仲麻呂の在唐歌をめぐって――実作説の可能性」東洋大学日本文学文化学会編『日本文学文化』第一巻所収、同学会。
大谷雅夫　二〇〇八年『歌と詩のあいだ――和漢比較文学論攷』岩波書店。
大濱厳比古　一九七九年「大鳥の羽易山」『新萬葉考』書肆大地。
小川環樹　一九六八年「三笠の山に出でし月かも」『文学』第三十六巻第十一号所収、岩波書店。
片桐洋一　一九九八年『古今和歌集全評釈（中）全三巻』講談社。
――　二〇〇〇年『古今和歌集以後』笠間書院。
北島葭江　一九四一年「春日山（羽易山）・三笠山」『萬葉集大和地誌』関西急行鉄道株式会社。
窪田空穂　一九六五年『窪田空穂全集第二十巻　古今和歌集評釋Ⅰ』角川書店。
黒川洋一　一九七五年「阿倍仲麻呂の歌について――アーサー・ウェイリーの説に関連して」『文学』第四十三巻第八号所収、岩波書店。
桜井　満　一九九二年「三笠の山の月――阿倍仲麻呂の歌をめぐって」『万葉びとの世界――民俗と文化』雄山閣出版、初出一九八三年。

塩沢一平　二〇一〇年『万葉歌人　田辺福麻呂論』笠間書院。
繁原　央　一九九六年「安倍仲麿望郷歌考――日中比較文学の視点から」『常葉学園短期大学紀要』第二十七号所収、常葉学園短期大学。
新間一美　一九八七年「阿倍仲麻呂の詩歌とその周辺――望郷の月」『甲南大学紀要（文学編）』第六十四号所収、甲南大学。
杉本直治郎　一九六八年「阿倍仲麻呂の歌についての問題点」『文学』第三十六巻第十一号所収、岩波書店。
鈴木健一　二〇〇二年「〈天の原ふりさけ見れば〉は異国の歌か」院政期文化研究会編『院政期文化論集第二巻　言説とテキスト学』所収、森話社。
鈴木靖民　一九六八年「阿倍仲麻呂の『天の原』の歌について」日本歴史学会編『日本歴史』第二百五十三号所収、吉川弘文館。
辻　憲男　二〇〇三年「阿倍仲麻呂歌の『時間』」藤岡忠美先生喜寿記念論文集刊行会編『古代中世和歌文学の研究』所収、和泉書院。
東城敏毅　一九九五年「阿倍仲麻呂在唐歌――その作歌事情と伝達事情」國學院大學国文学会編『日本文学論究』第五十四号所収、國學院大學国文学会。
長谷川政春　一九六九年「阿倍仲麻呂在唐歌の成立――歌語り発生考」『國學院雑誌』第七十巻第六号所収、國學院大學。
平山城児　一九七〇年「三笠の山に出でし月かも」『上代文学』第二十七号所収、上代文学会。
松田武夫　一九六五年「羇旅歌の構造」『古今集の構造に関する研究』風間書房。
三木雅博　一九九一年「都の月・他郷の月――『和漢朗詠集』八月十五夜部・月部の構成に関して」京都大学文学部国語学国文学研究室編『国語国文』第六十巻第四号所収、中央図書出版社。
和田嘉寿男　一九八〇年「三笠の月、春日の月」犬養孝博士古稀記念論集刊行委員会編『万葉・その後　犬養孝博士古稀記念論集』所収、塙書房。

初　出

「春日なる三笠の山に出でし月――平城京の東」『國語と國文學』第八十七巻第十一号、東京大学国語国文学会、二〇一〇年。

第二章　律令官人と宴の万葉文化論

あたりまえのことだが、歌い手、書き手の使う言葉は、その思惟の表現である。しかし、歌い手、書き手は、常に聞き手、読み手を意識して表現をする。したがって、そこには発信者、受信者の共感関係が常にあるといえる。律令官人たちも、その例外であろうはずもない。彼らには、彼らが共有していたであろう共通感覚のごときものがあった。その共通感覚（いわば、律令官人気質）を利用してなされた歌表現について、本章では考察を加えたい、と思う。

第一節　書殿送別宴の歌

——もう憶良めは
天ざかる　鄙に住まいいたしまして
五年にもなりまする……
　あの華やかな都の舞のてぶり
　そんなこんなも
　すっかり忘れてしまいました——

（巻五の八八〇釈義）

はじめに

　書殿にして餞酒する日の倭歌四首
八七六　天飛ぶや　鳥にもがもや　都まで　送りまをして　飛び帰るもの
八七七　人もねの　うらぶれ居るに　竜田山　御馬近付かば　忘らしなむか
八七八　言ひつつも　後こそ知らめ　とのしくも　さぶしけめやも　君いまさずして
八七九　万代に　いましたまひて　天の下　奏したまはね　朝廷去らずて

敢へて私懐を布ぶる歌三首

八八〇　天離る　鄙に五年　住まひつつ　都のてぶり　忘らえにけり
八八一　かくのみや　息づき居らむ　あらたまの　来経行く年の　限り知らずて
八八二　我が主の　御霊賜ひて　春さらば　奈良の都に　召上げたまはね

天平二年十二月六日に、筑前国司山上憶良謹上す。（巻五）

「書殿にして餞酒する日の倭歌四首」（巻五の八七六～八七九）は、大伴旅人の大納言就任、平城京帰任の送別宴歌と考えられている。当該四首については、続く「敢へて私懐を布ぶる歌三首」（巻五の八八〇～八八二）とともに、さまざまな検討が積み重ねられてきた。本節では、二つの歌群がどのように関わるのかという点を中心に、考察を加えたい、と思う。書殿歌群では、旅行く主賓への愛惜（八七六）、鄙に残された者が味わう昇任者への拗ねた気分（八七七）、別れの淋しさ（八七八）、昇任者への祝福（八七九）が表現されている。ただし、それらは概ね「餞酒」参会者に共有される心情である、と理解してよいだろう。なぜならば、その基底には、大宰府に残る者の拗ねた気分も含めて、旅人を「良吏」と讃え、大納言就任を讃える祝意が汲み取れるからである（第二章第二節）。続く、私懐歌群もほぼ同様と考えてよいのだが、ただ違うのは、私懐歌群では個人の任官への願いがあからさまに表現されている点であろう。このように見ると、書殿歌群四首を踏まえて、「敢えて私懐」が述べられている、と考えられるのである。

奈良時代の任官儀についていては、平安朝の「除目」のように儀式の次第書も残存しておらず、不明というほかはないのだが、近時の歴史学の研究によって、その一端が明らかにされつつあり、平安朝の「申文」にあたる書簡の存在も明らかになってきた。こういった点を踏まえて、再び当該の二歌群を見ると、書殿歌群にはタテマエが述べられ、私懐歌群にはホンネが表現されているように見える。と同時に、書殿歌群の誇張表現の裏にあるホンネが、私懐歌群で暴露的に語られる構成になっているのではなかろうか。送る側の人びとの心の表裏を楽しむ文芸として、ふたつの連続歌群を読解することを検討してみたい、と思う。

そこではじめに、筆者が、その態度を明らかにしておかなくてはならない事柄がある。それは、「天平二年十二月六日に、筑前国司山上憶良謹上す」の係る範囲を、どこまで遡って認定すればよいのかという点である。筆者は、芳賀〔一九七八年〕が詳細な検討を加えて出した結論に従い、松浦佐用姫歌群（巻五の八七一〜八七五）までと考えるが、松浦佐用姫歌群と書殿歌群との間には内容面の断層があると考える。つまり、書面において、憶良が十二月六日に「謹上」した歌々は、〈佐用姫歌群〉と、〈書殿・私懐歌群〉の二グループに分けられると考えたい。近時、鉄野昌弘は、

……「餞酒する日」に注目するならば、それは、その「餞酒」が「謹上」の十二月六日とは違う日に行われたことを示しているだろう。あえてこうした書き方をしているのは、それが次の「敢布私懐歌」とは次元を異にすることを表示するのであろう。すなわち、これらの歌は、憶良一人ではなく――その入り組んだ表現は、やはり憶良の詠であると感じざるを得ないのだが――「餞酒」の場で、残される者全員の心として歌われている。そしてそれを印象付けるのが、集団で共作した佐用姫歌群の悲別の情を引き継いでいることなのである。

〔鉄野　二〇〇七年〕

との考えを示し、〈佐用姫歌群〉と〈書殿・私懐歌群〉との有機的連関を認め、これを「万葉の連歌」のごときものとして読み取るべきではないか、との提案をしている。後述するように、「餞酒」の日と、謹上の日付のズレの

指摘は卓見であろう。一方、鉄野が〈佐用姫歌群〉を踏まえて〈書殿・私懐歌群〉が歌い継がれた、と見ている点について、筆者はこれに同意しない。たしかに、一見すれば、合計十二首は、悲別という一つのテーマをもって読まれるべきものなのかもしれないが、歌い継いだとまではいえないのではないか。鉄野の考え方は、大濱厳比古の考え方を引き継ぐ考え方なのだが、〈佐用姫歌群〉と〈書殿・私懐歌群〉を、そこまで結びつけて読解してよいか、筆者はやはり躊躇する〔大濱　一九七九年、初出一九六六年〕。なぜならば、それは単に時系列に沿って配列した歌々を、読者の側の読解のレベルでのみ二歌群の連関を想像し得るのであって、歌々を「謹上」した憶良の側にそのような意図がはじめから存していたとまでは認定し得ないのではないか、と考えるからである。(1) したがって、本節では、十二月六日に「謹上」された十二首の歌々のうち、旅人送別宴歌として謹上された書殿歌群と私懐歌群の二歌群に絞って考察を行ないたい、と思う。

一　「書殿」での「餞」

以上の前提に立って、まずは「書殿」における「餞」について考えてみたい。「餞」とは送別に伴う宴を示す言葉であるが、集中には十五例を数える。

① 五年戊辰、大宰少弐石川足人朝臣遷任し、筑前国の蘆城の駅家に餞する歌三首　（巻四の五四九〜五五一）

② 大宰帥大伴卿、大納言に任ぜられ、京に入らむとする時に、府の官人ら、卿を筑前国の蘆城の駅家に餞する歌四首　（巻四の五六八〜五七一）

③ 書殿にして餞酒する日の倭歌四首　（巻五の八七六〜八七九）

④ 大目秦忌寸八千島が館にして、守大伴宿禰家持に餞する宴の歌二首　（巻十七の三九八九、三九九〇）

⑤　四月二十六日、掾大伴宿禰池主が館にして、税帳使の守大伴宿禰家持に餞する宴の歌并せて古歌四首
（巻十七の三九九五～三九九八）

⑥　右の一首、同じ月十六日に、朝集使少目秦伊美吉石竹に餞する時に、守大伴宿禰家持作る。
（巻十九の四二二五、左注）

⑦　大納言藤原家の入唐使等に餞する宴の日の歌一首　即ち主人卿作る
（巻十九の四二四二）

⑧　便ち大帳使に付し、八月五日を取りて京師に入るべし。これに因りて四日を以て、国厨の饌を介内蔵伊美吉縄麻呂が館に設けて餞す。ここに大伴宿禰家持が作る歌一首
（巻十九の四二五〇）

⑨　五日平旦に上道す。仍りて国司の次官已下の諸僚皆共に視送る。時に射水郡大領安努君広島が門前の林中に予め餞饌の宴を設けたり。ここに大帳使大伴宿禰家持、内蔵伊美吉縄麻呂が盞を捧ぐる歌に和ふる一首
（巻十九の四二五一）

⑩　閏三月に、衛門督大伴古慈悲宿禰の家にして、入唐副使同胡麻呂宿禰等に餞する歌二首
（巻十九の四二六二、四二六三）

⑪　二十七日、林王の宅にして、但馬按察使橘奈良麻呂朝臣に餞する宴の歌三首　（巻十九の四二七九～四二八一）

⑫　上総国の朝集使大掾大原真人今城、京に向かふ時に、郡司が妻女等の餞する歌二首
（巻二十の四四四〇、四四四一）

⑬　右の一首、守山背王の歌なり。主人安宿奈杼麻呂語りて云はく、奈杼麻呂、朝集使に差され、京師に入らむとす、これに因りて餞する日に、各歌を作り、聊かに所心を陳ぶと。
（巻二十の四四七三、左注）

⑭　二月十日に、内相の宅にして渤海大使小野田守朝臣等に餞する宴の歌一首
（巻二十の四五一四）

⑮　七月五日に、治部少輔大原今城真人の宅にして、因幡守大伴宿禰家持に餞する宴の歌一首

（巻二十の四五一五）

通覧すると、集中の「餞」は、遣外使関係（⑦⑩⑭）を除くと、そのほとんどが、官人の転勤、転任などの人事異動と、大帳使や朝集使などの職務旅行に伴うものであるということがわかる。もちろん、『万葉集』という資料そのものが持っている資料的制約というものも勘案する必要があるだろう。それは、集中の「餞」の用例は旅人、家持の父子か、その周辺の人物の例に限られるからである。おそらく、かくなる偏りは、大伴旅人、家持の父子の歌については、書簡も含めた私的な文書までも、『万葉集』の編纂資料として利用されているからであろう。ために、集中の「餞」について考える場合には、以上の資料的制約があることを、忘れてはならない。

縷々述べた制約を踏まえた上で考察を加えるしかないのだが、「餞」が行なわれた場所は、駅家で行なわれた①②の二例を除くと、そのほとんどが、個人の宅で行なわれているということになる。ただし、個人宅といえども、官人の宅は、宅地の班給を受けたいわば公邸の可能性が高く、個人の宅の宴だからといってまったく私的である、というわけではない。たとえば、⑧の場合、宴が行なわれたのは介内蔵伊美吉縄麻呂の宅であるが、その料理は国府の厨房から運ばれたものであったという。いわば、それはなかば公的な宴であるといえるだろう。ところが、そこに参集する人びとは、同僚であろうから、友人、知己相集う親しい人びとの宴でもある。以上が、「餞」の宴の基本的性格と見てよいであろう。(2)

かくのごとくに「餞」が行なわれた場の性格について考えてゆくと、「書殿」という場所での「餞」というのは、十五例を通覧してみるときわめて異例な場での「餞」ということになる。つまり、官人の人事異動、職務旅行に伴う「餞」は、通常、旅の途上の駅家か、個人宅で行なうものだったと考えてよいからである。「書殿」が書物のたくさんある場所を示すことは論を俟たないが、それが個人の邸宅の書庫に該当する場所なのか、それとも公的機関の図書館のような建物なのか判断することは難しい。そこで、福田俊昭の整理を踏まえ、その後の研究については筆者が補って、諸説整理をまず示しておきたい。

1　書院と解するもの

イ　官館の書院――『代匠記』

ロ　私邸（憶良）の書院（フミドノ）――『考』『古義』

ハ　私邸（憶良）の書院（表座敷）――『略解』井上『新考』『私注』『注釈』『集成』稲岡『和歌文学大系』

ニ　私邸（旅人）の図書室（図書館）――武田『新解』『全注釈』窪田『評釈』『全注』（一案）

ホ　都督府の図書館――鴻巣『全釈』佐々木『評釈』『総釈』『全集』『新全集』『全注』（一案）

2　（学業院の）学問所――金子『評釈』

3　人の尊称――岸本『攷證』

（〔福田　一九八四年〕を増補して作成）

筆者は、諸説のうち、個人の宅の名が記されず、単に「書殿」とのみ記されているものを、個人の邸宅内にある「書殿」とは考えにくいので、支持され得るのはイないしホであろう、と考える。しかし、イ、ホからさらに踏み込んで、この「書殿」の場所を特定することは、不可能であろう。

しかしながら、歌を理解する上で大切なのは、「書殿」という場の性格の特定である。この「書殿」なる場の性格について、最初に言及したのは小島憲之であった〔小島　一九八六年、初出一九八三年〕。以来、多くの研究者が場の性格について考察を重ねている。すなわち、小島憲之、福田俊昭、東茂美の諸研究は、「士」の集う場所としての「書殿」を考えるのである〔小島　一九八六年、初出一九八三年〕〔福田　一九八四年および一九九四年〕〔東　二〇〇六年a、初出一九九六年〕〔東　二〇〇六年b、初出二〇〇〇年〕。ひるがえって、先鞭をつけた小島は、『新唐書』巻一二五張説伝にいう、「乃ち免ぜられし後に、集賢院に宴す。故事に官重き者先づ飲むと。説《えつ》曰く、吾聞く、儒は道を以て相高く、官閥を以て先後を為さず……」と。これは、この学問の場所では官位の高下を論ずるべきところではない、さあ飲めと酒杯をあげさせた張説の性格をのべた挿話であるが、書殿は時として宴会場ともなる。

この玄宗朝廷の書院すなわち書殿は、大規模な学問所である。しかし大宰府のそれは到底及びもつかない小規模のものであろう。この語をそのまま大宰府の一隅の建物として移入したのが、憶良の天平二年の謹上作の中にみえる「書殿」かと思われる。〔小島　一九八六年、初出一九八三年〕

と述べている。つまり、小島は、「士」を気取る旅人と憶良を中心とした大宰府の文芸サロンの気分のようなものに言及しているのである。これは、きわめて貴重な発言であり、今日の研究の指標となっている。ただし、小島は、憶良が「書殿」の語をどのように学んだかは、確定し難いとして明言を避けている。

では、「書殿」という言葉を手がかりに、諸論はなぜ中国における「士」の宴の伝統を踏まえて議論を進めようとするのだろうか。それは、「書殿にして餞酒する日の倭歌四首」とあるからである。この点にいち早く言及したのは、管見の限り、『万葉考』である。真淵は、

書殿餞酒日倭哥四首〔これは天平二年十二月大伴旅人卿、大納言に任られて都へ登らるゝ時、憶良の書院にうまのはなむけせし哥也、此時のつとひに唐詩有けん、されは倭哥とこゝにかきたり、〕

（『萬葉考』九、久松潜一監修『賀茂真淵全集』第三巻、続群書類従完成会、一九七九年）

と述べている。つまり、官人の送別宴においては、漢詩も披露されたことを想定しなくてはならないのである。時代は下るが、国司の転任に伴う「餞」において、漢詩が披露された例としては、『土佐日記』にその例を見出すことができる。

　二十五日。守の館より、呼びに文持て来たなり。呼ばれて到りて、日一日、夜一夜、とかく遊ぶやうにて明けにけり。

　二十六日。なほ守の館にて饗宴しののしりて、郎等までに物かづけたり。漢詩、声あげていひけり。和歌、主も客人も、こと人もいひあへりけり。漢詩はこれにえ書かず。和歌、主の守のよめりける、

　みやこ出でて君にあはむと来しものを来しかひもなく別れぬるかな

となむありければ、帰る前の守のよめりける、

　しろたへの波路を遠く行き交ひてわれに似べきはたれならなくに

こと人々のもありけれど、さかしきもなかるべし。とかくいひて、前の守、今のも、もろともに降りて、今の主も、前のも、手取り交して、酔ひ言にこころよげなる言して、出で入りにけり。

（『土佐日記』菊地靖彦校注・訳『土佐日記・蜻蛉日記（新編日本古典文学全集）』小学館、一九九五年）

ここでは、新任国司と前任国司の「餞」の様子が語られているのであるが、新任者と前任者の融和、貴賤の一体、

主客の一体の様子が描かれている。それらの描写は、盛大な宴の様子を語るものである。おそらく、和漢の歌が飛び交う宴は、その宴に学識のある人びとが参集していることを表すから、間接的に宴の盛会を伝えることになるであろう。顧みて、そのような宴が、新任者ではなく、離任者に対して行なわれたということは、土地の人びとに慕われた「良吏」であったことを間接的に表現しているものと思われるのである。つまり、作者・貫之の自己アピールである。

二　「良吏」との別れと方言の採用

縷々述べたことがらを勘案すれば、任地の人びとによる宴の盛会は、その離任者の人徳に由来するものであるとの考え方があったのではないか、と考えられる。おそらく、『土佐日記』の場合は宴の盛会が、主客、貴賤、和漢の相集う一体感として表現されているのであろう。そう考えてゆくと、次の歌の中に、方言と考えられるような表現が存在することの意味も氷解するのではないか。まず以下の傍線の部分に注目したい。

八七七　人もねの（比等母祢能）　うらぶれ居るに　竜田山　御馬近付かば　忘らしなむか
八七八　言ひつつも　後こそ知らめ　とのしくも（等乃斯久母）　さぶしけめやも　君いまさずして

この部分については、『管見』『攷證』以降、諸注さまざまな検討がなされているのだが、今は「人皆の」「乏しくも」の「方言」として、一応考えられている。

再考ふるに、この巻にも國の法言をいへる事、これかれあれば、人皆の法言にてもあるべし。

（岸本由豆流著、武田祐吉校訂解説『萬葉集攷證（萬葉集叢書第五輯）』第五巻、臨川書店、一九七二年）

おそらく、憶良は宴会の当日の現場の雰囲気を残して、なるべくそのままを留めようとしたのであろう。もちろん、憶良は筑紫で育った人間ではないが、土地の人間の側に身を置いて、こういう表現をして、それを表記に留めたのではないか。なぜなら、国司の人事異動に伴っては、官人どうしの別れだけでなく、当然、土地の人びととの別れも存在したからである。たとえば、次のような例がある。

藤原宇合大夫、遷任して京に上る時に、常陸娘子が贈る歌一首

庭に立つ　麻手刈り干し　布さらす　東女を　忘れたまふな　（巻四の五二一）

当該歌の麻の刈り干しは、東国の田舎女の代表的労働の一つとして歌われていて、それは自らを卑下する表現となっている。娘子は、麻を刈り干す田舎娘の私であるけれど、晴れて都に帰っても、けっしてお忘れなさるなよ、と離任者・藤原宇合に歌いかけたのであろう。これは、田舎に残る者が自らを卑下して拗ねながら、名残を惜しむという点においては、八七七、八七八番歌と同じといってよい(3)。このように見てゆくと、八七七、八七八番歌はこういう拗ねた気分と方言とが響きあって表現がなされていることがわかる。そして、それは仮名書きにおいてはじめて可能な表現方法であったともいえよう。つまり、官人として任地に残される憶良は、自らの身を土地の人間の側において表現したのである。

顧みて、多くの注釈書がすでに指摘しているように、五二一番歌の「常陸娘子」は土地の遊女と考えてよい。さすれば、「麻手刈り干し」の部分を卑下の表現と見るべきことは、なおさらのことであろう。今日的常識からすれ

ば、このような歌々が贈られたということは、けっして褒められたことではあるまいが、当時においては、土地の遊女までもが名残を惜しむというのは、「良吏」の証として、誇るべき名誉な出来事なのであった、と考えられるのである。土地の遊女との別れということならば、それは旅人にもあった。

冬十二月、大宰帥大伴卿の京に上る時に、娘子が作る歌二首
凡ならば　かもかもせむを　恐みと　振りたき袖を　忍びてあるかも
大和道は　雲隠りたり　然れども　我が振る袖を　なめしと思ふな
右、大宰帥大伴卿、大納言を兼任し、京に向かひて道に上る。この日に、馬を水城に駐めて、府家を顧み望む。ここに、卿を送る府吏の中に、遊行女婦あり、その字を児島と曰ふ。ここに、娘子この別れの易きことを傷み、その会ひの難きことを嘆き、涕を拭ひて自ら袖を振る歌を吟ふ。（巻六の九六五、九六六）

「遊行女婦」も別れを惜しむのは「良吏」の証であり、善政を施して、貴賤を問わず多くの人びとに慕われていたことの証であったからこそ、『万葉集』にこのような「餞」の歌々が伝えられているのであろう。(4)以上のような観点に基づいて、再び『土佐日記』を通覧すると、貫之は、実に多くの土地の人びとと送別宴を繰り返していることに気付かされる。これまた今日的常識からすれば、これは尋常な回数ではない。

（一）かれこれ、知る知らぬ、送りす。年ごろよくくらべつる人々なむ、別れがたく思ひて、日しきりにとかくしつつ、ののしるうちに夜更けぬ。（十二月二十一日）
（二）藤原のときざね、船路なれど馬のはなむけす。上、中、下、酔ひ飽きて、いとあやしく、潮海のほとりに

てあざれあへり。（二十二日）

（三）　八木のやすのりといふ人あり。この人、国にかならずしもいひ使ふ者にもあらざなり。これぞ、たたはしきやうにて、馬のはなむけしたる。守がらにやあらむ、国人の心の常として、いまはとて見えざなるを、心ある者は、恥ぢずになむ来ける。これは、物によりて褒むるにしもあらず。（二十三日）

（四）　講師、馬のはなむけしに出でませり。ありとある上、下、童まで酔ひ痴れて、一文字をだに知らぬ者、しが足は十文字に踏みてぞ遊ぶ。（二十四日）

（五）　鹿児の崎といふところに、守の兄弟、またこと人これかれ、酒なにと持て追ひ来て、磯に下りゐて別れがたきことをいふ。守の館の人々の中に、この来たる人々ぞ、心あるやうには、いはれほのめく。（略）今宵、浦戸に泊まる。藤原のときざね、橘のすゑひら、こと人々、追ひ来たり。（二十七日）

（六）　このあひだに、はやくの守の子、山口のちみね、酒、よき物ども持て来て、船に入れたり。（二十八日）

（七）　医師ふりはへて、屠蘇、白散、酒加へて持て来たり。志あるに似たり。（二十九日）

（八）　講師、物、酒おこせたり。（一月二日）

（九）　まさつら、酒、よき物奉れり。（四日）

（十）　人々、絶えず訪ひに来。（五日）

（十一）　これかれ互ひに、国の境のうちはとて、見送りに来る人あまたが中に、藤原のときざね、橘のすゑひら、長谷部のゆきまさ等なむ、御館より出で給びし日より、ここかしこに追ひ来る。この人々ぞ、志ある人なりける。この人々の深き志はこの海にも劣らざるべし。（九日）

当時においては、このように送別宴を重ねることに意味があったのであろう。(5)『土佐日記』におけるこういった重ねての送別宴の記述意図について、考察を行なった貴重な研究がある。渡辺秀夫は、この点について、次のように述べている。

このような、冒頭十二月二十一日の国府門出以来一月九日に至る間、以上十一箇日に亙って、「吏属依恋之状」を繰り返し叙する前土左守紀貫之の態度には、例えそれがそのようなものであったとしても、単なる事実の記述といったレベルでは処理しきれない、何故こうした記事に拘泥するのか、それはいかなることの表現としてあるのか、ということを考えない訳にはゆかないであろう。

〔渡辺　一九九一年、初出一九八三年〕

渡辺は、送別宴が繰り返し記述されるのは、民の「吏属依恋之状」の表現とみて、そこには貫之の明確な表現意図があると推考しているのである。つまり、民が良吏を思慕すればするほど、送別は盛会ともなり、回数も増えるということなのである。そして、渡辺はさらに次のように述べている。

国府出立以来国境を越える一月九日に至るまで、繰り返し特筆される前土左守の留連を願い別離を惜しむ送別の人々の絶えざる来訪の記述――新任国司の兄弟、先の国守の子孫、講師、医師等土左国の名ある者を始めとして、親疎の区別なく、実利を離れて、果ては、ややおどけて土左国の風浪までもがその別れを惜しんで留どめかねないような（もし風浪の、「しばし」と惜しむこころやあらん〈一月三日〉）――は、国人が、その徳を慕って解任を惜しみ、こぞって後を追い道に遮るという、仁政・廉潔の地方執政官を表象する循吏伝的表現を踏むものとして、まず、読まなければならない。

〔渡辺　一九九一年、初出一九八三年〕

ここで渡辺が言及している「仁政・廉潔の地方執政官」の「循吏伝的表現」とは、どのようなものを指すのであろうか。それは、渡辺も指摘しているように、三善清行の手となる「藤原保則伝」の民の嘆きの部分などが、その典型ということができる。

十七年の秋解けて帰京す。両備の民、悲しび号きて路を遮りつ。里老村媼の、頭に白髪を戴けるは、各酒肴を捧げて、道の辺に拝伏せり。公謂はく、老いたる人の心は違失すべからずといへり。これがために留連すること数日、相次ぎて競ひ到りて遏止むべからず。公以為へらく、もし常にかくのごとくば、必ずしも日月を引かむとおもへり。よりて窃に小さき船を艤して、棹を軽くし纜を解きつ。

（大曾根章介校注「藤原保則伝」山岸徳平ほか校注『古代政治社会思想（日本思想大系）』岩波書店、一九七九年）

離任の途についた藤原保則は、自らの善政に感じ入って悲嘆にくれる老人たちが用意した酒肴については、それを受け取り、さらには数日間名残を惜しんで、逃げるようにして任地を去ったというのである。今日的観点からいえば、土地の人びとの厚意に甘え、酒の肴を受け取るということ自体、土地の人びとの金銭的負担を増すことであり、けっして顕彰されるべき行為とは思われないのだが、この記述について、所功は早くに次のような指摘をしている。

つまり保則は、確かに「良吏」と仰がれる立派な人物ではあったろうが、それを清行は、ことさら儒教的徳治主義を実践する律令官人の理想として描くことに努めている。従って、多少事実を離れた記述もあることは、否定しがたい。

〔所　一九七〇年〕

すなわち、所は、清行がものした当該の記述を、儒教的良吏像に基づいて脚色あるいは人物造型された伝である、とみているのである。それは、やはり縷々述べたように、離任者を送る盛大な餞の宴は、離任者の善政の結果と見られていたからなのである。こういった観点から再度集中を点検すると、郡司の妻たちの、朝集使との別れを惜しむ餞の歌を、巻二十に見出すことができる。

上総国の朝集使大掾大原真人今城、京に向かふ時に、郡司が妻女等の餞する歌二首

足柄の　八重山越えて　いましなば　誰をか君と　見つつ偲はむ

立ちしなふ　君が姿を　忘れずは　世の限りにや　恋ひ渡りなむ

（巻二十の四四四〇、四四四一）

郡司の妻たちが恋歌のごとくに歌いかけるのは、一見、不謹慎のようにも見えるのだが、それは郡司の妻たちまでもが「朝集使大掾大原真人今城」に親愛の情をもっていることを示すこととなり、そういった歌で今城が送られるということ自体が、今城が「良吏」であったことを間接的に示すから、宴の中では許容され得る表現であったのだろう。そして、そこには、「媚態」に遊ぶ宴の歌の笑いもあったのだ、と思う。(6)

以上のように宴の歌のありようを観察してゆくと、書殿歌群の送られる「都びと」と、「鄙にあるワレ」との対比は、羨望の念をあらわにする甘えの表現である一方、都に上ることへの祝意を表すから、宴席の場では容認された表現であったと見なくてはならないのである。それは、自己卑下の言葉でもあるのだが、同時に離任者に対する賞賛の辞ともなるはずである。たとえば、宇合送別宴の贈歌において、常陸娘子が自己卑下して、麻の刈り干しを歌い込んだように、憶良は残された者の「悲哀」を強調するために、わざわざ選択的に方言を採用したのではなかろうか。なぜならば、方言を用いれば、鄙にあることが、表現上顕在化し、さらに鄙にあることの「悲哀」が強く

意識されるからである。そして、方言を採用した歌をなるべく宴の場で歌われたままに表記して、餞の日の宴を偲ぶ思い出としようとしたのであろう。こういった側面より見れば、書殿歌群は、旅人を「良吏」として持ち上げる歌群といえるのである。

してみると、波線部の「うらぶれ」（八七七）と「さぶし」（八七八）という心情語を使用する歌のみに、方言とみられる表現が採用されているのは、偶然ではなかろう。おそらく、それは、民の言葉で別れを惜しむという表現方法がここでは採られているのである。とすれば、やはり民の嘆きを表現するための選択的な方言採用だったと見なくてはまるまい。(7) 対して、旅立つ人への愛惜の念を述べた八七六番歌と、大納言就任の期待の念を述べた八七九番歌には、方言の採用がないのである。

三　「良吏」と「公廉」

書殿での餞酒が、「士」を気取るものであり、送別宴の盛会は、離任者の人徳によるものという考え方を前提として、歌の表現がなされていることについては、縷々述べたところである。一方で、八七七と八七八番の歌は、田舎に残された者の拗ねた気分が、土地の民の言葉を交えて語られていることについてもすでに言及した。ではなぜ、かくのごとき拗ねた気分を表現することが許されたかといえば、それは、それほど民から慕われた「良吏」であったことの証となるからであり、こういった表現が宴の歌として容認されたからであろう。ということは、書殿歌群は、良吏として善政を施した「士」たる旅人を間接的に讃える歌群であると読むべきなのである。おそらく、田舎に残された者の拗ねた気持ちが表現されたのは、以上のような理由によるものであろう。

かくのごとくに論を進めてゆくならば、本節の寄って立つ立場に基づいて「士」とは何か、明らかにしておく必要があるであろう。中国の古典世界において「士」「士大夫」がどのような人物か、あるいは理想の人格であったかということについては、さまざまな議論がある。と同時に、『万葉集』の「ますらを」の意識が「士」とどのように結びつくのか、という点についても、さまざまな議論があり、容易にその結論を見出せない。本節では「心正而后身脩。身脩而后家齊。家齊而后國治。國治而后天下平」のような身の処し方ができ、「仁」「義」などの儒教的徳目を身につけた成人男子知識人、ないしはそれを身につけるべき理想の成人男子知識人としての人格であるとゆるやかに定義して議論を進めたい（『大学』第一段、第二節、赤塚忠『大学・中庸（新釈漢文大系第二巻）』明治書院、一九六七年）。もちろん、「士」たらんとする意識は、集中において「ますらを」と呼ばれた人物の持つべき「地位的優位性」「武人的優位性」「道徳的、倫理的優位性」の自負と重なるものである、と思われる。(8)

集中において、その「士」の意識が明確に表現されているのは、次の歌であろう。

山上臣憶良、沈痾の時の歌一首

士やも　空しくあるべき　万代に　語り継ぐべき　名は立てずして

右の一首、山上憶良臣の沈痾の時に、藤原朝臣八束、河辺朝臣東人を使はして疾める状を問はしむ。ここに、憶良臣、報ふる語已畢る。須くありて、涕を拭ひ悲嘆して、この歌を口吟ふ。（巻六の九七八）

諸家が指摘しているように、八束が差し向けた見舞いの使者に対して憶良が示した歌は、実質的には辞世歌として機能するものである。そこには、「士」たることを願いながらも、空しく果てることへの忸怩たる思いが述べられているのである。当該歌の「士」と「名」の関係について、芳賀紀雄は次のように整理、分析している。

憶良の歌の「士」は、「をのこ」と訓むべきと思われるが（『日本古典文学全集　萬葉集二』、参照）、『萬葉集』中唯一の用字例であり、かつ彼自身が記したものと見てよい。憶良が、この「士」にこめた意は、「名」と考え合わせるなら、やはり儒家的な「能力ある者」と解しうる。そこに彼の自負があり、一首は鋭い悔恨で貫かれているのである。

〔芳賀　二〇〇三年、初出一九七三年〕

芳賀が指摘したように憶良は、「士」たることを希求しつつ、天下公の為に働き、名を立てることを願っていたのであった。対して、憶良に見舞いを遣わした藤原八束すなわち真楯の薨伝には、次のような一節があることも見逃せない。

丁卯、大納言正三位藤原朝臣真楯薨しぬ。平城朝の贈正一位太政大臣房前の第三子なり。真楯は度量弘深にして、公輔の才有り。春宮大進より起家して、稍く遷りて正五位下式部大輔兼左衛士督に至る。官に在りては公廉にして、慮私に及ばず、感神聖武皇帝の寵遇特に渥し。詔して、特に奏宣吐納に参らしめたまふ。

（『続日本紀』巻第二十六、称徳天皇　天平神護二年［七六六］三月十二日条、青木和夫他校注『続日本紀　四（新日本古典文学大系）』岩波書店、一九九五年）

薨伝において、真楯は、傍線部の言葉を以って讃えられているのである。こういった讃辞が真楯に対して贈られる背景には、よき「士」たる者は、官にありては「公廉」たれ、という考え方が存在していたからであろう。つまり、官人に求められる第一の徳目は、公平無私なのである。とすれば、いやしくも官人たるものは、任地を選り好みすることなど、許されないはずである。以上見てきたような官人に求められる公平無私のタテマエが表出された歌がある。

大宰少弐石川朝臣足人の歌一首
さす竹の　大宮人の　家と住む　佐保の山をば　思ふやも君
帥大伴卿の和ふる歌一首
やすみしし　我が大君の　食す国は　大和もここも　同じとそ思ふ
（巻六の九五五、九五六）

当該歌からわかるのは、官人・旅人の「公廉」を旨とする官人意識であり、それは官や任地を選り好みしない無私の忠誠心のかたちを取っている、ということである。なお、上代において希求された官人像の形成と中国古典との関係については、近時、奥村和美に詳細な研究がある。「諫言の人」「公平無私の人」「好学の人」といった官人に求められる人物像について多くの資料を博捜して、人物造形のもとになった故事等を確定している〔奥村　二〇〇五年ａｂｃ〕。おそらく、官や任地を選り好みしないという考え方も、奥村が博捜した中国古典の教養から育まれた規範意識と考えねばならないだろう。

ところが、私懐歌群では、それが露骨な任官依頼となっているのである。この落差をどう見るか。以下、考えてみたい。まず、そのために「拙懐」についても、点検しておく必要があるだろう。通覧すると、

十一日に、大雪降り積みて、尺に二寸あり。因りて拙懐を述ぶる歌三首
大宮の　内にも外にも　めづらしく　降れる大雪　な踏みそね惜し
み苑生の　竹の林に　うぐひすは　しき鳴きにしを　雪は降りつつ
うぐひすの　鳴きし垣内に　にほへりし　梅この雪に　うつろふらむか
（巻十九の四二八五〜四二八七）
右の歌六首、兵部少輔大伴宿禰家持、独り秋野を憶ひて、聊かに拙懐を述べて作る。

（巻二十の四三一五～四三二〇、左注）

（巻二十の四三六〇、題詞）

私の拙懐を陳ぶる一首

となる。このほか「拙懐」と近似する言い回しとしては、「私拙懐」があるのだが、通覧してわかることは、どちらも「公」を意識した言い方で、本来は心奥にしまい込むべき個人的心情、または口外する価値もない個人的心情を表す謙譲ないしは卑下の表現である。(9) つまり、他人に聞かせる価値もない「たわごと」ということになる。それを、憶良は、敢えて述べるというのである。(10)

「公廉」「無私」の「良吏」として旅人を讃える書殿歌群と、露骨な任官依頼の私懐歌群は、好対照をなしているが、それは意図的な歌群配置として読取すべきではないのか。そう考えを進めてゆくと、旅人の大納言就任の意味を、ここで再考する必要が出てくるだろう。

四　書殿歌群と私懐歌群の対比

大納言については、「養老令」に、

掌らむこと、庶事に参議せむこと、敷奏、宣旨、侍従せむ、献り替てむこと。

（『令』巻第二、職員令第二、井上光貞他校注『律令（日本思想大系）』岩波書店、一九八一年、初版一九七六年）

とあり、考課令には五位以上の任官は「太政官量り定めて奏聞せよ」とある。当該規定は、「大宝令」に遡らせることができるので、憶良の任官についても、帰京後いかほどかの力を有することが予想されるのだが、その実効性についてては、大きな疑問がある。なぜならば、大納言は議政官として人事に関わる職務権限を有しているということなのであって、個別の人事案件についての推薦権があったとは考えにくいからである。とすれば、次節において述べるように、露骨に任官を歌うこと自体に羨望の念が込められ、その羨望の念が間接的に旅人への祝意に通じるがゆえに、敢て述べることが許された表現と見なくてはならないだろう（第二章第二節）。

では、奈良朝における任官儀とは、いったいどのようなものだったのであろうか。ここでは、簡便に纏められた事典を引用しておきたい。

【式日】奈良時代には外官・内官を日を分けることなく任官が行われ、また時期も不定であった。奈良時代末期の宝亀九年（七七八）に初めて外官と京官の任官が分離して行われ、桓武朝初期の延暦五年（七八六）から外官除目と京官除目の分離が慣例化し、一年の始めに叙位儀に続き外官除目、京官除目の順で行われる人事スケジュールが確立した。式日は正月九日（『蔵人式』、『北』）、一一日（『建武』）とする儀式書もあるが、実例的には、仁明～光孝朝は正月中旬がほとんどで、宇多～醍醐朝に中旬・下旬が相半ばし、朱雀朝以降は下旬に行われることが多くなり、村上朝以降は正月下旬の儀式として定着する。稀には二月上旬にずれ込むこともあった。

〔阿部猛他編　二〇〇三年〕

つまり、時期も不定期であり、京官と外官の区別もなかったようなのである。ただ、官僚機構の人事の常として、複数の人事が同時並行かつ連鎖的に行なわれることは想像に難くない（いわゆるタマツキ人事）。実際に奈良朝の人事も、平安時代の「可任人歴名」のように行なわれていたようである。

以上の知見を踏まえて、「万代に　いましたまひて　天の下　奏したまはね　朝廷去らずて」（巻五の八七九）の

表現の表裏を見てみよう。これは、明らかに、高市皇子挽歌の、

……やすみしし　我が大君の　天の下　奏したまへば　万代に　然しもあらむと……（巻二の一九九）

を踏まえたものであり、きわめて大仰な表現ということができる。なぜならば、右の表現は「太政大臣」「後皇子尊」たる高市皇子に対する表現だからである。次に、憶良自身の用例で見てみよう。好去好来歌の例で見てみると、

……人さはに　満ちてはあれども　高光る　日の大朝廷　神ながら　愛での盛りに　天の下　奏したまひし家の子と　選ひたまひて……（巻五の八九四）

と歌われているが、こちらは時の遣唐大使・多治比広成の父である多治比島が、持統、文武朝において右大臣と左大臣であったことを踏まえた表現なのである。つまり、「天の下奏したまふ」とは、時の政権の首班に対してなされる表現と見てよいのである。大納言は、高官といえども、議政官の一人に過ぎず、ましてや政権の首班などではない[11]。

そのように考えると「天の下奏したまはね」という言い方は、かなり大げさな表現ということになる。当該表現は取りようによっては、コネによる利益誘導を狙った「巧言令色」としての意味合いを持ってしまうのではなかろうか。好去好来歌を見るまでもなく、憶良はこういう言い方をしてしまえば、旅人への「巧言令色」の意味合いを持つことを知って、当該表現を選んでいるのであろう。つまり、一種の「おべっか」である。とすれば、当該表現は、自己を戯画化した表現なのであった。ちなみに、平安時代の「除目」について、コネによって職を得ようと群

がる人びとの「すさまじさ」を戯画化して描いた文章に、『枕草子』の「除目に司得ぬ人の家」の段がある。

除目に司得ぬ人の家。今年はかならずと聞きて、はやうありし者どものほかほかなりつる、田舎だちたる所に住む者どもなど、みなあつまり来て、出で入る車の轅にひまなく見え、物詣でする供に、われもわれもとまゐりつかうまつり、物食ひ酒飲み、ののしり合へるに、果つる暁まで門たたく音もせず。あやしうなど、耳立てて聞けば、さき追ふ声々などして、上達部などみな出でたまひぬ。物聞きに夜より寒がりわななきをりける下衆男、いと物憂げに歩み来るを、見る者どもはえ問ひだにも問はず。外より来たる者などぞ、「殿は何にかならせたまひたる」など問ふに、いらへには、「何の前司にこそは」などぞ、かならずいらふる。まことにたのみける者は、いと嘆かしと思へり。つとめてになりて、ひまなくをりつる者ども、一人二人すべり出でていぬ。ふるき者どもの、さもえ行き離るまじきは、来年の国々手を折りてうちかぞへなどして、ゆるぎありきたるも、いとをかし。すさまじげなり。

（『枕草子』第二十三段、松尾聰・永井和子校注・訳『枕草子（新編日本古典文学全集）』小学館、一九九七年）

清少納言が描いているのは、蟻が甘いものに群がるように、コネを頼って、参集する人びとであり、そのなかには、田舎の人びともいた。憶良が、方言と見られるような表現を取り込んで歌を作ったのは、こういった田舎の人びとの「巧言令色」のありようを踏まえているのである。おそらく、奈良時代の「任官儀」も、平安時代の「除目」も、任官者に群がる一族郎等の振る舞いも、猟官活動と「巧言令色」という点については変わるところがなかったはずである。つまり、書殿、私懐の両歌群の背景には、憶良の自己戯画化の精神があるのであろう(12)。

「書殿」が、「士」の集う場所であり、「士」としての志を持つ官人が集う「餞酒」の宴が行なわれた場所であるとするならば、そこでは「私懐」が述べられることはないはずである。だから、八七九番歌のようなホンネを隠す表現となったのであろう。しかし、それは、きわめて大仰な表現であって、表現の裏側に任官依頼のための「巧言令色」を疑われても仕方がない表現であった。つまり、ホンネを隠してはいるのだが、わざとバレるような表現をしているのである。こういった表現のありようをいったいどのように捉えればよいのだろうか。おそらく、後述するように、ここは私懐歌群で暴露される「オチ」の伏線になっているのであろう。

一方で、書殿歌群においては、一部に「方言」が採用されている。それは、昇任して都に帰る「彼」「あなた」に対する、鄙にある「我」を演出するものとして機能していたのであった。憶良は、在地の遊女でもないわけだが、残されて筑紫にある者の立場を、方言を採用して強調するという方法で表現したと考えられるのである。しかし、こういった表現も、祝意に通じるものとして、容認されたのであろう。

以上のような宴の気分を、「天離る鄙に五年住まひつつ都のてぶり忘らえにけり」（八八〇）が引き受けるかたちとなって、私懐歌群三首が展開されると見てよい。ところが、私懐歌群では、それが「我が主の御霊賜ひて春さらば奈良の都に召上げたまはね」（八八二）のような露骨な猟官の歌となってゆく。これが、題詞にいうところの「私懐」なのであって、「士」たる者が公に口にすべきものではない「私懐」なのである。

以上のように読み進めてゆくと、書殿歌群の愛惜の表現や祝意を強調する誇張表現と、私懐歌群のコネを通じた任官依頼の歌がタテマエとホンネをそれぞれ表象するような構造になっているのではなかろうか。つまり、書殿歌群であ
あまでいって「良吏」と持ち上げていたのは、結局は就職斡旋依頼のためなのかというように。すなわち、はじめに書殿歌群を読み、次に私懐歌群を読んだ読者は、タテマエの裏に隠されていたホンネを知ることができる構成になっているのではなかろうか。「万代にいましたまひて天の下奏したまはね朝廷去らずて」（八七九）といったのは、「奈良の都に召上げたまはね」がホンネにあるからなのだな、というように。まさに、ここはオチになっ

ているのである。

以上の点を、本節の整理に従って二項対立的に示すと、

書殿歌群……餞酒の日憶良が披露した歌／タテマエ／宴席において共有される心情／相手のことを歌う／餞酒参会者は、タテマエの背後にあるホンネを類推する

私懐歌群……後日書面に送付された歌[13]／ホンネ／宴席で語るべきではない心情／自分のことを歌う／餞酒参会者のひとりであった書面受領者は、示された私懐歌群を見て、書殿歌群の背後のホンネを知ることになる

となろうか。このように整理してみると、書殿歌群こそ「餞酒」の宴で歌われた歌であり、対して私懐歌群がのちに書面で書殿歌群とあわせて献上された歌と考えるのが、至当であろう。

ではなぜ、書殿歌群歌を宴席で歌われた歌と推考したかといえば、題詞に「餞酒する日」とあり、かつわざわざ「倭歌」と書かれているからである。「餞酒の時」とは記されていないものの、「倭歌」とあるのは宴で歌われた漢詩を意識して使われている、と考えるからである。そう考えれば、表現に方言が採用され、その時の歌われた様子をそのまま残すように書き留められている理由も、説明しやすくなる。

おそらく、憶良は、餞酒参会者に対して、タテマエを歌いながらも、大仰な表現によってその背後にあるホンネを類推できるように歌を示したのであろう。これは、聞き手にホンネを類推させて笑わせる笑い歌である。次に、憶良は書面において、私懐歌群を添えて献上し、書殿歌群の歌の背後にあるホンネを暴露したのである。餞酒では、ホンネを類推させて聞き手を笑わせ、献上した書面では露骨にホンネを暴露して読み手を笑わせたものと思われる。

表2－1　書殿・私懐歌群の受容

		旅人送別宴関係歌	
		書殿歌群	私懐歌群
餞酒参会者		餞酒ではじめてこれらの歌を知る	
読者	書面の受領者（書面の読者≒旅人）	餞酒で既知の歌をあらためて書面で読む	未知の歌を書面ではじめて読む
読者	歌集の読者（歌集成立後の読者）	未知の歌を歌集ではじめて読む	未知の歌を歌集ではじめて読む

筆者作成。

顧みて、鉄野昌弘が、「餞酒する日」という時間の提示法に着目して、「餞酒」の日が「謹上」された十二月六日と異なることを表していると述べた指摘は卓見で、私懐歌群は書殿歌群を踏まえて歌い継がれているのではあるが、時間や場が異なっていることを予想させる書き方とみて差支えないだろう（鉄野二〇〇七年）。私懐歌群が書殿歌群を歌い継ぐ歌々であるにもかかわらず、「敢布私懐歌」とのみ題詞に提示され、その私懐歌群三首をもって両歌群が閉じられて、「天平二年十二月六日、筑前国司山上憶良謹上」と謹上日の日付が来るのは、書殿で歌った歌を踏まえて、憶良が私懐三首を書面で謹上したことを反映してのことではなかろうか（表2－1）。

おわりに

以上の考察を踏まえ結論を述べたい。当該二歌群は、書殿歌群に引き続き私懐歌群を読むことによって、暴露されたホンネを知ることができるという構造になっているのではないか。憶良から書面において歌々を謹上され、それを受領して読んだ人物についても、歌集に整えられた後に二歌群を読んだ読者についても、この点について、変わるところはない。

ただ、ここで注意しなくてはならないのは、謹上書面の受領者にとっては、書殿歌群の歌は「既知の歌」であったということだ。だから、天平二年十二月六日に謹上された書面の私懐三首を読むことによって、はじめてそのタテマエの裏に隠されていたホンネを知ることになったはずなのである。旅人を「良吏」と持ち上げ、あんな大仰な表現をしたのは、任官のためだったのか、と。

とすれば、縷々述べた二歌群は自らのホンネを暴露することによって、笑いを誘う文芸であると考えられないだろうか。平安朝の『枕草子』は、「除目」の日の悲喜こもごもの人間模様を描き出しているが、そういう律令官人とその官人とのコネによって便益を得ようとする人びとのホンネとタテマエを笑い飛ばす自己戯画の文芸として、当該二歌群を理解すべきだと、筆者は愚考する。次節においては、私懐歌群の背景にある「申文」の世界について考えてみたい。

注

（1）筆者が、十二月六日謹上が遡って係る範囲は八七一番歌までであるけれども、〈書殿・私懐歌群〉は〈佐用姫歌群〉を踏まえて歌い継がれたものではないという立場を取るのは、以下の理由による。それは、〈佐用姫歌群〉で悲別の情が歌われるのは、その伝説に由来して歌われたのであって、送別宴とは無関係だと考えるからである。なぜならば、〈書殿・私懐歌群〉の両送別宴歌群は、悲別というよりも、別れに伴う友人、同僚間の微妙な心の揺れを捉えたものであるからだ。したがって、その心の動きが表裏に描かれている〈書殿・私懐歌群〉が、〈佐用姫歌群〉を歌い継いだとは、考えにくいと考える。

（2）なお、「餞」ではなく「餞酒」とあることについても考慮する必要があろうが、筆者の学力の及ぶところではない。今は、差異なきものとして、立論を急ぐ。

（3）口頭発表会の席上で、内田賢徳より、「人もね」「とのしく」が発表者のいうとおり、筑紫に残された者の言葉を写すものだと考えた場合、八七七番歌に大和の「竜田山」が登場するのはどうしてなのか、という質問を受けた（二〇〇八年十月一八日、於皇学館大学）。氏の問いに現時点で答えるならば、それは「どうせ竜田の山を越えて大和に入ったら、われわれのことなど忘れてしまうのでしょうね」というような拗ねた気分を反映して選ばれて歌い込まれた地名であった、と筆者は考えたい。ただ、こう考えた場合、竜田が河内側から大和に入る進入路で、多くの人びとが利用していた道であったという知識が共有されていたことを前提としなくてはならなくなる。おそらく、憶良は、老齢の旅人は急峻な生駒直越えを利用せず、迂廻路とはなるが比較的平坦な道となる竜田越えを利用するだろう、と推定したのであろう。

（4）もちろん、遊行女婦・児島の歌とその左注は、駒木敏がいうように、『遊仙窟』と松浦佐用姫歌群を踏まえたものである〔駒木　二〇〇〇年〕。ために、ここは仙女との悲別の情を踏まえて歌われていることは、間違いない。したがって、当然、相聞的情と捉えるべきである。しかしながら、仙女と恋情を交わすことができたのも、一つの「良吏善政」の証とみてよいだろう。

（5）筆者の民俗採訪の聞き書きの範囲では、一九六〇年代までの冠婚葬祭は、その準備段階から儀式終了後の慰労に至るまで、多くの間、公私の宴を繰り返すものであった。それは返礼・答礼にも及ぶものだから、儀礼の執行そのものの経済的負担は大きかったのである。もちろん、生活改善運動など、時代によってはこれを「虚礼」として廃する動きもあったわけだが、宴を繰り返すことそのものに祝福や哀悼の気持ちが表現されていると考えなくてはならないのである。なお、芸能伝承の場における繰り返される小宴のありようについては、上野〔二〇〇一年、初出一九九四年〕において考えた。

（6）ただ、今城は朝集使であり、都での任務を終えれば、任地に戻ることになる。しかし、それでも、「郡司が妻女」たちが、このような歌を贈ったということは、良吏の証となったはずである。なお、宴における媚態ということであれば、諸家がすでに説き尽したように、巻一の二〇、二一番歌がまず挙げられる。

（7）本節の立場に立って書殿歌群の披露の場を推定すれば、憶良が大宰府の在地の人びとの心を踏まえながら、四首をひと続きに披露したと考えざるを得ない。

（8）なお、筆者なりの「ますらを」に対する考え方は、上野〔二〇〇五年〕において示した。

（9）「私懐」については、鉄野昌弘に、網羅的研究がある。鉄野は、『文選』の用例を検討し、『文選』のそれが「他人に理解されるべくもない思い」と見定めた上で、当該歌の「私懐」を「要するに、『私懐』は、ワタクシの情でもあろうが、それ以上に、他人に容易に語ることのできないヒソカな『思念』なのである」としている〔鉄野　二〇〇八年〕。その上で、鉄野は「栄転する上司に頼み込んで、自分も栄転させてもらいたい——それもまた『私懐』と言うしかない情であろう。憶良は、旅人送別に当たって、それを『敢へて』開陳してみせたのであった」とする。「口外する価値もない個人的心情を表す謙譲ないしは卑下の表現」とする本節とはやや理解のスタンスは異なるが、その解はほとんど重なりあう、と思う。なお、当然「私懐」と「拙懐」の差異を明らかにしなくてはならないと思われるが、筆者の学力の及ぶ範囲を超える。後考を待ち、今は差異を設けず考察を進めることとする。

(10)　山崎福之は、目録および題詞、左注の用例の趨勢から「敢布私懐」ではなく「聊布私懐」と造るべきことを説いている〔山崎　一九九九年〕。その上で、「親しい友人に対する打ちとけた慎しみから『聊かに』発露されたものとして、その八八〇以下三首を詠むことができることになる」としている。つまり、かりそめに、友人に漏らしたホンネととるのである。ただ、いわゆる非仙覚本にも、「敢」「聊」両方あり、他の諸本間の揺れも大きく、筆者はその判断をする学力を有しない。したがって、現時点においては、本節は通説により、論を進めることとしたい。なお、口頭発表時には、氏の業績を見逃しており、氏より直接ご教示を得た。不勉強を恥じるとともに、ご寛恕を乞いたい、と思う。その後、この点については、村田右富実、井ノ口史の両氏より、ご教示を得たが、筆者の学力ではそれを活かしきれなかった。ともに、お詫びしたい。

(11)　ただ、当時は左右の大臣が空席であり、知太政官事・舎人皇子と、大納言・藤原武智麻呂が、上位および同位にいるのみである。したがって、それなりの政治的力を有していたことは間違いないが、高市皇子や多治比島と比肩するとは考えられないであろう。

(12)　本節のいう「自己戯画化の精神」とは、自らの行為や心情を、もう一人の自分が見て、それを風刺的に笑い飛ばすような心のありようをいう。自己客観化ということについては同じだが、自己批判や諦念とは違い、自嘲的である。なお、「すさまじきもの」の戯画化の対象となっているのは、受領層の一族郎等であり、憶良や大宰府の在地の人びととは立場が違う。しかし、上位の個人から、寄生的に地位や金品を得ようとすることを戯画化するという点では、同じであるといえよう。

（13）　本節では「書面に送付された歌」というに留めたが、筆者はそれを具体的には「書簡」であったと推考し、謹上の対象者は旅人であったと推考している。ただし、それを「歌集」からは復元できないので、「書簡」ではなく「書面」というに留めるのが至当であろう。

参考文献

阿部猛他編　二〇〇三年　『平安時代儀式年中行事事典』東京堂出版。
井村哲夫　一九八六年　「遊藝の人憶良――天平万葉史の一問題」『赤ら小船　万葉作家作品論』和泉書院、初出一九八二年。
上野　誠　二〇〇一年　「稽古とその場――『伝承』を考える」『芸能伝承の民俗誌的研究――カタとココロを伝えるくふう』世界思想社、初出一九九四年。
――――　二〇〇五年　「秀歌抄　巻二・一一七」神野志隆光・坂本信幸編『万葉秀歌抄（セミナー万葉の歌人と作品　第十二巻）』所収、和泉書院。
大濱厳比古　一九七九年　「巻五について考へる――旅人か、憶良か」『新萬葉考』書肆大知、初出一九六六年。
奥村和美　二〇〇五年ａ　「『公』であること――『古記』所引の漢籍を中心として」萬葉語学文学研究会編『萬葉語文研究　第一集』所収、和泉書院。
――――　二〇〇五年ｂ　「上代官人の教養」人間環境大学　歴史・文化環境専攻『藝』第二号所収、人間環境大学。
――――　二〇〇五年ｃ　「上代官人像の形成――『日本霊異記』上巻第二五縁について」『萬葉』第百九十三号所収、萬葉学会。
小島憲之　一九八六年　「海東と西域――啓蒙期としてみた上代文学の一面」『万葉以前――上代びとの表現』岩波書店、初出一九八三年。
駒木　敏　二〇〇〇年　「水城での別れの歌」神野志隆光・坂本信幸編『大伴旅人・山上憶良（一）（セミナー　万葉の歌人と作品　第四巻）』所収、和泉書院。

坂上康俊　一九八四年　「日・唐律令官制の特質――人事制度面からの検討」土田直鎮先生還暦記念会編『奈良平安時代史論集』上巻所収、吉川弘文館。
佐藤美知子　二〇〇二年　「令制下の官人歌人たち」『万葉集と中国文学受容の世界』塙書房。
武光　誠　一九九九年　「奈良・平安時代の太政官政治と宣旨」『律令太政官制の研究』吉川弘文館、初出一九八四年。
鉄野昌弘　二〇〇七年　「佐用姫歌群をめぐって――巻五の歌群構成」神野志隆光・芳賀紀雄編『萬葉集研究』第二十九集所収、塙書房。
――　二〇〇八年　「『陳私拙懐』歌をめぐって」『萬葉』第二百二号所収、萬葉学会。
所　功　一九七〇年　「文人官吏として」『三善清行』吉川弘文館。
西本昌弘　一九九七年　「八・九世紀の内裏任官儀と可任人歴名」『日本古代儀礼成立史の研究』塙書房、初出一九九五年。
芳賀紀雄　一九七八年　「天平二年十二月六日謹上歌」伊藤博・稲岡耕二編『万葉集を学ぶ　第四集』所収、有斐閣。
――　二〇〇三年　「理と情――憶良の相剋」『万葉集における中国文学の受容』塙書房、初出一九七三年。
早川庄八　一九八六年　「八世紀の任官関係文書と任官儀について」『日本古代官僚制の研究』岩波書店、初出一九八一年。
東　茂美　二〇〇六年ａ　「憶良の祖餞歌」『山上憶良の研究』翰林書房、初出一九九六年。
――　二〇〇六年ｂ　「天平二年十二月の憶良謹上歌」『山上憶良の研究』翰林書房、初出二〇〇〇年。
廣川晶輝　二〇一五年　『山上憶良と大伴旅人の表現方法――和歌と漢文の一体化』和泉書院。
福田俊昭　一九八四年　「憶良の『書殿』について」『國語國文』第六百号所収、京都大学国語国文学研究室。
――　一九九四年　「書殿での送別歌」林田正男編『筑紫万葉の世界』所収、雄山閣出版。
松田　聡　二〇一七年　「万葉集の餞宴の歌――家持送別の宴を中心として」『家持歌日記の研究』塙書房、初出二〇一一年。
村山　出　一九七六年　「筑紫の宴歌」『山上憶良の研究』桜楓社、初出一九七六年。

山崎福之　一九九九年「本文批判の多様性――『聊布私懐』の場合」『文学』第十巻第四号所収、岩波書店。
渡辺秀夫　一九九一年「漢文日記から日記文学へ」『平安朝文学と漢文世界』勉誠社、初出一九八三年。

初　出

「『書殿にして餞酒する日の倭歌』の論」『萬葉』第二百六号、萬葉学会、二〇一〇年。

第二節　山上憶良の申文

よっ！　わが主人とも頼む大伴旅人サマ
その旅人サマのコネにすがりまして
　春になりますれば
　奈良の都に
栄転させて下さいましな……
　旅人サマサマ、サマ――
（巻五の八八二釈義）

はじめに

前節において考察した八八〇、八八一、八八二番の三首について、まず確認しておきたいことがある。それは、『万葉集』巻五の「書殿にして餞酒する日の倭歌四首」に続く歌々だということである。その「餞酒」とは、大宰帥・大伴旅人の平城京帰京に伴うものである。すなわち、旅人の大納言任官に伴う送別会の歌と考えてよい。ただし、「山上憶良謹上」が、どこまでさかのぼって係るかについては意見の対立がある。前節で述べた通り、筆者はこれを「松浦佐用姫歌群」を含む八七一番歌から八八二番歌までに係るものと考えている。時に、それは旅人の帰任を直前に控えた天平二年（七三〇）十二月六日のことであった。

ここで先に、私懐三首に対する拙考の結論を述べておきたい。それは、任官を訴える上申書である「申文」に擬して作られた宴席歌である、という結論である。ただし、宴席歌だからといって、すべて、宴の席で歌われたわけではない。私懐三首は、宴が終わった後に、書面で送られた歌であったと考える。しかし、これも広くいえば宴席歌ということができる。この点については、第二章第一節において述べた。その上で、本節では、私懐三首は平安朝にも連なる「仕官の文芸」の嚆矢とみるべきものである、と結論付けたいのである。なお、この私懐三首と申文との関係を示唆しているのは、管見の限り村山出のみである。村山は、「『私懐』歌はいわば申文的な意味をもつ」と指摘している〔村山　一九七六年〕。対して、筆者は、これを申文に擬された宴席の祝い歌が、後に書簡で送られたと結論付けたいのである。

一　「官召」の表舞台と裏舞台

八八二番歌の解釈については、早くに『代匠記』精撰本に「我ヲ捨ス、御志ヲ賜ハリ、ヨキニ奏シテ、春ニモナラハ、我ヲ奈良ノ京ヘ召上サセタマヘトタノミ入ルナリ」との指摘があり、現在これに加えるところはない。この表現について『私注』は、「少しくさもしい」が「これまで露骨に言ふなら反つて憎めない気持ちにもなる」と評語している。ここで問題となるのが「我が君の」ではなく、「我が主の」というへりくだった表現をとっている点であろう。八八二番歌で想起せられるのは、大伴池主歌に「縦さにも　かにも横さも　奴とぞ　我はありける　主の殿門に」〔巻十八の四一三二〕とあるように、「ヌシ（主）」に対して「ヤツコ（奴）」という言葉を使っている点である。つまり、八八二番歌の表現は、自らを「奴」に貶める表現なのである。もちろん、池主歌は家持に対する戯歌表現であり、親密な人間関係を前提とした口語的表現であることはいうまでもないが、「わが主」という表現がへりくだった表現であることに違いはない〔中西　一九七三年〕。したがって、「我が主の御霊賜ひて」という表現は、『私注』がいうように、どうしても露骨な猟官活動を想起させてしまうのである。

では、実際の奈良時代の猟官活動が、どのようなものであったか、以下考えてみたい。歌表現を事実に還元することは、時として正しい解釈の妨げとなるが、本節では敢えてその禁を犯して、実験的に考察を行なってみたい、と思う。まず「奈良の都」への「召上げ」とは、いったいどのようなことをいうのか。それは当然、京官に任官されることを意味する。この任官および任官に伴う儀礼を奈良時代においては、「官召」すなわち「ツカサメシ」といっていたようである。それは、正倉院文書に「天平十八年三月具注暦」という注記を施した暦があり、そこに「官召」という注記を見出すことができるからである（『大日本古文書』二、五七〇～五七四頁）。その具注暦の三月五日条に「官召十二人」、十日条に「官召十三人」との注記がある。新日本古典文学大系『続日本紀』三の「補注十六、三一」は、当該の具注と『続日本紀』の記事との対照一覧を作成している。三月五日と十日には、『続日本紀』にも任官記事があり、これによって任官が当時「官召」なる用語を以って称せられていたことがわかるのである。つまり、「召上げたまはね」ということの内実を杓子定規に実体化してしまえば、京官として「官召」を受けるということになるのである。

この「官召」の舞台裏ともいうべき猟官活動を明らかにする研究が、近時発表されている（馬場　二〇〇五年）。馬場基は、近年急速に進む正倉院文書の復原研究を利用し、「官召」があるとの情報をキャッチして、官人たちが猟官のために送った申文に類する文書が正倉院文書にあることを指摘している。

A　奴咋麻呂恐惶謹頓首
欲望官事（左右兵衛左右衛士府等一々末任）
右、以今日、官召人名注烈（列）、諸人云、明日召與者、若垂大恩、預此類賜、一生喜何有、今不勝望憑
犯輙貴（所）、無功憑望古人所厭、雖然尊公垂愍、今以狀、恐懼謹頓首（死）、罪々々、謹狀、不具、

十月廿三日奴上咋麻呂謹上

（『大日本古文書』二二巻、二一二頁・續々修三十九帙四裏）

B
貢上
生鰯六十隻
右物、雖醜、侍者等之仲進上如件、若垂領納幸々甚、謹狀、不具、
十月廿八日下情上咋麻呂

（『大日本古文書』二二巻、二一三頁・續修四十九）

Aには広く字面に落書が認められ、Bには「生鰯六十隻」の字面に「用不」という大書を確認することができる。Aは六衛府任官への推挙を願う申文であり、Bはその推挙を願った人物に対する贈り物「生鰯六十隻」の添状と考えられている（『寧楽遺文』下巻「各説」）。馬場は、裏面の利用状況を踏まえた最近の復原研究の成果を考慮し、AとBを宝亀三年（七七二）に上咋麻呂から上馬養に送られた書状と認定した。Aにある「官召人名注烈（列カ）」とは、「官召」対象者すなわち任官候補者のリストを作成することであり、官職名のあるところに任官候補者の名前を記してゆくものと馬場は推定している。

これは、平安朝の「除目」の「大間書」そのものであり、官職名に名前が入り、認証を経れば任官となる手はずである(1)。Aには「諸人云」とあるので、上咋麻呂は十月二十三日に、任官候補者リストの作成が行なわれ、翌二十四日に任官者の「召」があるとの噂をキャッチしたようである。そこで、同族のよしみで上馬養に、A「欲望官事」と記した書状を送り、六衛府任官への斡旋を願ったのである。

しかし、実際にはそれは誤った情報であったようだ。なぜならば、『続日本紀』は十一月一日の任官を伝えているからである。十月二十八日に、今度は正確な情報をつかんだ上咋麻呂が、十一月一日の任官を目指して贈った鰯の添状がBであると馬場は推定する。ちなみに、宝亀三年の十月は二十九日までである。Aの「若垂大恩、預此類

賜、一生喜何有」の部分は、もしあなたのお力によって任官できれば、一生涯の喜びとなるということであり、以下たいした功績もなく職を望むことは古人も厭うところであるが、今はあなたのお力にすがりたいと愁訴している。馬場は、この一連の猟官活動の成否については慎重で、判断を保留しているが、「用不」の大書から推察すれば、受け取ってもらえなかったか、任官されなかったか、などの不首尾だったことが予想されよう。

このような任官を願う個人の書状は、他にも存在する。たとえば『続修正倉院古文書』第四十七巻には、写経所での任用を求める「願供奉経所事」（天平宝字六年［七六二］閏十二月九日）と題する書状もある。本書状では、写経所で働く願いが成就するために精進潔斎したことなど、採用への強い意欲が述べられている。(2)ちなみに、この書状は、一つの書状のなかに異なる書体が混在し、なおかつ文字の大きさも一定していない。これについて、湯山賢一（書誌学）は、奉職を希望する書状の差出人自らが、複数の書体に通じていることをアピールしたためではないか、と推測している（直談）。

以上の文書は、古代社会においても任官が容易なものではなく、さまざまな運動がなされたことを垣間見せてくれる。さらに、重要なことがもう一点ある。それは、平安朝の「除目」のように年中行事化されていなかったため、「官召」の日程の情報を正確につかむことが奈良朝においては重要だった、ということである。上咋麻呂は、十月二十三日に「官召人名注烈」があるという「諸人」の噂を信じ、その日のうちに書状をしたためているし、任官候補者のリスト作成の前日ないし当日の十月二十八日に鰯を贈っている。つまり、「官召」の当日ぎりぎりまで、猟官運動を続けているのである。しかも、猟官活動は、深夜にも及んでいたようである。なぜならば、書状の移動時間を勘案すると、夜に「官召人名注烈」が行なわれた可能性が高く、その直前まで働きかけが行なわれたと考えられるからである。(3)彼らは、「奴」として、ひたすらへりくだった申文を「官召」に合わせて送り、猟官活動に奔走したのである。

省みて、旅人の大納言就任は、憶良ら大宰府の官人にとって、どのような意味を持つできごとだったのだろうか。太政官たる大納言は、職員令に「掌らむこと、庶事に参議せむこと、敷奏、宣旨、侍従せむ、献り替てむこと」とあり、考課令には五位以上の任官は「太政官量り定めて奏聞せよ」とあるところをみると、憶良の任官についても、帰京後いかほどかの力を有することが予想されるのである。そこで、近時の歴史学の成果を援用して、太政官と人事選考権との関係について、考えてみることにする。坂上康俊は、日唐律令の人事選考制度の比較を行ない、唐の吏部と日本の式部省の役割の違いを明らかにしている。坂上は、唐の吏部のように、日本の式部省には、実質的人事選考権はなかった、と説いている（坂上　一九八四年）。その上で、坂上は、日本の律令官制の特性を、太政官が一元的に人事選考権を掌握している点にあると結論付けている。太政官は、人事を中心とする政務が集中する官司だったのである。(4)とすれば、旅人が大納言として太政官の一員になることは、京官への「官召」を願う大宰府の官人にとっては大きな意味を持つことになるはずである。したがって、「春さらば奈良の都に召上げたまはね」という憶良の旅人への歌いかけは、いくばくかの実効性を有する働きかけだった、といえよう。

しかしながら、それがどれほどの実効性をもっていたかについては、大きな疑問がある。なぜならば、大納言は議政官として人事に関わる職務権限を有しているということなのであって、個別の人事についての推薦権があったとは考えにくいからである（第二章第一節）。制度上の職務権限と、個別の人事に対する推薦権とは異なる場合が多く、個別の人事については、上咋麻呂状の移動からわかるようにコネや人的ネットワークが深く関わり、表には出ないからである。ならば、憶良は、なぜかくも露骨な依頼をしたのであろうか。コネをつけようとしたのだろうか。

むしろ、八八二番歌において考慮すべきは、旅人が人事権のある太政官に「官召」されたということであり、「春さらば奈良の都に召上げたまはね」という表現が、その「官召」への讃辞となることであろう。そして、それはとりもなおさず旅人の栄転を称えることにも繋がるのである。すなわち、八八二番歌のへりくだりの表現の裏には、大納言就任への祝意が込められている、と考えるべきであろう。したがって、ここではへりくだればへりくだるほど、祝意は強調されるのであり、露骨な任官への依頼は、むしろ祝意に繋がるのである。[5]とすれば、八八二番歌の機微は、逆に祝意の裏に透けて見えるホンネにあると思われるのである。

二　敢えて布ぶる私懐とは何か

しかしながら、祝意があるとはいえ、そういったホンネは、官人が吐露すべきことがらではない。したがって、「敢へて私懐を布ぶる」ということになるのであろう。[6]くしくも、この題詞は任地を選好みするなど、官人たるもの「私懐」として胸に秘め、口に出すべきものではないという規範が存在したことを教えてくれるのである。石川足人が旅人の邸宅のある佐保を懐かしく思うかと問いかけたのに対して、旅人が毅然と「やすみしし　我が大君の食す国は　大和もここも　同じとぞ思ふ」（巻六の九五六）と答えたのは、そのためである（第一章第一節）。

このような律令官人の任官に対する規範意識が読み取れる例を、もう一つ挙げておこう。石上乙麻呂が自らの越前国司任官をやや自嘲気味に歌ったのに対して、笠金村がたしなめたと考えられる歌が、巻三に伝わっている。

石上大夫の歌一首

大船に　真梶しじ貫き　大君の　命恐み　磯廻するかも

［左注省略］

和ふる歌一首

もののふの　臣の壮士は　大君の　任けのまにまに　聞くといふものそ

［左注省略］

（巻三の三六八、三六九）

おそらく、金村がたしなめた理由は、「大船に真梶しじ貫き大君の命恐み」という仰々しい歌い出しに続いて、「磯廻」という言葉を配した点にあると思われる。「磯廻」は磯伝いにということだが、遣唐使のように大海を渡ると歌うならともかく、「磯廻」すると歌うと、大君の命を矮小化して歌っているかのように聞こえるのである（巻十九の四二四〇）。すると、そこからは間接的に地方勤務に対する不満の気持ちが読み取れてしまうのである。たとえば、「今度はドサまわりだ」などというようなホンネが。それを、金村は「臣の壮士」たるものは、不平を言わずに君命に従うべきものである、とたしなめたのであろう。君命には、「私懐」をさしはさむべきではないという規範は、官人に求められる第一の徳目である。と同時に「臣」「大夫」「壮士」と呼称される人びとにも求められる徳目であったことは、この二首とその題詞の呼応関係から察せられるところである。「官人」「臣」「大夫」「壮士」などに求められる儒家的徳目の第一が、自己を律して、「私懐」によらず、公に尽くすことであることはいうまでもない。憶良も、その例外ではない。

ただし、憶良に顕著なのは「士」の意識であり、実質的辞世歌である次の歌には、「士」たらんとする自負と、忸怩たる思いで迎えた今すなわち死の床が、対比されている。

士やも　空しくあるべき　万代に　語り継ぐべき　名は立てずして　（巻六の九七八）

〔左注省略〕

右の歌において、憶良が自己規定する「士」については、芳賀紀雄に優れた研究がある。芳賀は「憶良のいう『士』とは、身分的なものにとどまらず、学識・徳行の意を合わせ含んでいた」と結論付けている〔芳賀　二〇〇三年、五六八頁〕(7)。それは、芳賀もいうように、六朝の「士大夫」に、自身も連なろうとする意識を反映するものであろう。その辞世歌は、藤原八束が使わした河辺東人に託されたものであったのだが、八束の薨伝には「官に在りては公廉にして、慮私に及ばず」という一節がある（『続日本紀』天平神護二年〔七六六〕三月十二日条）。

また、「士」たる憶良を家持が私淑していたことは、四一六五番歌等からつとに知られているところである。私心を捨てて、自己を律するのが「士」なのである。その士・憶良のあからさまな「官召」依頼をどう見ればよいのか。この点に、古くから万葉学徒は苦慮してきた。その一つの解が、「士」であるがゆえに「名を立てる」ことを強く望むのだという見解であり、芳賀はこれを「自恃の念の強さが、かえってみずからを不運とする意識を増幅」したと解している〔芳賀　二〇〇三年、五七四頁〕。首肯すべき解であろう。

その芳賀のいう自恃の念の強さから、自らの不遇を嘆く詩を残しているのが、八束の父・宇合である。

五言。不遇を悲しぶ。一首。

賢者は年の暮るることを悽み、明君は日に新しきことを冀ふ。周日逸老を載せ、殷夢伊れの人を得たり。搏擧翼を同じくせね、相忘鱗を異にせず。南冠楚奏に労き、北節胡塵に倦みぬ。學は東方朔に類ひ、年は朱買臣に餘る。二毛已に富めりと雖も、萬巻徒然に貧し。

（『懐風藻』九一、小島憲之校注『懐風藻・文華秀麗集・本朝文粋（日本古典文学大系）』岩波書店、一九六四年）

この詩にいう「不遇」とは、君命に従い、東奔西走しても報われないことをいう。鍾儀と蘇武の故事によって辺境での苦節を訴え、東方朔を引き合いに学殖たぐい稀なることを訴え、朱買臣を引き合いに昇任の遅いことを訴えている。ここに、強い自恃の念が表れている。そして、最後は迫りくる老いを嘆き、万巻の書に埋もれながら今貧にあえぐことを嘆いているのである。宇合は、自らの身の上を、学識があるのに外官勤めが長く、官位に恵まれていないとその不遇を訴えたのである。ただし、宇合が実際に不遇であったかどうかは、個人の認識の問題であって、相対的なものであろう。振り返って、齢七十一歳の憶良が訴えた「私懐」も、同じく「天離る鄙」という辺境における「来経行く年」を過ごす「不遇」であった。そして、京官への任官を訴えているのである。違う点があるとすれば、宇合が最後に二毛すなわち白髪の嘆きで嘆老している点であろうか。しかし、筆者は「来経行く年」の「息づき」も、その内実は嘆老とまったく変わりないと考えている。たしかに、この部分は任地・大宰府での「五年」の「住まひ」を嘆いたものなのだが、宇合の二毛の嘆きもたんに歳を取ったことを嘆いているわけではなく、年齢に比して官位が上がらず、外官勤めが長いことを嘆いているからだ。つまり、老いを嘆くことと、不遇を嘆くことは、この場合表裏一体の関係にあると考えてよいのである。(8) ために、憶良は露骨に「官召」を願ったのであった。それが、ここでいう「私懐」なのであろう。

三　申文と倭歌と

以上のように見てゆくと、不遇感の表明と嘆老と「官召」の依頼は、「士」をもって任ずる自恃の念を母胎としていることがわかるであろう。では、私懐三首のように、「官召」すなわち「ツカサメシ」の不遇を（a）、「倭歌」で旅人のような特定の個人に対して訴えた（b）、という例は他にはないのだろうか。たしかに、『万葉集』に同様の例は見出し難い。しかしながら、そのような観点から平安朝の「倭歌」を一瞥すると、「ツカサメシ」の不遇を訴える例も確認することができるのである。『万葉集』だけを見ていると、憶良の私懐三首は特異な例に見えてしまうのだが、時代が下れば少なからずその例を見出すことができるのである。そこで、紀貫之の例を見てみよう。

官賜はらで歎くころ、大殿のもの書かせたまふおくによみて書ける

思ふこと　心にあるを　天とのみ　たのめる君に　いかで知らせん
いたづらに　世にふるものと　高砂の　松もわれをや　友と見るらん
（『貫之集』巻九の八七二、八七三、木村正中校注『土左日記　貫之集（新潮日本古典集成）』新潮社、一九八八年、一部私意により改めたところがある）

この歌は、「官賜はら」ぬ不遇を（a）、大殿すなわち時の太政大臣・藤原忠平に訴えた歌である（b）。「思ふこと」とはもちろん「官召」であり、「天とのみたのめる君」と、貫之はへりくだって愁訴しているのである。[9]憶良の「我が主の御霊賜ひて」に共通する愁訴のへりくだりである。そして、二首目では、無為に過ごす我が身を、高砂の松も自分を「友と見るらん」と自嘲しているのである。ここでの松は、長寿の表象ではなくして、長い散位の時間を表象するものであろう。対して、憶良は「都のてぶり」を忘れるほどの外官勤務を「かくのみや息づき居らむ」と自嘲している。これらの自嘲も、ともに愁訴に繋がるものといえよう。貫之の例をもう一例挙げると、

やよひに閏月ある年、官召の頃、申文にそへて、左大臣の家につかはしける　　貫之
あまりさへ　ありてゆくべき　年だにも　春にかならず　あふよしもがな
（『後撰和歌集』春下、巻三の一三五、片桐洋一校注『後撰和歌集（新日本古典文学大系）』岩波書店、一九九〇年、初版一九九〇年、一部私意により改めたところがある）

という歌がある。この歌は、閏年を春のあまる年と表現し、不遇な自分にも「官召」を得て春が来ますようにと（a）、時の左大臣・藤原実頼に訴えた歌である（b）。この詞書の「官召」は、春の除目であり京官の「官召」すな

わち「ツカサメシ」である。閏年と実頼の活躍時期からすると、この歌は従来から天慶五年（九四二）に奉られた歌と考えられ、そう考えると貫之の年齢は七十歳前後ということになる。おそらく、貫之は自らの年齢から考えて、憶良と同様に京官への「官召」をこの時点では希望したのではあるまいか。対して、左大臣からは「常よりも　のどけかるべき　春なれば　光に人の　遇はざらめやは」（一三六）という「返し」が届いている。歌だけを読めば、左大臣は貫之の「官召」の願いを汲み取ったことになる。では、こういった例は、貫之だけかというとそうではない。古く藤岡忠美が「訴嘆調」と命名した「官召」の不遇を嘆く歌は、源順、曾禰好忠をはじめとして多くの歌人に歌われている（藤岡　一九六六年、初出一九六四年）。また、近時は、さらに多くの事例を収集し、その表現と漢詩文との関係を考究する小野泰央が次々に研究成果を公表している（小野　一九九八年および二〇〇六年など）。それらの歌々を、本節の立場に引き付けて総括すれば、自らを「士」と任ずる自恃の念を持ちながらも、「官召」に泣いた多くの官人たちの訴嘆の文芸といえるだろう。また、本節の立場で換言すれば、「仕官の文芸」と称すべきものかもしれない[10]。

　ことに小野泰央が、不遇を訴える歌々で注目したのは、『後撰和歌集』巻三の一三五の貫之歌の詞書にあったように、「申文にそへ」て歌を献上して、「官召」を願う例があることである（他に『後撰和歌集』巻十六の一一九四の例など）。小野によれば、官位申請の申文が現れるのは延喜期からで、以後漢文の申文に添えて倭歌を奉ることもあながち不自然ではなかったとする。平安朝においては、文飾を駆使した華麗なる申文が、権力者たちに上申されていたのである。『本朝文粋』の巻第六には、当代を代表する「士」たちの「申官爵」の奏状が集成されている。それらの多くは、自らの学殖の深さと志の高さを叙し、対するに自らの不遇を述べて、「官召」と「叙爵」を訴えるものである。そういった漢文の「申文にそへ」て、倭歌が献じられたのであろう。

　では、申文と倭歌とは、いったいどのような関係にあったのだろうか。小野は、倭歌による訴えは歌人による

「官召」の一手段であり、倭歌が漢詩を乗り越えられなかったからだ、と説明している。首肯すべき解であろう〔小野　二〇〇六年〕。なお、平安前期の漢詩文と倭歌との関係については、滝川幸司の優れた研究が発表されている〔滝川　二〇〇七年〕。とすれば、逆に「官召」愁訴の一手段として、なぜ倭歌が添えられたのかという点を考える必要があるだろう。さらに時代は下ってしまうのだが、この点を『源氏物語』の「行幸」を手がかりとして考えてみたい。「行幸」は、内大臣が近江の君を徹底的に嘲弄する場面で終わる。そのなかで、内大臣は近江の君に対して、おためごかしにこういうのである。

……今にても、中文を取りつくりて、美々しう書き出だされよ。長歌などの心ばへあらむを御覧ぜむには棄てさせたまはじ。上はその中に情棄てずおはしませば……

（『源氏物語』行幸、阿部秋生他校注・訳『源氏物語③（新編日本古典文学全集）』小学館、一九九六年）

何も知らない近江の君に対して、中文を書けといっているのだが、まず女性が漢文の中文を書くということなどありえない。まして、田舎育ちで教養のない近江の君には、できるはずもないことである。次に、長歌をそれにつければ、お情けをいただけるかもしれないといっているが、これも短歌ですらおぼつかない近江の君には無理な話であろう。近江の君は、その内大臣の悪意すら理解できず、物笑いの種になるのであった。ここで注意したい点は、長歌などの心ばえあるものなら棄ててはおかれないだろうといい、主上は「情け」を棄てない方でいらっしゃるので、と内大臣がいっている点である。つまり、倭歌の長歌は、直接情けに訴える手段なのであろう。では、果たして長歌で不遇を叙して「官召」を訴えた例はあるのだろうか。探してみると、『拾遺和歌集』巻九に、藤原兼家の歌が伝わっている（五七四）。さらに遡れば、『古今和歌集』巻十九の雑躰歌に収められている紀貫之の「古歌奉りし時の目録のその長歌」（一〇〇二）、それと同時の作と思われる壬生忠岑の「古歌に加へて奉れる長歌」（一〇〇三）を見出すことができる。この二首は、『万葉集』に収載されなかった古歌の奉進にあたって、倭歌の伝統を高らかに歌い上げるものであるが、後半において二人はともに自らの不遇を訴え、「官召」を求めている。たとえば、忠岑歌では、苦節の三十年を振り返った後、

……これに添はれる　わたくしの　老いの数さへ　やよければ　身は卑しくて　年高き　ことの苦しさ……

（『古今和歌集』巻第十九の一〇〇三、小沢正夫・松田成穂校注・訳『古今和歌集（新編日本古典文学全集）』小学館、一九九四年）

と述べている。つまり、内大臣が近江の君にいったように、長歌で「官召」を求める例も確かに存在するのである。これと先に見た『貫之集』の例を勘案すれば、漢文の申文に倭歌を付すのは、「心ばへ」を示して情けに訴える手段の一つであったと考えてよいのではないか。省みて、憶良が倭歌によって「官召」を訴えたのも同じ理由によるのではなかろうか。つまり、倭歌で、祝意の裏にホンネを示したのである。以上を参考として、私懐三首と申文の関係を以下推考して本節の結語とする。

おわりに

ここで、まず想起しなくてはならないのは、私懐三首が旅人に「謹上」された歌であるということである。とすれば、それは申文として機能する歌ということができよう。こういった事例は、奈良朝には見出せないが、平安朝には同様の事例を見出すことができる。

次に想起すべき点は、私懐三首の前には、書殿で行なわれた餞酒の日の歌があり、その題詞には「書殿餞酒日倭歌四首」とあることである。「倭歌」とあることについて、『万葉考』は早くに「此時のつとひに唐詩有けん、されは倭哥とこゝにかきたり」との想定をしている。さらに「書殿」については、小島憲之が中国においては「士」の集う「学問所」であることを指摘し、以後福田俊昭、東茂美がそれぞれの立場から検証を進めてきたところでもあった〔小島　一九八六年、初出一九八三年〕〔福田　一九八四年および一九九四年〕〔東　二〇〇六年〕。以上のことがらを勘案すれば、この送別宴の趣向は「士」の集いとして演出され、漢詩文が披露された可能性も高い。したがって、仮に、そういった宴席において、私懐三首が書面で披露された場合においては、参集者はその脳裏に漢文の中文を想起したはずである。本節において示し得た奈良朝の中文は、同族間で移動したきわめて実務的な中文でしかないが、そういった中文の内容を念頭において表現されたのが、私懐三首であったと筆者は推考するのである。大納言就任の祝意を込めて。

一方、中文に擬した歌が、送別宴の後に憶良から旅人へと送られてきたという可能性もあるだろう。その場合は、私懐三首が、宴席歌の一つの型を備えているということが重要になるはずだ。なぜならば、井村哲夫が指摘したように、「都のてぶり忘らえにけり」は、演奏や朗誦のはじめに語られる謙退の辞であるからだ[11]〔井村　一九八六年、初出一九八二年〕。では、筆者は、どう考えるか。憶良は、宴席歌の型をもつ、中文に擬した歌を、書面で旅人に送ったのだと考えている。〔第二章第一節〕。

本節が示し得たのは、八世紀の断片的な中文の事例と貫之の中文に添えられた倭歌のみであり、証左とするにははなはだ心もとないものなのだが、推考に推考を重ねた結果、私懐三首は「中文に擬した歌」と臆断するに至った。次節においては、このような律令官人の宴会文化の一端を、大伴家持の越中関係歌から垣間見ることにする。

注

（1）平安朝の除目の原型となる八世紀の任官儀礼については、早川庄八や西本昌弘の優れた考察がある〔早川　一九八六年、初出一九八一年〕〔西本　一九九七年、初出一九九五年〕。二つの研究は、八世紀の任官儀礼が平安朝の除目とそれほど変わるところがなく、平安朝の大間書に類する文書も存在していたと推定している。ただし、八世紀の任官儀礼の復原については、早川が口頭伝達に重きをおいて復原するのに対して、西本は文書作成の儀礼に重きをおいてこれを復原している。

（2）憶良がいわれているように若き日には写経生であったとするなら、これに類する書状を出した可能性もあるだろう。

（3）『枕草子』第二十三段は、「除目に司得ぬ人の家」に集った人びとの悲哀をユーモラスに描いた章段である。主の任官を期待して、その恩恵に浴しようとする人びとは、「果つる暁まで」酒食に興じ、「官召」を待っている。奈良時代においても、官途を望む者は、上咋麻呂状のような申文をしたためて長い夜を待ったことであろう。

（4）武光誠は、日唐の律令官制を比較し、唐の各官司は独立性が強いのに対して、日本の場合は太政官に各種政務の権限が集中している点を指摘している〔武光　一九九九年、初出一九八四年〕。坂上康俊も述べているように、太政官への政務、なかんずく人事選考権の集中は、その行政機構の大きさの違いを考慮すべきであろう〔坂上　一九八四年〕。日本の場合は、まだ規模が小さく、それらを一元的に掌握できるのである。

（5）もちろん、芳賀紀雄が強調したように蔭子孫の制にはばまれて、才を生かせず齢七十一を迎えた憶良の個人的事情も考慮しなくてはならないだろう〔芳賀　二〇〇三年、三七七頁〕。と同時に、コネや賄賂もどきの贈り物を使った猟官活動が、縷々述べてきたように官人社会の通弊として存在していたことも、見落としてはならない、と考える。

（6）「私懐」と近似する言い回しとしては、「拙懐」「私拙懐」がある。どちらも、公を意識した言い方で、本来は心奥にしまい込むべき個人的心情、ないしは口外する価値もない個人的心情を表す謙譲表現である（巻十九の四二八五題詞、巻二十の四三二〇左注、巻二十の四三六〇題詞）。

(7) 辰巳正明は、徳行の一つとして「善政」があることを強調する〔辰巳　一九八七年、初出一九七七年〕。

(8) こういった文芸が直接的には漢魏六朝期の文芸の影響下に成立したものであり、その源流として東方朔の上書文などの自薦の文芸の系譜があることは予想されるのだが、悲しいことに筆者の学力の及ぶところではない〔吹野　一九八六年、初出一九七七年〕。

(9) その新奇性と独創性ばかりが強調された曾禰好忠歌を、『古今集』以来の系譜に位置付け、その底流に「官召」の不遇を訴える念があることは、藤岡忠美が「訴嘆調」と命名してつとに強調したところである〔藤岡　一九六六年、初出一九六四年〕。藤岡は、その源を貫之まで遡源したわけであるが、本節の試みはこれを憶良まで遡源させようとする悪戦苦闘である。

(10) ここでいう「仕官の文芸」とは、「仕官の文学」にならうものである。藤野岩友他著『中国文学小事典』の「特別項目」には、「友情の文学」「閨怨文学」などと並んで、「仕官の文学」という項目が立項されている（高文堂出版社、一九七二年）。ここでは中国の士大夫の仕官者としての立場が濃厚に表れているものをいい、李白「韓荊州に与ふるの書」や杜甫「韋左丞に贈り奉る二十二韻」なども、その一つとして位置付けられている。

(11) いわば、これは芸人の口上に等しいものであろう。

参考文献

井村哲夫　一九八六年「遊藝の人憶良——天平万葉史の一問題」『赤ら小船』和泉書院、初出一九八二年。
小野泰央　一九九八年「中文の誇張表現——『本朝文粋』を中心として」『和漢比較文学』第二十一号所収、和漢比較文学会。
——　二〇〇六年「中文としての和歌——十世紀歌人の不遇感と表現」『東洋文化』復刊第九十四号所収、無窮会。
小島憲之　一九八六年「海東と西域」『万葉以前』岩波書店、初出一九八三年。
坂上康俊　一九八四年「日・唐律令官制の特質——人事制度面からの検討」土田直鎮先生還暦記念会編『奈良平安

時代史論集』上巻所収、吉川弘文館。
滝川幸司　二〇〇七年『天皇と文壇——平安前期の公的文学』和泉書院。
武光　誠　一九九九年「奈良・平安時代の太政官政治と宣旨」『律令太政官制の研究』吉川弘文館、初出一九八四年。
辰巳正明　一九八七年「『士』憶良の論」『万葉集と中国文学』笠間書院、初出一九七七年。
中西　進　一九七三年「大宰府の宴歌」『山上憶良』河出書房新社。
西本昌弘　一九九七年「八・九世紀の内裏任官儀と可任人歴名」『日本古代儀礼成立史の研究』塙書房、初出一九九五年。
芳賀紀雄　二〇〇三年『万葉集における中国文学の受容』塙書房。
馬場　基　二〇〇五年「上咋麻呂状と奈良時代の官人社会」『奈良史学』第二十三号所収、奈良大学史学会。
早川庄八　一九八六年「八世紀の任官関係文書と任官儀について」『日本古代官僚制の研究』岩波書店、初出一九八一年。
東　茂美　二〇〇六年『山上憶良の研究』翰林書房。
吹野　安　一九八六年「東方朔小考（下）——自薦文学」『中国古代文学発想論』笠間書院、初出一九七七年。
福田俊昭　一九八四年「憶良の『書殿』について」『國語國文』第六百号所収、京都大学国語国文学研究室。
——　一九九四年「書殿での送別歌」林田正男編『筑紫万葉の世界』所収、雄山閣出版。
藤岡忠美　一九六六年「曾禰好忠の訴嘆調の形成——古今集時代専門歌人からの系譜」『平安和歌史論』桜楓社、初出一九六四年。
村山　出　一九七六年「筑紫の宴歌」『山上憶良の研究』桜楓社。

初出

「憶良の申文——春さらば奈良の都に召上げたまはね」『國語と國文學』第八十四巻第十一号、東京大学国語国文学会、二〇〇七年。

第三節　越中官人の正月宴

　　　なんで　ばたばた　ばたばた羽ばたいて
　　にわとりのやつめは鳴くのかえ
わたしたちゃこれから　よいところ――
朝は朝でも　この雪じゃあ
どうしてお帰りになどなれましょう
　　さぁさぁ　おたのしみは　これからよ
飲めや　歌えや
おたのしみは　これからよ

（巻十九の四二三三釈義。お座敷歌風に試作してみた(1)）

はじめに

かつて、『万葉集』研究には、場の論とか、座の論とか呼ばれる一群の研究があった。端的にいうと、歌が口頭で発表された場を研究者の側が復元し、その場のなかで歌の表現がどのように機能したかを考える研究である。その代表としては、渡瀬昌忠「四人構成の場――U字型の座順」を掲げることができる〔渡瀬　二〇〇三年、初出一九七六年〕。

注釈でいえば、今日多くの入門者が利用する伊藤博『萬葉集釋注』（集英社、一九九五―一九九九年）に、その影響が強い。しかし、今日、このタイプの研究は、ほぼ学界から駆逐されたといってよい。というのは、場の復元は研究する側が行なうものなので、恣意性を免れ得ないからである。

しかし、筆者は、この研究方法に、捨てがたい魅力を感じている。それは、歌集の編纂者も、残っていた原資料から場を復元しようとしている意思が左注に垣間見えるからである。もとより、歌とともに歌の場に関わる情報が伝来していた可能性もあるのではないか。つまり、『万葉集』そのものが、読者に対して、歌の場を復元して読むように求めているところもあると思うからである。さらには、歌というものは、披露の場に密着度が高い文芸であり、われわれも知らず知らずのうちに、意図しなくても、その場を設定して歌を読んでいるのではないかと思うからである。そこで、今や学界において異端ともいえる場の復元による読解を、巻十九を例として、試みたい、と思う。

一　天平勝宝三年正月、越中国庁での宴

天平勝宝三年（七五一）の正月。大伴家持は、国司として越中に赴任していた。家持は、この年の正月、朝拝において郡司たちから、天皇の名代として賀詞奏上を受けたはずである。当然、朝拝のあとは、郡司たちと宴会とあいなるはずであるが、この年は、元旦ではなく、二日の日に、郡司たちの朝拝と直会を行なったのであった[2]。当年は、ことに雪が多かったので、次のような歌を、家持は二日の郡司招待宴で披露した[3]。

　　天平勝宝三年

新しき　年の初めは　いや年に　雪踏み平《なら》し　常かくにもが

右の一首の歌、正月二日に、守の館《むろつみ》に集宴す。ここに、降る雪殊《こと》に多く、積みて四尺あり。即ち主人《あろじ》大

伴宿禰家持この歌を作る。
（巻十九の四二二九）

「雪踏み平し」は、雪を踏んで平らにすることをいうから、雪が平らになるほど、多くの客が集う宴会となることを歌っているのである。願望の終助詞「もが」が使用されて、「常にこうあってほしい」と寿ぐ歌となっているのはいうまでもない。

まさに、正月の新雪を寿ぐ歌となっており、開宴歌にして、宴を讃える称讃歌となっている〔森淳司　一九八五年〕。家持は、この歌で郡司たちを招待宴に迎えたのであった。おそらく、二日の日の宴は、国司たちは各地より参集した郡司たちの接待に余念がなかったはずであり、家持をはじめとする国司たちは、その接待に気を使ったものと思われる。だから、家持たちは、郡司の招待宴が終わると安堵したはずである。

そして、郡司たちの接待が終われば、今度は、自分たちが楽しむ番である。朝拝と郡司招待宴無事終了を祝し慰労を行なう、打ち上げ（宴）がなされた。その打ち上げは、明くる三日、国司の介（次官）であった内蔵忌寸《くらのいみき》縄麻呂の宅で行なわれたのであった。おそらく、天皇の名代として賀を受けるという大役を果たした守（長官）を主賓とするので、その打ち上げは介（次官）宅ということになったのだろう。こうして、三日の打ち上げの宴会は、縄麻呂宅でということになり、当日は彼が主人となったのである。まず、家持が、この打ち上げの開宴を告げる歌を披露したようだ。森淳司のいう開宴の参上歌である〔森淳司　一九八五年〕。

降る雪を　腰になづみて　参り来《こ》し　験《しるし》もあるか　年の初めに
右の一首、三日に介内蔵忌寸縄麻呂が館《むろつみ》に会集して宴楽する時に、大伴宿禰家持作る。
（巻十九の四二三〇）

興味深いことに、二日の宴については「集宴」とあり、三日の宴については「宴楽」と記されている。つまり、三日の宴は自分たちで楽しむ宴ということなのであろう。「腰になづみて」の「なづむ」は、障害物のために進行に難儀するということだが、雪で進めないという状態をいっているのである。「しるし」は、ここでは目立った効果をいうものとみてよく、「かいがある」ということで、苦労してわざわざやって来たかいがあるといいたいのである。もちろん、それは宴が楽しいからだ。

雨が降ろうが、槍が降ろうが、やって来ますよ。こんなに楽しいのだから、というわけである。こういえば、宴の主人である縄麻呂の顔も立つというものである。このように、宴席歌というものは、主賓を想定しなくては、その読解が土台不可能なのである。

この三日の打ち上げで、縄麻呂は、皆を楽しませるために、雪像を作った。雪の彫刻で、岩を作ったのであった。

ここに、積む雪に重巌《ちょうがん》の起《た》てるを彫《ゑ》り成し、奇巧《たく》みに草樹の花を綵《いろど》り発《いだ》す。これに属《つ》けて掾《じょう》久米朝臣広縄が作る歌一首

なでしこは　秋咲くものを　君が家の　雪の巌《いはほ》に　咲けりけるかも　（巻十九の四二三一）

「重巌の起てるを彫り成し」は、「岩が重なり立つさまに作って」ということで、雪を固めて岩のように作ったのであろう。「綵発」は、さまざまの色に咲かせることだが、造花を雪の岩に飾ったのである。「これに属けて」は、「これを見て、歌の題にして」という意味である。「掾久米朝臣広縄」は、家持の同僚の一人の「掾」すなわち三等官。「なでしこ」は、家持が大好きな花であった（巻十八の四一一三～四一一五）。

もちろん、広縄が、秋咲くなでしこを、正月に咲いていると思ったわけではなく、そう驚いてみせることによっ

て、主人・縄麻呂の心尽くしの雪像と造花を誉め讃えているのである。(4)

国司たちが、お疲れさん会ということで、打ち上げをして、自分たちの内輪で楽しむわけであるから、この日の宴には、「遊行女婦」が呼ばれたのであろう。

「遊行女婦」と書いて、今日の万葉学では、これを「うかれめ」と訓んでいる。宴席に侍して、酒を勧め、歌儛音曲によって、宴を盛り上げる「遊行女婦」。『万葉集』に登場する遊行女婦は、即興で作歌する訓練も受けていたらしく、また民謡などの伝承歌を吟誦して、宴に花を添える存在である。『万葉集』にその名を伝える遊行女婦としては、児島（巻六の九六五、九六六）、土師《はにし》（巻十八の四〇四七、四〇六七）、玉槻《たまつき》（巻十五の三七〇四、三七〇五）などがおり、その宴の主旨に即した歌を残している。

今日、「ウカレメ」「アソビメ」といえば、売笑を想起しやすいが、国司らの宴に招かれた遊行女婦に期待されていたのは、その美貌と伴に、宴会芸であったと思われる。「ウカレメ」といった場合、一般的には、浮かれて歩く人すなわち漂泊の民、放浪の民のように考えられているが、宴席のあるところに、常に出向いてゆく人であると解する方がよいだろう〔土橋　一九八〇年、初版一九六八年〕。「アソビ」も、古代においては歌儛音曲をいう言葉であるから、宴席で、歌儛音曲を披露する女性と考えればよい。

遊行女婦たちの呼称法を見ると、地名や植物名が多いようであるが、それはまさに、今日の芸名、源氏名と同じであって、芸名を持って名を売り、多くの宴席に侍したものと思われる。

そのような遊行女婦のひとりに、蒲生娘子《かまふをとめ》という女性がいた。この天平勝宝三年（七五一）の正月三日の国司らの宴に呼ばれた遊行女婦である。彼女については、伝未詳で、今日『万葉集』当該箇所以外に、その資料を伝えない。ただ、次のことがらについては、おぼろげながら確認できよう。

一つは、その呼称は、地名に由来しているのではないか。近江の「蒲生野《かまふの》」（巻一の二〇）と、あるいは関係している可能性もある。もう一つは、この正月三日の宴で、長歌を伝誦していて歌ったとされているので、覚えている長歌を国司らの前で披露することのできる歌唱力を有していたと思われる（巻十九の四二三六）。短歌体（五七五七七）ならば、短いので何とか芸となろうが、長歌を披露するとなると、練習して、歌い込んでいないと難しいのではないか。その蒲生娘子は、久米広縄の歌を聞いて、次のように歌ったのである。

遊行女婦《うかれめ》蒲生娘子が歌一首

雪の山斎《しま》　巌に植ゑたる　なでしこは　千代に咲かぬか　君がかざしに　（巻十九の四二三二）

「山斎《しま》」とは、庭園のことで、「山斎」という表記からわかるように、築山のある庭をいう。築山があれば、池もあろう。「千代に咲かぬか」は、「永遠に咲いてほしい」ということだが、それを強い願望として表している。「君」は、主人の縄麻呂を指すと一般的には解釈されるが、主人も含め、そこにいる殿方みんなと考えた方がよいだろう〔影山　二〇〇九年、初出二〇〇三年〕。

ここは、巧みなタイミングで、歌い継いでいる。久米広縄の歌を歌い継ぐかたちなら、広縄の顔も立つし、広縄が誉め讃えたなでしこの花をかざしにして、皆さんの頭に挿してあげたいからといわれて、悪い気のする参会者もいないはずだ。そして、何よりも、やはり苦労して雪像を造り、造花、それも守の家持が大好きななでしこの造花を飾った内蔵縄麻呂の顔も立つ。千代に花が咲くといえば、祝歌としてもうまく機能するのである。出しゃばらずに祝意を伝え、客と主人の顔も立て、花を添える歌い方となっていることに、注意したい。

二　辞去を引き留める歌

おそらく、こうやって、宴ははじまって、宴もたけなわとなっていった。ところが、ここで朝を告げる鶏の声が聞こえたのであろう。鶏の鳴き声を聞いて、帰り支度を始めた人がいたのかもしれない。こんな時、すんなりと客を帰したのでは、主人の沽券に係わる。今日は雪だし、もうちょっと飲んでいって下さいよ、と主人は客を引き止めなくてはならない〔土橋　一九八〇年、初出一九六八年〕。だから、内蔵縄麻呂は、こう歌ったのである。

　ここに、諸人酒酣《もろひとたけなは》に、更深《よふ》け鶏鳴く。これに因りて、主人内蔵伊美吉《くらのいみき》縄麻呂が作る歌一首

打ち羽振《はふ》き　鶏《とり》は鳴くとも　かくばかり　降り敷く雪に　君いまさめやも　（巻十九の四二三三）

「更深け鶏鳴く」は、当時広く読まれていた『遊仙窟』などの漢籍を読んでいれば、逢瀬の時の終わりを告げる鶏の朝鳴きを憎む言い回しをまねているな、とわかるはずである〔小島　一九六四年〕。「打ち羽振き」は、羽ばたきをして、ということ。鳥の飛び立ちの音であることには注意が必要で、ばたばたと羽ばたいて帰るということを暗示しているのであろう。「鶏は鳴くとも」は、鶏が鳴けば朝であるから、帰らねばならぬということだ。「君」は、ここでは家持を主客とする客人たちを指すことは間違いない。こう主人に歌われては、主客である家持が返歌しなくては格好がつかない。

　守大伴宿禰家持が和《こた》ふる歌一首

鳴く鶏は　いやしき鳴けど　降る雪の　千重に積めこそ　我が立ちかてね　（巻十九の四二三四）

「いやしき鳴けど」は、「いよいよしきりに鳴いてきたけれども」の意である。家持の歌の本意は、いったいどこにあるのだろうか。家持は、本来ならば、鶏が鳴いたのであるから辞去しなくてはならないけれど、ご主人様のお言葉に甘えて、宴を続けさせてもらいます、と言ったのである。つまり、居残って飲むことを許したのである。そうすればこそ、主人の縄麻呂の顔も立つというものである。つまり、大雪ですから帰れませんよ、さらに飲んで下さいなという歌に応じて、飲み続けることとなったのである。実際に、大雪であったとも考えられるが、主客である家持がこう宣言すれば、参会者は、宴を続行できるのである。

三　古歌を歌った意味

こうして宴は続行とあいなり、いわば延長戦とあいなったのである。ここで、久米広縄が、古歌を披露したのであった。太政大臣・藤原不比等の妻であった県犬養三千代が、聖武天皇に献上した歌であり、これは、広縄が伝誦した歌であった。しかし、このような時に、なぜこの歌を披露したのかという謎が残る歌である。

　　太政大臣藤原家の県犬養命婦、天皇に奉る歌一首
　天雲を　ほろに踏みあだし　鳴る神も　今日にまさりて　恐けめやも　（巻十九の四二三五）
　　右の一首、伝誦するは掾久米朝臣広縄なり。

「県犬養命婦」は、県犬養橘宿禰三千代のことである。「天皇」は、聖武天皇を指す。この時点での今上陛下は孝謙天皇であり、三千代は元明天皇、元正天皇の両天皇にも仕えているのだが、ここでは聖武天皇のことを指す。「ほろに踏みあだし」の「ほろに」は、ぼろぼろに砕けてゆくさまをいい、「あだし」は、散らすの意と考えてよ

いだろう。とすれば、「天空の雲を蹴散らすほどの」という意味となる。「鳴る神」は、雷のことで、雷鳴や電光は、古代社会においては神の怒り声とされていたことは、いうまでもない。「恐けめやも」は、雷への恐怖を、天皇への恐懼《きょうく》に転じ、鳴る神よりも、畏れおおい天皇よと、天皇を讃える言葉として利用したのである。

一首のいわんとするところは、天皇のご威光は、かの雷鳴に勝るというものである。ではなぜ、広縄はそんな歌を歌ったのであろうか。一つの考え方としては、雷鳴の歌で、景気付けをしたと考えることもできよう。飲み直しだから、しきり直しの景気付けをしたのだ、という見方である。さらに、現在新説として提案されているのは、実際に、雷鳴が、この時に鳴ったのではないか、という説である。越中では、真冬の雪中においても雷鳴轟く日があり、これを今日「雪おこし」というそうである。したがって、その雷鳴にあわせて歌ったという提案がなされている〔青木　一九九七年〕。まことに魅力的な説だ。ただ、天平勝宝三年（七五一）正月四日未明に、果たして雷鳴があったかどうかは、実証する手立てがない。

では、どのように考えればよいのだろうか。広縄は盛会の宴が延長になったことを讃え、かつ感謝の念を表すために、雷鳴に勝る畏れおおさを歌う古歌を利用したのだ、と筆者は考えている。すると、聖武天皇を讃える歌をなぜ歌うのかという疑問が、すぐに湧いてくる。筆者は、この歌だけを見れば、誰を讃えた歌かわからないので、かつて聖武天皇のご威光を讃えた歌を利用することによって、飲み続けることを許した家持を讃えた、と考えたい。

昨日は、天皇のご名代として郡司たちより賀詞の献上を受けた家持なのであるから、天皇陛下のように、よくぞご英断をいただきました、と茶化したのではなかろうか。つまり、主客が宴の続行を宣言したことに対する、参会者からの謝辞としての役割を持つ歌ではなかったか、と筆者は考える。ありがとうございます。畏れおおいことです。これで、飲み続けられます、と。

遊行女婦の蒲生娘子が、ここで、長歌を歌ったようだ。それも、死者を悼む挽歌である。

死にし妻を悲傷する歌一首〔并せて短歌〕作主未詳なり

天地の　神はなかれや　愛《うつく》しき　我が妻離《さか》る　光る神　鳴りはた娘子　携はり　共にあらむと　思ひしに　心違ひぬ　言はむすべ　せむすべ知らに　木綿だすき　肩に取り掛け　倭文幣《しつぬさ》を　手に取り持ちて　な放けそ　と　我は祈れど　まきて寝し　妹が手本は　雲にたなびく

反歌一首

現にと　思ひてしかも　夢のみに　手本まき寝《ぬ》と　見ればすべなし

右の二首、伝誦するは遊行女婦蒲生これなり。

（巻十九の四二三六、四二三七）

「光る神鳴りはた娘子」は難解だが、「光る神鳴り」は、「はた娘子」を起こす序詞と考えたい。ここでいう「心違ひぬ」は、何の心の準備もできぬまま別れた、ないしは死んだということで、どうしようもなく途方にくれたことを歌っているのである。「木綿だすき」は、木綿《ゆう》すなわち楮《こうぞ》の繊維で作ったたすきのことで、白いたすきがけで神に祈ったのであろう。「倭文《しつ》」は、日本古来の文織《あやおり》で、「幣」は神に捧げる供物なので、ここも神に祈る姿を表現していると見てよい。「雲にたなびく」は、火葬の煙とするのが通説だが、妻の魂を雲としてとらえた、と考えても差し支えない。

祝われるべき正月宴、それも終宴に近くなって、妻を亡くした男の切ない思いを伝える歌を、どうして遊行女婦が歌ったのか？　理解に苦しむところである。いったい、どう考えればよいのだろうか。

まず、前提として注意しておくべきことがある。それは、前の広縄の歌と、雷鳴繋がりであるということだ。つまり、雷鳴の歌から、雷鳴の歌が想起されたと考えてよいだろう。が、しかし。それでも、なぜ妻の死を悼む歌が、という疑問は残る。一つの説は、相聞、挽歌といっても、それは生者への恋歌か、死者への恋歌かの違いなので、恋歌としてここで歌われたと考えてもよいのではないかとする考え方だ〔久米　一九六一年〕。一方、天皇を讃える前の歌に触発されて、天皇のいる都を思い出した参会者たちは、都の妻へ思いをはせ、その望郷の念を鋭く捉えた蒲生娘子が、妻への思いを述べた歌を歌ったとする説もある〔伊藤　一九七五年、初出一九五八年〕。つまり、妻を悼む歌で都の妻のことを思い出すように歌ったというのである。また、国司の通例の任期から考えて、家持の越中離任が迫っており、別れをテーマとして、かの挽歌が選ばれたとする説もある〔影山　二〇〇九年、初出二〇〇三年〕。

筆者は、どう考えるかといえば、妻恋いの哀調を帯びた長歌と反歌が、多くは単身赴任であった国司たちの心に適うものであった、と考えたい。ただし、筆者は歌の内容は哀調があっても、場の雰囲気は明るいものであった、と推察している。というのは、そこは、遊行女婦の宴会芸であるから、あなたたち、もう都の妻たちのことが恋しくなったのではありませぬか、と歌ったと考えたい。

四　歌の型と場に即した表現の模索

左注を尊重してはいるものの、これまでかなり恣意的な読解をしてしまったことは、反省している。一方、縷々述べた読解案について、常に次のことを想起していた。つまり、歌には披露の場があると同時に、その場が繰り返されることによって生まれる「歌の型」があるということだ。したがって、その型というものを踏まえることによって、読解が可能になる部分もあるのである。もちろん、この方法は、歌の場と歌型を相互に想定する循環論法に堕ちる危険性も高い。しかし、元来、歌というものは、その場と型によって、造型されているものなのではなかろうか。

筆者がまず想起していたのは、「勧酒歌」「謝酒歌」「立ち歌」「送り歌」という土橋寛の型分類である。土橋は、「宮廷歌謡」の下位分類に「酒宴歌謡」という分類項目を立てている〔土橋　一九八〇年、初版一九六八年〕。土橋は、自らが酒宴歌謡と呼ぶ歌を「勧酒歌」⇕「謝酒歌」と、「立ち歌」⇕「送り歌」の四つに分類したのであった。主人が酒を客人に勧め、客人は酒を飲んで感謝の意を表す。そうして、宴の終盤には、客人が辞去にあたって歌う立ち歌があり、それを主人が送る送り歌があると土橋は考えたのであった。土橋は、酒宴歌謡にこういった類型が存在するのは、宴そのものに開宴から終宴までに踏むべきしきたりのごときものがあり、それがいわば宴の型となっていたからだ、と推定したのであった。だから、酒宴歌謡にも、類型表現があると考えたのである。

したがって、土橋は、記紀の酒宴歌謡も、もともとは宴の席で歌われていたものであり、それが宴での歌われ方をある程度反映するかたちで、記紀の文脈のなかに取り入れられたとみているのである。

土橋の酒宴歌謡の分類には、宴席における座興歌謡の分類はないのである。このいわば創作歌披露や宴芸にあたる部分の歌の分類をした研究者がいる。森淳司は、万葉の宴席歌を分析して、次のような分類を試みた。

1　開宴歌（主客の挨拶）参上歌、歓迎歌
2　称讃歌　A　主客祝福
　　　　　B　盛宴称賛
3　課題歌（題詠、属目詠など）
4　状況歌（依興詠、古歌披露など）
5　終宴歌（主客の挨拶）退席歌、引留歌・総収歌など

〔森淳司　一九八五年〕

これは、土橋の分類を万葉歌に即して分類したものであり、主に天平期の貴族の歌宴の歌の分析から導き出された分類法と考えてよい。古歌を踏まえつつ、自らの思いを述べる創作歌の宴の実態をよく捉えた分類である。

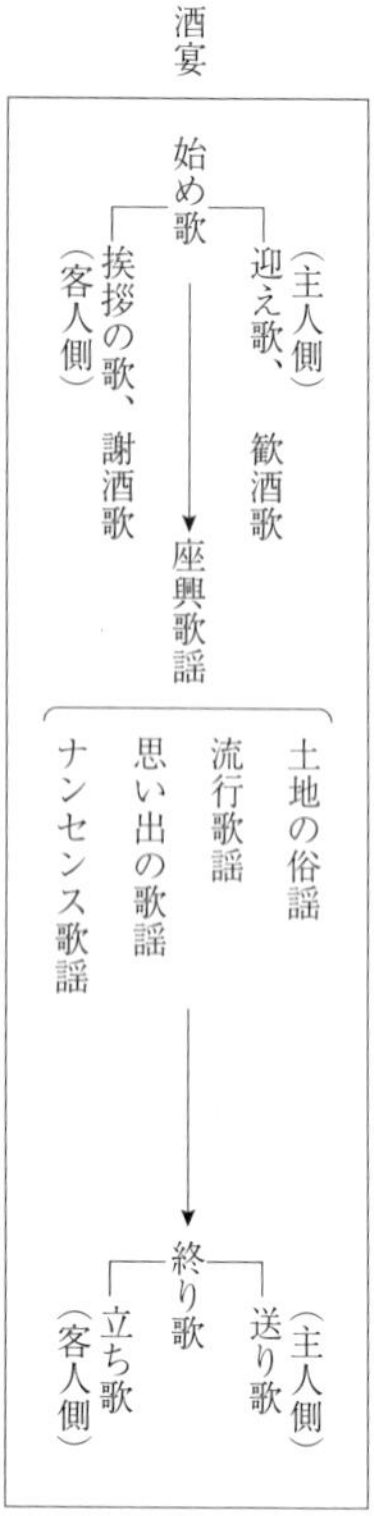

図2－1　酒宴歌謡の図式

真鍋〔2003年〕より。

一方、歌謡研究の立場から、儀礼的意味合いの強い開宴部から、気を弛めて楽しむ座興部、そしてふたたび儀礼的意味合いの強い終宴部への流れを見据えた歌の分類を行なった研究者に真鍋昌弘がいる〔真鍋　二〇〇三年〕。広く歌謡を見渡した真鍋の分類は、過不足なく見事というほかはない。やはり、歌の場と型の考察を抜きに、歌が本願とするところは探り得ないのではないか、と筆者は考える。

ちなみに、冒頭に掲げた釈義は、土橋のいう酒宴歌謡、森のいう5の終宴歌の引留歌と考えて、試作してみた。つまり、筆者は、歌の場と型とを意識しつつ、釈義を試作してみたのである（図2－1）。

おわりに

では、本節の目途としたところは、いったいどこにあったのかといえば、〈歌の場〉と〈歌の型〉の考察を通じた読解法の提示にあった。ただし、その型は型どおりに継承されてゆくものであったかというと、そうではない。宴というものは、その時々で目的も違えば参会者も違う。時々の時代性も反映されるものである。たとえ同じ参会者が集ったとしても、昨日の私と今日の私は違うわけだから、まさに一期一会だ。しかも、宴たけなわともなれば、そこは何でもありの世界。筆者は、宴の場とそこで歌われる歌の型について、次のように考えるに至った。

①　型を守る部分（不変性）
②　型のなかにある変更可能な部分（可変性）
③　型そのものを破る部分（逸脱性）

①は乾杯などの形式や儀式、②は個々人の工夫で行なう趣向、③は型破りの乱痴気騒ぎと考えると、わかりやすいかもしれない。

では、文学研究の宴の研究は、どこから考察を進めるべきなのか。それは、宴の歌の表現の意図を探るところからはじまる、と思う。一つ一つの宴は個別なものでありながらも、一つの型を持っている。そのなかで、万葉びとは、どのように自らの思いを、歌で表現しようとしているのか？　宴が一期一会なら、表現も一回一回違うはずだ（歌表現の一回生起的性格）。場の復元と歌の型を通じた読解の方法の一案を、釈義の試作を通じて示してみた。この釈義から、律令官人の宴のひとときを想像してもらえれば、筆者としては、ありがたい。果たして、場と型を交差させて試作した釈義に対する評価や、いかん。官人たちは、酒にたいして、どのような考えをもっていたのであろうか。次節においては、子・家持の越中から、父・旅人の大宰府へと時空を遡り、考察を加えてみたい。

注

（1）　ここでいう「お座敷歌風」とは、基本的には、芸妓、舞子等が侍す酒宴の歓談の間に歌われる歌をイメージしている。したがって、花柳界のお座敷（酒宴）を想定して試作した釈義ということである。

（2）　この酒宴については、「官物」及び「正倉」よりの支出が認められていた。つまり、令に規定のある賜宴である（養老儀制令第十八の一八）。

（3）　国庁での郡司たちにする賜宴を、招待宴と称することには異論もあろう。ただ、中央より派遣される国司の任務を実際に荷うのは、郡司たちであり、任地にあっては国司は郡司を懐柔する必要があるので、賜宴もその一つとして利用されたはずである。したがって、ここでは郡司招待宴の名称を用いている。

（4）　わかっていて、わざと大げさにいって笑いをとるのである。

参考文献

青木生子　一九九七年　『萬葉集全注　巻第十九』有斐閣。

伊藤　博　一九七五年　「歌の転用」『萬葉集の表現と方法（上）（古代和歌史研究5）』塙書房、初出一九五八年。

伊藤幹治・渡辺欣雄　一九七五年　『宴（ふぉるく叢書6）』弘文堂。

上野　誠　二〇〇一年　『芸能伝承の民俗誌的研究――カタとココロを伝えるくふう』世界思想社。

大浜真幸　一九九一年　「大伴家持作『三年春正月一日』の歌――『新しき年の初めの初春の今日』をめぐって」吉井巌先生古稀記念論集刊行会『日本古典の眺望』所収、桜楓社。

影山尚之　二〇〇九年　「天平勝宝三年正月三日宴の古歌誦詠」『萬葉和歌の表現空間』塙書房、初出二〇〇三年。

梶川信行　二〇一三年ａ　『万葉集の読み方――天平の宴席歌』翰林書房。

――　二〇一三年ｂ　「天平の宴席歌――内蔵忌寸縄麻呂の場合」『日本大学大学院国文学専攻論集』第十号所収、日本大学大学院文学研究科国文学専攻。

菊地義裕　一九九二年　「万葉の酣宴」『日本文学研究会会報』第七号所収、東洋大学短期大学日本文学研究会。

久米常民　一九六一年　「萬葉集の酒宴歌とその誦詠」『萬葉集の誦詠歌』塙書房。

倉林正次　一九八七年ａ　『饗宴の研究（儀礼編）』桜楓社、初版一九六五年。

――　一九八七年ｂ　『饗宴の研究（文学編）』桜楓社、初版一九六九年。

小島憲之　一九六四年　『上代日本文学と中国文学（中）――出典論を中心とする比較文学的考察』塙書房。

近藤信義　二〇〇三年　『万葉遊宴』若草書房。

佐々木民夫　一九九三年　「春正月一日の歌――大伴家持の『初《はつ》』『はじめ』をめぐって」青木生子博士頌寿記念会編

『上代文学の諸相』所収、塙書房。
佐藤　隆　一九九八年「大伴家持の雪歌――雪梅歌と天平勝宝三年宴席歌」『中京大学上代文学論究』第六号所収、中京大学。
城崎陽子　一九九三年「宴の民俗」桜井満監修『万葉集の民俗学』所収、桜楓社。
土橋　寛　一九七〇年「場の問題」『國文學　解釈と教材の研究』第十五巻第十号所収、學燈社。
――――一九七三年「神話と歴史――大物主神をめぐって」『日本文学』第二十二巻第八号所収、日本文学協会。
――――一九七六年「歌の〝読み〟方について――歌の『場』の問題をめぐって」『日本文学』第二十五巻第六号所収、日本文学協会。
――――一九八〇年『古代歌謡の世界』塙書房、初版一九六八年。
――――一九八六年『古代歌謡と儀礼の研究』岩波書店、初版一九六五年。
――――一九八九年『古代歌謡全注釈　古事記編』角川書店、初版一九七二年。
――――一九九三年『古代歌謡全注釈　日本書紀編』角川書店、初版一九七六年。
都倉義孝　一九七八年「宴誦歌」伊藤博・稲岡耕二編『万葉集を学ぶ』第七集所収、有斐閣。
永池健二　一九九七年「酒盛考――宴の中世的形態と室町小歌」友久武文先生古稀記念論文集刊行会編『中世伝承文学とその周辺』所収、溪水社。
橋本四郎　一九七四年「幇間歌人佐伯赤麻呂」境田教授喜寿記念論文集刊行会編『境田教授喜寿記念論文集　上代の文学と言語』所収、境田教授喜寿記念論文集刊行会。
針原孝之　二〇〇三年「越の万葉――天平勝宝三年」高岡市万葉歴史館編『越の万葉集（高岡市万葉歴史館論集6）』所収、笠間書院。
真鍋昌弘　二〇〇三年「酒宴と歌謡」『口頭伝承「トナエ・ウタ・コトワザ」の世界（講座日本の伝承文学）』第九巻所収、三弥井書店。
森　朝男　一九八八年『古代和歌と祝祭』有精堂出版。

森　淳司　一九八二年「万葉集宴席歌考――天平宝字二年二月、中臣清麻呂の宅の宴歌十八首」『語文』第五十五輯所収、日本大学国文学会。
――　一九八五年「万葉宴席歌試論――交歓宴歌について　その一」五味智英・小島憲之編『萬葉集研究』第十三集所収、塙書房。
――　一九九三年「万葉集宴席歌試論――餞席終宴歌について（一）」青木生子博士頌寿記念会編『上代文学の諸相』所収、塙書房。
森本治吉　一九四二年『萬葉集の藝術性』修文館、初版一九四一年。
柳田國男　一九九八年a「明治大正史・世相篇」『柳田國男全集』第五巻、筑摩書房、初出一九三一年。
――　一九九八年b「日本の祭」『柳田國男全集』第十三巻、筑摩書房、初出一九四二年。
山崎健司　二〇一〇年『大伴家持の歌群と編纂』塙書房。
渡瀬昌忠　二〇〇三年「四人構成の場――U字型の座順」『万葉集歌群構造論（渡瀬昌忠著作集　第八巻）』おうふう、初出一九七六年。
渡邊欣雄　一九八六年「宴の意味――語義論から象徴論へ」『日本の美学』第八号所収、ぺりかん社。

初　出

「宴の場を歌集から復元することは可能か――『万葉集』巻十九の四二二九～四二三七」『日本文学』第六十三巻第五号、日本文学協会、二〇一四年。

第四節　讃酒歌の酒

お前さんのために と
大切に大切に醸した待酒さ　この酒はね……
安の野で
明日からは　たったひとりで飲むことになるのかなぁ……
友もいなくてね
まぁ　こればかりはしょうがないかぁ――
（巻四の五五五釈義）

はじめに
古代、中世の和歌世界には、宴の文学の豊かな伝統がある。ところが、飲酒の文学については、定着しなかったようである。ここでいう飲酒の文学とは、
▼酒を飲んだ状態や心情（三四一、三四七、三五〇）
▼人生における酒の意義を問うこと（三三八、三三九、三四一、三四二、三四三、三四四、三四五、三四七、三四八、三四九）

について語る文学のことである。もちろん、古代、中世の日本社会は、飲酒について寛容な社会であったし、その宴の席には、常に酒があったことは間違いない。そして、宴は、和歌の発表の機会（場）ともなり、和歌の母胎となっていた。だから、宴を讃える歌も多い。ところが、宴に付随するはずの酔態や酒を飲んだ心情を語る歌は少ないのである。もちろん、飲酒の和歌と宴の和歌という仕分けは、実際には難しい。けれども、筆者はこれを仕分けできると考える。たとえば、

大伴坂上郎女の歌一首

酒坏に　梅の花浮かべ　思ふどち　飲みての後は　散りぬともよし　（巻八の一六五六）

という歌は、一見、飲酒の歌のように見えるが、宴の歌である。なぜかといえば、この歌の力点は、この宴が終われば、梅の花など散ってしまってもかまわないと思うほどに、今日の宴は最高だという点にあるからである。飲酒できる歓びと、宴に参加できる歓びは、あきらかに違うものであろう。

筆者は、『万葉集』において、飲酒の文学とよべるものは、讃酒歌十三首と、同じく、大伴旅人の

大宰帥大伴卿、大弐丹比県守卿の民部卿に遷任するに贈る歌一首

君がため　醸みし待ち酒　安の野に　ひとりや飲まむ　友なしにして　（巻四の五五五）

しかないと考える。君が去ったらひとりで飲むことになるということは、宴の歌ではない。いわんとするところは、ひとりで飲む酒の寂しさであろう。それがまた、友を送る言葉ともなっている歌なのである。ここでは、酒を飲む

心情の方が問題となっているのだ。以上のように見てゆくと、以下に示す讃酒歌十三首は、日本文学史上、孤立した存在となってしまうようだ。その理由について、万葉文化論の立場から、以下愚見を示したい、と思う。

大宰帥大伴卿、酒を讃むる歌十三首

三三八　験なき　物を思はずは　一坏の　濁れる酒を　飲むべくあるらし
三三九　酒の名を　聖と負せし　古の　大き聖の　言の宜しき
三四〇　古の　七の賢しき　人たちも　欲りせしものは　酒にしあるらし
三四一　賢しみと　物言ふよりは　酒飲みて　酔ひ泣きするし　優りたるらし
三四二　言はむすべ　せむすべ知らず　極まりて　貴きものは　酒にしあるらし
三四三　なかなかに　人とあらずは　酒壺に　成りにてしかも　酒に染みなむ
三四四　あな醜　賢しらをすと　酒飲まぬ　人をよく見ば　猿にかも似る
三四五　価なき　宝といふとも　一坏の　濁れる酒に　あにまさめやも
三四六　夜光る　玉といふとも　酒飲みて　心を遣るに　あに及かめやも
三四七　世の中の　遊びの道に　かなへるは　酔ひ泣きするに　あるべかるらし
三四八　この世にし　楽しくあらば　来む世には　虫に鳥にも　我はなりなむ
三四九　生ける者　遂にも死ぬる　ものにあれば　この世にある間は　楽しくをあらな
三五〇　黙居りて　賢しらするは　酒飲みて　酔ひ泣きするに　なほ及かずけり

（『万葉集』巻三）

※なお、これらの歌々の釈義については、第八章第四節に示すことにする。

一　契沖の酒をめぐる文学論

『万葉代匠記』初稿本の讃酒歌の注記は、異例の長さを誇る。なぜかといえば、この歌群を読み解くにあたっては、竹林七賢人をはじめとする中国古典籍の知識が必須だからである。そして、それは、契沖のもっとも得意とするところであった。細かい出典考証もさることながら、注記そのものが、酒をめぐる日中の比較文学論となっている点がおもしろい。契沖は、酒が神祭りには欠かせないものであることを説きつつも、僧として酒の害も説いている。その上で、彼は、竹林七賢人の到達した境地を讃え、劉伶の「酒徳頌」と、白楽天の「酒功賛」を挙げている。契沖には、これらが讃酒歌十三首と同質の文学と映ったのであろう。そして、さらには、李白の「月下独酌」を挙げている。以上の詩文こそ、契沖が讃酒歌を見て、すぐに想起した詩文なのであった。そして、契沖は、

もろこしには豪邁不羈のともから、やゝもすれは此おもむきを詩文にも作れり。本朝にはふるくはこれらの哥、懐風藻に」出たる藤原麻呂朝臣の詩序なとも、そのたくひならん。此集には猶酒をよめる哥あり。古今より後の集には、酒宴のむしろにありて讀るよしの詞書なとはあれと、酒なとよめることまれなり。

（『萬葉代匠記　二』（初稿本）久松潜一ほか校訂『契沖全集』第二巻、岩波書店、一九七三年）

という。旅人の讃酒歌や、『懐風藻』にある藤原麻呂の詩序などは例外として、『古今和歌集』以降は、飲酒について語る和歌が少なくなると説くのである。その藤原麻呂の詩序とは、

五言。暮春弟が園池にして置酒す。一首〔幷せて序〕。

僕は聖代の狂生ぞ。直に風月を以ちて情と為し、魚鳥を翫《もてあそびもの》と為す。名を貪り利《かが》を狥《もと》むることは、未だ

沖襟《ちゆうきん》に適はず。酒に對かひて當に歌ふべきことは、是れ私願に諧《かな》ふ。良節の已に暮るるに乘りて、昆弟の芳筵を尋ぬ。一《ある》は曲《うた》ひ一は盃《さけの》み、歡情を此の地に盡くし、或は吟《うそぶ》き或は詠ひ、逸氣を高き天に縱にす。千歲の間、嵆康は我が友。一醉の飮、伯倫は吾が師。軒冕の身を榮えしむることを慮らず、徒《ただ》に泉石の性を樂しばしむることを知るのみ。是に、絃歌迭《たが》ひに奏で、蘭蕙同《とも》に欣ぶ。宇宙荒茫《くわうばう》、烟霞蕩《たゆた》ひて目に滿つ。園池照灼《せうしやく》、桃李笑《ゑ》まひて蹊を成す。既にして、日落ち庭清く、樽を傾け人醉ふ。陶然老の將に至らむとすることを知らず。夫れ高きに登りて能く賦することは、卽ち是れ大夫の才《かど》なり。物を體《かたど》り情に縁るは、豈に今日の事に非じか。宜しく四韻を裁《つく》りて、各所懷を述ぶべき云爾《ぞ》。

（『懐風藻』九四序、小島憲之校注『懐風藻・文華秀麗集・本朝文粋（日本古典文学大系）』岩波書店、一九六四年）

である。「嵆康は我が友」であり、「伯倫（劉伶）は吾が師」とあるのを見ればわかるように、この詩序は、酒をこよなく愛した竹林七賢人へのあこがれを述べた序となっている。ところが、こういった詩序があるにせよ、飲酒について語る和歌が少ないと、契沖はいうのである。

大底異國は飲食にふけりて、此國は色をこのめり。路逢麹車口流涎といへるは杜子美か詩なれと、きたなく侍り。たかまの山のみねのしら雲とよせたるはいと風流なり。およそ此國にはなさけといふことを」たふとへり。

（『萬葉代匠記　二』（初稿本）久松潜一ほか校訂『契沖全集』第二巻、岩波書店、一九七三年）

彼は、日本と中国の酒に関わる文学を広く見渡して、相対的に日本の場合には、飲酒に関わる歌が少なく、「色をこのめり」と、恋に関わる歌が多いと断じているのである。契沖は、その理由として、日本人が酒にふけるより、色を好んだからだろうと述べている。結論だけを見ると、安直にすぎるきらいがあるけれども、契沖の発言には、敷衍すべき着眼点が含まれているように思われてならない。というのは、和歌の基底にあるものは、基本的には相聞発想だからだ。ちなみに、契沖が「きたなく侍り」と非難したのは、杜甫の「飲中八仙歌」である。この詩は、八人の大酒飲みたちのふるまいを戯画化して描いた作品である。冒頭のみを示しておこう。

飲中八仙歌　　　　杜甫

知章が馬に騎るは船に乗るに似たり。

眼花　井に落ちて水底に眠る。

汝陽《ぢよやう》は三斗にして始めて天に朝し、
道に麴車《きくしや》に逢うて口に涎を流す。

（後略）

（『唐詩選』巻二、七言古詩、飲中八仙歌、目加田誠『唐詩選（新釈漢文大系）』明治書院、一九九一年、初版一九六四年）


このように、井戸に落ちても眠るであろう酩酊ぶりの賀知章。朝から三升飲んでも、出勤途中に麴を載せた車を見れば涎を流した汝陽王などの大酒飲みの列伝を歌う詩である。(1) いわば、酒痴列伝だ。たしかに、このような酒を飲んでのふるまいや、境地を語る和歌は、讃酒歌以外には見当たらないのである。

契沖の驥尾に付して、和歌世界においては、飲酒の文学が讃酒歌以降定着しなかったことを縷々述べてきたのだが、当然、異論もあるだろう。記紀、万葉の歌々には、宴の歌が多いからだ。たとえば、『万葉集』を見渡してみ

ても、

肆宴、倶宴歌、罷宴歌、宴席歌、宴親族、宴吟歌、宴誦歌、宴会、宴、宴歌、結集宴歌、肆宴歌、集宴、宴楽、宴飲、宴居、饗宴、詩酒之宴、飲宴歌、遊宴、飲宴、詩酒宴、宴席、宴作歌、宴日歌、侍宴、楽宴、豊宴、宴飲歌、罷宴、餞酒、打酒歌、饗、飲歌、飲楽、餞、飲餞、楽飲、集飲宴、餞饌

という言葉を拾い出すことができるし、酒の歌も多い。しかも、そこには、歌の類型のようなものも形成されている。森淳司は、宴の歌を「開宴歌」「称讃歌」「課題歌」「状況歌」「終宴歌」に分けて整理している〔森淳司　一九八五年〕。この分類法については、第二章第三節においてすでに見たところである。このような宴の歌の伝統があるのに対し、なぜか、飲酒の文学は、日本に定着しなかったのである。

二　讃酒歌と頌酒・讃酒の文学

讃酒歌十三首は、翻訳語多用の文学といってよいほどに、漢語を多用した文学であることは、つとに知られた事実である〔小島　一九六四年〕〔浅見　二〇〇七年、初出一九九五年〕。そのため、万葉歌の類型から見ても、その規範から外れる歌々ばかりである。さらには、中世までの和歌世界を見渡してみても、伝統和歌の範疇からも大きく外れたものとなっている。また、題詞に「讃酒」とあるのも異例で、これは、酒に対する「讃」「賛」と考えてよい。特定の事柄や物に対し「讃」を付すことは、日本の奈良時代までの文学を広く見渡しても異例で、集中にも、「讃酒歌十三首」の他に三例しかない(2)。管見の限りを挙げれば、『日本霊異記』の中巻第四十二縁の「極めて窮しき女千手観音の像を憑《よ》り敬ひ福の分を願ひて大なる富を得る縁」があるのみである。九人の子を育てんとする貧者が、穂

積寺の千手観音を一心に信仰し、銭百貫を奇瑞によって得た話である。この話について、次のような「賛」が付いている。

賛に曰はく「善きかな、海使氏《あまのつかひのうぢ》の長《お》いたる母、朝に飢ゑたる子を視て血の涙を流泣き、夕に香と燈《みあかし》とを焼きて観音の徳を願ふ。応へて銭家に入りて貧窮の愁を滅し、感《こた》へて聖福を留めて大に富める泉を流《つた》ふ。児を養はむとして徳に飽き、衣発《ひら》きて晰《あきらか》に委《し》る、子を慈《うつくし》びて祐《さきはひ》を来らしめ、香を買はむとして価を得たり」といふ。

（『日本国現報善悪霊異記』中巻、第四十二縁、出雲路修校注『日本霊異記（新日本古典文学大系）』岩波書店、一九九六年）

これは、いわゆる仏徳と篤い信仰を讃える「賛」である。この説話における讃嘆の力点は、貧者の「まごころ」にあるといえよう。話の内容の理解を深め（＝助）、自らが感じ入ったところを賛にする（＝明）かたちを取っているのである。考えてみれば、讃酒歌とは、酒の徳を讃える「讃」の文学なのである。[3]

では、讃とはどのような文学様式なのであろうか。今日では、画に付く画讃が想起されるが、中国においては、古い文学様式の一つであった。そして、頌《しょう》とともに、「頌讃」と称されていたのである。『文選』の第四十七巻は、頌として「聖主得賢臣頌一首　王子淵」「趙充国頌一首　楊子雲」「出師頌一首　史孝山（岑）」「酒徳頌一首　劉伯倫（伶）」「漢高祖功臣頌一首　陸士衡」を収め、賛として「東方朔画賛一首　幷序　夏侯孝若（湛）」「三国名臣序賛一首　袁彦伯（宏）」を収めている。そこで、『文選』の編纂理念に影響を与えた『文心雕龍』を見てみよう。巻二には、「頌讃」という項目が立てられており、その冒頭には、四始の至り、頌其の極に居る。頌とは容なり。盛徳を美《ほ》めて形容を述ぶる所以なり。
（「頌讃」第九、戸田浩暁『文心雕龍（新釈漢文大系）』明治書院、一九九〇年、初版一九七四年）

とある。ここにいう「四始の至り」とは、いわゆる「詩列四始」のことで、『詩経』の詩の分類項目のことである。したがって、「風」「小雅」「大雅」「頌」の四つを指している。『毛詩』の大序に「頌とは盛徳の形容を美め、其の成功を以て神明に告ぐる者なり」とあるとおりである。『文心雕龍』は、その「四始」のなかでも「頌」は最高の位置にあるもので「〈頌〉なるものは〈容〉ということであり、すばらしい徳を讃美して、そのかたちを述べるものだ」と説いている。

それに対して、讃については、

讃とは明なり、助なり。昔、虞舜の祀には、樂正讃を重ぬ。蓋し唱發するの辭なり。
（「頌讃」第九、戸田浩暁『文心雕龍（新釈漢文大系）』明治書院、一九九〇年、初版一九七四年）

と述べている。すなわち「〈讃〉とは、ものごとを〈明らかにする〉ということであり、〈助ける〉ということを意味する。昔、舜帝の時、神祭りにおいて楽官長が讃をくりかえしたというのは、おそらく、唱をはじめる辞としていたからであろう」と述べている。こののち『文心雕龍』は、讃の歴史を解説して、次のように総括する。

源を發することは遠しと雖も、用を致すことは蓋し寡《すくな》し。大抵の歸する所は、其れ頌家の細條か。
（「頌讃」第九、戸田浩暁『文心雕龍（新釈漢文大系）』明治書院、一九九〇年、初版一九七四年）

つまり、「その源は遠い昔に発するものなのだが、実際の役に立つことはおそらく少ない。つまりは、讃の大方帰するところは、頌の枝派のようなものと考えてよいのではないか」というのである。したがって、『文心雕龍』は、頌と讃とは、ともに、その事物の持っている徳を明らかにして称える文学様式であると説明していることになる。そして、讃は、頌という大樹から生まれた枝のようなものだと説いているのである。諸家がすでに説き尽くしたように、『文選』の編纂方針は、当時の文学理論に支えられたものであり、なかんずく『文心雕龍』の影響が大きい。その『文選』が採り上げた「頌讃」の一つに、讃酒歌に影響を与えたとみられる劉伶の「酒徳頌」もあるのである。

大人先生有り。天地を以て一朝と爲し、萬期を須臾《しゆゆ》と爲し、日月を扃牖《けいいう》と爲し、八荒を庭衢《ていく》と爲す。行くに轍《てつ》迹《せき》無く、居るに室廬無く、天を幕とし地を席とし、意の如《ゆ》く所を縱《ほしいまま》にす。止まれば則ち卮《し》を操《と》り觚《こ》を執り、動けば則ち榼《かふ》を挈《さ》げ壺《こ》を提《さ》げ、唯だ酒をのみ是れ務め、焉《いづ》くんぞ其の餘《よ》を知らんや。貴介公子縉紳處士有り。吾が風聲を聞き、其の所以を議す。乃ち袂を奮ひ襟を攘《はら》ひ、怒目切齒し、禮法を陳説し、是非鋒起す。先生、是に於て方に甖《かめ》を捧げ槽《をけ》を承《う》け、杯《はい》を銜《ふく》み醪《らう》を漱《すす》り、奮髯《ふんぜん》箕踞《ききよ》し、麹を枕とし糟を藉《しとね》とし、思《し》無く慮《りよ》無く、其の楽しみや陶陶たり。兀然《こつぜん》として醉ひ、豁爾《くわつじ》として醒む。靜聽して雷霆《らいてい》の聲を聞かず、熟視するも泰山の形を覩《み》ず。寒暑の肌《き》に切なる、利欲の情を感ぜしむるを覺えず。萬物の擾擾《ぜうぜう》たるを俯觀するに、焉くんぞ江漢の浮萍を載するに如《し》かん。二豪の側に侍すること、焉くんぞ蜾蠃《くわら》の螟蛉《めいれい》に與《お》けるに如かん。

（劉伶「酒徳頌」竹田晃『文選（文章篇）中（新釈漢文大系）』明治書院、一九九八年）

名利などには目もくれぬ泰然自若と生きている大人先生。酒を友として、ほしいままに生きている。ここに現れた似非《えせ》紳士は、目を怒らせて、歯ぎしりをして、礼法を説く。そんな偽善の言葉に心を動かされるような大人先生ではない。また、一杯と酒をあおり、そして眠り、目覚めては、また飲むだけ。相手になりもしない、というのである。世俗の名利を離れ、とらわれない人生を希求するという点においては、讃酒歌に相通ずるものがある頌である。讃酒歌との関係については、影響、受容の関係において、議論がある。たしかに、大きくみれば類似点が多く、細かく見れば相違点が多いといえよう〔矢崎　二〇一四年〕。しかし、それも酒をめぐる頌讃の文学の潮流のなかで捉えるべきではないのか。「酒徳頌」では、大人先生の礼教にとらわれない生き方を象徴するものこそ酒となっている。その点では、讃酒歌と共通しているといえるだろう。一方、「酒徳頌」に登場する似非紳士のおためごかしの説教と、楽しい宴に水をさす「賢良」「黙然」〔三四一、三四四、三五〇〕とは異なる〔曽倉　一九七一年〕。

しかしながら、それらは、酒というものを頌讃するために選ばれた設定と見なくてはならないのではなかろうか。頌讃をなすにあたって、どの点をどういう切り口で取り上げるかは、ひとえに創作者の企てと手腕にかかっているはずである。そういったなかで、いわば敵役となる作中人物の造型も行なわれるとみなくてはなるまい。「酒徳頌」の「怒目切歯」の似非紳士と「賢良」「黙然」の困った御仁とは、ともに酒を頌讃する目的で設定された敵役なのである。もちろん、その人物造型に、作者は自らの思想を自由に盛り込むことができるのである。この点こそが、それぞれの頌讃の味わいになるのであろう。では、その劉伶の「酒徳頌」は、どのように読まれていたのであろうか。今日、われわれが、竹林七賢人の伝を知る上で、第一の資料とする劉義慶『世説新語』の「文学第四」には、

劉伶、酒徳頌を著す。意氣の寄する所なり。

（「文学」第四、目加田誠『世説新語（上）（新釈漢文大系）』明治書院、一九八九年、初版一九七五年）

と記されている。そして、その部分の劉孝標の注を見てみると、袁宏の『名士伝』が引用され、劉伶の人となりが

示された後に、一つの故事を示している。それは、自らの肉体を土や木のように考え、自分が死んだなら、葬儀など無駄なことをせずに、すぐに穴を掘って埋めろ、と指示したという逸話である。この話と大人先生の生き方とは、反礼教主義という点において通底している。以上の点は、劉伶という人間の生き方にかかわるので、きわめて重要であろう。なぜならば、劉伶の己以外の何者も信じない生き方が、ここにも表れているからである。その次には、戴逵の『竹林七賢論』が引用され、劉伶の気ままな生活について述べたあと、彼が文章に心を用いることなどまったくなく、その生涯において、ただ「酒徳頌」の一篇のみを残して死んでいったと述べている。そして最後に、劉孝標の注は、「酒徳頌」の全文を引用しているのである。つまり、劉伶は、酒を頌讃する一篇の文章によって、自らの「意気の寄するところ」すなわち「気概」を著したのであった。頌讃という文学様式によりながら、自らの意気を表明するという点でいえば、劉伶「酒徳頌」と讃酒歌十三首は、軌を一にしているといえるだろう。ただ、誤解のないように付け加えておくと、讃酒歌が「酒徳頌」の直接的な影響を受けているといいたいわけではない。どちらも、酒をめぐる頌讃の文学の系譜のなかにある作品群の一つであると主張したいのである。

三　戴逵「酒賛」と白楽天「酒功賛」

『世説新語』に引用される『竹林七賢論』は、戴逵の著作である。その戴逵に、「酒賛」という賛がある。『初学記』巻二十六の「酒第十二」には、「余、王元琳と露立亭に集ひて、觴に臨みて琴を撫すことあり。二物の間には、味はひ有りて、遂に共にこれが賛を為りて曰はく」とあって、続いて十句からなる賛が引用されている。四字句となっているのは、讃の一つのかたちに倣ったものであろう。露立亭については、明らかにし得ないが、文雅の士の集う庭園の「あずまや」であることは間違いない。王元琳は王珣なる人物で、太和三年（三六八）に弟の王珉と共に、宅を捨てて虎岳寺を建立した人物であった。戴逵と王珣の交友は、史料によって確認されており、気のおけない仲間ということになる〔蜂屋　一九七九年〕。二人は、酒を酌み交わし、琴に興じたのであった。筆者の乏しい漢文力で釈義を示すことは、汗顔の極みであるが、下段に示してみる。(4)

醇醪之興　美酒に酔う興というものは
与理不乖　人生の理と離れて存在するものではない
古人既陶　いにしへの人は酔えば必ず
至楽乃開　美しい音楽を楽しんだというではないか
有客乗之　客人がやって来て美酒と楽とを楽しめば……
隗若山頽　けわしい山々もまるで崩れゆくよう
目絶群動　目に映る動物たちも見えなくなるよう
耳隔迅雷　耳に聞こえる雷の音も聞こえなくなるように
万異既冥　万物は耳目から消え去って……
惟無有懐　省みると何の私情も無くなってしまう――

（戴逵「酒賛」『初学記（下）』巻二十六、酒第十一、京華出版社、二〇〇〇年、ただし、私意により改めたところがある）

気のおけない友と酒を酌み交わし、琴を楽しめば、すべての雑念は耳目から消え去って、心中に去来するものもなくなるというのである。酒と琴は、六朝知識人が、これを耽溺し、万葉時代の知識人もあこがれたところである（巻五の八一〇～八一二、巻十六の三八一七、三八一八）。「万異既冥　惟無有懐」は、無我、無心の境地というべきだろうが、それも理を離れるものではないのだというのが、戴逵の主張といえよう。讃酒歌と「酒徳頌」は、反礼教主義の立場から、酒を讃めるのであるが、戴逵の「酒賛」は、酒が無我、無心をもたらしてくれるものだと説き、その効用を讃えているといえよう。

　ちなみに、『初学記』巻二十六、酒十一は、多くの酒にかかわる故事と詩文を挙げているのだが、「賛」の項には戴逵の「酒賛」のみを挙げている。対して「頌」の項目においては、劉伶の「酒徳頌」のみが挙げられている。この点は、きわめて重要である。つまり、『初学記』は、酒賛を「酒賛」で代表させ、酒頌を「酒徳頌」で代表させているとみられるからである。『初学記』が、酒をめぐる頌讃の文学の代表として、この二作品を掲げていることは、まことに興味深い。それは、盛唐期における一つの作品評価を示すものだからである。

　その劉伶の「酒徳頌」にあやかって、白楽天も「酒功賛　幷びに序」という賛を書いている。大和二年（八二八）から同四年（八三〇）の間に洛陽で作られた賛である。

　　晉の建威將軍劉伯倫は、酒を嗜み、酒徳頌有りて世に傳はりたり。唐の太子賓客の白樂天も亦酒を嗜み、酒功贊を作り以て之を繼ぐ。其の詞に云ふ。

　　麥麴の英、米泉の精。合はせ作して酒を爲り、和を孕み靈を産む。和を孕む者は何ぞ、濁醪一樽なり。霜天雪夜に、寒を變じて溫と爲す。靈を産む者は何ぞ、精醑《せいしょ》一酌なり。離人遷客も、憂ひを轉じて樂しみと爲す。諸《これ》を喉舌《こうぜつ》の内に納むれば、淳淳泄泄《えいえい》として、醍醐の沆瀣《かうがい》なり。諸を心胸の中に沃《そそ》げば、熙熙融融《ききゆうゆう》として、膏澤《かうたく》和風なり。百慮齊《ひと》しく息《や》むは、時《こ》れ乃《なんぢ》の德なり。萬緣皆空となるは、時れ乃の功なり。吾常《かつ》て終日食らはず、終夜寢ねず。以て思ふも益無し、如かず且く飲まんには。

　　（『白氏文集』巻第六十一、白楽天「酒功賛　幷びに序」岡村繁『白氏文集　十（新釈漢文大系）』明治書院、二〇〇一

四年）

冒頭においては、馥郁たる酒の味わいについて述べ、寒い時に体を温めてくれる酒のうまさについて述べている。次に、中盤からは、憂いを払う酒の効用が説かれている。酒以外に心身に安らぎを与えるものはないというのである。そして、『論語』衛霊公篇をもじったパロディで終わる。寝食を忘れて思うより、学ぶことの方がましだという孔子の言葉を踏まえて、憂いを払うには、酒を飲むにしくはないと述べて、この賛は終わる。(5)

「酒徳頌」の反礼教主義の象徴としての酒、「酒賛」の無我、無心の境地をもたらしてくれる酒、「酒功賛　幷びに序」の憂いを払ってくれる酒と――それぞれ切り口は違うが――広くいえばそれは、酒をめぐる頌讃の文学の一つといえるだろう。一つの文学様式のなかで、作者たちは、それぞれの切り口を模索しているのである。そういう眼で、大伴旅人の讃酒歌十三首を見ると、一つの特徴が見えてくる。その特徴とは、酒を人生の楽しみの代表とみて、人生を楽しまない者、人の楽しみを邪魔するさかしら者を徹底的に批判している点である。このように、酒に対する頌讃の切り口は、創作者それぞれによって異なるのである。

四　仏教と酒

縷々述べてきたところによって、『万葉集』の讃酒歌も、酒に関わる頌讃の文学の一つであったことが、理解されたのではなかろうか。しかし、その後、日本においては、酒を頌讃する和歌は継承されなかった。平安から中世の和歌を見渡して、久保田淳は、次のように述べている。

けれども、平安以降おびただしい数にのぼる和歌を眺め渡すと直ちに気付くことは、酒の歌は極めて乏しい

という事実である。試みに、鎌倉時代末期に編まれた類題和歌集の『夫木和歌抄』巻第三十二雑部十四の
「酒」という項目を見ると、そこには十五首の歌が収められているが、そのうち七首は『万葉集』の歌で、残
り八首が平安時代から鎌倉初頭の詠である。〔久保田　一九九七年〕
その一つの原因を、仏教の飲酒戒の影響によるものだとする研究がある。中世の和歌世界を広く見渡した上條彰次
は、次のように断じている。
思うに、この酒の和歌の委縮現象はやはり先ず仏教的禁制に因るところ少なくなかったことを考慮すべきで
あろう。平安期に入り、仏教の影響いよ〳〵大となったことは周知の事実であり、鹿・猪類が食せられなく
なったことなども説かれている。良心をくらます妄念の根源を酒に喩え「無明の酒」と称したことは、「久酔
无明酒　不知本覚源」（性霊集・一）、「一切含類自性清浄　而無明酒所酔　煩悩鬼所乱　狂酔不度」（元亨釈書・
五）など多数見られるし、在家をも含めて守るべきもっとも基本的な五種の禁戒である五戒中にも「不飲酒
戒」とあり、「悟りえぬ浮世のゑひをさめぬ身のかりの情けは誰すゝむとも」（正治二年第二度百首和歌・釈五戒・
不飲酒戒・家長）の如く歌人の意識への反映も認められて、仏教思想の浸潤とともに、酒の本意を深めようと
する発想など歌人にとっての禁忌となって行った事情が想定されるからである。旅人讃酒歌十三首中に、「今
の世にし楽しくあらば来む生には虫にも鳥にもわれはなりなむ」（三四八）とあったことも、彼の反仏教的反五
戒的立場を浮彫りにして、やがてこうした禁制の強まる可能性があったことを予想させていたし、逆に後世、
五山文学の優れた漢詩中に酒に因んだ作がほとんど見当たらないことも、結果的に、こうした想定の妥当性を
裏づけているといえるのである。〔上條　一九九三年、初出一九七二年〕

遡って、奈良時代のことを考えてみると、『大智度論』をはじめとする仏教教典の多くに、酒を飲むこと、酒を売ることを戒める教えが説かれている。そういった禁酒の戒の存在が、奈良時代においても、公の場において酒を頌讃することを委縮させていた理由と考えてよいだろう。

では、奈良時代の禁酒令は、具体的にはどのようなものだったのだろうか。まずは、そのことを考える前提として、僧尼令を見ておこう。仏教教典に禁酒の戒があることから、僧尼の飲酒が禁止せられていたことは、当然である。養老僧尼令飲酒条には、

> 凡そ僧尼、酒を飲み、肉食み、五辛服せらば、卅日苦使。若し疾病の薬分に為るに、須《もち》ゐむ所は、三綱其の日限給へ。若し酒を飲みて酔ひ乱れ、及び人と闘打せらば、各還俗。
>
> （『令』巻第三、「僧尼令」第七、井上光貞他校注『律令（日本思想体系）』岩波書店、一九八一年、初版一九七六年）

とある。この条文が大宝令に遡るとすれば、奈良時代においては、医療用を除き、飲酒肉食と、辛味のある蔬菜類の摂取は許されなかったことになる。しかし、これは、僧尼に対して課せられた禁止条項であるから、在家者がこれを守る必要などなかったはずである。ところが、旱魃や飢饉においては、飲酒戒の順守を在家者にも求めることがあったのである。元正朝の例を見てみよう。旱魃に対して、次のような詔が出ている。

> 丙子、詔して曰はく、「陰陽錯謬《あやま》り、災旱《さいかん》頻《しきり》に臻《いた》りぬ。是に由《よ》りて幣を名山に奉りて、神祇を奠祭《でんさい》す。甘雨降らず、黎元《おほみたから》業《なりはひ》を失へり。朕が薄徳、此を致せるか。百姓何の罪ありてか、憔委《せうゐ》すること甚しき。天下に赦して、国郡司をして審らかに冤獄《ゑんごく》を録し、骼《かばね》を掩《おほ》ひて胔《ししむら》を埋み、酒を禁めて屠りを断たしむべし。高年の

徒《ともがら》には、勤めて存撫《ぞんぶ》を加へよ。養老六年七月七日昧爽《よあけ》より已前《さき》の流罪以下、繫囚《けいしう》も見徒《げんづ》も、咸《ことごと》く原免《ゆるし》に従へ。その八虐と、劫賊《こふぞく》と、官人の法を枉《ま》げて財を受けたると、監臨《げむりむ》主守自ら盗せると、監臨する所に盗せると、強盗・窃盗と、故殺人と、私鋳銭と、常赦《じやうしや》の免さぬとは、この例に在らず。如し贓《ざう》を以て死に入らば、並に一等を降せ。窃盗一度に贓を計《かぞ》ふるに、三端以下の者は赦《しや》の限に入れよ」とのたまふ。

（『続日本紀』巻第九、元正天皇　養老六年［七二二］七月七日条、青木和夫他校注『続日本紀　二（新日本古典文学大系）』岩波書店、一九九二年、初版一九九〇年）

神祇奠祭によっても、雨に恵まれないのは、天子の薄徳によるものだとして、大赦、行路死人を埋葬して弔うこと、禁酒、殺生禁断、高齢者に対する慰撫、大赦による減刑などを行なおうとしている。禁酒と殺生禁断が対になっているのは、この詔によって仏教教典に定められた不殺戒と飲酒戒を広く行き渡らせることが、一種の「徳政」と考えられたからである。聖武朝においても、驚くほど似た詔が出ている。

秋七月丙午、両京・四畿内と二監とをして、内典の法に依りて雨を請はしむ。詔して曰はく、「春従《はるよ》り亢旱《かうかん》して、夏に至るまで雨ふらず。百川水を減《へ》し、五穀稍彫《ごこくややしぼ》めり。実に朕が不徳を以て致す所なり。百姓何の罹《うれひ》ありてか、燋《かし》け萎えたること甚しき。京と諸国とをして、天神地祇、名山大川に自ら幣帛を致さしむべし。また審らかに冤獄《ゑんごく》を録し、骼《かばね》を掩《おほ》ひて胔《ししむら》を埋み、酒を禁《いさ》めて屠りを断て。高年の徒《ともがら》と鰥寡惸独《くわんくわけいどく》の自存すること能はぬ者とには、仍《より》て賑給《しんごふ》を加へよ。其れ、天下に赦すべし。天平四年七月五日の昧爽《よあけ》より已前《さき》の流罪已下、繫囚も見徒《げんづ》も、咸《ことごと》く原免《ゆるし》に従へ。その八虐と、劫賊と、官人の法を枉《ま》げて財を受けたると、監臨主守自ら盗せると、監臨する所に盗せると、強盗・窃盗と、故殺人と、私鋳銭と、常赦《じやうしや》の免さぬとは、この例に在らず。〔如《も》し贓《ざう》を以て死に入らば一等を降せ。窃盗一度に贓を計《かぞ》ふるに、三端以下の者は赦《しや》の限に入れよ。〕」とのたまふ。

（『続日本紀』巻第十一、聖武天皇　天平四年［七三二］七月五日条、青木和夫他校注『続日本紀　二』（新日本古典文学大系）』岩波書店、一九九二年、初版一九九〇年）

壬辰、詔して曰はく、「四月より以来、疫《えやみ》・旱《ひでり》並に行はれ、田苗焦け萎《な》ゆ。是に由りて、山川を祈み禱り、神祇を奠《まつ》祭らしむれども、効験を得ず。今に至りて猶苦しぶ。朕、不徳を以て実に茲《こ》の災を致せり。寛仁を布きて民の患を救はむと思ふ。国郡をして審らかに冤獄《ゑんごく》を録し、骼《かばね》を掩《おほ》ひて 胔《ししむら》を埋《うづ》み、酒を禁めて屠りを断たしむべし。高年の 徒《ともがら》と、鰥寡惸独《くわんくわけいどく》と、京内の僧尼・男女《をのこめのこ》の疾に臥せるとの、自存すること能はぬ者に、量りて賑給《しんごふ》を加へよ。また、普《あまね》く文武の職事以上に物賜へ。天下に大赦す。天平九年五月十九日の昧爽《よあけ》より以前の死罪以下、咸《ことごと》く原免《ゆるし》に従へよ。その八虐と、劫賊と、官人の財を受けて法を枉《ま》げたると、監臨《げむりむ》守主自ら盗せると、監臨する所に盗せると、強盗・窃盗と、故殺人と、私鋳銭と、常赦《じやうしや》の免さぬとは、赦の例に在らず」とのたまふ。

（『続日本紀』巻第十二、聖武天皇　天平九年［七三七］五月十九日条、青木和夫他校注『続日本紀　二』（新日本古典文学大系）』岩波書店、一九九二年、初版一九九〇年）

以上の二つの詔の内容は、ほぼ同じといってよい。つまり、仏法を広めることが、天皇の徳政の一つと考えて、徳政を行なうことで、事態を好転させようとこのような詔を出しているのである。旱魃や疫病、飢饉の原因を、天子の薄徳によるものと断じ、だとすれば、徳政令を出せば、事態が好転するだろうと考えたのであった(6)。

ではなぜ、事態が好転すると考えたかといえば、上天すなわち天帝が徳政に感じて願いを聞き届けてくれると考えているからである。これは、一種の天人相関思想で、広くいえば、天命思想といえるだろう〔関　一九七七年〕。その徳政のなかに、不殺生戒とともに、禁酒の戒を一時的に在家者にも適用し、順守させることがあったとみてよいだろう。もちろん、施行にあたっては、例外規定もあった。

和ふる歌一首

官《つかさ》にも　許したまへり　今夜のみ　飲まむ酒かも　散りこすなゆめ

右、酒は官に禁制して偁《い》はく、京中閭里、集宴すること得ざれ、ただし、親々《しんしん》一二にして飲楽することは聴許《ゆる》す、といふ。これによりて和ふる人この発句を作れり。（巻八の一六五七）

催された宴が盛会であることは、それはそのまま主人の徳を表すわけであるから、宴の盛儀を語ることは、主人の徳を讃えることになる。しかし、酒自身の持つ徳を頌讃することについては、憚られたのであろう。このことが、和歌世界において、讃酒歌に続く頌酒、讃酒の文学を委縮させたのであった。が、しかし。それでも、「あえて俺さまは酒を讃めたいのだ」というのが、讃酒歌の精神なのである。

五　名利よりも酒を取るという生き方

讃酒歌は、酒を讃めることによって、人間の生き方を問う文学になっている。たとえ、仏教教典に禁酒が説かれていても、私は酒を飲むのだという歌なのである（三四八）。それは、竹林七賢人の自己の名利を否定する生き方への「あこがれ」といえよう。ただし、「あこがれ」の気持ちを持つことと、それを実行することは、まったく別次元の話である。自らが実行できないからこそ、「あこがれ」の気持ちは募るものである。『世説新語』は、劉伶の

「酒徳頌」をその気概を表したものであると説いているが、大人先生の生き方は、名利を捨てて、自らの気のおもむくままに生きるという点においては、一貫していた。このような生き方に、旅人はあこがれていたのである。同じ『世説新語』には、江東の歩兵すなわち江東の阮籍と呼ばれた張季鷹なる人物について、次のような逸話が収載されている。

張季鷹《ちやうきよう》縦任《しょうにん》にして拘《かかは》らず。時人號《がう》して江東の歩兵《ほへい》と爲す。或ひと之《これ》に謂ひて曰く、卿は乃ち一時《いちじ》に縦適《しょうてき》す可きも、身後の名を爲さざらんや、と。答へて曰《いは》く、我をして身後の名有らしむるは、即時一盃の酒に如かず、と。

（『世説新語』任誕第二十三、目加田誠『世説新語（下）（新釈漢文大系）』明治書院、一九八九年、初版一九七八年）

ある人から、君は、死後の名声が惜しくはないのかねと聞かれて、それは一盃の酒にも及ばぬことだと言い放つ、いわば決めゼリフのかっこよさが、この話にはある。このセリフから、三三八番歌を想起するのは、筆者だけではなかろう。また、その次には、畢茂世《ひつぼうせい》なる男の逸話が載せられている。

畢茂世《ひつぼうせい》云ふ、一手に蟹螯《かいがう》を持ち、一手に酒盃を持ち、酒池の中に拍浮《はくふ》せば、便ち一生を了するに足る、と。

（『世説新語』任誕第二十三、目加田誠『世説新語（下）（新釈漢文大系）』明治書院、一九八九年、初版一九七八年）

酒のつまみなのだろうか、片手に蟹を持ち、もう一方の手には酒盃を持って、この男は、こううそぶく。俺さまは酒池の中で一生を終わりたい、と。

こうした名利をものともしない生き方へのあこがれがあればこそ、破戒の罰で鳥になろうが、虫になろうが、知ったことか――と歌えるのである（三四八、三四九）。

おわりに

中国において文学様式の一つとして頌讃の文学というものがあり、その一つに頌酒、讃酒の文学があったこと。その大きな潮流のなかに、大伴旅人の讃酒歌十三首もあることを本節においては、主張した。それは、酒を通して、人たるものの生き方を問う文学であったともいえよう。こういうスタイルの文学が、和歌世界に定着しなかったのは、仏教における飲酒戒のためであったと思われる。それは、中世の文学状況からも推察されるところであった。

しかしながら、こういった見通しに対しては、次のような異論が出るかもしれない。日本における仏教受容は、主に漢訳仏典に負うているわけだし、中国における仏法興隆があったからこそ、日本仏教の興隆もあったはずである。したがって、日中の条件はそう大きく異なっているわけではない。だとしたら、どうして和歌世界だけが、禁酒の戒の影響で委縮したのか、説明する必要があるはずだ、という異論である。

今、その異論に対しては、次のように答えたい。中国の歴代王朝における仏教のありかたと、日本のそれは大きく異なる。中国仏教の歴史は、崇仏と廃仏の繰り返しであり、儒教、仏教、道教の間には、争論などを通じて緊張関係があった。歴代の王朝も、崇仏と廃仏の間で揺れている。こういったなかにあって、知識人たちの仏教に対する考え方も、それぞれ異なったものであった。これに対して、国家が一貫して仏法の荷い手となり、天皇もこれに帰依して、仏法興隆を図った日本とは、事情が異なるとみなくてはならないだろう。だからといって、筆者は日本の出家者、在家信者たちが、禁酒の戒を順守したなどとは、毛頭考えない。万葉学徒であるならば、豊浦寺の尼の私房での宴を想起するはずだ（巻八の一五五七）。しかしながら、公の席で頌酒、讃酒を述べることは、憚られたのであった。

こういった状況下において、大伴旅人が讃酒歌十三首を歌い得たのは、なぜか。それは、旅人が、中国における頌酒、讃酒の文学の存在を熟知していたからである。かつ、その文学にあこがれをもっていたからであろう。また、同じ知識を有する筑紫歌壇すなわち大宰府文学圏に集う文雅の士たちも、これを許したのである。しかし、その試みは、継承されず、和歌文学史上、讃酒歌は孤立した存在となったのではなかろうか。以上が、筆者の考える讃酒歌の酒の意味であり、讃酒歌の文学史的位置である。律令官人と宴の文化を語るには、酒に関わる漢籍の考察を抜きにすることはできない。

宴と贈答は、早くから民俗学、文化人類学が考察を加えたテーマであった。次章では、ヒトとヒト、ヒトとモノ、ヒトとウタとの往来、贈答の文化について、考えてみることにする。

注

（1）ちなみに、川合康三は「杜甫の同時代、飲酒で名の知られた八人を取り上げ、それぞれの飲みっぷりを描き分ける。いわば『酒仙戯画図』といったところ」と述べている〔川合編訳　二〇一五年〕。

（2）当該の讃酒歌を除くと、「十五年癸未秋八月十六日、内舎人大伴宿祢家持、讃久邇京作歌一首」（巻六の一〇三七）、「讃久邇新京歌二首〔并短歌〕」（巻六の一〇五〇）、「讃三香原新都歌一首〔并短歌〕」（巻十七の三九〇七）の例があるだけである。これらはすべて、新京、新都讃歌である。

（3）なお、「賛」と「讃」は、通用しており、ここでは一つのものとして考える。

（4）筆者なりの訓読案を示しておかねばなるまい。筆者は、「醇醪《じゅんろう》の興は、理と乖《はな》るるものにあらず。古人、既に陶《よ》へば、至楽の開ありといふ。客有りて之に乗ずれば、隗も山頽《くずれ》のごとくになりて、目には群動絶へて、耳より迅雷をも隔《へだち》たり。万異既に冥じて、惟《おも》へば有懐無し、といへり」と訓んだ。

（5）『論語』衛霊公、第十五の「吾嘗終日不食、終夜不寢、以思。無益。不如學也。」を、白楽天は「吾常終日不食、終夜不寢。以思無益、不如且飲。」ともじっているのである。

（6）徳政のなかで、要の一つとなるのは大赦である。この大赦については、研究の蓄積が厚く、徳政の思想的背景を知る手掛かりとなる〔渡辺　一九五三年〕〔根本　一九六〇年〕〔竹内　一九六五年〕。

参考文献

青木正兒　一九六一年『中華飲酒詩選』筑摩書房。

浅見　徹　二〇〇七年「旅人の讃酒歌」『万葉集の表現と受容』和泉書院、初出一九九五年。

一海知義　二〇〇二年「玉碗盛り来たる　琥珀の光――酒を讃える詩」『月刊しにか』第十三巻第七号所収、大修館書店。

植木久行　二〇〇二年「一杯一杯　復た一杯――友人と飲む」『月刊しにか』第十三巻第七号所収、大修館書店。

王瑤著／石川忠久・松岡榮志訳　一九九一年『中国の文人――「竹林の七賢」とその時代』大修館書店。

大谷雅夫　二〇〇八年「酒坏に花を」『歌と詩のあいだ――和漢比較文学論攷』岩波書店、初出一九九七年。

大矢根文次郎　一九六七年『陶淵明研究』早稲田大学出版部。

――――　一九八三年『世説新語と六朝文学』早稲田大学出版部。

沖本克己編集委員・菅野博史編集協力　二〇一〇年『興隆・発展する仏教（新アジア仏教史7中国Ⅱ隋唐）』佼成出版社。

川合康三編訳　二〇一五年『新編中国名詩選（中）』岩波書店。

上條彰次　一九九三年「酒詠論」『中世和歌文学論叢』和泉書院、初出一九七二年。

久保田淳　一九九七年「酒の歌、酒席の歌」文学編集部編『「文学」増刊　酒と日本文化』所収、岩波書店。

興膳　宏　二〇〇八年a『新版　中国の文学理論（興膳宏《中国文学理論研究集成》①）』清文堂出版。

――――　二〇〇八年b『中国文学理論の展開（興膳宏《中国文学理論研究集成》②）』清文堂出版。

小島憲之　一九六四年『上代日本文學と中國文學（中）――出典論を中心とする比較文学的考察』塙書房。
後藤秋正　二〇〇二年「更に尽くせ一杯の酒――別離の酒」『月刊しにか』第十三巻第七号所収、大修館書店。
後藤利雄　一九八六年「禁酒令と打酒歌一首」『万葉集成立新論』桜楓社、初出一九六八年。
関　晃　一九七七年「律令国家と天命思想」『日本文化研究所研究報告』第十三集所収、東北大学日本文化研究所。
曽倉　岑　一九七一年「大伴旅人――讃酒歌と漢籍・仏典」『國文學　解釈と教材の研究』第十六巻第三号所収、學燈社。
竹内　正　一九六五年「律および大赦についての一考察（一）――刑法と国家権力の関係を中心に」『刑法雑誌』第十四巻第一号所収、日本刑法学会。
中嶋隆蔵　一九八五年『六朝思想の研究――士大夫と仏教思想』平楽寺書店。
中西　進　一九九五年「六朝風――旅人と憶良」『万葉集の比較文学的研究（中西進　万葉論集　第一巻）』講談社、初出一九五八年。
西岡　淳　一九九六年「詩と酒――盛唐に至る」『愛媛大学人文学会創立二十周年記念論集』所収、愛媛大学人文学会。
沼口　勝　一九九九年「陶淵明の『飲酒』の詩題の典據とその寓意について」『六朝学術学会報』第一集所収、六朝学術学会。
根本　誠　一九六〇年「唐代の大赦に就いて」『早稲田大学大学院文学研究科紀要』第六号所収、早稲田大学大学院文学研究科。
長谷川滋成　一九九五年『陶淵明の精神生活』汲古書院。
蜂屋邦夫　一九七九年「戴逵について――その芸術・学問・信仰」『東洋文化研究所紀要』第七十七号所収、東京大学東洋文化研究所。
平山城児　一九九三年「讃酒歌の出典」青木生子博士頌寿記念会編『青木生子博士頌寿記念論集　上代文学の諸相』所収、塙書房。

松浦　崇　一九七七年「袁宏『名士伝』と戴逵『竹林七賢論』」『Studies in Chinese Literature』第六号所収、九州大学中国文学会。
森　淳司　一九八五年「万葉宴席歌試論――交歓宴歌について　その一」五味智英・小島憲之編『萬葉集研究』第十三集所収、塙書房。
森三樹三郎　一九八六年『六朝士大夫の精神』同朋舎出版。
矢崎京子　二〇一四年「大伴旅人の『讃酒歌』と竹林七賢――劉伶を中心として」『日本文學論究』第七十三冊所収、國學院大学國文學會。
山岡利一　一九七五年「世説新語を中心とする竹林七賢人考」『甲南女子大学研究紀要』第十一・十二号所収、甲南女子大学。
山田英雄　一九八三年「陶淵明と飲酒――その特色と意義」『高知大国文』第十四号所収、高知大学国語国文学会。
吉川忠夫　一九八四年『六朝精神史研究』同朋舎出版。
渡辺　茂　一九五三年「奈良時代に於ける恩赦の思想的背景」『人文論究』第十号所収、北海道教育大学函館人文学会。

初　出

「讃酒歌の酒――酒をめぐる頌讃の文学様式から」万葉七曜会編『論集上代文学』第三十八冊、笠間書院、二〇一七年。

第三章　往来と贈答の万葉文化論

贈答というものが、互酬性をもつ文化であるということについては、多言を要しないであろう。歌もその例外ではない。歌を贈られたら、歌を返さなくてはならないのである。それは、歌い手たちが対面する宴でも、対面しない書面のやり取りにおいても同じである。書面でのやり取りをする場合には、当該の書面を届ける使者も当然いたのであった。人の往来と歌の贈答がある場合、その往来、贈答が、歌の表現にどのような影響を与えているのか。万葉歌の表現と贈答の文化との関係を、本章では考えてみたい、と思う。

第一節　大伴書持挽歌と使者往来

弟の死……
こんなことになると
かねて知っていたのなら
越の海の荒磯の波も
見せてやりたかった
シカシ　今トナッテハ　ソレモ――
（巻十七の三九五九釈義）

はじめに

天平十八年（七四六）の閏七月、大伴家持は越中に赴任する。その九月のある日、彼は突然の訃報に接することになった。弟・書持の死である。(1)越中に赴任する家持は、奈良山を越えた泉川で馬を留め、書持に次のように述べたという。「ま幸《さき》くて　我帰り来む　平けく　斎《いは》ひて待て」（巻十七の三九五七）と。それから、二か月後、任地で聞いた書持の訃報の衝撃は大きかったに違いない。しかし、官人たる家持に許されたのは、任地越中で書持を思い出すことだけであった。

「長逝せる弟《おとひと》を哀傷する歌一首〔并せて短歌〕」（巻十七の三九五七〜三九五九）は、以上のような状況のなかで制作された挽歌である。本節では、当該歌に存在する自注のうち、書持の人柄を述べた部分に着目し、この注記の性格を明らかにして、天平期における挽歌制作の一側面を明らかにしたい、と思う。

一　「説明的自注」の性格をどのようにみるか

当該の挽歌には、長歌の後半部に二つの注記が存在する。囲みの部分が注記の対象となった歌句で、傍線部分が注記である。

長逝せる弟を哀傷する歌一首〈并せて短歌〉

天離る　鄙治めにと　大君の　任けのまにまに　出でて来し　我を送ると　あをによし　奈良山過ぎて　泉川　清き河原に　馬留め　別れし時に　ま幸くて　我《あれ》帰り来む　平けく　斎ひて待てと　語らひて　来し日の極み　玉桙の　道をた遠み　山川の　隔《へな》りてあれば　恋しけく　日《け》長きものを　見まく欲《ほ》り　思ふ間に　玉梓《たまづさ》の　使ひの来《け》れば　嬉しみと　我が待ち問ふに　逆言《およづれ》の　狂言《たはこと》とかも　はしきよし　汝弟《なおと》の命　なにしかも　時しはあらむを　はだすすき　穂に出づる秋の　萩の花　にほへるやどを〈言ふこころは、この人となり、花草花樹を好愛《め》でて、多く寝院の庭に植ゑたり。故に「花薫へる庭」といふ〉　朝庭に　出で立ち平し　夕庭に　踏み平げず　佐保の内の　里を行き過ぎ　あしひきの　山の木末《こぬれ》に　白雲に　立ちたなびくと　我に告げつる〈佐保山に火葬す。故に「佐保の内の里を行き過ぎ」といふ〉

ま幸くと　言ひてしものを　白雲に　立ちたなびくと　聞けば悲しも

かからむと　かねて知りせば　越の海の　荒磯の波も　見せましものを

右、天平十八年秋九月二十五日に、越中守大伴宿禰家持、遥かに弟の喪を聞き、感傷して作る。

（巻十七の三九五七～三九五九）

注記は割注となっており、明確に本文と区別されて筆写されてきたことについては、疑う余地がない。また、諸注が一致して指摘しているように、当該歌の注記は家持自身の手による説明である。したがって、推敲の過程を示すものではない。まして、伝承の過程で生じた異伝を示したものでもない。さらには、作品が成立したのちに、編纂者が異伝や不明の点を注記したというような性格の注記でないことも、明らかである。

つまり、当該歌の注記は、歌を公表する時点で、作者家持自身が付けた注記なのである。さらに換言するならば、作者が歌の聞き手や、読み手などの享受者を意識して付けた注記、ということができるであろう。とすれば、作者による作者自身の用いた歌句に対する説明――ということになる。本節では、この注を「説明的自注」と便宜上呼ぶことにしたい。

当該歌の注記について、比較的早い段階で着目したのは、川口常孝である。川口は「歌句に説明が加上されなければ作者の真意が通じないとは、表現の不熟をみずから告白」する行為と規定した上で、

つまり、何が何でもそのことを伝えないではいられないという一途さが、越中時代の家持を支配しているのである。……中略……そして、今わたしたちの課題となっている「長逝せる弟を哀傷しぶる歌」は、このような伝達の意欲が最初に形をとった作品なのである。そこにわたしたちは、家持の書持に対する愛惜の情の深さを汲みとることができる。〔川口　一九七六年〕

としている。川口の発言を受けた小野寛は、「歌の中には歌い込み難いが、しかしそのことは読者にどうしても伝えたい」事柄が注記として記された、との見解を示している〔小野　一九九九年、初出一九九三年〕。川口と小野の理解は、抑えがたい衝動が、『万葉集』において、異例な自注という方法を家持にとらせたという点で一致している

といえよう。これは、自注を付した動機を解明する方向性を示したものといえるだろう。

川口と小野が作者家持の側から、この自注が書かれた動機を理解しようとしたのに対して、享受の場のあり方から、この注記の働きを理解しようとした研究もある。伊藤博は、「二つの注記の内容から推して、書持の日常とはいささか遠い人びと、すなわち、もっとも直接には、今家持が住む越中の官人たち」にとってこの注記は必要であったとし、

> 長歌における二つの注記は、発表時には作品を口誦した最後に口頭でなされたのであろう。口誦は一度であったとは限らない。請われて再度口誦に及んだ可能性が高い……中略……そうした解説を、歌録の上でも記しとどめるということは、家持が、この作品の読者として越中官人以外の人びと、すなわち都の人びとやのちの世の人びとをも意識していたことを意味するであろう。〔伊藤　一九九八年〕

としている。伊藤は、ここから当該歌の披露の場を、天平十八年（七四六）十一月の大伴池主の大帳使帰任の宴であったと推定し、それは「相歓歌」（巻十七の三九六〇、三九六一）の披露の場と同じであったと結論付けている。具体的に、そこまで公表の時と場を絞りこむことについては躊躇せざるを得ないが、当該歌の注記が、越中における披露において必要であったとする指摘は重要であろう。筆者はこの伊藤の指摘を受け、当該歌は二つの享受者を念頭において、制作されたと考えたい。本節の問題意識に照らして整理すると、

▼書持の人となりおよび書持の死について詳細な情報を共有している人びと（近親者、近侍者）

▼書持の人となりおよび書持の死について詳細な情報を共有していない人びと（越中における宴席出席者、同時

代および後代の第三者的読者）

かろうか。

ということになる。つまり、想定される二つの享受者を射程に入れ、当該歌は制作されている、といえるのではなかろうか。

当該の挽歌が、都にいる大伴坂上郎女や坂上大嬢に送られたとすれば、訃報を聞いた家持の気持ちを、彼女たちに伝える書簡のような働きをするはずである。一方で、越中での宴で披露されたとすれば、弟の死という普遍的なテーマを取り扱った挽歌として享受されたことであろう。とすれば、当該歌の注記は、近親者、近侍者として葬儀に出席した人びとには、必要なかったといえよう。つまり、当該歌の「説明的自注」は、挽歌を享受するにあたり、故人書持に対する情報の格差を埋めるものであると考えることができる。ここに、私的な悲しみを故人と面識のない人びとにも伝えるという第三者を意識した挽歌制作の一側面を見出すことができよう。以上の点を踏まえて、「説明的自注」の働きを考えてみよう。

二　萩の花にほへるやど

長歌の冒頭には、二か月前の泉川での別れが描かれているが、そこには書持の死の予兆を感じさせる部分が無く、「玉梓の使いにも「嬉しみと　我が待ち問ふに」というのであるから、書持は急死したのだろう。第二短歌に「かからむと　かねて知りせば　越の海の　荒磯の波も　見せましものを」（巻十七の三九五九）とあるのも、そのことを裏付けるものである。(2) 死に至るような病と知っていれば、このような表現にはならなかったはずである。以上の点を確認して、「説明的自注」の働きを考えるために、当該歌の注記を飛ばして、ここに歌を示してみよう。

……はしきよし　汝弟《なおと》の命　なにしかも　時しはあらむを　はだすすき　穂に出づる秋の　萩の花　にほへるやどを　朝庭に　出で立ち平し　夕庭に　踏み平げず　佐保の内の　里を行き過ぎ　あしひきの　山の木末《こぬれ》に　白雲に　立ちたなびくと　我に告げつる

（巻十七の三九五七）

こうして見ると、すすきが穂を出す秋の萩の庭に、朝方立つことも、夕方立つこともせず、佐保の里に行くと語ることで、婉曲的に書持の死の状況を表現していることがわかる。佐保での火葬の様子も使者は家持に伝えたのであった。この表現からわかることは、元気であれば書持は朝夕に、秋の庭に立って秋の草花を愛でていた、ということである。つまり、庭を詠み込むことを通して、家持は書持の死を語っているのである。

亡き人を、亡き人がかつて愛でた庭の景によって偲ぶという方法は、宮廷挽歌に淵源を持つ方法ということができる。人麻呂と島宮の舎人たちによる日並皇子挽歌群の「或本の歌一首」に、

島の宮　勾の池の　放ち鳥　人目に恋ひて　池に潜《かづ》かず

（巻二の一七〇）

という歌があるように、島宮の池とそこに飼われていた鳥を通じて、皇子を偲んだ挽歌がすでに存在している。主人を失った庭の景の寂しさを歌っているのである。続く「舎人等が慟傷して作る歌二十三首」にも、

み立たしの　島の荒磯を　今見れば　生《お》ひざりし草　生ひにけるかも

（巻二の一八一）

とあり、主人の生死を境とした庭の〈うつろい〉を詠んだ挽歌が、人麻呂の時代にすでに存在していたのであった。

また、明日香皇女挽歌では、夫君との逢瀬の場としての城上離宮の景が描かれている（巻二の一九六～一九八）。加えて、万葉後期に成立したと思われる擬古的挽歌にも、生前庭にたたずんだ皇子の姿が描かれている（巻十三の三三二四）[3]。それでは、なぜ、庭を通して主人を偲ぶのであろうか。おそらく、その基底には、庭と主人とを一体のものとして捉えるという発想があるのだろう。庭は主人の経済的、文化的な力を示すものであり、そういった理由から庭が生の象徴ともなり得たのである〔上野　二〇〇〇年〕。

家持がこういった庭の挽歌ともいうべき挽歌の伝統に学んだことは明らかであろう。庭を挽歌に詠み込むということについては、その範型となるべき先例もあり、当該歌は決して特異な例とはならない。かえりみて、先に示したように注を抜きにしても、十分理解できる内容である。ならばなぜ、

言、斯人為性、好愛花草花樹、多植於寝院之庭。故謂之花薫庭也

という注記は必要だったのだろうか。それは、「斯人為性」の「好愛」によって「花草花樹」が「植」えられていたことを、示したかったのであろう。つまり、弟・書持が草木を愛する人であり、自らが庭の草木を選定して、庭に植えていたということを他者に知らせたかったのである。すなわち、書持自らが植えた草木があるこの庭は、書持の人となりの反映であるということを伝えたかったのであろう。

対して、日並皇子挽歌群をはじめとする宮廷挽歌では、庭の主人と庭が一体感をもって描かれ、その景が悲しみを表しているのだが、それは景を通じて、その主人を讃えるという宮廷讃歌の方法の延長線上にあるものである。家持は、自らの表現が単なる形式的な死者への讃辞ではないのだ――ということを伝えたかったのではないか。すなわち、家持は「花薫庭」と詠み込むことによって、単なる挽歌の景としてではなく、弟自らが植えた草木がある

庭であるということを示しておきたかったのである。このことは、書持の「為性」をよく知る人物であるならば、既知の情報であり、あえて注記で明示する必要はない（近親者、近侍者）。

単に庭を歌い、「朝庭」「夕庭」という類型的対句を使った家持は、自らが庭を詠み込んだ意図が伝わらないことを恐れたのである。つまり、表現の背景を知らない人びとに、事情を伝えたかったのであり、川口のいう「伝達の意欲」、小野のいう「どうしても伝えたいこと」とは、この辺りにあるのではなかろうか。つまり、事情を知らない享受者に単なる挽歌の景として読み飛ばされることを回避したかったのであろう（越中における宴席出席者、同時代および後代の第三者的読者）。それほど、弟・書持を語るのに庭は特別な意味を持った存在だったのだろう。

三　天平の庭と、書持の庭

家持は「芽子花　尓保敝流屋戸」という歌句に対して、「多植於寝院之庭。故謂之花薫庭也」と注を加えており、『私注』が早くに指摘したように、これによって「屋戸」が、「庭」を含むものであることがわかる。後述するが、万葉歌では、当該歌のように「ヤド」と称して実際には建物に付随する庭を指す例も多いのである。

「寝院」は、正殿と考えてよく、敷地内に点在する建物群のうち、主人の居所となる建物であろう。平安時代の寝殿にあたるものであり、建物群の中心となるものとすれば、現在でいう母屋にあたるものである。したがって、書持が丹精を込めた庭は、母屋に付随した庭ということになろう。[4] 繰り返しとなるが、この事柄は書持を知る人にはよく知られた事実であった、と考えられる。

さて、当該歌の「屋戸」のような庭を指す万葉の「ヤド」の用例については、森淳司論文に詳細な調査があり、本節にとってもきわめて有益である（森　一九七五年、初出一九七四年）。森によれば、「ヤド」の用例一一九例のうち、「屋外《やど》」「屋前《やど》」「屋庭《やど》」と表記され、建物のまわり、建物に付随した庭に使われている用例が、九五例に達するという。しかも、こういった「ヤド」という言葉は、天平期以後に集中して用いられ、用例数に偏在があることを指摘している。この現象は、いったい何を表すのであろうか。

もちろん、森が指摘した現象は、万葉歌の表現史の問題として考察しなければならないことは当然だが、その背景にある平城京の庭園文化の質的変化ということも念頭におくべきではなかろうか。つまり、「ヤド」の周辺に個人の趣味を反映して、草木を植えるということが流行していった歴史があるのではなかろうか（第五章第二節）。当該歌に登場するすすき[5]と萩は、万葉の「秋野の花」を代表する花であったことは、憶良の有名な「萩の花　尾花葛花　なでしこが花　をみなへし　また藤袴　朝顔が花」（巻八の一五三八）によって明らかであるが、野の花が庭にも植えられるようになった歴史があるようである。大伴家持の「白露の歌一首」には、「わがやどの　尾花が上の白露を……」（巻八の一五七二）とあり、野の花の代表のすすきが庭に植えられていたことがわかる〔上野　二〇〇〇年〕。また「笠朝臣金村が、伊香山にして作る歌二首」には、旅先の萩を見て、「君が家なる　尾花」（巻八の一五三三）を思い出すという歌があり、萩はすすきを連想させる秋の花であったようだ。萩とすすきの人気については、「人皆は　萩を秋と言ふ　よし我は　尾花が末《うれ》を　秋とは言はむ」（巻十の二一一〇）という歌が示すように、多数派と少数派の違いはあっても、二つの花が秋を代表する花であると考えられていたことは、間違いない。

つまり、書持の庭には、秋を代表する花が植えられていたのであった。個々人の趣味を反映した庭の草木に、その庭を作った人を偲ぶということの背景には、そうした平城京における庭園文化の成熟があるということを念頭において考える必要があるのではなかろうか。具体的には、個々人の趣味として庭作りを楽しむことが、平城京において多くの人びとに定着してきたことが考えられる[6]。森論文が指摘した現象は、自らが起居する「ヤド」の周辺に、好みの「花草花樹」を植えることが、平城京の各宅で広がっていったことを意味しているのではなかろうか。それは都市文化の成熟とともに「見る庭」から、個々人が「作る庭」も生まれてきたことを意味するのであろう[7]。

巻八に書持自身が自らの庭を詠んだ歌がある。

四　大伴書持の「我がやど」

書持と庭との関わりが、平城京の庭園文化の一斑を反映するものであることについては、縷々述べてきた。実は、巻八に書持自身が自らの庭を詠んだ歌がある。

大伴書持が歌二首

我がやどに　月おし照れり　ほととぎす　心あれ今夜　来鳴きとよもせ

我がやどの　花橘に　ほととぎす　今こそ鳴かめ　友に逢へる時

（巻八の一四八〇、一四八一）

一首目は、ホトトギスに対して、思いやりの気持ちを求めた歌である。その思いやりとは、月がくまなく照っているから、私の庭で鳴いてほしいというものである。つまり、月夜にホトトギスの声を聞くというのは、庭での風流な遊びの一つだったのであろう。(8) 同じく越中時代の翌天平十九年（七四七）家持作にも、月光に向かってホトトギスの遠音を聞き、その情趣にひたる歌がある。

四月十六日に夜裏に、遥かに霍公鳥《ほととぎす》の喧《な》くを聞きて、懐《おもひ》を述ぶる歌一首

ぬばたまの　月に向かひて　ほととぎす　鳴く音遥けし　里遠みかも

右、大伴宿禰家持作る。

（巻十七の三九八八）

書持は、月光にホトトギスという、このような組合せの風流を期待したのであろう。二首目の歌は、友に逢っているこの今こそ、私の庭で鳴いてほしい……とホトトギスに懇願する歌である。二首はともに、客を迎える主人の歌

であり、書持の客に対するサービス精神のようなものを読み取ることができる歌である。すなわち、自分の庭で客にゆっくりと夏の宵の情趣を楽しんでほしい――という書持の気持ちを窺い知ることができるのではなかろうか。二首を同時作とみると、月光はさやかに橘の花を照らし出しており、あとこれにホトトギスさえ鳴いてくれたら……と宴の主人たる書持が願った歌となる。花・月・鳥声が織り成す風流の演出のもとに、友との楽しい時間を過ごしたい、という書持の気持ちが伝わってくる歌である。

そこで、書持のホトトギス歌を手がかりとして、建物に付随する庭の草木について考えてみよう、と思う。二首目の「我がヤドの花橘」という句からわかることは、庭の草木のなかでも、折々の主役になる草木を「我がヤドの＋花草花樹」と歌う季節歌の類型的表現があるようである。まず、集中から「我がヤドの」という用例を検索すると五十二例を数えることができる(9)。このうち、森論文がいう庭を指す用例のみを拾うと四十九例を挙げることができる。それを草木ごとに分類して、多いものから順に示すと、以下のようになる。

橘……巻八の一四七八（家持）、巻八の一四八一（書持）、巻八の一四八六（家持）、巻八の一四八九（家持）、巻八の一四九三（大伴村上）、巻九の一七五五（虫麻呂）、巻十の一九五四（作者不記載歌）、巻十の一九六九（作者不記載歌）、巻十の一九九〇（作者不記載歌）、巻十五の三七七九（中臣宅守）、巻十七の三九九八（石川水通）、巻十九の四二〇七（家持）／以上十二例

萩……巻八の一五六五（家持）、巻八の一六二一（巫部麻蘇娘子）、巻八の一六二二（大伴田村大嬢）、巻八の一六二八（家持）、巻十の二一〇九（作者不記載歌）、巻十の二一八二（作者不記載歌）、巻十の二二一三（作者不記載歌）、巻十の二二五五（作者不記載歌）、巻十の二二八七（作者不記載歌）、巻十九の四二一九（家持）、巻十九の四二二四（光明皇后）／以上十一例

梅……巻四の七九二（藤原久須麻呂）、巻五の八二六（史氏大原典〈梅花宴〉）、巻五の八四二（高氏海人〈梅花宴〉）、巻六の一〇一一（古歌）、巻八の一四二三（阿倍広庭）、巻八の一六四九（家持）／以上六例
浅茅……巻八の一五一四（穂積皇子）、巻十の二一五八（作者不記載歌）、巻十の二二〇七（作者不記載歌）／以上三例
松……巻六の一〇四一（作者不記載歌）、巻十五の三七四七（狭野弟上娘子）／以上二例
尾花……巻八の一五七二（家持）、巻十の二一七二（作者不記載歌）／以上二例
草……巻四の七八五（家持）、巻十一の二四六五（作者不記載歌）／以上二例
夕影草……巻四の五九四（笠女郎）／以上一例
撫子……巻八の一四九六（家持）／以上一例
藤……巻八の一六二七（家持）／以上一例
冬木……巻八の一六四五（巨勢宿奈麻呂）／以上一例
柳……巻十の一八五三（作者不記載歌）／以上一例
桜……巻十の一八六九（作者不記載歌）／以上一例
毛桃……巻十の一八八九（作者不記載歌）／以上一例
葛……巻十の二二九五（作者不記載歌）／以上一例
蓼……巻十一の二七五九（作者不記載歌）／以上一例
竹……巻十九の四二九一（家持）／以上一例
※秋萩すすき……巻十五の三六八一（秦田麻呂）／以上一例

通覧してわかることは、そのほとんどが、観賞用の草木であるということであろう。さらに重要なことは、春の梅、夏の橘、秋の萩と季節を代表する花が、突出しているということである。これらの花々は、『万葉集』全体の花の用例数においても突出している花である。すなわち、家持が越中から思いをはせた萩、書持が夏の宵に客を迎えた橘は、ともに「ヤド」を彩る花の代表であった、ということができるだろう。書持もそんな天平の庭の造り手の一人だったのである。

おわりに

大伴書持挽歌が、本文のみで完結し得なかったのは、書持個人を知らない聞き手や読み手を意識した結果である、と考えることができる。書持と庭との関わりを知らない享受者にも、本文で「萩の花　にほへるやど」と表現した意図を知らせ、そこに書持の「為性」が表れていることを伝えたいという気持ちが、自注という方法をとらせた、といえるであろう。

以上の点を踏まえ、本節では、庭に個々人の「為性」が表れるということは、具体的にはどのような状況を前提としているのか、ということを考えてみた。その前提となるのは、個々人が起居する建物の庭に、自身の趣味にあった「花草花樹」を植えて、庭作りを楽しむという習慣である。かくのごとき庭園の天平文化が、万葉歌の担い手たちの間に広がっていたことを、論の前提として確認したつもりである（第五章第二節）。こういった状況のなかで、九月に没した弟を偲ぶ家持は、書持丹精の萩の庭を想起したのであった。書持の庭に関する自注は、以上のような事情を踏まえて、理解されるべきものであろう。

縷々述べてきたように、家持は二つの享受者を想定して挽歌を制作したために、二つの性格が一作品の中に内包されることとなったのである。一つは近親者が伝えてくれた訃報に答え、家持自身の悲しい気持ちを伝えるという私的かつ実用的性格。もう一つは、より広範な享受者に共感される挽歌を披露したいという創作者としての意識である。この二つの享受者をともに満足させるために選ばれた方法こそ、歌の披露の場に応じて「説明的自注」を付すという方法であった、と思われるのである。筆者は、この点に、ヒトとウタとの往来文化の一斑を認めたいと思う。次節では、歌の贈答ということについて、考えてみることにする。

注

（1）家持と書持の天平十八年（七四六）時点における年令差については、川口常孝にも試算があるが、本節では伊藤博の推定に従い、二つ年下と考えたい〔川口　一九七六年〕〔伊藤　一九九二年、初出一九九一年〕。家持の出生を養老二年（七一八）とみれば、家持が二十八歳、書持二十六歳前後となる。

（2）「かからむと　かねて知りせば」は、天智天皇挽歌群の額田王歌（巻二の一五一）を受けているから、必ずしもこの句が、急死を表現するものではない。死なるものの予知は人知を超えるものであるから、すべての死は急死という結論を出すこともできる。ところが、書持挽歌では、越の荒磯の絶景を見せたかったと家持は歌っており、家持はその死を予想だにしなかったことが推察される。以上のことを勘案すれば、書持の死は兄・家持にとって急死であった、と考えてよいだろう。

（3）巻十三の藤原宮に死んだと歌われている皇子の挽歌については、上野〔一九九九年〕に擬古の文芸として位置付けた論がある。

（4）「ヤド」の「ヤ」は建物を表していると考えられるが、「ド」が「処」「戸」かは議論のあるところである。母屋というべき寝院に対して、同じ敷地内に逢瀬や新婚生活のための妻屋も建てられていたことがわかる万葉歌もある（巻二の二一六、巻五の七九五）。「イヘ」が、家人ことに妹が居住する建物群全体を含む概念であるのに対して、「ヤ」は特定の建物ないし建物に付随する庭を指すと考えてよい〔吉井　一九九〇年、初出一九八〇年〕。だから、「家に来て　我が屋を見れば……」（巻二の二一六）という表現が成り立つのであろう。なお、万葉歌における旅と家の対比については、伊藤博に詳論がある〔伊藤　一九七六年、初出一九七三年〕。
（5）「はだすすき　穂に出づる秋の　萩の花」とあるので、はだすすきは実景ではなく、穂を起こし、秋を起こす枕詞的修飾句と見なければならない。しかし、それは書持の庭にあった秋の花のひとつをイメージさせる表現であると本節では見ておくことにする。
（6）東〔二〇〇〇年〕は、今日のガーデニング・ブームのごときものとして、こうした状況を理解しようとしている。
（7）庭を作るということであれば、妻を亡くした旅人の「妹として　二人作りし　わが山斎《しま》は　木高く繁く　なりにけるかも」（巻三の四五二）の例がある（第五章第二節）。
（8）月とホトトギスという取り合せとしては、巻十七の三九八八、巻十九の四一六六、巻十九の四一七七、巻十九の四一八一などの例がある。巻十九の例は、池主との書簡の往来を中心とした家持の越中時代の歌で、天平勝宝二年（七五〇）夏のホトトギス歌群の作品である。以上のように見てゆくと、家持とその周辺の人びとは、月光に鳴くホトトギスという取り合せに風流を見出していたことがわかる。
（9）ちなみに「我がヤドに」（十五例）、「我がソノの」（三例）、「我がソノに」（一例）、「我がシマは」（一例）の用例がある。

参考文献
伊藤　博　一九七六年「家と旅」『萬葉集の表現と方法（下）』塙書房、初出一九七三年。

――　一九九二年「地にあるがままに――大伴書持の論」『万葉集の歌群と配列（下）』塙書房、初出一九九一年。

――　一九九八年『万葉集釈注』第九巻、集英社。

上野　誠　一九九九年「万葉史における巻十三――擬古の文芸として位置づける」美夫君志会編『万葉史を問う』所収、新典社。

――　二〇〇〇年『万葉びとの生活空間』塙書房。

小野　寛　一九九九年「大伴書持小考」『万葉集歌人摘草』若草書房、初出一九九三年。
川口常孝　一九七六年「死者の生――家持と池主」『大伴家持』桜楓社。
高松寿夫　二〇〇〇年「天智・天武朝の美景観賞――『降雪問答歌』から『春秋競憐判歌』におよぶ」戸谷高明編『古代文学の思想と表現』所収、新典社。
東　茂美　二〇〇〇年『東アジア　万葉新風景』西日本新聞社。
森　淳司　一九七五年「万葉の〈やど〉」『万葉とその風土』桜楓社、初出一九七四年。
吉井　巌　一九九〇年「いへ・やど・やね」『万葉集への視角』和泉書院、初出一九八〇年。

初　出

「大伴書持挽歌の説明的自注――萩の花にほへる屋戸を」美夫君志会編『美夫君志論攷』おうふう、二〇〇一年。

第二節　大伴坂上郎女と駿河麻呂の贈答歌

今日のこの日は　家族、親族大宴会
酒杯に　梅の花を浮かべ
飲めや歌えの大宴会
そんな気のおけない仲間たちとの宴会がはねたなら……
花なんぞ散ってもよし
アトハ野トナレ　山トナレッテカァ――

（巻八の一六五六釈義）

はじめに

万葉の相聞歌、さらには贈答歌や問答歌を通覧すると、男女の挑発と反発、反発を想定した伏線などが入り混じった表現の諸相を看取することができる。この点に、古代の相聞歌の特性を見出す研究者も多い。かくのごとき表現の特性は、従来いわゆる「掛けあひ歌」の伝統ということで説明されている〔折口　一九七五年、初出一九二八年〕〔土橋　一九六五年〕〔竹尾　二〇〇一年〕。あたかも勝ち負けがあるごとき男女の競い合いは、諸家が説くごとくに、歌垣の場に由来する伝統なのであろう(1)。いわば大前提となる相聞歌の伝統があるのである。この点に異存はない。しかしながら、そこには当然、時代時代の特性も観察することができる。たとえば、天平期の相聞歌を考える場合には、宴席歌の表現との関わり、社交歌としての性格、書簡による文芸の成熟などが、これまでにも指摘されてきた。また、そこから恋人関係ではないのに、恋人関係であるかのごとくに装う「相聞戯歌」「擬似相聞」という考え方も提示されている〔藤原　一九五八年〕〔佐藤　一九九九年〕。

以上のような点に天平期相聞歌の特性を認めつつ、本節では大伴坂上郎女と大伴駿河麻呂との相聞歌表現の特性と内実を見定めてみたい、と思う。ここでいう「内実」とは、その表現が選択されるにあたって想起され、「了解事項」になっていたと推定される具体的な事象や事柄のことである。たとえば、今日の会話文で「運動会にふさわしい天気ですね」という場合には、晴天を第一条件として、運動に適した気温などが、具体的な「了解事項」となっているはずである。つまり、「運動会にふさわしい天気」の「内実」を具体的にいえば、晴天や運動に適した気温ということになる。(2) ことに古典、特に短歌体でやり取りをされる贈答歌や相聞歌を正しく理解するためには、表現の特性だけでなく、このように「内実」をできるだけ具体的に把握してゆく必要があるのではなかろうか。なぜならば、贈答する二者間で了解されていたと思われる事項を、読者の側が的確に推定することは、きわめて難しいからである。以上の点を踏まえて、考察の対象とする歌群について見てゆきたい。それは、そのまま本書の目指す〈生活性〉〈表現性〉〈心性〉の回路の発見にも繋がってゆくはずだ（緒言）。

　大伴宿禰駿河麻呂の歌一首

ますらをの　思ひわびつつ　度《たび》まねく　嘆く嘆きを　負はぬものかも

　大伴坂上郎女の歌一首

心には　忘るる日なく　思へども　人の言《こと》こそ　繁《しげ》き君にあれ

　大伴宿禰駿河麻呂の歌一首

相見《あひみ》ずて　日《け》長くなりぬ　このころは　いかに幸くや　いふかし我妹

大伴坂上郎女の歌一首

夏葛の　絶えぬ使ひの　よどめれば　事しもあるごと　思ひつるかも

右、坂上郎女は佐保大納言卿の女なり。駿河麻呂は、この高市大卿の孫なり。両卿は兄弟の家、女孫《むすめうまご》は姑姪《をばをひ》の族《うがら》なり。ここを以て、歌を題《つく》りて送答し、起居を相問す。（相聞、巻四の六四六〜六四九）

当該歌群の考察をはじめる前に、本節の拠って立つ四つの前提について最初に確認をしておきたい。一つ目は、坂上郎女と駿河麻呂との関係であるが、駿河麻呂を御行の孫とする通説に従って考察を進めることとする。左注には、「両卿は兄弟の家、女孫《むすめうまご》は姑姪《をばをひ》の族《うがら》なり」とあるが、正確にいえば「姑姪」の関係ではない。「親族」内における年上の女性と、年下の男との関係を「姑姪」と称することもあったのであろう。二つ目は、当該歌群のやり取りが行なわれた年代であるが、巻四の配列から考えて、天平五、六年（七三三、七三四年）とする説に従いたい〔小野寺　二〇〇二年a、初出一九七二年〕〔江富　二〇〇四年〕。

三つ目は、『新編全集』や『新大系』にも踏襲されている当該歌群に関する代作説は、これを完全に排除する。当該歌群の恋歌表現が、「姑姪」の関係にふさわしくないとして、坂上郎女がその次女・坂上二嬢《おといらつめ》に代って作ったとする「代作説」も根強いものがあるが、筆者はこの説を採用しない。なぜなら、そのような誤解を避けるために、左注で二人の関係が言及されていると見るべきだからである。また、仮にそうであったとしても、まずは歌の本文と題詞のみの情報で表現を理解するべきである、と考えるからである。したがって、一義的には坂上郎女と駿河麻呂との間で成り立った相聞歌であるとして、解釈すべきであると考える。

四つ目は、当該歌群四首が、やり取りのなされた時系列に沿って構成されているとの前提に立って考察を進めてゆくことである。したがって、六四七番歌は、六四六番歌を踏まえて歌われ、六四八番歌は六四七番歌および六四

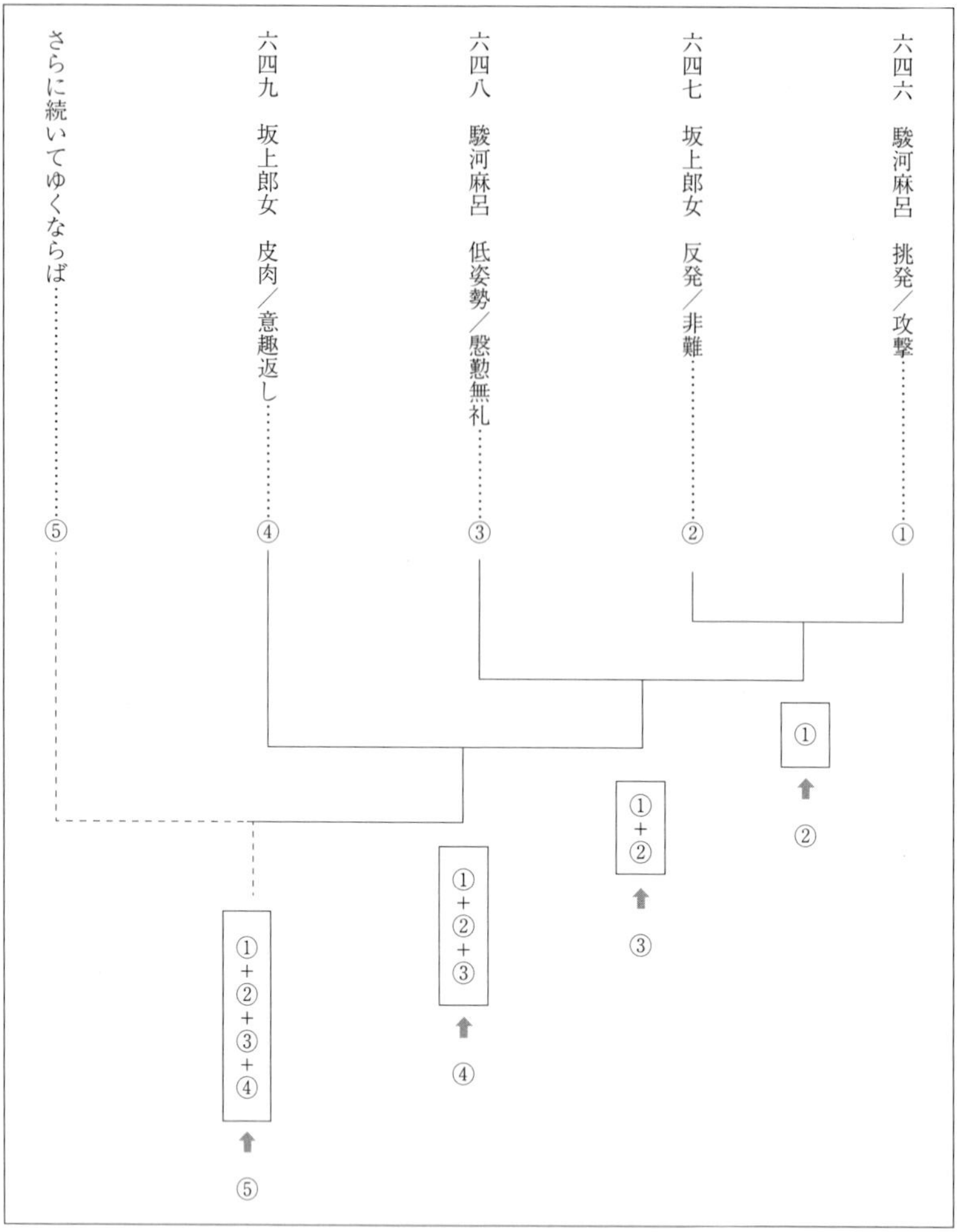

図3-1　本節の理解に基づく当該歌群の構造図

（注）原則として、前歌に対して、歌を返すかたちになるのは当然であるが、それ以前のやり取りも踏まえていると思われる。その点を概念的に構造図として示してみた。歌を詠む時点では、前歌に答えることを念頭に置きながら、それまでの文脈を意識して、戦略的に表現の選択をしている、と思われる。その①の端緒として、怨恨歌の存在を本節では推定してみた。

筆者作成。

六番歌を踏まえて歌われたとの前提に立って考察を進めてゆく。すなわち、最後の六四九番歌は、六四八番歌のみならず、六四六番歌から六四八番歌までを踏まえて歌われた、との前提で考察を進めてゆきたい（図3－1参照）。

一　大伴坂上郎女と親族の宴

左注によってわかるように、当該歌群は「親族」間での歌のやり取りが再構成されたものである。そこで、先に大伴氏の「親族」の宴について、通覧しておきたい。なぜなら、それが二人の関係を推測する予備的考察となると考えるからである。巻の三、六、八には、大伴氏の「親族」の宴で詠まれたと考えられる歌々が収載されている。

A　大伴宿禰駿河麻呂の梅の歌一首

梅の花　咲きて散りぬと　人は言へど　我が標結ひし　枝ならめやも

大伴坂上郎女、親族を宴する日に吟ふ歌一首

山守が　ありける知らに　その山に　標結ひ立てて　結ひの恥しつ

大伴宿禰駿河麻呂の即ち和ふる歌一首

山守は　けだしありとも　我妹子が　結ひけむ標を　人解かめやも

（譬喩歌、巻三の四〇〇～四〇二）

B　大伴坂上郎女の、親族《うがら》に宴する歌一首

かくしつつ　遊び飲みこそ　草木すら　春は生ひつつ　秋は散り行く

（雑歌、巻六の九九五）

C　大伴坂上郎女の歌一首

酒坏《さかづき》に　梅の花浮かべ　思ふどち　飲みての後《のち》は　散りぬともよし

和ふる歌一首

官《つかさ》にも　許したまへり　今夜《こよひ》のみ　飲まむ酒かも　散りこすなゆめ

右、酒は官に禁制して偁《い》はく、京中閭里《けいちうりより》、集宴すること得ざれ、ただし、親々一二《しんしんひとりふたり》にして飲楽することは聴許《ゆる》す、といふ。これによりて和《こた》ふる人この発句を作れり。（冬相聞、巻八の一六五六、一六五七）

Aの歌群を見ると、一見して、「梅」と「標」と「山守」とに寓意があることがわかる。梅が女で、その女を妻とすることを「標結ふ」と表現していることは、諸注が説き尽くしたところである。「標」と関わりの深い「山守」は、山の管理者として必要な植物に占有を示すために標を結うので、女を妻にしようとする男をいうことは、間違いない。これらの寓意については、渡辺護、井戸未帆子の卓論があるが、見解を異にする点もあるので、本論の立場に即して、筆者の理解を、以下示しておくことにする〔渡辺　一九八五年〕〔井戸　二〇〇〇年〕。

最初の歌は、「梅の花　咲きて散りぬと」に妙味があり、付き合っていた、ないしは妻にしようとしていた女性が結婚してしまったことをいう。それを駿河麻呂は、「我が標結ひし　枝ならめやも」と歌っており、「女が結婚したと聞いたが、まさか俺の女じゃないだろうな」と歌っているのである。この表現をそのまま受け取ってしまうと、駿河麻呂は女を取られたたいそう間抜けな男、ということになる。

対して、坂上郎女は、山守がいるのも知らずに、「標結ひ立て」たと歌っている。これは、その女がまさしく駿河麻呂が付き合っていた女であることを示している。しかも、この結婚の仲介は、坂上郎女自身が務めたようなのである。もちろん、それは恥ずべき行為であった。だから、「標結ひ立てて　結ひの恥しつ」と歌っているのである。冒頭の歌は「結婚したのは、まさか俺の女じゃないだろうな」と問い掛けることで起こるおかしみをねらったのであり、歌われた時点において駿河麻呂が女の結婚を知らなかった、とは考えにくい。これは、おもしろく問い掛けたのであろう。いわゆる三枚目の自虐的な笑いをねらった表現と考えてよい。一方、それに対する坂上郎女の答えもとぼけたもので「駿河麻呂よ、お前がいるのも知らないで、結婚を勧めてしまったが、それで恥をかいた」と応答している。言外には「アンタが付き合っていることを言わなかったからワタシが恥をかいたじゃないの！」との意が込められているようである。こちらも、坂上郎女が、駿河麻呂と、「梅」に喩えられた女との関係を知らなかった、とは考えにくい。坂上郎女が、題詞にあるごとくに宴でこれを吟じたのなら、駿河麻呂は親族の宴にかっこうの笑いを提供したことになろう。[3]それは、第一首目の駿河麻呂の問い掛けの表現と響きあっているのではないか。「恥をかかされたのはアナタのほうではなくて、こちらのほうよ」という呼吸で、二人の歌は響きあっているのであろう。

「恥をかかせてくれたわね！」という坂上郎女歌の意を正確に読み取った駿河麻呂は「たとえ山守はいたとしても、アナタ様がお結いになった標を誰が解くことなどできましょうや」と「即和」したのである。この一言で駿河麻呂のいわゆる「引っ込み」がつくのであろう。駿河麻呂は、三枚目を演じきって「アナタ様が一番、アナタ様には逆らえません」とオチをつけたのである。逆にいえば、このような「茶化し」が成り立つのは、坂上郎女が一族内の婚姻について一定の権限をもつ「家刀自」だったからであろう。自分を三枚目に貶めながら、「家刀自」には逆らえませんから……と大仰な表現で茶化すところに、二人の掛け合いの妙味もある、というものである。

　Bの歌の「かくしつつ　遊び飲みこそ」の「かく」は現今の宴の楽しさをいうものであり、「宴を楽しんでください、くつろいでください、ごゆるりと」という意味が込められた言い回しである。『古典集成』が指摘したように、「宴の主人としての挨拶歌」と考えるのがよい。「草木すらその盛りは短いものです。ましてや人は寸暇を惜しんで楽しまねば……」という気持ちを表した歌である。坂上郎女が大伴氏内でどのような立場にあったかという点

について は議論がわかれるところであるが、当該歌を見る限りにおいては、宴の主催者として歌を披露していることがわかる。

Cの歌群も、親族の宴の歌であることが、左注からわかる。その参集者を宴席歌の常套句で「思ふどち」と呼んでおり、梅を愛でる宴の楽しさを伝えようとする表現となっている。「飲みての後は　散りぬともよし」は、「これほど楽しめば後はどうなってもよい」という意味だが、表現の主眼はそこにあるのではなく、今の宴の楽しさを表すところにあるのであろう。対して「和ふる歌」は、前の歌の主眼をわざと誤解したように見せかけて、このような親族の宴は官の禁ずるところではないのだから、宴会は今日だけではありません、散らないでおくれ、と「和」して歌ったのである。こちらの歌の主眼も、明日も宴会をしたい、という部分にあるわけではない。今日の宴の尽きせぬなごりを表現するところに主眼があり、坂上郎女歌の宴の楽しさを間接的に称えた表現と響きあっているのである。以上のように筆者は、大伴氏の「親族」の宴のありようを理解する。

そこで縷々述べた拙解に基づいて、本論の展開上、確認しておきたい三点を列記する。一つ目の確認点は、これらの歌々は、気のおけない親族付き合いを反映するものである、という点である。C歌の左注にくしくも表われているように、官の公的な宴に対して、親族の私的な宴もあったのであり、これらの歌々は、その私的な宴の席上で歌われた歌々と見なくてはならない。こういった親密な人間関係を前提として、当該歌群の「起居相問」が行なわれていることを念頭において考察を進めてゆく必要があるだろう。

二つ目の確認点は、ABCの歌々を通じ、坂上郎女の親族間の宴席における位置付けを垣間見ることができる、という点である。Aの歌からは威厳によって敬遠されるのではなく、敬愛を受ける「家刀自」としての坂上郎女の立場を、Bの歌からは親族の宴の主催者として振舞う坂上郎女の姿を、垣間見ることができる(4)。そして、それらはどの歌々も、当意即妙で機知に富む宴席歌であった。観察の対象とする当該歌群の「丁々発止」のやり取りは、宴においても同様に行なわれていたことを念頭において、考察を進めてゆきたい、と思う。なぜなら、当該歌群の表現と、これらの宴席歌の表現は、きわめて近い質を持っているからである。

三つ目の確認点は、Aの歌によってわかるように、駿河麻呂も坂上郎女を中心とする親族の宴の一員であり、その宴席においても坂上郎女と歌を掛け合っている、という点である。駿河麻呂は、三枚目を演じながら、「家刀自」を茶化しているのだが、これは宴における「遊び」の一つである、といえよう。(5) また、それを個人が演出、演練してゆく性格のある行為と考えれば、「芸」といってもよいだろう。当該歌群の分析に当たっても「芸」のごときものとして考察を加えてゆく必要があるであろう。

以上、三つの確認点を予備的考察として、当該歌群の表現の「特性」と「内実」について考えてゆこう、と思う。

二 「嘆きを負ふ」ということの内実

当該歌群を理解する場合に、よく問題となるのが「嘆く嘆きを　負はぬものかも」という表現である。「嘆きを負ふ」とは、きわめて過激な表現で、諸注もこの部分の解釈について腐心している。

不負物可聞　オハヌモノカモ。身に受けないものか、感じないものかで、カは疑問の終助詞であるが、モノカで反語になる。負うものだぞ、身に受けるものだぞの意。（『全註釈』）

負はぬものかも。「負ふ」は、上より續いて、嘆きを負ふで、負ふは、語としては負ひ持つことであるが、祟を受けるといふ、その受に當る語で、人に嘆きをさせると、その報を身に受けて禍を蒙る意で云つてゐるもの。（窪田『評釈』）

今の俗語なら吾が歎の罰は當らないだらうかといふ位の意味にならう。（『私注』）

その歎をあなたが何とも思はずにすげなく過したならばそれに對する報が無くてあらうか、この男一匹の深い歎があなたの身にこたへない事があらうか、といふのである。（『注釈』）

もっとも駿河麻呂の歌では初句から第四句までを費やして自らの嘆きを誇張、しかも結句でその嘆きを相手が「負はぬものかも」と脅しており、実際の恋人の不実をなじる歌とするには苛烈である。郎女の側の事情で逢えなかったことを大げさに言い立てたものか。そこに諧謔味が感じられる。〔江富　二〇〇四年〕

諸注は、「嘆きを負ふ」という表現を、前後の文脈から「祟り」や「罰」という言葉を補って理解しようとしているようである。四段動詞「おふ」には、「①背負う。②こうむる。受ける。③名としてもつ。」の意味があるが、ここでは②の意味である（『時代別　国語大辞典　上代編』）。その「こうむる」「受ける」対象として、諸注は「祟り」や「罰」を補っているのである。つまり、駿河麻呂の深い思いが、坂上郎女の身体に災いとして及ぶと解釈するのである。文脈から判断して、諸注が「祟り」や「罰」を補うのは、当然であろう。とすれば、この表現の背後には、なんらかの呪術や念力の働きのようなものが、想定されなくてはならないだろう。もちろん、筆者は、実際に行なったかどうかということを問うているのではない。「嘆きを負ふ」という表現の背後にある「内実」を問いたいのである。

相手を強く思慕すると、相手の身体ないし身辺に変化が起きるという恋歌が、集中にはいくつか見られる。強く思慕する相手の夢に、自分が出るという歌も多いが、それもその一つといえよう。そこで、恋歌のなかから、強い思慕の念が相手の身体ないし身辺に変化を起こすという恋歌を掲げてみる。

a　舎人皇子の御歌一首

ますらをや　片恋せむと　嘆けども　醜のますらを　なほ恋ひにけり

舎人娘子が和《こた》へ奉《まつ》る歌一首

嘆きつつ　ますらをのこの　恋ふれこそ　我が結ふ髪の　漬ちてぬれけれ　（巻二の一一七、一一八）

b

問答

眉根掻き　鼻ひ紐解け　待てりやも　いつかも見むと　恋ひ来し我を

右、上に柿本朝臣人麻呂が歌の中に見えたり。ただし、問答なるを以ての故に、ここに重ね載せたり。

今日なれば　鼻の鼻ひし　眉かゆみ　思ひしことは　君にしありけり

右の二首　（作者不記載歌、巻十一の二八〇八、二八〇九）

c君が行く　海辺の宿に　霧立たば　我が立ち嘆く　息と知りませ　（作者不記載歌、巻十五の三五八〇）

風速の浦に船泊まりする夜に作る歌二首

我が故に　妹嘆くらし　風速の　浦の沖辺に　霧たなびけり

［二首目省略］　（作者不記載歌、巻十五の三六一五）

ａの舎人皇子歌は、「片恋」の嘆きを訴える歌である。これに「和」する舎人娘子の歌は、舎人皇子の強い思いゆえに、自らの結髪が濡れて解けた、と歌っている。この点について踏み込んで注を施しているのは『釈注』で、強い思いが息となりそれが相手の身辺に霧となって表われるという「了解事項」があったのだ、と説いている。その証左として掲出されているのが、ｃの歌二首である。ｃの最初の歌は、自らの強い嘆息が霧と化して旅先の宿に立ち現れるのでそれを感じ取ってほしいと願う女歌であり、後者は旅先で見た霧を女の嘆息として感じ取った男歌である。つまり、『釈注』は、ａの歌は髪が霧によって濡れ、その結果解けたと解するのである。これは、重要な指摘であろう。とすれば、相手の結髪を解くという念力のごときものが、歌の表現の前提となる「了解事項」として存在していたことになる。では、その念力はどこから出たものかといえば、皇子の強い思いから出たものである。皇子は、それが尋常でないことを、「ますらを」をも嘆かせる「片恋」として歌っているのである。「ますらを」には、厳しい自己規律と行動規範が要求されるものであり、その「ますらを」が嘆くということは、尋常な思いではないのである。(6) そういう歌の内容を受けて、娘子は「漬ちてぬれけれ」と「和」したのであろう。

ｂは、強く思うことによって相手の身体に生ずる変化を歌ったものである。男は、「眉毛を掻いて、くしゃみをして、紐が解けて、待っていてくれたのかい」と問い掛けており、そう問い掛けることで自らの思いの強さを訴えているのである。強い思いが念力となって、相手の眉毛を痒くし、くしゃみを促し、紐が解けるという「了解事項」があったのであろう。それに対して、女はそれらをすべて体で受け止めた、と答えている。男が畳み掛けるように、眉毛、鼻、紐に変化があったでしょうと歌ったのは、それほど自らの思いは強いのだということを、伝えたかったのであろう。

以上のように見てゆくと、夢に出る、息が霧となって相手の身辺に現れる、結髪や紐が解ける、眉毛の痒みやくしゃみなどが、相手側の強い思いによって起るとされていたことがわかる。当該歌では、その強い思いを「ますらをの　思ひわびつつ　度まねく　嘆く嘆き」と表現しているのである。「ますらを」の嘆きを伴なう思慕がどれほど強いものかということについては、ａ舎人皇子歌で見たとおりである。この強い思いというものがもたらすものが、「祟り」や「罰」として坂上郎女の身に及ぶものである、というところに着目すべきであろう。おそらく、この点をいち早く読み取ったのは、契沖である。なぜならば、『代匠記』には、伊勢物語に、むくつけきこと、人の、ろひことは、おふものにやあらん。おはぬものにやあらん。いまこそはみめとそいふなる。源氏物語にもうらみをおふといへり

（『萬葉代匠記』初稿本、久松潜一校訂代表『契沖全集』第二巻、岩波書店、一九七三年）

とあり、契沖の指摘する『源氏物語』と『伊勢物語』の例は、恨みをもって相手を呪う例だからである。[7] ことに契沖が掲出した『伊勢物語』第九十六段には、具体的に呪いについて書かれている。

d　むかし、男ありけり。女をとかくいふこと月日経にけり。岩木にしあらねば、心苦しとや思ひけむ、やうやうあはれと思ひけり。そのころ、六月の望ばかりなりければ、女、身にかさ一つ二ついできにけり。女いひおこせたる。「いまは何の心もなし。身にかさも一つ二ついでたり。時もいと暑し。少し秋風吹きたちなむ時、かならずあはむ」といへりけり。秋まつころほひに、ここかしこより、その人のもとへいなむずなりとて、口舌いできにけり。さりければ、女の兄、にはかに迎へに来たり。さればこの女、かへでの初紅葉をひろはせて、歌をよみて、書きつけておこせたり。

秋かけていひしながらもあらなくに木の葉ふりしくえにこそありけれ

と書きおきて、「かしこより人おこせば、これをやれ」とていぬ。さてやがてのち、つひに今日までしらず。よくてやあらむ、あしくてやあらむ、いにし所もしらず。かの男は、天の逆手を打ちてなむのろひをるなる。むくつけきこと。人ののろひごとは、おふものにやあらむ、おはぬものにやあらむ。「いまこそは見め」とぞいふなる。

（『伊勢物語』第九十六段、片桐洋一他校注・訳『竹取物語・伊勢物語・大和物語・平中物語（新編日本古典文学全

集』』小学館、一九九四年）

この物語から読み取りたいのは、男が女を呪いたいと思った理由である。女は逢いたいという男の申し出に対して、「身にかさも一つ二ついでたり。時もいと暑し」という些細な理由でこれを拒絶し、秋が来れば必ず逢うとの確約をした。対して、男は「いまは何の心もなし」という言葉を信じ、誠実に女の申し出を受容れたのであった。ところが、兄の意見に従って転居して、音信が取れないようにしてしまったのである。しかも、訪ねてきた男に、人づてにつれない返事の歌を渡す、という方法によってである。[8] つまり、男にしてみれば、誠実に女のいうことに従ったにもかかわらず、この段階において、音信を取る方法すら失ったことになる。男が女を呪おうとした理由は以上の点にある、と整理できるだろう。とすれば、男が行なった「天の逆手を打つ」という「呪い」は、どこにいるかわからない女に対して危害を加えるために行なった行為である、ということがわかる。[9] その男の心情を表す言葉が「いまこそは見め」というセリフなのである。そのような危害を加える念力をこうむることが、「人ののろひごと」を「おふ」ということの「内実」であったといえよう。したがって、ここでは一つの「呪術」が「了解事項」として想定されていることになる。対して、その「呪術」が一定の効果をもたらすとする「知識」や「言説」は、今日の民俗学の調査項目では「俗信」に分類される。[10]

『伊勢物語』の事例を、万葉歌理解に遡及させてよいかどうかという点については意見も分かれようが、この事例を参考にすると「嘆きを負ふ」というほどの呪いは尋常ならざるもののようだ。以上のように考えてゆくと、「嘆きを負ふ」という表現を持ち出して相手を攻めたとすれば、相手の側にそれ相当の不誠実な対応があったということを匂わす表現になっているのではないか、と推定できるのである。

もちろん、それは前掲した江富範子が述べているごとく、ここに諧謔味を読み取るべきなのだが、このような呪い歌から「起居相問」がはじまることは、やはり奇異なことである、と思われる〔江富　二〇〇四年〕。その理由については後述する「六　使者の来ぬ怨み」で筆者なりの解を述べたい。

三　「人の言」の内実

対して、不誠実な対応を攻められたかたちとなった坂上郎女は「相手への思いが途絶えた日はなかった」と応じたのであった。そう応答することによって、下句の「人の言こそ　繁き君にあれ」が生きてくるのである。つまり、逢わないのはワタシの方の気持ちが冷めたからではなく、アナタに関わる「人の言」のせいであると述べているのである。ここでいう「人の言」は「人言」のことであり、他人の言葉という意味から転じて、人の噂という意に解すべき用例である。「人言」は「人目」とともに、二人の逢瀬を阻むものであり、悪い噂は恋を破綻させる原因ともなる〔古橋　一九八五年〕〔大浦　二〇〇三年〕〔多田　二〇〇六年、初出一九九六年〕。したがって、万葉歌では、ほとんどの場合、恋の障害物として歌われている。

そこで、ここでは「人の言」「人言」に限って、その「内実」を問いたい、と思う。「人の言」「人言」の用例のうち、恋の障害物として歌われている例は、筆者管見の限りでは四十二例を数える。多くは二人を揶揄する噂、交際相手の芳しくない評判などが推定される例である。ここでは、三例のみを掲出しておこう。

我が背子し　遂げむと言はば　人言は　繁くありとも　出でて逢はましを　（高田女王、巻四の五三九）

人言を　繁みと君に　玉梓の　使ひも遣らず　忘ると思ふな　（作者不記載歌、巻十一の二五八六）

人言を　繁みと君を　鶉鳴く　人の古家に　語らひて遣りつ　（作者不記載歌、巻十一の二七九九）

これらの用例を見ると、「人言」は、「逢瀬」を困難にし、時として使いを出すことすらも難しくし、時として噂のために人里離れた場所に隠れる必要さえも生じさせる障害物、として歌われているのである。(11)

しかし、当該の「人の言こそ　繁き君にあれ」は、一例を除き他の例と様相を異にする。なぜならば、多くの「人の言」「人言」は、それ自身が逢瀬を阻むものとして歌われるのに対して、当該例では噂を立てられている「君」の方が逢瀬を阻むものとして歌われているからである。当該の六四七番歌の歌い方では、噂が問題になっているのではなくて、とかくの噂のある「君」の方に問題がある、と歌われているのである。他の大多数の例が、噂を忌避して愛をいかに貫くべきかという心の揺れを歌っているのに対して、六四七番歌は噂のある本人を非難する内容になっている。忌避されているのは「人の言」の方ではなくて、「君」の方なのである。これは、まさしく異例中の異例といわねばならない。

では、この場合の「人の言」とは、いったいどんなものと考えればよいのであろうか。おそらく、この場合の噂とは、

斑鳩の　因可の池の　宜しくも　君を言はねば　思ひそ我がする　（作者不記載歌、巻十二の三〇二〇）

のような例もあるところから推測すると、「人の言」の「内実」は悪い噂と考えねばならないだろう。悪い噂のなかでも、恋に関わって女が男を非難したとすれば、「浮気者」「放蕩」等々の個人の素行に関わる内容を含むものであることは、間違いない。

ちなみに、六四七番歌のように、噂ではなく、本人の方が忌避され、非難されている「人の言」「人言」の例は、他には一例しかない。それは、

ありありて　後も逢はむと　言のみを　堅く言ひつつ　逢ふとはなしに

極まりて　我も逢はむと　思へども　人の言こそ　繁き君にあれ

右の二首　　　　　　　　　　　　　　　　（作者不記載歌、巻十二の三一一三、三一一四）

の問答歌の事例である。一見してわかるように、三一一四番の答歌と、当該の六四七番歌との間には類歌関係がある。このことは、諸注によってすでに指摘されているところである。先後関係はともかくとして、類歌にしか同様の例が無いことは、きわめて重要であろうと思われる。なぜならば、そこに、坂上郎女歌の意図を読み取る手がかりがある、と思うからである。おそらく、それは、上句で自らにはなんら責任がないことを述べ、下句で反転攻勢に転じる意図をもって選ばれた言い回しなのであろう。強い言い回しで攻められた坂上郎女は、以上のような表現を使って反撃したのであった。

さらに、もう一つ指摘しておきたいことがある。それはこの問答歌の問歌である三一一三番歌も、六四六番歌の駿河麻呂歌と同じように相手の不誠実な対応で逢瀬が実現しないことを攻める歌になっている点である。「人の言こそ　繁き君にあれ」という反発的表現は、そうした攻めに反応してはじめて発想され、選択された表現なのであろう。

以上のように表現の特性とその「内実」を問うと、以下のことがわかる。駿河麻呂歌の嘆きと呪いの表現は相手の不誠実な対応を暗示し、坂上郎女の反発的表現は相手の素行の悪さを暗示しているのではないか。

四　書儀語を利用した表記のもたらすもの

まさに、〈攻／守〉、〈勝／負〉のあるかのごとき恋歌のやり取りである。左注に「歌を題りて送答し、起居を相問す。」とあるように、本歌群は書簡による問答の一部と考えられるが、歌の内容を見ると恋歌表現のそれと差異を見出すことはできない。この左注の意味するところは、この点を踏まえているのである。窪田『評釈』が、「思ふに左註は、この歌に對して人が誤解を抱きはしないかと危ぶんで添へたものであらうが、正にその要のある歌といふべきである」と述べているとおりである。本歌群の歌々は、互いの様子を尋ねあい、久闊を叙する社交歌であり、二人は恋愛関係にあるわけではない。

では、なぜ「恋歌」に擬装されたのか、ということが問題となろう。この点について、明確に言及をしているのは、筆者管見の限り伊藤博の論考のみであった。

……「歌を題す」とは現代的な軽い意味での歌を詠む、歌を作る意ではない。格式言語であり文学的言語である和歌を押し掲げ、その格式に抒情をゆだねるという意であろう。〔……中略……〕駿河麻呂と郎女とは、使に託しての日常語で相問したのではない。起居を相問するのに「歌」なるものを「題」し掲げて送答したのである。親しい血族関係にあり親和関係が確立している二人の男女が互いの様子を尋ねあうのに「歌」なる様式を押し掲げれば、「その歌」は必然的に日常的な実用性を薄めて、「恋歌」を擬装することになる。事実それは「恋歌」以外のなにものでもなかった。〔伊藤　一九七五年、初出一九七四年〕

歌という様式をもって、相手の様子を尋ねあえば、それはおのずから恋歌の様式を採ることになる、というのが伊藤の主張である。この考えの前提には、歌という様式そのものが、基本的には恋歌の様式に根ざしている、とする考え方がある。首肯すべき主張であろう。ただ、伊藤は「歌を題す」ということのみに限定して議論を進めているが、筆者は歌そのものが持っている「様式」の問題として普遍化して考えるべきである、と思う。歌の「問答」や

「贈答」を試みようとすれば、伊藤のいうように恋歌の様式を採らざるを得なかったのである。(12)

以上の整理を踏まえて、続く六四八番歌を見てみよう。「相見ずて　日長くなりぬ」と歌いはじめるのは、直前二首が実現しない逢瀬をめぐっての攻防だったことを踏まえているからであろう。簡単にいえば、原因の擦り付け合いである。しかし、ここでは一転。低姿勢でご機嫌伺いをしている。これは前の六四七番歌を受けての「たじろぎ」を反映するものであろうし、また戦術転換の結果とみることもできるであろう。下句の「このころは　いかに幸くや　いふかし我妹」の問い掛け表現は、慇懃を通り越して無礼さを感じさせる表現となっている。この戦術転換を、意図されたものとみるかどうかは別としても、六四六番歌との落差に、たくまざるおもしろみがある。

かくなる戦術転換を踏まえて想起したいのは、当該の六四八番歌の表記に、漢文書簡の書儀語の定型句（イディオム）が利用されている点である。この点について、小島憲之は次のように述べている。

……上代人は、書儀などの模範例を読み書きするうちに、おのずから自己の歌の表現の中に採用する。また二王（王羲之・王献之父子二王＝引用者注）の法帖を手習するうちにその文体をも覚えてしまうような状態にもなる。その一例として、『萬葉集』にみえる大伴駿河麻呂の歌をあげることができる。

相見ずてけながくなりぬ比日は奈何に好去《さきく》やいふかしわぎも（六四八）

右の○印は原文の文字であるが、王羲之の法帖に、「比日《このころ》」「奈何《いかに》」などは随処に出現する語である。

月半哀感、奈何奈何……比日何似……（問慰諸帖）

羲之死罪死罪……奈何奈何、須臾寒食節、不審尊体何如……（周参軍帖）

は、その一例。なお「相見」「好去」なども書翰などの中によくみえる俗語的用法である。

〔小島　一九八六年、初出一九八三年〕

……この歌（六四八番歌＝引用者注）に答えた坂上女郎の歌の左注に、「歌を題《しる》して送答し、起居を相問す」とみえるが、「起居」（敦煌出土某氏書牘軌範の一つS. 4761にみえる「起居状」はその一例、『書儀』P. 3442にみえる「不審尊体起居何如」など）も「相問」（「相聞」に同じ）も共に書儀語である。〔小島　一九八六年、初出一九八三年〕

悲しいことに筆者の学力では、これに加えるところは何もない。漢文の書簡表現を学んでいる者なら、「比日」「奈何」「相見」「好去」を見れば、その表記が「書儀・尺牘類」と呼ばれる書簡例文集に登場する定型句であることがわかったようなのである。(13)とすれば、表記に書儀語が利用されていることと、歌の表現が慇懃な問い掛けになっていることは、無縁ではあるまい。なぜならば、書儀語は日常語よりもすこぶる形式的で、畏まった印象を相手に与えるからである。そういう書儀語が、隠し絵のように歌の表記のなかに織り込まれているのである。つまり、表記に書儀語を利用しつつ、慇懃無礼に「起居を問ふ」歌になっているのである。小島憲之以前の注釈ではあるが、そういう慇懃な歌の表現に注意を払って「口訳」を作成しているのは『注釈』であろう〔小島　一九八六年、初出一九八三年〕。「お逢ひしないで久しくなりました。この頃は御機嫌よくいらつしやいますか、どうかとお案じ申します。あなたよ」と訳している。おそらく、『全註釈』が「これも起居を問うだけの意味の歌であつて、格別のものではない。ただ短文を重ねて調子を成している點が注意される」との評を加えているのも、こういった表面的な心情表現を捉えたからであろう。

伊藤博は、この歌群が「恋歌」に擬装された理由を歌の様式に求めたが、六四八番歌についていえば様式的、定型的な書儀語が利用されている点も考慮しなくてはならない研究状況になってきたようである〔伊藤　一九七五年、初出一九七四年〕。縷々述べたように、書儀語を利用した表記はわざと畏まった印象を相手に与えるためであろう。恋歌の様式のなかに、書簡文の様式を踏まえる書儀語を織り込み、畏まった問い掛けを慇懃無礼に駿河麻呂は歌ったのではなかろうか。筆者は、六四八番歌の表現の特性と、その「内実」を以上のように見定めたい、と思う。

五　歌のやり取りを意識した効果的枕詞の選択

一転して、無礼なまでに低姿勢で相手にその様子を尋ねた駿河麻呂に対して、坂上郎女は、「絶えぬ使ひの　よどめれば」と歌い返している。「使ひ」が「よどむ」とは、現象としては頻繁にやって来た「使ひ」の回数が減ることを表すが、結果としては恋愛関係がいわば「中だるみ状態」になってしまうことをいう（巻二の一一九、巻四の七七六）（第六章第四節）。原文に「不通有者」とあるとおり、通わなくなるのである（巻四の六四九）。

この「絶えぬ使ひ」を修飾する枕詞が、「ナックズノ」である。小野寺静子は、葛の花が秋野の花の七種の一つであるところから、逆に歌が作られた季節を暗示するのではないか、としている（巻八の一五三八）（小野寺　二〇〇二年b、初出一九八六年）。しかしながら、「夏」を冠することについては、次のような解釈もある。岸本由豆流『攷證』は、「葛は夏刈をさむるもの故に、夏を専らとすれば、夏葛といふなるべし」と述べている。卓見であろう。おそらく、「ナックズ」と表現された場合には、その蔓が想起されているのであって、秋に咲く花が連想されているわけではあるまい。夏の蔓草は繁茂するので、長々と延びて、引いても引いても絶えることがない。ゆえに、「絶えぬ」を修飾するものと考えられる。

集中の葛の用例を見ると、食用となる根（巻三の四二三、一云）や、秋の花（巻八の一五三八）、晩秋に色づく葉（巻十の二二〇八）などを詠んだ歌もあるが、「ナックズ」という表現の「内実」となるのは、蔓であったと考えられる。その証左となる歌が、巻七にある。

大刀の後　鞘に入野に　葛引く我妹　ま袖もち　着せてむとかも　夏草刈るも　（旋頭歌、巻七の一二七二）

葛引きは、夏の女性労働で、蔓から繊維を取出して紡ぎ、葛布を織って、葛衣を作るのである。(14) したがって、夏が冠せられているのは、歌が詠まれた季節を暗示しているのではなく、蔓の延伸と繁茂を想起させるためであった、と考えるべきであろう。

『全註釈』が、「わずかにこの語によつて、平語を免れている」と評語したのは、言及はしていないけれども、この点を考慮してのことと推測できる。実は、集中には他に「ナックズ」「ナックズノ」の用例はなく、当該例が唯一例となる。孤例であることを以って、坂上郎女の造語であるとは断じ得ないにしても、特異な表現であったということは、確認できよう。

ところが、枕詞「ナックズノ」は孤例なのだが、枕詞「ハフクズノ」という表現もあり、こちらは集中に七例を数える。「這ふ」が冠せられているので、当然想起されるのはすべて葛の蔓であり、〈延びる〉〈絡まりあう〉〈引けば手繰り寄せられる〉〈地を這うので見えにくい〉という蔓の連想から、次の語を起こしている。

「絶えず偲はむ」（大伴家持、巻二十の四五〇九）……〈延〉
「末つひに」（中臣清麻呂、巻二十の四五〇八）……〈延〉〈絡〉
「いや遠長く」（山前王、或云柿本人麻呂、巻三の四二三）……〈延〉
「行くへもなくや」（寄物陳思歌、巻十二の三〇七二）……〈延〉
「後にも逢はむと」（作主未詳歌、巻十六の三八三四）……〈延〉〈絡〉
「引かば寄り来ね」（東歌、巻十四の三三六四或本歌）……〈延〉〈引〉
「下よし恋ひば」（花に寄せる、巻十の一九〇一）……〈延〉〈地〉

すべて、これらは「這ふ蔓」の形状と性質から連想されたものである。近藤信義は、蔓性植物の持つ性質から発想された枕詞全体を見渡して、素材から枕詞への展開を辿っているが、「クズ」については次のような指摘をしている。その指摘は、『くず』の例は、その表現が多様であって、用例歌も圧倒的に多く、第二期、第三期、第四期と用いられている」というものである〔近藤　一九九〇年、初出一九六六年〕。当該孤例の「ナックズノ」も、その一つなのである。おそらく、孤例の枕詞表現「ナックズノ」は、枕詞「ハフクズノ」の類似表現の一つとして、生み出されたのであろう。⒂

とすれば、むしろ「絶えず」を修飾するにあたって、「夏」を冠したところにこそ、この表現の特性を読み取るべきではないか、と思われる。⒃「ハフクズノ」も「ナックズノ」も、蔓の形状と性質から「絶えず」が想起されることについては、違いはない。では、夏を冠するとどうなるかというと、蔓の延伸と繁茂のイメージが付加されるのである。どこまでも延びる蔓のイメージが喚起するものは、絶えることなき使者の訪れであろう。頻繁な使者の訪れを大げさに言い立てると、今の音信不通が際立つことになる。「ナックズノ」は、この落差を際立たせるために選択された修飾句なのであろう。

以上のように見てゆくと、当該の六四九番歌の「ナックズノ」は、歌のやり取りと深く関わって、表現者の意図に基づいて選択された枕詞であったことがわかる。坂上郎女のそのような意図的な枕詞使用法について、白井伊津子は、「はねず色の」「紅の」「朝髪の」などの語の分析を通じ、坂上郎女の枕詞使用に次のような傾向がある、と説く。白井によれば、修飾性を強く意識した使用、歌の趣向に即した使用、加えて喚起力の豊かな言葉を枕詞として選び取る傾向が顕著である、という〔白井　二〇〇五年、初出一九九八年〕。卓見といえよう。孤例の枕詞「ナックズノ」は、白井が分析した枕詞のなかには入っていないが、白井が指摘した傾向の典型例の一つといえるだろう。頻繁に「通ひ」や「使ひ」があったということは、かつては男の恋情が深かったことを示すことになる。坂上郎女は、「ナックズノ」という枕詞を使用することによって、それを大げさに駿河麻呂に対して言い立てたのである。皮肉交じりに。

六　使者の来ぬ怨み

戦術転換して慇懃にその久闊を叙した駿河麻呂に対して、あれだけ頻繁に使いをよこしたアナタの恋は冷めたのか、「使ひ」も途絶えた、と坂上郎女は歌い返している。そこで、坂上郎女の六四七番歌を振り返ってみよう。ここでは、逢わないのはワタシの気持ちが冷めたからではない、と上句で述べている。自らに、なんらの責任はなく、悪いのはアナタのほうではないか、というのが坂上郎女の主張であろう。そして、続く六四八番歌の慇懃な問い掛けに対する答えが、下句の「事しもあるごと　思ひつるかも」なのである。ここでいう「事」とは、諸注が述べるように「事情」「事故」「異変」をいう。[17]坂上郎女は、六四八番歌までのやり取りを自分に都合よく整理して、ここでは捨てられても、男のことを気遣うけなげな女を演じているのである。このあたりの掛け合いの呼吸をうまく捉えているのは『釈注』であろう。「その表面の誠意をわざと真にうけて」と述べている。つまり、駿河麻呂の慇懃な問い掛けは、表面上の誠意を繕うものであり、それをわざと真に受けたところに、坂上郎女の意趣返しがある、とする見方である。深い読みだと思う。

本節の立場から『釈注』の読みに付け加える点をあえていえば、以下の二点に集約できる。一つ目は、歌群の文脈の問題である。六四七番歌において自ら「心には　忘るる日なく　思へども」と主張したことが、六四九番歌において踏まえられているのではないか、と思われる。自らに不誠実な対応などありはしない、アナタのことを忘れた日などなかったという主張が、けなげに男を慕う女の演出に繋がっていった、と考えられるのである。二つ目は、「夏葛の　絶えぬ使ひ」などという大仰な歌い出しは、表面上の誠意をわざと真に受ける趣向から選択された表現である、という点である。

駿河麻呂は、挑発と攻撃から一転して戦術転換を図り、慇懃に誠実を装う歌を送ったのであった。書儀語を利用した表記は、そういったなかで選択された方法なのであろう。駿河麻呂の戦術転換を受けた坂上郎女は、うわべだけの誠意をわざと真に受けて大仰な表現で皮肉ったのである。頻繁な使者を想起させる「夏葛の」と、相手を気遣う「事しもあるごと」という表現は、いわば毒の強い意趣返しとなっているのである。

縷々述べた点を踏まえて注目したいのは、久闊を叙した駿河麻呂に対して、坂上郎女が「使ひのよどみ」を持ち出した点である。「使ひ」が来なくなるということは、当然男に捨てられるということである。同じ巻四には、次のような歌が伝わっている。

高田女王《たかたのおほきみ》、今城王《いまきのおほきみ》に贈る歌六首（その六首目）
常止まず　通ひし君が　使《つかひ》来ず　今は逢はじと　たゆたひぬらし　（相聞、巻四の五四二）

ここで注目したいのは、「常止まず　通ひし君」とあるように、止むことなく続いた「通ひ」が途絶え、今は「使ひ」も途絶えたと歌っている点である。すなわち、「使ひ」が途絶えてしまったということは、「通ひ」は毛頭ないということになる。とすれば、六四九番歌において〈使ひのよどみ〉が持ち出されたのは、六四八番歌で「通ひ」の途絶えが歌われたからである、と考えられよう。だから、通わなくなった男の見せかけの誠意を示した六四八番歌に対して、六四九番歌で〈使ひのよどみ〉が持ち出されてくるのである。簡単にいえば、今は「使ひ」すらもない、ということなのであろう。実は「通ひ」が途絶え、「使ひ」すらも途絶えた女の嘆きを歌ったのが、坂上郎女の「怨恨歌」なのである。

大伴坂上郎女の怨恨《うらみ》の歌一首〔并せて短歌〕

おしてる　難波の菅の　ねもころに　君が聞こして　年深く　長くし言へば　まそ鏡　磨ぎし心を　許してし
その日の極み　波のむた　なびく玉藻の　かにかくに　心は持たず　大船の　頼める時に　ちはやぶる　神か
放《さ》けけむ　うつせみの　人か障《さ》ふらむ　通はしし　君も来まさず　玉梓の　使ひも見えず　なりぬれば　いた
もすべなみ　ぬばたまの　夜はすがらに　赤らひく　日も暮るるまで　嘆けども　験をなみ　思へども　たづ
きを知らに　たわやめと　言はくも著く　手童の　音のみ泣きつつ　たもとほり　君が使ひを　待ちやかねて
む

反歌

はじめより　長く言ひつつ　頼めずは　かかる思ひに　あはましものか

（相聞、巻四の六一九、六二〇）

傍線部分に注意すると、「通ひ」が途絶え、そして次に「使ひ」も途絶えた今が歌われていることがわかる。ところが、その「嘆き」というものは、男に対して向けられたものではない。怨恨歌の「嘆き」とは、「たわやめ」の行き場のない「嘆き」であり、捨てられても男の「使ひ」を待つ、けなげな女の嘆きなのである。ましてや、他者への憎悪として表出されるものではない[18]。題詞の「怨恨」と歌の内容がどのように関わるのかということについては、題詠や中国文学の受容の問題とも関わってにわかに判断することはできないが、「怨恨」が他者に向けられたものでないことだけは、確認できるであろう[19]。

以上のように見てゆくと、「通ひ」が途絶え、「使ひ」が途絶えても待つ、けなげな女を、坂上郎女は六四九番歌でも演じていることになる。とすれば、当該歌群と、怨恨歌との関係が問題として浮上してくることになろう。巻四が年代順配列であることを考慮した小野寺静子は、怨恨歌の成立を天平三年（七三一）七月から同四年（七三二）

八月の間と推定している。当該歌群の成立が、同じく小野寺によって天平五年（七三三）ないし六年（七三四）と推定されていることは、冒頭において述べたところである〔小野寺　二〇〇二年a、初出一九七二年〕。とすれば、少なくとも坂上郎女の脳裏には、怨恨歌のことは残っていたはずである。短歌ではなく、長歌であればなおさらのことであろう。

つまり、坂上郎女の怨恨歌を「もどく」かたちで、歌のやり取りははじまったのである。ただし、駿河麻呂は、坂上郎女の怨恨歌とは逆に、相手への憎悪を歌う歌として「もどい」て歌い掛けたのである。それを受けた坂上郎女は、「心には　忘るる日なく　思へども」とけなげな女を演じつつ、駿河麻呂の素行を非難する歌を返したのである。対して、駿河麻呂は再び怨恨歌を意識して、表面上の誠実を装う「通わぬ男」を演じたのではなかろうか。こうした状況を踏まえて、坂上郎女は、六四九番歌において、怨恨歌で演じたけなげな女を再び演じたのであろう。このあたりは、怨恨歌の反歌「はじめより　長く言ひつつ　頼めずは……」と響きあって発想されているのではなかろうか。突飛な駿河麻呂の歌い掛けに対して、これまた怨恨歌を了解事項として、坂上郎女は歌い返しているのである。

当該歌群の場合は、怨恨歌を「もどく」かたちで歌のやり取りがはじまったため、恋愛関係における男女の「嘆き」と「怨み」をテーマとして、互いの役回りを演じてゆくことになった、と思われる。「相聞戯歌」「擬似相聞」と呼ばれる歌々の世界は、一つの「ごっこ遊び[20]」の世界であり、互いの役回りを相手の歌から読み取りながら、歌のやり取りが進んでゆく。清水明美は、「怨み」という感情を相聞長歌のテーマに設定した点にこそ、怨恨歌の新しさがあったと述べているが、その怨恨歌の作者に対して、駿河麻呂は「ますらを」の「怨み」をぶつけたのである〔清水　一九八七年〕。その点にこそ駿河麻呂の遊び心と、茶目っ気たっぷりの意趣があるのであろう。それは、Aの親族の宴の席において、自ら三枚目を演じつつ、家刀自・坂上郎女を茶化した態度とまさしく同じである〔巻三の四〇〇～四〇二）。

坂上郎女が中国文学の怨詩から学んで取り上げた「怨恨」というテーマが、歌の題として、この時期に広がりを見せていたことは、当該歌群の直前に配列されている次の歌からわかる。

紀女郎が怨恨の歌三首〔鹿人大夫の女、名を小鹿といふ。安貴王の妻なり〕

世の中の　女にしあらば　我が渡る　痛背の川を　渡りかねめや
今は我は　わびそしにける　息の緒に　思ひし君を　許さく思へば
白たへの　袖別るべき　日を近み　心にむせひ　音のみし泣かゆ

（巻四の六四三～六四五）

まず注目すべき点は、紀女郎の「怨恨歌」も、けなげな女の行き場のない「怨み」を歌っている点であろう。[21] それは、当該歌群における坂上郎女歌と共通している。したがって、当然当該歌群と紀女郎の怨恨歌についてもなんらかの関係があると予想されるのだが、残念ながらその関係は不明というほかはない。紀女郎の「怨恨歌三首」と、坂上郎女の「怨恨歌」を「もどく」かたちになっている当該歌群の関係については、考察する手立てがないのである。唯一いえることは、坂上郎女の「怨恨歌」以降、「怨恨」をテーマとした歌が、大伴氏に関わる人びとによって短歌においても制作されており、その一端を当該歌群の直前の三首からも確認できる、という点だけである。[22] しかしながら、以上のように考えてゆくと、駿河麻呂が、「嘆き」や「怨み」さらには「呪い」といった一見奇異なテーマの短歌で、「起居相問」をはじめた理由も、氷解するのではなかろうか。駿河麻呂は、坂上郎女の怨恨歌を念頭において、「ごっこ遊び」をはじめたのである。

おわりに

「ままごと」「電車ごっこ」「人生ゲーム」「コスプレ」「インターネット・ゲーム」……。われわれは、今日においても、何かを演じることによって遊んでいる。当該歌群には、互いの様子を問い合い、便りをかわすという実用的役割があったはずであるが、歌の内容は恋人どうしを演じつつ、男女の「怨み」や「嘆き」をぶつけ合っている。駿河麻呂は、坂上郎女をうちまかそうと問いを発し、坂上郎女はそれを凌駕する答えを返そうとしているのである。この「ごっこ遊び」の楽しさは、相手の変化に合わせて、演じ手が、次の一手を考えるところにある、といえよう。その「ごっこ遊び」の端緒に「度まねく　嘆く嘆きを　負はぬものかも」とあるのは、一見きわめて奇異なものに見える。それは、駿河麻呂が、坂上郎女の怨恨歌を「もどく」かたちで、口火を切ったからであろう。そうでなければ、あまりにも唐突で「起居相問」としての役割を果たさないであろう。そのために「男の怨み」「男の素行」「女の怨み」などがやり取りの主題となっていった、と思われる。

つまり、怨恨歌を共有された了解事項として、〈挑発／反発〉〈慇懃無礼／意趣返し〉を込めたやり取りがなされたのである。これをかりに図示してみた（二〇四頁、図3－1）。このようなやり取りが可能なのは、「親族」の宴等で、親密な人間関係を築いていたからであろう。そのような「遊び」のなかで、相手を揶揄するさまざまな表現の工夫がなされていったのである。当該歌群の場合は「俗信」を媒介とした表現、相手の素行の悪さを暗示する表現、慇懃無礼な表現、相手の言をわざと真に受けて皮肉る大仰な表現などが、工夫されているのである。そのために、書儀語を利用した表記や、効果的な枕詞が選択されていった、と考えられる。以上の諸点に、当該歌群の表現の「特性」と、その「内実」を見定めることができる。最後に、本節の結論を踏まえた釈義を示し、稚拙な論述の弊を補いたい、と思う(23)。

大伴宿禰駿河麻呂歌一首

大夫之　かのエリートたる私めの
思和備乍　思いきわまって――
遍多　たびかさなりまする
嘆久嘆乎　嘆き、その嘆きをば……
不負物可聞　お感じにはなりませぬか
（お覚悟召され！　呪いまするぞ！）

大伴坂上郎女歌一首

心者　心じゃ
忘日無久　忘れる日もなく
雖念　思ってはいるんだけど……
人之事社　浮名の噂が絶えない
繁君尓阿礼　お前さんにねぇ（逢うのもちょっと難しいわよね！　逢えない理由はアナタのほうにある！）

大伴宿禰駿河麻呂歌一首

不相見而　お目見栄絶えて
気長久成奴　久しくなりました――
比日者　拝啓　このごろ

奈何好去哉　いかがお過ごしですか
言借吾妹　お変わりございませぬか、いとしいあなた様……

大伴坂上郎女歌一首

夏葛之　夏の葛みたいに……
不絶使乃　絶えることなかったあなた様の使者が
不通有者　絶えてしまって　お付き合いもなかだるみ
言下有如　もしや事故でもと……
念鶴鴨　ご心配申し上げておりました
（よかった！　よかった！　ご無事でよかった！）
（相聞、巻四の六四六〜六四九原文、釈義）

次節においては、酒と歌の献上について、贈答の万葉文化論の立場から論じてみよう、と思う。

注

（1）　折口信夫は、その独特の発生論から、神と巫女との対立を想定し、歌垣の場における歌の攻撃性について論じて、そこに相聞歌の源流を見定めようとした〔折口　一九七五年、初出一九二八年〕。なお、反撃を予想した伏線ということについては、第六章第四節において、大伴家持と紀女郎の贈答歌から考察している。

（2）　もちろん、この「了解事項」に風向や湿度を加えることもできるし、さらには個別の事情を無限に加えてゆくこともできるので、この「内実」は恣意的に設定されるものであって、特定の事象や事項に集約できるものではないという反論もあるであろう。しかしながら、言語によるコミュニケーションそのものがあらかじめ想定された「了解事項」のなかで成り立っていることを考え合わせると、ある程度の限定は可能である、と思われる。ただ、古典研究の場合、集積した用例から個別の表現の特性を勘案しつつ、最大公約数を見つけ出す以外に、「了解事項」を明らかにしてゆく方法はない。

（3）「吟」は口ずさむことであるが、集中の「吟」の用例を見ると、この巻三の四〇一番歌のほかに、巻六の九六二左注、巻六の九六六左注、巻十七の三九六七序文、巻十七の三九七六序文などの合計十三例を確認することができる。巻六の九六二の例は宴席において求めに応じて、声に出して歌った例であり、宴で歌を「吟」ずることは、芸の一つであった、と見なすこともできよう。

（4）古代文献を紐解くと、宮の宴、官の宴、親族の宴、友の宴などを確認することができる。『万葉集』が、大伴氏関係歌のみに限定されるとはいえ、宮や官の宴の歌に対する「親族」の私的な宴の歌を伝えていることは、きわめて貴重である。このほか、『万葉集』はこれもまた大伴氏関係のみに限定されるとはいえ、宅と庄とに関わる資料を伝えており、これまた貴重といわねばならない〔上野　二〇〇〇年〕。

（5）宴席の中で、一つの役を演じつつ歌を歌うことでいえば、諸家の説くごとく蒲生野遊猟歌の問答などを比較的早い例として挙げることも可能であろう（巻一の二〇、二一）。この点にいち早く着目した山本健吉は「宴席の自由な雰囲気にふさわしく、おおっぴらな愛情の表現を投げつけ合いながら、戯れ、演技している。それがこの座の喝采を博したのだ」との評言を述べている〔山本健吉・池田弥三郎　一九六三年〕。「野守」と「標」と「人妻」の寓意と、「山守」と「標」と「梅」の寓意を考え合わせると、当該歌群の寓意は、宴席歌のやり取りのなかでよく使われていて、人口に膾炙していた表現であった可能性もある。

（6）「ますらを」については、「みやび」との関係をめぐって、さまざまな議論があるところであるが、本節では深く立ち入らない。ここでは、立論に必要な点のみを確認しておく。万葉歌の「ますらを」意識に顕著なのは、官僚貴族としての階層的優位性から生まれた自己意識である、という点である〔遠藤　一九七〇年〕。そして、それは倫理的、道徳的側面を持った自己規律や行動規範として、外部には表出するようである。たとえば、『万葉集』を通覧すれば、「ますらを」は嘆かぬもの（巻二の一一七、巻四の六四六）、「ますらを」は泣かぬもの（巻六の九六八）、

「ますらを」は片思いしないもの（巻四の七一九、巻十一の二三七六、巻十二の二九〇七）という自己規律、行動規範を確認することができる。
（7）この解は精撰本にも引き継がれ、『源氏物語』と『伊勢物語』の例を挙げ「此ニ似タリ」と述べている。ちなみに、『勢語臆断』では、第九十六段のこの部分の解釈のために、当該の六四六番歌が引用されている。
（8）この物語では、恋人関係と同等ないしは、それを凌駕する精神的紐帯をもつ肉親兄妹の関係を読み取ることができる。兄との情を優先すべきか、夫婦の情を優先すべきか、という葛藤が主題となっている物語としては、『古事記』中巻のサホビコとサホビメの物語がある。『伊勢物語』第九十六段では、兄の申し出に従ったことも、憎悪の念を増幅させる原因の一つになっているのかもしれない。
（9）『伊勢物語』の「天の逆手」については、古注以来諸家によってさまざまな試案が出されているが、定説はない。新注の多くが述べるごとくに、未詳とすべきであろう。その「天の逆手」は『古事記』にも登場する。『古事記』上巻の国譲り神話の「天の逆手」は、八重事代主神が乗ってきた船を踏んで傾けて、青柴垣に変える呪術のことをいっている。おそらく、「鳥の遊・取魚」を行なう船を青柴垣に変えることは、漁に関わるなんらかの権利を放棄し、恭順の意を象徴的に表現する儀礼として記述されているのではなかろうか。だからこそ、ここでは「天の逆手」が国譲りを象徴的に表した行為として文脈のなかで機能し得るのであろう。『古事記伝』巻十四は、『伊勢物語』のこの段を引用し、「さて彼ノ物語なるは、人を詛ふとてしけるを、上ッ代には、然る悪事のみならず、吉善事にも渉て爲けむこと、此の故事にて知れたり」と述べている。宣長は、『伊勢物語』のころには悪事、凶事に使う呪術となっていたが、『古事記』の青柴垣の話からわかるように「上ッ代」においては、その利用法によって善悪どちらにも機能したのだと述べている。ただ、「天の逆手」の例は『古事記』と『伊勢物語』の二例のみなので、宣長がいうように変化したものかどうかは、わからない。なぜならば、同じ呪術であっても、目的によって善悪、吉凶に通用していたとも考えられるからである。
（10）今日においても「俗信」は、民俗学調査の項目として、立項されている項目である。ただし、その定義については、研究者間で大きく異なり、定説はない。基本的には柳田國男の一九三〇年代の定義を援用し、予兆を感じること、祈願のための卜占、呪術、禁忌、現れた兆しに対応する卜占、呪術、禁忌などが調査項目となっている〔柳田　一九九八年、初出一九三二年〕。たとえば、「誰か自分に恋をしている人がいると、自分の顔ににきびができる」「他人が噂をすると、くしゃみが出る」などは、恋や他人の噂を体で感じた「俗信」と考えることができる。一方、そのような身体への影響によって、未来を占えば、卜占となる。さらには、相手に恋心を伝えるために、相手の顔ににきびを生じさせようと念じたとすれば、呪術や祈願としての側面を有することになろう。したがって、卜占と呪術、禁忌は、多様な「俗信」の一つの相と見ることができる。

そこで、文学研究への援用を前提として、板橋作美などの研究を勘案しつつ、筆者なりに「俗信」を再定義しておきたい〔金子　一九六八年〕〔尾崎　一九九三年〕〔板橋　一九九八年〕。俗信とは、科学的な知識や論理によって説明される因果関係とは別に、民俗的知識によって説明される因果関係と、その説明の体系と考えられる。それを具体相として見れば、卜占、呪術、禁忌等々の外形を持つこととなるが、関係として捉えれば因果を説明する民俗知識の体系と見ることができる。そうした因果関係を説明する民俗知識の体系と、その言説が「俗信」である、とゆるやかな定義を示しておく。ちなみに、「古代の信仰および呪術が、宗教にまで高められることなく退化しつつ残存したもの」とする定義もあるが、これはあまりにも宗教進化論的理解で、今日においては定義としての役割を果たさない、と筆者は考える〔民俗学研究所編　一九五一年〕。おそらく、宗教とは別の社会的機能があるはずである。

(11)　歌表現をそのまま実体に還元してしまうことになるが、おそらく「よばひ」の段階で交際相手の悪い噂が流れると、母親や親族などの反対によって、結婚をするために必要な次の段階に進めなくなるのであろう（巻十三の三二八九）〔北野　一九九六年〕。

(12)　この問題を「歌を題す」ということに限定して考えると、左記の①〜⑥の大伴家持関係の限られた世界における現象と理解しなくてはならなくなる。

①　女孫姑姪之族　是以題歌送答相問起居　（巻四の六四九、左注）

②　思君未尽重題二首　（巻五の八六六、題詞）
③　右一首書白紙懸著屋壁也　題云　蓬莱仙媛所化嚢縵　為風流秀才之士矣　（巻六の一〇一六、左注）
④　詞失乎蓁林矣　爰辱以藤続錦之言更題将石間瓊之詠　固是俗愚懐癖　（巻十七の三九六九、序）
⑤　射水郡駅館之屋柱題著歌一首　（巻十八の四〇六五、題詞）
⑥　何題強吏乎　尋誦針袋詠詞泉酌不渇　抱膝独咲　能蠲旅愁　陶然遣日何慮何思　（巻十八の四一三二、序）

伊藤〔一九七五年、初出一九七四年〕が言及している点は、もっと普遍性のある歌のあり方に関わってこそ有効な議論なのであり、伊藤自身が提示した議論の枠組みとも嚙み合わないのではなかろうか。したがって、筆者は伊藤の限定にはとらわれない。

（13）　書儀・尺牘類は、今日的には「模範例文集」「手紙の書き方指南書」などの書物にあたる。小島憲之は、このような手紙文の例文集が、西域と日本などの漢字文化圏の周縁的地域で用いられていることに注目し、第二言語として漢文を学ぶための啓蒙書が必要だった、と説いている〔小島　一九八六年、初出一九八三年〕。この点に小島は「啓蒙期としてみた上代文学の一面」を見ようとしたのであった。これは重要な指摘であろう。なお、小島の研究を深化させた研究としては、芳賀〔二〇〇三年、初出一九九一年〕がある。また、書儀・尺牘類の書誌については、芳賀〔一九九三年〕が、簡便にして詳細である。なお、書儀の研究については、近年飛躍的に、その研究が進んでいる〔奈良女子大学古代学学術研究センター編　二〇一八年〕。

（14）　一九八八年および八九年、筆者は『静岡県史』民俗編の特別調査員の一員として、同県掛川市の民俗調査に従事する機会を得た。その折、「葛引き」と「葛苧加工」の一部について、見学と聞き取りの機会に恵まれた。詳細については、石川純一郎の筆による綿密な報告に譲るが、本節に関わり合いの深い部分についてのみ、筆者見聞の限りを記しておきたい〔石川　一九九〇年〕。

「葛引き」は新暦の六月から八月にかけての真夏の作業である。五メートルから一〇メートルほどの蔓を切れないように手繰り寄せて、巻いてゆく作業を見学させていただいた。なぜ、この時期に採集を行なうかといえば、成長期なので一定の長さが確保できるのと、若蔓なので繊維を取り出しやすいからだという。筆者も「葛引き」を経験させてもらったが、根気が続かず蔓を切ってしまって、使えるものは一本も採集できなかった思い出がある。集められた蔓は釜茹でされ、水に漬けられて、四昼夜発酵させて表皮を腐らせるのである。表皮が腐ると、川で洗うだけで、簡単に表皮を取り除いて繊維質だけを取り出すことができるからである。若い蔓ほど腐蝕しやすいので繊維は取り出しやすいのだが、若すぎて短いと糸にならない。したがって、採集者は蔓の老若や、長さと太さを瞬時に判断して、蔓を選んで採集していたのが印象的であった。そして、採集した蔓の具合を見て、茹でる時間を加減し、さらには発酵させる「床」のあつらえを工夫するのである。そうすれば、表皮の発酵の具合をコントロールすることができるのである。うまく発酵させると表皮を剥ぎやすいのである。ではなぜ、この工程が大切であるかというと、無理をして剥げば葛蔓の繊維質を痛めるし、逆に表皮が残るとよい糸にならない、という話を聞いた。まさに、経験が、技術となって蓄積されているといえよう。ちなみに、採取するのは「ハイクズ」すなわち「這ふ葛」だけで、木に絡みつく「タチクズ」は採集しない。「タチクズ」はよい糸にならないからだという。したがって、「這ふ葛」だけを「葛引く」のである（巻七の一二七二）。

(15)「ハフクズノ」「ナックズノ」以外に、蔓性植物の形状と性質から「絶えず」「遠長し」などを起こす枕詞としては、「タマカズラ」が十例ほどある。

(16)　もちろん、小野寺静子が指摘する歌われた季節を反映するという説の可能性を完全に排除するわけではないが、夏の葛蔓の延伸と繁茂のイメージを想起しなくては、枕詞「ナックズノ」が歌のなかで果たしている機能を見失うことになるのではなかろうか〔小野寺　二〇〇二年b、初出一九八六年〕。

(17)『釈注』は、この「事」を坂上郎女代作説の立場から「男女間の交情を邪魔だてする事態」としている。ただ、六四九番歌の場合は、逢瀬の障害と捉えるよりも、相手の体や生活の事情などに力点をおいて解釈すべきであろう。「つつがなく過ごす」「変わりなく過ごす」ことができなくなる事態や異変をいうのであろう。

(18)　男を虜にしている女に対する激しい憎悪を歌った歌としては、巻十三の三二七〇番歌がある。今日的感覚からは、こちらの方が「怨恨」にふさわしいが、坂上郎女や紀女郎の「怨恨」は、自らを捨てた男のことも含めて他者への憎悪として表出されるものではない。

(19) 坂上郎女の怨恨歌について、『玉台新詠』等に見られる怨詩や閨怨詩との関係を具体的に説くのは、浅野則子および東茂美の論考である〔浅野　一九九四年〕〔東　一九九四年〕。ことに、東は、〈班婕妤〉の文芸を和歌で試みようとしたものと説いている。今日、怨詩からの何らかの影響を想定することは、研究者の共通理解となっている。ただし、その影響関係をどの点に、どのように認めるかについては、大きく判断が分かれるところであろう。漢詩の題については、清水明美は、漢詩の題名には、「怨」と「恨」との二字を合わせ持つものはなく、これを坂上郎女の創意としている〔清水　一九八七年〕。その上で、清水は漢詩から坂上郎女が学んだ点を、「うらみ」という個人的感情を相聞歌のテーマにした、という点に認めている。小野寺静子は、その影響をきわめて限定的に見る立場で、詠法は取り入れず、詩題のみを取り入れたとする〔小野寺　二〇〇二年b、初出一九八六年〕。また、大森亮尚も、泣血哀慟歌との関わり合いを重視する立場から、その影響を限定的なものと見て、創作の具体的契機は別にあるとする〔大森　二〇〇四年〕。

(20) 本節のいう「ごっこ遊び」とは、ヨハン・ホイジンガ〔一九七三年〕のいう「ミミクリ」にあたる遊びである。ホイジンガの議論を踏まえ、「ごっこ遊び」を仮に次のように定義しておきたい。閉じられた集団において、個々が日常において求められている役割とは別の役割を演ずることによって得られる楽しみや快楽を共有する遊び、と定義しておく。「電車ごっこ」や「鬼ごっこ」を考えればわかるように、「ごっこ遊び」の集団は閉じられたものでなくてはならない。閉じられていなければ、相互の役割が決まらないからである。こういったロール・プレイの場合、相手の反応を見て、自らの対応を変化させる楽しみが発見される場合が多いが、当該歌群もその一つであろう。本歌群の場合は、宴によるロール・プレイに対して、書簡における文字を媒介としたロール・プレイということができる。

(21) 坂上郎女と紀女郎の歌以外に、「怨恨」ないし「恨」を含む題詞を持っている歌は、いずれも大伴氏関係の「廿二日贈判官久米朝臣広縄霍公鳥怨恨歌」（巻十九の四二〇七、四二〇八）、「独見江水浮漂糞怨恨貝玉不依作歌一首」（巻二十の四三九六）、「大伴家持恨霍公鳥晩喧歌二首」（巻八の一四八六、一四八七）、「恨霍公鳥不喧歌一首」（巻十九の四二〇三）の四例となる。坂上郎女と紀女郎の歌以外は、いずれも花鳥風月が時節と合わないことを「怨恨」する歌である。

(22)　このように考えてゆくと、坂上郎女の怨恨歌はどのように発表されたのか、という点が問題となろう。比較的早い段階で、宴会披露説を述べたのは、管見の限り、駒木敏と思われる〔駒木　一九七八年〕。もちろん、駿河麻呂の六四六番歌は、直前の紀女郎の怨恨歌に触発されて歌われたとの推論も可能であろうが、後考を待ちたいと思う。

(23)　筆者は二〇〇一年以降、学術論文においてもなるべく釈義を示すことを心がけている。論考において行なった考察を反映させた釈義を提示することによって、論考の帰結をわかりやすく提示することができる、と考えているからである（凡例）。筆者は、啓蒙書においてではあるが、釈義作成にあたっての指針を示している。要約すれば、「意訳で心意を伝える意訳主義」「注記にすべき内容を釈義に盛り込んでしまい、釈義のみでの内容理解を目指す釈義完結主義」「現代文化の文脈に置き換える翻案主義」の三点となる〔上野　二〇〇五年〕。この釈義作成手法についても、賛否があるであろう。

参考文献

青木生子　一九九七年「坂上郎女の生涯とその歌」『青木生子著作集』第五巻所収、おうふう、初出一九六八年。

浅野則子　一九九四年『大伴坂上郎女の研究』翰林書房。

阿蘇瑞枝　一九九二年「大伴坂上郎女の相聞歌」『万葉和歌史論考』笠間書院、初出一九七八年。

――――　一九九六年「万葉集の女歌――大伴坂上郎女とその前後」『上代文学』第七十六号所収、上代文学会。

石川純一郎　一九九〇年「三　技術の継承と変化　（一）葛布紡織の技術伝承」静岡県教育委員会文化課県史編さん室編集『掛川町の民俗――掛川市』所収、同県教育委員会。

板橋作美　一九九八年『俗信の論理』東京堂出版。

伊藤　博　一九五九年『萬葉集相聞の世界』塙書房。

――――　一九七五年「天平の女歌人」『萬葉集の歌人と作品（下）』塙書房、初出一九七四年。

井戸未帆子　二〇〇〇年「大伴坂上郎女の『山守』の歌」『中京国文学』第十九号所収、中京大学国文学会。
上野　誠　二〇〇〇年『万葉びとの生活空間』塙書房。
――――　二〇〇五年『小さな恋の万葉集』小学館。
江富範子　二〇〇四年「大伴駿河麻呂との贈答歌」神野志隆光・坂本信幸編『万葉の歌人と作品』第十巻所収、笠間書院。
遠藤　宏　一九七〇年「万葉集未詳歌と『ますらを』意識」『論集上代文学』第一冊所収、笠間書院。
大浦誠士　二〇〇三年「万葉集の恋歌と禁忌――『人目・人言』をめぐって」上野誠・大石泰夫編『万葉民俗学を学ぶ人のために』所収、世界思想社。
大濱眞幸・井ノ口史　二〇〇四年「大伴坂上郎女論」神野志隆光・坂本信幸編『万葉の歌人と作品』第十巻所収、笠間書院。
大森亮尚　二〇〇四年「大伴坂上郎女論」神野志隆光・坂本信幸編『万葉の歌人と作品』第十巻所収、笠間書院。
尾崎富義　一九九三年「信仰と心意」桜井満監修・並木宏衛他編『万葉集の民俗学』所収、桜楓社。
小野寺静子　一九九三年『大伴坂上郎女』翰林書房。
――――　二〇〇二年a「怨恨歌考」『坂上郎女と家持――大伴家の人々』翰林書房、初出一九七二年。
――――　二〇〇二年b「大伴家の人々――交流のさま」『坂上郎女と家持――大伴家の人々』翰林書房、初出一九八六年。
折口信夫　一九七五年「万葉集研究」『折口信夫全集』第一巻、中央公論社、初出一九二八年。
梶川信行　一九九九年「天平期の女歌に関する一断章」美夫君志会編『万葉史を問う』所収、新典社。
金子武雄　一九六八年『上代の呪的信仰』新塔社。
北野　達　一九九六年「婚姻の始まり」『米沢国語国文』第二十五号所収、米沢国語国文学会。
窪田空穂　一九六七年「伊勢物語評釈」『窪田空穂全集』第二十六巻、角川書店、初版一九一二年。
久米常民　一九七〇年a「『玉梓の使』考――『使者』の古代文学史的意味」『万葉集の文学論的研究』桜楓社、初出一九六二年。
――――　一九七〇年b「大伴坂上郎女の生涯と文学」『万葉集の文学論的研究』桜楓社、初出一九六六年。
小島憲之　一九八六年「海東と西域――啓蒙期としてみた上代文学の一面」『萬葉以前』岩波書店、初出一九八三年。
駒木　敏　一九七八年「大伴坂上郎女の怨恨歌」『万葉集を学ぶ』第三巻所収、有斐閣。
近藤信義　一九九〇年「『葛類』考序説」『枕詞論』桜楓社、初出一九六六年。
佐佐木幸綱　一九九六年「万葉集〈女歌〉考」『上代文学』第七十六号所収、上代文学会。
佐藤　隆　一九九九年「家持周辺の女歌」美夫君志会編『万葉史を問う』所収、新典社。
清水明美　一九八七年「坂上郎女の怨恨歌――詠作の方法と位置付け」『語文』第六十九号所収、日本大学国文学会。
清水克彦　一九八〇年「ある贈答歌の構造をめぐって」『萬葉論集』第二巻、桜楓社、初出一九七五年。
白井伊津子　二〇〇五年「坂上郎女の枕詞の性格」『古代和歌における修辞』塙書房、初出一九九八年。
鈴木日出男　一九九〇年「坂上郎女の方法」『古代和歌史論』東京大学出版会。
高野正美　一九九九年「相聞歌の系譜」『上代文学』第八十三号所収、上代文学会。
竹尾利夫　二〇〇一年「大伴坂上郎女に見る贈答歌の位相」美夫君志会編『美夫君志論攷』所収、おうふう。
竹岡正夫　一九八七年『伊勢物語全評釈』右文書院。
多田みや子　二〇〇六年「万葉集・恋歌における『人』の意味」『古代文学の諸相』翰林書房、初出一九九六年。
辰巳正明　一九九九年「社交情歌――万葉集恋歌の再分類と復元の試み」『美夫君志』第五十九号所収、美夫君志会。
土橋　寛　一九六五年「歌垣の歌とその展開」『古代歌謡と儀礼の研究』岩波書店。
中島弘子　一九八五年「大伴坂上郎女の返歌における構成について」『美夫君志』第三十号所収、美夫君志会。
奈良女子大学古代学学術研究センター編　二〇一八年『「漢字文化の受容――手紙を学ぶ、手紙に学ぶ」報告集』同研究センター。
西　一夫　二〇〇四年「編纂と注釈――書簡文を伴う作品をめぐって」『國文學　解釈と教材の研究』第四十九巻第八号所収、學燈社。

野口恵子　二〇〇三年「漂流する『女歌』――大伴坂上郎女論のために」梶川信行・東茂美編『天平万葉論』所収、翰林書房。
芳賀紀雄　一九九三年「書儀・尺牘類」「敦煌文書・吐魯番出土文書」稲岡耕二編『万葉集事典（別冊國文學四十六）』所収、學燈社。
――　二〇〇三年「萬葉集における報と和の問題――詩題・書簡との関連をめぐって」『萬葉集における中國文學の受容』塙書房、初出一九九一年。
服部喜美子　一九八四年「大伴坂上郎女と恋ひ――母と女と」『万葉女流歌人の研究』桜楓社、初出一九七九年。
東　茂美　一九九四年『大伴坂上郎女』笠間書院。
――　一九九六年「越境する女歌――大伴坂上郎女の位置」『上代文学』第七十六号所収、上代文学会。
藤原芳男　一九五八年「ねもころに君が聞こして」『萬葉』第二十六号所収、萬葉学会。
古橋信孝　一九八五年『万葉集を読み直す』NHK出版。
民俗学研究所編　一九五一年「俗信」柳田國男監修『民俗学辞典』東京堂出版。
柳田國男　一九九八年「笑いの教育――俚言と俗信との関係」『柳田國男全集』第十五巻、筑摩書房、初出一九三二年。
山本健吉・池田弥三郎　一九六三年『万葉百歌』中央公論社。
ヨハン・ホイジンガ　一九七三年　高橋英夫訳『ホモ・ルーデンス』中央公論社。
渡辺　護　一九八五年「山守考――万葉集巻三・三九八～四〇二番歌歌群の主題」『岡山大学文学部紀要』第六号所収、岡山大学。

〔付記〕
本節の論考について、かつて、村田右富実より、次のような指摘を受けた。坂上郎女の怨恨歌が、六四六番歌の前提として存在していたとしても、それは歌のやり取りを重ねるうちに理解されることであって、六四六番歌が送付された時点でわかることではないのではないか、という指摘である。指摘の点は、本節の弱点の一つと認めねばなるまい。対して、筆者は、次のように答えた。本論の眼目は起居相聞歌としては、過激かつ奇異な表現で歌のやり取りがはじまったことの意味を問うところにあり、六四六番歌を受け取ったのが怨恨歌の作者本人であることを考慮すれば、坂上郎女には理解でき、以後の掛けあいの流れが決定づけられた、と考えたい。

現時点において、十分に村田氏の疑義に答えられたとはいいがたいが、一つの解として本書に収載した。

初　出

「大伴坂上郎女と大伴駿河麻呂の贈答歌――『怨み』をめぐる表現の特性と内実と」『万葉古代学研究所年報』第五号、財団法人万葉文化振興財団万葉古代学研究所、二〇〇七年。

第三節　古代酒宴歌謡の本願

この御酒は……
私が醸した御酒などではございませぬぞ――
御酒のことをつかさどる長
常世にいらっしゃいまして　岩のごとくに神として立っていらっしゃる少御神さま
その少御神さまが――神として、永遠なる神として――ことほぎのために
ことほぎの舞に狂して醸し
ことほぎのためにと踊りまわって醸しに醸して献上してきた御酒なのですぞ
さぁさぁ　一気にお飲みくださいましな
さぁ　さぁ　どうぞ　どうぞ

（『古事記』中巻の歌謡番号三五釈義）

はじめに

『古事記』や『日本書紀』の歌を理解する場合、二つの理解法があるように思う。[1] 一つは、その歌が前後の文脈において、どういう役割を果たしているのかということを観察して理解する方法である。なぜなら、なぜこの歌が、このようなかたちで、この箇所に収められているのか、わからないからである。もう一つの見方は、その歌が、実際に声に出して歌われたであろう場で、どのように機能したかを探って、歌を理解する方法である。前者は、歌の

文脈論的理解法であり、後者は歌の場における機能論的理解法と断ずることができよう。研究者のなかには、後者の理解法は結局のところ、研究者が場を設定することになるので、常に恣意的解釈が介在してしまうから、方法論として成り立たないと考える研究者もいる。いや、大多数の研究者は、そう考えている。

ならば、筆者の考え方は、どうか。筆者は、場における機能論的理解法も、あながち不当な理解法とは考えない。それは、記紀の編纂者が、歌の伝え手や、曲調や歌唱法を表すとみられる「振」を伝えている個所もあり、編纂者が想定していたと思われる読者に、歌の伝え手や声に出して歌われていた場、さらには歌い方を示そうとしている箇所もあるからである。これらの情報は、物語の展開には不要のはずである。

と同時に、歌というものは、その類型表現を踏襲するものであるから、記紀成立前後の時代においては、読者は歌の類型から声に出して歌われていた場を思い浮かべることが可能であった、と思われる。したがって、筆者は、今日の研究状況においては、異端といえるほどの少数派となってしまうのだが、場における機能論的理解法を重視する立場を堅持したい、と思う。もちろん、かといって、もとより文脈論的理解を軽視するつもりもない。筆者は、この二つの理解法を重ね合わせることで、見えてくるものがある、と今も考えている。

以上の立場から、拙い考察ながら、宴に関わる歌のうちで、酒について歌われている歌について、考察を試みたい。

一　酒楽之歌をどう読むか

『古事記』中巻の仲哀天皇の条に、息長帯日売命すなわち神功皇后と、品陀和気命すなわち応神天皇との酒をめぐるやり取りの歌が収められている。ただし、品陀和気命の歌は、建内宿禰命が代わって歌っているのである。書き下し文を掲げておこう。

是に、還り上り坐しし時に、其の御祖《みおや》息長帯日売命、待酒《まちざけ》を醸みて献りき。爾《しか》くして、其の御祖の御歌に曰はく、

この御酒は　我が御酒ならず　酒の司《くしのかみ》　常世に坐す　石《いは》立たす　少御神の　神寿《かむほ》き　寿き狂し　豊寿《とよほ》き　寿き廻《もとほ》し　奉り来し御酒ぞ　止《あ》さず飲《を》せ　ささ

かく歌ひて、大御酒を献りき。爾くして、建内宿禰命、御子の為に答へて、歌ひて曰はく、

この御酒を　醸みけむ人は　その鼓　臼に立てて　歌ひつつ　醸みけれかも　舞ひつつ　醸みけれかも　この御酒の　御酒の　あやに甚楽《うただの》し　ささ

此は、酒楽《さかくら》の歌ぞ。

（『古事記』中巻、仲哀天皇条、山口佳紀、神野志隆光校注・訳『古事記（新編日本古典文学全集）』小学館、一九九七年。一部、私意により改めたところがある）

角鹿《つのが》（越前の敦賀）から帰って来る太子（＝品陀和気命）を待っていた息長帯日売命は、待酒を醸したとある。「待酒」とは、人を待って造る酒をいうが、実際には客人や旅びとがやって来る日を逆算して、造った酒のことである。(2) したがって、ここでは、帰って来る太子のために酒が造られたのである。当然、帰って来れば、酒盛りとなり、御酒が、太子に対して献上されることになる。息長帯日売命は、自分で造った酒などではない、少御神すなわち常世に渡った少名毘古那神が、酒を飲む人を祝福せんがために踊り狂って造った酒だから、さぁ、一気にお飲みなさいと酒を勧める。少名毘古那神は、大国主とともに国作りをした神とされるから、その酒は霊威ある酒ということになろう。しかも、永遠の理想郷とされる常世で、神が踊りながら造ったというのである。

ではなぜ、踊りながら酒を造ったのか。それは、踊り狂って酒を造れば、祝福の意が込められ、霊威あるすばら

しい酒が出来るという考え方が背後にあることは間違いない。ここでいう霊威とは、呪的な力を持っているということである。つまり、久しぶりに帰った太子をもてなす酒は、普通の酒ではよくないのである。その霊威ある酒を飲んだ太子は、当然、感謝の意を伝える必要があるが、仁徳天皇の時代に至るまで、歴代の天皇、皇后の輔弼をした建内宿禰が代わって答える。

その内容は、酒を勧める歌を踏まえて、酒を醸した人は、鼓ではやし立てて、歌を歌って、舞を踊って造った酒だからか、飲めば飲むほどに楽しくなります、と歌い返すのである。御酒をいただいて楽しくなりましたというのは、酒を勧めてくれた人に対する最高の感謝の言葉である。原文に「酒楽之歌」とあるのをどのように訓ずるかは、諸説あって難しいところだが、本節では「さかくらのうた」と訓む説に従い、酒の座すなわち宴の場の歌と仮に解釈しておこう(3)。とすれば、「酒楽之歌」なる表記は、歌の中にある神の造りたもうたすばらしい酒を飲むことで、楽しくなるという部分と呼応しているのであろう。

なお、「臼に立てて」の解釈も、難しいところである。筆者は、日ごろは横にして一人の打ち手が右手か左手のどちらかの手で打つ鼓を、臼のように縦に置くという土橋寛説で解釈しておきたい〔土橋　一九八九年、初版一九七二年および一九九三年、初版一九七六年〕。というのは、鼓を縦に置くと、両手で打ったり、さらには複数の打ち手が自由に打つことも可能になるからである。なおかつ三六〇度どこからでも打つことができる。つまり、複数の人間が踊りながら打つために、日常の鼓の使用法とは異なる特別な使い方をしている光景を歌い込んでいるのだ、と解釈すべきであろう。そうすれば、鼓を多くの人が連打しながら、踊ることができる。したがって、鼓を臼のように縦に据えて打つというのは、乱舞のための鼓の使用法だと思われる。もし、これが唾液の酵素で発酵を促す口嚙み酒なら、ある時は口に酒米を入れて嚙み、ある時は歌って、その酒米を吐き出しながら酒を醸したことになる。つまり、造り手も、楽しく造ったがゆえに、醸し出した酒も、それを飲めば楽しくなるというところが重要なのである。

さて、息長帯日売命の酒を勧める歌と、建内宿禰が太子の心を代弁した酒に感謝する歌は、対立構造になっている。酒を勧める歌では、この酒は自分が造ったのではない、少御神の酒だと歌う。ところが、酒に感謝する歌では、「醸みけむ人」とあって、人が造ったとされている。この点について、きわめて魅力的かつ説得的な解説をしているのは、服部旦であろう。服部は、酒を醸造した者が酒を勧める場合には、神の造りたもうた酒といい、酒を勧められた側が、人の造った酒だというのは、造り手は酒の霊威を強調し、饗応を受ける側は、造り手の苦労を称賛するためだとしている〔服部　一九七七年〕。

筆者は、服部の説を発展させて、こう考える。地の文に、「待酒」とあるのだから、それが角鹿から帰って来る太子のために、息長帯日売命が造ったこと、ないしは酒造りを命じたことは明白なのであり、明白であることを前提に、これは私が醸した酒ではないと言うところに意味があるのではないか、と思う。このような表現法を用いれば、御酒のすばらしさを強調しても、自らの労苦を誇って相手に謝辞を強要することにはならない。対して、饗応される側は、造り手の労苦を強調し、御酒のすばらしさを讃えれば、感謝の意を表することができる。つまり、そんなご謙遜をなされましても、あなたが私にしてくれた酒造りのご苦労は、わかっていますよ、という阿吽の呼吸があるのである。

以上のように、二つの歌を概観した上で、これらの歌々の『古事記』の文脈上の意味について述べておきたい。この段は、中巻の仲哀天皇条の最後に置かれており、このあとには、

凡《おほよ》そ、帯中津日子《たらしなかつひこ》天皇《のすめらみこと》の御年《みとし》は、伍拾弐歳《いとせあまりふたとせ》ぞ〔壬戌年《みづのえいぬのとし》の六月《みなづき》の十一日《とをかあまりひとひ》に崩《さ》りましき〕。御陵《みはか》は、河内の恵賀の長江に在り〔皇后《おほきさき》は、御年一百歳《ももとせ》にして崩りましき。狭城《さき》の楯列陵《たたなみのみささぎ》に葬《はぶ》りき〕。

（『古事記』中巻、仲哀天皇条、山口佳紀、神野志隆光校注・訳『古事記（新編日本古典文学全集）』小学館、一九九七年。一部、私意により改めたところがある）

と続く。いわゆる帝紀部分で、天皇の年齢である宝算、崩御の年月日、御陵記事、息長帯日売命すなわち神功皇后の宝算と陵墓記事と続くのである。対して、その前はどうなっているかというと、太子と気比大神との名前を交換する話が置かれている。

内容を要約すると、次のような話となっている。建内宿禰命が、太子と連れ立って、禊をしようとして、近江と若狭の国を経めぐった時のこと。越前の敦賀に至って仮宮を造った。太子は、敦賀に建てられた仮宮に宿泊されることになった。

その夜のこと、敦賀の地の神である伊奢沙和気大神之命が、夜の夢に現れてこう言った。「私の名と御子の御名を取り替えよう」と。これを気分よく受け入れた太子は、「恐れ多く、ありがたいことです。仰せのままに名を替えよう」と言うと、神は「明日の朝、浜においでください。名前を替えたお礼に贈り物を献上しよう」と言った。そこで翌朝に、浜に行くと、鼻の傷ついたイルカが浦一面を埋め尽くしていた。一面のイルカを見た御子は、使者を通じて神にこう言った。「大神は私に食料の魚をくださったのですね」と。そこで、また神の御名を讃えて、御食津大神と名付けたのである。「御食津」とは、尊き食物という意味である。これが、今日にいう気比大神という名の起りである、と説いている。続いて、この物語は、「角鹿」の地名起源説明伝承で結ばれている。それは、この時のイルカの鼻の血は、たいそう臭かった。それで、かの浦を名づけて血浦《ちぬら》というようになった。こうして、今の都奴賀《つぬが》（＝角鹿＝敦賀）という地名が起こった、という話になっている。

つまり、神から夢のお告げによって、啓示を受け、神に名を与え、神から名が与えられ、その礼として食物となるイルカを贈られたのちに、大和に帰還する息子である太子を、母が迎えて、酒を献上するという話は、ひと繋がりなのである。

神との名替えの前との文脈のなかで、二つの歌を理解すべきことを明確に説いたのは猿田正祝である〔猿田　一九九二年〕。猿田は、名替えの話を太子の成人を象徴する物語と捉え、その祝意を込めた酒の献上とみる。その上で、猿田は、『古事記』は、酒楽之歌の段では「皇太后⇩太子」ではなく、「御祖⇩御子」と記すことで、息長帯日売命と品陀和気命が母子関係にあることを文脈上明示しようとしていることを指摘した。以上の考察は、まことに説得力のある考察である。さらに、猿田は、母の酒を勧める歌に対して、建内宿禰が息子に代わって答える理由を、次のように説く。記紀の酒を献上する歌は、例外なく女性が男性に酒を献上する歌となっている。その場合、例外なくその女性が、男性に帰順して、男のものとなる、すなわち結婚することになるので、母の酒を勧める歌に、息子が答えてしまうと、母子相姦を暗示させてしまう。だから、代わって建内宿禰が答えたのだ、と説いている。猿田の理解は、酒を献上する歌の伝えの類型から考えれば、説得力の高い結論であるといえよう。

しかし、筆者はあえて別案別解を示したい、と思う。気比大神との名前の交換は、成人儀礼を象徴するかどうかは別として、この太子が天皇として即位するに相応しい神性を持ち、尊崇されるべき存在であることを示している、と思う。ここまでの理解について、猿田の理解に異存はない。ただ、筆者は建内宿禰が品陀和気命に代わって答える点に、むしろ積極的意義を見出したい、と思うのである。というのは、建内宿禰は、歴代の天皇、皇后を輔弼する有力な忠臣である。つまり、この段は、神の啓示を正しく認識することができず、不幸な死を遂げた仲哀天皇に代わって、渡海して新羅を征することに成功した息長帯日売命。天皇崩御後にいわくつきの出生をした品陀和気命（しかし、命は、尊崇されるべき神性を持っている）。そして、その二人を支えた偉大なる輔弼者・建内宿禰。この三者の関係を表象しているのではなかろうか。神との名替えの成功が、品陀和気命の神性と正統性を保証する物語として機能しているのであれば、その名替えの話を踏まえて、酒楽之歌の段は、母の祝福を受け、輔弼の任にあたる立派な臣下を持った品陀和気命の即位を期待させるように書かれているのである。だから、仲哀天皇条の最後に置かれているのではないか。ために、この酒楽之歌をもって、仲哀天皇条は終わり、帝紀部分となるのである。そうして、時代は、応神天皇の御代に移ってゆくことになるのである。つまり、酒を勧める歌と酒に感謝する歌は、大后、太子、輔弼の臣の和楽を示し、偉大なる次期天皇の即位を想起させる役割を担っているのである。以上のように考えてゆくと、建内宿禰が、前段において近江、若狭への太子巡行の案内役を務める意味も、おのずから氷解しよう。

二　『日本書紀』の伝えと歌い継がれた酒楽之歌

『古事記』の酒楽之歌の段についていえば、『日本書紀』との相違は、そう大きくはない。しかし、当然、差異はある。いうまでもないことだが、『日本書紀』の巻第九は、歴代の天皇と同様に神功皇后について一代紀を立てている。そのため、当該の二つの歌は、紀においては、神功皇后紀ともいうべき巻第九に収められている。編年体をとる紀では、神功皇后摂政十三年条に、次のように記されている。

十三年の春二月の丁巳の朔にして甲子に、武内宿禰に命《みことおほ》せて、太子に従ひて角鹿の笥飯大神《けひのおほかみ》を拝《をろが》みまつらしむ。癸酉に、太子、角鹿より至《かへりいた》りたまふ。是の日に、皇太后《おほきさき》、太子に大殿に宴《とよのあかり》したまふ。皇太后、觴《みさかづき》を挙げて太子に寿《さかほかひ》したまひ、因りて歌して曰はく、

この御酒は　我が御酒ならず　神酒《くし》の司《かみ》　常世に坐す　石《いは》立たす　少御神の　豊寿《とよほ》き　寿き廻《もと》ほし　神寿《かむほ》き　寿き狂《くる》ほし　奉《まつ》り来し　御酒そ　止《あ》さず飲《を》せ　ささ

とのたまふ。武内宿禰、太子の為《みため》に答歌《かへしうた》して曰《まを》さく、

この御酒を　醸みけむ人は　その鼓　臼に立てて　歌ひつつ　醸みけめかも　この御酒の　あやに　甚楽《うただの》し　ささ

とまをす。

（『日本書紀』巻第九、神功皇后摂政十三年［二一三］二月条、小島憲之他校注・訳『日本書紀①（新編日本古典文学全集）』小学館、一九九四年。一部、私意により改めたところがある）

まず、注目したいのは、紀は太子の角鹿の笥飯大神（＝気比大神）への参拝とのみ記しており、名替えの物語は紀にはないことである。また、紀は、皇太后が武内宿禰（＝建内宿禰）に命じて、参拝をさせたとあり、とり立てて母子関係は強調されない。それは、皇太后と太子という政治的身分関係だけを端的に記そうとしているからである。それもそのはずで、摂政三年条に、

三年の春正月の丙戌《へいしゅつ》の朔にして戊子《ぼし》に、誉田別皇子を立てて皇太子としたまふ。因りて磐余に都をつくりたまふ。〔是を若桜宮と謂ふ。〕

（『日本書紀』巻第九、神功皇后摂政三年［二〇三］正月三日条、小島憲之他校注・訳『日本書紀①（新編日本古典文学全集）』小学館、一九九四年。一部、私意により改めたところがある）

とあって、皇太子の立太子記事が前段にあり、若桜宮の造営記事が置かれているのである。立太子し、新宮を造営した誉田別皇子（＝品陀和気命）は、すでに統治者としての資格を有していることになる。紀は記のように、名替

え物語で、誉田別皇子の即位に相応しい神性を語る必要など、もとからないのである。当然、立太子し、居所となる若桜宮を構えているわけだから、宴席の場所も大殿と明示されることになる。すなわち、若桜宮の大殿である。この宴の場の設定こそが紀の誉田別皇子の政治的立場を示しているのである。紀は、以上のような舞台設定のなかで、皇太后、太子と輔弼の忠臣との宴の姿を描くのである。

しかし、他の所伝と比べてみると、当該の歌の差異は、少ないものといえよう。あえて、暴論の誹りを受けることを覚悟して、臆説を述ぶれば、二つの歌は、記紀のそれぞれの文脈のなかに移植されているために、その伝えに多少の差異はあっても、ほぼ同一と見てよく、記紀が、辿ってゆけば共通する文献資料を利用したか、ないしは共通する口頭の伝承を踏まえていると、考えてよいのではなかろうか。

記紀に、ほぼ共通する所伝を持つ二つの歌は、平安時代となっても、実際に歌われていたようである。それは、『琴歌譜』によってわかる。『琴歌譜』の「琴歌」とは、読んで字のごとく、琴を伴奏として歌う歌ないし、歌う行為をいう。『琴歌譜』は、その歌い方を教えるための教習用テキストである。ちなみに、この琴は、和琴である。編者も成立年代も未詳であるが、節会における大歌の奏上を目的として編纂されたことは間違いなく、そうであるならば、大歌所が設置される大同四年（八〇九）以後、およそ弘仁初年ころには、その原本が成立していた、とみてよい。つまり、西暦八一〇年前後には成立していただろう。とすれば、『琴歌譜』は、記紀成立後百年あまりの年を経て、歌が歌われていた証左ともなり得る。この平安初期に成立したと想定される『琴歌譜』には、当該の二つの歌のほかに、三例が記紀の歌と小異はあるものの重複している。記紀の歌のなかには、平安期にまで歌い継がれた歌があったのだ。

貞観十三、四年（八七一―八七二）ころの『儀式』によると、正月元旦、同七日、同十六日、十一月の新嘗祭において大歌が奏上される決まりとなっていた。取り上げた二つの歌について見ると、「十六日節坐歌二」と記されているので、毎年の正月十六日の節会、すなわち宮廷で行なわれる節日の宴の席において歌われていたようである。一連の正月行事の締め括りの宴で歌われたのであろう。そして、琴歌の歌い方を記した譜詞の後に、「縁記」として、次の注記を見出すことができる。書き下し文の拙案を示すと、

　磐余稚桜宮に御宇《あめのしたしらし》めしき息長足日咩の天皇の世《みよ》に、武内宿禰に命じて、品陀皇子に従ひて、角鹿の笥飯大神を拝《おろが》みたてまつりき。角鹿より至りて、足日皇太后、太子と大殿に宴しましき。皇太后、觴《さかづき》を挙げ、以ちて太子を寿ぎましき。因りて歌ひき。（原文は漢文表記）
　（土橋寛・小西甚一校注『古代歌謡集（日本古典文学大系）』岩波書店、一九六七年、初版一九五七年を参考として作成した書き下し文の拙案）

となる。「縁記」は、この歌が、なぜ正月十六日に歌われるのか、その由来を記すものである。その目的のために、『日本書紀』をほぼ抄出するかたちで、「因りて歌ひき」と記しているのである。食物の神たる笥飯大神に参拝し、大殿において皇太后が酒坏を上げて、太子を寿いだことにちなんで、正月十六日に歌われていたのである。皇太后が皇子のいやさかを祈った歌であったということが、歌われる理由としては大切な情報だったのだろう。めでたい歌であるから、正月行事の節目にあたる十六日に、聖上のいやさかを寿ぐ意味を込めて、歌われたと考えてよいだろう。ちなみに、譜詞には、実際に歌われる際に反復されるところや、囃し言葉が入っており、歌唱法の復元はできないまでも、平安初期の歌唱法を考える手掛かりとなる資料である。「しや」「むしや」などは、この歌について確認できる囃し言葉である。

　以上のように、記紀の所伝の差異が比較的小さく、かつ少なくとも平安初期まで歌い継がれていたことを勘案す

るならば、酒楽之歌は、人口に膾炙して、よく知られていた歌であった可能性も高い、と思われる。

縷々述べてきたように、息長帯日売命の酒を勧める歌と、品陀和気命の感謝を述べる歌が、平安初期の宮廷においても歌われていたのである。こういった歌々を、「宮廷歌謡」なる分析用語で捉え直し、「宮廷歌謡」の下位分類に「酒宴歌謡」という分類項目を立てて考察した学者に土橋寛がいる〔土橋　一九八〇年、初版一九六八年〕。酒宴歌謡の型分類については、第二章第三節において詳述したところである〔一五〇頁〜一五二頁〕。

その土橋が、息長帯日売命の歌とともに、勧酒歌の類型を踏まえるものとしたのが、同じく「この神酒は　我が神酒ならず」からはじまる崇神紀の次の歌である。

八年の夏四月の庚子の朔にして乙卯に、高橋邑《たかはしのむら》の人活日《いくひ》を以ちて大神《おほみわ》の掌酒《さかびと》とす。〔掌酒、此には佐介弭苔《さかびと》と云ふ。〕
冬十二月の丙申の朔にして乙卯に、天皇、大田田根子を以ちて大神を祭らしめたまふ。是の日に、活日自ら神酒を挙《ささ》げ、天皇に献る。仍りて歌《うたよみ》して曰く、
この神酒は　我が神酒ならず　倭なす　大物主の　醸みし神酒　幾久　幾久
といふ。かく歌《うたよみ》して神宮に宴す。即ち宴竟《をは》りて、諸大夫《もろもろのまへつきみ》等、歌して曰く、
味酒　三輪の殿の　朝門にも　出でて行かな　三輪の殿門を
といふ。玆に天皇歌して曰はく、
味酒　三輪の殿の　朝門にも　押し開かね　三輪の殿門を
とのたまふ。即ち神宮の門を開きて行幸《いでま》す。所謂《いはゆる》大田田根子は、今の三輪君等が始祖《はじめのおや》なり。
（『日本書紀』巻第五、崇神天皇八年条、小島憲之他校注・訳『日本書紀①（新編日本古典文学全集）』小学館、一九

九四年。一部、私意により改めたところがある）

以上、崇神天皇八年から引用したが、この宴の意味を理解するためには、話を五年まで遡る必要がある。五年から八年にかけての、崇神紀の祭祀関係記事については、谷口雅博に、簡潔にして要を得た整理があるので、引用させていただく〔谷口　二〇〇四年〕。

五年　疫病流行。人口の過半数が死亡する。

六年　百姓離反。

是先、天照大神・倭大国魂二神を宮中に祭るも、神威を恐れて天照大神を豊鍬入姫命（崇神皇女）に託して倭の笠縫邑に祭る。また日本大国魂神を渟名城入姫命（崇神皇女）に託して祭るがこちらは失敗する。

七年　二月　大物主神、倭迹迹日百襲姫命（孝霊皇女）に神懸かりして祭祀を要求。が、事態は収まらない。

大物主神、天皇の夢に顕れ、大田田根子による祭祀を要求。

八月　倭迹速神浅茅原目妙姫・穂積臣の遠祖大水口宿祢・伊勢麻績君、三人の夢に貴人が顕れ、大田田根子命を、大物主大神の祭主とし、市磯長尾市を、倭大国魂神の祭主とすれば、必ず天下太平になるという。

天皇、大田田根子を発見する。

十一月　大田田根子を、大物主大神の祭主とする。

長尾市を、倭大国魂神の祭主とする。

八十万群神を祭る。天社・国社、神地・神戸を定める。
疫病は終息し、国内が静まる。
五穀が稔り百姓は豊穣となる。
〔谷口　二〇〇四年〕

筆者は、以上の経緯を、以下のように整理して考えたい。崇神紀は、律令祭祀以前の祭祀に関わる伝えを集成していると思われ、それは天皇によるマツリ（祭）とマツリゴト（政）と大和統治の「ことわり」のようなものを提示しようとしているのではなかろうか。一連の記事のなかで唯一、功を奏したのは、天皇が大物主神の啓示を夢のうちに受け、祭主となるべき大田田根子の存在を知って、大田田根子を見つけ出して、大物主神を祀らせたことだけなのである。つまり、崇神天皇の偉大さは、正しく夢告を受け止めて、大田田根子による大物主神の祭祀を実行させた点に、集約されていると見なくてはならないのである。

一方、大和と関わりの深い大物主神を祀ることができるのは、子孫である大田田根子だけなのであり、正しい祭祀が実修されることによってのみ、天下泰平が訪れるという明確な主張が崇神紀にはある。この点をいち早く指摘したのは、青木周平であった〔青木　一九九四年、初出一九七九年〕。

一方で、この伝えは、崇神朝において祭政分離が行なわれたのだとする伝えにもなっている。つまり、天皇に求められたのは、夢告を受け止めて、祭祀の指示をすることであって、実際に大物主神の祭祀をするのは、大物主神の子孫である大田田根子であるということを忘れてはならない。崇神紀は、天皇のマツリゴト（政）と、大田田根子のマツリ（祭）に、越えてはならぬ「ことわり」のあることを示しているのである。こうして、祭政の関係が正された結果、安寧がもたらされたのだと崇神紀は主張しているのではないか。その結果もたらされた天下泰平の後、天皇と臣下があい和す宴が行なわれたのである。

この一貫した論理は、当該の宴の準備にも貫かれている。天皇の行なうのは政であるから、掌酒《さかびと》の指名をし、御酒を造らせることを命ずることになる。こうして高橋の邑の人、活日が、宴のはじめに天皇に酒を勧めることになるのである。その歌の冒頭にも「この御酒は我が御酒ならず」の句が使用されている。土橋は、「日常的な物を神聖化する呪詞の慣用型」〔一九八九年、初版一九七二年〕とも、「この御酒は、私が私的に醸した酒ではなく、大物主神が醸した尊い酒です、の意。酒を勧めるに際して、まずその酒が神聖であることを讃めた呪的詞章」〔一九九三年、初版一九七六年〕とも説明している。土橋も注目しているように、神楽歌には「幣《みてぐら》は我がにはあらず　天に坐す豊岡姫の　宮の幣宮の幣」（神楽歌六　幣）という例もあり、対象となるものが、特別であったり、神に由来するものであったり、神聖なものであることを強調する言い方なのであろう。ただ、それは、前述したように、功を神に譲って謙遜する表現でもあることを忘れてはならない。さすれば、謝酒歌で慰労の言葉が返ってくるのである。

次に、臣下たる諸大夫の立ち歌が歌われる。一部の研究者は、立ち歌と送り歌が入れ替わった誤伝ではないかとの見方を示しているが、筆者は、このままでもよいと考える[4]。というのは、諸大夫の立ち歌は、今宵は朝まで飲み明かしたいという思いを表明するものであり、立ち歌といっても、それが歌われると、すぐに宴の場を立ち去るわけではないからだ。第一、立ち歌を聞いてから、送り歌がはじまるのだから。つまり、地の文に「即ち宴竟りて」とあるのは、立ち歌と送り歌がはじまるタイミングを表しているのであって、ここからまた宴が延長になり、いわゆる飲み直しが行なわれることだってあり得るのである。したがって、この立ち歌の力点は、朝まで飲み明かしても、楽しくて、楽しくて、飽きることなどありませんよと、主人に対する謝意が述べられている点にあるのである。

一方、天皇の立ち歌は、それほど楽しいと言ってくれるのなら、朝まで飲み明かすことを許してやるぞ、という点に主眼があるのである。つまり、この歌は、名残の尽きない諸大夫の心を斟酌して歌われているのである。表現の力点、歌の本願となるところを見失ってはならない。したがって、天皇の立ち歌は、表現上は送り歌となる歌が利用されているのである。送り歌を立ち歌として退席したのである。つまり、「朝まで飲み明かしてもよいぞ」と言い残して、天皇は臣下より先に退出した、とみるべきであろう。

では、なぜそんな設定になっているのだろうか。それは、とりもなおさず、この宴が天皇を主人とする宴だったからだ。天皇は、活日から酒を勧められたということは、一見客人のように見えるが、もともと酒造りを活日に命じたのは天皇であるから、あくまでも天皇は、主人なのである。主人ではあるが、そこは天皇であるから、臣下たる諸大夫が天皇より先に退出するということはあり得ない。ために、天皇は、主人でありながら、送られる側となるのである。しかし、主人がいなくなると宴はお開きになってしまうので、朕が退席した後、朝まで飲み明かしてもよいのだぞ、と諸大夫を気遣っているのである。紀は、この点を誤らないように「行幸す」と書いて退出者が天皇であることを明示している。想像をたくましくすれば、天皇が先に退席しないと、臣下は気ままに飲めないのではないか。それも、主人の気遣いのゆえだろう。

もう一つ、確認しておかなくてはならないことがある。それは、「倭なす　大物主の　醸みし神酒」と歌われている点についてである。やはり、それは大物主神の祭祀が成功したことを祝す宴であったからだろう〔菊地　一九九二年〕〔青木　一九九四年、初出一九七九年〕〔谷口　二〇〇四年〕。ただ、青木は「倭なす」を国譲り神話を反映してのこととするが、筆者はそこまで神話伝承を歌の解釈に反映させる必要はないと考える。ここは、大田田根子による大物主神の祭祀がうまくいって、今日、宴の日を迎えることができるようになったのだから、大和の土地の神たる大物主神のご加護があって、すばらしい御酒ができたのですという程度の気持ちが込められているに過ぎない。(5)宴の主旨や、宴が催される場に合わせて、神の名が入れ替えられることだってあるはずである。

そうして、ようやく大物主神の怒りが鎮まり、無事に臣下との宴を終えた天皇は、大和の境の地の神を祀ることになる。

九年の春三月の甲子の朔にして戊寅《ぼいん》に、天皇の夢《みいめ》に神人《かみ》有して、誨《をし》へて曰はく、「赤盾八枚《やひら》・赤矛八竿《やさを》を以ちて墨坂神《すみさかのかみ》を祠れ。亦黒盾八枚・黒矛八竿を以ちて大坂神を祠れ」とのたまふ。四月の甲午の朔にして己酉に、夢の教《をしへ》に依りて、墨坂神・大坂神を祭りたまふ。
（『日本書紀』巻第五、崇神天皇九年条、小島憲之他校注・訳『日本書紀①（新編日本古典文学全集）』小学館、一九九四年。一部、私意により改めたところがある）

墨坂神と大坂神に盾と矛を献上して、境の地を祀るのである。奈良県宇陀市西峠は伊勢へと続く要路。同県香芝市穴虫は河内への要路に当たる。つまり、国つ神である大物主神をうまく祀ることができたので、その支配の及ぶ東の墨坂と西の大坂の神を祀ったのである。こうして、大物主神の祭祀を巡って発生した国家存亡の危機は無事終息し、大和における内憂がなくなったので、大和の外に、四道将軍を派遣するという話に繋がってゆくのだろう。しかし、今度は、武埴安彦の謀反が起こってしまう。つまり、祭祀をめぐる危機が終結した後に、人の反乱による危機が訪れるという展開となっているのである。

けれども、物語としては、神祀りによる危機と、人の反乱による危機を無事に解決した天皇こそ、偉大なる天皇として語られることはいうまでもない。

おわりに

本節では、土橋が、「勧酒歌」「謝酒歌」「立ち歌」「送り歌」と分類した歌の典型例とされるものを分析してみた。記紀は、むしろこれらの歌をその独自の文脈のなかに移植するにあたり、その類型性と可変部分をうまく利用しているのではないか。謝酒歌を忠臣が代わって歌うことによって、大后、太子、臣の和楽を演出したり、勧酒歌の神名を物語の文脈に相応しいものとしたり、送り歌の表現を持つ歌を立ち歌とすることで天皇臨席の宴のありようを伝えたりというようなさまざまな工夫がなされているようである。

以上のことがらを踏まえて、「この御酒は我が御酒ならず」という表現についても考察を試みた。こちらは、今のこの酒が特別であり、今日の宴が特別の日であることを述べる表現であった。かの表現は、酒の霊威を強調するものであるとともに、功を譲る謙遜の表現でもあることを確認した。当該の表現を使用すれば、酒の素晴らしさを強調しても、聞き手に謝辞を強要することにならないのである。筆者は、以上の点にこそ、この歌の表現の妙がある、と思う。

型があってこそ、型破りは可能となる。しかも、一つとして、同じ宴というものはない。すべては、一期一会で、一回生起的なものだ（第二章第三節）。だからこそ、型が利用されるのではないかと、万葉文化論の立場から考えてみた。次節においては、酒と同じく、笑いも献上されるものであるということを、山上憶良の好去好来歌を事例として考えてみよう、と思う。

注

（1）ここに記した問いは、身崎壽の発言を念頭に置いて書いたものであり、自らの立場を記すものである。当該身崎論文は、記紀の歌々の研究が、文脈論的理解を念頭において進められるべきことを説き、今日にいたるまで、大きな影響力を持っている〔身崎　一九八五年〕。

（2）万葉歌の待酒の例としては、「君がため　醸《か》みし待ち酒　安《やす》の野に　ひとりや飲まむ　友なしにして」（巻四の五五五）があり、旅びとの帰還の日程さえわかれば、その日に合わせて、酒を造ることが行なわれていたようだ。ちなみに、奈良県においては、宮座の祭りの始まりの日を「ミキノクチアケ」と称するところがあるが、それは祭日に合わせて準備された酒が開封され、祝い酒が解禁になることを意味していると思われる。祭日と酒造りの関係については柳田國男『日本の祭』が、つとめて注意したところである〔柳田　一九九八年、初版一九四二年〕。

（3）「酒楽之歌」の訓みについては、賀古明に、詳細な検討があるが、決定することはなお難しい〔賀古　一九八五年、初出一九七四年〕。

（4）こういった考え方は、たとえば山路平四郎〔一九七三年〕などに顕著である。

（5）青木周平〔一九九四年、初出一九七九年〕は、天皇に倭なす大物主神の醸した酒が献上されることの意味を、大物主神が宮廷祭祀に取り込まれたことを表すとする。そして、それは、神代紀下第九段の第二の一書に続く、第二の国譲りとしての意味を持つと説く。以上の結論は、文脈論的理解を貫徹したものであろう。しかし、筆者は、そこまで解釈するのは行き過ぎであると思う。あくまでも、天皇に勧められた酒は、天皇が活日に命じて造らせたものであり、活日が酒の霊威を誇張しつつ、謙遜の心を表したものであることを考え合わせると、大物主神の祭祀の成功を祝する宴であるということと、宴の場が、三輪であることが勘案されて大物主神となったと見るべきで、それ以上の政治的意味合いを読み取るのは難しい、と判断する。

参考文献

青木周平　一九九四年「三輪神宴歌謡からみた大物主伝承像の形成」『古事記研究――歌と神話の文学的表現』おうふう、初出一九七九年。

井上　薫　一九六二年「大三輪神社と神酒」『続日本紀研究』第九巻第四・五・六合併号所収、続日本紀研究会。

岩田大輔　二〇一一年「崇神紀における三輪神宴歌の意義――紀一五番歌を中心に」『古代文学』第五十号所収、古代文学会。

上野　理　一九九〇年「記・紀の酒宴の歌――酒楽の歌をめぐって」『比較文学年誌』第二十六号所収、早稲田大学比較文学研究室。

賀古　明　一九八五年「酒坐歌・酒楽之歌」『琴歌譜新論』風間書店、初出一九七四年。

菊地義裕　一九八九年「まつりとうたげの文学――採物歌と直会」國學院大學日本民俗研究大系編集委員会編『文

学と民俗学（日本民俗研究大系9）』所収、國學院大學。
斉藤充博　一九九二年「万葉の酣宴」『日本文学研究会会報』第七号所収、東洋大学短期大学日本文学研究会。
――　一九九二年「宴会の機能」『魚津シンポジウム』第七号所収、洗足学園魚津短期大学。
猿田正祝　一九九二年「酒楽歌についての一考察――歌謡と説話の接続を中心として」『國學院大學大学院紀要（文学研究科）』第二十三号所収、國學院大學。
島田晴子　一九九二年「『あさず飲せ』考」『学習院大学上代文学研究』第十七号所収、学習院大学。
城崎陽子　一九九三年「宴の民俗」櫻井満監修『万葉集の民俗学』所収、桜楓社。
孫　久富　一九九三年「記紀歌謡と中国文学――『古事記』の『酒楽の歌』について」『相愛大学研究論集』第九巻所収、相愛大學。
高橋六二　一九八七年「宴と歌」有精堂編集部編『時代別日本文学史事典　上代編』所収、有精堂。
谷口雅博　二〇〇四年「崇神紀・大物主神祭祀伝承の意義」『大美和』第百六号所収、大神神社。
土橋　寛　一九七〇年「場の問題」『國文學　解釈と教材の研究』第十五巻第十号所収、學燈社。
――　一九七六年「歌の〝読み〟方について――歌の『場』の問題をめぐって」『日本文学』第二十五巻第六号所収、日本文学協会。
――　一九八〇年『古代歌謡の世界』塙書房、初版一九六八年。
――　一九八六年『古代歌謡と儀礼の研究』岩波書店、初版一九六五年。
――　一九八九年『古代歌謡全注釈　古事記編』角川書店、初版一九七二年。
――　一九九三年『古代歌謡全注釈　日本書紀編』角川書店、初版一九七六年。
土橋寛・池田弥三郎編　一九七五年『歌謡一（鑑賞　日本古典文学　第四巻）』角川書店。
土橋寛・小西甚一校注　一九六七年『古代歌謡集（日本古典文学大系）』岩波書店、初版一九五七年。
内藤英人　一九九四年「崇神紀の酒宴歌謡について」『日本歌謡研究』第三十四号所収、日本歌謡学会。
永池健二　一九九七年「酒盛考――宴の中世的形態と室町小歌」友久武文先生古稀記念論文集刊行会編『中世伝承

文学とその周辺』所収、溪水社。
服部　旦　一九七七年「神功皇后『酒楽之歌』の構造と意味――滋賀県水口町総社神社『麦酒祭』の民俗調査に基づいての一考察　附説（一）少彦名神と酒造及び常世国　（二）大物主神と酒造」『大妻国文』第八号所収、大妻女子大学国文学会。
真鍋昌弘　二〇〇三年「酒宴と歌謡」『口頭伝承「トナエ・ウタ・コトワザ」の世界（講座日本の伝承文学）』第九巻所収、三弥井書店。
身崎　壽　一九八五年「モノガタリにとってウタとはなんだったのか――記紀の〈歌謡〉について」『日本文学』第三十四巻第二号所収、日本文学協会。
水島義治　一九六一年「酒楽歌」『国語国文研究』第十八・十九号所収、北海道大学国語国文学会。
森　淳司　一九八二年「万葉集宴席歌考――天平宝字二年二月、中臣清麻呂の宅の宴歌十八首」『語文』第五十五輯所収、日本大学国文学会。
――　一九八五年「万葉宴席歌試論――交歓宴歌について　その一」五味智英・小島憲之編『萬葉集研究』第十三集所収、塙書房。
――　一九九三年「万葉集宴席歌試論――餞席終宴歌について（一）」青木生子博士頌寿記念会編『上代文学の諸相』所収、塙書房。
森　陽香　二〇〇六年「石立たす司――スクナミカミと常世の酒と」『上代文学』第九十七号所収、上代文学会。
盛本昌広　二〇〇八年『贈答と宴会の中世』吉川弘文館。
柳田國男　一九九八年「日本の祭」『柳田國男全集』第十三巻、筑摩書房、初版一九四二年。
山路平四郎　一九七三年『記紀歌謡評釈』東京堂出版。
和田　萃　二〇〇三年「倭成す大物主神」『大美和』第百五号所収、大神神社。

初出

「この御酒は我が御酒ならず——古代酒宴歌の本願」和田萃編、田原本町記紀・万葉事業実行委員会監修『古事記と太安万侶』吉川弘文館、二〇一四年。

第四節　好去好来歌における笑いの献上

――難波津に　お船が着いたと聞いたなら
アナタの結んだこの紐を解いて　解いて広げて……
飛んだり跳ねたり　大はしゃぎ
お楽しみはこれからなのに
さぁ大酒盛り　さぁお床入り
どっちにしようか
　お楽しみはこれからなのに　私めは
　紐を解いて広げて走り出します
　　お船が着いたと聞いたなら――
　　　　　　　　　　　　　　　　　　　　　（巻五の八九六釈義）

はじめに

天平五年（七三三）に派遣された遣唐使の大使は、丹比広成であった。この時に、大使・広成に対して献ぜられたのが、山上憶良の好去好来歌である。広成と憶良との関係については、憶良が広成の家庭教師的存在ではなかったかと推定する説や、憶良と丹比氏との関係が推定されたりしている〔伊藤　一九八三年、初版一九七五年、初出一九六九年〕〔菊地　一九八四年〕。詳細は、推定の域を出るものではないが、左注によれば、広成が憶良を訪ね、その訪問に応えるかたちで、好去好来歌が献ぜられていることを考え合わせるならば、二人は私宅を訪問するような関係があったことは、間違いない。

好去好来歌は、国家の命運を担う遣唐使の壮行歌であることを念頭に、従来読解されてきた。神々の守護や言霊の加護を高らかに歌い上げる、いわば公的かつ硬派な側面ばかりが強調されてきたように思う。そうした解釈が好まれるのは、憶良自身の官途が命を賭しての渡唐によって拓かれたことや、四船のうち二船しか帰国できなかった天平の遣唐使たちの苦難の旅路を想起しながら、当該歌を読むからである。たしかに、荘重な冒頭部、神々と言霊の加護を歌い上げる展開部までは、荘厳な壮行歌だ。しかしながら、長歌終尾の「つつみなく　幸くいまして　はや帰りませ」を受けて展開される反歌二首となると、鉄野昌弘がいみじくも指摘したように「大げさな言辞に最大級の惜別の情を込め、かつ自己を戯画化する諧謔の中に、困難な旅に向かう相手を暖かく包もうとする、憶良歌独自の味わい」があるのである〔鉄野　二〇〇一年〕。

本節では、解釈上問題を残す反歌二首のうち第二反歌の表現の観察から、研究史上あまり問題にされなかった「好去好来歌の笑い」について論じてみよう、と思う。なお、第一反歌については、第七章第四節において愚考を述べる。

好去好来の歌一首〔反歌二首〕

神代より　言ひ伝《つ》て来《く》らく　そらみつ　大和の国は　皇神《すめかみ》の　厳《いつく》しき国　言霊の　幸はふ国と　語り継ぎ
言ひ継がひけり　今の世の　人もことごと　目《ま》の前に　見たり知りたり　人さはに　満ちてはあれども　高光
る　日の大朝廷《おほみかど》　神ながら　愛での盛りに　天の下　奏《まを》したまひし　家の子と　選ひたまひて　勅旨《おほみこと》〈反し
て、大命《おほみこと》と云ふ〉　戴《いただ》き持ちて　唐《もろこし》の　遠き境に　遣《つか》はされ　罷《まか》りいませ　海原の　辺《へ》にも沖にも　神留《かむづ》

まり　うしはきいます　諸《もろもろ》の　大御神たち　船舳《ふなのへ》に〈反して、ふなのへにと云ふ〉　導きまをし　天地の
大御神たち　大和の　大国御魂《おほくにみたま》　ひさかたの　天のみ空ゆ　天翔り　見渡したまひ　事終はり　帰らむ日には
また更に　大御神たち　船舳に　御手うち掛けて　墨縄を　延《は》へたるごとく　あぢかをし　値嘉《ちか》の岬《さき》より　大
伴の　三津の浜辺に　直泊《ただは》てに　御船は泊てむ　つつみなく　幸《さき》くいまして　はや帰りませ

反歌

大伴の　三津の松原　掻《か》き掃《は》きて　我立ち待たむ　はや帰りませ
難波津に　御船泊てぬと　聞こえ来《こ》ば　紐解き放《さ》けて　立ち走りせむ

天平五年三月一日に、良の宅《いへ》にして対面し、献《たてまつ》るは三日なり。　山上憶良
謹上　大唐大使卿〔記室《きしつ》〕　（巻五の八九四～八九六）

一　家なる待つ妹と旅ゆく背という構図

「つつみなく　幸くいまして　はや帰りませ」は、もちろん、作者たる憶良が、広成をはじめとする遣唐使一行を待つ、ということである。ただ、万葉歌においては、「家なる待つ妹ないし母（女）」と「旅ゆく背（男）」という対比構造の類型というものがある〔伊藤　一九八四年、初版一九七七年、初出一九七三年〕〔三田　二〇一二年〕。「はや帰りませ」「率て帰りませ」という語りかけそのものが、家なる妹の言葉のように聞こえてしまうのは、筆者だけではなかろう。当該の好去好来歌の長歌と第一反歌を除くと、「はや帰りませ」は六例を挙げることができる。

①　天平五年癸酉の春閏三月に、笠朝臣金村が入唐使に贈る歌〔并せて短歌〕
玉だすき　かけぬ時なく　息の緒に　我《あ》が思ふ君は　うつせみの　世の人なれば　大君の　命《みこと》恐《かしこ》み　夕され

ば　鶴が妻呼ぶ　難波潟　三津の崎より　大船に　ま梶しじ貫き　白波の　高き荒海《あるみ》を　島伝ひ　い別れ行か
ば　留まれる　我は幣引《ぬさ》き　斎ひつつ　君をば遣らむ　はや帰りませ　（巻八の一四五三）

［反歌省略］

②　荒津の海　我幣奉り　斎ひてむ　はや帰りませ　面《おも》変りせず　（巻十二の三二一七）
③　大船を　荒海《あるみ》に出《い》だし　います君　つつむことなく　はや帰りませ　（巻十五の三五八二）
④　我がやどの　松の葉見つつ　我《あれ》待たむ　はや帰りませ　恋ひ死なぬとに　（巻十五の三七四七）
⑤　他国《ひとくに》は　住み悪《あ》しとそいふ　速《すむや》けく　はや帰りませ　恋ひ死なぬとに　（巻十五の三七四八）
⑥　天平五年、入唐使に贈る歌一首〔并せて短歌〕作主未詳なり

そらみつ　大和の国　あをによし　奈良の都ゆ　おしてる　難波に下り　住吉《すみのえ》の　三津に船乗り　直《ただ》渡り　日の入る国に　遣はさる　我が背の君を　かけまくの　ゆゆし恐き　住吉の　我が大御神　船舳《ふなのへ》に　うしはきいまし　船艫《ふなども》に　み立たしまして　さし寄らむ　磯の崎々《さきざき》　漕ぎ泊《は》てむ　泊まり泊まりに　荒き風　波にあはせず　平《たひら》けく　率《ゐ》て帰りませ　もとの朝廷《みかど》に　（巻十九の四二四五）

［反歌省略］

①は、笠金村の天平五年（七三三）の遣唐使を送る歌だが、歌を贈る相手に「我が思ふ君は」と呼びかけ、自らは「斎ひつつ」と歌っている。背が旅先にある時に、家での「斎ひ」の祭祀を行なうのは、一般的には家なる妹の役目なので、金村は妹の立場で歌っているといえるだろう。(1)ちなみに、荻原千鶴は、仮構された我（＝女）が、遣唐使（＝男）を思う物語の情景として読むべきことを提案している。しかも、それは金村が、かくあってほしいと願う女性像が投影されていると見ている〔荻原　二〇〇〇年〕。従うべき見解であろう。②③④⑤は旅ゆく背の帰り

を待ちわびる女歌。⑥は、作主未詳の遣唐使を送る歌だが、「我が背の君を」という呼びかけは、妹の立場で作られた歌と見てよいだろう。

これらの用例から、次のようなことがいえるのではないか。「はや帰りませ」「率て帰りませ」という言葉は女性語ではないけれど、万葉歌の場合は、家なる待つ妹と旅ゆく背という歌の類型、伝統が存在するために、この語を使用すると妹の立場に身を置くように読めてしまうのである。とりわけ①⑥の例は、本節に好都合な事例である。というのは、同じ遣唐使壮行歌にも、妹の立場で見送り、「はや帰りませ」「率て帰りませ」と歌う事例があるからだ。

難波津を掃いて待つというのも、船が着いたら紐を解いて走りだそうというのも、妹の立場で歌っているのではなかろうか。では、このような見解の先蹤は、いかなる書にあるのであろうか。それは、折口信夫の『口訳万葉集』にある。折口は、その注記で「此は丹比広成の愛人の心になつて歌つたものと見るがよい」と端的に述べている（折口信夫全集刊行会編　一九九五年、初出一九一六年）。好去好来歌の反歌は、家なる待つ妹の立場に立って発想されていると思われるのである。もちろん、聞き手や読み手は、憶良の作と知って、その仮構（趣向）を楽しむことになることはいうまでもない。

二　仰天急行説の当否

第二反歌の訓読については、未解決の問題はない。解釈についても、

難波津に御船が着いたとわかりましたなら、うれしさのあまり私は帯紐を解き放したままで、何はさておきすっ飛んで参りましょう。
（伊藤『釈注』一九九六年）

このように解釈されていて、表面上問題はない。ただ、表面上といったのには、わけがある。それは、なぜ「紐解き放けて立ち走り」をするのかということの内実を問わない限りにおいては、問題がない、という意味でいったのである。紐を解き広げて立ち走りをする理由を具体的に問おうとすると、多数派を形成する解釈案と、少数派の解釈案に分かれてしまう。「なぜ、紐を解くのか」ということの内実を問おうとすると解釈が難しくなるのである。

多数派の解釈案は、紐を解いて走る理由を、引用した伊藤『釈注』にあるように、紐など結ぶいとまもなく走り出してしまう、と考える説である。江戸時代の万葉集注釈を集大成する位置にある鹿持雅澄『古義』にも「よろこびのあまりに、紐を結ぶまでもなく、いそぎて立走らむといふなり」とある（一八二三年初稿成立か）。また、遡って橘千蔭『略解』を見ても「紐結ふまでもなく、いそぎ迎へてといふ也」とあり、古注はすべて同様の説を取る（一七九六年成立）。仮に、これを筆者は、「仰天急行説」と名付けたい。仰天急行説は、近代においても優勢で、従わないのは、井上『新考』（一九一七年）、森本『総釈』（一九三四年）、土屋『私注』（一九八二年、初版一九五〇年）、井村『全注』（一九八四年）、阿蘇『全歌講義』（二〇〇七年）などの少数に留まる。管見十五の新注に当たってみたが、五つを除いて、若干の差異はあっても仰天急行説を採っていた。いわば、通説である。

では、この仰天急行説の淵源はどこにあるのだろうか。遡れば、契沖の『代匠記』初稿本（一六八七年成立）に「ときさけては、ときあけてなり。紐結ふまてもなく、いそき立はしらんとは馳走の心なり」とあるのを嚆矢とする。契沖が根拠とするのは、『毛詩』齊風の「東方未明」の例と陸士衡の「門有車馬客行」である。このあとに、契沖は『日本書紀』の欽明天皇条を引用するが、こちらは「欽明紀は、常に帯をくつろけて、心をやすくするといふ心なり」として、仰天急行説の補強材料になり得ぬと表明している。[2] そこで、契沖が指摘する毛詩「東方未明」を見ると、

東方　未《いま》だ明けず　衣裳を顚倒す
之を顚し之を倒す　公《こう》自《よ》り之を召す
東方　未だ晞《あ》けず　裳衣を顚倒す
之を倒し之を顚す　公自り之を令す
（後略）

（『詩経』齊風、東方未明、石川忠久『詩経（上）（新釈漢文大系）』明治書院、一九九七年）

とある。東の空がまだ明けきらないうちに、大君からのお召しがあり、慌てふためいて衣裳を逆さまに着てしまう。次の四句は、慌てふためいて衣裳を逆さまに着て、大君から勅命を聴くという内容となっている。万葉時代に広く用いられていた、『毛詩』の注釈書である毛伝によれば、衣は上衣、裳は下袴なので、上下があべこべになっているという。それほど、早朝のお召しに仰天してしまったということである。

では、陸士衡の「門有車馬客行」は、どうであろうか。

門に車馬の客有り、駕して言《ここ》に故郷を發す。
君が久しく歸らざるを念ひ、迹《あと》を濡《うるほ》して江湘を渉る。
袂《たもと》を投じて門塗《もんと》に赴き、衣を攬《と》りて裳に及ばず。
膺《むね》を拊ち客を攜《たずさ》へて泣き、涙を掩《おほ》ひて溫涼《をんりやう》を敍《の》ぶ。
（後略）

（『文選』楽府下、楽府十七首、門有車場客行、内田泉之助・網祐次『文選（詩篇）下（新釈漢文大系）』明治書院、一九六四年）

こちらは、故郷を離れて久しい自分のもとに、突然、故郷から客がやって来た驚きを述べた詩である。門に故郷から車馬が着いた。取り次ぎの者が言うには、おまえが故郷に戻らぬので、江水、湘水を越え、苦労してここまでやって来たと歌う。これを聞いた自分は袖を振り払って、立ちあがって門に行こうとするのだが、衣すなわち上着は手に取ったものの、裳すなわち袴は手に取ることもできず、慌てふためいて門に急行したといっている。そして、客の手を取り、涙して、来し方のことを述べたというのである。いわば、「取るものも取りあえず」ということであろう。

つまり、契沖は、こういった漢籍の例もあるのだから、紐も結ばずに走り出すというのは、慌てふためいて、急行するさまをいったのであろうと推定したのであった。この説は、その後、小島憲之によって、次のように補強されることになる。(3)

これは、人を歓待して迎へることに急な形容の、「倒屣《タウシ》」（履物を逆にはくこと、後漢蔡邕の故事。その一例、隋盧思道、孤鴻賦「倒屣相接」）や、「倒裳」（裳をさかさまに着ること。その一例、陶淵明、飲酒「清晨聞叩門、倒裳往自開」、陳思王、九詠「倒裳而求領」）などに暗示を得て新しい表現を試みたものではなからうか。〔小島　一九六四年b〕

小島は、『懐風藻』、『杜家立成』や敦煌出土の書儀などの例を挙げ、「『紐解きさけて』も『走る』も帰朝者を急ぎ迎へる動作である」としている。仰天急行説は、碩学による漢籍の事例の補強が行なわれ、今日、通説となっているのである。

三　森本治吉の反駁と斎ひの紐説

この仰天急行説に反駁したのが、森本治吉であった。森本は、一九三五年刊の『万葉集総釈』第三（樂浪書院）において、次のように反論している。なお、ここで森本がいう略解説とは、契沖以来の仰天急行説のことである。

> 思ふに略解説は諸家の支持を得てゐるが、紐解き放けてとあるのを、紐を結ばないで（あけたままで）、の意に解するのは明かに無理である。だから第四句は、紐を解き放つてしまつてで、上衣の紐を解いてしまふこと（今迄結んでゐたのを改めて解くこと）と解すべきである。

たしかに、「紐解き放けて」⇩「立ち走る」のであるから、「紐解けしまま」⇩「立ち走る」というのではない。森本の提示した疑義は、解釈史上、重大な意味を持つと思われる。もちろん、森本説には、反論もあろう。紐を結ばないまま走ることを「紐解き放けて立ち走りせむ」といい得るのではないかという再反論である。しかし、「放く」とは結ばれている紐を解いて、左右に開放する行為をいうのであるから、やはり紐を解いたと解釈せねばならないはずである。しかも、「紐解き放けて」とあるので、紐を解いた後に、走り出したと解釈しなくてはならないのである。今日、森本の主張を顧みる研究者はなく、黙殺されたかたちとなっているけれども、森本の指摘によって、仰天急行説は、その依って立つ根拠を失うことになるのではないか[4]——。ただし、森本の主張と同様の結論に辿り着いた注釈書は存在する。井村『全注』（一九八四年）である。井村も、森本と同主旨の理由から、仰天急行説を否定している。

　では、仰天急行説を否定した森本は、紐を解いて走る理由をどう説明しているのであろうか。森本は、井上『新考』の説に従い、すばやく走るために紐を解いたのだとしている。いわく、「而して、走るために呼吸が困難になり、又兩腕の動作を妨げるのを防ぐ爲に紐を解いて、上衣を緩かにするのだと思ふ」と。しかし、船が港に着いたという報を受けて、走り出す時に、先に呼吸を楽にするために紐を解き、その後に走り出すということがあるだろうか。そんなことは、あり得まい。

　では、森本と同じく仰天急行説を否定した井村は、どのような解釈案を提案しているのだろうか。井村は、紐を解いたのは、それまで旅先の広成の安全を祈念して解かなかった紐を、船が港に着いたというので解き放したとするのである。この行為は、古語で「斎《いは》ひ」と称されるもので、歌中では主として、留守を守る妹ないし母が行なう行為である〔上野　二〇〇八年〕。この斎ひの祭祀は、

①　原則として女性祭祀で、床辺や枕辺で行なわれる。

②　旅立つ前の現状をなるべく維持する。現状を変更しない努力をすることで、旅ゆく背（男）の安全が得られるとする。変更すると、旅先から戻って来ないと考えるのである。

①の例として、都合のよい歌を挙げれば、

　　天平五年癸酉、遣唐使の船難波を発ちて海に入る時に、親母の子に贈る歌一首〔并せて短歌〕

秋萩を　妻問ふ鹿《か》こそ　独り子に　子持てりといへ　鹿子《かこ》じもの　我が独り子の　草枕　旅にし行けば　竹玉を　しじに貫き垂れ　斎瓮《いはひへ》に　木綿取り垂《し》でて　斎ひつつ　我が思ふ我が子　ま幸くありこそ

［反歌省略］　（巻九の一七九〇）

を挙げることができる。竹を管玉状に切り、それを隙間なく長く垂らして、木綿を下げて清浄を保った瓮を据えて、旅ゆく息子のために母は祈ろうとするのであった。②の例としてよく引用されるのは、

櫛も見じ　屋内《やぬち》も掃《は》かじ　草枕　旅行く君を　斎ふと思《も》ひて〈作者未詳なり〉

右の件の歌、伝誦するは大伴宿禰村上、同清継《きよつぐ》等これなり。　（巻十九の四二六三）

である。屋内の清掃は女性労働であるが、それをしないというのは、現状をそのままにして物忌みして、旅ゆく背の帰りを待つのである〔上野　一九九七年、初出一九八六年〕。四二六三番歌は、遣唐副使となった大伴胡麻呂らの餞のために贈られた歌の一つであった。この歌は、作者未詳の伝誦歌で、宴席に出席した「大伴宿禰村上、同清継等」が、伝誦していて、歌ったのであった。どちらも、遣唐使を送る歌の例である。こういう家なる待つ妹の歌を、遣唐使壮行宴で、男どもが歌ったとしても、よかったのである。

井村の説を、筆者は「斎ひの紐解き説」と名付けたい、と思う。この説を積極的に支持しているのは、鉄野昌弘である〔鉄野　二〇〇一年〕。後述するように、筆者はくつろいで紐を解くことと、共寝のために紐を解くことの両方を想定するけれども、帰国祝賀の宴で斎ひの紐を解くことだってあり得ぬ話ではない。その当否の判別は難しいと思われる。したがって、筆者は、消極的に斎ひの紐解き説を支持したい。

四　紐解き各説の当否

ただし、消極的に斎ひの紐解き説を採るにしても、勘案すべきことがらがほかにもある。忘れてはならないのは、斎ひの紐を解いて走るにしても、紐を解いて走るという行為は、今日、われわれが思う以上に奇行として当時は受け止められていた可能性があるからだ[5]。古典に登場する「走る」という語は、一方向への平行移動のみを指すのではなく、跳躍運動やものが多方向に飛び散るさまを指すといわれている〔井手　一九五九年〕〔稲田　二〇一〇年、初出一九八九年〕。そして、それを人が行為として行なった場合、一種の狂気のなせる技とみなされていたのである。「走る」という行為が奇行であったことを指摘したのは、稲田利徳であった。稲田が示した例でもっとも顕著な例が、次の『徒然草』の一文である。

狂人《きょうじん》の真似《まね》とて大路《おほち》を走らば、則《すなは》ち狂人なり。悪人の真似とて人を殺さば、悪人なり。驥《き》を学ぶは驥のたぐひ、舜《しゅん》を学ぶは舜の徒《ともがら》なり。偽りても賢を学ばんを賢といふべし。

（『徒然草』第八五段、神田秀夫他校注・訳『方丈記・徒然草・正法眼蔵随聞記・歎異抄（新編日本古典文学全集）』小学館、一九九五年）

大路を走るという行為が狂人の行為と、ここではみなされているのである。それは、この動作が、右に左にと走り回る行為なのであるから、当然であろう。稲田は、論の後半において、農耕を生活基盤とした社会においては、特別の場合を除いて、走ることはなく、ために衣服や履物も、走ることに不向きにできていると述べている。走るという行為がきわめて愚かな行為とみなされていた証左は、『万葉集』にもある。高橋虫麻呂の「水江の浦島子の歌」には、玉櫛笥を開いた驚きを、次のように表現した部分がある。

……この箱を　開きて見てば　もとのごと　家はあらむと　玉櫛笥《たまくしげ》　少し開くに　白雲の　箱より出でて　常《とこ》世辺《よへ》に　たなびきぬれば　立ち走り　叫び袖振り　臥《こ》いまろび　足ずりしつつ　たちまちに　心消失《けう》せぬ　若かりし　肌も皺みぬ　黒かりし　髪も白けぬ　ゆなゆなは　息さへ絶えて　後遂《のちつひ》に　命死にける　水江《みづのえ》の　浦島子《うらのしまこ》が　家所《いへどころ》見ゆ　（巻九の一七四〇）

玉櫛笥を開いた時の驚きこそ、立ち走りに値する行為だったといえよう。しかも、虫麻呂は、浦島子が常世辺から戻って来たことについて、

常世辺《とこよへ》に　住むべきものを　剣大刀　汝《な》が心から　おそやこの君　（巻九の一七四一）

と反歌で評している。まるで、傍観者のコメントである。「おそやこの君」とは、「愚かなる君よ」の意味である。虫麻呂は、浦島子のことを、愚か者と称しているのである。もちろん、その奥には、虫麻呂による浦島子への憐みの心もあるのだろうが、容赦のない評言というべきであろう。常世から帰って来た愚か者の行為の一つに、走るという行為もあったのである。

してみると、紐解き放けて走るという行為は、不作法きわまりない奇行で、日常においては許容される行為ではなかったのである。さすれば、紐を解いて走った後に、何が行なわれるのかということを考えねばならないであろう。その手掛かりがないわけではない。じつは、憶良には、紐解きの歌がもう一首ある。

山上臣憶良の七夕の歌十二首

天の川　相向き立ちて　我が恋ひし　君来ますなり　紐解き設けな〈一に云ふ、「川に向かひて」〉

（巻八の一五一八）

右、養老八年七月に、令に応へて。

左注によれば、時の皇太子、すなわち後の聖武天皇の命により作った七夕歌と考えられている。その内容は、織女の気持ちを代弁して、まるで織女の口から出た言葉のようである。ここでは、紐を解いて走るのではなく「設けな」と歌っている。「設けな」とは、準備をするということである。では、具体的には何の準備をするのだろうか。筆者は、共寝をする準備だと思う。一方、土屋『私注』と阿蘇『全歌講義』は、宴においてくつろぐための紐解きをするのだとしている[6]。いわば「くつろぎの紐解き説」である。七夕歌の場合は、一年ぶりの再会であり、共寝を急ぐ表現が多い（巻十の二〇七一、二〇七七など）。だとすれば、酒を酌み交わし、紐を解いて共寝をすると考えるより、すぐに共寝をすると考えた方がよいだろう。しかし、宴説を排除することも難しい。酒を酌み交わして、共寝をすることだって推定されるからである。ただ、次のことはいえる。紐を解いて共寝をする、宴をして紐を解き、共寝をするならよいが、直接逢う前に紐を解いたとすれば、それは愚かなことであろう。ことの順番が間違っている。

縷々述べたことを勘案すれば、やはり、ここは、二重ないし二段階の意味構造があるとみなくてはならない[7]。

船が着いたと知り、紐を解き走り
→ 宴をする
→ 共寝をする

以上のように整理して考えてみても、相手と直接逢ってもいないのに、紐を解くというのは、じつに考えにくいことだ(8)。ましていわんや、紐を解いて走り出すなどあり得るだろうか。まず、主客への献酒があり、徐々にくつろいでゆき、紐を解くはずであり、最初から紐を解いて宴がはじまることなどあり得ない。失礼な話だ。段階を踏んで、座くずれしてなごみ、宴の時間は進んでゆくものなのである〔上野　二〇一四年〕。

共寝の紐解きもしかりで、男がやって来る前から紐を解いて待つなど考えにくいことではないか。これは、斎ひの紐についても同様で、船が着いたと聞いたらすぐに解くものでもなかろう。帰国まで斎ひの紐を解かなかったことを、帰って来た男に見せて解くものと思われる。それは、紐の結びが妻の貞操の証ともなり、物忌みを厳重に行なったことの証にもなるからだ。友人のための斎ひなら、紐の結びは友情の証となろう。斎ひの紐解きにせよ、宴のくつろぎの紐解きにせよ、共寝の紐解きにせよ、それは帰って来た男と対面してから行なうべき行為であったはずだ。やはり、紐を解いて走り出すなど、奇行以外の何物でもない。だとすれば、筆者はこう考える。

「紐解き放けて立ち走りせむ」とは、到着後の宴、共寝や宴でなされるべき紐解きを先にしてしまった愚か者の姿ではないか――と。

おわりに――憶良のお茶目な歌

そこで、縷々述べてきた各説の当否について、まとめておく。

一、通説の仰天急行説は成立し得ない。

二、斎ひの紐解き説については、成立の可能性は残る。

三、くつろぎの紐解き説と共寝の紐解き説は、重なるところが大きく、判別不可能である。また、同時に成り立つ可能性も高い。

そして、本節で示した解釈案に従えば、第二反歌は、自らの愚かぶりを、聞き手と読み手に示したということになる。もちろん、それほどまでに、相手の無事な帰国を熱望する愚か者（＝我）の姿なのだが。まさに「自嘲の文芸」である。

宴席を早引けするにあたり、あり得もしない乳飲み子とその若妻を歌う憶良（巻三の三三七）。秋の野の花を数えるといって、花の名だけを列挙する歌を作った憶良（巻八の一五三七、一五三八）。皆が胸中に秘めて口外しない出世と平城京帰任への思いを大胆に歌う憶良（巻五の八八〇〜八八二）（第二章第一節および第二節）。それらはすべて、宴の出席者を楽しませるために、自己を卑下して、道化役を演じて歌った歌々であろう。なんとも、お茶目な笑い歌の数々なのである。自分を貶めて笑いを取る。が、しかし。歌を献上する相手への敬意も決して忘れない。むしろ、その落差を利用するのだ。そのような笑いが、これらの歌々にはあるのではないか[9]。

一方、こうした反歌のあり方を長歌制作における芸として考えてみることもできるかもしれない。遣唐使壮行歌として、神々と言霊を登場させて長歌は荘厳に歌っているにもかかわらず、反歌では、お茶目な憶良が顔を出して、オチになるという仕掛けになっているのではないか（落差を利用した対立構造）。しかも、男を待ち焦がれる女の立場で。このような長歌と反歌の落差を芸として捉えようとした論考もある。主に赤人論として展開された梶川信行の長反歌論である〔梶川　一九九七年〕。そのような見方も、一案であろう。

齢、七十を越え、病を得た憶良が走ることができたかどうかを問うても仕方のないことである。それは、歌の表現世界のなかで、解決しなくてはならないことだからだ。しかし、そういう走る愚か者を歌の中で演じる憶良の姿を、筆者は今思い浮かべている。

もちろん、紐解きの内実をここまで具体化して考えてよいのか、それは、不要な実体化論ではないか、歌は想念として理解されるべきものであるという批判もあって然るべきである。筆者も、自身の研究手法について、そのような欠陥ないし弱点への批判があることは、充分に承知しているつもりだ。ただ、詠み手、聞き手、読み手が、ともに想起しているであろう事柄を推定してゆくことは、あながち不当な考察であるとは、筆者は思わない。そこに、筆者は、歌表現を実感する現実性（リアリティー）を認めたいのである（緒言）。

憶良は、走る愚者を演じて、笑いを遣唐大使に献上したのであった。それは、そのまま、祝福の言葉となっているのである。笑いが献上されることもあるのである。

次章においては、歌の書かれた木簡の使用法や、使用された場について考察を行ないたい。木簡もまた往来と贈答の文化と深くかかわって存在した「モノ」である。

注

（1）もちろん、例外もある。大伴書持挽歌では、旅ゆく家持が家で待つ書持に対して、「……ま幸くて　我帰り来む平けく　斎ひて待てと……」（巻十七の三九五七）と言っている。

（2）欽明紀の例は、くつろぎの紐解き説に有効な事例となる。契沖はもう一つ『楚辞』屈原の「離騒《りそう》」の一文にある「何ぞ桀紂の猖披なる」を引用している。猖披は、衣の袖を通さず、打ち羽織って、帯をしないさまで、夏の桀王と殷の紂王のだらしないさまをいう。ただし、この例も仰天急行説の補強材料にはならない。

（3）ただし、小島は、『代匠記』の挙げた例について、言及していない。したがって、小島の言説を『代匠記』の仰天急行説の補強とみるのは、注釈史整理による、筆者の理解である。

（4）森本の主張によって、もう一つ根拠を失う説がある。それは、俗信呪術説ともいうべき説である。万葉歌には、別れに際して男女が互いの服の下着を結び合い、再会の時まで解かない習俗があった。それは、再会の日まで、結び目をそのままにしておくことで、再会の機会が早まることを期待する呪術であった。ところが、貞操の象徴となるべき結び目が自然に解けた場合には、これを相手が自分のことを強く思い、その念力によって解けたとする解釈（＝説明）も行なわれていた。いわば、俗信である。ために、この俗信を逆手にとって、恋焦がれて再会したい場合、自ら紐を解くことも行なわれた。いわば、俗信を利用した呪術である。下田忠は、第二反歌の紐解きを早期の再会を期した呪術と解釈したのであった〔下田　一九八一年〕。筆者は、この説を俗信呪術説と名付けたいと思うが、やはり森本の主張を勘案すれば、不成立ということになろう。

（5）なお、憶良の歌の走りをテーマとした論考に、東茂美の論考がある〔東　二〇〇六年、初出二〇〇一年〕。ただし、こちらは、走るということについての思弁的側面を捉えた論考である。

（6）くつろぎの紐解きの例を列挙すると、巻九の一七五三、巻十七の三九四九、巻十九の四二六六、巻二十の四二九五、巻二十の四四六四。ただ、これらの諸例は、吉井巌が注意したように、くつろぎというものの、恋愛的気分を前提としたものである〔吉井　一九六三年〕。くつろぎの紐解きと共寝の紐解きは、重なるところが大きいのである。

（7）なお、遣唐使壮行歌において、帰国後の酒宴が盛大になされることを歌った歌としては、巻六の九七三と巻十九の四二六四番歌がある。帰って来たら、盛大な宴を開こうと歌うことは、一つの餞の言葉になることはいうまでもない。

（8）一五一八番歌には、類歌「天の川　川門《かはと》に立ちて　我《あ》が恋ひし　君来ますなり　紐解き待たむ〈一に云ふ、「天の川　川に向き立ち」〉」（巻十の二〇四八）もあるのだが、どちらも、伝聞・推定の「なり」が使用されている。好去好来歌の第二反歌も、船が着いたという情報が入って、紐を解き、走り出している。

（9）中西進は、人麻呂から憶良に至る歌人たちの文芸を宮廷サロンの文芸と捉え、いわゆる否定的評価を含む「御用歌人論」とは距離を置きつつも、憶良の文芸のありようを「幇間的立場」と称している。これは、きわめて早い段階（一九六二年）においての憶良の文芸の側面を捉えた指摘である〔中西　一九九五年、初出一九六二年〕。筆者のいう「自嘲の文芸」とは、「幇間的立場」から来たる一側面である、と思う（第二章第一節）。

参考文献

浅野則子　二〇〇四年「透過する女性——万葉集における孝謙天皇」『別府大学大学院紀要』第六号所収、別府大学。

井手　至　一九五九年「萬葉語イハバシル・ハシリヰ・ハシリデ」『萬葉』第三十二号所収、萬葉学会。

伊藤　博　一九八三年「貧窮問答歌の成立」『萬葉集の歌人と作品（下）（古代和歌史研究4）』塙書房、初版一九七五年、初出一九六九年。

——　一九八四年「家と旅」『萬葉集の表現と方法（下）（古代和歌史研究6）』塙書房、初版一九七七年、初出一九七三年。

稲岡耕二　二〇一〇年『山上憶良』吉川弘文館。

稲田利徳　二〇一〇年「人が走るとき——王朝文学と中世文学の一面」『人が走るとき——古典のなかの日本人と言葉』笠間書院、初出一九八九年。

今村みゑ子　二〇〇〇年「『今物語』における『速さ』——表現に着目して」『飯山論叢』第十七巻第二号所収、東京工芸大学。

上野　誠　一九九七年「人麻呂挽歌の発想——枕と床と」『古代日本の文芸空間——万葉挽歌と葬送儀礼』雄山閣出版、初出一九八六年。

——　二〇〇〇年「千年の養老七年芳野行幸歌」神野志隆光・坂本信幸企画編集『笠金村・車持千年・田辺福麻呂（セミナー万葉の歌人と作品）』第六巻所収、和泉書院。

——　二〇〇八年「いむ・いみ」近藤信義編『修辞論』所収、おうふう。

——　二〇一四年『万葉びとの宴』講談社。

荻原千鶴　二〇〇〇年「入唐使に贈る歌」神野志隆光・坂本信幸企画編集『笠金村・車持千年・田辺福麻呂（セミナー万葉の歌人と作品）』第六巻所収、和泉書院。

折口信夫全集刊行会編　一九九五年　「口訳万葉集」『折口信夫全集』第九巻、中央公論社、初出一九一六年。
梶川信行　一九九七年　『万葉史の論　山部赤人』翰林書房。
菊地義裕　一九八四年　「憶良と丹比家――〈好去好来歌〉の献呈」『上代文学』第五十三号所収、上代文学会。
――　二〇〇九年　「万葉の『結び』」青木周平先生追悼論文集刊行会編『青木周平先生追悼　古代文芸論叢』所収、おうふう。
――　二〇一二年　「万葉の『結び』――その一元的理解」『文学論藻』第八十六号（東洋大学文学部紀要　第六十五集　日本文学文化篇）所収、東洋大学文学部。
菊地義裕編　二〇〇四年　『万葉集俗信資料集成』東洋大学。
郡司正勝　一九九一年　「歩く・走る」『郡司正勝刪定集』第三巻、白水社、初出一九八三年。
小島憲之　一九六四年ａ「萬葉集と中国文学との交流」『上代日本文学と中国文学（中）――出典論を中心とする比較文学的考察』塙書房。
――　一九六四年ｂ「山上憶良の述作」『上代日本文学と中国文学（中）――出典論を中心とする比較文学的考察』塙書房。
――　一九六四年ｃ「七夕をめぐる詩と歌」『上代日本文学と中国文学（中）――出典論を中心とする比較文学的考察』塙書房。
篠原哲雄　一九六五年　「萬葉集における『紐』について」『愛知大学国文学』第六号所収、愛知大学国文学会。
下田　忠　一九八一年　「好去好来歌――その呪的表現」『山上憶良長歌の研究』桜楓社、初出一九八一年。
鈴木利一　一九九〇年　「咲見愠見つけし紐解く」『国文学論叢』第三十五輯所収、龍谷大学国文学会。
成　耆連　一九九六年　「山上憶良の『好去好来歌』について――特に反歌二首を中心に」『武庫川国文』第四十八号所収、武庫川女子大学国文学会。
多田一臣　二〇〇一年　「『万葉集』の紐」『額田王論――万葉論集（古代文学研究叢書６）』若草書房、初出一九九八年。

多田一臣編　二〇一四年「ひも」『万葉語誌』筑摩書房。
辰巳正明　一九八七年『万葉集と中国文学』笠間書院。
鉄野昌弘　一九九一年「『秋立待』をめぐって」『帝塚山学院大学　日本文学研究』第二十二号所収、帝塚山学院大学日本文学会。
――　二〇〇一年「『著《つ》けし紐解く』考――万葉集・二六二七歌をめぐって」『東京女子大学日本文学』第九十五号所収、東京女子大学日本文学研究会。
中西　進　一九七三年「遣唐使に餞る」『山上憶良』河出書房新社。
――　一九九五年「辞賦の系譜」『万葉集の比較文学的研究（下）（中西進　万葉論集　第二巻）』講談社、初出一九六二年。
永池健二　二〇〇五年「立待考――歌謡研究からのアプローチ」『奈良教育大学　国文――研究と教育』第二十八号所収、奈良教育大学国文学会。
長谷川信好　一九七七年「『紐解き放けて』攷」『梅花女子大学文学部紀要』第十四号所収、梅花女子大学。
東　茂美　二〇〇六年「走る憶良――憶良文学の身体性Ⅱ」『山上憶良の研究』翰林書房、初出二〇〇一年。
藤原茂樹　二〇〇〇年「大唐に在りし時本郷を憶ひて作る歌と好去好来歌」神野志隆光・坂本信幸企画編集『セミナー万葉の歌人と作品（大伴旅人・山上憶良（二））』第五巻所収、和泉書院。
三田誠司　二〇一二年『萬葉集の羈旅と文芸』塙書房。
村山　出　一九九九年「車持千年の吉野讃歌」『北海学園大学人文論集』第十三号所収、北海学園大学。
吉井　巖　一九六三年「紐二題――『ただならずとも』と『つけし紐とく』」『萬葉』第四十六号所収、萬葉学会。
吉田金彦　一九七八年「万葉のことばと文学（十九）――『紐を結ぶ』『紐解く』」『短歌研究』第三十五巻第四号所収、短歌研究社。

〔補説〕

第三章第四節および第七章第四節の初出論文は、もともと好去好来歌の反歌論として執筆されたものである。好去好来歌の長反歌関係は難しく、諸注もその理解に苦慮しているのが現状である。長歌の国家事業や国家の祭祀、丹比家の栄光を顕彰する歌いぶりに対して、反歌は私的な歌い方となっている。その落差をどう理解して読解すべきなのか、じつに判断が難しいのである。筆者は、これを憶良が妻の立場に「仮構」した歌であると考え、第一反歌を夫の訪れを待つ女歌の表現を踏まえて「仮構」した歌、第二反歌を共寝や宴がはじまる前に紐を解いてしまった愚かな妻に「仮構」した歌である、と考えた。

筆者のいう「仮構の歌」とは、

A　本来、その人物でもなく、その立場にもない者が、

B　あたかも、そうであるかのごとくに歌うことであり、

C　歌の聞き手や読み手も、AとBの事実関係を把握していることを前提として作られた歌である。

この読解に関して、菊地義裕氏より反論がなされたので、筆者の立場をあらためて明確にし、再反論を加えてみたい(「『好去好来歌』の性格」、美夫君志会八十周年記念大会特別講演会、二〇一八年六月三十日、於中京大学)。あたりまえのことだが、憶良は、丹比広成の妻ではなく(AB)、そのことは聞き手、読み手もわかっている(C)。そのことを前提に作られた歌であるはずだ。

菊地氏は、筆者の説く妻への仮構という点については、これを評価している。したがって、菊地論も、妻の立場に立って立論されている。しかし、以下の点については、菊地氏と筆者とは考え方を異にする。筆者は、長歌と反歌の落差にこそ意味があり、妻の立場に仮構した憶良の愚かな姿であり、「自嘲の文芸」であると説く。いわば笑わせ歌と説くのである。しかし、菊地氏は、反歌二首は遣唐使となって国事に身を捧げた夫を支える貞淑な妻の姿だとする。反歌を婦徳を示す歌と読むことによって、長反歌が一体のものとなるというのである。長歌において君臣の踏まえるべき忠、

父子の踏まえるべき孝が讃仰され、反歌においては妻の踏まえるべき貞淑の徳が讃仰されているというのである。菊地論も、先に述べたように、長反歌の落差を認めている。その上で、反歌は妻の立場で広成の無事が予祝されているとし、憶良が妻の立場をとったのは丹比家に嶋の妻家原音那以来の婦徳の伝統があったからだとする。ここから、菊地氏は、長反歌全体で、広成の造形、妻の位置付けは、君臣、父子、夫婦の「三綱」の儒教的秩序を示すものとなっていると説くのである。したがって、菊地論は、長反歌関係に一定の整合性を認めようとする論ということができる。菊地論はきわめて重要な視点を提供する卓論といえるだろう。が、しかし。以下については再反論を試みたい。

①　第一反歌は、夫の帰りを待ちきれず立ち待ちする女の心が描かれており、それと響きあって、第二反歌では、帰国の報に接して、本来なら逢って解くべき紐を先に解いて走り出してしまう妻の行動が描かれているのである。「立ち走りせむ」とあるように、もちろん仮定の話ではあるけれど、憶良の行為とも読み取れてしまうところに「仮構の歌」の妙があると考えるが、どうであろうか。

②　「立ち走り」の行為は、どうみても、婦徳を持つ貞女の姿とは思えない。ただ、菊地論を筆者なりに発展させると、たとえ、賢明なる貞女であったとしても、そんな愚かな行為をしてしまうほどの歓びを表す表現となるのではないか、と考えた。

こうしてみると、やはり筆者の読解の方にやや歩があると思われる。しかしながら、菊地論に接して、斎いの紐解きと、共寝や宴の紐解きが、表裏一体のものであるとあらためて考えるに至った。と同時に、儒教の徳目を重視する硬派な菊地氏の読解と、人を笑わせる宴歌と考える軟派な拙論は、意外にも表裏一体の関係にあるように思われる。力点の置き方の微妙な差異で、結論が大きく変わってしまうのである。したがって、この相違は、氏と筆者との文学観の相違に基づくものであろう。

なお、立論のなかで、菊地氏は、「大伴の御津」を大阪湾一帯の大地名とし、難波津も住吉の津も、そのなかに包含されると考えるべきことを説かれた。たしかに、遠いところから想起される場合には、大伴の御津が歌われ、作者がその近辺にいる場合には難波津と表現されている。その点は、まさしく菊地氏の指摘のとおりである。

　ただし、この現象については、菊地氏からも講演時に認めていただいたように、おそらくその主たる理由は、大伴の御津の浜松が、津のシンボルだったからであろう。しかも、かの浜松は出港した人を待つ松なのである。つまり、難波津のなかに浜松があり、その浜松を「大伴の御津の浜松」と呼ぶこともあったのだと筆者は考える。難波については「難波長柄豊崎宮」のように、小地名を下接する用法も多く、難波宮、難波館のように宮名、館名ともなる地名であったことを考え合わせると、難波に対して大伴の方が大地名であったとは思われない。また、地名「大伴」は万葉集歌には登場するが、『日本書紀』や『続日本紀』には登場しない。歌言葉的な地名であるといえる。したがって、通説通り「大伴の御津」と「難波津」は、同じ津の呼び換えと考えてよいのではなかろうか。ただし、呼び換えといっても、一般的な呼称は難波津であり、歌のなかで大伴の御津とその浜松が歌われるに過ぎないのである。その浜松が、いち早く無事な帰港を望む人びとの心の支えになっていたがゆえに、遠方からの歌に御津の浜松が表現されているのではないか。以上のように考えた方が自然だ、と思う。しかし、菊地氏も述べられたように、「大伴の御津」「大伴の御津の浜松」「難波津」と詠み分けられている点をどう理解すればよいのか、難しいところである。ここは、後考を待ちたい。

　以上が、菊地論への再反論であるが、氏の指摘によって、筆者としては自分なりに読みが深まった、と考えている。近時、菊地氏の論が成稿されると聞く。本来、それを待つのが礼儀であろうが、まずは筆者なりの反論をここに書き留め、補説としたい。この点には、ご寛恕を乞う。末筆となったが、真摯に拙論に向き合っていただいた菊地氏には深謝したい、と思う。

初　出

「『紐解き放けて立ち走りせむ』再考――好去好来歌の笑い」『文学』第十六巻第三号、岩波書店、二〇一五年。

第四章　歌と木簡の万葉文化論

歌が記された木簡が出土して久しい。本章の本願とするところは、いかなる理由で木簡に歌を書いたのか、ということを解明するという一点に尽きる。この問題について考察をなすことは、そのまま古代社会における歌の存在形態を考察することにもなるはずである。しかも、それが、具体的なモノの観察によってなされるところに、この研究の楽しさも、難しさもある。その使用目的の特定をめぐって、激しい論争もあるところであり、本章にも論争となっている論文をあえて収録した。

第一節　難波津歌典礼唱和説批判

海の路を通じ
　唐土へもつながる
難波の津
その難波津に
咲いた　この花
今やまさしく春だと
咲いた　この花
　今ワガ国ハ
和歌黎明ノ時ヲ迎エタリ――
（『古今和歌集』仮名序、難波津歌釈義）

はじめに

節題にいう「難波津歌」とは、古代において手習い歌とされた「難波津に　咲くや木の花　冬こもり　今は春べと　咲くや木の花」のことである。いうまでもなく、『古今和歌集』仮名序に、「歌の父」と称されている歌である。この難波津歌を、宮廷の典礼や宴の場において、律令官人が「唱和」したとする説を、本節では批判し、その是非を問いたい、と思う。「難波津歌」が「歌の父」と称されるのに対して、「歌の母」と称されていたのが、「安積山

影さへ見ゆる　山の井の　浅き心を　我が思はなくに」という安積山歌である。

近年、歌が書かれている木簡の再調査に精力的に取り組んできた栄原永遠男によって、この二首についての驚くべきニュースがもたらされた（二〇〇八年五月）。一九九七年に、滋賀県甲賀市信楽町の紫香楽宮跡（宮町遺跡）から出土した木簡に、表裏をなして難波津歌と安積山歌が記されていたことが明らかになったからである（ただし、両歌のどちらを表裏とするかは判断できない）。

・奈迩波ツ尓……□〔久カ〕夜己能波□□由己□〔母カ〕
・阿佐可夜　……□　　　□流夜真

（79＋140）・22・1　081

（栄原永遠男「あさかやま木簡の発見とその意義」『紫香楽宮跡「万葉歌木簡」出土記念講演会資料』二〇〇八年五月）

本節は、この木簡を中心に考察を進め、難波津歌が宮廷の典礼において歌われたとする説を批判したいと考えている。

現在、「万葉歌木簡」という言葉が、新聞報道等[1]によって定着した感があるが、厳密にいえば、次のような再定義が必要となる。それは「現存する諸本から推定される『万葉集』収載歌と同一の歌句を記した部分を認定できる木簡」ということになろう[2]。なぜ、このように再定義をしたかといえば、欠損部や未解読部があり、歌全体が判読できるわけではないからである。また、将来において、よしんば万葉歌と一音も違わない同一の歌を記した木簡が出土したとしても、現存する『万葉集』諸本の歌々と、どのような関係にあるかを証明することは不可能である（原資料歌、流行歌、流伝歌、書写歌などの判断は不可能であろう）。

一　宮町遺跡安積山木簡出土の意義

近年、木簡研究は長足の進歩をとげて、他領域から木簡について発言することは、たいへん難しい。釈読はもとより、形態、整形過程、用途、二次利用の有無といった遺物の考古学の進展と同時に、蓄積された宮都発掘の成果を踏まえ、「遺物」と「遺跡」との関係を念頭に置いて考察をしなくてはならないからである。たとえば、出土したのは、宮のどの場所で、それがいかなる理由によってその場所に捨てられたのか、捨てた人物は宮内においてどのような立場の人物であったかなど、分析が詳細をきわめるようになってきたのである（廃棄主体の問題）。

栄原永遠男が、安積山木簡が埋没した時期を、出土した西大溝の利用状況や、同所で出土した天平十六年の隠岐国の調鰒荷札から、天平十六年（七四四）から同十七年（七四五）と特定できたのは、遺跡としての紫香楽宮の発掘調査と、それによる考古学の研究の蓄積があったからである〔栄原　二〇〇八年〕。つまり、今日の木簡研究は、「遺物の考古学」と「遺跡の考古学」が相互に補完しあって成り立っているのである。筆者は、このような研究状況に接して、歴史学者や考古学者たちの国文学批判の意味が遅ればせながらわかるようになった。たしかに、筆者自身も、木も森も見ず、葉だけを見ていたことを反省している。

さらに栄原は、判読できる文字の大きさと文字間の距離から比例計算をして、安積山歌全体を木簡に記せば、どれくらいの大きさになるのか、ということを推定している。栄原は、五三～五四センチになると推定し、本来の材の全長を約二尺と推定したのであった。以上から、厚さ一ミリ以下、長さ六〇センチ、幅三センチと、木簡の元の姿を推定したのであった。筆者は、はじめその薄さに、歌を書いて示すという木簡の役割を果たし得るかどうか疑ったが、復元された材を見せてもらうと、これなら文字を記して見せることも可能だろう、と納得できた。栄原は、これまでの紫香楽宮の発掘状況を踏まえ、さらには多くの木簡の出土事例を勘案し、その特徴を見定め、その上で、板材を復元して、安積山木簡の制作から廃棄までの経過を次のように推定したのであった。

1　まず長さ約二尺、幅約一寸、厚さ一ミリ程度の材が用意された。
2　その片面に「なにはつの歌」が書かれた。
3　官人はそれを持参して儀式・歌宴に参列した。
4　官人は、「歌木簡」を手に持って「なにはつの歌」を朗詠した。
5　儀式・歌宴が終わると、官人は「歌木簡」を持ち帰った。
6　「歌木簡」は持ち帰り先で再利用され、裏面に「あさかやまの歌」が書かれた。
7　「あさかやまの歌」の面が別の場で利用された後、廃棄され焼却された。
8　灰や燃え残り部分は棄てられたが、何らかの事情で流れだし、西大溝に入り堆積した。

〔栄原　二〇〇八年〕

これこそ、まさに「遺物の考古学」と「遺跡の考古学」の協同による成果である。と同時に、多く木簡出土事例の分析にたずさわった栄原ならではの考察に、この分野の研究の峰の高さを見せつけられ、ただただ恐れ慄くばかりであった。栄原の調査によって、難波津歌と安積山歌が、表裏に書かれ、棄てられた経緯が明らかになったのである。栄原論文の推定によって、十世紀初頭に、歌の父母と称されたこの二歌のセットが、八世紀中葉には、成立していたと推考されるようになったのである。これは、国文学徒にとっても、大きなニュースとなったことは、記憶に新しい。

しかし、本当に官人たちは、儀式、歌宴で難波津歌を朗詠したのだろうか。今、そんな疑問が胸をよぎるのである。では、栄原は、いかなる理由や根拠に基づいて、官人が難波津歌を儀式、歌宴で朗詠したと判断したのであろうか。まずは、そこから考えてみたい。栄原は、二尺にあまる木簡は、当時の木簡としては、かなり大型のものであることに注目し、よほどの公式的な場でなくては、このような長大な材を用いることはない、と判断したのである。とすれば、これを一律かつ機械的に、習書や落書と見なすことはできない、というのが栄原の主張なのである。果たして、そうか？

二　歌木簡の分類定立と難波津歌典礼唱和説

ところで、二〇〇七年七月七日に中京大学において開催された美夫君志会全国大会は、「歌木簡」という木簡の新分類が提案された、記念すべき学会となった。栄原は、その時点で歌を記したことが確認されていた七点の木簡をすべて精査、比較し、歌を書くことを第一の目的として制作される木簡のタイプがあると認定し、これを「歌木簡」と称して、木簡の一分類として定立すべきことを提唱したのであった。その口頭発表を活字化したのが、「木簡として見た歌木簡」という論文である〔栄原　二〇〇七年〕。栄原は、当該の論文の主張を、以下のように、自らの手でまとめている。

a　「歌木簡」は、原則として表裏とも何も書かれていない材を使用した。
b　二尺あるいは二尺半に及ぶ大きな材が用意されることが多かった。
c　歌は片面のみに一行で書かれた。
d　「歌木簡」はある種の典礼の場で使用された。
e　出席官人が官司に持ち帰り、そこで二次利用された。大型ゆえに二次利用される可能性が高く、そのため原形のまま残る確率が低かった。
f　「なにはつの歌」は、寿歌として、典礼の場で唱和されたのではないか。

g　「歌木簡」には、推敲をへた歌が書かれた。このような歌の群れが広く存在し、『万葉集』に収められているような歌の裾野を形成していた。

h　「歌木簡」と、歌の一部らしきものが書かれた木簡とは、区別すべきである。〔栄原　二〇〇八年〕

たしかに、表4－1「歌木簡」対照表を見ると、一つの木簡タイプが存在することがわかる。宮町遺跡の安積山木簡は、薄型ながら、幅、長さ、一行書きという点において歌木簡に分類されるものと考えられる。

栄原は、「歌木簡」という分類を提案する最初の段階から、「歌木簡」は典礼の場で使用されるものであり、その典礼の場で難波津歌が唱和されたものだ、と考えていたのであった。栄原のように考えると、典礼や儀式、歌宴に、それに参加する官人が難波津歌を記した木簡を、それも一定の形式をもった長大な木簡を持って集まり、その場で唱和の後に、それを各官司が持ち帰ることになる。短歌体の一首を唱和するのに、そういった長大な木簡を制作するということが、ほんとうにあったのか。まして、それは奈良時代においても、文字学習に用いられていた難波津歌も含まれるのである〔東野　一九八三年、初出一九七八年〕。この疑問が、筆者には、どうしても解けないのである。

一方、日本語書記史研究の立場から、木簡資料に早くから着目し、精緻な分析をした学者に、犬飼隆がいる。犬飼は、栄原より早い段階で、難波津歌を官人が書く理由として、典礼等で歌うことを想定し、考察していたのであった。犬飼は、

下級の官人たちが習得しようとした「歌」どもは、典礼・祝宴の場で口頭でうたうというコンテクストに属するものであった。先にも述べたように、その「歌」は在来の「うた」との隔たりが小さく、「歌」さえつくれない者は「難波津の歌」をとなえればよかったのかもしれない。〔犬飼　二〇〇一年〕

表４－１　「歌木簡」対照表

木簡	a面の文字	b面の文字	出土場所	木簡の年代	現存長 cm	文字部分のみの推定長約cm	推定長　尺	二次的利用・加工
1	皮留久佐乃…	なし	前期難波宮内西南隅付近	七世紀中	一八・五	四九	約二尺	a面に刃物跡
2	奈尓波ツ尓…	部名を列記	石上遺跡の北側SD四〇八九	天武朝ごろ	二九・五	六二 五四	約二尺	b面に部名列記
3	奈尓皮ツ尓…（二行書き）二行目下部に習書・落書	習書・落書	藤原京左京七条一坊西南坪の池状遺構SG五〇一	大宝初年	三九	上下完存	一尺強	二次的整形 表裏に習書・落書
4	多、那都久… 習書・落書	習書・落書	藤原宮内から北流する溝SD一〇五	七世紀末～八世紀初め	九・四	四〇	約一尺半	両面に習書・落書
5	□矢己乃者奈…	□伊己冊利…	平城宮第一次大極殿院の西北隅部	和銅～養老期	二五・一	五三 六〇	約二尺	反対面に歌 切断・二次的整形
6	玉尓有波…	□□波□加…	平城宮東張り出し部東南隅左京二坊坊間大路西側溝SD五七八一	天平十九年木簡が伴出	一三・六	a面一三・二 b面一二	a面約一尺 b面約一尺半	ab面それぞれに文字
7	目毛美須流…	「奈尓」	平城宮東院地区西辺部南北溝SD三二九六B	宝亀五年木簡が伴出	五八・五	七四	約二尺半	ab面に物差の目盛 b面に習書・落書
▼(1)	奈迩波ツ尓…	阿佐可夜…	宮町遺跡西大溝	天平十六年末から十七年初以前に埋没	七・九 一四・〇＋	四六・五 四一・五 五二・八 五四・四	約二尺	b面に歌
(2)	奈尓波都尓佐	なし（削屑）	西河原宮ノ内遺跡	奈良時代後半	一四・四	七四～七七	約二尺半	墨書の削り取り
(3)	波流奈礼波…	由米余伊母…	秋田城跡外郭東門跡外土取り穴SG一〇三一	延暦十～十四年ごろ	一八・一	a面約三〇 b面約三五	約一尺強	b面に歌
(4)	はルマ止左くや…	なし	東木津遺跡	九世紀後半～一〇世紀前半	二五	約四五	二尺前後	切断・二次的整形
(5)	□□□□尓佐久□…	習書・落書	辻井遺跡・旧夢前川河川跡	七世紀初頭～八世紀の木製品が伴出	三四・四	五五	約二尺	b面に習書・落書、側面から削り込み
(6)	奈尓　己　矢己 奈尓波ツ尓…	墨書	観音寺遺跡、徳島南環状道路自然流路SR一〇〇一V層	七世紀後半の土器が伴出	一六・一	四八 三六	一尺半強 一尺強	a面に歌、b面に墨書
(7)	□止求止佐田目手…（二行書き）	□久於母閉皮（二行書き）	飛鳥池遺跡の南北溝SD〇一	出土した溝の下限は持統朝	一二・五	不明	不明	切断
(8)	阿万留止毛…（二行書きと推定）	墨書	平城宮跡土坑SK八二〇	出土土坑は天平宝字末年に埋没	一七・一	上下完存	半尺強	b面に墨書

▼を本節では、安積山木簡と呼んでいる〔筆者注〕。

栄原〔2008年〕の原注には、「1、「年代」を「木簡の年代」とした。2、「二次的利用」を「二次的利用・加工」とした。3、木簡３の「文字部分の推定長」を斜線から「上下完存」にあらためた」とある。

栄原〔2008年〕より。

と述べている。栄原の典礼唱和説は、犬飼の研究を踏まえ、それを「歌木簡」の形態や出土状況から、あとづけるかたちで形成された学説である、と筆者は考えている。犬飼は、七世紀段階においてすでに、日本語韻文を書く方法は、一字一音式を原則としていたと、難波津木簡の出土状況等から推考し、その理由を考察していたのであった。以下、犬飼は、日進月歩の木簡研究の研究状況を的確に把握しつつ、自らの考えを深化させていったのであった〔犬飼　二〇〇五年c〕〔犬飼　二〇〇八年aおよびb〕。そして、犬飼は安積山木簡について、

……「難波津の歌」面が典礼用の「歌木簡」として書かれ使われたのち、それを剥いだ材に、「難波津の歌」面の字配りに沿って「あさかやまの歌」面を習書したのではないか。祝祭用に作成された木簡を「歌」の学習に再利用したということになる。この考え方は、次に述べる第三の意義と連動している。「難波津の歌」は、典礼の場でうたう「歌」として誰もが心得ているべきものであり、「歌」の学習においてまず最初に学ぶべきものであった。「安積山の歌」は、その次の段階で歌句の言葉遣いの工夫を学ぶ教材として利用されたものであった。〔犬飼　二〇〇八年b〕

と述べている。犬飼は、早い段階で、律令官人の職務として、「歌」を作ることを位置付け、「典礼」の場で歌う「歌」として、難波津歌を中心に位置付けていたから、まず難波津歌面を「典礼」に利用したと考えたのであろう〔犬飼　一九九九年および二〇〇〇年〕。

つまり、栄原の典礼唱和説は、事実上、犬飼の考えを、発掘事例に基づいて、あとづけるように展開されているのである。(3) したがって、本節のいう「難波津歌典礼唱和説」とは、犬飼、栄原学説ともいうべきものである。もちろん、その犬飼と栄原の考えの間にも異同があり、その点は犬飼〔二〇〇八年b〕にも記されているのだが、「典

礼」「儀式」「歌宴」などの場で、官人が、難波津歌を、唱和、朗詠したとする点は共通する。以上が、本節のいう「難波津歌典礼唱和説」である。

三　難波津歌典礼唱和説批判

宮外で発生したゴミを、宮内に棄てるということは考えられないので、安積山木簡は宮内で使用されて廃棄されたことは間違いない。したがって、安積山木簡は、紫香楽宮の宮内の木簡なのである。筆者は、宮内で行なわれる宴席は、宴の主旨に従って、参会者の自らの思いを表現するもので、特定の歌を唱和するような場ではなかった、と考えているので、どうしても難波津歌典礼唱和説には、疑問を持ってしまうのである。以下、反証のため、一つの事例を示したい。家持のいわゆる「歌日記」から、天平宝字二年（七五八）の例を挙げてみよう。

二年春正月三日に、侍従・豎子・王臣等を召し、内裏の東の屋の垣下に侍はしめ、即ち玉箒を賜ひて肆宴したまふ。ここに、内相藤原朝臣勅を奉じ宣りたまはく、「諸王卿等、堪に随ひ意の任に歌を作り并せて詩を賦せよ」とのりたまふ。仍りて詔旨に応へ、各心緒を陳べ、歌を作り詩を賦す。〔未だ諸人の賦したる詩并せて作る歌を得ず。〕

初春の　初子の今日の　玉箒　手に取るからに　揺らく玉の緒

右の一首、右中弁大伴宿禰家持が作。ただし、大蔵の政に依りて、奏し堪へず。

水鳥の　鴨の羽色の　青馬を　今日見る人は　限りなしといふ　（巻二十の四四九三）

右の一首、七日の侍宴のために、右中弁大伴宿禰家持予めこの歌を作る。ただし、仁王会の事に依りて、却りて六日を以て内裏に諸王卿等を召し酒を賜ひ、肆宴し禄を給ふ。これに因りて奏せず。

（巻二十の四四九四）

正月三日の子の日の宴は、内裏の東の屋の垣下で行なわれ、そこで玉箒が下賜され、宴が行なわれたことがわかる。この時に内相の藤原仲麻呂が天皇より勅を承って、参会者に伝えたのは「自由題で歌か詩か、得意な方を詠進せよ」というものであった。家持は、このような勅が出ることを予想して、予め歌を作っておいたのだが、右中弁という激職にあり、この宴に出ることができなかったので、歌を奏することができなかったのである。七日は、節会の侍宴の日だが、仁王経を講ずる法会の都合で、侍宴は六日に繰り上げられた。ために、内裏で酒がふるまわれ、引き出物が下賜されるだけとなり、歌を詠進せよとの詔は出なかった。

未奏の家持歌の内容は、初子の日の宴の賜り物（玉箒）を歌い、節会の青馬を歌うもので、宴会の主旨を踏まえて、参会できたことの喜びを歌い、それを通して宴を讃えるものである。それは、ひいては、宮廷を讃え、天皇を讃えることにも通じるので、宴席歌の一つの典型といえるだろう。もちろん、左注に示された事由からこの二首は未奏となってしまったのだが、当該二首は天平期の「内裏」での「公的な宴」における「歌のありよう」を伝える第一級の資料となるであろう。まず、注意しなくてはならないのは、その時々によって宴の趣向も気象条件も変わるし、詔勅の内容も変わるので、歌の「場」の変化に合わせて臨機応変に歌を詠進する必要があったことである。

筆者は、当該事例こそ、犬飼がたびたび言及した「典礼の場で『歌』をつくり書くことは律令官人たちの職務の一つだった」ということを示すのにもっともふさわしい事例である、と考えている。それは、万葉終焉歌にも当てはまるだろう（巻二十の四五一六）。この場合は、新年の降雪に対応して歌うことが求められたはずだ。つまり、律令官人に求められるのは、こうした場の変化に対応して歌を詠進する能力なのである。しかも、当該の子の日の宴に限っては、漢詩かヤマト歌か詠進者が選択できたのであった。つまり、漢詩奏上の場とヤマト歌奏上の場にとりたてて区別があるわけではないのである。このような宴のありようは、いったい、どこまで遡り得るのであろうか。筆者は、一つの推定として、天智朝まで遡り得る、と考える。額田王の春秋競憐歌の下詔から、多くの研究者が漢詩の奏上も同じ宴の場であったと推定しているように、宮廷内における漢詩奏上の場と、ヤマト歌奏上の場は隣接、融合していたのではないか。筆者などは、もともと区別などなかった、とさえ考えている。

もうひとつ、重要なことは、「未だ諸人の賦したる詩并せて作る歌を得ず」とあるように、宴に参加できなかった家持は、そこで歌われた歌を入手したい、と考えていたことである。それは、明らかに、公的宴席で個人が詠んだ歌が、なんらかのかたちで筆録されていたことを意味する。おそらく、それを参考に歌を研究したいと考えたのであろう。こうした家持の活動こそ、犬飼のいう「日本の律令制度の典礼の一環に『歌』が位置付けられ、官人は業務の一環として『歌』を筆録していた」という部分に合致する内容なのではないか。天平宝字二年（七五八）は、宮町遺跡の安積山木簡が放棄されたとされる年から数えて、十三年後のことである。

漢詩の場とも隣接あるいは融合し、律令法に定められた節の宴の妙なることを歌い、それを記録する。こういった宴のあり方こそ、「内裏」の宴のあり方ではなかったのだろうか。そのような場に、二尺もの大きな木簡をわざわざ用意し、当時すでに文字学習の手本となっていた難波津の歌を墨書して、官人たちが参集して、唱和し、さらには宴が終わればその木簡を各官司に持ち帰ったとは、思われないのである。なぜならば、『万葉集』を見る限りにおいて、このような公的歌宴は、宴の主旨を踏まえつつ、宴に参集した個々の思いを、それぞれ披露するかたちの宴であったと想定されるからである。そのように考えると、どうしても難波津歌の唱和は、考えにくいのである。

しかし、難波津歌典礼唱和説に立てば、以下のような再反論が用意されているはずである。難波津歌は、仁徳天皇という古代の聖帝を讃えるいわば賀歌であって、個の思いを述べる歌が披露される前などに唱和された可能性がある(4)。つまり、難波津歌唱和には、象徴的意味があったはずだ、と。しかし、それに対しては、筆者は次のように再々反論したい。では、官人必須の教養となっていた短歌体の歌を、わざわざ木簡に書く必要性はいったいどこにあったのか、と。

また、次のような再反論を受ける可能性もある。家持のような知識層のいわゆる「歌人」ばかりが参集する場だけではなく、文字や歌についての習熟度の低い官人の宴の場も、宮内にあったはずだ。そのような場では、難波津歌が唱和された可能性も、残るはずである、と。おそらく、犬飼は、かくのごとき反論を予期して、

おそらく『万葉集』は、奈良時代においては知的エリート層の中の限られた人たちが私的に享受していたものである。先に述べたように、『万葉集』も、「いやしけよごと」で全巻が閉じられているとおり、典礼の一環としての「歌」の性格を引き継いでいる。しかし、その和歌たちは、もはや読解して楽しむ文学作品となっていた。対して「難波津の歌」は、あくまで典礼の席でうたう「歌」の代表なのであった。

〔犬飼　二〇〇八年b〕

と述べているのではないか、と筆者は考える。したがって、筆者の挙げた家持の内裏正月宴の事例などは、反証例などにはなり得ない、と再反論されてしまうかもしれない。ここは、筆者も熟考しなくてはならないところである。

四　二尺一行書きのAタイプの難波津歌木簡

そして、さらには、次のような再反論も待ち受けているのであろう。一定の規格類型を持つ大型の木簡(5)に難波津歌を書きつける意味が、公的典礼の場での唱和を通してしか、説明し得ないではないか、と。たしかに、二尺一行書き、一字一音式の栄原〔二〇〇八年〕のいうAタイプの歌木簡に、難波津歌があることは、公的な典礼での唱和

を裏付けるように見える。しかも、前掲の安積山木簡(1)も、その一つなのである。(1)の他に難波津歌の書かれたAタイプの木簡を掲げてみると、

2　・奈尓波ツ尓佐児矢己乃波奈□□〔布由カ〕
　　・□　□倭ア物ア矢田ア丈ア□〔丈カ〕
(295)・(29)・4　081　RP76　＊10
下折レ、左割レ。
(『飛鳥・藤原宮発掘調査出土木簡概報十七』(二〇〇三年)三六号木簡)

5　a・□〔児カ〕矢己乃者奈夫由己□□〔利〕伊真者々留部止
　　b・□〔夫〕伊己冊利伊真役春部止作古矢己乃者奈
(251)・20・13　051

(2)　奈尓波都尓佐
144・32　091

(4)　はル部止左くや古乃は□
250・34・6　011

(川崎晃「「越」木簡覚書——飛鳥池遺跡出土木簡と東木津遺跡出土木簡」『高岡市万葉歴史館紀要』第十一号、二〇〇一年)

(5)　・□□□□〔波ツカ〕　尓佐久□□〔弥己カ〕　乃□□夫□〔由カ〕己母利□〔伊カ〕
　　・□〔己カ〕知知知屋　屋屋　屋□屋　屋　屋　□□
(344)×34×3　019

(姫路市史編集専門委員会編『姫路市史　第八巻　史料編　古代中世Ⅰ』二〇〇五年)

※なお、出典を施していないものは、栄原〔二〇〇八年〕による。

のようになる。以上の事例に接して、筆者はここで、次の三つの事柄については、無条件で認めなくてはならないことになる。

一つは、栄原がいうように、二尺一行書き、一字一音式という歌木簡の規格の類型があり、その木簡の規格は、木簡が使われる典礼や儀式、歌宴の公的な場において要求される規格であった。このタイプは八例見つかっていること（1・2・5・7・⑴・⑵・⑷・⑸）。

二つ目は、その公的規格に則った木簡に難波津歌が書かれている例が、六例あること（2・5・⑴・⑵・⑷・⑸）。

三つ目は、それらの発見地は、宮内か、律令の諸機構に関わる場所である。したがって、犬飼のいうように、これらが律令官人の歌に関わる韻文書記活動の一つであることは間違いないこと。以上の三点の事実は、いかんとも動かしがたいのである。

五　代案提示

筆者は、内裏において律令官人が集う宴席の場は、個人の思いを歌で表現する場であって、そのような場において、難波津歌の唱和はふさわしくないと考え、その反論を試みた。かくのごとくに唱和説を批判するのであれば、最後に「代案」を提示しなくてはなるまい。それも、先に述べた三点を認めた上で。

天平宝字二年（七五八）の正月宴の例で示したように、官人は内裏での宴席において、漢詩やヤマト歌を奏上する機会があった。それは、犬飼の述べるとおりである。しかし、そうした場の漢詩、ヤマト歌は、時々の状況に対応して、個々人の思いを述べるものであったはずだ。ために、予め歌を用意しつつも、臨機応変に即興で考えるものでもあった。だから、不参の場合には次回に備えて、歌を収集しておく必要すらあったのである。

二尺、一行書きの木簡は、そのような宴における公式的規格であった、と考えてよい。したがって、参集者は、時と場合によって、宴の場において自作のヤマト歌を筆記する場合もあったし、他人の歌を筆記する場合もあった、と思われる。いわゆる春草木簡は、その典型例である、と筆者は推考する。

では、何ゆえに、公式規格の歌木簡に、難波津歌が、それも一行書きで筆記されたのであろうか。それは、公的な宴席の場において、公式規格の木簡に、公式規格に則った一行書きの書式で、衆人環視のなか、歌を筆記する訓練のためであった、と考える。これは、広くいえば習書なのであるが、字を覚えるための習書ではなく、定められた規格の木簡に、三十一文字を適当な字間を置いて配字するための練習であった、というのが筆者の考えである。つまり、それは公的な宴の場に臨む前に、各官司で行なわれた訓練ではなかったのか。以上の理由から、わざわざ公式規格原寸大の木簡に難波津歌が記されたのである、と筆者は考える。

参会者は、その時々の状況に応じてヤマト歌を詠進するのであるから、詠進歌はその場で書かなくてはならない。ために、手習歌である難波津歌で、文字の大きさと字間をどのように目算して書けばよいか、まずは練習したのであろう。以上のような理由から、両面に難波津歌を書いた木簡（5）も、片面に同じ手習歌である安積山歌を書いた木簡（1）も出土しているのだ、と筆者は推考する。したがって、同じ難波津歌の習書であっても、墨書土器やBタイプの歌木簡に書かれたもの（3・6）とは様相を異にするのである。おそらく、一行書きが公式規格だったのは、遠くからでも見えることと、さらには複数の歌木簡を並べた場合、二行にまたがると読みにくいからであろう。ちなみに、学生の協力を得て実験したところ、一行書きなら、掲げる場所の高さを工夫し、見る人間が互いに配慮しあいさえすれば、最大三〇人が同時に見ることができた。

以上の代案を出したのは、以下のような体験をしたからだ。栄原のいうAタイプ歌木簡と同じ大きさに厚紙を切って、難波津歌を書いてみた。すると、筆を持った瞬間、字の大きさと字間をどうしたらうまく書けるか、一瞬とまどったのであった。現代人の感覚として最初に頭に浮かんだのは、まず鉛筆で下書きをしたいという思いであったが、当然奈良時代においてそういうことは行なえない。しかたなく筆を下ろして見ると、横幅が狭く感じられ、横幅を気にしながら字形を整え書きはじめることとなった。と同時に、最後の一字まで書けるか、気になってしかたなかった。途中で終わってしまうとぶざまだと考えたからである。筆者の場合は、一枚目は二十八字目で終わってしまい、二枚目にようやく三十一字まで書くことができたのだが、上下のバランスが悪いという印象を持った。安定して、配字ができるようになったのは、三枚目以降であるが、五枚目を越すと、逆に集中力を欠いてしまった覚えがある。

以上は、実験というより実体験による印象記だが、墨書に慣れている律令官人といえども、最初は戸惑ったはずであると筆者は考える。(6) なぜなら、栄原もいうように、これほど大型の木簡に墨書することは、稀であったと考えられるからである。

おわりに

犬飼が述べているように、典礼の場において歌を筆録することが、律令官人の業務の一つであったとするならば、それは「臣下」のなすべき「礼」の一つであったと考えられよう。宴席における立ち居振る舞いも、その礼の一つである。そのような「臣下の礼」の一つに、二尺の木簡に一行、一字一音表記で、ヤマト歌を記すこともあったのだろう。宴席での振る舞いも大切な礼の一つであったから、平安時代の貴族たちは典礼の次第を日記につけておいて、子々孫々に伝えようとしたのであろう。なぜなら、慣例を知っていれば、宮廷社会において恥をかかずに済むからである。それが、権威化されたものが「有職故実」である。筆者は、家持の「歌日記」にも、そのような側面があると考えている。ために、家持は、自らの奏上予定歌とともに、人づてに聞いた宴の次第も記録し、そこで歌われた歌をも収集しよう、と欲したのであった。つまり、来年の正月礼に備えておくのである。これは、儀式や宴で失態を避けるための官人の知恵の一つでもあった、と思われる。ここで、あえて典礼唱和説に対して、筆者の説に名前を付ければ、配字習書説となろうか。

『儀式』巻第六の「元正受朝賀儀」には、朝賀の儀の四日前に、式部の官人たちが史生、省掌らを八省院に集め、標を立てて、習礼《しゅうらい》を行なうべきことが書かれている。これは、いわば朝賀の「習礼」である。「習礼」とは、今日でいえば式次第の予行演習である。

表4－1の難波津歌木簡のうち、Aタイプ歌木簡に当たる2・5・(1)・(2)・(4)・(5)は、ヤマト歌の詠進を伴う公的な宴席参集者の「習礼」に関わるものであるというのが、難波津歌典礼唱和説に対する筆者の代案である[7]。では、今日の発掘事例で、Aタイプ歌木簡の最古のものはといえば、それは1の春草木簡となり、木簡の年代は七世紀中葉となる。とすれば、少なくとも、Aタイプ歌木簡の規格は、七世紀中葉には、存在していたことになろう。かえりみて、(1)の安積山木簡は、墨書の「習礼」に難波津歌とともに、天平年間において、すでに安積山歌が用いられていたことを示すものである、というのが本節の結論となる。それは、安積山歌が、すでに天平期に、難波津歌とともに手習い歌になっていたことを示しているのだ、と思う。とすれば、「難波津歌典礼唱和説」は、成り立たないのではないか。次節においては、以上分析を加えてきた難波津歌のその伝について、具体的に考えてみたい。

注

（1）一つの例を挙げると「読売新聞」二〇〇八年五月二十三日朝刊（関西版）など。

（2）なお、犬飼隆［二〇〇八年b］によれば、歌木簡という呼称そのものは、乾善彦の創案によって奈良女子大学二十一世紀COEプログラム特別シンポジウム「難波宮出土の歌木簡について」(二〇〇六年十一月十九日)において用いられた呼称であるという。ただ、これは、歌が書かれた木簡という意味で、栄原のいう木簡の分類に基づくものではない。

(3) ただ、栄原〔二〇〇八年〕は、同〔二〇〇七年〕を修正している。本節に関わる修正点は、歌木簡の中には、表4-1の3、6、(7)、(8)のように二尺一行書きという定義にあわないものがあり、これを歌木簡のBタイプとして新たに定立したことである(当然、従前のものはAタイプとなる)。そして、栄原は、これは木簡の機能と性格に関わるものであると考え、Bタイプは「私的な内輪の歌宴や歌の集まり」で使用されたものだと推定している。これに伴い公式的な場のみを想定していた「典礼」という言葉を避け、歌木簡の使用の場を、「儀式」(=公的)、「歌宴」(=私的)と、二つに分けて考察しようとしている。しかし、「儀式」「歌宴」で歌われたとする点については、変わっていない。ために、これも広義においては「難波津歌典礼唱和説」に含まれる、と思う。

(4) 今日の百人一首の競技会も、難波津歌の朗唱からはじまる。そうした象徴的意味をもって唱和される可能性はあるだろう。この点については、滝川幸司より、教示を得た。

(5) 栄原〔二〇〇八年〕のいうAタイプ歌木簡。

(6) ちなみに、筆者は、七歳から十一歳まで、週二回ほど書道塾に通った。以降、大学までは、所定の授業時にしか筆を握っていないが、筆者は運筆法と文字配置の訓練は、ある程度は受けていることになろうか。

(7) 栄原の美夫君志会全国大会での発表を聞いた際に、席上、筆者は次のような質問をした。難波津歌が、天皇の徳を讃える賀歌であり、また徳原〔二〇〇一年〕が強調するように呪歌として機能するものであるならば、典礼参会者が、これを書いて持参し、唱和の後、これを献上した可能性はないか。ならば、少なくとも難波津歌を木簡に書く意味は、筆者には理解できる。その場合は、呪符のようなものとなるが、どうであろうか、と。その折の答えは、「とすれば同一地点から、難波津木簡が複数出土するはずであり、その可能性は考えにくい」というものであった。

参考文献

犬飼　隆　一九九九年「観音寺遺跡出土和歌木簡の史的位置」『國語と國文學』第七十六巻第五号所収、東京大学国語国文学会。

――　二〇〇〇年「声の記録と文字による表現」『上代文学』第八十四号所収、上代文学会。

――　二〇〇一年「律令官人が歌を書く」西條勉編『書くことの文学（上代文学会研究叢書）』所収、笠間書院。

――　二〇〇五年a「『歌の文字化』論争について」『美夫君志』第七十号所収、美夫君志会。

――　二〇〇五年b『上代文字言語の研究（増補版）』笠間書院。

――　二〇〇五年c『木簡による日本語書記史』笠間書院。

――　二〇〇八年a『漢字を飼い慣らす――日本語の文字の成立史』人文書館。

――　二〇〇八年b『木簡から探る和歌の起源――「難波津の歌」がうたわれ書かれた時代』笠間書院。

内田賢徳　二〇〇五年『上代日本語表現と訓詁』塙書房。

西條　勉　二〇〇〇年「文字出土資料とことば――奈尓波ツ尓作久矢己乃波奈」『國文學　解釈と教材の研究』八月号所収、學燈社。

栄原永遠男　二〇〇七年「木簡として見た歌木簡」『美夫君志』第七十五号所収、美夫君志会。

――　二〇〇八年「歌木簡の実態とその機能」『木簡研究』第三十号所収、木簡学会。

竹本　晃　二〇〇九年「万葉歌木簡一考――あさなぎ木簡」『万葉古代学研究所年報』第七号所収、万葉古代学研究所。

東野治之　一九八三年「平城京出土資料よりみた難波津の歌」『日本古代木簡の研究』塙書房、初出一九七八年。

――　二〇〇八年「飛鳥時代木簡と上代語」『橿原考古学研究所論集』第十五号所収、橿原考古学研究所。

徳原茂実　二〇〇一年「難波津の歌の呪術性について」片桐洋一編『王朝文学の本質と変容　韻文編』所収、和泉書院。

八木京子　二〇〇五年「難波津の落書き――仮名書きの文字資料のなかで」『国文目白』第四十四号所収、日本女子大学国語国文学会。
渡瀬昌忠　二〇〇八年「新万葉一枝（二十一）――『安積香山影さへ見ゆる山の井の』」『水甕』第九十五巻第九号所収、水甕社。

〔補説〕
本論文発表後、多くの意見が寄せられた。今日、栄原の典礼唱和説論文とともに、栄原論文を批判した論文として引用されることも多い論文となっている。ただ、繰り返しとなるが、難波津歌典礼唱和説批判といっても、そのもととなる資料については、全面的に栄原の研究に依拠するものである。もちろん、批判であることには違いないが、難波津の歌をなぜ二尺の長大な木簡に書いたのか、そして、それがなぜ複数点確認できるのかという点について、別案を示したに過ぎない。では、いかなる理由を以って別案を示そうとしたかというと、典礼の場での唱和ということについて、現在の資料状況においては、誰も明確に場を示し得ないからである。したがって、その疑義を示すのみに留めることも考えたのであるが、それでは真摯な批判にならず、姑息な批判に終ってしまう、と考えたからである。
遺跡、遺物の評価は、いわばモノの研究である。出土遺物について、多くの意見が出されることによって、さまざまな可能性が検討され、そのうち妥当性の高いものが定説化してゆく。そうした意見の一つとして、配字のための習書説を提示したのであった。肯定、否定のさまざまな批判を受けたが、ここでは、やはり配字習書説に対する栄原の批判を紹介し、私見を示しておきたい。

① 口頭発表「あさかやま歌木簡の出土状況と再発見の経緯（付）『歌一首』墨書土器」（上代文学会大会、二〇〇九年五月二十四日、於國學院大學）
② 「歌木簡その後――あさかやま木簡出土の経緯とその後」（萬葉語学文学研究会編『萬葉語文研究』第五集所収、和泉書院、二〇〇九年、一八〇～一八七頁）
③ 「3『あさかやま木簡』に迫る」（栄原永遠男『万葉歌木簡を追う』和泉書院、二〇一一年、一六八～一七四頁）

この三点は、それぞれそのニュアンスを異にするが、その旨とするところは変わらない。そこで、②を中心に栄原の反論の要点を、筆者なりにまとめると、こうなる。

A　Aタイプの難波津歌木簡六点のうち五点は、片面のみに記されている。長大な材を片面のみ削って練習を繰り返した木簡が五点もあることは不自然であり、その理由を説明する必要がある。配字習書説では、説明しにくい。

B　難波津歌Aタイプ六点すべてについて、修正の跡が認められない。字配りを試すための習書であるならば、修正された木簡も出土するはずである。それを合理的に説明できない。

C　字配りのための練習を、なぜ難波津歌でしなくてはならないのか、それを説明する合理的根拠がない。

D　配字習書説に立てば、Aタイプの歌木簡は、唱和される歌を知らない可能性のある不特定多数の聴衆に歌を示すための木簡となる。しかし、二尺の木簡を不特定多数に示しても、ほとんど読むことはできないはずである。

栄原は、配字習書説成立の可能性を最大限に見積もってくれており、Cについては、難波津歌にその呪術性を想定すべきとの助け舟も出してくれている。まさしく、「ありがたい」ことであった。ことに、AとBについては、配字習書説の最大の弱点である。栄原は、配字習書説成立の余地はないかと、さまざまな検討をしており、その上で、ABの弱点を示している。ABの批判は認めざるを得ない。Cについては、手習い歌であるという理由からか、難波津歌を書くという行為そのものに、呪的な意味や儀礼的な意味があるからなのか、判断が難しいところである。Dについては、本書第四章第三節において、秋萩木簡を通じて、その可能性を追考深化させたつもりである。

儀式、歌宴と歌木簡を結びつけて考えるのが、典礼唱和説である。栄原は、その典礼唱和説に対する批判を真摯に受け止めた上で、論文②の結語に「儀式・歌宴の場を具体的に検討し、歌木簡の機能を唱和・披瀝を含めてさらに柔軟に考えていくことにより、歌木簡の意義をゆたかに考えていきたい」と書いている。法会や歌宴と結びつけて歌木簡の用途を考える点では、本章も同じ立場を取る。筆者も、この結語の「ゆたかに」という言葉を旨として、研究を進めてゆきたい、と思う。あらためて、氏にお礼を申し上げたい。ありがとうございました。

初出

「難波津歌典礼唱和説批判——いわゆる『万葉歌木簡』研究覚書」『國文學　解釈と教材の研究』第五十四巻第六号、學燈社、二〇〇九年。

第二節　難波津歌の伝

「アサイ」という名を負う
「アサカヤマ」
その安積山の影までも映す
澄んだ澄んだ山の井……
その安積山の山の井ではないけれど
浅い浅い心で
あなたさまのことを思っているんじゃあございません
深く深く思っているのでございます
ホントニ！　ホントニ！

（巻十六の三八〇七釈義）

はじめに

『古今和歌集』仮名序に登場する「難波津に　咲くや木の花　冬こもり　今は春べと　咲くや木の花」の歌が、木簡や土器などに記されていることを最初に網羅的に分析したのは東野治之である。東野の研究により、難波津歌が平城京時代にすでに成立しており、それが手習い歌として利用されていたことが判明した（東野　一九八三年、初出一九七八年）。東野の研究以降、藤原、飛鳥の各宮都においても、難波津歌木簡が相次いで発見された。こういった難波津歌木簡の発見は、難波津歌の成立が、天武朝にまで遡ることを示したのであった(1)(以下、難波津木簡と称する)。さらに、多くの古代文学研究者を驚かせる発見もあった。徳島市の観音寺遺跡出土の難波津木簡は、七世紀後半に遡る木簡であることが確認されたからである。難波津歌の地方伝播は、多くの研究者が推定していたよりも、はるかに早かったのである。本節では、こうした発掘と研究の現状を踏まえ、もう一度、難波津歌について考えてみたいと思う。

「歌の父」と『古今集』の仮名序に記されている難波津歌に対して、「歌の母」と記されているのが安積山歌である。その安積山歌の一部が、難波津歌の裏面に記された木簡が存在することを、栄原永遠男が発表したのは、二〇〇八年春のことであった(2)。この発見によって、少なくとも八世紀中葉には、難波津歌と安積山歌がセットになっていたことが、判明したのである。栄原は、出土した紫香楽宮の西大溝の利用状況などを踏まえ――それまでの宮町遺跡の発掘成果を利用して――難波津・安積山木簡の埋没時期を天平十六年(七四四)から同十七年(七四五)に特定した〔栄原　二〇〇八年〕。当該のいわゆる安積山木簡の時期特定の意義はきわめて大きい。なぜならば、天平期にすでに二つの歌がセットになっていたことがわかったからである。本節は、次の二点を踏まえて、まずは『古今集』の仮名序について考えてみたいと思う。一つは、難波津歌は七世紀後半に成立しており、地方にも伝播していたこと。二つ目は、八世紀の中葉には、安積山歌とセットと考えられていたことの二点である。

一　『古今集』の両序の伝

平安文学の研究者には、常識となっていることがらであろうが、仮名序には、仮名序成立から、五〇年後に成立した後人の手による「古注」が存している〔片桐　一九九八年〕。後人の手になる「古注」ではあっても、本文と一体となって伝来して来た歴史がある(3)。では、「古注」はいかなる施注態度を以って書かれているかというと、本文の内容を補足、解説するだけではなく、時には「これらや、すこしかなふべからむ。おほよそ、六種《むくさ》に分れむことは、えあるまじきことになむ」というように本文に対して全面的批判を行なう場合すらある。つまり、「古注」の注記は、本文に対して常に肯定的、同調的であるとは限らないのであり、時には否定的態度で施注される場合すらあるのである。このような是々非々の施注態度は、『万葉集』巻一、巻二の「左注」にも共通するところであり、驚くべきことがらにはあたらない。一五番歌ではその反歌に不審があると述べているし、『類聚歌林』を引用して、異なる作者の伝があることを読者に積極的に伝えようとしているからである。したがって、『古今集』仮名序の「古注」も、十世紀中葉には存在していた難波津歌、安積山歌に対する諸伝の一つ、と見てよいのである。

もう一つ、勘案しなくてはならないのは、真名序の伝と、仮名序の伝が、一致しないこともままあるということである。したがって、本節では真名序にも、独自の伝があるものとして考察を進めてゆくことにする。(4) すなわち、仮名序本文と、仮名序「古注」、真名序は、ともに緊密な関係を有するものの、必ずしも伝が一致するわけではないのである。(5) それぞれ三者三様の伝を伝えている可能性もあるということを前提として、論を進めてゆきたいと思う。(6) もちろん、その伝の中には部分的に記紀の伝承に繋がっている伝承もあるといえよう。

以下、仮名序の難波津歌に関する部分を引用するが、〔　〕内は「古注」である。

あらかねの地にしては、素盞嗚尊よりぞ起りける。ちはやぶる神世には、歌の文字も定まらず、素直にして、言の心わきがたかりけらし。人の世となりて、素盞嗚尊よりぞ三十文字、あまり一文字はよみける。〔素盞嗚尊は天照大神の兄なり。女と住み給はむとて、出雲国に宮造りしたまふ時に、その所に八色の雲の立つを見てよみたまへるなり。

八雲立つ出雲八重垣妻籠めに八重垣つくるその八重垣を〕

かくてぞ、花をめで、鳥をうらやみ、霞をあはれび、露をかなしぶ心・言葉多く、さまざまになりにける。遠き所も、いでたつ足下より始まりて年月をわたり、高き山も、麓の塵泥よりなりて天雲たなびくまで生ひ上れるごとくに、この歌もかくのごとくなるべし。難波津の歌は、帝の御初めなり。

〔大鷦鷯の帝の難波津にて皇子と聞えける時、春宮をたがひに譲りて位に即きたまはで、三年になりにければ、王仁といふ人の訝り思ひて、よみて奉りける歌なり。木の花は梅花をいふなるべし。〕

安積山の言葉は、采女の戯れよりよみて、

〔葛城王をみちの奥へ遣はしたりけるに、国の司、事おろそかなりとて、まうけなどしたりけれど、すさまじかりければ、采女なりける女の、土器とりてよめるなり。これにぞ王の心とけにける。

安積山かげさへ見ゆる山の井の浅くは人を思ふものかは〕

この二歌は、歌の父母のやうにてぞ手習ふ人の初めにもしける。

そもそも、歌のさま、六つなり。唐の詩にもかくぞあるべき。その六種の一つには、そへ歌。大鷦鷯の帝をそへ奉れる歌。

難波津に咲くや木の花冬こもり今は春べと咲くや木の花

といへるなるべし。

（『古今和歌集』仮名序、小沢正夫・松田成穂校注・訳『古今和歌集（新編日本古典文学全集）』小学館、一九九四年）

難波津歌の伝で、ことに解釈が難しいのは「難波津の歌は、帝の御初めなり」という箇所である。旧『大系』は「みかどのおほむはじめなり―天皇のみ代の初めを祝った歌だという意味で言ったのであろう」と解しているのだが、次に「ことばが足りない感がある」とも述べているように、何らかの言葉を補わなければ解釈し難い。そこで

「古注」の王仁が献歌したという伝と、真名序の「難波津の什を天皇に献り」および、後段の「大鷦鷯の帝をそへ奉れる歌」の部分を勘案して、「仁徳天皇が即位した始めの歌」「天皇（ミカド）について歌った最初の歌」「朝廷（ミカド）について歌った最初の歌」などと、一般的には解されているところである。(7)

しかし、当該部分だけを、素直に見れば、徳原茂実が主張するように「天皇の御製の最初である」と解釈するのが正しい。徳原は、「みかど」「おほむ」の語史の検証から、「古注」や「真名序」の献歌であるとする伝とは別に、難波津歌を以て御製歌の最初とする伝があったことを説いている〔徳原　二〇〇一年a〕。徳原は、語史の検討から、以上のように結論を出しているが、筆者も仮名序全体の主張の流れからいっても、徳原説によって解釈すべきであると考える。『古今集』序文の構造論的理解を押し進めた松田武夫は、仮名序の結論部を「和歌の性質」「和歌の歴史」「和歌の種類」「古代と近代」に分けている。その上で、和歌の歴史を「初発」「発展」「典型の確立」に分類しているのであるが、松田分類に従えば、難波津歌の部分は、確立された典型の最初にあたる部分となる〔松田　一九六五年〕。素戔嗚尊から三十一文字の歌がはじまり、長い年月を経て発展してきたといい、それを引き継ぐかたちで難波津歌について言及されるわけであるから、当該部分は確立された典型やかたちについて語られるべきところであろう。つまり、和歌史上もっとも重大な事項でなくてはならないはずである。そうでなければ、素戔嗚尊の三十一文字の歌のはじまりと釣り合いが取れない。とすれば、当該部分では、徳原説のごとく御製の創始について語られていると考えるのが、至当であろう。(8)

おそらく、仮名序は、三十一文字の定型のはじまりと御製のはじまりを対置しているのである。では、難波津歌を御製として読むとどうなるかというと、難波宮での治世を花に喩えて、自讃する歌となろう。これを後段の六義のうちの「そへ歌」として読めば、自らの治世のすばらしさを、直接的には言わず、春べの花に「そへ」て、暗喩する歌ということになろうか。記紀は、仁徳を儒教的聖天子のイメージで捉えており、その聖天子像は平安時代まで伝えられていた（「高き屋に登りてみれば煙たつ民のかまどはにぎはひにけり」〔『和漢朗詠集』刺史、六九二〕）。とすれば、仁徳から御製がはじまったとする伝は、ヤマト歌の輝かしき歴史を語るにふさわしいものとなろう。それは、仮名序全体の構想とも合致するはずである。(9) つまり、本文の難波津歌伝は、仁徳天皇が御製を創始したとする伝承なのである。対して、「古注」と真名序は仁徳天皇への献歌であるとする伝になっており、二つの伝が並存していた、といえよう。

ただし、「古注」の伝と真名序の伝は、献歌ということでは一致するけれども、相違する伝え方がなされている。真名序は、聖徳太子の片岡山と富緒川のいわゆる行路死人救済説話の歌とともに、献歌の伝承を伝えている（『日本霊異記』上巻第四話、『拾遺和歌集』巻二十の一三五〇、一三五一）。「いかるがや富緒河の絶えばこそ我が大君の御名を忘れめ」（『拾遺和歌集』巻二十の一三五一）の歌は、救済された餓人が聖徳太子に感謝して献じた歌なのである。紀は、仁徳天皇を儒教的聖天子と描き、対して聖徳太子は理想の皇太子として描いている。真名序の「難波津の什を天皇に献じ、富緒河の篇を太子に報ぜしが如きに至りては、或は事神異に関《あづか》り、或は興幽玄に入る」という部分のいわんとするところは、徳高きゆえに仁徳天皇と聖徳太子には、神も人も感じ入って歌が献ぜられたのだ、ということだろう。

次に、「古注」の伝を見てみよう。「古注」の伝は、難波津歌を王仁の献歌と伝えているのだが、記紀に王仁の献歌の伝承はない。したがって、記紀とは別系統の伝と見なくてはならないのである。また、「古注」の伝える仁徳天皇即位のいきさつも記紀とは若干異なっている。まず「たがひに譲りて」だが、大鷦鷯皇子と菟道稚郎《うじのわきいらっこ》子皇子が、東宮すなわち皇太子の位を互いに譲り合ったのではない。紀では、菟道稚郎子皇子は、すでに皇太子になっていたのだが、応神天皇崩御後、皇位を大鷦鷯皇子に譲ろうとしたのである。しかし、大鷦鷯皇子は、亡き応神天皇の意志を尊重したため、応じなかった。ために、菟道稚郎子皇子は想い悩んで自尽し、大鷦鷯皇子は即位することになったのである（紀）。この点について、西條勉は、「王仁がワキイラツコに即位を進めるのならともかく、記紀に接点を欠く仁徳に即位を促すのは不審である。仮名序の話は記紀系の異伝ではなく、おそらく、よほど後になってから捏造されたものであろう」と述べている（西條　二〇〇〇年）(10)。ただ、「古注」に「三年になりにければ」とあるのは、仁徳紀の「爰に皇位空しくして、既に三載を経たり」を踏まえていることは疑いの余地なく、「古注」の伝が仮に「捏造」であったとしても、少なくとも紀の記述を踏まえていることは間違いない。当該の伝は、先帝の喪に服する三年の間は、先帝の意志に従うべきであるとする儒教的服喪規範に基づくものである。

次に王仁であるが、記によれば、百済の国主照古王が「貢上」した「和邇吉師」と呼ばれる人物のことをさす。対して紀では、阿直岐の推薦で百済から招聘したと伝え、菟道稚郎子皇子は王仁に師事して、諸典籍を習ったと伝えている。したがって、記紀を見るかぎり、西條のいうように大鷦鷯皇子と王仁の接点は、まったくない。

以上を踏まえて、王仁の文化的役割について考えてみよう。記によれば、百済王は、王仁に『論語』『千字文』を付して貢進したということになっている。その子孫もまた、西文氏として文業をもって朝廷に仕えていたという（記）。この伝承は、文業をもって朝廷に仕えた西文氏の祖に、いかにもふさわしい伝承といえよう。ただし、『千字文』は、この時代は成立していないので史実ではない。『論語』と『千字文』は、漢文学習のはじめに習うものであり、これまた七世紀以降、当該二書に関わる木簡が出土している（東野　一九八三年、初出一九七八年）（佐藤　二〇〇六年）。つまり、王仁献歌の伝では、王仁が『論語』と『千字文』などの諸典籍の伝来者であったという点に、ことに重い意味があるようなのである（東野　一九八三年、初出一九七八年）。おそらく、それは献歌の伝でも重要な意味をもっていたはずである。『論語』『千字文』の伝来者であり、紀が伝えるように皇太子も師事した博士であればこそ、聖帝仁徳への献歌者としてつり合いが取れるのである。なぜなら、その王仁が、仁徳天皇に歌を献上したということは、それほど偉大なる徳を持った天皇であったということを、間接的に示すことになるからである。皇位を譲り合うとは、謙譲の美徳の中でも最大のものであろうが、そのような美徳を持つ人であるがゆえに、王仁は即位しないことを、惜しみ、いぶかったのである。広い意味でいえば、献歌の伝も、仁徳天皇の徳を讃える伝の一つということができる。

一方、仮名序の傍線を施した部分には「大鷦鷯の帝をそへ奉れる歌」と書かれており、これは御製の伝ではなく献歌の伝であるから、「古注」と真名序と同様の伝ということになる。しかし、それでは、御製との伝を伝える前段の本文の伝とは矛盾してしまう。この点は、本文の伝を御製と解釈する徳原の説にとっては、最大のネックになる〔徳原　二〇〇一年ａ〕。対して、徳原は、当該部分も「古注」であった可能性を指摘している[11]。たしかに、他の六義の部分では、施注者の発言としてあつかわれているような記述であるので、「古注」の本文への混入と考えてもよいだろう。

してみると、御製の伝の背後には、ヤマト歌の御製のはじまりは、聖天子・仁徳からはじまってほしいという心意が働いていると考えることができる。対して、王仁献歌の伝の背後には、仁徳天皇は漢字文化の始祖がヤマト歌を献るほどの聖天子であったことを讃えたいという心意が働いている、といえよう。たしかに、御製と献歌では大きな違いなのだが、それは伝承の揺れの範囲ともいえるのではないか。つまり、難波津歌は、聖天子・仁徳を讃える歌と考えてよいのである。

二　采女の智恵と機転の伝

次に安積山歌であるが、仮名序の安積山の伝と『万葉集』巻十六の伝は、驚くほど一致する。

安積山　影さへ見ゆる　山の井の　浅き心を　我が思はなくに

右の歌、伝へて云はく、葛城王、陸奥国に遣はされける時に、国司の祗承、緩怠なること異甚だし。ここに王の意悦びずして、怒りの色面に顕れぬ。飲饌を設けたれど、肯へて宴楽せず。ここに前の采女あり、風流びたる娘子なり。左手に觴を捧げ、右手に水を持ち、王の膝を撃ちて、この歌を詠む。すなはち王の意解け悦びて、楽飲すること終日なり、といふ。

（『万葉集』巻十六の三八〇七）

文ごとに対応が認められるほど揺れがない。しかも、本文と「古注」の伝の間にも齟齬がないのである。これは、いったい何を意味するのであろうか。二つの可能性が想定されよう。一つは、仮名序本文、「古注」とも、『万葉集』巻十六を参照していた可能性があること。もう一つは、その伝は広く知られていて、異説もなく、難波津歌の伝のような揺れもなかったという可能性である。では、安積山歌には、どのような特徴があるのであろうか。これを、歌自身の内容の問題として考えてみると、安積山歌はきわめて巧みな技巧が使われた歌であるという点を、見逃してはならない。「安積山」の「山の井」のように浅い心で思うわけではないという、反転の技法が光る歌なのである。

鉄野昌弘は、「清らかな泉を歌いながら、その浅さに着目して『浅き心』に転じ、それを末尾の『なくに』で更に反転させる。この歌は、むしろそうした仕掛けにこそ、魅力の源があるのだろう。そして、こうした歌の存在は、助詞とナクニ止めを持つ歌の問題、更には序詞というもののあり方全般にわたって考える機縁になるのではないかと思うのである」と、みごとに分析している〔鉄野　二〇〇八年〕。いわゆるナクニ止めによって、いわば意外性のある歌になっているのである。ここで筆者が意外性のある歌といったのは、具体的には歌の内容を最後まで聞かねば、歌い手の心意を汲み取ることができないような仕掛けがあることをいう。それは、「思ふものかは」となっている「古注」の表現でも同じで、歌を反芻して、表現されている深い思いに気づくところに、安積山歌の妙はあるといえよう。それが、采女の機転に繋がっているのである（具体的には、葛城王の膝を打つという大胆かつ色っぽい動作を指し、本文はこれを「戯れ」と解したと考えられる）。

では、安積山の歌の伝を分析するには、どのような特徴に注目すればよいのであろうか。まず念頭におくべきは、采女に関わる伝承であるということだろう。安積山歌の伝は、宴に奉仕する采女の機転と機知の物語であり、話の妙味は、気難しい貴人の機嫌が、歌の機知と、当意即妙の機転で直ったというところにある。実は、これと同じ骨組を持つ話が、『古事記』の雄略天皇条にも伝わっている。雄略記の話は、天語歌の起源を語る伝承としても機能している話である。天皇が長谷の百枝槻の下で宴をした時に、伊勢国の三重の采女が大御盞を献ったのであるが、その百枝槻の葉が落ちて大御盞に入ってしまった。それをそのまま采女が天皇に献ったところ、天皇は怒り、采女を殺そうとする。采女は申し上げるべきことがあると言い、天語歌を献ずると、「其の罪を赦しき」ということで一件落着した、という話である。つまり、『古事記』以来の説話の系譜から見ると、安積山歌の伝は、采女の智恵をあらわす話であると考えてよいだろう。おそらく、その背後には、内田賢徳が指摘したように、采女が盞を捧げる行為は「儀礼性をもっていて、そこに服属儀礼のあとを延く質」を持っているのであろう（内田　一九九九年）。たしかに、允恭紀五年秋七月、雄略紀二年十月、同十二年冬十月条には、采女が酒饌を勧めたとの記事がある。その采女の歌が、前述したように、きわめて技巧的なのである。ここに話の妙があり、「歌の母」と称される意味もあるのである。つまり、「歌の母」なる歌は、采女の智恵と機転の歌なのである。

三　歌の父母という伝

縷々述べたことがらを、二項対立的に示せば、

難波津歌……天皇の歌／天皇の徳を讃える伝がつく（歌の父）
安積山歌……采女の歌／采女の智恵を讃える伝がつく（歌の母）

ということになろうか。すべてを二項対立で分析してしまうのはよくないが、二つの歌は天皇と臣下／男と女／優位者と劣位者という点においても、二項対立的かつ補完的関係性を有している。

采女は、氏女などとともに宮廷に奉仕した女官の一つに過ぎないのだが、歌や物語の中に多くの伝承を残している。それは、采女が女官を代表するからであり、天皇と采女の話が多いのも、伝承世界では話が単純化されてしまい、女官であれば、采女に集約されるからであろう。したがって、二つの歌が、天皇と采女の歌として伝えられていることにも、重要な意味がある、と思われるのである（『大和物語』一五〇「猿沢の池」など）。おそらく、「歌の父母」という表現は、以上のような伝承世界から生まれた伝と考えてよい。と同時に、『源氏物語』絵合の巻において『竹取物語』を「物語の出で来はじめの親」と称しているのと同じように、この二歌からヤマト歌が広がっていったとする意識があったことも間違いない。

以上の点を踏まえて、難波津歌について振り返ってみたい。『万葉集』には、天智天皇を近江天皇（巻四の四八八題詞）と呼び伝え、仁徳天皇のことを難波天皇（巻四の四八四題詞）と呼び伝えている例があることに注目したい。仁徳は八世紀中葉の人びとからは、難波の天皇として意識されていたのである。とすれば、御製か献歌かという揺れはあるかもしれないが、『古今集』仮名序本文、「古注」の伝と同じく、難波津歌は仁徳の歌と考えられていたと思われるのである。一方、安積山歌は、歌も伝もともに、『万葉集』巻十六にその存在を確認でき、それは揺れもなく十世紀初頭にまで伝えられていた。そして、この安積山歌の伝については「古注」の施注者も、違和感をもたなかったようなのである。加えて、安積山歌の伝は、数ある采女伝説の一つとして伝承されていたのであった。

以上のように考えてゆくと、二歌を二項対立的かつ補完的な関係にある歌として結びつける『古今集』序文の伝は、そのままとはいかないだろうが、万葉時代にも存在していたと考えてよい。宮町遺跡出土の歌木簡の難波津歌の裏面に、安積山歌が書かれたのは、表面の難波津歌から、縷々述べたような伝が、書き手に想起されたことを物語っているのである。

おわりに

このように見てゆくと、二つの歌を結びつけているのは、歌の伝であった、といえよう。少なくとも、八世紀中葉には、天皇の徳を讃える伝をもつ難波津歌と、采女の智恵を讃える伝をもつ安積山歌は、すでにセットになっていたのである。

おそらく、難波津歌をもって、ヤマト歌の手習いのはじめとするのは、それが天皇の徳を讃える歌であると信ぜられていたからであろう。つまり、ヤマト歌の『論語』『千字文』にあたるのが、難波津歌であり、難波津歌が手習い歌になったのは聖帝仁徳の歌だったからであろう。こうして見ると、徳原が注意したように、難波津歌に呪歌としての側面があるのも、聖帝仁徳の伝承と関わりがあると思われるのである〔徳原　二〇〇一年b〕。偉大な徳のある天子の歌であるがゆえに、時として呪的な力をもつことにもなるのであり、だからこそ歌を書くことのはじめに習う手習いの歌にもなったのではないか。

それは、東野がいうように、まさしく「いろはうた」の伝と同じ位相関係にある〔東野　一九八三年、初出一九七八年〕。「いろはうた」が弘法大師の作であるという伝があればこそ、その歌によって手習いをはじめることの価値が——実用的価値のほかに——付加されるのである。つまり、弘法大師の歌を学ぶことから手習いをはじめること自体に、いわば一種の意味があるのであろう。[12]その意味というものを、具体的に説明すれば、偉大なる天皇や大師の歌から文字を学ぶことで、その徳や力を学習者が受け取ることになるということである。[13] おそらく、手習いのはじめには、仁徳の歌や弘法大師の歌には、呪的な力があると説明されて、学習がはじまったのではないか。ゆえに、「奈尓波」と三文字を記しても、三十一文字を書いたのと同じ功徳が得られると考えられたことが予想されるのである。[14]

以上から、筆者は、難波津歌が、呪歌としても、手習い歌としても機能することがあるのは、歌自身の内容とともに、その歌に付随した伝があったからだ、と考える。つまり、聖帝仁徳の歌から、文字が学習されることにこそ、重要な意味があったのである。歌の父母と並び称されながらも、主として難波津歌によって習書がなされる理由も、おそらくここに求めることができる、と愚考する。続く、第三節と第四節は、いわゆる秋萩木簡に関する論考である。

注

(1) 木簡は、完形では出土しておらず、もちろん少異歌の可能性も残るが、これほど多くの例が出土していることを考えると、難波津歌と一括して考察を加えてもよいだろう。

(2) 当然、表裏が同筆か別筆かということが問題になるが、同筆であることを積極的に主張するのは森岡隆である〔森岡　二〇〇九年〕。対して、栄原や筆者は、その判断を現段階では保留している。ただ、偶然に難波津歌と安積山歌が表裏に書かれたとは考えにくいので、片方の歌を見て、二歌がセットであることが想起されて、もう一方の歌を記したと考えられよう。どちらが先に書かれたかは、にわかに判断できないが、難波津木簡は複数出土しているることを考え合わせると、難波津歌を木簡に書く習慣のごときものがあったことが推定される。そのため特定の習慣に基づいて難波津歌が書かれ、一義的利用が済まされた後に、安積山歌が書かれたという可能性の方が高いと筆者は考える。ちなみに、第四章第一節において、筆者は、難波津歌を書くのは歌会に臨む前に行なう習礼のためであり、二尺縦長の既定のサイズの木簡に記すのは、字配り等の練習用ではなかったかとの考えを述べた。
（3）藤原公任「古注」作者説を採る西村加代子は、その成立を十世紀末以後とし、『日本書紀』などに馴染んでいない、女性向けの注とする〔西村　一九九七年〕。なお、片桐洋一は、「古注」の文体から、書承ではなく口述、聴講を基礎として成り立った注であるとする〔片桐　一九九八年〕。いずれも、貴重な見解である。
（4）なお、本節では、歌とともに伝来して、歌の解釈を規定している「つたえ」「伝承」などを、仮に「伝《でん》」と呼ぼうと思う。伝には『万葉集』巻十六の歌の「由縁」や、歌の注記の説明に入っている歌の「いわれ」なども含まれることになる。
（5）真名序と仮名序の成立の先後関係については、仮名序草稿本の出現ともあいまって、これを専門外の筆者が立ち入って軽々に論ずることができる研究状況にはない。
（6）もちろん、紀貫之や紀淑望が、新しく作った「伝」であるとも考えられるが、新しく作ったとしても、同時代の読者からまったく支持を得られないような伝は作らないであろうから、創作後伝承されることを前提に作っているはずである。したがって、筆者は、いわゆる「創作」「捏造」の類であっても、一定の伝承性は有するものである、と考えている。なお、難波津歌の複数の伝を段階的に生成されたとする見解は、新谷秀夫に早くに示されている〔新谷　一九九九年〕。もちろん、その可能性も高いが、本節ではむしろこれを個別かつ多元的な別伝と認識して考察を進めたい。なお、平安期の諸注の動向については、新谷の同論文に包括的考察がなされていて、参考となる。
（7）その諸説整理については、竹岡『全評訳』に詳しい。
（8）人の世の歌の歴史を、天皇の御製から語りはじめようとする志向は、すでに『万葉集』にも見られるところで、巻一、巻二、巻九では御製ないしは皇后歌を巻頭に据えている。
（9）記の下巻は仁徳天皇からはじまるのであり、仁徳朝をもって一つの画期となす意識があったことは間違いない。そうした画期の天皇の伝承に、御製や献歌のはじめという伝承が付加されていった可能性もあるだろう。
（10）このような疑念は、『古今余材抄』（久松潜一校訂者代表『契沖全集』第八巻、岩波書店、一九七三年）が早くに指摘しており、「此王仁か哥、日本紀万葉集等に載せす、子孫文氏の者とも延暦年中宿祢姓を望ける申文にも申さゝりけん。かへす〳〵不審の事なり」と述べている。

(11) なお、続く六首の例歌も含めて施注部とする考え方は、荷田春満や賀茂真淵の仮名序研究にすでにある。

(12) もちろん、難波津歌が、なぜ手習い歌として利用されたかということについては、その歌の質と関わっても説明されなくてはならない。この点については、内田賢徳が、黎明期の短歌に繋がる歌謡であったことに理由を求めている〔内田　二〇〇五年〕。これは、貴重な意見である。特定の歌謡の形式が、短歌形式として自覚される橋渡しをしたことを内田説は示唆している。とすれば、次にはそれがなぜ難波津歌でなければならなかったのかということが問題となろう。本節が追究する点もそこにある。

(13) 泉や温泉の起源が、弘法大師や行基の伝と結びつけて語られるのも同じであろう。それは、そのまま泉の水やお湯の霊験と関わっている。

(14) 和田萃は、「奈尓波」の文字表記については揺れがなく安定している理由として、三文字がこの歌にとって大切な地名であるからだとする〔和田　二〇〇〇年〕。首肯すべき理由であろう。さらに、もう一つ理由を挙げれば、最初に教えられるからであり、だからこそはじめの三文字を正確に記すことによって、呪的な力が得られると考えられたのではないか。例としては、山田寺跡のヘラ書き瓦の「奈尓波」三文字などがそれに当たるだろう（七世紀中葉）。そうすると、この三文字を書くということは、呪術でもあり、儀礼でもあったということになる。

参考文献

新井重行　二〇〇六年「習書・落書の世界」平川南他編『文字表現の獲得（文字と古代日本5）』所収、吉川弘文館。

乾　善彦　二〇〇九年「難波津木簡再検討」『國文學　解釈と教材の研究』四月臨時増刊号第五十四巻第六号所収、學燈社。

犬飼　隆　二〇〇八年『木簡から探る和歌の起源――「難波津の歌」がうたわれ書かれた時代』笠間書院。

内田賢徳　一九九九年「綺譚の女たち――巻十六有由縁」『伝承の万葉集（高岡市万葉歴史館論集二）』所収、笠間書院。

――
片桐洋一　一九九八年「仮名序・真名序」『古今和歌集全評釈（上）全三巻』講談社。
西條　勉　二〇〇〇年「文字出土資料とことば――奈尓波ツ尓作久矢己乃波奈」『國文學　解釈と教材の研究』八月号所収、學燈社。
栄原永遠男　二〇〇八年「歌木簡の実態とその機能」『木簡研究』第三十号所収、木簡学会。
佐藤　信　二〇〇六年「漢字文化の受容と学習」平川南他編『文字表現の獲得（文字と古代日本5）』所収、吉川弘文館。
新谷秀夫　一九九九年「難波津の〈歌〉の生成――古今集仮名序古注をめぐる一断章」『日本文芸研究』第五十一巻第二号所収、関西学院大学。
――　二〇〇九年「冬ごもり今は春べと咲くやこの花――『萬葉集』の『冬の梅』から考える」『四季の万葉集（高岡市万葉歴史館論集十二）』所収、笠間書院。
鉄野昌弘　二〇〇八年「序詞とナクニ止め」『國語と國文學』第八十五巻第九号所収、東京大学国語国文学会。
東野治之　一九八三年「平城京出土資料よりみた難波津の歌」『日本古代木簡の研究』塙書房、初出一九七八年。
――　二〇〇八年「飛鳥時代木簡と上代語」『橿原考古学研究所論集』第十五号所収、同研究所。
徳原茂実　二〇〇一年a「古今集仮名序『みかどの御はじめ』考」『武庫川国文』第五十八号所収、武庫川女子大学国文学会。
――　二〇〇一年b「難波津の歌の呪術性について」片桐洋一編『王朝文学の本質と変容　韻文編』所収、和泉書院。
内藤磐・内藤亮　二〇一八年『難波津のウタ』静学堂。
西村加代子　一九九七年『平安後期歌学の研究』和泉書院。
松田武夫　一九六五年「仮名序構造論の結論」『古今集の構造に関する研究』風間書房。
森岡　隆　二〇〇九年「〝難波津の歌〟が源」『毎日新聞』二〇〇九年二月二十日（金）夕刊。

八木京子　二〇〇五年「難波津の落書――仮名書きの文字資料のなかで」『国文目白』第四十四号所収、日本女子大学国語国文学会。
吉川栄治　一九九三年「古今集序の歌論」有吉保他編『和歌文学講座　第四巻　古今集』所収、勉誠社。
和田　萃　二〇〇〇年「古代難波の景観――遺跡・遺物からみた歴史と文学」『文学』第一巻第五号所収、岩波書店。
渡瀬昌忠　二〇〇八年「新万葉一枝（二十一）――『安積香山影さへ見ゆる山の井の』」『水甕』第九十五巻第九号所収、水甕社。

〔補説〕

近時、難波津歌については、内藤磐・内藤亮の共著が出た〔内藤磐・内藤亮　二〇一八年〕。筆者は、典礼唱和説への反論として、配字習書説を採るが、配字習書説の一番の弱点は、なぜそれが難波津歌でなくてはならないのかということを説明できないところにある（第四章第一節）。内藤書は、内藤磐が主として文学的側面から「呪術性」を説き、内藤亮が一つ一つの木簡の出土状況の検証から「信仰的な役割」を説いている。論の方向性としては、徳原茂美の論を発展、検証した論となっている〔徳原　二〇〇一年aおよびb〕。内藤書によれば、配字習書説は否定されるが、難波津歌の伝を分析した本節とは、論旨が重なる点も多い、と思われる。内藤書のユニークなところは、寺院建築の材として、その命を絶たれる樹木の霊を慰める呪歌として、難波津歌を捉えようとする点にある。ただ、その場合においても、なぜ「難波津」という地名が読み込まれるのか、検討されなければならないだろう。やはり、文化伝来の地としての「難波津」を考えるべきではなかろうか。しかし、歌の呪性は、その時々の要請に応じて機能するものであるから、本節の考察推考と内藤書の推考の両論が成り立つ可能性もあると思われる。

初　出

「難波津歌の伝――いわゆる安積山木簡から考える」『文学・語学』第百九十六号、全国大学国語国文学会、二〇一〇年。

第三節　歌と木簡と

秋萩の下葉がもみじしたよ——
あらたまの月も経って
颪が早いからだろう
マサシク深マリユク秋ダァ

（巻十の二二〇五釈義）

はじめに

第四章第一節および第二節において述べたように、歌を記した木簡の出土が相次いでいる〔栄原　二〇〇八年〕。それらの木簡は、栄原によって、「歌木簡」と分類される形状的特徴および書記上の特徴を有している〔栄原　二〇〇七年〕。その特徴とは、復元すれば二尺になる縦長木簡、一行書き、原則一字一音表記という特徴である。歌木簡は、七、八世紀における韻文書記のありようを探る貴重な資料となるばかりでなく、歌集定着以前の歌のありようを推定する資料ともなり、今後の万葉研究にも少なからぬ影響をもつ資料となることは間違いない。しかしながら、これまでの万葉研究の蓄積を利用して、これらの歌木簡をどのように考えればよいのかという点については、その方法論の検討も含めて、研究はまだ端緒についたばかりである。本節では、京都府木津川市の馬場南遺跡（神雄寺跡遺跡）出土の歌木簡について、未熟ながらも臆説を述べて、歌木簡と万葉研究を繋ぐ一助としたいと考える。以って、ここに一節を草したい、と思う。

一　馬場南遺跡歌木簡の発見

京都府埋蔵文化財調査研究センターと木津川市教育委員会は、二〇〇八年四月から二〇〇九年二月にかけて、京都府木津川市木津天神山地内および糖田の発掘調査を行なった。この調査の過程で次のような歌木簡が出土した（写真4－1）。伴出遺物から推定して、奈良時代後期に埋没したものと考えられている。

「阿支波支乃之多波毛美智×　　(234)・(24)・12　081

（『馬場南遺跡出土遺物記者発表資料』京都府埋蔵文化財調査研究センター、二〇〇八年）

「阿支波支乃之多波毛美智」は「秋萩の下葉もみち」と判読できることから、『万葉集』巻十の、

秋芽子乃　下葉赤　荒玉乃　月之歴去者　風疾鴨

写真4－1　馬場南遺跡出土歌木簡

（公財）京都府埋蔵文化財調査研究センター提供、〔2010年〕図版第45-833。

秋萩の　下葉もみちぬ　あらたまの　月の経ぬれば　風を疾《いた》みかも　（巻十の二二〇五）

に当たると判断され、新聞紙上においては「万葉歌木簡」と称されている（二〇〇八年十二月十八日（木）『毎日新聞』夕刊など）。ただ、正確にいうと、『万葉集』と歌句の共通する部分のある仮名書き木簡の発見というべきであろう。この点については、乾善彦や本書第四章第一節の論考が、つとに注意を喚起しているところである〔乾　二〇〇九年〕。たとえ、第一句は共通であったとしても、二句目以降が同一の歌句である保証はなく、当該木簡を二二〇五番歌の仮名書き例であると軽々に判断を下すことはできないからである。ちなみに、巻十に絞って見ても、阿蘇瑞枝の調査によれば、重出歌が四首、少異歌が六首ある。集中の重出歌、少異歌の存在をどのように理解すべきかは万葉研究の大きな課題なのであるが、次の二つの可能性を想定しておく必要がある〔阿蘇　一九八九年〕。一つの可能性は、重出、少異歌が場を異にして歌われたり、筆録、書写された可能性。もう一つの可能性は、意図的にそうしたか、無意識のうちにそうなったかは別として、少し歌句が変わって、歌われたり、筆録、書写された可能性である。

さらに勘案すべきは、『万葉集』に収載されなかった歌々も古代社会には無限に存在していたであろうから、馬場南遺跡の木簡が、『万葉集』収載歌と具体的にどのような関係にあるのかということについては、現在のところ論ずることができないのである。けれども、万葉歌と共通する歌句を仮名書きで記した八世紀中葉の木簡が出土したことが、万葉研究にとって大きな意義をもつことも、言下に否定できない。それは古代社会において歌が詠われた機会や場、さらには筆録のありようを考える重要な資料となるからである。

以上の点を踏まえて、木簡の歌表現と集中の歌表現を比較してみよう。集中において「萩」の「下葉」を歌った歌は、七首ある。

①　雲の上に　鳴きつる雁の　寒きなへ　萩の下葉は　もみちぬるかも
（作者不記載歌、秋の雑歌、巻八の一五七五）

②　我がやどの　萩の下葉は　秋風も　いまだ吹かねば　かくそもみてる
（大伴家持、秋の相聞、巻八の一六二八）

③　このころの　暁露に　我がやどの　萩の下葉は　色付きにけり
（作者不記載歌、秋の雑歌、巻十の二一八二）

④　秋風の　日に異に吹けば　露を重み　萩の下葉は　色付きにけり
（作者不記載歌、秋の雑歌、巻十の二二〇四）

⑤　秋萩の　下葉もみちぬ　あらたまの　月の経ぬれば　風を疾みかも
（作者不記載歌、秋の雑歌、巻十の二二〇五）

⑥　秋萩の　下葉の黄葉　花に継ぎ　時過ぎ行かば　後恋ひむかも
（作者不記載歌、秋の雑歌、巻十の二二〇九）

⑦　天雲に　雁そ鳴くなる　高円の　萩の下葉は　もみちあへむかも
（中臣清麻呂、巻二十の四二九六）

通覧してわかることは、すべて短歌体であるということである。もう一つ、一見してわかることは、『万葉集』では、「萩」の「下葉」を歌う場合、例外なくその紅葉が歌われている、ということである。萩の花は山上憶良の歌う「秋の野の花」七種の冒頭に歌われた花であり（巻八の一五三八）、「人皆は　萩を秋と言ふ　よし我は　尾花が末を　秋とは言はむ」（巻十の二一一〇）という歌があるように、秋を代表する花であった。二一一〇番歌は、多数派に対する少数派の異議申し立ての歌であり、裏を返せば絶対多数の人びとが、萩を秋の花の代表と考えていたことの証左となろう。天平期には、家々のヤド（屋前）に移植することが流行した花であり、集中の花の歌の中でもっとも歌数が多い理由もそのためである、と考えられる（一四一首）（第三章第一節および第五章第二節）。しかし、かの萩の花も仲秋には散り、秋の深まりとともに根元に近い枝の葉の方から、少しずつ黄色く変色しはじめる。おそらく「下葉もみちぬ」とは、こうした晩秋の萩の様子を表現しているのであろう。

したがって、①〜⑦の歌は、すべて秋の深まりを詠む歌であり、雁（①⑦）、露（③④）、さらには日に日に冷たくなる秋風（②④⑤）を意識して歌われているのである。おそらく、七首のうち六首が四季分類の巻八と巻十に集中しているのは、「萩」の「下葉」の「紅葉」が、秋の景物として、すでに万葉歌の世界で定着していることを物語っている、といえよう。また、⑦も、天平勝宝五年（七五三）秋八月十二日の宴席の歌である。以上のことがらを勘案すれば、当該木簡の歌句は、四季分類歌巻である巻八と巻十の天平万葉の秋歌の類型的景物表現と、きわめて高い親和性を持っているということができるだろう。そして、それは、天平万葉の趣味とも合致するのである。

二　馬場南遺跡の性格

まず、ここで馬場南遺跡の立地を広く見渡してみよう。奈良側から見ると奈良坂を越え切ったところにあり、ここから平野が広がる。山背国側から見れば奈良坂の入口といってもよい場所である。また、泉川（木津川）の泉津の南にあたり、交通の要衝であったと考えられる場所である。かくなる地について、万葉学徒がまず想起するのは、大伴書持挽歌であろう（巻十七の三九五七）。家持が越中に赴任するにあたり弟・書持は、泉川の河原まで送っていることが、書持挽歌でわかる。二人は馬で奈良坂を越えて泉津あたりまで行き、泉川の河原で別れたのであった。おそらく、離別にあたり、なごりを惜しむ人びとは、奈良山を越えて泉津あたりまでは送って行ったのだろう。

つまり、馬場南遺跡の地は、万葉びとにとって一山越して、川を渡る手前の場所ということになろうか。また、同地は、久邇京遷都後、平城宮と久邇宮の中間点に位置することになったはずである。ちなみに久邇京の京域との関係でいえば、推定される南京極のはずれにあたると思われる。家持が久邇京から、坂上大嬢を思って作った歌には、「一重山隔れるものを」（巻四の七六〇）と詠まれており、ここでは奈良坂を含む奈良山丘陵を「一重山」と表現している。もちろん、遠近の感じ方は、心の持ちように左右されるのだが、同地は奈良山丘陵を越え幣羅坂神社に至ると、一重の山を越したその地という印象が強い場所といえる。泉川と現・岡田国神社の南方、幣羅坂神社の北方に、馬場の地はあるのである。平城宮跡から、東上して東大寺をめざし、北上して奈良坂を越えると約十キロの行程となり、筆者の足でゆっくり歩いて三時間半かかって到着した。以上が筆者なりの馬場南遺跡の立地把握である。以下、馬場南遺跡について、京都府埋蔵文化財調査研究センターと木津川市教育委員会が現段階で発表している発掘による知見を、本節の視点から咀嚼して、考察を進めるために要約をしておきたい。

同遺跡は、第一期（七三〇年代～七六〇年前後か）と、第二期（七六〇年前後～七八〇年代）に分けて考えられている。第一期からは、生活に使用されたとみられる須恵器、平城宮式（同笵）Ⅱ期の瓦が出土し、掘立式建物の跡も見出されている。出土した瓦は、寺院用ではなく宮殿用であるが、同遺跡からは塑像のあった仏堂も確認されており、遺跡の性格づけが難しいのである。その馬場南遺跡の性格を考える上で注目すべき出土遺物は、主に灯明皿として使用したとみられる八千枚以上の土師器であろう（写真4－2）。ほとんどの皿に煤が一か所のみ付着しているといい、おそらく一回だけ灯明皿として使用されたのちに破棄されたとみられている。八千枚以上もの灯明皿が一回のみ使用されたのちに六か所に分けられて遺棄されているところから、燃灯供養のような法会儀礼が行なわれたものと推定されているのである。このように法会との関係を想起させる遺物としては、彩釉陶器製の火舎型香炉、塔鋺《とうまり》蓋、浄瓶、托が、出土している。さらにもう一つ、法会との関連をうかがわせるものがある。それは彩釉山水陶器で、これには山や水波紋が描かれており、組立式となっている（写真4－3）。裏面を見ると組立の接合部分を確認するために書かれたと思われる「右三」「左五」などの墨書が確認されている。以上のことがらが勘案され、出土した彩釉山水陶器は、組立式の須弥壇の一部と考えられている。おそらく、仏像を、法会に際して設置したのであ

写真4-2　馬場南遺跡の灯明皿出土状況（南東から）
（公財）京都府埋蔵文化財調査研究センター提供、〔2010年〕巻頭図版２（１）。

ろう。つまり、法会の参集者の礼拝の対象となるか、見物の対象となる一つの陶製のモニュメントと考えてよい[1]。

一方、祭祀との関連を予想させる墨書人面土器なども出土している[2]。これは、大祓の禊のような水辺の祭祀の実修を想起させるものである。以上の出土遺物は、谷を削り込んで作られた水路ないし池に沿って出土している。発掘された水路ないし池は、今日でいう回遊式庭園の水路や池の様相をもっている。水路ないし池をわざわざ大きく湾曲させて、参集者がその庭の景を楽しむように作られているように、筆者は現地で感得した。

出土した遺物がすべて同じ時に使用されたことなどあり得ないし、またそれをもとに推定に推定を重ねれば誤った結論を誘導しかねないが、谷川を削って作った水路ないし池を中心に建物が配され、その一つに仏堂も在していたことは確かのようである。そこで、八千枚以上も灯明皿を用いた燃灯供養が行なわれたこともあり、時には水辺で

写真 4－3　馬場南遺跡の三彩陶器・彩釉山水陶器

（公財）京都府埋蔵文化財調査研究センター提供、〔2010年〕巻頭図版3（1）・（2）。

写真4－4　「神雄寺」墨書土器赤外線写真

（公財）京都府埋蔵文化財調査研究センター提供、〔2010年〕図版第52-722。

大祓の禊も行なわれたことも確かなようである。また、法会にあたっては、組立式の彩釉山水陶器が飾られていたことも確認されている。彩釉陶器は、当時としてはきわめて豪華なものであるという。

次に第二期であるが、第二期からも皿や甕などの土師器、坏、壺、平瓶などの生活用品が出土している。また、彩釉陶器や彩釉山水陶器も第一期に引き続き使用されている模様で、建物も増設されている。建物の増築や新たに柵の設置などがなされながら、連続的に使用されていた、と現在考えられている。また、第二期においても燃灯供養が行なわれたらしく、二千枚の灯明皿が二か所に分けて遺棄されていた。加えて、祭祀についていえば土馬も出土しており、祈雨儀礼が行なわれた可能性が高い。

さて、第二期の遺跡の性格を考える上で重要な遺物はといえば、「神雄寺」「神尾」「神」「寺」「大殿」「□橋寺」「悔過」などと書かれた墨書土器であろう（写真4－4）。「神雄寺」については、土器の所有者を表している可能性もあり、注目されるところである。土器は神雄寺から貸借や贈与のかたちでこの地に運ばれたのか、はたまたこの遺跡の施設が寺院に施入されたのかは、わからない(3)。なお、柵が東西に廻らされたのは第一期と第二期の間とみられる時期にあたるということであった。この時期の出土遺物としては「黄葉」と書かれた墨書土器がある。以上が、第一期と第二期およびその中間期の馬場南遺跡の概要である（図4－1）。この間に、仏堂は火災で焼失してし

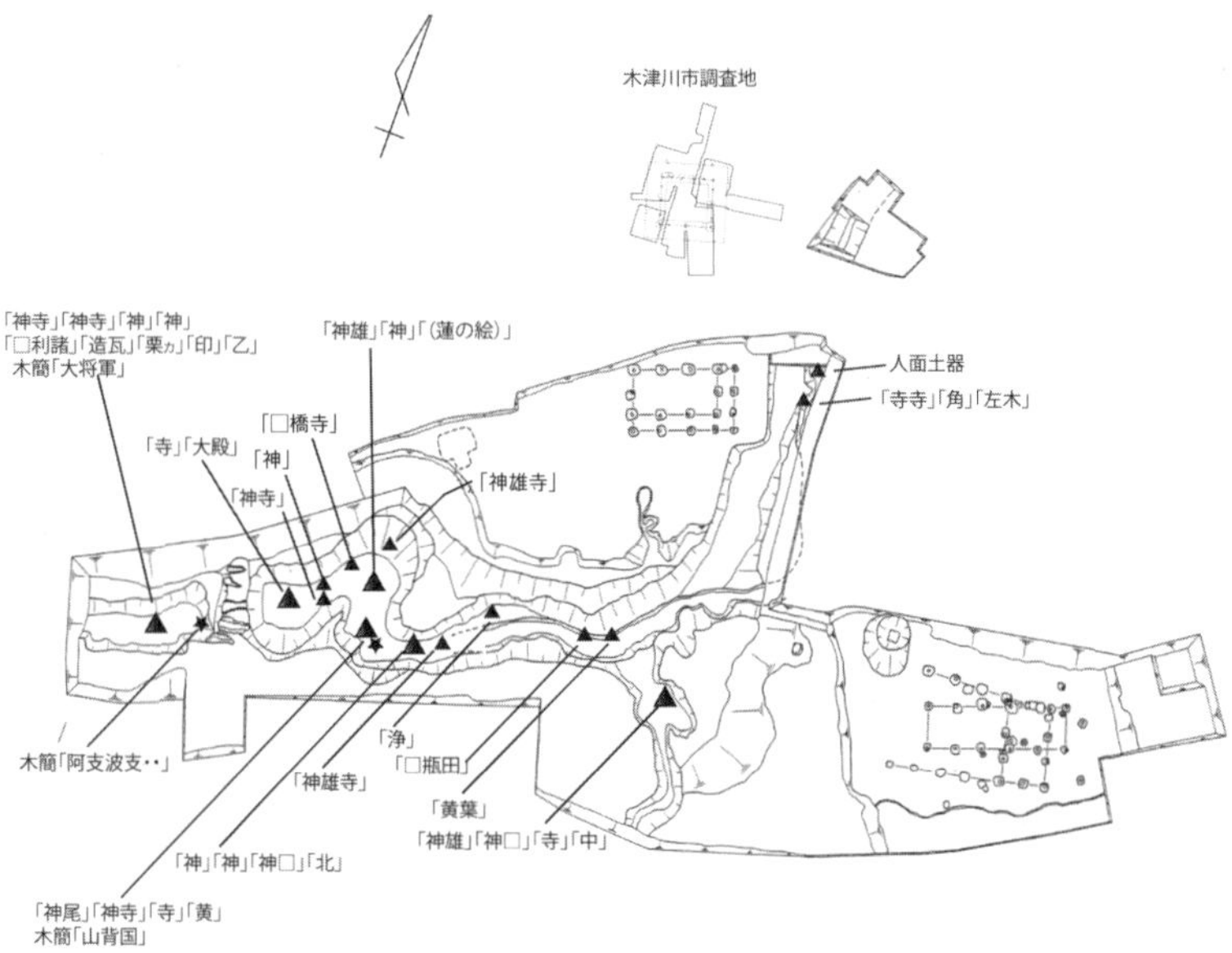

図 4－1　墨書土器出土分布状況

（公財）京都府埋蔵文化財調査研究センター提供、〔2010年〕第94図。

まったようである（時期不明）。では、廃絶したのはいつかといえば、長岡京の造営期に、施設としての機能を失い、廃絶したと考えられている。

以上の諸点を考慮した上で、ふたたび歌木簡について考えてみよう。歌木簡は伴出した土器の編年から七七〇年（平城四期）までに埋没した、と考えられている。歌の書かれた面は一回だけの使用であるが、裏面は一回から三回程度、削られて再利用されていることが確認されている。これは、二次利用、三次利用によるものと考えてよい。その裏面には文字とおぼしき墨書を確認することができるが、現在判読できていない。以上の点を勘案すれば、歌が書かれた年代が、七七〇年頃を下ることは、まずないようである。おそらく、他の多くの第一期の遺物も、そのほどんどが第二期に埋没していることを考え合わせると、秋萩の歌が書かれて木簡が使用されたのは、第一期（七三〇年代～七六〇年前後）であった可能性も、なお高いといえよう。つまり、いずれにせよ天平期の木簡が出土したことだけは間違いない。

三　法会と歌の場

以上が、筆者の立場で要約した発掘知見である。その要約に基づいて、誤解を恐れずに私見を述べると、水路ないし池や築山などの庭園設備の中に、宅と仏堂も存在していたというのが、筆者の同遺跡に対する遺跡観である(4)。宮ならば、仏堂を備えた離宮といえるかもしれない。以上の遺跡観に基づいて燃灯供養等の法会と歌木簡の使用を結びつけて、以下臆説を述べてみたいと思う。ただ、考古学的知見によって、法会において木簡の使用が確認できるわけではないので、一つの作業仮説に基づく推論でしかないことをあらかじめ断っておきたい。この点は、本節の最大の弱点である(5)。

まず、燃灯供養について、史料確認をしておきたい。燃灯供養は、法会の中で行なわれる供養儀礼の一つであり、光明を灯すことによる一種の布施と考えてよい。僧による読経や悔過が行なわれ、僧への布施とともに、灯明皿を灯す供養儀礼が古代においても存在していた。

冬十二月の晦に、味経宮《あぢふのみや》に二千一百余の僧尼を請せて、一切経を読ましむ。是の夕に、二千七百余の灯を朝庭内に燃して、安宅・土側等の経を読ましむ。是に天皇、大郡《おほこほり》より遷りて、新宮に居します。号けて難波長《なにはのなが》柄豊碕宮《らのとよさきのみや》と曰ふ。

（『日本書紀』巻第二十五、孝徳天皇　白雉二年［六五一］十二月晦条、小島憲之他校注・訳『日本書紀③（新編日本古典文学全集）』小学館、一九九八年）

丁亥に、勅して、百官人等を川原寺に遣して、燃灯供養す。仍りて、大斎悔過《だいさいくゑくわ》す。

（『日本書紀』巻第二十九、天武天皇　朱鳥元年［六八六］六月十九日条、小島憲之他校注・訳『日本書紀③（新編

日本古典文学全集〉』小学館、一九九八年）

前者は、難波長柄豊碕宮の新宮祝福を目的とするものと考えてよく、安宅、土側の読経は一種の呪祷と見てよいだろう。後者の記事は、川原寺で行なわれた悔過会にあたり燃灯供養が行なわれたことを示している。前者の記事には天皇の出御もあり、後者の記事では百官の参集があったことがわかり、多くの人びとが燃灯を見た、と考えられる。燃灯供養は、その儀礼の性格からいっても、多くの人びとに光明を見せることに開催の意味があったと考えるべきであり、法会の儀礼の中でも、多くの人びとに開かれた儀礼の一つであったと考えられる(6)。端的にいえば、供養でありながらも一種のにぎわい行事ともなり、今日でいえばイベントに近いものであった、と考えてよい。したがって、一定の制限はあったとしても、不特定多数の参集者に開かれたにぎわい行事であったということができる。少なくとも、以上の二つの記事は、七世紀中葉以降には、法会にともなう供養の一つとして燃灯が行なわれていたことを示唆し、それは一つのにぎわい行事として機能していたことを示している。こういった燃灯供養のにぎわい行事としての性格は、当該木簡の時代にも引き継がれている。次に、『続日本紀』の記事を見てみよう。

○壬辰、天下の諸国をして薬師悔過せしむること七日。○丙申、一百人を度す。この夜、金鐘寺と朱雀路とに灯一万坏を燃す。

（『続日本紀』巻第十五、聖武天皇　天平十六年［七四四］十二月四日～八日条、青木和夫他校注『続日本紀　二（新日本古典文学大系）』岩波書店、一九九二年、初版一九九〇年）

この記事では、薬師悔過の翌日に燃灯供養が行なわれたことが確認できる。また、次の記事のように、

○甲寅、天皇と太上天皇と皇后と、金鐘寺に行幸したまひて、盧舎那仏を燃灯供養したまふ。仏の前後の灯一万五千七百餘坏。夜、一更に至りて数千の僧をして、脂燭を擎げ、賛歎《さんたん》供養して、仏を繞《めぐ》ること三匝《みたび》せしむ。三更に至りて宮に還りたまふ。

（『続日本紀』巻第十六、聖武天皇　天平十八年［七四六］十月六日条、青木和夫他校注『続日本紀　三（新日本古典文学大系）』岩波書店、一九九二年）

とあって、天皇と太上天皇と皇后出御のもと、数千の僧が動員された燃灯供養もあったようである。挙げた『続紀』の二つの記事からわかることは、聖武朝の燃灯供養は、規模も大きく、大人数の動員を前提としたにぎわい行事であったということである。

以上のように考えると、古代社会において法会に伴って歌が披露されるような場が存在したかどうかが、次なる問題として浮上してくる。法会の場と歌の披露の場の関係については、中西進〔一九六八年〕に、万葉後期の歌々は、公的仏教儀礼の讃歌世界のいわば影や裏にあたる私的抒情を歌うものであったとする予言的発言もあるが、それを資料的に裏付けることは、たいへん難しい。まず、巻二の挽歌の例から見てみよう。

天皇の崩りましし後の八年の九月九日、奉為《おほみため》の御斎会の夜に、夢の裏に習ひ賜ふ御歌一首〔古歌集の中に出でたり〕

明日香の　清御原の宮に　天の下　知らしめしし　やすみしし　我が大君　高照らす　日の皇子　いかさまに
思ほしめせか　神風の　伊勢の国は　沖つ藻も　なみたる波に　塩気のみ　かをれる国に　うまこり　あやに
ともしき　高照らす　日の皇子　　（巻二の一六二）

当該歌は、御歌とあるところから、今は天皇となった持統皇后が、后の立場で歌ったものと考えられている。御斎会とは、参集者、僧侶への食物のふるまいを行なう法会であり、持統天皇七年（六九三）九月九日は、天武天皇が崩じて八年目に当たる（朱鳥元年［六八六］崩御）。歌は、伊勢と天武天皇との結びつきを説くものであり、伊勢神宮の皇祖神廟化と関わりのあることは、衆目の一致するところである。『日本書紀』には、この持統七年（六九三）の九月九日の翌十日、天武天皇のために無遮大会が行なわれたとある。

丙申に、清御原天皇の為に、無遮大会を内裏に設く。繋囚は悉に原し遣る。

（『日本書紀』巻第三十、持統天皇七年［六九三］九月十日条、小島憲之他校注・訳『日本書紀③（新編日本古典文学全集）』小学館、一九九八年）

御斎会の翌日に、無遮大会が行なわれたということは、持統天皇が自ら主催者となり、老若男女、貴賤、在家出家の区別なく供養が行なわれ、布施が行なわれたことを示している。具体的に推定すれば、天武天皇追福の意味を込めて、食事のふるまいがあり、燃灯供養のようなにぎわい行事が、内裏で行なわれたのであろう。また、同じく追福の願いを込めて恩赦も行なわれたのであった。真偽のほどはともかく、天武天皇の忌日である九月九日の夜の夢で習った歌と称する歌ならば、その披露が可能なのは九月十日の朝以降となるはずである。以上のことがらを勘案すると、九月九日の御斎会の夜の夢の裏の歌は、翌日の内裏での無遮大会か、大会に付随するにぎわい行事にお いて示された、と考えなくてはならない。伊勢に赴く天武天皇の御魂をいとおしむ皇后の歌という内容から考えても、十日の無遮大会で披露されたと考えるのが至当であろう。

四　維摩講の仏前唱歌

ここまで、法会とにぎわい行事や歌の場の関係について考察してきた。法会といっても、秘儀が厳修される場合もあり、不特定多数の人びとに施しを行なう無遮大会のように、外部に開かれたにぎわい行事も存在していたことを、確認したつもりである。その一つに、燃灯供養もあった、と考えてよいのであろう。次に、一六二番歌の披露の場としては、内裏で行なわれた無遮大会の可能性が高いことを確認したつもりである。[7]

以上を予備的考察として、次の巻八の仏前唱歌の事例を見ると、歌と法会との結びつきがさらによくわかる。[8]

仏前の唱歌一首

しぐれの雨　間なくな降りそ　紅に　にほへる山の　散らまく惜しも

右、冬十月、皇后宮の維摩講に、終日に大唐・高麗等の種々の音楽を供養し、爾して乃ちこの歌詞を唱ふ。弾琴は市原王・忍坂王〔後に、姓大原真人赤麻呂を賜る〕、歌子は田口朝臣家守・河辺朝臣東人・置始連長谷等十数人なり。

（巻八の一五九四）

天平十一年（七三九）に、『維摩経』の講説を中心とした法会が行なわれ、その際に仏前で唱歌が行なわれたというのである。左注には、その次第が記されている。この仏前唱歌については、歌の披露の機会や、聖武朝における歌儛所の活動と関わって、多くの研究蓄積があるところでもある。『維摩経』において、ことに著名なのは、第五の「文殊師利問疾品」で、仏が維摩居士の病が重篤なことを知り、文殊菩薩を遣わして見舞う場面である。ではなぜ、この部分がことに著名であったかというと、遣わされた文殊菩薩に対して維摩居士が自らの病の由縁を説明して、後に衆生の病苦を救うことを悲願する條が、日本における維摩会の起源伝承と開催目的とに深く関わって喧伝された歴史があるからである。井村哲夫は、維摩会の縁起伝承を網羅的に集成しているが、それを見れば明らかなように、藤原鎌足と維摩会の起源は密接に関わっている〔井村　一九九七年、初出一九九二年〕。諸縁起は、鎌足が、自らの病の治癒のために百済尼法明に『維摩経』を読ませたところ、たちどころに全快した。感謝、感服した鎌足は、山階陶原の自邸を精舎として、『維摩経』を講説する法会を行なうようになったのだ、と維摩会の起源を説く。

つまり、この維摩会の縁起伝承は、藤原氏の祖、鎌足ゆかりの法会である維摩会の起源を説く伝承になっていると同時に、山階の精舎が興福寺に繋がることを考えれば、藤原氏の氏寺・興福寺の縁起伝承にもなっているのである。したがって、維摩会は、藤原氏の藤原氏による藤原氏のための法会として、実修されてきた歴史があり、場所も後代においては興福寺で固定して行なわれるようになっていったのであった。ために、十月十六日をもって法会の結願日とするのは、鎌足の忌日に合わせているのであり、維摩会を行なうことは、すなわち鎌足を顕彰することにほかならないのである。天平十一年（七三九）の維摩講が、皇后宮で行なわれたのは、「皇后藤原氏光明子」と称した光明皇后の側の意向が働いているのであり、藤原氏ゆかりの法会を皇后宮で行なうこと自体に、政治的意味合いがあった、とみなくてはならないのである。(9) その主たる目的は、藤原氏より立った皇后の政治的、経済的、文化的な力を、皇后宮において法会を実修することによって、内外に示す点にあったといえよう。

さて、左注には、冬十月としか記されていないのだが、維摩講の結願日は十六日であろう。ここでいう「終日」は、ひねもす一日中の意味ではなく、井村哲夫が考証したように、七日間か、十四日間に渡って行なわれた維摩講の最終日のことをいうと考えてよい〔井村　一九九七年、初出一九九二年〕。この日は、無事に法会が結願したことを祝すべき満願の日なのであり、鎌足の遺徳を偲ぶために、音楽の供養が行なわれたのである。

まず、最初に奏されたのは「大唐」と「高麗」の楽であった。大唐楽と高麗楽はともに、令制の雅楽寮において伝習されていた楽であり、中国と朝鮮から渡来した楽が奏されたのである。(10) この二つの渡来楽に対して、次にヤマト歌が唱歌されたとみなくてはならないのである。以下は、当該左注を分析した諸家がすでに説き尽しているところではあるが、大唐と高麗の渡来楽については、奏楽者名の記載がないのに対して、唱歌の「弾琴」と「歌子」については氏名が記載されている。これは、二つの渡来楽の奏楽者が、治部省の雅楽寮の楽人か、各寺院で渡来楽の教習を受けている楽人だったからであろう。対して、「弾琴」と「歌子」には、皇親者も含まれ、高位者であったために氏名が記されているのである。

市原王は、高雅の歌風で知られているが、天平十一年（七三九）のころは、皇后宮職の舎人であり、同七月よりは皇后宮職の写経司の諸事を司る知事を務めていた〔井上　一九六六年〕〔北條　二〇〇四年〕。対して、忍坂王と「歌子」の田口朝臣家守については、残念ながらその閲歴を補捉し得ない。けれども、河辺朝臣東人については、次のような推定が可能である。巻十九には、

朝霧の　たなびく田居に　鳴く雁を　留め得むかも　我がやどの萩

右の一首の歌、吉野の宮に幸しし時に、藤原皇后の作らせるなり。ただし年月未だ審詳らかならず。

十月五日、河辺朝臣東人が伝誦せるなりと云爾《いふ》。

（巻十九の四二二四）

とあり、東人は光明皇后の歌を「伝誦」する立場にあったのである。左注によれば、吉野の行幸時の光明皇后の歌を伝誦していたことがわかる。短歌体一首ならば、暗誦は容易なので、ここでいう「伝誦」とは、短歌体一首を定まったリズムや抑揚で歌うことであると推定できよう。つまり、歌を覚える能力ではなく、歌唱力の評価が高かったのであろう。以上から、東人については、歌の伝誦に対して高い能力を有していた――ないしは高い能力があると評価されていた――ことが窺い知られるのである。つまり、東人は光明皇后に近侍することもあった優秀な歌い

手だった、ということが指摘できるのである。

また、東人は、藤原八束の意を受けて、病床にある山上憶良を見舞って、憶良が口吟していた「士やも　空しくあるべき　万代に　語り継ぐべき　名は立てずして」（巻六の九七八）という歌を授けられている。これについて、憶良を遊芸の人と見る井村哲夫に有名な論があって、東人は憶良について弾琴唱歌の芸を習っていたのではないかとする説がある〔井村　一九八六年、初出一九八二年〕。憶良が口吟した実質的辞世歌は、東人の口から八束に伝えられた、と考えてよいだろう。おそらく、東人は作者の心情を忖度して、それを肉声で伝える技術について、同時代において高い評価を得ていた、と筆者はみている。

次に、置始連長谷であるが、長谷は巻二十に、

三月十九日に、家持が庄の門の槻樹の下にして宴飲する歌二首

山吹は　撫でつつ生ほさむ　ありつつも　君来ましつつ　かざしたりけり

右の一首、置始連長谷

我が背子が　やどの山吹　咲きてあらば　止まず通はむ　いや年のはに

右の一首、長谷、花を攀ぢ壺を提りて到来る。これに因りて、大伴宿禰家持この歌を作りて和ふ。

（巻二十の四三〇二、四三〇三）

のような問答を残している。大伴氏が所有していたいずれかの庄の門には槻の樹があり、その樹下で行なわれた宴に、長谷は招かれたのであった。左注に「花を攀ぢ壺を提りて到来る」とあるのは、客として花を持って来訪したことを意味しよう。対する家持は、あなたが御自ら育てた山吹を見せてくれるなら「止まず通はむ」と挨拶を返し

ている。「家持が庄」であるにもかかわらず、このような言い方になるのは、大伴氏の所有する庄は数が多く、多忙な家持自身が毎年やって来て検分することなど事実上不可能だったからであろう。おそらく、家持は、庄で宴をするにあたり、歌で名高い長谷を呼んだのではなかろうか。

この三月後半といえば、播種がはじまる時期であり、魚と酒で接待して耕作人を確保する必要があり、また神を祭る必要もあった〔義江　一九七八年〕。おそらく、家持は、天平勝宝六年（七五四）に、歌の名手を呼んで耕作人を確保しようとしたのである。皇后宮の維摩講で歌うことを許された歌の名手・長谷を呼ぶことによって、播種を前にした庄の宴を盛り上げようとしたのであろう。

つまり、皇后宮における維摩講では、皇后宮職の舎人であった市原王を筆頭に、同時代に評価のあった弾琴唱歌の名手十数名が、仏前で短歌体一首を唱歌したと考えなくてはならないのである。これらの仏前唱歌の奏楽者について、井村哲夫は、次のように述べている。

聖武朝の歌舞管弦振興政策や、天皇・皇后・皇太子を中心とする聖武内廷の音楽愛好の状況（その状況は前掲拙稿に詳述した）から推し量れば、もしやこの「歌儛所」は、「光明皇后の皇后宮職に所属して、もっぱら聖武天皇・光明皇后内廷の音楽を預かる――したがって令文に規定もなく、しかも公的な性格を持っていたらしい――音楽機関」であって、折しも皇后宮職の写経司知事であった市原王や、同じく皇后宮職の舎人であった（と私かに推測する）弾琴忍坂王や唱歌の名手河辺東人ら「諸王・臣子等」の音楽グループこそ、その天平十一年前後の構成メンバーではなかったか。そういう性格の音楽機関であったからこそ、皇后宮で修する法会の席に、雅楽寮楽人と並んで楽屋に着く機会を得たのではないだろうか。〔井村　一九九七年、初出一九九二年〕

井村は、巻六の天平八年（七三六）の冬十二月十二日の葛井連広成の家の宴歌の題詞に登場する「歌儛所」の「諸の王・臣子等」が、皇后宮で行なわれた維摩講結願日の仏前唱歌に奉仕したのではないか、と推定したのである。実証はできないにしても、きわめて確度の高い推定であろう。(11)

冬十二月十二日に、歌儛所の諸の王・臣子等、葛井連広成の家に集ひて宴する歌二首
此来、古儛盛りに興り、古歳漸《やくやく》に晩れぬ。理に、共に古情を尽くし、同じく古歌を唱ふべし。故に、この趣に擬して、輙ち古曲二節を献る。風流意気の士、儻《たまさか》にこの集へるが中にあらば、争ひて念を発し、心々に古体に和せよ。

我がやどの　梅咲きたりと　告げ遣らば　来と言ふに似たり　散りぬともよし
春されば　ををりにををり　うぐひすの　鳴く我が山斎そ　止まず通はせ　（巻六の一〇一一、一〇一二）

この序文の「古儛」「古情」「古歌」「古曲」「古体」は、単に古いことを表しているのではないことは明白であろう。これらは、古くから伝わっているということを、含意していることは間違いない。つまり、序文の書き手は、古くから伝わっているヤマト歌を、古くから伝わる由緒正しい歌い方で歌ったという点に、自負をもっているのである。つまり、ヤマト歌の古い歌い方、ないしはそういう雰囲気を伝える歌い方を伝えんとする意思をもった人士が集ったところこそ「歌儛所」だったと考えてよかろう。このような意識は渡来楽を強く意識することによって、反動的に生じる意識といえるだろう。現今の音楽の主流が渡来楽であることに対抗し、ヤマト歌とその伝統的歌唱法を守り、発展させようとする意識を、ここに読み取ることができる。つまり、「渡来」＝「今」、「日本」＝「古」という構造化された認識が存在していたのである。

顧みて、天平十一年の維摩講では、唐楽と高麗楽の後に、ヤマト歌の歌唱が行なわれたのであり、これは当時の歌儛所に集った風流の士の古歌復興運動の気運を反映しているとみなくてはなるまい。市原王以下の奏楽者は、そういった古歌復興運動の担い手であったと考えられるのである。その中でも田口朝臣家守以下の人びとは、唱歌の名手としての高い評価があり、ために皇后宮で行なわれたにぎわい行事である結願日の奏楽において、唱歌の機会を得たと考えるべきなのである。以上の点を踏まえて、歌をめぐる能力というものを、仮に次のA〜Eのように分類して、「歌子」に求められた能力について、考えてみよう。

A　歌を作る能力（作歌能力＝歌人へ）
B　歌唱する能力（歌唱力＝歌手へ）
C　歌を伝える能力（伝誦能力＝伝承者へ）
D　歌を記す能力（＝筆録者へ）
E　歌を理解し、批評する能力（＝批評家へ）

「歌子」たちに求められる必須条件はBであり、必要条件としてはCが求められていたはずである。もちろん他の能力も求められていたかもしれないが、それらは必須、必要の条件ではないはずである。

前述したように、河辺朝臣東人と置始連長谷の二人の「歌子」については、その歌唱力が同時代における評価を得ていた微証がある。では、その歌唱力というものは、具体的にはどんなものだったのだろうか。それを歌儛所の活動から推定すれば、ヤマト歌を古風に歌う能力ということになろう。

皇后宮における維摩講の弾琴唱歌は、二名の琴の伴奏で、十数人が歌うというものであった。皇后宮において、その威光を示す法会の結願日の奏楽であったことを考慮すれば、当時としてはかなり大がかりな編成であったとみてよい。おそらく、それは、不特定多数の聴衆を想定した編成であった、と考えられる。

以上のような状況設定をもとに、歌木簡が使用されたとすると、どのような使用方法が考えられるだろうか。以下、考えてみたい。栄原永遠男が強調しているように、歌木簡はそれを習書、落書とするには、あまりに大きく、立派である。したがって、栄原が主張しているように、ある程度の公の場での使用を想定しなくてはならないのである〔栄原　二〇〇七年〕。これを法会の結願日の弾琴唱歌の場であると想定した場合、その使用方法をかなり限定して考えることができる。一つは、奏楽者歌詞カードであった可能性である。しかし、それが短歌体一首であるならば、暗誦、暗譜しているであろうし、また製作にかなりの手間と時間がかかる長大な木簡を使う必要もないであろう。とすれば、歌木簡は、奏楽者のためのものではなく、不特定多数の聴衆に配慮して製作された木簡とみるのが至当であろう。

おわりに

筆者は、馬場南遺跡から出土した歌木簡の歌句が、類型的な表現の一つと考えてよく、それは天平万葉の秋歌と親和性が高いことを指摘した。実は、天平十一年の仏前唱歌も同じであり、猪股ときわが指摘しているように、前年の天平十年（七三八）の十月十七日に橘諸兄旧宅で行なわれた宴で歌われた、

奈良山の　峰のもみち葉　取れば散る　しぐれの雨し　間なく降るらし　（巻八の一五八五）

もみち葉を　散らまく惜しみ　手折り来て　今夜かざしつ　何をか思はむ　（巻八の一五八六）

と類似歌句を含んでいる〔猪股　二〇〇〇年、初出一九九九年〕。当該二首が一年後の仏前唱歌の元になっているか、そもそも維摩講の歌そのものが、広く流布しやすい類型的歌句を合成して歌われていた可能性を示すものであろう。換言すれば、類型性が高く、広く流布していた歌句を寄せ集めた歌であるということができる。維摩講の仏前唱歌について、維摩居士の由緒を踏まえて、人生の無常を歌ったとする武田『全註釈』の説などもあるが、筆者の考えは異なる。おそらく、不特定多数の人びとの参集が予想されるにぎわい行事では、むしろ人口に膾炙した類型表現を含むなじみやすい歌が好まれ、求められたはずである。したがって、筆者は、結願日に参集した人びとが、その祝祭空間の中で、ともにヤマト歌を楽しむために選ばれた歌だと考える。その場合大切なことは、奏楽者と聴衆が、場の雰囲気、たとえば季節感を共有することであったろう。ゆえに、当日の景を歌った歌が選ばれた可能性が高いのである。

以上の考察を踏まえ、馬場南遺跡出土の歌木簡の製作理由と利用方法を推定すると、以下のようになる。

一、燃灯供養も、弾琴唱歌も、ともに、法会の結願日のにぎわい行事と考えてよい。法会といっても、公開性の高い結願日の供養には、不特定多数の人間が参集していたと考えられる。

二、天平十一年（七三九）段階において、弾琴唱歌は、「歌儛所」に集った「諸の王・臣子」のいわば古歌復興運動により、皇后宮で行なわれた法会で、その名手が奏楽の機会を得るほどの隆盛をみていた。

三、不特定多数の聴衆が参集する唱歌の場で歌われる歌は、類型性が高く、なじみやすい歌が選ばれたはずで、それは当該木簡の歌句にもあてはまると思われる。

四、二尺、一行書き、一字一音式の表記の歌木簡が、弾琴唱歌で必要な場合とは、唱歌される歌を知らない可能性のある不特定多数の聴衆の参集が予想され、聴衆に対して歌を示す場合であった、と推定される。

推定に推定を重ねた妄説ではあるが、以上が、本節の結論である。本節の推考に対しては、吉川真司より反論が寄せられた。その吉川論文に対する筆者の反論が、第四章第四節である。

注

(1) 上原真人は、これを「灌仏調度」に比定している（口頭発表「神雄寺と古代仏教——三彩『山水陶器』の謎を解く」第一一四回京都府埋蔵文化財セミナー・二〇〇九年八月十五日、於向日市市民会館ホール）。この考察は、翌年、上原〔二〇一〇年〕として結実し、刊行された。

(2) なお、木津川市教育委員会で行なわれた継続調査で北東の天神山に続く谷筋においても灯明皿が多数発見された（二〇〇九年八月）。これは水源の祭祀に関わるものであると予想される。

(3) 近時、有力になりつつあるのは、馬場南遺跡を神雄寺跡とする考え方であるが、筆者にこれを判断する能力はなく、今、神雄寺跡説について筆者自身で判断を下すことはできない。「神雄」「神尾」は「カムヲ」「カミヲ」と読まれるべきものであろうが、神雄寺については、今日その存在を文献において確認することはできない。古代の鴨氏の「カモ」の名義が、神のいる尾根（＝ヲ）すなわち「神尾」に由来するとする説がある〔井手　一九九九年〕。奈良盆地の東の壁をなす巻向山系の南端は三輪山であるが、北端は奈良山ないし久邇の大野山（鹿背山）にあたる。『延喜式』神名帳に見える岡田鴨神社が、馬場南の地に近いことを勘案すると、神雄寺は鴨氏ゆかりの鴨寺であるか、鴨の神・阿遅鉏高日子（根）神が祀られる「神尾」の地にゆかりある寺院である可能性があるだろう。このように考えた場合、〈地名＋寺〉ないしは〈氏名＋寺〉ということになる。後考を待ちたい。なお、伊藤太は、岡田国神社と天神山の祭祀を視野に入れて「カミヲ」「カムヲ」を冠した寺院名と地名の網羅的検証を行ない、これを「カムノヲ」と訓むべきことを提唱している〔伊藤　二〇〇九年〕。

(4) 筆者の同遺跡に対する遺跡観の背後にあるのは、奈良県明日香村の島庄遺跡のイメージである。同遺跡は蘇我馬子の「飛鳥河の傍の家」（『日本書紀』推古天皇三十四年〔六二六〕夏五月二十日条）としてはじめ建設され、後に日並皇子の皇子宮として継承されて、平城遷都後は離宮として管理された「宅」であり「宮」「離宮」である。その島庄遺跡にも、蛇行する水路があり、水の流れを観賞していたようである。

(5)「弱点」と述べたのは、法会に出土した木簡が使用されたとの作業仮説が否定された場合、本節の立論そのものがすべて無効になってしまう点をいう。

(6) ここでいう開かれた儀礼とは、儀礼の中でも公開性が高いということである。対して、秘儀性の高い儀礼もある。

(7) 大谷光照によれば、唐代には万人単位の僧への食事提供もあり、出家在家を問わず多くの人びとに食や音楽を提供する法会は、皇帝や王の偉大さを表象する王権儀礼としての側面を持っていた、と考えられる〔大谷　一九三五年〕。

(8) なお、馬場南遺跡の木簡と仏前唱歌を結びつけて考えることを最初に提案したのは犬飼隆「木簡に『歌』を書くこと」(木簡学会研究集会、二〇〇八年十二月六日口頭発表)である。したがって、この点に関するプライオリティーは、同氏にあり、本節はその驥尾に付すものである。

(9) 一つの考え方として、井村哲夫や、猪股ときわのように、皇后が病気であったので皇后宮で維摩講が行なわれたとする説もある〔井村　一九九七年、初出一九九二年〕〔猪股　二〇〇〇年、初出一九九九年〕。一つの考え方であろうが、たとえそうであったとしても、維摩講を皇后宮で行なうことの政治的意味については、変わるところはない。

(10)『職員令』の雅楽寮に対する定員規定には「唐楽師十二人。楽生六十人。高麗楽師四人。楽生廿人。百済楽師四人。楽生廿人。新羅楽師四人。楽生廿人」とある。対して、天平三年(七三一)七月二十九日に実態に合わせて改定されたと思われる新規定では「雅楽寮の雑楽生の員を定む。大唐楽卅九人、百済楽廿六人、高麗楽八人、新羅楽四人、度羅楽六十二人、諸県儛八人、筑紫儛廿人。」とある。どちらにしても、雅楽寮の芸能伝習の中心は、渡来楽にあったと考えてよい。

(11) なお、歌儛所と、いわゆる「内廷」や皇后との関わりを早くに想定した議論を展開したのは、桜井満であった〔桜井　二〇〇〇年、初出一九七七年〕。

参考文献

阿蘇瑞枝　一九八九年「万葉集巻第十概説」『萬葉集全注　巻第十』有斐閣。
池田三枝子　一九九二年「風流侍従長田王考」『上代文学』第六十九号所収、上代文学会。
井手　至　一九九九年「カモの神の性格」『古事記年報』第四十一号所収、古事記学会。
伊藤　太　二〇〇九年「『神尾寺』と木津天神山をめぐるトポス」『やましろ』第二十三号所収、城南郷土史研究会。
乾　善彦　二〇〇九年「難波津木簡再検討」『國文學　解釈と教材の研究』四月臨時増刊号第五十四巻六号所収、學燈社。
犬飼　隆　二〇〇八年『木簡から探る和歌の起源――「難波津の歌」がうたわれ書かれた時代』笠間書院。
井上　薫　一九六六年「写経司」『奈良朝仏教史の研究』吉川弘文館。
猪股ときわ　二〇〇〇年「光の中の仏教儀礼――皇后宮維摩講の時空へ」『歌の王と風流の宮――万葉の表現空間』森話社、初出一九九九年。
井村哲夫　一九八六年「遊藝の人憶良――天平万葉史の一問題」『赤ら小船　万葉作家作品論』和泉書院、初出一九八二年。
――　一九九七年「天平十一年『皇后宮之維摩講仏前唱歌』をめぐる若干の考察」『憶良・虫麻呂と天平歌壇』翰林書房、初出一九九二年。
上原真人　二〇一〇年「神雄寺の彩釉山水陶器と灌仏会」京都府埋蔵文化財調査研究センター編『京都府埋蔵文化財論集』第六集所収、同研究センター。
大谷光照　一九三五年「唐代佛教の儀禮――特に法會に就いて（一）」『史学雑誌』第四十六編第十号所収、史学会。
荻美津夫　二〇〇七年『古代中世音楽史の研究』吉川弘文館。
影山尚之　二〇〇九年「風流の系譜と万葉集――市原王を中心に」『万葉集の今を考える』所収、新典社。
京都府埋蔵文化財調査研究センター　二〇〇八年「馬場南遺跡出土遺物記者発表資料」同研究センター。
――　二〇〇九年ａ「馬場南遺跡現地説明会資料」同研究センター。

――――　二〇〇九年b　第百十二回埋蔵文化財セミナー資料『天平の貴族と万葉木簡』同研究センター。
――――　二〇一〇年　『京都府遺跡調査報告集』第百三十八集、同研究センター。
栄原永遠男　二〇〇四年　「万葉集をめぐる仏教的環境――正倉院文書と万葉集」『萬葉』第百八十七号所収、萬葉学会。
――――　二〇〇七年　「木簡として見た歌木簡」『美夫君志』第七十五号所収、美夫君志会。
――――　二〇〇八年　「歌木簡の実態とその機能」『木簡研究』第三十号所収、木簡学会。
桜井　満　二〇〇〇年　「宮廷伶人の系譜」『桜井満著作集　第二巻　柿本人麻呂論』おうふう、初出一九七七年。
竹本　晃　二〇〇九年　「万葉歌木簡一考――あさなぎ木簡」『万葉古代学研究所年報』第七号所収、同研究所。
辰巳正明　一九九七年　「仏教と詩学――維摩講仏前唱歌について」『万葉集と比較詩学』おうふう、初出一九九五年。
土橋　誠　一九八九年　「維摩会に関する基礎的考察」直木孝次郎先生古希記念会編『古代史論集　下』所収、塙書房。
中西　進　一九六八年　「古情の詩」『万葉史の研究』所収、桜楓社。
北條朝彦　二〇〇四年　「『市原王』考」水野柳太郎編『日本古代の史料と制度』所収、岩田書院。
義江彰夫　一九七八年　「儀制令春時祭田条の一考察」井上光貞博士還暦記念会編『古代史論叢』中巻所収、吉川弘文館。

初出

「馬場南遺跡出土木簡臆説――ヤマトウタを歌うこと」『國學院雜誌』第百十巻第十一号、國學院大學、二〇〇九年。

付　黄葉と書かれた墨書土器について

本節（第四章第三節）で取り上げた馬場南遺跡から、「黄葉」と書かれた墨書土器が、四点出土している（写真4－5）。同遺跡は、第一期（七三〇年代～七六〇年前後か）と、第二期（七六〇年前後～七八〇年代）に分けて考えられているが、この二つの期の間の遺物とみられ、七五〇～七七〇年ころの須恵器坏とみられている。墨書がなされているのは、裏面である。それも、底に書かれていて、裏返して底を覗き込まないと見ることはできない。底の中心から少し左にずれているが、他に墨書の跡もなく、習書、落書ではないようである。第二期では「神雄寺」「神尾」「神」「寺」「大殿」「□橋寺」「悔過」と書かれた墨書土器が出土しているが、「悔過」を除けば、土器の所有者か保管先を示している可能性が高い。とすると、「黄葉」という墨書は、きわめて異例となる。裏面に、所有者を示した土器は他の遺跡においても多く見られる。それは同一の形状の品を大量生産した土器の場合、所有者名を書き込んでおかないと他人や他官司や他寺の所有品と区別がつかなくなってしまうからであろう。したがって、土器の裏面の墨書は、所有官司名が多いのである。

写真4－5　「黄葉」墨書土器赤外線写真

（公財）京都府埋蔵文化財調査研究センター提供、〔2010年〕図版第53-740。

具体的にいえば、貸し出したものが、所有者に返却されない可能性があり、それを懸念して裏にあらかじめ書き込むのであろう。しかし「黄葉」は、所有者ではあり得ないだろうから、異例なのである。

仮に、墨書土器に書かれていた「黄葉」を訓ずれば「もみち」となるであろう。『万葉集』では、六朝・初唐詩の影響を受けて、「もみち」を「黄葉」と記すことの方が一般的であったという知見は有名である（小島憲之「第五篇　万葉集の表現　第四章　万葉集の文字表現」『上代日本文学と中国文学　中』塙書房、一九六四年）。つまり、秋の木々の変色を黄色で代表させる認識をしても、紅色で代表させる認識をしても、「黄葉」と表記したのである。万葉歌で紅の「もみち」を歌った例としては、「しぐれの雨　間なくな降りそ　紅に　にほへる山の　散らまく惜しも」（巻八の一五九四）などがあり、紅の「もみち」を歌う例も集中に散見する。ということは、この「黄葉」も、秋期における葉の変色を示しているのであって、具体的に木々の葉が黄色くなることを表すものではないことは、いうまでもなかろう。

では、いかなる理由で、「黄葉」との墨書がなされたのであろうか。筆者は、当該の墨書土器を一種の酒令具とみている。「酒令具」とは、宴席における遊び道具のことであり、サイコロ型や籤型がある。一つの例を挙げれば、新羅の都・慶州の雁鴨池出土の十四面体のものを挙げることができる。「三盞一去」（酒三杯を一気飲みする）、「衆人打鼻」（一座の皆から鼻をぶたれる）などと各面に書かれたサイコロを振り、その目が出ると、そのことがらを必ず実行しなくてはならないという遊びである。雁鴨池のものは、八世紀から九世紀に使用されたものと考えられている。また、中国、唐代にはスティック状籤引きタイプのものもある（銀製鍍金亀負「論語玉燭」酒籌筒（酒令籌二十本付））。今日でいう、「王様ゲーム」である。

ならば、筆者はこの坏をどのように利用したと推測しているかというと、それは歌宴や詩宴などの詠題を決めるのに用いられた、と考えている。一つの使用方法として推測し得るのは、裏面に歌や詩に詠み込まなければならない詩語、歌語をあらかじめ書いておき、選ばせて詩や歌に詠み込む語を決めるという使い方である。表からは裏の文字を見ることができないので、裏を見てはじめて、当日の詠題がわかるという趣向である。歌会、詩会で全員が詠む題を決める時は、選ばれた特定の人物が一つの坏を選べばよいだろう。すると当日の詠題が決まるはずである。対して、個々人に別々に題が与えられる時は、全員が坏を選ぶ必要がある。坏の裏に書かれているのは、一つの趣向で、お酒を飲み干してはじめて、裏の文字を読むことができるように坏の底、それも裏面に書いてあるのではなかろうか。

『懐風藻』におさめられている新羅使の送別会を兼ねた詩会では、「探字」が行なわれている。「五言。寶宅にして新羅の客を宴す。一首。」の詩題の下には、「賦して『烟』の字を得たり。」とあり、当日、長屋王は「烟」の字を引き当てたために、第二句は「遙嶺靄浮烟」（遙嶺浮烟靄く）と作り、ために第四句末は「筵（えん）」、第六句末は「鮮（せん）」、第八句末は「篇（へん）」の字を使用して作詩しているのである。

つまり、その宴が開宴され、はじめて、自らが使用しなくてはならない韻字が決定されたのである。宴に先立ち籤引きを行なっているのである。韻字が決められてからしか、詩を作ることが出来ないように、その場で籤を引かせるのであろう。そうすることによって、あらかじめ詩や歌を作っておく「予作」や、また代作を防ぐことができるのである。つまり、宴の参会者には、その場で即興で歌を作ることが要求されるのである。

筆者の推定に従えば、「黄葉」と書いた坏を選べば、黄葉を詠み込んだ詩や歌を宴で発表しなくてはならないことになる。

参考文献

京都府埋蔵文化財調査研究センター　二〇一〇年　『京都府遺跡調査報告集』第百三十八集、同研究センター。

金小曼編　一九九一年『中国酒令』天津科学技術出版社。
静永　健　二〇〇〇年「『黄葉』が『紅葉』にかはるまで──白居易と王朝漢詩とに関する一考察」『白居易研究年報』創刊号所収、勉誠出版。
藤田　忠　二〇〇五年「酒令籌についての試論──銀製鍍金亀負『論語玉燭』酒籌筒の酒令籌」『國士舘東洋史學』創刊号所収、國士舘大学東洋史学会。
麻国均・麻淑云編　一九九三年『中国酒令大観』北京出版社。

初　出

「『黄葉』と書かれた墨書土器について──馬場南遺跡出土」『日本文学』第五十八巻第十号、日本文学協会、二〇〇九年。

第四節　秋萩木簡と仏前唱歌

しぐれの雨よ
休む間もなく降らないでおくれよ――
だってだって　紅色に染められて
照り輝く山の
山のもみじが
散ルノガ惜シイカラ……
散ルノガ惜シイカラ……

（巻八の一五九四釈義）

はじめに

二〇〇八年四月から二〇〇九年二月にかけて、京都府木津川市天神山地内および糖田の発掘調査が行なわれた。今日、神雄寺跡遺跡とか、馬場南遺跡といわれる遺構群の調査である。その後も、継続調査が行なわれて、発掘調査報告書が上梓された（木津川市教育委員会編　二〇一四年）。報告書刊行時までの調査によって「神雄寺跡は当初から寺院として建立され、遺跡の廃絶までその性格に変化はないものといえる」と推定されている。出土した土器に「神雄寺」という墨書があることから、現在では神雄廃寺跡とみる説が有力となっている。(1)

調査区は限られているものの、発掘調査によって、八世紀中葉から整備されはじめ、八世紀後葉に完成期を迎え、

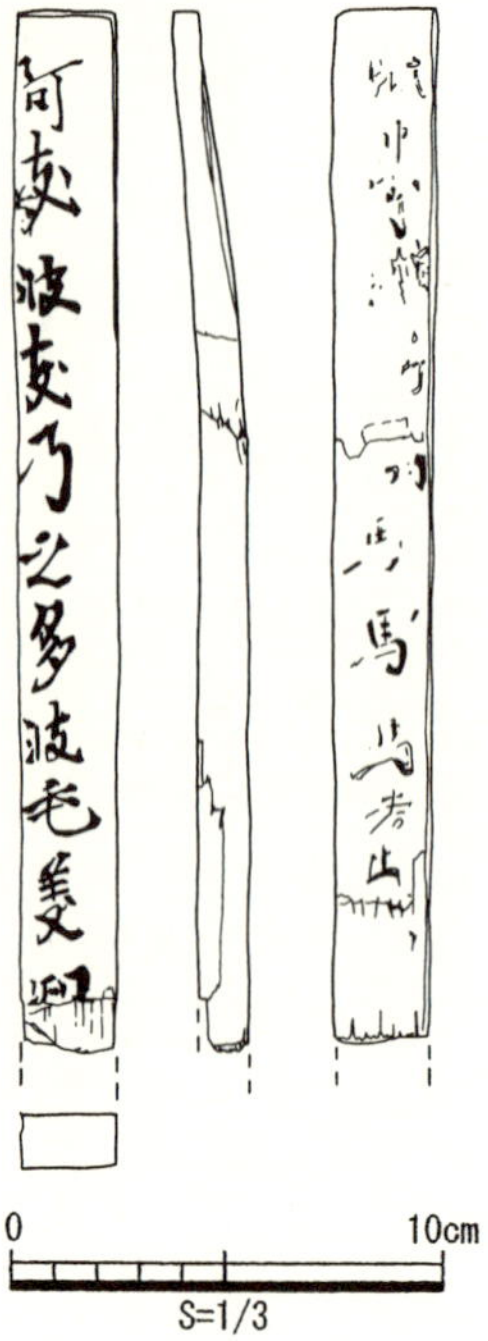

図４－２　秋萩木簡

（公財）京都府埋蔵文化財調査研究センター提供、〔2010年〕木簡実測図　第64図。

九世紀末に焼亡、廃絶した山林寺院の存在が、ここに明らかになったのである。史書にその名を留めない山林寺院が、われわれの眼前に突如として現れたのである。さらに法会において使用されたとみられる彩釉山水陶器や、八千枚にのぼる灯明皿の大量遺棄は、奈良時代の一斑をわれわれの前に示してくれているのである。

その遺物の一つに、万葉歌と同じ歌句の記された木簡がある。研究者が、秋萩木簡と呼ぶ木簡である（図４－２および、三三二頁写真４－１）。両面は、以下のように釈読されている。

・「阿支波支乃之多波毛美□〔智カ〕
　□
・「　□□□□
　□□□〔越中守カ〕　馬馬馬馬□□□□

(234)×(24)×6～12　019＊

〔伊野　二〇〇九年a〕(2)

『万葉集』において「秋芽子乃　下葉赤」とあり、「秋萩の　下葉もみちぬ　あらたまの　月の経ぬれば　風を疾《いた》みかも」（巻十の二二〇五）と訓まれている傍線部と歌句が共通するのである。もちろん、これは一部の句が共通するだけなのであって、万葉歌と同一の歌と断定することはできない。『万葉集』において、萩の下葉を詠んだ歌は、すべて「もみち」の歌であるところから、類型性の高い歌の一つであったと考えてよい（第四章第三節）。筆者は、いくつかの作業仮説の上に立って、この木簡が寺院で行なわれた、なんらかの法会の結願日の行事で使用された可能性が高いことを、次の論文において指摘した。

上野誠「馬場南遺跡出土木簡臆説――ヤマトウタを歌うこと」『國學院雜誌』第百十巻第十一号所収、二〇〇九年、國學院大學（以下、「馬場南遺跡上野論文」と略す。第四章第三節）

また、馬場南遺跡上野論文の補論として書いたのが、次の論文である。

上野誠「『黄葉』と書かれた墨書土器について――馬場南遺跡出土」『日本文学』第五十八巻第十号所収、二〇〇九年、日本文学協会（以下、「黄葉上野論文」と略す。第四章第三節付）

黄葉上野論文では、裏に黄葉と書かれた酒盃が四枚出土しているが、それは歌宴の場において参会者に与えられる詠題を決めるための、籤として使用されたものであると論じ、宴席の遊び道具の一つと推定した説である。いわば酒令具説である。酒令具とは、酒宴で行なわれる遊びに使用されるゲームや博打の道具のことである。馬場南遺跡上野論文において、筆者は、秋萩木簡について、第四章第三節「一」～「四」のような推論を行なった（三五二頁）。

その後、発掘データがさらに集積、分析された後も、この推論は、解析結果と大きな齟齬をきたすことはなかったようである。木津川市教育委員会編『神雄寺跡（馬場南遺跡）発掘調査報告（木津川市埋蔵文化財調査報告書　第十六集）』の第Ⅵ章考察執筆者、大坪州一郎は、馬場南遺跡上野論文を引用しつつ、次のように統括している。(3)

① 灯明皿大量廃棄や「浄」「悔過」墨書土器からは燃灯供養などの供養儀礼が想定されるが、これらは規模が大きく『続日本紀』にみえる聖武朝の燃灯供養と実態が合致している。

② 燃灯供養や出土した歌木簡や楽器から想定される仏前の弾琴唱和などから、神雄寺跡で行なわれた法会・祭礼は、仏教行事としても秘匿する性格のものではなく、多数の参集者を伴うものが中心であったと考えられる。

③ 法会・祭礼とどのように関連するか不明であるが、「酒令具」を使用した歌会など饗宴が行なわれていた可能性がある。

このような法会・祭礼の特徴に対して、どのような仏教行事が想定できるのか、今後、仏教経典からの視点も含めた、総合的な研究が待たれるところである。

〔木津川市教育委員会編　二〇一四年〕

一点の遺物の製作目的や、使用状況を推論するためには、いくつもの作業仮説を必要とし、③で述べられているように「仏教経典からの視点も含めた、総合的な研究」が待たれているといえよう。したがって、筆者の秋萩木簡に対する仮説も、一試案の域を出るものではないので、早晩、批判されるべき説であった。

以上のような状況のなか、馬場南遺跡上野論文を厳しく批判し、その立論の礎とするところを揺るがしかねない論文が公表された。

吉川真司「法会と歌木簡――神雄寺跡出土歌木簡の再検討」『萬葉集研究』第三十六集所収、二〇一六年、塙書房（以下、「吉川法会論文」と略す）

筆者は、馬場南遺跡上野論文と吉川法会論文との間には重なる主張も多いと考えるけれども、自説の至らざる点が完膚なきまでに批判されており、強力な論敵の出現といえる。敗北宣言をするのは容易いが、自説への執着もあり、また、反論を加えることによって、自説をさらに補強できる点もあるやに思うので、本論考をもって、吉川法会論文の批判に答え、一矢を報いたい、と思う。

一　馬場南遺跡上野論文の補強

今、自説を見直した上で、補強できると思われることもあるので、ここで一点付け加えておきたい。馬場南遺跡上野論文の「四」（第四章第三節、三五二頁参照）で述べた歌木簡の利用方法についていえば、木簡の幅いっぱいに書かれていることに留意すべきであろう。これは、なるべくはっきりと字を書くための工夫であると思われる。横幅限度いっぱいに字を大きく書くことによって、少し離れた位置からも、字が読めるように書かれているのである。

その配慮は、筆使いからも確認できる。もちろん、書風や個人の書き癖にもよるのだが、起筆部で筆を充分に押えた上で、墨線が細くなり過ぎないように細心の注意が払われている点には留意すべきであろう。その一方で、墨線と墨線が重ならないように、また線と線との間をなるべく取るように、一画一画丁寧に書かれている。なるべく大きく、さらには墨線が細くなり過ぎぬよう、しかも、墨線が重なって線が潰れてしまわないように注意して、丁寧に書いている。以上の工夫がなされるのは、読み手に対する配慮のようなものがあるからである。一字一字を読み手が正確に把握し、語型や歌句を間違いなく復元できるように工夫して書かれているのである。

このような筆運びの工夫は、いわゆる春草木簡にも共通している。(4) また、この特徴は栄原永遠男が定義する歌木簡Aタイプに共通している特徴でもある〔栄原　二〇一一年〕。かくのごとくに細心の注意を払って歌を書こうとするのは、書き手が、より多くの人びとに、より正確に、さらに遠くから木簡を見てもわかるように書こうとしているからである。つまり、不特定多数の読み手を前提とした筆運びで書いているのである。(5)

以上が、馬場南遺跡上野論文執筆以降に、自説を補強するために筆者が考えていることがらである。

二　吉川法会論文の馬場南遺跡上野論文への批判

では、具体的に吉川法会論文がいかなる点を批判しているか、検討してみよう。吉川は、法会の行事のなかで秋萩木簡が使用されたのではないかとする想定について、「仮にこの想定が正しいとしても、いかなる法会のどのような場面で用いられたかとなると、考古学的な判断材料は皆無といってよい。そうしたなか、上野誠は文献資料を援用しつつ、神雄寺跡の歌木簡に関する諸説を全面展開した」と述べている。その上で、馬場南遺跡上野論文において、検討する要点を次のように絞っている。

a　何らかの法会の結願日に燃燈供養が行われたが、それは不特定多数の人々が参集する「にぎわい行事」であり、そうした「祝祭空間」で和歌が楽しまれた。

b　その際には不特定多数の人々になじみやすい、類型的な和歌が詠唱され、聴衆に対して歌詞を示すために歌木簡が用いられた。〔吉川　二〇一六年〕

この二点に絞られているのである。すると、**a**は「一」「三」と②に対応していることになる。**b**は、「三」「四」

と③に対応しているといえよう（第四章第三節、三五二頁）。吉川法会論文は、批判する論文を正しく理解し、歪曲することなく、公平に記述し、その上で、次のように上野説を断じている。

上野説の特徴は、法会における和歌の詠唱を、宗教的意義とほとんど関連させないで論じる点にある。法会の目的と形態がいかなるものであるにせよ、和歌はその終幕の「にぎわい行事」で多くの人々が楽しむものであり、歌木簡は人々に見せる「歌詞カード」だと言うのである。つまり、和歌は祈願・供養・伝法・教化といった法会の根幹に関わる要素とは見なされない。「ともに食事をして芸を楽しむ時」の「芸」の一つであれば、王宮や貴族邸宅の饗宴で和歌が楽しまれるのと本質的差異はないことになる。（吉川　二〇一六年）

吉川法会論文の批判の要諦は、ここにある。つまり、上野説は法会の宗教的意義をまったく考慮しない論文だというのである。この批判については、甘んじて受けたいと思う。馬場南遺跡上野論文は、法会というものを読経や講釈などの宗教的意義を持つ部分と、それらの核となる儀礼すなわち正儀が終了した後に行なわれる「にぎわい行事」に分けて考察を行なっている。吉川が厳しく批判したように、正儀の部分を配慮していないばかりか、法会全体の「宗教的意義」についても、ほとんど論じていない。恥入るばかりである。法会にともなう「にぎわい行事」は、基本的には宴と同じとする点が吉川法会論文によって厳しく批判されたのであった。つまり、上野説と吉川説が根本的に違う点は、法会に宴の要素があるかないか、という点に尽きるといえよう。ために、吉川は、法会にともなう「にぎわい行事」や宴で、歌木簡が使用されたとする論文についても同時に批判している（犬飼　二〇〇九年）。加えて、仏足石歌の披露の場を宴の場と想定した論文についても、次のように批判している（廣岡　二〇一五年、初出一九八九年）。

結論からいえば、私は上野の考え方には全く賛成できない。率直に言って、法会に関する具体的な認識を欠いた学説だと思うからである。しかし、発掘調査報告は上野説に傾いている。犬飼隆も「仏教行事を含む宴席で歌木簡の様式が使われていた可能性を示す」と評価し、「公的な宴席で自然を題材に詠んだ和歌がうたわれていた」と述べた。さらに廣岡義隆は、もとは歌木簡に書かれた（と私が考える）仏足石歌について、「法要の後の、直会に比すべき宴の場で、讃嘆歌として披露された」と結論づけている。神雄寺跡出土品に限らず、法会に関わる和歌・歌木簡はすぐさま宴席と結びつけられ、宗教的意義をほとんど承認されないのだが、果たしてそれは正当な理解なのであろうか。〔吉川　二〇一六年〕

吉川は、馬場南遺跡上野論文の、ａｂの推定が無効であることを、以下、六頁に渡って説いている。批判は、古代における法会のありかた（「1　歌たてまつる」）と、法会で機能する和歌の性格（「2　無常の和歌」）に及んでいる。その上で「3　神雄寺跡の「黄葉」の歌木簡」において、いわば正儀において使用されたとする吉川説を展開している。

そこで、本節では、吉川法会論文に沿って、反論を試みることにしたい。

三　仏前唱歌の場

吉川法会論文は、以上のように、馬場南遺跡上野論文を厳しく批判しているわけであるが、秋萩木簡は法会のなかで使用されたと推定する点については両者共通している。馬場南遺跡上野論文、吉川法会論文を含め、秋萩木簡と法会との関わりを説く論者たちが、ともに重要視する資料がある〔井上　二〇一一年〕〔遠藤　二〇一三年〕。『万葉集』の仏前唱歌である。この資料が重んぜられるのは、古代法会でヤマト歌が歌われた確例となることに加えて、

時期も秋萩木簡が使用されたと考えられる、同じ天平期の法会であるからだ。そして、吉川もまた、この資料を重要視する。(6)

仏前の唱歌一首

しぐれの雨　間なくな降りそ　紅に　にほへる山の　散らまく惜しも

右、冬十月、皇后宮の維摩講に、終日に大唐・高麗等の種々の音楽を供養し、爾して乃ちこの歌詞を唱ふ。弾琴は市原王・忍坂王〔後に、姓大原真人赤麻呂を賜る〕、歌子は田口朝臣家守・河辺朝臣東人・置始連長谷等十数人なり。（巻八の一五九四）

馬場南遺跡上野論文において、筆者は、主に井村哲夫の整理に従って、次のように解釈した〔井村　一九九七年、初出一九九二年〕。それは、皇后宮で行なわれた維摩講の最終日である結願日に、大唐、高麗の音楽が奏され、その後に「しぐれの雨」の歌が弾琴の伴奏のもと唱歌された。唱歌者の数は「十数人」とあるのだから、「合唱隊」のようなものだと考えてよいだろう。時に、天平十一年（七三九）の冬十月のことである。筆者がこの唱歌を「にぎわい行事」と推定したのは、以下のような理由による。法会の正儀である七日間の読経や講義が終われば、法会の中心は無事に満願を迎えたことを祝う「にぎわい行事」に移ると考えたからである。そして、その「にぎわい行事」は、遊宴的性格をも持ち得るものだと判断したからであった。その手掛かりとしたのは、次の二つの燃灯供養の例であった。

冬十二月の晦に、味経宮《あぢふのみや》に二千一百余の僧尼を請せて、一切経を読ましむ。是の夕に、二千七百余の灯を朝庭内に燃して、安宅・土側等の経を読ましむ。是に天皇、大郡《おほこほり》より遷りて、新宮に居します。号けて難波長柄豊碕宮《なにはのながらのとよさきのみや》と曰ふ。

（『日本書紀』巻第二十五、孝徳天皇　白雉二年［六五一］十二月晦条、小島憲之他校注・訳『日本書紀③（新編日本古典文学全集）』小学館、一九九八年）

○壬辰、天下の諸国をして薬師悔過せしむること七日。○丙申、一百人を度す。この夜、金鐘寺と朱雀路とに灯一万坏を燃す。

（『続日本紀』巻第十五、聖武天皇　天平十六年［七四四］十二月四日〜八日条、青木和夫他校注『続日本紀　二（新日本古典文学大系）』岩波書店、一九九二年、初版一九九〇年）

読経が終わった後、また薬師悔過とそれに続く大人数の得度の儀が行なわれた後に、燃灯が行なわれているからである。吉川法会論文は、この点を「音楽も琴歌も耳を楽しませるものであるが、維摩会のこの場面は断じて宴席ではない」と筆者の説を批判している。

吉川説と上野説の違いは、いったいどこから来るのであろうか。それは、法会に対する考え方の違いに基づくものであろう。上野説は、法会といっても、そのなかには遊宴的性格を持ち得るところがあり、それを「にぎわい行事」と位置付けてもよいのではないかという考え方に立っている。対する吉川説は、やはりそれも法会の一部であって、仏前唱歌であるのだから、上野説のように宗教的意義をまったく考慮しなくてよいはずがない、というのである。筆者は、馬場南遺跡上野論文が、「にぎわい行事」としての性格ばかりを強調し、正儀との落差を充分に説明し得なかったことを、今、率直に反省したいと思う。貴重な指摘をいただいたことは僥倖であった。

そこで、その落差について、考えてみることにする。吉川法会論文は、仏前唱歌の後、法会で奏された和歌の例として、『東大寺要録』の元興寺から大仏への献歌の例を挙げるのだが、筆者もこれに倣い、大仏開眼会を通して、法会のなかで奏される歌の唱詠、唐楽、高麗楽について考え、軽視していた部分を補い、考察を深めたいと思う。その上で、吉川法会論文の批判に答えたい。

天平勝宝四年（七五二）四月九日に行なわれたいわゆる大仏開眼会は、仏教公伝二百年を釈迦誕生の日に祝うものでもあった。『続日本紀』は「作《な》すことの奇《くす》しく偉《たふと》きこと、勝《あ》げて記すべからず。仏法東に帰《いた》りてより、斎会の儀、嘗《かつ》て此《かく》の如く盛《さかり》なるは有らず」と記している（『続日本紀』巻第十八、孝謙天皇　天平勝宝四年［七五二］四月九日条、青木和夫他校注『続日本紀　三（新日本古典文学大系）』岩波書店、一九九二年）。聖武太上天皇、光明皇太后、孝謙天皇にとって宗教的、政治的意義のある斎会であったことは諸家がすでに説き尽くしたところである。権門の藤原氏ゆかりの法会とはいえ、維摩会と比較することが妥当かどうかという点については、躊躇するところではあるが、他に天平期の法会に関する資料もなく、筆者も、吉川の方法に倣い、大仏開眼会に着目してみたい、と思う。幸い大仏開眼会については、『続日本紀』および『東大寺要録』によって、その式次第がある程度復元でき、また参考とすべき先行研究もあるからだ〔宮城　一九八六年〕〔栄原　二〇〇三年〕。そこで、主に『東大寺要録』によりながら、筆者なりに次第を復元してみると、こうなる。

（1）聖武太上天皇、光明皇太后、孝謙天皇が東大堂の布板殿に着座する。
（2）複位以上の僧たちが入堂する。
（3）開眼儀を行なう開眼師、講師、読師たちが入堂する。
（4）大仏の眼を開く開眼の儀が挙行される。

（5）読師が華厳経を読経し、講師による同経の講説が行なわれる。
（6）九千人にのぼる衆僧、沙弥、沙弥尼たちが着座する。
（7）大安寺、薬師寺、元興寺、興福寺の四大寺から種々の奇異物（献納品）が大仏に献上される。
（8）種々の楽が入堂する。
（9）勅が大仏に奏上される。
（10）度羅楽により四寺の行道があり、伎楽が演じられ、次に楽団、合唱団が入堂し、整列する。
（11）以下、諸芸能の奏上が続く。

以上のように整理してみると、その中心は、（4）の開眼の儀であることは当然であろう。（7）の「奇異物」とは、大仏への供え物となる宝物のことを指すと考えられる。『東大寺要録』は官人の整列の様子を、朝賀儀と同じようだったと伝えている。次第を見ると、中心となる（4）の開眼儀と、それに続く（5）（6）（7）（8）（9）までが、正儀と考えられる。しかし、（10）（11）は、いわば讃嘆供養ともいうべきもので、馬場南遺跡上野論文のいう「にぎわい行事」と考えてもよいのではなかろうか[7]。（10）（11）に対する評価としては、古くに「正儀」に対する「讃嘆供養」という見方や、さらにはっきりと「大仏に手向けるための大アトラクション」という見方がある〔榊　一九八〇年〕〔蔵中　一九七六年a〕。もちろん、吉川の立場に立てば、そういう「にぎわい行事」「讃嘆供養」「アトラクション」も、やはり法会の一部であって、その宗教的意義を軽ずるべきではないということになろう。

そこで、さらに（11）を詳しく見てみよう。（11）の部分については、杉本一樹、栄原永遠男にこれを帝国支配の可視化の問題として重要視する研究がある。（11）で奏上される諸芸能は、宮廷（Ⅰ）⇩地方（Ⅱ）⇩諸外国（Ⅲ）を代表する芸能であり、これらの諸芸能が開眼された大仏の前で演ぜられることによって、大仏が世界を支配する存在であることを表象する役割があったというのである〔杉本　一九九三年〕〔栄原　二〇〇三年〕。そこで、杉本と栄原の指摘を踏まえて、筆者独自の分類を試みたい、と思う。

Ⅰ　宮廷に古くから伝来していたと思われる諸芸――大歌女、大御舞
Ⅱ　服属を表象する舞のうち宮廷において伝来していたと思われる諸芸――久米舞、楯伏舞
Ⅲの**a**　諸外国から伝わった諸芸のうち唐に起源のある諸芸――唐古楽、唐散楽、唐中楽、唐女舞
Ⅲの**b**　諸外国から伝わった諸芸のうち林邑に起源のある芸能――林邑楽
Ⅲの**c**　諸外国から伝わった諸芸のうち高麗に起源のある諸芸――高麗楽、高麗女楽
Ⅳ　不明のもの――女漢躍（踏）歌、跳子名

このように見てゆくと、やはり吉川法会論文のいうように、単なる「にぎわい行事」と決めつけることは許されないように思われる。ただ、次のことはいえるのではなかろうか。正儀に対する諸芸能の奏上は、それ自身重要な役割を法会のなかで担うことはあるけれども、それは時々の状況によって、自由に取捨選択のできるものであった、と。端的にいえば、ⅠⅡⅢに分けた芸能は、そのほとんどが仏教とはもともと無縁のものである、と。しかし、それらの諸芸能が法会のなかで演ぜられることによって、讃嘆供養の役割を果たすのである。また、時々の状況によって、政治的役割を果たすことがあると考えた方がよい。大仏開眼会で奏上された諸芸能には、大仏開眼会での役割が附与されるのである。むしろ、もともとは、仏教と関係のなかったことの方を重要視すべきであろう。それは、仏教と関係のなかった諸芸能が、法会のなかに取り込まれて、再編成されて奏上されることに意味があるからである。もちろん、奏上される芸能に反仏教的な部分があれば、排除されたり、一部改変されたはずである。しか

し、これらの諸芸能の選択において重要なことは、「伝統」や「人気」、「権威」があるかないかという点にあったと思われる。また「はやり」であるかないかということも重要な選択のポイントであったはずだ(8)。

ここで、維摩会の仏前唱歌に話を戻すと、七日間の読経、講義がいわゆる正儀であり、そのあとに唐楽と高麗楽が奏されたことになる。これを正儀と讃嘆行事からなる三部構成とみる見解も、早くに提出されているところである〔榊　一九八〇年〕。大仏開眼会を見ると、中国起源の芸能は唐楽が代表し、百済や新羅などの朝鮮半島起源の楽は高麗楽をもって代表させている。この点から考えれば、大唐楽と高麗楽は、中国と朝鮮の楽の代表だったといってよい。対して、日本の楽として、弾琴唱歌が選ばれたのである。天平期の弾琴唱歌は、馬場南遺跡上野論文において縷々述べたように、風流士の間で流行していた、いわば「はやり」であった。皇后宮の歌儛所に集う風流士たちの芸能であり、その最大の庇護者は光明皇后であったと推定されている〔井村　一九九七年、初出一九九二年〕。

注意しなくてはならないのは、左注に「終日供養大唐高麗等種々音楽、尓乃唱此歌詞」とあることである。「尓乃」とあって、唐楽、高麗楽との間に、さらに一線が引かれていることは重要であろう。唐楽と高麗楽の楽人は、宮廷や寺院の楽部に所属している楽人であり、姓名の記載がない。対して、弾琴唱歌の中心となる人士の名は記されている。もちろん、『万葉集』は歌集であるから、歌に関わった人物についてのみ姓名を記しているのだといえば、その通りであろう。しかし、注意しなくてはならないことがある。この左注において姓名が記されている人士は、歌の作者ではない。弾琴をなし、歌った人びとである。左注は「弾琴」をした人びとと、合唱をしたと思われる「歌子」とをわざわざ分けて書いている。きわめて異例なことだ。おそらく、それは、左注注記者が、維摩会の当日に琴を弾き、歌を歌った人士に対して強い関心を持っていたからであろう。

しかも、河辺東人と置始長谷については、歌唱力や伝誦力について、高い評価があった人士であったことを『万葉集』において確認できる人物なのである。弾琴唱歌をなした人びとは、皇后宮において、古歌を古風に歌おうとするグループであったと思われる。古風な歌い方を広めようとする新興のグループといえるかもしれない。したがって、弾琴唱歌は、中国、朝鮮に対する「日本」の楽であり、宮廷や寺院に伝来している古楽に対して、現代楽すなわち「今様」の楽ということになるだろう。もちろん、仏前における唱歌なのだから、吉川がいうように宗教的意義は認めざるをえない。しかし、弾琴唱歌が、維摩会の讃嘆供養の芸能に選ばれたのは、次の理由によるものと推定される。それは、弾琴唱歌が、「今、はやり」の芸能であったからだ。さすれば、仏前唱歌といえども、官人社会の遊宴におけるヤマト歌の唱歌と、さして変わらなかったはずだ。だから、吉川法会論文のように、仏前唱歌のヤマト歌だから、仏教と深い関わりがあると考える必要もないと思われる。以上が、仏前唱歌の場に関する吉川法会論文に対する筆者の答えである。

なお、左注の「皇后宮之維摩講」について、吉川は、これを法会の主催者と解釈し得るのではないか、とその可能性を探っている。吉川の解釈に従えば、仏前唱歌の場は、平安時代と同じく、興福寺ということになる。吉川は、少数例ではあるけれども、「皇后宮」と書いて皇后本人を示す例があることを示して立論している。これは、通説に対して、大きな変更を迫る解釈案であり、重要な指摘である。しかし、筆者は、その解釈が成り立つ可能性は、きわめて低いと現在考えている。なぜなら、左注が、読者に伝えようとする情報は、編纂者が読者に対して留意を促す情報についてであると思われるからである。

では、その場合、大切な情報とは、何か。それは、「いつ」「どこで」という情報であろう。すると、「冬十月、皇后宮之維摩講」という場合、やはり歌われた場所が大切な情報であったと思われる。そう考える方が自然であろう。歌にとって大切なのは、いつ、どこでという情報である。興福寺であれば、その旨が明記されたはずである。このことは、題詞のありようとも関わっている。題詞には「仏前唱歌」とのみ記されていて、維摩会が開かれた場所については、明示されていない。読者が、当該左注を読むことによって、この仏前が皇后宮内の仏前であったことがわかるように書かれているのである。さすれば、「皇后宮之維摩講」との書きぶりは、皇后宮において開催された維摩講と解釈すべきである。そこまでわかれば、自らにその主催者すなわち施主は、光明皇后ということが類推されるのではないか。

吉川法会論文は、左注の解釈について一つの可能性を示していると思われるけれども、皇后宮に仏堂があったか、ないしは特定の建物を仮に仏堂として利用して、維摩会を行なったと見るのが穏当であろう。

四　仏前唱歌をどう読むか

上野、吉川をはじめとする多くの論者が、『万葉集』巻八の仏前唱歌に着目する理由は、法会と和歌との関係からだけではない。もう一つ、理由がある。秋萩木簡と同じく、秋の黄葉の歌だからである。しかも、その前年の天平十年（七三八）の十月十七日に、橘諸兄旧宅で行なわれた宴席歌と比較してみると、そこに類似句を見出すことができる。影響関係はさておくとしても、それは、仏前唱歌と宴席歌に大きな表現上の差がないことを示しているのである。しかも、なかんずく、萩の下葉を詠んだ歌は、『万葉集』中に七首あるが、すべて黄葉を歌った歌である。ヤマト歌は、伝統の文芸であるので、その表現は概ねそれまでに存していた、いずれかの類型表現を踏襲してゆく。筆者はこの事実を指摘して、馬場南遺跡上野論文において、類型性が高く、広く流布していた歌が、「にぎわい行事」において採用されたのであろうと推定したのであった。結願日に参集した不特定多数の人びとと季節感を共有し、楽しむために、秋萩の下葉の黄葉の歌が選ばれたと考えたのは、このためであった。

一方、吉川法会論文は、仏前唱歌の黄葉の歌には仏教の無常観が込められていると分析して、上野説を完全に否定したのであった。そのために、吉川法会論文では、黄葉と無常、さらには仏教との関係について多く紙数を割いている。そこで、吉川が掲出した無常観の歌について、一つ一つ検討を加えてみよう。

世間《よのなか》の無常を厭ふ歌二首

生死《いきしに》の　二つの海を　厭はしみ　潮干《しほひ》の山を　偲ひつるかも

世の中の　繁き仮廬《かりほ》に　住み住みて　至らむ国の　たづき知らずも

右の歌二首、河原寺の仏堂の裏《うち》に、倭琴の面《おもて》に在り。　（巻十六の三八四九、三八五〇）

これらの歌は、吉川がいうように、確かに和歌表現において仏教経典の思想が下敷きになっているものと見なくてはなるまい。漢籍が受容されたとする表現を丁寧に指摘する『新大系』は、「上三句は生死輪廻の苦を厭離することを言う。仏典では、『衆生かくの如く久しく愚痴生死の大海に処る』（涅槃経九）、『この故に久しく生死の大苦海に流転す』（涅槃経十四）などと、大海に譬えられる生死の輪廻の中での久しい苦悩が説かれる」と述べている。当該二首の表現は、仏典から着想され、漢訳仏典を翻訳してヤマト歌の言葉として使用している例であり、吉川法会論文の指摘は正しい。また、『新大系』は「仏典では、仏が生死の海を干上がらせて衆生を救うことが説かれる。『我当に無辺甚深の生死の大海を枯竭すべし』（大般若波羅蜜多経四十七）など」とも述べており、吉川法会論文の説を補強するものであろう。このほかにも、吉川説に好都合な歌を挙げようとすれば、巻十六の三八五二番歌（後述）などをすぐに掲げることができる。

では、泣血哀慟歌は、どうであろうか。

柿本朝臣人麻呂、妻が死にし後に、泣血哀慟して作る歌二首〔并せて短歌〕

天飛ぶや　軽の道は　我妹子《わぎもこ》が　里にしあれば　ねもころに　見まく欲しけど　止まず行かば　人目を多み

まねく行かば　人知りぬべみ　さね葛　後も逢はむと　大船の　思ひ頼みて　玉かぎる　磐垣淵の　隠《こも》りのみ

恋ひつつあるに　渡る日の　暮れぬるがごと　照る月の　雲隠るごと　沖つ藻の　なびきし妹は　もみち葉の
過ぎて去《い》にきと　玉梓《たまづさ》の　使ひの言へば　梓弓　音に聞きて〈一に云ふ、「音のみ聞きて」〉　言はむすべ　せ
むすべ知らに　音のみを　聞きてあり得ねば　我が恋ふる　千重の一重も　慰《なぐさ》もる　心もありやと　我妹子
が　止まず出で見し　軽の市に　我《あ》が立ち聞けば　玉だすき　畝傍の山に　鳴く鳥の　声も聞こえず　玉桙の
道行き人も　ひとりだに　似てし行かねば　すべをなみ　妹が名呼びて　袖そ振りつる〈或本には、「名のみ
を　聞きてあり得ねば」といふ句あり〉

短歌二首

秋山の　黄葉《もみち》を繁み　惑ひぬる　妹を求めむ　山道《やまぢ》知らずも〈一に云ふ、「路《みち》知らずして」〉
もみち葉の　散り行くなへに　玉梓《たまづさ》の　使ひを見れば　逢ひし日思ほゆ　（巻二の二〇七〜二〇九）

この歌も、吉川が指摘するように妻の死、人の命のはかなさを黄葉に譬えた歌である。しかし、泣血哀慟歌は、無常を歌う歌の例とはいえても、それが仏典から学ばれたものとは、考えにくい。

さらに、吉川が掲出する、巻七の「児らが手を　巻向山《まきむくやま》は　常にあれど　過ぎにし人に　行き巻かめやも」（巻七の一二六八）と、「巻向の　山辺とよみて　行く水の　水沫《みなあわ》のごとし　世人我等は」（巻七の一二六九）も同様だ。これらの歌に、無常観があることは認められるが、そこに仏教の影響があるとは認め難いと思う。たとえ影響関係があったとしても、それを証明する方法がないからである。このことは、吉川が掲出している次の歌にもいえることだ。

世間の無常を悲しぶる歌一首〔并せて短歌〕

天地《あめつち》の　遠き初めよ　世の中は　常なきものと　語り継ぎ　流らへ来れ　天の原　振り放《さ》け見れば　照る月も
満ち欠けしけり　あしひきの　山の木末《こぬれ》も　春されば　花咲きにほひ　秋付けば　露霜負ひて　風交じり
黄葉《もみち》散りけり　うつせみも　かくのみならし　紅《くれなゐ》の　色もうつろひ　ぬばたまの　黒髪変はり　朝の笑み
夕変はらひ　吹く風の　見えぬがごとく　行く水の　止まらぬごとく　常もなく　うつろふ見れば　にはたづ
み　流るる涙　留めかねつも
言問はぬ　木すら春咲き　秋付けば　黄葉散らくは　常をなみこそ〈一に云ふ、「常なけむとそ」〉
うつせみの　常なき見れば　世の中に　心付けずて　思ふ日そ多き〈一に云ふ、「嘆く日そ多き」〉
（巻十九の四一六〇〜四一六二）

題詞に「無常」とあり、歌中に無常の翻訳語である「常なきもの」とあるからといって、これが仏教からきていると考えるのは、早計であろう。今日、われわれは漢訳仏典に学び、仏教における「無常」という概念を知り、「無常」という語を日常的に用いている。が、しかし。それは、一つの現象、状況、心情を説明するために「無常」という語を利用しているにすぎまい。〈特定の事物の存在を認識し〉⇩〈その変化をつぶさに観察し〉⇩〈かの変化の必然的かつ不可避なことを知る〉。こういった事物の認識法は、仏教以前にもあったと思われるし、仏教以外にもある。むしろ、普遍性の高い思考法なのではないか。仏典に依拠しなくても、こういった表現は可能なはずだ。したがって、黄葉が散るからといって、即、仏教の無常観と関係する歌だと断言することはできない。以上が、筆者の反論である。

ここで、吉川法会論文を擁護する立場に立って、考え直してみよう。吉川の考え方を少し修正すれば、吉川の主張が成り立つ可能性もある。これらの歌々を、仏教的無常観とあい通ずる側面を持つ歌だと捉え直せば、これを認

めることができるかもしれない。筆者の現今の考え方を整理すれば、

無常観の歌
- 表現上、仏教との関わりを検証できる歌
- 表現上、仏教との関わりを検証できない歌

に分けられると思う。柿本人麻呂歌に、無常観ありや。それは仏教のもたらしたものなりやいかん、ということを検証しようとしても、水掛け論になるだけであろう。こう二つに分けて分析することを、吉川に提案してみたい。

　とすれば、仏前唱歌をめぐって、諸注の見解が分かれるのも当然であろう。仏教の無常観と関わりがあるとする意見と、たとえ法会の歌であったとしても仏教とは無縁だと考える意見があるのも、当然ではないのか。なぜなら、仏前唱歌の歌は、表現上、仏教との関わりを検証できない歌だからである。筆者は、仏前唱歌の歌は類型性が高く、ひとつの「はやり歌」とみて、「はやり歌」であるがゆえに、法会で唱歌される歌として採用されるに至ったと考えた。しかし、吉川が指摘するように、法会で歌われる歌ならば、これこそが法会の主旨に適う仏教的な無常観の歌なのだということもできるだろう。しかしながら、それは、あくまでも法会という場の中において機能するからなのであって、仏前唱歌の歌を、題詞や左注抜きに読めば、季節の移ろいを歌う「はやり歌」の一つに過ぎないのではないか。

　あえて挑発的言辞を弄すれば、吉川のような論法を使ってしまうと、どのような歌を見ても無常観の歌に見えてしまうのではないか。『沙石集』巻五末ノ六に、「哀傷之歌の事」という一文がある。この一文には、和歌を詠むことは仏道修行の妨げとなるどころか、それを助けるものだと書かれており、次のような記載がある。

これを案ずれば、世務を薄くし、これを詠ずれば、名利を忘る。事に触るる観念、折に従ふ修行、進みやすく、忘れがたし。飛花を見ては、無常の風の逃れがたき事を知り、朗月に臨むでは、煩悩の雲の掩《おほ》ひやすき事を弁《わきま》ふべし。（『沙石集』巻第五末ノ六、小島孝之校注・訳『沙石集（新編日本古典文学全集）』小学館、二〇〇一年）

まさしく、仏道修行と詠歌は一如だと説く一文である。「仏道と歌道とは一如なり」といいたいのだろう。以上のような考え方に立ってしまうと、何を歌っても無常の歌ということになりやしまいか。筆者は、今、吉川にこの点を問いたい。

一方、馬場南遺跡上野論文にも、反省すべき点はあった。類型性の高い天平万葉の「はやり歌」として、宴席歌との親和性ばかりを強調し、仏教との関わりを、はじめから除外していた点は、吉川の指摘のとおり不備だったかもしれない。それは、吉川説を擁護する立場に立てば、仏教の無常観を歌う歌として、法会の場においては機能する可能性もあるからである。

五　『万葉集』に仏教ありや

たしかに、吉川法会論文が掲出したように、『万葉集』には、黄葉で無常を歌った歌もある。また、そのうちには、仏典に由来する無常観の歌もあった。しかし、だからといって、仏前唱歌の黄葉の歌や、萩の下葉の黄葉を詠んだ歌が、無常観を表現した歌なのか、しかも、その無常観が仏教に由来するものなのか、検証する方法はないと思われる。

「『万葉集』に仏教ありや」とは、山田孝雄の論題にちなむ小節題なのであるが、万葉研究のこれは古くて新しい命題といえよう〔山田　一九五五年、初出一九五三年講演筆記録〕。累々と蓄積された研究は、その命題の難しさを物語っているようである。吉川法会論文のように、『万葉集』中から無常観に関わる歌々や仏教に関わる歌々を掲出し、これを『万葉集』に無常観あり、仏教ありという結論を出すこともできるだろう〔市村　一九六四年〕〔佐竹　一九九四年〕。もちろん、各論文は論旨の展開によって、仏教の影響を少なく見積もることもあるのであるが、多く見積もる論もたくさんある。たしかに、歌の外の環境を見れば、まさしく奈良時代は、仏教によって国家の求心力を高めた時代であった。栄原永遠男は、万葉歌への仏教の影響を、論旨の展開上、仮に低く見積もった上で、次のような発言をしている。

仏教と『万葉集』との関係を探る場合、『万葉集』から仏教的要素を抽出することは、研究の手順として妥当である。しかし、『万葉集』の作品に仏教的要素が希薄であったとしても、『万葉集』の周囲に仏教的環境が希薄であったとはいえない。限られた事例であったが、本稿の計測によると、その距離はかなり近い。〔栄原　二〇〇四年〕

一つの見識であろう。一方、万葉歌において仏教の影響は小さかったとする論文もある。こちらの論者は、いくら無常の歌や仏教に影響された歌が多いといっても、総体から見れば、影響は限定的なものだと考える論者たちだ。津田左右吉や山田孝雄、亀井勝一郎、また田村圓澄などは、影響を少なく見積もる論者たちである〔津田　一九八〇年、初版一九七七年、初出一九一六年〕〔山田　一九五五年、初出一九五三年講演筆記録〕〔亀井　一九七四年、初版一九七一年、初出一九五九年〕〔間中　一九七二年〕〔田村　一九七三年〕。筆者は、従来の考察法では、影響評価の論争に決着はつかない、と思う。五パーセントもあるということは影響が大きいだろう、十パーセントしかないのだから影響は少ないだろう、といっても、それは論者の立場を表明しているに過ぎないからだ。

そこで、この考察法の弊に気付いた論者たちは、一つの基準を求めようとした。中世において流行した釈教歌と比較して、影響の大きさを判断しようとしたのであった。榊泰純や辰巳正明などの論者たちも、釈教歌に基準を求める論の系譜につながる〔榊　一九八〇年〕〔辰巳　一九九七年、初出一九九五年〕。たしかに、長いタイムスパンで見れば、影響の評価も定まりそうな気がする。けれども、話はそう簡単ではない。当然のことながら、中世の釈教歌は、『万葉集』とは比較にならないほど仏教の影響を受けた歌が多い。また、和歌文学全体に占める比重も大きいように見える。しかし、中世和歌の総体を見た時、どれほどの比重を占めるのかと各論者に問いただしても、影響の多寡の評価は論者によってさまざまだ。一般的には、後世の釈教歌ほどの隆盛はないにしても、万葉歌にも仏教の影響を見ることはできる、と結論付けられることが多い。やはり、掲出して影響関係の多寡を論ずる考察法によって、ヤマト歌と仏教の関係を論じても、議論は堂々巡りするだけである。ならば、われわれにできることは、いったい何であろうか。それは、一首の歌に仏教に由来する思想や表現があるか、ないかということを判断するだけだと思われる。しかし、これとて、容易ならざることである。六朝期以降の漢詩文には、仏教の影響がみられるものがままある。したがって、万葉びとは、六朝以降の漢詩文から間接的に仏教の影響を受けている場合もあって、ことはそれほど単純ではない。

そこで、吉川法会論文の主張に沿うかたちで、私見を述べたい、と思う。吉川がいうように、たしかに、万葉歌には、漢訳仏典の影響を表現上確認できるものがある。拠り所とすべきものは、そこにしかないはずである。法会とヤマト歌の関わりを論ずるにあたり、吉川が論拠の一つとした『東大寺要録』が伝える東大寺大仏開眼会の献歌は、表現上、仏教の影響を確認できる好例である(9)。

東大寺の大会の時に元興寺より献る歌三首

東の　山辺を清み　新居せる　盧舎那仏《るさなほとけ》に　花たてまつる
法のもと　花咲きにたり　今日よりは　仏の御法　栄えたまはむ
源《みなもと》の　法の興りし　飛ぶや鳥　あすかの寺の　歌たてまつる
　天平勝宝四年四月十日
　御作
うるはしと　我が思ふ君は　これ取りて　朝廷通はせ　万世までに、となり。
これらの和歌は、元興寺の綱封倉の牙笏に之を注したるものなり。
（『東大寺要録』筒井英俊編纂・校訂　一九八二年、初版一九七一年、原本発行一九四四年〕および〔蔵中　一九七六年b〕をもとに作成した書き下し文）

前半三首の歌については、元興寺から大仏に対して献上された歌であると記されている。とすると、開眼会は、九日であり、十日とあるのは不審である。けれども、十日にも中宮の行幸があった旨の『続日本紀』記事があるから、記されている十日までが、開眼会と認識されていた可能性もあるだろう。これを、仮に九日の誤写だと考えれば、大仏開眼会において、元興寺から奉られた歌ということになる。前述の式次第を見ると、大安寺、薬師寺、元興寺、興福寺より「奇異物」が献上されているので、ヤマト歌がともに献上された可能性もあるだろう（7）（三七二頁参照）。

続いて「御作」と記されている。「御作」を御製歌か、御歌の意とすると、聖武太上天皇、光明皇太后、孝謙天皇のいずれかの歌ということになる。元興寺より献上された三首と、「御作」の歌との関係をどう見るかという点については、判断が難しいが、四首を一連の歌群と見れば、次のように考えてよいだろう。元興寺より三首の歌が大仏に奉られたのに対して、奉献者たる元興寺に何らかの下賜品があったのだろう。これを取って、怠ることなく朝廷に出仕せよ、永遠に、というのである。とすれば、これは奉献者の働きを讃める歌ということになる。左注にあたる部分に、これらの和歌は元興寺の綱封倉にある牙笏に記されていた、とある部分を素直に読むと、牙笏が下賜品であったということになる。もちろん、元興寺の僧侶の奉仕を讃めて、官人の威儀具である笏、それも牙の笏を下賜することがあるのか。この点は、問題が残るけれども、一つの解釈として成り立つだろう。以上のように、あくまで四首を一つの纏まりと考えると、やはりこう解釈せざるを得ない。おそらく、元興寺の側としては、三首の和歌献上の機会を得たことは、きわめて名誉なことであったと考え、下賜品の牙笏を大切に綱封倉に保管していたと推測できる。

一方、この牙笏が綱封倉に大切に保管されていることをなんらかの機会に東大寺側が知り得たので、大仏開眼会に関わる大切な資料の一つであると考えて、このように要録したのであろう。左注にあたる部分の解釈も難しいが、献上した歌がすべて牙笏に書かれていたとは考えにくい。さすれば、「これ取りて」の「これ」を牙笏と考え、四首目だけが牙笏に記されていたと解釈するのも一案かもしれない〔蔵中　一九七六年b〕。しかし、一番穏当な解釈は、元興寺の綱封倉に牙笏が保管されていて、その「いわれ」を書き付けた、いわば由緒書が存在したとする解釈であろう。牙笏とともに保管されていたその由緒書のなかに、四首の歌がともに記されていたと筆者は推定する。ために、献歌と「御作」の下賜歌が同時に記され、『東大寺要録』に収載されることになったのではないか。東大寺の側は、大仏開眼会に際して、元興寺の献歌があったこと、さらにはその歌を知ることのできる貴重な資料と考えていたはずだ。一首目の東の山辺は、東大寺のある奈良盆地の東側の山辺を示している。新しくできた大仏に花を献すると歌い、その花はただの花ではなく、仏法の花すなわち法華であって、奉献した花のごとくに仏法は栄えると二首目では歌っている。そうして、三首目に繋いでゆくのである。仏法のはじまりの寺である元興寺より歌とともに献上されたので、一首目に呼応して「歌たてまつる」と三首目で歌い、歌い収められたのであろう。

　こう考えてゆくと、元興寺からは、花ないしは、花を象った何らかの宝物が大仏に奉献されたことになろう。もし、四月九日ならば、前述のように、元興寺の「奇異物」がこれにあたると推定することもできる。この四首が、有機的に機能したと考えると、花と歌が大仏に献じられ、これを太上天皇、皇太后、天皇のいずれかが、「めでたきもの」と誉めたことになる。これは、元興寺にとってきわめて名誉なできごとであったろう。臣下が歌を献上し、大君が歌を下賜することは、勧酒歌などにも例があり、大仏開眼会のヤマト歌三首は、そういったヤマト歌の奉献と下賜の伝統を踏まえて作られた歌々ということになる。一例を挙げると、推古紀に次のような歌がある。


　二十年の春正月の辛巳《しんし》の朔《つきたち》にして丁亥《ていがい》に、置酒《おほみきめ》して群卿《まへつきみたち》に宴《とよのあかり》す。是の日に、大臣、寿上《おほみきたてまつ》りて歌《うたよみ》して曰《まを》さく、

やすみしし　我が大君の　隠《かく》ります　天の八十蔭《やそかげ》　出で立たす　みそらを見れば　万代に　かくしもがも
千代にも　かくしもがも　畏《かしこ》みて　仕へ奉らむ　拝《をろが》みて　仕へまつらむ　歌づきまつる

とまをす。天皇《すめらみこと》、和《こた》へて曰《のたま》はく、

真蘇我《まそが》よ　蘇我の子らは　馬ならば　日向《ひむか》の駒　太刀《たち》ならば　呉の真刀《まさひ》　諾《うべ》しかも　蘇我の子らを　大君
の　使はすらしき

とのたまふ。

（『日本書紀』巻第二十二、推古天皇二十年［六一二］正月条、小島憲之他校注・訳『日本書紀②（新編日本古典文学全集）』小学館、一九九六年）

蘇我馬子が、酒を捧げ、歌ったこの歌は、典型的な宮廷寿歌といわれている。歌の中で、馬子は、永遠の奉仕と祝福の言葉を連ねながら、誓っているのである。これに対して、推古天皇は、その氏名から呼びかけて、馬ならば名馬の誉れある日向の駒、大刀なら名刀の誉れある呉の真刀であると、蘇我氏の奉仕と忠節を誉め上げているのである。天皇の下賜歌は、蘇我馬子に対する信任の厚さを表現しているのである。祝福の意を込めて奉献したものが嘉納され、さらに奉任を続けてほしいという内容の歌を天皇から下賜されるということは、奉献者にとって最大の名誉となるはずだ。『東大寺要録』の四首の歌は、そういう奉献品、奉献歌と下賜歌の伝統を踏まえて作られた仏供養歌であろう。

たしかに、この元興寺献歌三首は、吉川のいうように仏供養のためのヤマト歌が存在したことを証明する歌である。この点は、吉川の主張を素直に認めたい。しかも、傍線を施した部分は、あきらかに仏教の思想や考えに基づいたものであることを表している。とすれば、奉献と下賜のヤマト歌の伝統を利用した仏供養の歌が、天平期にはすでに確立していたことになる。さらに表現上、仏教の影響が直接わかるように表現されたヤマト歌の例としては、仏足石歌を挙げることができよう。

舎加の御足跡　石に轉写し置き　敬ひて　後の佛に　譲りまつらむ　捧げまうさむ　（九）

舎加の御足跡　石に轉写し置き　行き繞り　敬ひまつり　我が世は終へむ　此の世は終へむ　（一四）

（『佛足石歌碑歌注釈』「佛《ほとけ》の跡《みあと》を敬ひ慕《しの》へる一十七首《とをあまりななつ》」廣岡義隆『佛足石記佛足跡歌碑歌研究』和泉書院、二〇一五年）

このように見てゆくと、天平期においては、すでに歌表現そのものによって、仏教との関わりを示す歌い方が確立していたことがわかる。そういう歌々が、また法会のなかで機能していたことも、確認できるのである。

そこで、筆者は吉川に次のことを問いたい。むしろ、問われるべきは、こういった表現上、仏供養の讃歌とはっきりわかる歌詠の方法が確立していたにもかかわらず、仏前唱歌や秋萩木簡のような歌が、なぜ採用されたのかということではあるまいか。筆者の答えは、縷々述べて来たように、簡単である。法会の結願日の「にぎわい行事」では、元興寺献歌のような讃仰的歌よりも、人気のある「はやり歌」の方が選ばれたからであると推測する。法会や仏教が関わる歌といっても、必ずしも仏教と深く関わる歌だとはいえないのである。献歌と「にぎわい行事」の歌を同一に論じてしまうと、逆に法会のもつダイナミックスを見失ってしまうのではなかろうか。『東大寺要録』の元興寺献歌のように、正儀において厳粛に奉献される歌に対して、「にぎわい行事」において、皆で楽しく歌われる歌もあったのだろう。その緊張と緩和の落差から、法会のダイナミックスも生まれてくるのではないか、と思う。『私注』のように「終日音樂を供養したとあるから、むつかしい説教などは手早く濟んで、皇后を中心として會衆相樂しんだものであらう。」とまで言うのは憚られるけれども、法会にも緊張と緩和のダイナミックスがあったことは間違いない、と思う。

以上のことがらに関連して、吉川法会論文が、その論文注（23）において黄葉上野論文を批判している点についても、反論を試みたい、と思う。土器の裏面の墨書の多くは、その土器の帰属する官司や寺院であることは、よく知られた事実である。貸し出された際に、他所の土器と混同されて、返却されない場合があることを予め想定して、その帰属先を書いておくものと思われる。ところが、土器の裏面に「黄葉」とあるので、黄葉上野論文では、これを酒令具ではないかと考えた。具体的には詩宴の詠題などを決めるための道具と考えたのであった。酒がつがれて出された場合、裏面に書かれているので、酒を飲み干さなくては、裏面を見ることができない。酒を飲み干して、自分に与えられる詠題がわかるという趣向である。この酒令具説については、発表当初から批判があった。黄葉と書かれた土器が複数出土しているのに対して、他に歌語や詩語となるべき語を記した墨書土器が出土していないからである〔井上　二〇一一年〕。

そして、吉川法会論文においても、新たに批判を受けた。吉川は、古代寺院において、歌詠を伴う宴が行なわれたことについては、事例があるけれども、酒宴が催されたことを証明できる事例がなく、この点を鋭く指摘して酒令具説を否定したのであった。吉川は「ましてや律令体制期の寺院法会で酒がふるまわれた事例は管見に入らない」として「酒宴説の根拠をぜひ知りたいと思う」と述べている。その上で、吉川は、「例えば「黄葉」で名高い寺院や「黄葉会」といった法会の通称を示すものかもしれない」という代案を示している。

筆者は、「にぎわい行事」は遊宴と親和性の高い場であると説いてきたわけであるが、率直に言って、今、井上と吉川の批判に答えられる材料を持ち合せていない。ゲーム用なので同一のものが複数枚出土する可能性もあるはずだ、または、仏教には不飲酒戒があるといっても、それほど徹底されていたのか、などと反論してみたところで、議論は堂々巡りになるばかりだろう。おそらく、酒令具説が成り立つためには、土器の裏面に墨書をして、何らかのゲームをしたという事例が集積され、出土した黄葉墨書もそのひとつであると認められる必要がある。今は、酒令具説が劣勢にあることを、素直に認めたいと思う。

その一方で、仏典にある「黄葉」が、土器に記されたとする井上代案が成り立つためには、仏典の用語が、土器の裏面に書かれている事例が集積される必要がある。また、黄葉の美しい寺院名や、黄葉会といった法会名が「黄葉」と書き留められたとする吉川代案が成り立つためには、そういった花鳥風月に関わる寺院名や法会名を墨書した土器の事例が集積されなければならない。吉川法会論文が指摘した通り、酒令具説は、「無理の多い解釈」であることは、これを素直に認めるけれども、井上代案、吉川代案にも、酒令具説同様に立証されなくてはならない課題は残っている。現段階においては、各説どれも試案であるといわねばなるまい。

六　秋萩木簡の用途と制作意図を推定する

本節は、吉川法会論文の批判論文であるが、吉川法会論文は歌木簡の今後の研究に新しい視点を切り拓く視座を提案していて、蒙を啓かれる点も多い。その一つは、ヤマト歌を紙以外のものに書いて示す事例を掲げて、その用途を考えようとした点である。吉川は、『日本霊異記』の上巻第四縁を示して、歌が木簡、金属片、石などに刻まれることの意味を問おうとしている。これは、歌を書いた木簡のみを考察の対象として、その用途を考えてきたこれまでの研究になかった新視点である。聖徳太子のいわゆる行路死人尸解仙説話は、『日本書紀』『万葉集』などにも伝えられていて、古代社会において広く伝承、展開された説話である。

後に乞匃人《かたゐ》、他処《ことどころ》にして死ぬ。太子聞きたまひて使《みつかひ》を遣りて殯《はぶり》せしめたまふ。崗本村《をかもとむら》の法林寺の東北《うしとら》の角に有る守部山に、墓を作りて収め、名《なづ》けて人木墓《ひときばか》と曰《のたま》ふ。後に使《みつかひ》を遣りて看《み》しめたまへば、墓の口開かずして、入りたる人無し。ただし歌のみを作りて書きて墓の戸に立つ。歌に言はく「いかるがのとみのをがはのたえばこそわがおほきみのみなわすられめ」といふ。使還りて状《かたち》を白《まう》す。太子聞きたまひて嘿然《もだ》して言《のたま》はず。誠に知る、聖人《ひじり》は聖《ひじり》を知り凡夫《ただひと》は知らず、凡夫の肉眼《にくげん》には賤しき人を見、聖人の通眼《つげん》には隠れたる身を見る、と。斯れ奇異《あや》しき事なり。

（『日本霊異記』上巻「聖徳皇太子異しき表を示す縁　第四」出雲路修校注『日本霊異記（新日本古典文学大系）』岩波書店、一九九六年）

聖徳太子は、ある日、崗本村の路傍で乞匃人に出逢う。病を得た乞匃人に対して、自らの衣を脱いで着せるのだが、行幸の帰りに、そこを見ると、着せてやった衣だけがあるのみで、乞匃人はいなくなっていた。後に別のところで亡くなった乞匃人を太子は丁重に弔い、墓を作って死体を収めたという。ところが、後に使いをやって、墓を検分させると墓の口を開いた形跡などないのにもかかわらず、歌を記したものがそこに置かれていたという。いわゆる「尸解仙」の話で、その乞匃人が「聖」であることを太子は、太子自身がもつ聖人の「通眼」によって見通していたという説話である。そのいわんとするところは、太子が常人ではなく聖人であったという点にある。乞匃人の歌は、常人には賤しき人と見えた人物が、じつは聖であったということを示す証拠となるもので、物語の展開上、大切な役割を果たしている。吉川は、歌が記されていたモノを「歌木簡のような書記媒体」とし、「和歌を掲示・伝達する役割」を持つものとして注目したのであった。

もちろん、これは説話であって、実際にあった話ではないけれども、木片にせよ、金属片にせよ、実際にヤマト歌がそのようなモノを使って掲示、伝達されていたことを背景にしていると考えられる。

もう一つ、吉川が着目したモノがある。それが仏足石歌碑である。吉川は現存する歌碑の形態から、もともとは歌木簡に記されていた歌々が石碑として写し取られたと指摘する。ために、石碑の字高、法量などに、歌木簡のサイズが反映されたとみているのである。ただし、現段階においては、筆者は吉川の推定には従えない。従えないというよりも、吉川説を実証する方法がないと考える。おそらく、石刻に際しては、紙に歌々は写し取られ、それを石に付着させた上で、石刻がなされたと考えられるけれども、吉川がいうように歌木簡を並べたときの法量、サイズ感がそのまま残って、それを石刻碑に確認できるとは思えないからである。しかしながら、行路死人尸解仙説話と仏足石歌碑を示して、歌木簡の用途を考えようとした点は、高く評価したい。

吉川法会論文を読んで、筆者は次のように考えた。おそらく、木片や石にヤマト歌を記すのは、歌を記したモノ

（物体）を制作したいという欲求を契機とするはずである。ことに石の場合は、永久的に歌を残したいという強い意志があり、かつそれを叶える経済力がなくてはなるまい。木片の場合は、石ほどに永久的ではないけれど、石よりは安価にこれを残すことが可能だ。考課木簡などとは異なり、木や石に歌を記しても、なんらの実用性もない。おそらく、一次的には歌詞カードのような役割を果たすこともあったであろうが、それが終われば、飾ることを前提としていたはずだ。吉川が強調する「回覧・展観」の用である。ここで、想起したいのは、前述の河原寺の仏堂の裏にあった倭琴の面に書きつけてあったといわれるヤマト歌のことである（巻十六の三八四九、三八五〇）。楽器は、奏でるモノであると同時に、見て愛でるモノでもある。こういった歌が残っているのは、モノに歌を書きつけて残そうとしたからであり、またそれを飾って多くの人に見せることもあったからであろう。

　では、紙媒体に残すのとは、どう違うのであろうか。紙木併用の状況下においても、紙が貴重であったから、木片が日常的に使われていたということは、おそらく事実であろう。しかしながら、秋萩木簡や春草木簡の場合は、モノとして残し、不特定多数の人間に見せるものであったと考えられる。そのため、それに用いられる表記は、「ハレ」の表記とみてよい。もちろん、紙に書いても、広げたり、貼り出したりすれば掲示、伝達は可能である。しかし、木片や金属片に記せば、これを物体として不特定多数の参会者に示すことができる。手っ取り早くいえば、それをモノとして展示することができるのである。誤解を招くことになるかもしれないが、これは賞状とトロフィーの関係に似ているかもしれない。もちろん、賞状も飾ることはできるのだが、トロフィーには、物体として、その栄誉を表象する役割がある。吉川法会論文からその視座を学び、以上のように、石や木片に歌を記す意味を、筆者は考えている。

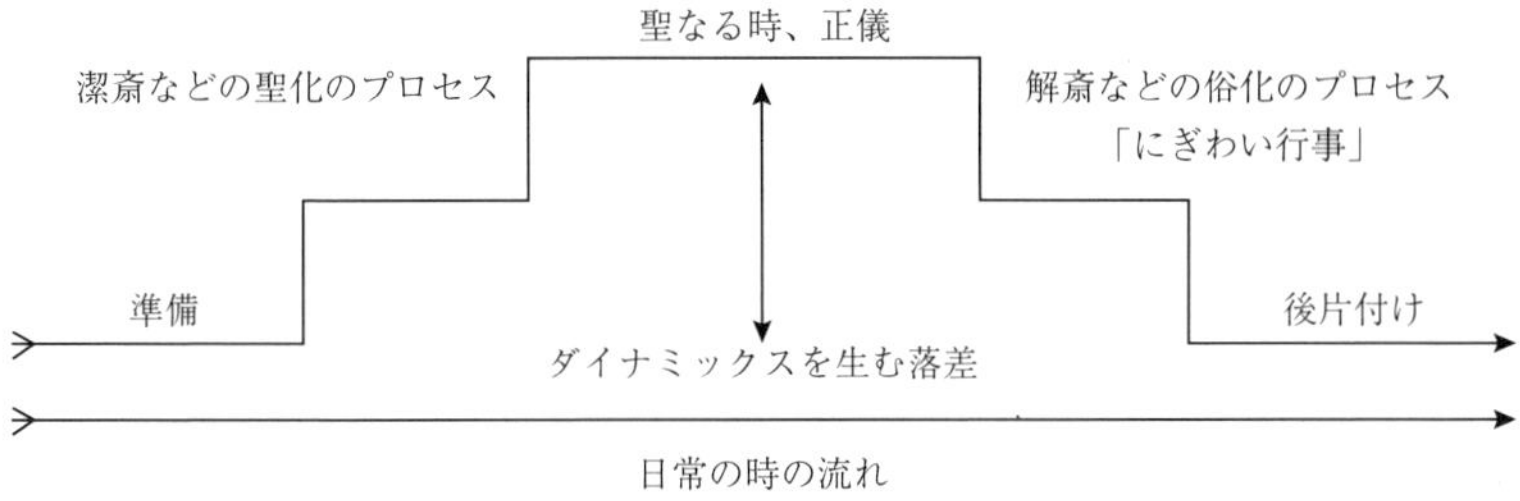

図4-3　正儀と「にぎわい行事」のダイナミックス

筆者作成。

おわりに

じつは、吉川と筆者の主張には、重なる点も多い。しかし、なぜこれほどまでに、対立してしまうのだろうか。おそらく、その根源は、研究の立脚点や方法が異なり、吉川と筆者では、法会に対する考え方がまったく異なるからであろう。吉川は、歴史学の方法で、史料から帰納法的に法会を復元してゆく。対して、筆者は、民俗学の方法で、演繹的に、これを復元する。史料も一つの手掛かりにすぎないとみて、古代も現代も、祭や法会のダイナミックスは、そう大きくは変わらないものだろうと大掴みに考え、古代の法会を復元してゆく〔上野　二〇〇一年〕。だから、不用意に見えるかもしれないけれども、「にぎわい行事」という用語を馬場南遺跡上野論文では、使用したのである（図4-3）。そして、法会といえども、はやりの歌を参会者が楽しむこともあろうから、すべてを仏教に結びつけて考える必要などないと考えた。吉川から見れば、筆者の法会観は放縦なものと見えるかもしれない。対して、筆者から見れば、ヤマト歌のあり様を一面でのみ捉える吉川の考え方はあまりにも窮屈だ。

吉川法会論文は、その「結語」において、官人社会と寺院社会は律令体制の「双生児」であるけれども、それぞれの規範と構造は異なると説いている。その上で、古代の法会を官人社会のヤマト歌から類推することの弊を指摘している。馬場南遺跡上野論文が、厳しい批判の対象となったのは、大きくみれば、この点に根源があると思われる。筆者は、こと「にぎわい行事」についてみれば、官人の遊宴と親和性がきわめて高いと考えているからだ。

そこで、本節においては、なるべく吉川の考え方を取り入れて、拙稿の足らざる点を反省的に捉え直してみた。むしろ、吉川法会論文の美点を取り入れて、自説を補強していったつもりである。多々、修正点もあるけれども、その凡そにおいて、馬場南遺跡上野論文の自説を、現段階においては、撤回したくない。今は、吉川の再反論を心静かに待ちたい、と思う。次章においては、自然と庭と神との関係について考えてみたい。

注

（1）ただし、小規模かつ特異な山林寺院であることを考え合わせると、邸宅、離宮、別業などの建物が、後に寺院に施入された可能性も、わずかながら残っていると筆者は考えている。

（2）筆者も、発掘当初、熟覧の機会を得たが、「越中守」については、墨書の跡とは認められるものの釈読できなかった。この「越中守」については、これを「馬」の習字とする意見もあるところである〔竹本　二〇一四年〕〔吉川　二〇一六年〕。ただ、釈読案については、多くの木簡を釈読してきた研究者たちの判断であり、今は「越中守」という釈読に従っておきたい。もちろん、再度の熟覧を希望するが、筆者の学力ではこれを釈読することは不可能であると思われる。おそらく、墨痕が残りやすい起筆部やはらい、止めの部分の検討から、そのように釈読されたはずである。したがって、学力なき者の再度熟覧は脆弱な木簡を痛めるだけであるので、筆者はこれを辞退したいと思う。学力のない筆者が見ても、新見が得られるはずもないからだ。一次資料を研究資料とするためには、熟覧は不可欠であるが、その熟覧が許されるためには、研究機関に人的ネットワークを有する必要があり、すべての研究者に平等に熟覧が保証されるわけではない。したがって、個人の論文の執筆のために、筆者自身は、熟覧を木簡の保管機関に求めることは極力避けたい、と考えている。ゆえに、今は、『木簡研究』の釈読案を採用したい〔伊野　二〇〇九年ａ〕。

（3）一部意見の相違があることを認めつつ、その大枠において、馬場南遺跡上野論文の見通しを是とする論も発表されている〔井上　二〇一一年〕〔遠藤　二〇一三年〕。

（4）ただ、春草木簡は、字の向きと字形が、秋萩木簡ほどには、安定していない。それでも、同じような工夫がなされていると思われる。

（5）もちろん、批判もあり、燃灯供養が夜間に行なわれたことを考えれば、木簡の文字が明確には判読できないのではないかという批判もある〔遠藤　二〇一三年〕。筆者は逆に、そういう悪条件下においても、なるべく読みやすいようにする工夫があると考えている。

（6）ちなみに、秋萩木簡と仏前唱歌を結びつけて、最初に考察したのは犬飼隆である〔犬飼　二〇〇九年〕。

（7）ここでいう「讃嘆」とは、仏菩薩の徳を讃えることをいうが、具体的には歌や音楽で讃仰することになるので、「にぎわい行事」ということになる。

（8）「はやり」という用語を使うことに、違和感をもつ読者も多いと思う。同時代において、多くの類歌をもち、宴の席などで披露されていたことを念頭において、ここでは「はやり」という言葉を用いることにした。

（9）ただ、『東大寺要録』に収載されている大仏開眼会讃歌のヤマト歌を、八世紀中葉の歌と認定するには、考えておくべきことがある。早くに、蔵中進が指摘しているように、上代特殊仮名遣の乱れがあるのである〔蔵中　一九七六年b〕。蔵中は、伝世の間の転写、補修のために発生した誤記ではなく、歌の書記者と書記上の問題によって発生した違例とみている。つまり、上代特殊仮名遣が崩壊した以降のものと捉えるのである。ただ、そうとばかりはいえないだろう。『東大寺要録』は、実用性が高い書物であったから、多く改訂が行なわれつつ伝来した書物であった。したがって、その書写態度は、必ずしも、あるがままに写し取ろうとする書写態度とはいえない。時々の書写時点で、その時代の知識が反映され、いわば合理化されていったところもあるはずである。やはり、その点は、考慮しておくべきであろう。したがって、筆者は、上代特殊仮名遣の乱れは、伝世間の改変を経るうちになされたものであるが、歌の成立は蔵中と同じく八世紀中葉でよいと考えている。

参考文献

市村　宏　一九六四年「万葉集と仏教」『万葉集新論』東洋大学通信教育部。
犬飼　隆　二〇〇九年「木簡に歌を書くこと」『木簡研究』第三十一号所収、木簡学会。
伊野近富　二〇〇九年a「京都・馬場南遺跡」『木簡研究』第三十一号所収、木簡学会。
——　二〇〇九年b「山背国相楽郡神雄寺の発見——木津川市馬場南遺跡の検討」『木簡研究』第三十一号所収、木簡学会。
井上さやか　二〇一一年「『黄葉』の宴——万葉歌と墨書土器のあいだ」『万葉古代学研究年報』第九号所収、奈良県万葉文化館。
井村哲夫　一九八六年「遊藝の人憶良——天平万葉史の一問題」『赤ら小船　万葉作家作品論』和泉書院、初出一九八二年。
——　一九九七年「天平十一年『皇后宮之維摩講仏前唱歌』をめぐる若干の考察」『憶良・虫麻呂と天平歌壇』翰林書房、初出一九九二年。
上野英二　一九九五年「和歌」『古典文学と仏教（日本文学と仏教　第九巻）』所収、岩波書店。
上野　誠　二〇〇一年『芸能伝承の民俗誌的研究——カタとココロを伝えるくふう』世界思想社。
——　二〇一〇年「発表（一）『万葉歌木簡と万葉集研究（『馬場南遺跡が語るもの』シンポジウム記録）』」上田正昭監修『天平びとの華と祈り——謎の神雄寺』所収、柳原出版。
上原真人　二〇一〇年「神雄寺の彩釉山水陶器と灌仏会」京都府埋蔵文化財調査研究センター編『京都府埋蔵文化財論集』第六集所収、同研究センター。
遠藤慶太　二〇一三年「木簡の歌と歌語り——歌の儀礼を視野に入れて」『万葉古代学研究年報』第十一号所収、奈良県万葉文化館。
荻美津夫　一九七八年『日本古代音楽史論』吉川弘文館、初版一九七七年。
小野功龍　二〇一四年『仏教と雅楽』法蔵館、初版二〇一三年。

亀井勝一郎　一九七四年　「万葉集への影響」『亀井勝一郎全集』第十七巻、講談社、初版一九七一年、初出一九五九年。

菊地良一　一九七六年　「序論　仏教思想の文芸的領域」『古代・中世　日本仏教文学論』桜楓社。

木津川市教育委員会編　二〇一四年　『神雄寺跡（馬場南遺跡）発掘調査報告（木津川市埋蔵文化財調査報告書　第十六集）』木津川市教育委員会。

京都府埋蔵文化財調査研究センター　二〇〇八年　「馬場南遺跡出土遺物記者発表資料」同研究センター。

――　二〇〇九年a　「馬場南遺跡現地説明会資料」同研究センター。

――　二〇〇九年b　第百十二回埋蔵文化財セミナー資料『天平の貴族と万葉木簡』同研究センター。

――　二〇一〇年　『京都府遺跡調査報告集』第百三十八集、同研究センター。

蔵中　進　一九七六年a　「大仏開眼会の漢詩」『萬葉』第九十一号所収、萬葉学会。

――　一九七六年b　「大仏開眼会の短歌」『神戸外大論叢（創立三十周年記念特集）』第二十七巻第一～三号所収、神戸市外国語大学研究所。

小峰和明　二〇〇九年　『中世法会文芸論』笠間書院。

栄原永遠男　二〇〇三年　「大仏開眼会の構造とその政治的意義」『都市文化研究』第二号所収、大阪市立大学大学院文学研究科。

――　二〇〇四年　「万葉集をめぐる仏教的環境――正倉院文書と万葉集」『萬葉』第百八十七号所収、萬葉学会。

――　二〇〇七年　「木簡として見た歌木簡」『美夫君志』第七十五号所収、美夫君志会。

――　二〇一〇年　「あきはぎ木簡を見なおす」上田正昭監修『天平びとの華と祈り――謎の神雄寺』所収、柳原出版。

――　二〇一一年　『万葉歌木簡を追う（大阪市立大学人文選書二）』和泉書院。

榊　泰純　一九八〇年　「古代寺院と和歌――和琴と和歌」大正大学国文学会編『文学と仏教　第一集　迷いと悟り』所収、教育出版センター。

佐竹昭広　一九九四年　「無常――『万葉集』再読」『岩波講座　日本文学と仏教第四巻　無常』所収、岩波書店。

清水眞澄　二〇〇八年「法会と歌詠――ウタ・歌謡・和歌の水平」『日本における宗教テクストの諸位相と統辞法』所収、名古屋大学大学院文学研究科。
末木文美士　一九九三年「『万葉集』における無常観の形成」『日本仏教思想史論考』大蔵出版、初出一九八二年。
杉本一樹　一九九三年「正倉院宝物はなぜ国際色豊かなのか」『新視点　日本の歴史　第三巻　古代編Ⅱ』所収、新人物往来社。
竹本　晃　二〇〇九年「万葉歌木簡一考――あさなぎ木簡」『万葉古代学研究所年報』第七号所収、同研究所。
――
辰巳正明　二〇一四年「『あきはぎ木簡』の釈読について」『万葉古代学研究所年報』第十二号所収、同研究所。
田村圓澄　一九九七年「仏教と詩学――維摩講仏前唱歌について」『万葉集と比較詩学』おうふう、初出一九九五年。
多屋頼俊　一九七三年「万葉集と仏教」久松潜一監修『萬葉集講座第二巻　思想と背景』所収、有精堂出版。
――　一九九二年『和讃史概説（多屋頼俊著作集　第一巻）』法藏館、初版一九三三年。
――　一九九三年『和讃の研究（多屋頼俊著作集　第二巻）』法藏館、初版一九九二年。
津田左右吉　一九八〇年「貴族文学の時代　第一篇　第五章」『文学に現はれたる我が国民思想の研究（一）』岩波書店、初版一九七七年、初出一九一六年。
土橋　誠　一九八九年「維摩会に関する基礎的考察」直木孝次郎先生古希記念会編『古代史論集（下）』所収、塙書房。
筒井英俊編纂・校訂　一九八二年『東大寺要録』国書刊行会、初版一九七一年、原本発行一九四四年。
富原カンナ　二〇〇五年「『方丈』考」『和漢比較文学』第三十五号所収、和漢比較文学会。
――　二〇〇七年「『維摩経』受容の問題――『方丈』の語をめぐって」『萬葉』第百九十七号所収、萬葉学会。
中野方子　二〇〇〇年「古今集歌と仏教語――法会の歌」『和歌文学研究』第八十号所収、和歌文学会。
林屋辰三郎　一九六六年『中世芸能史の研究――古代からの継承と創造』岩波書店、初版一九六〇年。
平野仁啓　一九六六年『古代日本人の精神構造』未來社。
廣岡義隆　二〇一五年「第六節　佛足跡歌体について」『佛足石記佛足跡歌碑歌研究』和泉書院、初出一九八九年。

北條朝彦　二〇〇四年「『市原王』考」水野柳太郎編『日本古代の史料と制度』所収、岩田書院。
松本信道　二〇〇六年「『万葉集』巻六所載『元興寺之僧自嘆歌』の成立の背景」『駒澤大学仏教文学研究』第九巻所収、駒澤大学仏教文学研究所。
間中冨士子　一九七二年「萬葉集及び仏足石歌に現れた仏教語・仏教思想」『国文学に摂取された仏教』文一出版。
宮城洋一郎　一九八六年「東大寺大仏開眼供養会の一考察」日本佛教史の研究会編『木村武夫先生喜寿記念　日本佛教史の研究』所収、永田文昌堂。
山田孝雄　一九五五年「萬葉集に仏教ありや」『萬葉集考叢』寶文館、初出一九五三年講演筆記録。
吉川真司　二〇〇一年「悔過会――山林の阿弥陀浄土」堀池春峰監修・綾村宏他編『東大寺文書を読む』思文閣出版。
――　二〇一六年「法会と歌木簡――神雄寺跡出土歌木簡の再検討」『萬葉集研究』第三十六集所収、塙書房。
渡辺晃宏　二〇一〇年「馬場南遺跡と橘諸兄の相楽別業」上田正昭監修・京都府埋蔵文化調査研究センター編『天平びとの華と祈り――謎の神雄寺』柳原出版。
――　二〇一二年「新刊紹介　栄原永遠男著『万葉歌木簡を追う』」『木簡研究』第三十四号所収、木簡学会。

〔補説〕

吉川法会論文が、斯界を代表する『万葉集研究』に掲載されたことや、吉川、上野の論争が一部のマスコミに取り上げられたこともあり、本節前節の論争について、多くの意見が寄せられている。そのすべてを紹介することはできないが、一部を紹介しておきたい。

犬飼隆よりは、歌の書かれた木簡の使用法の推定について、和琴の利用、儀式との関係について、氏が新しい見解を出していることを知らされた。その考えの一部は、『儀式でうたうやまと歌――木簡に書き琴を奏でる』（塙書房、二〇一七年）に示されている。犬飼も、本書と同様に儀式や音楽ことに和琴との関係を強調する立場であると、筆者は考える。犬飼の見解もさまざまに展開しており、もちろん私見とも意見を異にする部分は多いが、また重なる点も多いと筆者は考える。

内田賢徳よりは、書くという行為のあり方が、その書かれた物体の使用法によって異なる点を今後、充分に問う必要がある、との公開書簡をもらっている。東野治之、吉田一彦、村田右富実の三氏よりは、儀礼のウチとソトで議論した場合、ウチとソトの関係は、連続している場合もあるし、断絶している場合もあるので、論争の決着が付きにくいのではないか、との指摘を受けた。鉄野昌弘、曽根正人の両氏よりは、仏教との関係を説く場合、問題とする仏教というものの内実を明確にしなくてはならないとの指摘を受けた。経典教理のような理念、また仏教儀礼であっても公私や規模など、さまざまなかたちがあり、その内実を問わない限り、法会との関係の分析は難しいとの指摘を受けた。

また、いくつかの研究会では、この論争をめぐる検討会も開かれており、今後、大きく研究が進展することが予想される。加えて、脊古真哉、近藤信義、多田一臣の三氏からは、文学研究と歴史研究の共同研究のあり方について、さまざまな提言をいただいた。吉川真司よりの再々反論の可能性もあり、現在進行形の論争ではあるが、これもまた万葉文化論の「今」であると考え、あえて収載の決断をしたことを付しておく。

初　出

「秋萩木簡と仏前唱歌と——吉川真司氏の批判に答える」『萬葉』第二百二十四号、萬葉学会、二〇一七年。

第五章　自然と庭の万葉文化論

この二十年、筆者は多くの古代庭園の発掘現場に赴くことができた。これらの発掘によって、古代の庭園のありようが、徐々に明らかになりつつある。庭園は、あるがままの自然ではない。あるべき自然であり、第二の自然といえよう。では、あるがままの自然があるにもかかわらず、なぜ第二の自然が必要なのか、という問題を考えてみたい。それは、人間と動物との関わりについてもいえることであろう。本章においては、外部化、対象化された「自然」について考えてみたい。

第一節　古代の祭場、ミモロ

イザナキノミコトの
涙からなったという泣沢の神社《もり》
その神社に神酒をお供えして
祈ったけれども……
　わが大君は
高い高い天に昇ってゆかれた
大君がよみがえることはなかった――

（巻二の二〇二釈義）

はじめに

奈良県明日香村の川原というムラ（大字）に、天王社という小さな〈神社〉がある。といっても、社殿があるわけではない。そこには、榊の樹があって、樹を囲むように垣根が巡っているだけである。さらに、その前には小さな石灯篭が二基、ひっそりと建っている。不思議に思って聞いてみると、かつては小さいながらも社殿があったのだが、いつの頃か火災で焼けてしまったという話である。そのうち、ムラでの話がまとまり本殿を再興しようということになったのだが、焼け跡から榊が生えてきたので、再び寄り合いをもち、榊をご神木として本殿の代わりにお祀りをすることにした、という。それは、榊を伐って本殿を建てると祟りが起きるとムラの人びとが判断したからである。ただ、ムラの外部の人間にも、ここが〈神社〉であることがわかるように垣根を作ったのだ、という話を聞いた。場所は有名な亀石の近くで、旧伊勢街道に面しており、その「天王社」には今もって社殿がない。聞くところによると、かつては、荒ぶる疫病の神として、どんなに偉い殿様も、社頭を通るときには下馬して拝礼した、という。

この話を聞いた筆者は、何人もの話者に、いつの時代の話か聞き出そうとしたが、「昔……」とか「何代か前……」と言うだけで、歴史的事実として、それを確認することはできなかった。おそらく、当該の〈神社〉に社殿が存在しない理由を説明するいわば「言い伝え」であったから、この場合、話に時間軸を必要としなかったのだろう（起源説明譚）。ムラの人びとにとっては、社殿がないという現今の状況が説明されればよいのであるから、たとえそれが歴史的事実であったとしても、「昔」でよいのである。

当時、大学院生であった筆者がなぜこの話に固執したかというと、ムラの人びとが本殿の再興をあきらめたことによって、樹木を直接に崇拝する古代的な信仰形態に戻ったと判断したからであった。そして、樹木を垣根で囲むという行為に、〈神社〉の発生を重ね合わせることができるのではないかと――、若き民俗学徒は胸をときめかせたのである。しかし、それは全く時間軸のない、実態を踏まえない観念的な空論として批判されなければならないだろう。そこには、民俗学という学問の面白さも、危うさもあるのである。

岡田精司は、こういった発生論的視座の有効性も危険性も考慮に入れながら、〈神社〉成立の条件を次のように整理している。第一に一定の祭場と祭祀対象の存在。第二に祭る人の組織の存在。そして、第三に祭りのための常設の建造物の存在を挙げている。岡田はこの三条件のうちでも、三番目の常設的宗教施設の存在が決定的であるとしている〔岡田　一九八五年〕。こういった三条件を踏まえることによって、発生ということを歴史的に位置付けることができる、といえよう。

本節では、岡田の示した三条件を念頭において、万葉歌の表現から、古代の祭場のありようを推察してみたい、と思う。なお、本節においては、岡田が指摘する三条件を満たして運営されていると思われるものを〈神社〉と書き示し、古典のなかに書かれている文字表記を問題にするときには「神社」と書き分けることにする。

一 「神社」と「モリ」

『万葉集』では、「神社」と書いて「カミノヤシロ」[1]と訓ずる場合と、「モリ」と訓ずる場合とがある。「神社」を「モリ」と訓む例は、次項に掲げる「『万葉集』における「モリ」の用例」のうちの7、9、14を挙げることができよう。そう訓む積極的な根拠を早くに示したのは、武田祐吉であった。武田は、用例9の注釈において「『神社』をモリと訓むのは、森林を神座として崇敬することによる。森林を標して神の處とし、從つて神社の基となったのである」と述べている[2]〔武田 一九四三年〕。つまり、武田は、常設の宗教施設が神を臨時に迎える聖地に成立した歴史を想定し、それを付訓の根拠としているのである。実際に、用例9の「泣沢神社」に比定されている式内・畝尾都多本神社（現・奈良県橿原市木之本町鎮座）には本殿が無く、井戸を神体として、拝殿のみが存在している〔上野一九九七年c〕。武田のこうした考え方の背景には、当時「神道考古学」なる学問を創唱して、神社の発生について活発な議論をしていた大場磐雄の研究があるものと思われる〔大場 一九四三年および一九七〇年〕。大場は、祭祀遺跡の発掘事例から、樹木や岩石に対する自然崇拝が、どのように社殿の成立を促したのか、このころ積極的に論じようとしていた。簡単にいえば、山、樹木、岩石などを神座（かみくら）と考え、それが家型の神座たる社殿に発展する、という考え方である。

しかしながら、万葉の時代は、社殿をもった〈神社〉もすでに存在していた時代であった。そういった時代に、「神社」を「モリ」と訓む背景には、常設的宗教施設がなくても、モリを社殿と認める考え方が存在していた、と思われる。『出雲国風土記』秋鹿郡に、次のような条がある。

足高野山。郡家の正西一十里廿歩なり。高さ一百八十丈、周り六里なり。土体豊沃え、百姓の膏腴なる園なり。樹林なし。但、上頭に樹林在り。此れすなはち神つ社なり。

（『出雲国風土記』秋鹿の郡、足高野山条、植垣節也校注・訳『風土記（新編日本古典文学全集）』小学館、一九九七年）

傍線部の「但上頭在樹林。此則神社也。」の記述は、むしろ社殿のない〈神社〉を奇異としながらも、それを〈神社〉と認めている言い回しであろう。つまり、社殿のある〈神社〉を常態とした時代には、社殿がないことの説明が必要なのである。この『風土記』の記事の場合、樹木をもって社殿とみなす、という説明がなされている。

以上のような予備的考察を踏まえつつ、本節では、「モリ」と「ミモロ」という言葉に注目して論を進めてゆきたい、と思う。臨時に神を迎える祭場に、常設的宗教施設（＝社殿）が成立していった歴史を、万葉歌語はどのように背負っているのだろうか。

二　『万葉集』における「モリ」の用例

そこで、まずは『万葉集』において、「モリ」と訓ずることのできる用例を集めてみよう。ただし、テキストは、小島憲之他校注・訳『万葉集（新編日本古典文学全集）』①〜④（小学館、一九九四年〜一九九六年）を参考とし、一部私意により改めて掲げるものとする。なお、諸本間で揺れの大きい「杜」「社」の異同も[3]、前記のテキストの校訂に従っている。

▼地名＋〔ノ〕＋モリ（〜の森）

1　神奈備の　磐瀬のモリ（社）の　呼子鳥　いたくな鳴きそ　我が恋増さる
（巻八の一四一九）大和・竜田・磐瀬

2　神奈備の　磐瀬のモリ（社）の　ほととぎす　毛無の岡に　いつか来鳴かむ
（巻八の一四六六）大和・竜田・磐瀬

3　もののふの　磐瀬のモリ（社）の　ほととぎす　今も鳴かぬか　山の常陰に
（巻八の一四七〇）大和・竜田・磐瀬

4　山科の　石田のモリ（社）に　幣置かば　けだし我妹に　直に逢はむかも
（巻九の一七三一）山背・石田

5　山背の　石田のモリ（社）に　心鈍く　手向したれや　妹に逢ひ難き
（巻十二の二八五六）山背・石田

6　……千年に　欠くることなく　万代に　あり通はむと　山科の　石田のモリ（社）の　皇神に　幣取り向けて　我は越え行く　逢坂山を
（巻十三の三二三六）山背・石田

7　真鳥住む　雲梯のモリ（神社）の　菅の根を　衣にかき付け　着せむ児もがも
（巻七の一三四四）大和・雲梯

8　思はぬを　思ふと言はば　真鳥住む　雲梯のモリ（社）の　神し知らさむ
（巻十二の三一〇〇）大和・雲梯

9　泣沢の　モリ（神社）に神酒据ゑ　祈れども　我が大君は　高日知らしぬ
（巻二の二〇二）大和・泣沢

10　かくしてや　なほやなりなむ　大荒木の　浮田のモリ（社）の　標にあらなくに
（巻十一の二八三九）大和・浮田

11　紀伊の国に　止まず通はむ　妻のモリ（社）　妻寄しこせね　妻と言ひながら〈一に云ふ、「妻賜はにも　妻と言ひながら」〉
（巻九の一六七九）紀伊・妻

12　思はぬを　思ふと言はば　大野なる　三笠のモリ（社）の　神し知らさむ
（巻四の五六一）筑紫・大野の三笠

13　妹が家に　伊久里のモリ（母里）の　藤の花　今来む春も　常かくし見む
（巻十七の三九五二）伊久里、ただし場所不明

▼コ＋〔ノ〕＋モリ（この森）

14　木綿掛けて　斎ふこのモリ（神社）　越えぬべく　思ほゆるかも　恋の繁きに
（巻七の一三七八）不明

▼ナ＋〔ニ〕＋オヘル＋モリ（名に負へる森）

15　……君が見む　その日までには　山おろしの　風な吹きそと　うち越えて　名に負へるモリ（社）に　風祭りせな
（巻九の一七五一）大和・竜田・磐瀬

▼モリ＋〔ニ〕＋ハヤ＋ナレ（森にはやなれ）

16　朝な朝な　我が見る柳　うぐひすの　来居て鳴くべき　モリ（森）にはやなれ
（巻十の一八五〇）不明

以上の用例のうち、仮名書きである13と、「森」とある16を除くと、他の用例は「ヤシロ」ないし「カミノヤシロ」と訓む可能性が皆無というわけではない。しかしながら、三音節や六音節に訓むのでは字余りとなってしまい、ここに挙げた傍線部の用例は、すべて「モリ」と訓まれるべきものである、といえる。

まず、通覧してわかることは、その多くがモリに対する祈願や手向けに関わるものである、ということである。

旅の安全や恋の成就といった個人的な祈願の場になっているところに、当時のモリの信仰の一端を垣間見ることができよう。モリと恋情とが結びついて、歌が発想される例も多い（1・4・5・7・8・11・12・14）。しかし、それはモリへの信仰をそのまま映し出しているのではない。そのように歌うことに、歌としての発想の類型性があったのだ、ということを忘れてはならない。

次に注目したいのは、〈地名＋ノ＋モリ〉という用例が、一六例のうち一四例を占める、ということである。地名を冠するのは、モリが至る所にあり、どこのモリか弁別して表現するためであろう。しかし、それだけではないだろう。武田祐吉がいうように、その土地の神の「神霊の気」を感じさせるのがモリであったからである、と思われる〔武田　一九七三年b〕。そこで、モリの用例を土地ごとに整理してみよう。

大和国
磐瀬（いわゆる竜田の「カムナビ」で、奈良県生駒郡斑鳩町稲葉車瀬のモリに比定）……1・2・3・15
雲梯（「出雲国造神賀詞」に登場する「カムナビ」で、奈良県橿原市雲梯町の河俣神社に比定）……7・8
泣沢（前掲）……………………………………………9
浮田（奈良県五條市今井町荒木山の式内・荒木神社に比定）……………10
山背国
石田（京都市山科区小山神無森町あたりに比定）……………………4・5・6
紀伊国
妻（和歌山県橋本市妻あたりに比定）…………………………………11
筑紫

以上のような整理によってわかることは、大和国以外のモリが詠み込まれている例も少なからず存在する、ということである。これは、「カムナビ」や「ミモロ」という万葉歌語とは、決定的に違うところである。『万葉集』においては、カムナビといえば明日香のそれを指す例が圧倒的に多く、明日香川とともに旧都・明日香を代表する景であったことについては、かつて述べたことがある〔上野　一九九七年b、初出一九九五年〕。対して、明日香のカムナビや、三輪山、春日山の神地を、単に「モリ」とのみ呼称することはないのである。けれども、前述の山が、神のいます樹林に覆われた地であることは、万葉歌にも表れているところである。それは、当該の地が逆にモリのなかでも特別のモリであったことを表している、と思われる。以上の内容を踏まえつつ、万葉の「ミモロ」について考えてみよう。

三　「ミモロ」の意味

まず、「ミモロ」という語の解釈について、現在の研究水準を示す辞典の記述から見てみよう。『時代別国語大辞典上代編』は、

【みもろ】（名）神の降り来臨する場所。神を斎き祀る樹叢。神社《もり》。また、神座としての樹。神木・神籬の類。

（上代語辞典編集委員会編『時代別国語大辞典　上代編』三省堂、一九六七年）

としている。続く【考】では、その語源を「ミモロのミが接頭語であることは疑いない。通説は室の意とする」と述べている。この〈ミ＋室〉説の根拠の一つは、当該の語について「ミムロ」（⑧⑪⑫）というかたちが一方で存在するからであろう。(4) しかしながら、このように意味を広範に設定せざるをえないのは、多くの用例の解釈を満足させる共通項を抽出しにくい語であるからであろう。

そこで、以下、用例によって考えてみよう。次に挙げるのは、「ミモロ」「ミムロ」と、さらには場所を表す形態素「ト」を伴った「ミモロト」「ミムロト」の用例である。掲出は、「モリ」の用例と同じ手続きによった。

▼ミモロ＋〔ノ〕＋カムナビ（ミモロの神奈備）

① ミモロ（三諸）の　神奈備山に　五百枝さし　しじに生ひたる　つがの木の……（巻三の三二四）大和・明日香

② ミモロ（三諸）の　神奈備山に　立ち向かふ　三垣の山に……（巻九の一七六一）不明

③ ミモロ（三諸）の　神奈備山ゆ　との曇り　雨は降り来ぬ……（巻十三の三二六八）大和・明日香

▼カムナビ＋〔ノ〕＋ミモロ（神奈備のミモロ）

④ ……五百万　千万神の　神代より　言ひ継ぎ来たる　神奈備の　ミモロ（三諸）の山は……（巻十三の三二二七）大和・明日香

⑤ ……神奈備の　ミモロ（三諸）の神の　帯にせる　明日香の川の　水脈速み……（巻十三の三二二七）大和・明日香

⑥ 神奈備の　ミモロ（三諸）の山に　斎ふ杉　思ひ過ぎめや　苔生すまでに

（巻十三の三二二八）大和・明日香

▼ミモロ＋〔ノ〕＋ヤマ（ミモロの山）／ミムロ＋〔ノ〕＋ヤマ（ミムロの山）／ミモロ＋〔ト〕＋ヤマ（ミモロト山）／ミムロ＋〔ト〕＋ヤマ（ミムロト山）

⑦ ミモロ（三毛侶）の　その山並に　児らが手を　巻向山は　継ぎの宜しも　（巻七の一〇九三）大和・三輪

⑧ 我が衣　色どり染めむ　味酒　ミムロ（三室）の山は　黄葉しにけり　（巻七の一〇九四）大和・三輪

⑨ 味酒の　ミモロ（三毛侶）の山に　立つ月の　見が欲し君が　馬の音そする　（巻十一の二五一二）大和・三輪

⑩ 月も日も　変はらひぬとも　久に経る　ミモロ（三諸）の山の　離宮所　（巻十三の三二三一）大和・明日香

⑪ 見渡しの　ミムロ（三室）の山の　巌菅　ねもころ我は　片思そする〈一に云ふ、「ミモロ（三諸）の山の　岩小菅」〉　（巻十一の二四七二）不明

⑫ 玉くしげ　ミモロ（将見円）の山の　さな葛　さ寝ずは遂に　ありかつましじ〈或本の歌に曰く、「玉くしげ　ミムロト（三室戸）山の」〉　（巻二の九四）大和・三輪

⑬ 玉櫛笥　ミモロト（見諸戸）山を　行きしかば　おもしろくして　古思ほゆ　（巻七の一二四〇）不明

※④（巻十三の三二二七）、⑥（巻十三の三二二八）も入る。

▼ミモロ＋〔ノ〕＋カミ（ミモロの神）

⑭ ミモロ（三諸）の　三輪の神杉　已具耳矣自得見監乍共　寝ねぬ夜ぞ多き　（巻二の一五六）大和・三輪

⑮ 木綿掛けて　祭るミモロ（三諸）の　神さびて　斎ふにはあらず　人目多みこそ

⑯　ミモロ（三諸）の　神の帯ばせる　泊瀬川　水脈し絶えずは　我忘れめや　（巻七の一三七七）大和・三輪
※⑤（巻十三の三二二七）も入る。（巻九の一七七〇）大和・三輪

▼ミモロ＋ツク（ミモロつく）
⑰　……ミモロ（三諸）つく　鹿背山のまに　咲く花の　色めづらしく……
（巻六の一〇五九）山背・久邇京・鹿背山
⑱　ミモロ（三諸）つく　三輪山見れば　こもりくの　泊瀬の桧原　思ほゆるかも
（巻七の一〇九五）大和・三輪

▼ミモロ＋〔ハ〕（ミモロは）
⑲　ミモロ（三諸）は　人の守る山　本辺には　あしび花咲き　末辺には　椿花咲く……
（巻十三の三二二二）不明

▼イツク＋ミモロ＋〔ノ〕＋ウメ＋〔ノ〕＋ハナ（斎くミモロの梅の花）
⑳　春日野に　斎くミモロ（三諸）の　梅の花　栄えてあり待て　帰り来るまで
（巻十九の四二四一）大和・春日野

▼イハフ＋ミモロ＋〔ノ〕＋マソカガミ（斎ふミモロのまそ鏡）

㉑　祝らが　斎ふミモロ（三諸）の　まそ鏡　かけて偲ひつ　逢ふ人ごとに　（巻十二の二九八一）不明

▼ミモロ＋〔ヲ〕＋タテテ（ミモロを立てて）

㉒　……我がやどに　ミモロ（御諸）を立てて　枕辺に　斎瓮を据ゑ　竹玉を　間なく貫き垂れ　木綿だすき　かひなに掛けて……　（巻三の四二〇）不明

以上のように通覧すると、〈ミ＋室〉とする理解では、不都合な用例も出てくる。用例⑮㉒は、建物や岩窟では都合が悪いといえよう。㉒は「石田王の卒りし時に、丹生王の作る歌」で、挽歌に分類されている歌である。この歌に登場する祭祀は、丹生王が自らの家で石田王に再び逢おうとして行なった祭祀である。しかしながら、死後に行なった祭祀であるのか、生き別れの段階の時の祭祀であったかは不明である。生き別れの期間を経て、死に別れになったとも考えられ、この部分が死後の葬礼を写しているとも断定できない。ただ、どちらにしても石田王との再会を期しての祭祀であったことは、間違いない。「我がやどに立て」るというのだから大きなものではないだろうし、「枕辺」に据えられた「斎瓮」と対置されるものであるとすれば、おおよその大きさは想像できる。してみると、祭壇のようなものを想定するか、祭祀のために立てた「神籬の類」を考えざるを得ないだろう。どちらにせよ、建物や岩窟では都合が悪い。

そうすると、「ミモロ」は西宮一民が詳細な整理をして論じたように、〈ミ＋モリ〉を原義として想定しておいた方がよい、と思われる(5)〔西宮　一九九〇年b〕。しかも、それは神籬のような祭祀のために人工的に立てた特定の樹木のごときものも含まれるようである。たとえば、⑮なども「木綿掛けて祭る」というのであれば、三輪山のなかでも、特定のモリないし樹木を指していると考えるのがよいだろう。つまり、〈神のモリ〉〈神の樹〉ということを基本において、尊い場所と考えるのが、穏当な解釈と思われるのである。したがって、㉒の「ミモロ」は祭壇ではなく、神籬と解しておきたい。

もちろん、明日香のカムナビ、三輪山全体のモリを指すような例の方が大多数であることを考えると、広い範囲の樹叢が一般的にはイメージされていた、とは思われる。だから、神のいます場所を表す「カムナビ」と、同格で「ミモロ」が詠み込まれるのである（用例①～⑥）。しかしながら、特定の樹木や、限られた小さな空間の樹叢を指す用例も、少数ながら存在していることにも注意を払うべきであろう。蛇足ながら、①⑥⑪⑫⑭⑳などは、「ミモロ」のなかの特定の樹の種を取り上げて歌っている。

そのことは、「ミモロ＋ツク」⑰⑱という表現からもうかがい知ることができる。橘守部『鐘の響』は、「ミモロ＋ツク」という表現について、極めて示唆的な発言をしている。

> 三諸は是も上條にいへる生諸木の事にて、〔諸、森通音にて同事なれば、其に御言を添て、神社の杜の名に云習たる事、既に詳く弁へたるが如し。〕就くとは海かたつける山かたつけるなど云附の意なるべし。さらば即其神籬に、寄り附けるよしなり　〔橘純一編集　一九六八年〕

前述の㉒の表現と合わせて考えると、卓見と思われる。つまり、神のいます山岳や樹叢のなかでも、祭祀が行なわれる限定された空間を備えた山が「ミモロ＋ツク」山なのであり、だから神のいます山を想起させる修飾句（枕詞）となり得るのだ、といえないだろうか。⑱の場合は三輪山、⑰は久邇京から望まれる鹿背山（京都府木津川市の山）が、「ミモロ」のある山として表現されたのであろう。

四　「ミモロ」と「カキ」

ミモロの樹叢が、神を迎える祭場として、厳重に管理されていたことは、歌の表現からも、断片的だが推測することができる。「ミモロ」は、「人の守る山」⑲であり、「祝ら」㉑が、「神さび」⑮た景観を維持するために「斎ふ」場所⑮であった、といえよう。次に紹介する歌は、そうしたミモロの樹と樹叢に関する宗教的な禁忌が表現された歌である。

味酒を　三輪の祝が　斎ふ杉　手触れし罪か　君に逢ひ難き（巻四の七一二）
み幣取り　三輪の祝が　斎ふ杉原　薪伐り　ほとほとしくに　手斧取らえぬ（巻七の一四〇三）

ただ、二つの歌は宗教的禁忌をそのまま歌ったのではなく、恋することで犯した過ちを、祝の厳しい樹叢の管理に喩えて歌っているのである。ということは、三輪の祝が行なった「ミモロ」の管理とその禁忌は、多くの人びとが認知していた事柄であり、だからこそ〈喩〉として使用された、と考えることができる。しかも、禁忌の侵犯には罰が加えられたようである。

したがって、「ミモロ」の樹を伐ることは、化外の民（＝夷）のなせるわざ、とされていたようである。『日本書紀』景行天皇五十一年八月条は、服属民として強制移住を強いられていた蝦夷について、次のような話を載せている。伊勢から倭姫によって朝廷に献上された蝦夷の記事である。

仍りて御諸山の傍に安置らしむ。未だ幾時を経ずして、悉に神山の樹を伐り、隣里に叫呼ばひて、人民を脅す。天皇聞しめして、群卿に詔して曰はく、「其の神山の傍に置らしし蝦夷は、是本より獣心有りて、中国に住ましめ難し。故、其の情願の随に、邦畿之外に班ちつかはせ」とのたまふ。是今し播磨・讃岐・伊勢・安芸・阿波、凡て五国の佐伯部が祖なり。

（『日本書紀』巻第七、景行天皇五十一年八月条、小島憲之他校注・訳『日本書紀①（新編日本古典文学全集）』小学館、一九九四年）

これは、蝦夷が各国の佐伯部の始祖となったことを説明する起源譚としても読むことができる。少なくとも、『日本書紀』の編纂段階で、地方の佐伯部に対してかくのごとき位置付けがなされていたことを物語るものであろう。当該条は三輪山の山麓に強制移住させられた蝦夷が畿外に遣わされた理由として、「御諸山」の「樹を伐」ったことを挙げている。しかも、それをはじめに挙げているのは、「ミモロ」の樹の伐採が重い罪であったからであろう。換言すれば、かくのごとき禁忌の意識を共有しない「人民」は、〈化外の民〉という位置付けがなされていた、と考えることができる。だから、畿内国に住むことが許されなかったのである。

ところで、縷々述べたような管理下にある「ミモロ」には、玉垣も築かれたようである。『古事記』の雄略天皇の引田部赤猪子の説話のなかに、次のような歌謡が挿入されている。

御諸に　築くや玉垣　つき余し　誰にかも依らむ　神の宮人

（『古事記』下巻、雄略天皇、記歌謡九三、山口佳紀・神野志隆光校注・訳『古事記（新編日本古典文学全集）』小学館、一九九七年）

物語のなかでは、天皇のお召を待ち続けて、娘盛りを過ぎてしまった赤猪子の心情を吐露する役割をもっている歌である。この歌によれば、「ミモロ」に「カキ」が存在したことがわかる。それは、当該歌では「神の宮人」と表現される「祝部」が守ったものと、考えることができよう。

以上のような理解にたてば、「ミモロ」が人によって守られた特定の樹叢を指し、その樹叢のある山を「ミモロ＋ノ＋ヤマ」「ミモロ＋ト＋ヤマ」と言い、「ミモロ」のある山を「ミモロ＋ツク＋ヤマ」と表現したのである、と考えを進めることができるだろう。

五　「モリ」と「ミモロ」と

「モリ」も「ミモロ」も、樹ないし樹叢に対する信仰に立脚した聖地あるいは祭場であり、ともに〈神社〉に進化する可能性を持っていたことは、前述したところである。また、それが、

玉葛　実成らぬ木には　ちはやぶる　神そつくといふ　成らぬ木ごとに　（巻二の一〇一）

というような歌によってうかがい知ることができる樹木への神の憑依を前提としていることも、今日いわば常識となっている。(6)とするならば、〈ミ＋モリ〉という語源を想定できる「ミモロ」と、「モリ」との関係を考察する必要があるだろう。

「モリ」の用例のほとんどに地名が冠せられていること。そして、その地名は大和の岩瀬、雲梯、泣沢をはじめ、山背（石田）、紀伊（妻）、筑紫（大野）、伊久里（場所不明）に及んでいることについてはすでに述べた。さすれば、「ミモロ」はどうであろうか。場所ごとに、整理してみよう。

大和国
明日香のカムナビ……①③④⑤⑥⑩
三輪……⑦⑧⑨⑫⑭⑮⑯⑱
春日野……⑳
山背国
鹿背山……⑰

一見してわかることは、「モリ」と重なるところが全くないことである。つまり、万葉歌の表現としては、「アスカ・ノ・モリ」「ミワ・ノ・モリ」という表現は存在しないのである。『万葉集』では、これらは、もっぱら「ミモロ」をもって呼称されているのである。万葉歌語としては、「ミモロ」といえば、三輪山か、明日香のカムナビを指すという原則や共通認識が存在していたといえば、言い過ぎになるだろうか。神のいますモリならば、どこをミモロと言ってもいいはずなのだが、万葉歌では三輪山ないし明日香を指す例が圧倒的なのである。三輪山、明日香のカムナビ、春日などは、誰もが知っている聖地であり、こういったなかば固有名詞化した表現が可能なのであろう。それは、都であった飛鳥京・藤原京・平城京から朝夕に望むことのできる山であり、都を守護する山であることに由来している、と思われる。さらには、当該の山々は王権と深く結びついた祭祀が行なわれた場であり、その起源を説明する神話をもった山なのであった〔上野　一九九七年a、初出一九九三年〕〔上野　一九九七年b、初出一九九五年〕。山背の鹿背山⑰も、久邇の新京においてそういった役割を期待されていた、と思われる。

対して「モリ」は、そういった都の守護と関わるようなところではなかった、ということができるだろう[7]。岩瀬、浮田、石田、妻の「モリ」などは、交通の要衝にある土地の神であり、手向けや個人的な祈願が行なわれた場所であった、ということができる。

そこで、「ミモロ」と同格で表現される「カムナビ」との関係も含め、考察してきた「モリ」「ミモロ」という語の万葉歌語としての性格を、ここで整理しておこう。

一、『万葉集』においては、「カムナビ」といえば、明日香のそれを指すという原則がある。

二、対して、「ミモロ」は、三輪山と明日香のカムナビを指すことがほとんどである。

三、「モリ」には、そういった固有名詞化した用法はなく、もっぱら地名を冠して用いられる。

おわりに

本節では、韻文資料を用い古代の祭場の一斑を垣間見るべく、考察を行なってきた。ただし、こういった作業には、歌語としての制約があり、祭場の実態を明らかにすることはきわめて困難であった、といえよう。しかしながら、歌としての表現を考察することによって、史書を中心とする散文資料では得られない情報を分析することができるという利点もあった。たとえば、モリに対する個人的祈願の意識などは、けっして史書には登場し得ないのである。これこそ、まさしく、本書が追究する心性の歴史である。しかしながら、本節において試みた韻文資料を用いた実験的古代祭祀研究の方法については、その当否についてしかるべき批判を受け、今後その方法を確立する必要があるだろう。

仏堂建築等の影響を受けて、社殿が成立したのちにおいても、社殿のないモリの信仰が存在していたわけであり、そうしたモリに対する意識の一端を明らかにしたつもりである。いわば、岡田のいう〈神社〉成立の前段階の聖地、祭場のあり方を歌表現から、考察したわけである〔岡田　一九八五年〕。

まず、こういった祭場が祭場であるためには、どんな前提が必要なのだろうか。当たり前のことだが、当該の場所が祭場であるという認識が、その祭祀に関わる人間に共有されていれば、それだけでよいだろう。しかしながら、そういった方法では、外部の人間には祭場はわからない。外部の人間には、説明を必要とするだろう。本節では、『出雲国風土記』秋鹿郡足高山条などの事例を挙げてこの点の考察を行なってみた。

また、それは、禁忌の意識の共有というかたちを取ることもある。樹や樹叢によって、祭祀空間と認識されているのならば、その場所の樹を伐ってはならないとする禁忌が存在すれば、よいわけである。こういった禁忌の意識が樹叢を守るわけであるから、これらはいわば無形の祭場表示法ともいえるだろう。

そして、祭りの時に臨んでは、標、斎串、木綿などの有形の表示物によって、樹叢のなかでも神の降臨する場所と時を示すわけである。かくのごときモリの祭祀の一端が、万葉歌にも表現されているのである。もちろん、そこには禁忌の意識を共有しないマイノリティを排除する文化的構造も存在したようである。

ところが、以上のような方法に対して、祭場の域をはっきりと明示する方法がある。それが、「カキ」の構築である。垣と禁忌が結びついているのは、こういった理由によるものである。だから、万葉歌では、恋歌の〈喩〉となるのである。ただし、垣が、禁忌や標、斎串、木綿と決定的に違う点は恒久的建築物である、という点である。さらには、物理的になかに入ることを拒否できるということであろう。発生論的にいえば、垣の発生はそのまま禁忌の意識を共有しない外部の存在を意味することになろう。

本節が行なった「モリ」「ミモロ」の万葉歌の分析が、微力ながらも韻文資料を用いた万葉文化論による古代祭祀研究の一助となることを念じてやまない。次の付節においては、「ミモロ」と関わりの深い「カムナビ」について考察を加えたい、と思う。

注

（1）「神社」を「カミノヤシロ」と訓む例としては、巻三の四〇四、巻四の五五八、巻十一の二六六〇、巻十一の二六六二などがある。

（2）武田のこの考え方は、戦後の『万葉集全註釋二』にも受け継がれている〔武田　一九四九年〕。

（3）「杜」と「社」の字形の相似による誤写の問題と、字義の類似による通用の問題については、古くに本居宣長「もりに杜の字を書く事」（『玉勝間』巻の二）に指摘がある。新しくは、武田祐吉〔一九五五年〕や、直木孝次郎〔一九八二年、初出一九五八年〕、さらには西宮一民〔一九九〇年a、初出一九八七年〕に詳細な研究があり、それらを参照されたい。以上の研究は、それぞれに探求した事例および出典によって、すでに中国において土地神を祀る場所に「社樹」を植える習慣があったことを指摘し、そこに「杜」と「社」の文字通用の理由を求めている。とともに、そういったモリの祭祀が日本にも存在したことが、日本における通用の文字使用法の背景にあることを指摘している。

（4）管見の限り、宣長『古事記伝』に「まづ御諸は御室にて、【御を身の意ぞなど云説は非なり。】凡て神ノ社を云」（十二之巻）とあるのが、早い。

（5）西宮は「古くは『社』が『森』で、『神の降臨し宿ります処』であったので、ミモリ⇩ミモロが古く、そのこんもりしたさまから、ミムロ（御室）の表現が生じたものと考える」と結論づけている〔西宮　一九九〇年b〕。正鵠を得た解であろう。

（6）古代の樹木崇拝については、松前健に、包括的整理がある〔松前　一九九八年、初出一九八〇年〕。また、樹木と古代の〈神社〉との関係については、池辺弥が、事例の収集を行なっている〔池辺　一九八九年〕。

（7）ただ、雲梯については、「出雲国造神賀詞」に登場するカムナビであり、古代宮都を守護する役割を担っていた。しかし、明日香や藤原からは、それを望むことができない。

参考文献

池辺　弥　一九八九年　『古代神社史論攷』吉川弘文館。
上野　誠　一九九七年ａ　「カムナビと王権」『古代日本の文芸空間――万葉挽歌と葬送儀礼』雄山閣出版、初出一九九三年。
――――　一九九七年ｂ　「古代宮都とカムナビ」『古代日本の文芸空間――万葉挽歌と葬送儀礼』雄山閣出版、初出一九九五年。
――――　一九九七年ｃ　「高市皇子挽歌と香具山宮」『古代日本の文芸空間――万葉挽歌と葬送儀礼』雄山閣出版、初出一九九七年。
大場磐雄　一九四三年　『神道考古学論攷』葦牙書房。
――――　一九七〇年　『祭祀遺跡――神道考古学の基礎的研究』角川書店。
岡田精司　一九八五年　「日本の神と社」『神社の古代史』大阪書籍。
黒田龍二　一九九四年　「神のやしろの曙」横山浩一編『日本美術全集第一巻　原始の造形』所収、講談社。
武田祐吉　一九四三年　『全譯萬葉集一』創元社。
――――　一九四九年　『萬葉集全註釋二』改造社。
――――　一九五五年　「やしろ考」『神道学』第五号所収、神道学会。
――――　一九七三年ａ　「万葉時代における神人の交通」『武田祐吉著作集第一巻　神祇文学篇』角川書店、初版一九二四年。
――――　一九七三年ｂ　「言葉の樹」『武田祐吉著作集　第二巻　古事記篇Ｉ』角川書店。
橘純一編集　一九六八年　『新訂増補橘守部全集』第八巻所収、東京美術。
土橋　寛　一九八八年　「み諸は人の守る山――孤語の解釈をめぐって」『万葉集の文学と歴史』塙書房、初出一九八二年。
直木孝次郎　一九八二年　「森と社と宮」『古代史の窓』学生社、初出一九五八年。

西宮一民　一九九〇年a　「ヤシロ（社）考」『上代祭祀と言語』桜楓社、初出一九八七年。
――――　一九九〇年b　「かむなび＋みもろ＋みむろ」『上代祭祀と言語』桜楓社。
福原敏男　一九九六年　「森神信仰としての里神」『国立歴史民俗博物館研究報告』第六十九集所収、国立歴史民俗博物館。
松倉文比古　一九八五年　「御室山と三輪山」横田健一編『日本書紀研究』第十三冊所収、塙書房。
松前　健　一九九八年　「木の神話伝承と古俗」『松前健著作集』第十二巻、おうふう、初出一九八〇年。

初　出

「万葉のモリとミモロと――古代の祭場、あるいは古代的祭場」『祭祀研究』第一号、祭祀史料研究会、二〇〇一年。

付　歌ことば「カムナビ」の性格

はじめに

社殿が成立する以前の古代祭祀の様態を現在に伝える三輪山。そういった山や森に対する古代人の信仰の一斑を、古代和歌の表現から明らかにしたい、と思う。しかしながら、それがためには、《歌ことば》としての特性や、歌表現としての特質を見定めるという作業が肝要となってくる。この歌表現の特性という点については、すでに第五章第一節で述べたところである。

古代和歌において、神のいます山や森を指す言葉としては、「カムナビ」と「ミモロ」がある。(1)『出雲国造神賀詞』では、三輪山も「大三輪のカムナビ」と呼ばれている。けれども、歌ことばでは「カムナビ」という言葉で三輪山を呼称することはない。『万葉集』では、明日香の「カムナビ」を指すことが多く、『古今和歌集』では竜田のそれを指すことが多いのである。そこに、和歌のなかに登場する「カムナビ」という言葉の背負っている特質を見出すことができよう。換言すれば、歌ことば「カムナビ」としての性格を、この点に見出すことができるのである。

本付節では右記の目途を念頭に、万葉から古今へと歌ことば「カムナビ」の性格の変化を見定めてみたい、と思う。なお、本付節については、『古今和歌集』の引用が多いため、他節と異なり、例外的に万葉歌の場合は『万葉集』と明記する。

一　もみぢの「うつろひ」

『古今和歌集』に、カムナビの秋景色の「うつろひ」を詠んだ歌がある。

題しらず　　　読人しらず

霧たちて　雁ぞ鳴くなる　片岡の　あしたの原は　紅葉しぬらむ
神無月　時雨もいまだ　降らなくに　かねてうつろふ　神奈備の森
ちはやぶる　神奈備山の　もみぢ葉に　思ひはかけじ　移ろふものを
（秋歌下『古今和歌集』巻五の二五二〜二五四、小沢正夫・松田成穂校注・訳『古今和歌集（新編日本古典文学全集）』小学館、一九九四年、一部私意により改めたところがある）

はじめの歌は、「霧」「雁」で秋を実感した作者が、「紅葉シテイルダロウ」と「片岡のあしたの原」に思いをはせた歌である。片岡は地形を表す普通名詞として解釈することも可能だが、奈良県の北葛城郡王寺町から香芝市にかけてのなだらかな丘陵を指す地名とみるのがよいだろう。彼の地は、古代より交通の要衝であり、聖徳太子の片岡山説話でも知られた土地であった。したがって、平安京に暮らしている人びとにも、知られた土地であった、と思われる。

二番目の歌は、カムナビの森の紅葉を歌った歌である。「時雨」は木々の彩りを加速させるもの、という考え方が万葉の時代から存在していたことは、次の歌からもわかる。

しぐれの雨　間なくし降れば　真木の葉も　争ひかねて　色付きにけり

（黄葉を詠む、作者不記載歌『万葉集』巻十の二二九六）

君がさす　三笠の山の　もみぢ葉の色　神無月　時雨の雨の　染めるなりけり

（旋頭歌、紀貫之『古今和歌集』巻十九の一〇一〇、小沢正夫・松田成穂校注・訳『古今和歌集（新編日本古典文学全集）』小学館、一九九四年、一部私意により改めたところがある）

対して、『古今集』の二五三番歌では、紅葉を早める「時雨」はまだ降らないというのに、カムナビの森が色づいたことを、歌っている。つまり、カムナビの紅葉は、他よりも早く、「うつろひ」も早い、ということを言いたいのだろう。[2] カムナビの木々の色づきが早いと考えるのは、その場所が神のいます聖地であるという認識があるからだ、と思われる。つまり、神いますがゆえに季節の先触れをなす土地として、意識されるのであろう。

三番目の二五四番歌は、二番目の歌を受けて、カムナビの紅葉には、思いを寄せないでおこう、と歌っている。それは、カムナビの紅葉の「うつろひ」が早いからである。せっかく思っても、すぐに散ってしまうから、思いを寄せないでおこう、と歌っているのである。

以上の三首に、「連」があるかどうかということについては議論の余地もあろうが、二番目と三番目の歌の間に「連」があることは、否定できないだろう。疑問の残るはじめの歌についても、「連」があるものとして、観賞することは可能である。

「連」があるという前提に立てば、はじめの歌は、眼前の景色から大和の秋へと読者を誘う導入の歌になっている、と考えることができる。とすれば、三首の「題しらず」の歌を大和のカムナビ関係歌群として、読むことができるのではないか——。つまり、大和の秋景色を想起させる場所として、ここではカムナビがあるのである。『古今集』には多くの大和関係の地名が登場するが、それは平安京生活者に「故郷」へのノスタルジーを喚起せしめる地名であったに違いない。そのひとつが、大和のカムナビだったのである。とすれば、次には大和のカムナビのうちでも、どこのカムナビであったか、という点が問題となろう。

二　明日香か、竜田か？

大和で、古代においてカムナビと呼称されたのは、次の土地である。

葛城山（『出雲国造神賀詞』）
明日香のカムナビ（『出雲国造神賀詞』『万葉集』）
三輪山（『出雲国造神賀詞』）
竜田のカムナビ（『万葉集』）
生駒山（『住吉神代記』）

したがって、大和のなかで二五三、二五四番歌の歌うカムナビを探すというのであれば、そのどれもに可能性があるということになる。しかし、これを慣用性の強い「歌ことば」としてみた場合には、当然のことながら選択肢に限定がつく。たとえば、『万葉集』では、特別に断らないかぎり、カムナビといえば明日香のそれを指す、という原則があるようである〔上野　一九九七年〕。しかし、その万葉においても、竜田のカムナビを示す例が二例あることも忘れてはならない（巻八の一四一九、巻八の一四六六、後述）。

そこで、手元にある注釈を、見てみよう。

▼大和國平群郡。龍田川に添ふ神南備山にある森。（窪田章一郎『続日本古典読本　古今和歌集』日本評論社、一九四四年）

▼ここでは、奈良県斑鳩町ので、竜田川に沿う三室山を神南備山ともいうと。（佐伯梅友校注『日本古典文学大系　古今和歌集』岩波書店、一九五八年）

▼それ（＝カムナビ、筆者注記）が上代から、飛鳥や竜田のそれをさすことが多く、単独に、又は「みもろ」と併用されて半ば固有名詞としても用いられる。この歌も、普通名詞「鎮守の森」のような意にも、飛鳥又は竜田の固有名詞にも解せる。（竹岡正夫『古今和歌集全評釈（上）』右文書院、一九七六年）

▼元来、普通名詞。のちに龍田、飛鳥など、特定の数ヵ所が有名になり、固有名詞に使われるようになった。この歌の場合は、どこを指すか不明。（奥村恒哉校注『新潮日本古典集成　古今和歌集』新潮社、一九七八年）

▼ここは飛鳥のそれよりも竜田神社のあたりか。（小島憲之・新井栄蔵校注『新日本古典文学大系　古今和歌集』岩波書店、一九八九年）

当該歌のカムナビが、何処かということについては、近時刊行の諸注においても揺れてはいるが、竜田説が優勢である。竜田説が優勢なのは、平安朝の歌ことばとしてのカムナビが、竜田のそれを指すことが多いからである。こういった諸注を受けた注釈書である片桐洋一『古今和歌集全評釈』（講談社、一九九八年）は、次のような考え方を示している。片桐は『古今和歌集』においては、竜田のカムナビが紅葉とともに詠まれることが多くなっている事実をまず指摘する。しかしながら、一方で次の点にも注意を払っている。それは、歌ことば「カムナビ」は、平安朝においても、竜田のカムナビを指す固有名詞として完全に定着しているわけではない、という点である。片桐は、その例として『古今和歌集』離別歌（三八八）や、『千載集』における丹波のカムナビを詠んだ例を紹介している（神祇・一二八一）。つまり、特定、固有の土地を指さない普通名詞として、「神のいる辺」という意味で使用されている可能性を指摘しているのである。きわめて、穏当な解であろう。

そこで、諸注および片桐の驥尾に付して、この部分について、以下のように自らの考えを述べておきたい。当該歌二首のカムナビは、普通名詞としてのカムナビであり、どのカムナビを想起するかは、享受者に委ねられている[3]と、一義的には考えられよう。しかし、前述したように、「題しらず」三首を一連の大和のカムナビ関係歌群としてみるならば、「明日香」ないし「竜田」のどちらかが享受者の脳裏に想起されていたに違いない。はじめの歌の「片岡」が、以下の二首を導きだすものであるとするならば、片岡と地理的に近い「竜田」が、ここでは想起された、と思われる。つまり、『古今和歌集』の時代には「竜田」を想起してこの歌が理解されていた、と考えてよいのではなかろうか。

三　明日香川のもみちと竜田川のもみぢ

『出雲国造神賀詞』おいて「葛城の鴨のカムナビ」と称された葛城山も、和歌のなかで「カムナビ」と称されることはない。その葛城山の歌に、次のような歌がある。

A　明日香川　もみち葉流る　葛城の　山の木の葉は　今し散るらし

（作者不記載歌『万葉集』巻十の二二一〇）

「黄葉を詠む」という小標目に収められている、いわゆる作者不記載歌である。この歌でよく問題となるのが、「明日香川」の比定地の問題である。明日香川を大和の明日香川とする説[4]と、河内の明日香川とする説とがあるからである。筆者は歌の内容からして、やはり河内説を取るべきである、と考える。それは、当該歌が、明日香川に流れる紅葉を発見し、葛城山の紅葉の落葉を「散ッテイルニチガイナイ」と想起した歌だからである。作者は、葛城山から流れる明日香川の下流にいて、川の上流の紅葉の「うつろひ」に思いをはせたに違いない。この歌の感動の中心は、上流から流れてきた紅葉で秋を実感したところにある。当然のことながら、川上にある山の紅葉は、「うつろひ」が早いのである。

とすれば、この明日香川は葛城山系のどこかに淵源を持つもの、とみなければなるまい。大和の明日香川の淵源は、葛城山の山系にはないのである。対して、河内の明日香川は、葛城山系の一つである二上山の西麓から発して、現在の羽曳野市を流れ、石川に合流する。(5) さすれば、当該A歌の明日香川は、どうしても河内の明日香川に比定せざるを得ない。

縷々述べたA歌の類歌が、竜田川のカムナビを歌うものとして『古今和歌集』に伝わっている。

B　龍田河　もみぢ葉ながる　神奈備の　三室の山に　時雨降るらし

又は、「明日香川もみぢ葉ながる」

（秋下、読人しらず『古今和歌集』巻五の二八四、小沢正夫・松田成穂校注・訳『古今和歌集（新編日本古典文学全集）』小学館、一九九四年、一部私意により改めたところがある）

Aの万葉歌の類句を含む歌であるばかりか、類想の歌でもある。これも川下に流れついた紅葉で、上流の紅葉の「うつろひ」に思いをはせた歌である。「時雨」が紅葉の「うつろひ」を早めるものであることは、前述したところである。ただ違うのは、場所である。ところが、明日香川を歌った歌も存在していたようだ。左注に示された本文異同によって、「龍田河」の部分を「明日香川」とする異伝歌が、『古今和歌集』編纂の時代に存在していたことがわかるのである。仮に、異伝歌をbとして示すと、以下のようになる。

b　明日香川　もみぢ葉ながる　神奈備の　三室の山に　時雨ふるらし

（秋下、読人しらず、異伝歌『古今和歌集』巻五の二八四、小沢正夫・松田成穂校注・訳『古今和歌集（新編日本古典文学全集）』小学館、一九九四年、一部私意により改めたところがある）

さすれば、異伝歌たるbの「明日香川」と「神奈備の三室」の場所が問題となろう。Aと同じように河内の明日香川とみて、「神奈備の三室」を葛城山とみることも可能ではあろう。(6)しかしながら、和歌のなかで葛城山を「カムナビ」「ミモロ」と称する例はなく、歌ことばである当該の「神奈備の三室」を、葛城山と解釈することはできない、と思われる。したがって、ここでは高市郡の明日香の「カムナビ」と、その「カムナビ」が帯とする明日香川と考えるのが妥当であろう。(7)平安朝においては、明日香川といえば、大和の高市郡の明日香川なのである。

そうすると、本文歌（B）と、異伝歌（b）との関係が問題となってくる。二つの歌の関係を民謡説の立場から解こうとしたのが、窪田空穂であった。

古体の歌で、類想のものが万葉集に何首もある。民謡風に謡われていたもので、従って移動性を持っていて、地名が変えられる以上、異った土地でも謡われていたものと思われる。

（窪田空穂『古今和歌集評釈』上巻、東京堂出版、一九六〇年）

民謡風の謡ものという理解については、今日それをただちに了解することは難しいが、異伝歌の存在を、地名を変えて「歌い継いだ」ないしは「歌い替えた」結果とみるのは正鵠を得た解であろう。窪田のいう「移動性」ということを前提としつつ、歌枕の変遷のなかで、本文歌と異伝歌の関係を理解しよう、とする見解もある。

渡辺輝道は、『万葉集』から『古今和歌集』への紅葉の名所の変遷によって、明日香から竜田へという歌い継ぎの歴史的な必然性があった、とする見解を示している。渡辺によれば、『万葉集』の紅葉の歌は約百首あるが、それは春日、三笠、高円、奈良山、二上山……など、大和国中を囲む青垣なす山々に点在している、という。[8] ところが、『古今和歌集』になると、そのなかから竜田が紅葉の名所として選びだされ、歌枕として定着する。そういった「時代の趨勢」を受けて、明日香川が竜田川に改変されたのだ、との理解を渡辺は示しているのである。つまり、紅葉の名所の移り変りと軌を一にして明日香川から竜田川へと地名が変えられたという説であり、平安朝においては、紅葉といえば竜田川であったから、それに引き寄せられて竜田の「カムナビ」になった、というのである（渡辺　一九八九年）。地名の移動の必然性を説いた卓見であろう。

さらに、渡辺の説を検証した吉海直人は、竜田川（本文歌＝B）の方で、『新撰和歌』『大和物語』『拾遺集』に採られていることを示して、当該B歌が竜田川の歌として享受されていたことを指摘している[9]（吉海　一九八七年）。

以上のような理解に立つと、明日香の「カムナビ」が忘れられ、「カムナビ」といえば竜田が想起されるようになった理由が明確となろう。

おわりに

そこで、あらためて『万葉集』の竜田の「カムナビ」の歌を検証してみよう。

鏡王女の歌一首

神奈備の　磐瀬の社の　呼子鳥　いたくな鳴きそ　我が恋増さる　（春雑歌『万葉集』巻八の一四一九）

志貴皇子の御歌一首

神奈備の　磐瀬の社の　ほととぎす　毛無の岡に　いつか来鳴かむ　（夏雑歌『万葉集』巻八の一四六六）

「磐瀬の社」は、奈良県生駒郡斑鳩町神南の三室山の東にある車瀬の杜のことかといわれており、竜田の「カムナビ」のことを指しているものと考えてよい。したがって、この二首の歌から、竜田にあった「磐瀬の社」が万葉の時代に「カムナビ」として認識されていたことがわかる。

しかし、ここでの「カムナビ」は「神のいます辺り」ということを示す普通名詞として使用されている、とみることができよう。だから、その下に「磐瀬の社」と土地を特定しているのである。それは、「カムナビ」とただ単に呼称すれば、万葉の時代においては明日香のそれを指すからであった。明日香の「カムナビ」と明日香川は、平城京の生活者にとっては、故郷を代表する景であり、単に「カムナビ」といえば、明日香のそれを指すということが、万葉の歌ことばの世界では了解事項として共有されていたのである〔上野　一九九七年〕。ために、当該二首の上句は「神のいますところである磐瀬の社の……」という限定がついているのである。

『古今和歌集』という文芸を支えたであろう平安京生活者にとって、大和の歌枕は故郷の記憶と結びついてノスタルジーを喚起するものであった。しかし、徐々に理想化され、観念の世界で再構成されたものになっていったに違いない。竜田が平安朝において紅葉の名所になっていったのも、「たつ」から「裁つ」が連想され、「韓衣——裁つ——染む」「紐——解く——裁つ——染む」という衣を中心とした縁語発想が働いたからである、という〔渡辺　一九八九年〕。それは、故郷・明日香の景として、平城京生活者が、明日香の「カムナビ」と明日香川を選び出した

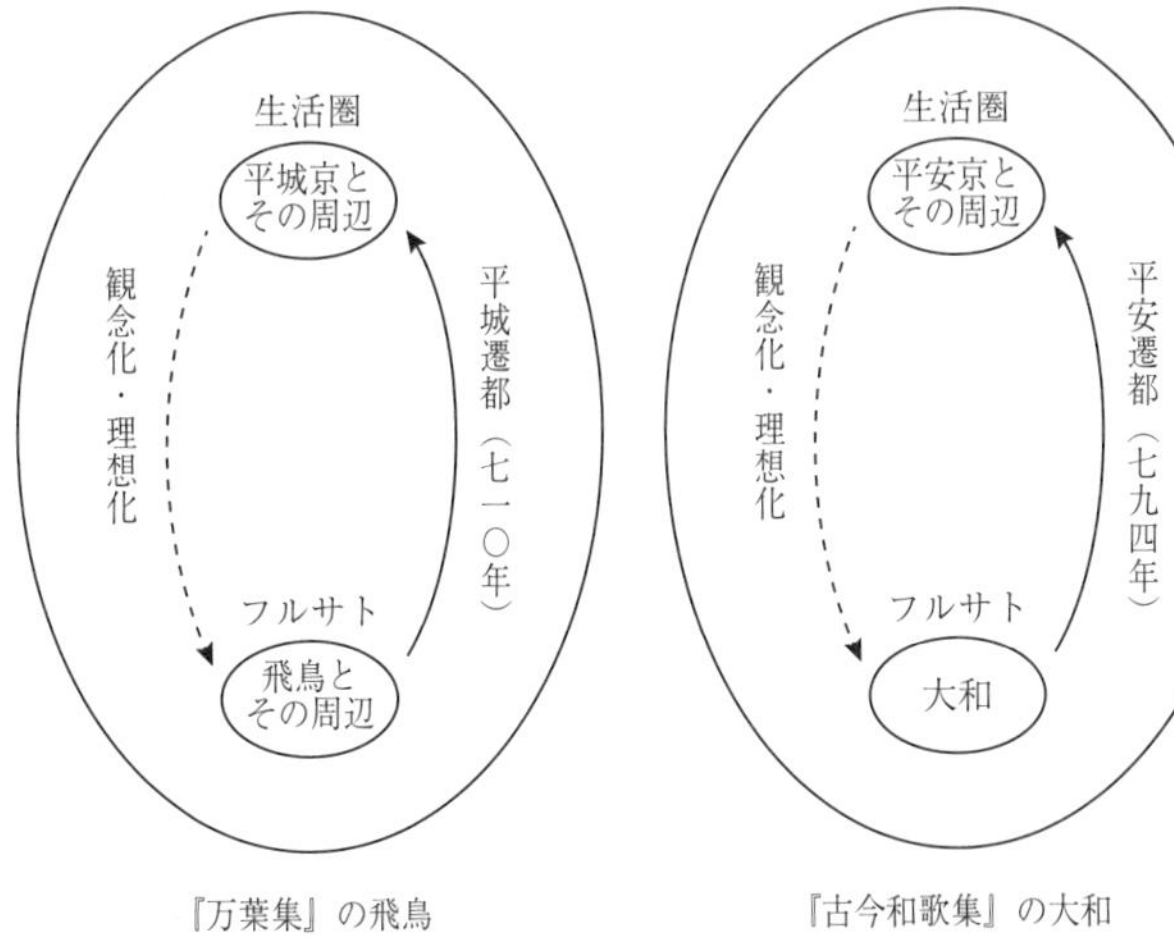

図5－1　フルサトの理想化

筆者作成。

のと、パラレルな関係にあるのではなかろうか（図5－1参照）。つまり、平安京生活者たちは、故郷である大和の紅葉の景として竜田の「カムナビ」を選び、観念の世界で理想化していったのである。[10] ために、『古今和歌集』では「カムナビ」といえば竜田のそれを指すという歌ことばとしての了解事項が共有されたのであろう。[11] そこに、歌ことば「カムナビ」の特質を見定めたい、と思う。次節においては、いわば第二の自然たる庭園について考えてみたい。

注

（1）西宮一民は、これらの語を次のように分析する。「カムナビ」は、〈カム（神）＋ナ（連体格助詞）＋ビ（場所を表す形態素）〉。「ミモロ」は、〈ミ（神霊を表す形態素）＋モリ（森）〉と説いている〔西宮　一九九〇年〕。筆者は、「ミモロ」の「ミ」は尊敬を表す接頭語とみたいが、西宮の分析が現在総合的にみてもっとも信頼度の高い語源理解だろう。

（2）窪田空穂『古今和歌集評釈』（東京堂出版、一九六〇年）の二五三番歌の【評】には、「たまたま神なびの森を見た人の、他では紅葉していないのに、そこだけはしているのを見て、その森に対して驚きの心をもったものである」とある。支持し得る状況設定であろう。

（3）ここでは「享受者＝聞き手、読み手」と緩やかに定義して議論を進めることにする。

（4）近時の諸注では土屋『私注』が、末句を「イマシチルラム」（＝今之落疑）と訓んで、大和の明日香川説を支持しているが、多くは河内の明日香川説を取る。

（5）「葛城二上山」（『万葉集』巻二の一六五題詞）とあり、連峰とみられていた。この河内の明日香川に添う道がいわゆる竹内街道である。

（6）渡辺輝道は「『神なびのみむろの山』は、神のいます御室の山を意味する普通名詞だから、葛城山がそう呼ばれる可能性はあった」とする〔渡辺　一九八九年〕。

（7）『古今和歌六帖』には、

明日香川　もみぢ葉ながる　葛城の　山には今ぞ　時雨降るらし

（『古今和歌六帖』巻二の八五二、「新編国歌大観」編集委員会編『新編国歌大観　第二巻　私撰集編　歌集』角川書店、一九八六年、初版一九八四年。一部私意により改めたところがある）

とあり、思いをはせる山を「カムナビ」「ミムロ」とは表現しない。ここでは、「葛城の山」となっている。この場合はAと同じく、河内の明日香川となろう。対して、明日香川の「カムナビ」「ミモロ」と表現すれば、大和国高市郡の明日香の「カムナビ」となるだろう。したがって、bの明日香川が、大和国の高市郡の明日香川ということは、動かないだろう。

（8）『万葉集』における竜田の景物を、あえて挙げれば風や桜であろう。それは竜田が大和における風の神を祀る地であることと結びついている〔桜井　二〇〇〇年、初出一九九八年〕。

（9）吉海は、ここに伝承文学としての性格を見定め、その場にふさわしい歌い替えが、渡辺の説くような理由によって起こったとする〔吉海　一九八七年〕。さらに竜田川の紅葉の和歌の評価については、〔吉海　一九九三年〕がある。

（10）「カムナビ」と、「カムナビ」にいます神の帯にする川の文芸の展開をここに見出すこともできよう。万葉歌におけるこの表現の展開については、〔上野　一九九七年〕において述べた。

（11）また、地理的な問題も背景にはあるだろう。竜田越えは、大和と河内を結ぶ交通の要衝であり、平安朝においても比較的利用の頻度が高かったと思われる。

参考文献

上野　誠　一九九七年『古代日本の文芸空間——万葉挽歌と葬送儀礼』雄山閣出版。
桜井　満　二〇〇〇年「二つの竜田川」『万葉の風土（桜井満著作集　第六巻）』おうふう、初出一九九八年。
西宮一民　一九九〇年『上代祭祀と言語』桜楓社。
吉海直人　一九八七年「古今和歌集と伝承文学」一冊の講座編集部編『一冊の講座　古今和歌集（日本の古典文学4）』所収、有精堂。
——　一九九三年『百人一首の新考察——定家の撰定意識を探る』世界思想社。
渡辺輝道　一九八九年「歌枕　c紅葉の名所」糸井通浩・吉田究編『小倉百人一首の言語空間——和歌表現史の構想』所収、世界思想社。

初　出

「歌ことば『カムナビ』の性格——三輪・飛鳥・葛城・竜田」『大三輪』第九十六号、大神神社、一九九九年。

第二節　王の庭と民の庭

雁が音の
初音を聞いて
咲き出した
庭の秋萩……
　早ク見ニ来イ！　私ノイイ人――
早ク見ニ来イ！　私ノイイ人――
（巻十の二二七六釈義）

雁がねの　初声聞きて　咲き出たる　やどの秋萩　見に来我が背子
（巻十の二二七六）

はじめに

本節では、万葉歌を通じて、天平期の〈庭園〉文化の特質を論じてみたい、と思う。[1]それも、舶来珍奇の花が咲き乱れる「王の庭」ではなくして、野の花を自ら植えて楽しむ「民の庭」について眺めてゆきたい、と思う。

おりしも、古代の庭園の発掘が相次いでいる。飛鳥京跡苑池遺構や平城宮東院庭園、阿弥陀浄土院庭園、さらには長屋王邸宅の庭園は、われわれに万葉時代の庭園文化の一端を明らかにしてくれた、といえよう。[2]しかしながら、それらの〈庭園〉は、平城宮や寺院に付随するいわば公の〈庭園〉である。対して、宅地班給を受けた貴族や官人などの平城京生活者の宅に設けられた〈庭園〉については、史料も少なく、発掘事例も皆無に等しい。むしろ、『万葉集』が、その様子を伝える第一等の史料であるとさえいえる。今日、〈庭園〉といっても、新宿御苑や赤坂離宮もあれば、個人の邸宅の庭もある。そして、アパートのベランダも一つの私的な庭である、といえよう。本節において明らかにしたいと考えているのは、個人の起居する宅に付随する〈庭園〉であり、それは私的かつ最も身近な遊覧の空間である、ということができる。(3)

なお、本節で用いる〈庭園〉という用語について、その定義をはじめに述べておきたい。〈庭園〉という用語は、近世以降に使われはじめた比較的新しい言葉であるが、本節では『万葉集』に見られる次の四語を総合した分析用語として用いることにする。

シマ……十五例、池や築山を中心とする人工的な遊覧の空間。
ソノ……二十一例、食用植物が植えられている人工的な遊覧の空間。
ニハ……三十一例、祭祀や儀礼、労働の空間にも利用され得る遊覧の空間。
ヤド……九十五例、「屋外」「屋前」「屋庭」と表記される建物に付随する遊覧の空間。

もちろん、右記の説明は原義を遡源したものに過ぎず、実際にはその機能やあり方はほとんど重なっていると見てよい。これらの四語の重なり合う意味範疇から導き出される空間を〈庭園〉と呼び、本節では考察の対象としたい。すなわち、人が遊覧を目的として①、地相に手を加え②、植物を植えたり③、特定の動物、昆虫を餌付けまたは飼育したり、特定の鳥の飛来を楽しむ空間④、ということができる。そこで、『万葉集』や『懐風藻』から代表的な例を挙げておこう。

①花を見る（巻三の四六四）／紅葉を見る（巻十九の四二五九）／月を見る（巻二十の四四五三）
②池がある（巻三の三七八）／池に島がある（巻二の一七〇）／築山がある（「五言。寶宅にして新羅の客を宴す」『懐風藻』）／あずまやがある（巻八の一六三七）〔上野　二〇〇〇年〕
③橘を植える（巻三の四一一）／梅を植える（巻三の四五三）／藤を植える（巻八の一四七一）
④鳥を飼育する（巻二の一八二）／うぐいすの飛来を楽しむ（巻二十の四四九〇）／ほととぎすの飛来を楽しむ（巻八の一四八〇）／コオロギの音を楽しむ（巻八の一五五二）

まさに、四季折々の楽しみを極め尽くす空間、ということができよう。以上の前提に立って、以下、天平の〈庭園〉文化の一側面を、万葉歌から描き出してみたい、と思う。

一　「東歌」の庭、「防人歌」の庭

今日の農家の庭は、農作業の場でもある。穀物の脱穀も行なわれるし、陰干を必要とする豆類が筵の上に広げられることもある。また、柿や大根、さらには梅も、その庭先で陰干される。ところが、お盆ともなれば、同じ場所で「迎え火」や「送り火」も焚かれる。しかも、念仏系の芸能のほとんどは、庭先で行なわれるのである。つまり、庭は、作業の場にもなり、祭祀や儀礼、芸能の場ともなり得る空間なのである。今日、アパートにおいても、ベランダがないと困るのは、布団が干せないからである。もちろん、その傍らには、庭の主人ご自慢の花や樹木も大切に育てられている。つまり、宅に付随した庭は、作業の空間ともなり、祭祀や儀礼を行なう空間ともなり、併せて花鳥風月を楽しむ空間ともなり得るのである。

こうした観点から、万葉の〈庭園〉を眺めてみると、面白いことに気づく。万葉の「シマ」「ソノ」「ニハ」「ヤド」には、生活や祭祀、儀礼などを歌った歌が、不思議なことに皆無なのである。三首の例外を除いて。しかし、当時の庭においても、当然作業や儀礼が行なわれたはずである。つまり、それは、歌の世界における〈庭園〉が、花鳥風月を愛でる場として描かれるからに他ならない。すなわち、歌の中の〈庭園〉は「みやび」の空間なのである。そこで、この点を踏まえて、その例外の三首を見てみよう。

A　庭に立つ　麻手刈り干し　布さらす　東女を　忘れたまふな　（巻四の五二一）

B　庭に立つ　麻手小衾　今夜だに　夫寄しこせね　麻手小衾　（巻十四の三四五四）

C　庭中の　阿須波の神に　小柴さし　我は斎はむ　帰り来までに　（巻二十の四三五〇）

Aは「藤原宇合大夫、遷任して京に上る時に、常陸娘子が贈る歌一首」であり、Bは東歌、Cは防人歌。つまり、すべて東国関係歌なのである。AとBの「庭に立つ」は麻に係る枕詞であるが、それは当時行なわれていた庭での労働を踏まえた表現である。すなわち、実際に東国の家々の庭先には麻が植えられ、刈り取り後の陰干も庭で行なわれていたのである。だから、Aの「東女を　忘れたまふな」には、「田舎女をお忘れなさいますな」という卑下の笑いが生まれるのである。当該歌が、都に帰る藤原宇合に対して贈られたことを考え合わせると、麻の陰干は、東国の田舎女が行なう代表的な労働だったのであろう。そして、その主な場所が庭だったのである。

Cは防人に出発するにあたり、庭に祀られていた「阿須波の神」に無事を祈願した歌である。今日の民俗事例にも、庭にその屋敷を守る屋敷神を祀ったり、同族神を祀る、といった祭祀習俗がある。「阿須波の神」の神格については、諸説がありにわかに同定し難いが、庭を祭場として祭祀が行なわれていたことは、この歌から推定することができよう。また、「小柴」を刺して「斎はむ」のは、旅の安全を祈るためであるということも間違いない。とすれば、刺された「小柴」は、物忌みを表していると考えて差し支えないだろう。今日の多くの「柴刺し」の例を見ても、それは物忌みを表しているからである。つまり、これは庭での祭祀の歌なのである。

以上のように考えると「東歌」「防人歌」に歌われた「庭」は、作業や儀礼の場である、ということができる。ところが反対に、「東歌」「防人歌」には、庭で花鳥風月を愛でる歌は、管見の限り存在しない。この事実は、いったい何を意味するのだろうか。その問いには、二つの解答が可能であろう。一つは、東国においても〈庭園〉の花鳥風月を愛でる歌は歌われていたが、『万葉集』の鄙の文芸である「東歌」「防人歌」には、採録されなかった。もう一つの解答は、〈庭園〉の花鳥風月を歌う文芸そのものが、平城京生活者の文芸であり、東国においては発達し得なかった。かくなる問いについては、「東歌」「防人歌」理解の根本に関わるところであり、議論が百出し、容易に結論を出すことは難しい。しかし、次の事柄のみは確認することが可能であろう。それは、〈庭園〉の文芸は、宮都生活者による都市的文芸である、ということである。だからこそ、Aのような卑下の笑いの歌が、鄙にある者の口をついて出てくるのである。

本節の冒頭において縷々述べたように、庭という空間は、その時々によってさまざまな役割を果たす。したがって、花鳥風月を愛でる空間になるということも、その一つの役割に過ぎないのである。このことは、『万葉集』のみを見ていては看取できない事柄であり、考察を加えてゆくにあたり、留意すべき事柄である、と思う。

二　家持の庭、なでしこが妻の庭

天平感宝元年（七四九）の夏、家持は憂鬱な時を過ごしていた。越中に赴任をして三年目のことである。国司の任期は四年であるが、今日と同じく裁量権の運用によって、五年に延びる場合もあれば、六年に延びる場合もある（第一章第一節）。しかし、三年を過ぎれば、官人たる者、平城京への帰任を意識しだすのはあたりまえのことである。望郷の思いは募るばかり。都には、将来を頼む橘諸兄がおり、我が懐かしき家族と同胞、知己が居る。その中でも、思いが募るのは、妻・坂上大嬢のことである。そんな中で、家持は次のような歌を詠んでいる。

庭中の花の作歌一首〔并せて短歌〕

大君の　遠の朝廷と　任きたまふ　官のまにま　み雪降る　越に下り来　あらたまの　年の五年　しきたへの
手枕まかず　紐解かず　丸寝をすれば　いぶせみと　心なぐさに　なでしこを　やどに蒔き生ほし　夏の野の
さ百合引き植ゑて　咲く花を　出で見るごとに　なでしこが　その花妻に　さ百合花　ゆりも逢はむと　慰む
る　心しなくは　天離る　鄙に一日も　あるべくもあれや

反歌二首

なでしこが　花見るごとに　娘子らが　笑まひのにほひ　思ほゆるかも
さ百合花　ゆりも逢はむと　下延ふる　心しなくは　今日も経めやも
同じ閏五月二十六日に、大伴宿禰家持作る。　（巻十八の四一一三～四一一五）

家持は、自らの「やど」に、「なでしこ」の種を蒔き、野の百合を移植したのであった。その理由は「いぶせみと心なぐさに」と記されている。「いぶせみ」とは、心が晴れ晴れとしない状態をいう。だから、自らその心を慰めたのである。

「なでしこ」は、有名な「山上臣憶良の秋野の花を詠む歌」に「萩の花　尾花葛花　なでしこが花……」（巻八の一五三八）とあるように野の花の代表であるが、それを庭に植えるということが家持の時代にもあったようである。百合も、「夏の野の　さ百合引き植ゑて」とあるように夏の野を代表する花であるが、家持自ら野から庭へと移植したのであった。そして、その自ら植えた庭の花を取り合わせて歌い込み、憂さを晴らしたのである。「百合」は「ゆり」すなわち「後」を引き出しているだけだが、「なでしこ」は「なでしこが　その花妻」と可憐な妻・大嬢を讃め、望郷の思いの中心が妻との再会にあることを示している。

家持が「なでしこ」を偏愛したことは、諸家の説くとおりであり、屋上屋を重ねることはないであろう〔桜井二〇〇〇年、初出一九八〇年〕。ただ、ここで注意しておきたいことは、家持には妻・大嬢とともに「なでしこ」に関わる思い出のあったことである。

大伴宿禰家持が、坂上家の大嬢に贈る歌一首

我がやどに　蒔きしなでしこ　いつしかも　花に咲きなむ　なそへつつ見む　（巻八の一四四八）

当該歌は巻八の「春の相聞」の冒頭に位置する歌である。したがって、秋の開花を「いつしかも」と待つ歌なのである。つまり、これは大嬢の女性としての成長を待つ歌であり、家持はそれを「なでしこ」の開花と重ね合わせているのである。時に、天平五年（七三三）春の作、と推定される歌である。

また、大嬢とは、庭で共に遊んだ思い出があったことも、次の歌から推定できる。

大伴宿禰家持が坂上大嬢に贈る歌一首〔并せて短歌〕

ねもころに　物を思へば　言はむすべ　せむすべもなし　妹と我と　手携はりて　朝には　庭に出で立ち　夕には　床打ち払ひ　白たへの　袖さし交へて　さ寝し夜や　常にありける　あしひきの　山鳥こそば　峰向かひに　妻問ひすといへ　うつせみの　人なる我や　なにすとか　一日一夜も　離り居て　嘆き恋ふらむ……

（巻八の一六二九）

つまり、家持にとっての理想の夫婦生活とは、朝は手を取って庭で遊び、夜は袖を差し替えて共寝をすることであった。久邇京滞在などで思うように大嬢と逢えない家持は、夫婦が睦みあった日はいったいいく日あっただろうか、と嘆いている。時に、天平十二年（七四〇）前後の作、と推定される歌である。以上のように考えてゆくと、大嬢と庭にまつわる思い出があったことは、間違いない。

家持が越中の宅の庭に「なでしこ」を植えたのは、それを「形見」「偲ぶ草」にするためであった。恋人どうしが、「形見」「偲ぶ草」として植物を植えることは、当時の一つの流行であったようだ。

a　恋しけば　形見にせむと　我がやどに　植ゑし藤波　今咲きにけり（夏の雑歌、山部赤人、巻八の一四七一）

b　恋しくは　形見にせよと　我が背子が　植ゑし秋萩　花咲きにけり（秋の雑歌、花を詠む、巻十の二一一九）

c　秋さらば　妹に見せむと　植ゑし萩　露霜負ひて　散りにけるかも（秋の雑歌、花を詠む、巻十の二一二七）

d　君来ずは　形見にせむと　我が二人　植ゑし松の木　君を待ち出でむ

（寄物陳思、柿本人麻呂歌集歌、巻十一の二四八四）

aはいとおしい人の形見にしようと、藤を自分の「ヤド」に植えている例として考えることができる。bcdは、「ヤド」とは明示されていないが、歌い手が起居する建物に付随する空間であることは間違いなく、「ヤド」の歌と見てよいであろう。bは女歌で、背子が萩を持って来て、女の家に植えたと解釈することができる。対して、cは男歌であり、妹に見せようと、男が自分の家の庭に萩を植えたと解釈することができる。dは女歌で、二人で松を女の家の庭に植えたと解釈することができる。それを女は、男を偲ぶよすがとして待っている、というのである。

以上のように考えてゆくと、家持は大嬢を偲ぶよすがとして、ゆかりの「なでしこ」を植えたのであり、その背景にはかつて二人で作った庭のことが想起されているのではなかろうか。しかも、それは当時一般的に行なわれていたことらしいのである。

三　旅人の庭、二人作りし山斎

ならば、恋人や夫婦で、庭に好みの植物を植えて楽しむ初見の歌は、いったいどの歌になるだろうか。管見の限りでは、父たる旅人の例ではないか、と思う。そこで、旅人の例を見てみよう。

神亀五年（七二八）、旅人は任地大宰府において最愛の妻・大伴郎女を亡くす。そして、大納言昇進のうれしさも半ば、失意のうちに平城京帰任の年を迎えたのであった。時に、天平二年（七三〇）冬のことである。

　帰るべく　時はなりけり　都にて　誰が手本をか　我が枕かむ
　都なる　荒れたる家に　ひとり寝ば　旅にまさりて　苦しかるべし
　　右の二首、京に向かはむとする時に作る歌。（巻三の四三九、四四〇）

旅人にとっての帰路は、つらい旅路となったようである。

　妹と来し　敏馬の崎を　帰るさに　ひとりし見れば　涙ぐましも
　行くさには　二人我が見し　この崎を　ひとり過ぐれば　心悲しも〈一に云ふ、「見もさかず来ぬ」〉

右の二首、敏馬の崎に過る日に作る歌。（巻三の四四九、四五〇）

旅人は、帰京にあたって、すでに大伴郎女との思い出のある旅路を行くことが、沈痛な旅路となることを予測していた。さらには、たとえ、平城京に無事にたどり着いたとしても、二人の思い出のある家に入れば、思いが乱れることを予測していたのであった。そして、それは現実のものとなる。

故郷の家に還り入りて、即ち作る歌三首

人もなき　空しき家は　草枕　旅にまさりて　苦しかりけり
妹として　二人作りし　我が山斎は　木高く繁く　なりにけるかも
我妹子が　植ゑし梅の木　見るごとに　心むせつつ　涙し流る

（巻三の四五一～四五三）

旅人は、旅立つ前に「都なる　荒れたる家に　ひとり」で寝ることは、旅よりも苦しいかもしれないと歌ったが、「旅にまさりて　苦しかりけり」と、まさに現実になってしまったのである。

ここで注目したいのは、「家」といっても旅人が歌ったのは、「シマ（山斎）」とその「梅の木」だったことである。このことは、いったい何を意味するのだろうか。それは、旅人にとって妻との思い出が最も鮮明に残っている場所が、「山斎」だったことを意味する。なぜなら、歌われた庭は、夫婦で丹精を込めて作った庭だったからである。「妹として　二人作りし　我が山斎は」という表現は、その事実を如実に物語っている。

四　書持の庭、あるじの趣味を反映する〈庭園〉の趣向

以上のごとくに考えを進めてゆくと、旅人も家持も共に〈庭園〉を作ることを楽しんでいた、ということがわかる。つまり、私的な空間に、好みの花草花樹を植えて、楽しんでいるのである。換言すれば、彼らは、〈庭園〉を《見る楽しみ》だけでなく、《作る楽しみ》をも知っていた人びとである、ということができる。そして、それは天平期の〈庭園〉、ことに個人の邸宅の「シマ」「ソノ」「ニハ」「ヤド」に広がっていた。abcdの歌は、そのような〈庭園〉を《作る楽しみ》が広がっていたことをわれわれに教えてくれる。

ところで、家持は、弟・書持の死に際して挽歌を残している（巻十七の三九五七）。このことは、第三章第一節においてすでに述べたので簡潔に記すが、その挽歌の中に庭を以って書持の人柄を偲ぶところがある〔上野　二〇〇〇年〕。その挽歌の「萩の花　にほへるやど」という句の下には、家持自らの注記があり、「言、斯人為性、好愛花草花樹而、多植於寝院之庭。故謂之花薫庭也」と書かれている。当該の注記によって書持が、「ヤド」たる「寝院之庭」に、好みの「花草花樹」を植えていたことをわれわれは知ることができる。つまり、個々人が起居する建物の周りについては、その主人がその趣味に応じて、植物を植えていたのである。だから、「ヤド」の草木によって故人を偲ぶことができたのであろう（第三章第一節）。

ここで、予備的考察を必要とする問題に突き当たる。それは、「イヘ」と「ヤ」との関係をいかに理解すればよいのか、という問題である。その関係については、議論のあるところであるが、母屋というべき寝院に対して、同じ敷地内に逢瀬や新婚生活のための妻屋も建てられていたことは、次の歌からわかる。

家に来て　我が屋を見れば　玉床の　外に向きけり　妹が木枕　（巻二の二一六）
家に行きて　いかにか我がせむ　枕づく　つま屋さぶしく　思ほゆべしも　（巻五の七九五）

早くに指摘されているように、「イヘ」は、家人ごとに妹が居住する建物群全体を含む空間として、万葉歌では歌われる〔伊藤　一九七六年、初出一九七三年〕。それに対して、「ヤ」は特定の建物ないし建物に付随する庭を指すと考えてよい〔吉井　一九九〇年、初出一九八〇年〕。だから、「家に来て　我が屋を見れば……」という表現が成り立つのであろう。つまり、一つの敷地内にいくつかの建物があり、その建物の一つ一つが「ヤ」であり「ヤド」である、と考えて差し支えないのである。

以上のように考えると、「イヘ」という建物群のなかにある「ヤ」「ヤド」には、それぞれの建物に起居する主人がおり、その主人の趣味によって植物が植えられていた、と推定できるのである。書持の「やど」「寝院之庭」もその一つだったのである。

以上の点を踏まえた上で、万葉歌に歌われた「ヤド」の草木について見ておきたい。そこで、注目したいのが、「ヤド」の花について考察した森淳司の先駆的研究である〔森　一九七五年、初出一九七四年〕。森の調査によれば、

橘……二十首／萩……二十首／梅……十首／なでしこ……八首／浅茅……三首／山吹……三首／桜……二首／
柳……二首／尾花……二首／松……二首
〔森　一九七五年、初出一九七四年〕

であり、以下、竹、桃、カラアヰ、蓼、ツチハリ、葛、シダ、夕陰草が各一首と続く。森は「ヤド」の歌が、天平万葉に集中することを指摘し、そこに天平の花鳥風月歌の特質を見出そうとしている。これは、きわめて重要かつ示唆的な指摘である。もう一つ「ヤド」の花を論じる上で、忘れてはならない先駆的な業績がある。それは、中西進の研究である〔中西　一九七二年〕。中西は、「ヤド」の花の二大勢力である橘と萩との関係を分析して、作者判明歌巻には橘が多く、作者不記載歌巻には萩が多い傾向にあることを示して、次のような理解を示している。

いうまでもなく、橘は外来の珍木であり、萩は当時野生の花である。巻十その他の無名歌人は萩をわがヤドに植えてその可憐な美を愛したのであり、大伴関係の名流諸子は、橘の芳香をヤドに放ったのである。

〔中西　一九七二年〕

梅や橘が舶来珍奇の樹木であり、萩や桜が山野の花であったことは周知のとおりであるが、そのことが詠まれる花の傾向に反映されている、という見方である。一つの考え方であろう。とすれば、集中に名を留めない下級の官人は、野の花を集めて、自らの起居する建物の周りを飾った、という結論を導き出すことができる。これを逆説的にとらえれば、「ヤド」を好みの植物で飾ることは、貴族から下級官人にいたる幅広い平城京生活者の趣味であった、と推察することができよう。だからこそ、歌われる植物にも差異が出てくるのである(4)。中西はこういった傾向に、都の庶民の影を認め、これを「『市民』の文学」と規定したのであった。「市民」という用語はたぶんに近代的で比喩的に用いられた言葉であろうが、〈庭園〉を作って楽しむ趣味の広がりは、平城京生活者に広く定着していた流行である、ということは認めてよいであろう。

五　王の庭、第二の自然

では、それはどのようにして、下級官人たちにまで、広がって行ったのであろうか。筆者は、明日香の〈庭園〉群については、かつてこれを権力論的視座から論じ、〈庭園〉がその主人の政治的、経済的、文化的力を示すものであるということを論じたことがある〔上野　二〇〇〇年〕。そして、筆者は、以下の記事に、日本における外来文化としての〈庭園〉文化の始発を考えた。『日本書紀』の蘇我馬子の薨伝には、夏五月の戊子の朔にして丁未に、大臣薨《みう》せぬ。仍りて桃原墓に葬る。大臣は稲目宿禰の子なり。性、武略ありて、亦弁才有り。以ちて三宝を恭敬して、飛鳥河の傍《ほとり》に家せり。乃ち庭中《にはのうちに》に小池《ちひさきいけ》を開《ほ》れり。仍りて小《ちひさき》島《しま》を池の中に興《つ》く。故、時人、島の大臣と曰ふ。

（『日本書紀』巻第二十二、推古天皇三十四年［六二六］夏五月二十日条、小島憲之他校注・訳『日本書紀②〈新編日本古典文学全集〉』小学館、一九九六年）

とある。「桃原墓」とは、現在の石舞台古墳である。この場所に巨大な石室を持つ古墳を築造すること自身が、巨大な権力を表象する行為なのである。薨伝は、馬子の「軍略」と「弁舌」の才を讃え、仏教を敬ったことを伝えているが、馬子は、庭に池を造り、そのなかに島を造ったことから、「島の大臣」と呼ばれた、と記している。これは、〈庭園〉を造ることが、立派な墓を造ることと同様に、巨大な権力の象徴であったことを表しているのではないか。つまり、「島の大臣」すなわち「苑池に島を造った大臣」という呼称が、それを端的に表している、と考えられるのである。そして、このことは、権力を象徴するものが、古墳から寺院や〈庭園〉へと遷っていったことをも端的に表しているのである。

だから、島の宮は日並皇子の宮へと継承されていったのであろう。後の皇太子宮のような役割を果たしたこの島の宮に対して、明日香の天皇正宮たる伝板蓋宮の後苑と考えられるのが、飛鳥京跡苑池遺構である。「荒磯」をイメージさせる護岸、石敷きの池、噴水する石造物、島状の石積み、池に張り出す建物、池の中にある小島〔橿原考古学研究所編　二〇〇二年〕。万葉研究者の多くは、この〈庭園〉の遺構と、島の宮の苑池を重ね合わせてイメージを膨らませたのであった。珍獣を養い、舶来珍奇の草木が、この庭を飾っていたことはいうまでもない。

その飛鳥京跡苑池遺構の植物遺体の同定分析の結果が、すでに公表されている。分析をした金原正明は、苑池遺構の最下層からは、以下のような植物の種実と花粉の遺体が検出された、と報告している。

種実では、ニヨウマツ類（アカマツかクロマツ）、センダン、モモ、ヒシが多く、ナシ、ウメ、スモモ、ハス、オニバス、コウホネ属、ヒルムシロ属などが検出された。花粉ではカシ類、ニヨウマツ類、フサモ属が多く、カキ、ゴヨウマツ類、コウホネ属、ガマ属ないしミクリ属、オモダカ属、ミズアオイ属が検出された。

〔橿原考古学研究所編　二〇〇二年〕

そして、金原は、出土状況やその他の環境分析から、ハスやオニバスは植えられていたと考えるのが妥当であるとし、「苑池遺構周辺に植栽されていた樹木は、常緑で庭園などに今も植えられるニヨウマツ類やゴヨウマツ類、落葉広葉樹のセンダン、モモ、ナシ、ウメ、カキが考えられる」との結論を導き出している。(5) ここから筆者は、蓮の池の石造物から水が噴出し、花々と果実がその香りを競うといった楽園の姿を……夢想する。

これは、「自然」そのものではない。呼ぶとすれば、林立する都の建物群の中に出現した「第二の自然」というべきものであろう。「あるがままの自然」に対する「あるべき自然」が人の手によって、都市空間の中に出現したのである。つまり、自然が駆逐された空間に、人工的な「第二の自然」が新たに作られたのである〔上野　二〇〇〇年〕。筆者は、このことを逆説的に敷衍して、〈庭園〉の誕生は、都市空間の成立と軌を一にするのではないか、と推量している。だから、明日香に〈庭園〉が林立するのであろう（第五章第三節）。そして、そういう空間を出現させることこそ、文治の王の力であったのではなかろうか。したがって、宮に属する〈庭園〉は文治の王の力を示すものなのである。ために、東アジアにおいては、「武」の王から、「文」の王に転じようとする帝王たちは、歴史に名を残す〈庭園〉を作ったのである。以上のような理由から、「天円地方」の思想によって形成された東アジアの古代都市には必ず〈庭園〉が出現するのである。帝王の徳を表すものとして。たとえば、平城京においては、松林宮、平城宮東院庭園、阿弥陀浄土院庭園、さらには長屋王邸宅の庭は、そのような役割を担っている、ということができる。まさに、「王の庭」である。

平城京には、そのような「王の庭」とは別に、縷々述べてきたようにそれぞれの起居する建物の前に、思い思いの趣向を凝らしたいわば「民の庭」が存在していた。それは「王の庭」から、「貴族の庭」に、そして「民の庭」へと一つの流行として、徐々に古代宮都生活者の宅に広がっていったのであろう。すなわち、ここに〈庭園〉文化の大衆化と、〈庭園〉文化の分化を認めることができるであろう。つまり、「王の庭」から分化するかたちで、「民の庭」が生まれたのである。筆者は、平城京に「王の庭」と「民の庭」が共存していた理由を、以上のように理解している。

誤解を恐れずにいえば、「王の庭」は権力の庭であり、見ることを楽しむ庭であるということができる。対して、「民の庭」は、趣味の庭であり、見ることとともに、作ることをも楽しむ庭である、ということができるのではなかろうか。

おわりに

本節では、万葉歌を通じて、いくつかの〈庭園〉を眺めてきた。妻を偲ぶ家持の庭、人柄が偲ばれる書持の庭、作者不記載歌巻の恋人たちの庭、東歌の労働の庭、防人歌の祭祀の庭、旅人が妻と作った庭、そして王の力を示す庭。天平期の〈庭園〉文化の広がりは、平城京生活者の起居する空間に及び、互いにその「みやび」を競い合うかたちで、一つの流行を形成していた、と考えられるのである。近時、このような状況を今日のガーデニング・ブームと重ね合わせて、理解しようとする研究者がいる〔東　二〇〇〇年〕。傾聴すべき意見であろう。

筆者はこれを、画一化された宅地のなかで、せめて自らの個性で一つの空間を作ってみたい、という欲求から生まれたブームではないか、と考えている。都会生活においては、ベランダのプランターこそが……触れ合うことのできる唯一の自然である。そのプランターの植物くらいは、せめて自分で選びたい、と考えるのが都会人のささやかな願いというものである。

四角い街に、宅地を班給されて、宮仕えした平城京生活者。その一角に、野の花々を移植したのは、失われた自然を万葉びとが回復しようとして作った「第二の自然」であった、といえよう。天平期の花鳥詠は、そういう〈庭園〉の花鳥風月を歌うものだったのである。思い思いに。

次節においては、「第一の自然」と「第二の自然」との関係について、吉野を通して考えてみたい。

注

(1) 今日、万葉歌のひとつの母胎が、宴の場にあるということを否定する研究者はいない、と思われる。それは、宴席が、作品発表の主たる機会であり、歌を演錬する場であった、と考えられているからである（第二章）。この点については、その大枠において、多くの研究者が了としているはずである。では、いったい万葉びとの宴は、どこで行なわれていたのか。おそらく、宴の主要な場の一つとしては、〈庭園〉を挙げなくてはならないだろう。ことに天平期の私的な宴は、そのほとんどが〈庭園〉において行なわれた、と見て差し支えない。ゆえに、これまでにも、多くの論者が宴席歌と、〈庭園〉の動植物との関係について、考察を加えてきた。

(2) 金子裕之編〔二〇〇二年〕は、近時の庭園遺構の発掘成果を網羅的に紹介している。また、橿原考古学研究所編〔二〇〇二年〕は、飛鳥京跡苑池遺構とその周辺から出土した木簡に関する調査報告である。

(3) 公的な〈庭園〉について、万葉研究から考察できる問題については、上野誠〔二〇〇〇年〕において述べた。

(4) もちろん、庭を楽しむことと、庭の動植物を歌うことは、別である。庭の植物が歌われるのは、日本における花鳥歌の展開によるものである。井手至が早くに注目したように、従来の呪物的詠から、中国六朝詩、初唐詩の影響を受けて発展した歴史がある〔井手　一九九三年a、初出一九七三年〕〔井手　一九九三年b、初出一九八四年〕。そして、それはその取り合わせの美を追究する文芸として定着、発展していった歴史があることを忘れてはならないだろう。本節が問題とする〈庭園〉の文芸も、そのような潮流の中にあるのである。

（5）その上で、桃、梨、柿が、当時薬用であることを念頭に、薬草園的性格を持った庭園であったことを示唆している。

参考文献

井手　至　一九九三年a「花鳥歌の源流」『遊文録　萬葉篇一』和泉書院、初出一九七三年。

――――　一九九三年b「花鳥歌の展開」『遊文録　萬葉篇一』和泉書院、初出一九八四年。

伊藤　博　一九七六年「家と旅」『萬葉集の表現と方法（下）』塙書房、初出一九七三年。

――――　一九九二年「地にあるがままに――大伴書持の論」『万葉集の歌群と配列（下）』塙書房、初出一九九一年。

上野　誠　二〇〇〇年『万葉びとの生活空間』塙書房。

大室幹雄　一九八五年『園林都市』三省堂。

小野　寛　一九九九年「大伴書持小考」『万葉集歌人摘草』若草書房、初出一九九一年。

橿原考古学研究所編　一九九〇年『発掘された古代の苑池』学生社（同研究所主催の公開講演会「発掘された東アジアの古代苑池」の講演記録を中心に編集された論文集。亀田博、直木孝次郎、田中哲雄、杉山信三、河上邦彦、駱希哲、牛川喜幸、尹武炳の各氏の論考を集めている）。

――――　二〇〇二年『飛鳥京跡苑地遺構調査概報』学生社。

橿原考古学研究所調査研究部編集　一九九九年a『飛鳥京跡苑池遺構（飛鳥京跡一〇四次調査）現地説明会資料』同研究所。

――――　一九九九年b　『発掘された飛鳥の苑池――都城的視点からの苑池』同研究所（同名のシンポジウムの資料で、卜部行弘、李白圭、河上邦彦、和田萃、沈奉謹、亀田博氏らの発題要旨が収載されている）。
金井清一　一九九六年　「庭園」上代文学会編『万葉の歌と環境』所収、笠間書院。
金子裕之　一九九七年　『平城京の精神生活』角川書店。
金子裕之編　二〇〇二年　『古代庭園の思想』角川書店（シンポジウム「いま探る古代の庭園」（二〇〇二年六月二十四日、奈良大学）で行なわれた討議を踏まえてまとめられた論考。金子裕之、相原嘉之、岩永省三、小野健吉、水野正好、多田伊織、東野治之らの発題要旨が収載されている）。
亀田　博　一九八八年　「飛鳥の苑池」『橿原考古学研究所論集』第九集所収、吉川弘文館。
――――　一九九九年　「飛鳥京跡苑池遺跡」『明日香風』第七十二号所収、飛鳥保存財団。
川口常孝　一九七六年　「死者の生――家持と池主」『大伴家持』桜楓社。
岸　俊男　一九六六年　『日本古代政治史研究』塙書房。
――――　一九七八年　「万葉集と遺跡――嶋を事例として」『國文學　解釈と教材の研究』第二十三巻第五号所収、學燈社。
――――　一九七九年　「嶋雑考」『橿原考古学研究所論集』第五集所収、吉川弘文館。
呉　哲男　一九九二年　「庭園の詩学」『古代言語探究』五柳書院、初出一九八七年。
近藤健史　一九八七年　「万葉集の山斎の歌――その特質と作歌基盤をめぐって」『美夫君志』第三十五号所収、美夫君志会。
西光慎治　二〇〇〇年　「酒船石遺跡の調査――新発見の石造物」『明日香風』第七十四号所収、飛鳥保存財団。
斉藤充博　一九九〇年　「万葉集における庭園と文学」『芸文研究』第五十七号所収、慶応義塾大学芸文学会。
桜井　満　二〇〇〇年　「ナデシコ」『桜井満著作集　第七巻　万葉の花』おうふう、初出一九八〇年。
田辺征夫　一九九九年　「万葉貴族の邸宅と園池」『大伴家持と女性たち（高岡市万葉歴史館叢書　十一）』所収、同歴史館。

寺崎保広　一九九五年　「古代都市論」『岩波講座日本通史』第五巻所収、岩波書店。
戸谷高明　一九六九年　「万葉歌小考――庭園をめぐって」『國語と國文學』第四十六巻第十号所収、東京大学国語国文学会。
中西　進　一九七二年　「屋戸の花」万葉七曜会編集『論集上代文学』第三冊所収、笠間書院。
東　茂美　二〇〇〇年　『東アジア　万葉新風景』西日本新聞社。
森　淳司　一九七五年　「万葉の〈やど〉」『万葉とその風土』桜楓社、初出一九七四年。
吉井　巌　一九九〇年　「いへ・やど・やね」『万葉集への視角』和泉書院、初出一九八〇年。
渡瀬昌忠　一九七六年　『柿本人麻呂研究――島の宮の文学』桜楓社。
――――　二〇〇一年　「島の宮の『雁の子』」『飛鳥に学ぶ』所収、飛鳥保存財団。

初　出

「万葉びとの庭、天平の庭――王の庭と、民の庭」梶川信行・東茂美共編『天平万葉論』翰林書房、二〇〇三年。

第三節　南山、吉野と神仙世界

ココハ　吉野
よき人が
よしとよく見て
まさしく「よし」と言った
吉野をよく見よ！
今のよき人たちも――
ココハ　吉野
（巻一の二七釈義）

はじめに

文学における吉野を論ずるということは、それは、そのまま日本詩歌史を論ずるということである〔中西　一九九五年、初出一九六一年〕〔辰巳　一九八七年、初出一九八一―一九八二年〕。和歌における長歌体は、人麻呂の吉野讃歌をもって完成し、それ以降の長歌の範型となっていった。また、赤人歌における吉野讃歌の反歌を、叙景歌の端緒とする見方もある。

一方、『懐風藻』の吉野詩は、長屋王邸の宴詩とともに、日本漢詩の始発点といってよいだろう〔村田　一九八四年〕。しかし、残念なことに、今の筆者には、そのすべてを論じる力などない。そこで、吉野が日本の「南山」に見立てられていることを糸口として、神仙世界と吉野との関わりを論じ、古代における「自然」と「第二の自然」との関係について論じてみたいと思う。

一　雲居にそ遠くありける吉野

大和の古老と話していて、ふとこんな言葉を耳にしたことがある。「ザイショはナンザンですよ」と。ここでいう「在所」とは生まれ故郷を言い、「南山」とは、吉野を示している。つまり、「生まれ故郷は、吉野です」ということだ。これは、大和で行なわれている伝統的地域区分に基づく呼称法である。「オク（奥）」といえば宇陀地域を指し、「サンチュー（山中）」といえば現在の奈良市東部の旧都祁村あたりを指す。そして、「クンナカ（国中）」といえば山々に囲まれた平野部を指すのである。「クンナカ」は、古典世界でいえば、青垣山こもれる「国のまほろば」であろうし、「国の秀《ほ》」であろう。話を伝統的地域呼称法の方に戻すと、国中を中心として、奥があり、山中があるということになる。さて、このうち南山と奥と山中には、地形的な共通点がある。それは、大盆地である国中から離れた小盆地だということだ。国中から見て、別天地、別世界をいう言葉なのである。泊瀬も別世界なのだが、泊瀬の場合は、三輪山の背後にあって、三輪山を通じて国中に隣接している地域だと考えられている[1]。そして、国中から見て、泊瀬を挟んでさらにその奥が、宇陀なのである。あくまでも、この呼称法は、国中から発想されていることを忘れてはならない。

　では、「南山」と呼ばれる吉野は、古代において、どのような地域と見られていたのであろうか。『万葉集』の藤原宮の御井の歌では、

……大和の　青香具山は　日の経《たて》の　大き御門に　春山と　しみさび立てり　畝傍の　この瑞山は　日の緯《よこ》の

大き御門に　瑞山と　山さびいます　耳梨の　青菅山は　背面《そとも》の　大き御門に　宜しなへ　神さび立てり　名ぐはしき　吉野の山は　影面《かげとも》の　大き御門ゆ　雲居にそ　遠くありける……
（巻一の五二）

と記されている。藤原宮は、国中たる奈良盆地の南部、大和三山の真ん中に営まれた宮である。この歌で注意しなくてはならないのは、三山と吉野の山々が、宮を守る四神に相当しているという点である。では、南の吉野の山々は、どう詠まれているかというと、「有名で、雲の彼方にある」と詠まれているのである。天子南面の中国の都城思想からすれば、南は眺望よく開け、その彼方に山々がなくてはならない。

有名な天武天皇御製歌は、古歌に託して、壬申の乱直前の不安な吉野入りの心情を歌ったものとされる。

天皇の御製歌

み吉野の　耳我の嶺に　時なくそ　雪は降りける　間なくそ　雨は降りける　その雪の　時なきがごと　その雨の　間なきがごとく　隈《くま》も落ちず　思ひつつぞ来し　その山道を
（巻一の二五）

山道の隈を幾重にも越えて吉野へと私はやって来た、と歌っているのである。そして、それは、天武天皇自らの人生においても、苦難の時であった。一方、『日本書紀』では、童謡《わざうた》を通じて、天武天皇（＝大海人皇子）吉野入りの心情を、次のように伝えている。

十二月の癸亥の朔にして乙丑に、天皇、近江宮に崩《かむあが》りましぬ。癸酉に、新宮に殯《もがり》す。時に、童謡《わざうた》ありて曰く、

み吉野の　吉野の鮎　鮎こそは　島傍《しまへ》も良き　え苦しゑ　水葱《なぎ》の下　芹の下　吾は苦しゑ〔其の一〕
臣の子の　八重の紐解く　一重だに　いまだ解かねば　御子の紐解く〔其の二〕
赤駒の　い行き憚る　真葛原　何の伝言《つてこと》　直《ただ》にし良けむ〔其の三〕

といふ。

（『日本書紀』巻第二十七、天智天皇十年〔六七一〕十二月条、小島憲之他校注・訳『日本書紀③（新編日本古典文学全集）』小学館、一九九八年）

水葱の下芹の下の鮎は、身動きもままならぬ大海人皇子自身の苦しさを表象し〔其の一〕、八重の紐は、解き難い難題を表象し〔其の二〕、赤駒の足にからみつく真葛這う原野は、進退ままならぬ様子を表象しているとみなくてはなるまい〔其の三〕。この童謡は、今後窮地に立つであろう大海人皇子の吉野入りの折の状況を暗示しているのである。

では、同じ『日本書紀』の散文では、この吉野入りを、どのように伝えているのだろうか。

壬午に、吉野宮に入りたまふ。時に、左大臣蘇賀赤兄臣・右大臣中臣金連と大納言蘇賀果安臣等送りたてまつりて、菟道《うぢ》より返る。或《あるひと》の曰く、「虎に翼を着けて放てり」といふ。是の夕に、島宮に御《おは》します。
癸未に、吉野に至りて居《おは》します。是の時に、諸の舎人を聚《つど》へて謂りて曰《のたま》はく、「我、今し入道修行《おこなひ》せむとす。故、随ひて修道《おこなひ》せむと欲ふ者は留れ。若し仕へて名を成さむと欲ふ者は、還りて司《おほやけ》に仕へよ」とのたまふ。然るに退く者无《な》し。更に舎人を聚へて、詔すること前の如し。是を以ちて、舎人等、半は留り半は退《まか》りぬ。
十二月に、天命開別天皇《あめみことひらかすわけのすめらみこと》崩《かむあが》りましぬ。

（『日本書紀』巻第二十八、天武天皇上　即位前紀〔天智天皇十年［六七一］十月十九日〕条、小島憲之他校注・訳『日本書紀③（新編日本古典文学全集）』小学館、一九九八年）

ここでは、乱の到来を思わせる伏線として、「虎着翼放之」と記している。この言葉は、強き者がますます強くなり、野に放たれたということを表している。引用部の後半では、自らの意思で、吉野に留まるか、吉野から去るか決せよとの詔が出されたことが記されている。当該条は、あくまでも従者の自由意思を尊重しようとした、大海人皇子の人徳を表しているとみてよい。『日本書紀』は、苦難の時にあっても、徳を失わなかった天武天皇を讃えているのである。

もう一つ、注目すべき点がある。それは、菟道から吉野への道中の宿泊地として、明日香の島宮が選ばれていることである。島宮は、乙巳の変において、蘇我本宗家が滅亡したあと、天皇家の管理となっていたのであろう〔上野　一九九七年〕。大海人皇子は、ここに宿泊したのであった。飛鳥岡本宮は天皇正宮であり、大海人皇子が岡本宮に宿泊することは、決して許されなかったはずだ。もし、無理に宿泊すれば、謀反行為とみなされる恐れがあったからである。なぜならば、天皇正宮に宿泊するということは、そのまま即位を表してしまうからである。そのため冬十月十九日（壬午）は、一日かけて明日香まで移動し、島宮に宿泊したのである。そして、冬十月二十日（癸未）、一日かけて大海人皇子たちは、吉野に入ったのであった。島宮は、この吉野入りの宿泊所であったがために、天武天皇即位後に壬申の乱ゆかりの宮となったのである。そして、島宮は、即位を期待されていた草壁皇子の居所となった。この後、島宮は、東宮のごとき役割を果たすことになってゆく。では、大海人皇子、苦難の時に、明日香での宿泊所となった島宮が、日並（草壁）皇子の居所となったことは、いったい何を暗示するのだろうか。それは、天武の子である草壁こそが、父・天武の後継者であることを暗示しているものと思われる。以上のような観点から、壬申の乱に勝利し、明日香に凱旋した大海人皇子の動きを検証してみよう。


九月の己丑の朔にして丙申に、車駕《すめらみこと》還りて伊勢の桑名に宿りたまふ。

丁酉に、鈴鹿に宿りたまふ。

戊戌に、阿閉に宿りたまふ。

己亥に、名張に宿りたまふ。

庚子に、倭京に詣りて、島宮に御します。

癸卯に、島宮より岡本宮に移りたまふ。

是の歳に、宮室《おほみや》を岡本宮の南に営る。即冬に、遷りて居します。是を飛鳥浄御原宮と謂ふ。

（『日本書紀』巻第二十八、天武天皇上　元年［六七二］九月条、小島憲之他校注・訳『日本書紀③（新編日本古典文学全集）』小学館、一九九八年）


この時も、「倭京」すなわち明日香地域に入り、まず島宮に入っている。そして、天皇正宮である岡本宮に入っているのである。(2) この岡本宮こそ、天武天皇即位の宮なのである。かくのごとくに考えを進めてゆくと、新しい藤原宮を讃える歌において、「名ぐはしき　吉野の山」（巻一の五二）という句から、いかなる故事を想起すればよいのだろうか。おそらくそれは、当時誰もが知っているだろう壬申の乱の故事だったと推察できる。(3)

二　吉野と明日香と

天武天皇が即位後、吉野を訪れるのは、いわゆる六皇子盟約においてである。六皇子盟約とは、天皇崩御後、壬申の乱のような皇位継承争いに発展させないための盟約である。

五月の庚辰の朔にして甲申に、吉野宮に幸《いでま》す。

乙酉に、天皇、皇后と草壁皇子尊・大津皇子・高市皇子・河島皇子・忍壁皇子・芝基皇子に詔して曰《のたま》はく、「朕《われ》、今日、汝等と倶に庭に盟《ちか》ひて、千歳の後に、事無からしめむと欲《おもほ》す。奈之何《いかに》」とのたまふ。皇子等、共に対《こた》へて曰《まを》さく、「理実《ことわり》、灼然《いやちこ》なり」とまをす。則ち草壁皇子尊、先《ま》づ進みて盟ひて曰さく、「天神地祇《あまつかみくにつかみ》と天皇、証《あきら》めたまへ。吾《おのれ》、兄弟《えおと》長《ひととなり》幼《をさなき》、幷せて十余王《とをあまりのみこ》、各異腹より出でたり。然れども同じきと異《こと》なれると別《わ》かず、倶に天皇の勅の随《まにま》に、相扶《あひたす》けて忤《さか》ふること無けむ。若し今より以後《のち》、此の盟の如くにあらずは、身命亡《ほろ》び、子孫《うみのこ》絶えむ。忘れじ、失《あやま》たじ」とまをす。五皇子《いつたりのみこ》、次を以ちて相盟ふこと、先の如し。然して後に、天皇の曰はく、「朕が男《こ》等、各異腹にして生れたり。然れども今し一母同産《ひとつおもはらから》の如くに慈《めぐ》まむ」とのたまふ。則ち襟《ころものくび》を披き其の六皇子を抱きたまふ。因りて盟ひて曰はく、「若し茲《こ》の盟に違はば、忽に朕が身を亡《うしな》はむ」とのたまふ。皇后の盟ひたまふこと、且《また》天皇の如し。

（『日本書紀』巻第二十九、天武天皇下、八年［六七九］五月条、小島憲之他校注・訳『日本書紀③（新編日本古典文学全集）』小学館、一九九八年）

この盟約で重要なのは、天武天皇自らも盟約に加わっているという点である。ここで天皇が、六皇子を同母の子のごとく、わけへだてなく慈しむと誓う。そして、この盟約では、もし違反した場合には、自らの身も亡ぶであろうと述べている。さらには、皇后も、この盟約に入っているのである。草壁皇子がすべての皇子を代表して宣誓した点と、天皇と皇后もその盟約に入っている点については、なお留意すべきであろう。そこには、おそらく二つのことが暗示されていると思われる。一つは、この盟約を順守する者については生命を保証すると約束していること。二つ目は、自らの崩御後、草壁皇子と皇后を中心とした後継体制となるべきことが示唆されているのではなかろうか。では、天皇、皇后をも拘束する盟約がどうして必要だったのだろうか。それは、そこまでしなくては、六皇子の和が保てなかったからであろう。事実、大津皇子謀反事件が起こっていることからも、そのことは明白である。そして、この盟約はどうしても、壬申の乱の故地、吉野で行なわれなければならなかったのである。

だとすれば、巻一の二五番歌において、天武天皇が自らの苦難の日々を懐古するかたちで歌を歌う意味も氷解する。今、われわれがこうして生きていられるのも、吉野における苦難の時があってのことではないか。このことを、六皇子たちよ、よくよく考えるべきだ、という気持ちが込められているはずだ。してみれば、有名な、

天皇、吉野宮に幸《いでま》せる時の御製歌

よき人の　よしとよく見て　よしと言ひし　吉野よく見よ　よき人よく見

（巻一の二七）

の歌には、次のようなメッセージが込められていると思われる。それは、「ここに集える六皇子たちよ、吉野をよく見よ、この吉野こそ、昔のよき人（天武天皇自身）が、よしとよく見て、隠棲と開戦をよしと決断した土地なのだから」というメッセージであるはずだ。

この「よく見よ」という天武天皇の呼びかけに呼応するかたちで、持統天皇は、三十一回以上の吉野行幸を行なったのである。そして、その折々に従駕歌が詠まれることになってゆく。諸家がすでに説き尽くしたように、人麻呂が「見れど飽かぬかも」（巻一の三六）、「絶ゆることなく　またかへり見む」（巻一の三七）と歌ったのは、天武天皇の「よく見よ」という呼びかけに応じたからなのである。そうして歴代の行幸従駕の歌人たちは、人麻呂の吉

野歌を範として、吉野を見ることに主眼を置いた行幸従駕歌を歌ったのであった。それらはすべて、天武天皇の二七番歌に呼応しているのである。こうして、吉野は、壬申の乱を契機として選ばれた行幸の地となってゆくのである。だとすれば、持統天皇は、天武天皇と伴に苦難の時を過ごした吉野に赴くことによって、政権への求心力を高めることができたはずだ。事実、持統朝以降も、天武皇統を継ぐ天皇たちは、次のように行幸を行なっている。

七〇一年　大宝元年二月　文武天皇　即位後五年
七〇一年　大宝元年六月　持統上皇　上皇即位後五年
七〇二年　大宝二年七月　文武天皇　即位後六年
七二三年　養老七年五月　元正天皇　即位後九年
七二四年　神亀元年三月　聖武天皇　即位後一年
七三六年　天平八年六月　聖武天皇　即位後十三年

このように行幸がたびたび行なわれたのは、壬申の乱を想起することが、政権への求心力を高めることに繋がったからである。そして次第に吉野は、語られるべき土地になってゆくのである。それを万葉歌において確認しておこう。

土理宣令《とりのせんりやう》が歌一首
み吉野の　滝の白波　知らねども　語りし継げば　古思ほゆ　（巻三の三一三）

音に聞き　目にはいまだ見ぬ　吉野川　六田の淀を　今日見つるかも　（巻七の一一〇五）

前者の歌からは、万葉びとにとって吉野が語り継がれるべき土地であったことを確認することができる。また、後者の歌からは、吉野が人口に膾炙した土地であり、多くの人があこがれをもった土地であったことを確認することができる。さらには、次のような歌もある。

麻呂の歌一首

古の　賢しき人の　遊びけむ　吉野の川原　見れど飽かぬかも

右、柿本朝臣人麻呂が歌集に出でたり。（巻九の一七二五）

かはづ鳴く　吉野の川の　滝の上の　あしびの花そ　端に置くなゆめ（巻十の一八六八）

右の二首からも、吉野が語り継がれるべき有名な場所であったことがわかる。そのような吉野における語りについて、早い段階で注目したのは、中西進であった〔中西　一九九五年、初出一九六一年〕。現実的に考えても、一回の行幸で数百人単位の官人が吉野に赴くことになるはずだ。そういった官人たちが、壬申の乱のみならず、神武天皇の国樔奏の故事や、雄略天皇の吉野童女の邂逅の物語を聞くことになるのである。さらには、それを聞いた官人が、次は語り手になることだってあったはずだ。おそらく、かくのごとき物語は、吉野の景とともに語られたはずである。

以上の諸点を踏まえた上で、平城京時代の吉野行幸について考えてみよう。平城京時代の吉野行幸に対する心情を伝える歌が、巻十三に伝わっている。

幣帛《みてぐら》を　奈良より出でて　水蓼《みづたで》　穂積に至り　鳥網《となみ》張る　坂手を過ぎ　石橋の　神奈備山に　朝宮に　仕へ奉

りて　吉野へと　入ります見れば　古思ほゆ

反歌

月も日も　変はらひぬとも　久に経る　三諸の山の　離宮所《とつみやどころ》

右の二首、ただし、或本の歌に曰く、「旧き都の　離宮所」といふ。　（巻十三の三二三〇、三二三一）

「石橋の　神奈備山」は、明日香の神奈備が確定し得ないので、場所を特定することは難しいけれども、平城京時代に維持されていた明日香の離宮は、小治田宮と島宮に限られる。しかし、「吉野へと　入ります見れば　古思ほゆ」というのであれば、島宮であろう。明日香の島宮に宿泊して、吉野入りするのは、天武天皇の吉野入りにちなんでのことであったと思われる[4]。反歌においては、幾星霜を重ねた島宮に対する思いが語られているが、それは明日香から吉野への道が、天武天皇の吉野入りの故事を想起させる道だったからである。

三　吉野を南山、南岳と呼ぶこと

大和において、南山といえば、吉野の山々を指すこと、天子南面思想から、南を大きく望む吉野の山々が、藤原宮の御井の歌に詠まれていることについては、縷々述べてきた。では、吉野を南山と称した最古例は、いかなる書に求めることができるのであろうか。従来あまり注目されてこなかったが、じつは『古事記』序文、それも壬申の乱を語る箇所にあるのである。

飛鳥清原大宮に大八州を御《をさ》めたまひし天皇の御世に曁《いた》りて、潜ける竜元《たつのり》に体《かな》ひ、洊《しき》れる雷期《いかづちとき》に応へき。夢の歌を聞きて業を纂《つ》がむことを相《うらな》ひたまひ、夜の水《かは》に投《いた》りて基を承けむことを知りたまひき。然れども、天の時未だ臻《いた》らずして、南の山に蟬のごとく蛻《もぬ》けましき。人の事共《わざそ》給《なは》りて、東の国に虎のごとく歩みましき。皇の輿忽に駕《いでま》して、山川を凌《こ》え度りき。六師《すめらみいくさ》雷《いかづち》のごとく震ひ、三軍《おほきいくさ》電《いなづま》のごとく逝きき。矛を杖《つゑつ》き威《いきほひ》を挙《ふる》ひて、猛き士《をのこ》烟《けぶり》のごとく起りき。旗を絳《あか》くし兵《つはもの》を耀かして、凶《あ》しき徒瓦のごとく解けき。未だ浹辰《いくばくのとき》を移さずして、気沴《わざはひ》自ら清《しづ》まりぬ。

（『古事記』上巻、序、山口佳紀・神野志隆光校注・訳『古事記（新編日本古典文学全集）』小学館、一九九七年）

『古事記』序文は大海人皇子の吉野入りの故事を以上のように語っている。そのなかで大海人皇子は「潜竜」という言葉で表現されている。まさしく、水に潜む竜で、即位すべき有徳の天子が隠棲している状況を表しているのである。対する「洊雷」とは、その水に潜む竜を呼び出す契機となる雷をいう言葉である。そして、次には潜む竜が、大友皇子側の追手を見事にかわしたことを、「蟬蛻於南山」と表現している。「南山」とは、基点となる場所から見て、南方の山という言葉である。これは、「南山」と称しながら特定の山岳を指す固有名詞的用法と見てとれる。例えば、有名な陶淵明の「飲酒」其五では、「廬山《ろざん》」を南山と称している。

其五

結廬在人境　　廬を作って人びとが行き交うところに住んではいるが……
而無車馬喧　　お役人の車馬がうるさくやって来ることなんてない。
問君何能爾　　お前さんに聞きたいね、どうしてそんなことができるのかとね。
心遠地自偏　　心がね遠くにあれば、地は自然と平らになるもの。俺の心は平らかなもんさ。
採菊東籬下　　菊を採る　東籬の下、

悠然見南山　　悠然として南山を見る――。
山氣日夕佳　　山の気はね　夕方が一番さ、
飛鳥相與還　　鳥たちは連れ立ってねぐらに帰ってゆく。
此中有眞意　　此の中に人の人たる大切なものがある。
欲辨已忘言　　でも、そいつは人に説明しようとしたとたんに忘れちまう。そんなものは人に伝えられないね。

（「飲酒」其五、松枝茂夫・和田武司訳注『陶淵明全集（上）』岩波書店、一九九一年、初版一九九〇年。ただし、下段の釈義は筆者による）

この詩で注目したい点は、南山は遥か遠くに悠然として仰ぎ見る山だと記されていることだ。それは、「人境」すなわち、人の行き交う俗世間と対置されているからである。その廬山は、いったいどのような山だったのだろうか。

廬山（瀑布・草堂）

廬山は九江市の南に位置し、「匡廬（廬山の別名）の奇秀は、天下の山に甲（第一）たり」（白居易「草堂記」）と評される名山である。北に長江、東に鄱陽湖をひかえる中国屈指の景勝地であり、主峰の漢陽峰（一四七三メートル）をはじめ、五老峰・香炉峰など、幾多の奇峰がそそりたち、美しい瀑布が到る処で流れ落ちていた。周の武王のとき、匡俗の兄弟七人が、この山に廬を作って隠棲したが、後に登仙して、その廬だけが残ったので廬山という（『太平寰宇記』巻一一一）。あるいはまた、殷・周の際、仙道を学ぶ匡裕が山中に隠棲し、当時の人は彼の住まいを「神仙の廬」と呼んだ。これが廬山の名の起こりともいう（慧遠『廬山記略』）。匡廬・匡山の別名も、隠者（仙人）の姓にもとづく。廬山は古くから、「往来するは　尽く神霊」（後述の江淹の詩句）〔1〕と歌われる霊山なのである。

（松浦友久編『漢詩の事典』大修館書店、一九九九年）

隠逸の士や、仙人が廬《いおり》を結ぶ地というイメージがあったのである。一方、長安においては、「終南山」が都から遥かに望む「南山」なのであった。終南山もまた、不老不死の仙人の棲《すみか》であった。『楽府詩集』の伝える曹操の遊仙詩に、次のような詩がある。

駕虹蜺乗赤雲登彼九疑歴玉門濟天漢至崑崙見西王母謁東君交赤松及羨門受要祕道愛精神食芝英飲醴泉拄杖桂枝佩秋蘭絶人事遊渾元若疾風遊欻飄飄景未移行數千壽如南山不忘愆

（魏武帝「陌上桑」『楽府詩集』巻二十八、相和歌辞、『西崑酬唱集：楽府詩集（四部叢刊初編集本、一〇四、集部）』台湾商務印書館、一九七五年）

筆者の学力では、これをいかんともしがたいので、川合康三の流麗な訳文をここに掲げておきたい。

虹の龍にまたがり、赤い雲に乗る。
九疑の山に登って玉門の関所を通る。
天の川を渡り、崑崙山に至る。
西王母にまみえ、東王公に会う。
赤松子と遊び、羨門高に接する。

要秘道を授かり精神を養う。
霊芝の花を食べ、醴泉の水を飲む。
月中の桂樹を杖とし、秋蘭を身につける。
俗事を断ち切り、大自然に遊ぶ。
疾風が空を自在に舞うように。
日差しが移らぬ間に、数千里を行く。
過誤を胸に留め南山のような永久の命を得る。

〔川合　二〇一三年〕

人知の及ぶ世界を遥かに越えて、天の川を渡り、崑崙山に至って、西王母、東王公に逢い、仙人と遊び、神仙世界の秘儀を知って、「南山」のような永遠の生命を得ると歌っている。だから、「南山」は不老不死の寿のあるところなのである。

一方、日本の「南山」たる吉野について、次のように語る詩がある。

五言。扈従吉野宮。

鳳盖停南岳　天皇の御車は南岳におはしまし、
追尋智与仁　智者、仁者が遊んだこの地をお尋ねになった。
嘯谷将孫語　ここは、谷に嘯いては、仙人たるかの孫楚と語らい、
攀藤共許親　藤の花を手折っては、かの隠逸の士たる許由に心を許すところだ。
峯巌夏景変　峯の巌は夏の景色が移ろいゆきて、

泉石秋光新　　泉の石は秋の光を受けて輝いている。
此地仙霊宅　　この地こそ仙人の棲、
何須姑射倫　　どうしてかの藐姑射に赴き友とする仙人を求める必要などあるものか――。
（紀朝臣男人『懐風藻』七三、辰巳正明『懐風藻全注釈』笠間書院、二〇一二年。一部私意により改めたところがある。ただし、下段の釈義は筆者による）

ここでいう「南岳」は、「南山」と同じと考えてよい。天皇は、その「南岳」に行幸し、仙人、隠逸の士と語らい、時の移ろいを知ったというのである。「姑射」は、『荘子』「逍遥遊」に登場する仙人の棲む霊山であり、『万葉集』にも、

心をし　無何有《むがう》の郷に　置きてあらば　藐孤射《まこや》の山を　見まく近けむ
右の歌一首　（巻十六の三八五一）

とあるから、万葉びとにもよく知られていたと考えられる。しかし、この吉野は、日本の霊山であるのだから、わざわざ中国の「藐孤（姑）射」などに行く必要はないと断言しているのである。吉野は日本の「廬山」「終南山」として描かれているのである。

四　『懐風藻』の吉野

『懐風藻』における吉野詩は、左のごとく十七首を数える。最初に詩番、次に詩題、作者と掲げる。

一一　遊龍門山（葛野王）
三一　遊吉野（藤原史）
三二　遊吉野（藤原史）
四五　遊吉野宮（中臣人足）
四六　遊吉野宮（中臣人足）
四七　従駕吉野宮応詔（大伴王）
四八　従駕吉野宮応詔（大伴王）
七二　遊吉野川（紀男人）
七三　扈従吉野宮（紀男人）
八〇　従駕吉野宮（吉田宜）
八三　和藤原大政遊吉野川之作（大津首）
九二　遊吉野川（藤原宇合）
九八　遊吉野川（藤原万里）
九九　遊吉野山（丹墀広成）
一〇〇　吉野之作（丹墀広成）
一〇二　従駕吉野宮（高向諸足）
一一九　奉和藤太政佳野之作（葛井広成）

一瞥して、遊覧詩と従駕詩に分けることができるが、その内容は、相通ずるものである。筆者の漢文力で詩を論ずるなど笑止千万ではあるが、見てゆこう。前述した七三詩と同想のものに、一〇二詩がある。

五言。従駕吉野宮。

在昔釣魚士　昔々にいたという魚を釣る男、
方今留鳳公　今おはします鳳車を留める帝。
弾琴与仙戯　琴を弾いては仙女と戯れ、
投江将神通　川にあっては女神と通ぜんとする帝。
拓歌泛寒渚　歌を口ずさめば、涼しげな渚に響きわたり、
霞景飄秋風　霞景は秋に漂うこの地。
誰謂姑射嶺　今さら誰も言うまいよ。姑射の嶺のことなど。
駐蹕望仙宮　帝の車駕が駐められたのは、望仙宮なのだから。ここは神仙境――。

（高向朝臣諸足『懐風藻』一〇二、辰巳正明『懐風藻全注釈』笠間書院、二〇一二年。一部私意により改めたところがある。ただし、下段の釈義は筆者による）

やはり、この詩においても、吉野は仙人との邂逅の場所として表現されている。こういった詩の発想の源は、いったいどこにあるのだろうか。それは、いわば、天人相関思想に基づくものであると思われる。天が天子の善政を認めれば、瑞祥や仙人の到来をもってこれに応じ、悪政を認めれば、災異をもってこれに応ずるという思想である〔関　一九七七年〕。いわば、一つの天命思想である。したがって、天皇と仙人との邂逅は、その善政の証として詠ぜられるのであろう。当該の詩においても、「姑射嶺」すなわち「藐孤（姑）射」などに行く必要がないといっ

ている。

一方、世俗に栄達を求めず、竹林において清談をなした竹林の七賢人をはじめとする中国の隠逸の士の境地を、日本の吉野で得たとする詩もある。

五言。遊吉野川。

芝蕙蘭蓀沢　霊芝や蕙草、蘭や蓀の生ずる沢、
松栢桂椿岑　松あり、栢あり、桂椿のある峰々。
野客初披薜　やって来る世捨てびとたちは、初めてやつしの蓬の衣を纏う。
朝隠蹔投簪　宮廷にあっては俗人として生きている者たちもここで簪を投げ捨てて、俗世から離れるのだ。
忘筌陸機海　筌を忘れてしまった陸機の海、
飛繳張衡林　矢を放って猟をした張衡の林がここに広がっているではないか。
清風入阮嘯　清風は阮籍の嘯のごとく、
流水韵嵆琴　流水は嵆康の琴のごとくに美しい――。
天高槎路遠　天は高く高く、まるで張騫が筏で川を遡り天に達したように。
河廻桃源深　河はめぐるめぐる、山深いかの桃源境のように。
山中明月夜　山中明月の夜を過ごせば、
自得幽居心　自ずから仙人の棲にいるがごとき心を得た――。

（藤原朝臣宇合『懐風藻』九二、辰巳正明『懐風藻全注釈』笠間書院、二〇一二年。一部私意により改めたところがある。ただし、下段の釈義は筆者による）

陸機と張衡、竹林の賢人である阮籍、嵆康たちが遊んだ山水にも、吉野はけっして引けをとらないというのである。

竹林の七賢人は、『世説新語』に、

陳留の阮籍・譙國の嵆康・河内の山濤、三人年皆相比し、康年少にして之に亞《つ》ぐ。此の契に預る者は、沛國の劉伶・陳留の阮咸・河内の向秀・琅邪の王戎なり。七人常に竹林の下に集ひ、肆意酣暢す。故に世に竹林の七賢と謂ふ。

（『世説新語』任誕、第二十三、目加田誠『世説新語（下）（新釈漢文大系）』明治書院、一九八九年、初版一九七八年）

とある人士たちだが、彼らが希求してやまなかったものは、名利を捨てた真心の交流であった。その友情は、美しくて強い「金蘭」に喩えられている。虚飾となる礼教を排して、酒を飲み真意を語る話が、清談なのであり、その友のいるところが竹林なのである。(5)

山公・嵇・阮と一面して、契り金蘭の若し。山が妻韓氏、公の二人と常交に異なるを覺え、公に問ふ。公曰く、我、當年、以て友と爲す可き者は、唯此の二生のみ、と。妻曰く、負羈の妻も、亦親しく狐・趙を觀たり。意、之を窺はんと欲す、可ならんか、と。他日二人來る。妻、公に勸めて之を止めて宿らしめ、酒肉を具へ、夜墉《かき》を穿ちて以て之を視、旦《あした》に達するまで反るを忘る。公入りて曰く、二人は何如、と。妻曰く、君が才、殊に如かず。正に當に識度を以て相友とすべきのみ、と。公曰く、伊《かれ》が輩も亦常に我が度を以て勝れりと爲す、と。

（『世説新語』賢媛、第十九、目加田誠『世説新語（下）（新釈漢文大系）』明治書院、一九八九年、初版一九七八年）

こういった清談が交わされる竹林にも、日本の「南山」吉野は擬せられているのである。その「南山」吉野の語りには、道教の神仙世界への憧憬、七賢人の遊んだ竹林の世界への憧憬、そのほか陸機、張衡などの文雅の士への憧憬が次々に重ね合わされてゆくのである。したがって、吉野詩は、吉野詩だけで完結する文学ではないといえるだろう。使用されている語の出典を知らなければ、その理解は不可能な文学なのである。ちなみに、その典型例が、次に掲げる詩である。筆者が典型例といったのは、精密な出典論がなくては、その表現の真意をつかめないという意味においてである。

五言。従駕吉野宮。

神居深亦静　　神仙の住むところは、山深くしてまた静か——。
勝地寂復幽　　景勝の地もまた寂かにして奥ゆかしいもの。
雲巻三船谿　　雲が巻き上がる三船山の渓谷。
霞開八石洲　　霞が消えてゆく八石の中洲。
葉黄初送夏　　葉の色づきで夏の終りを知り、
桂白早迎秋　　白くなった桂で秋を迎えたことを知る。
今日夢淵淵　　今日、夢の淵に来てみれば、
遺響千年流　　かの聖賢たちの琴の響きは千年を経て響きわたっていることを、今、知った——。

（吉田連宜『懐風藻』八〇、辰巳正明『懐風藻全注釈』笠間書院、二〇一二年。一部私意により改めたところがある。ただし、下段の釈義は筆者による）

芳賀紀雄は、この「夢淵」を宋玉の「高唐賦」（『文選』巻十九）の「雲夢沢」に基づくものとし、そこには仙女との邂逅譚があるとする[6]〔芳賀　一九九一年〕。そして、芳賀は、雄略天皇の吉野童女の邂逅譚そのものに、「高唐賦」から脚色があるとする土橋説を踏まえ、中国詩文と重ね絵となって表現されている吉野の神仙世界を明らかにしてゆく〔土橋　一九七八年〕。筆者の学力では、まったくもって及ばぬ読解である。そして、その結論として、芳賀は、「遺響千年」の「響」を、次の『古事記』にみえる、いにしえの聖賢たちの弾琴の響きだと喝破したのであった。

天皇、吉野宮に幸行《いでま》しし時に、吉野川の浜《ほとり》に、童女《をとめ》有り。其の形姿、美麗《うるは》し。故、是の童女に婚《あ》ひて、宮に還り坐しき。
後に、更に亦、吉野に幸行しし時に、其の童女が其処に遇へるを留めて、大御呉床《おほみあぐら》を立てて、其の御呉床に坐《いま》して、御琴を弾きて、其の嬢子に儛《せ》を為しめき。爾《しか》くして、其の嬢子が好く儛ひしに因りて、御歌を作りき。其の歌に曰はく、
呉床居《あぐらゐ》の　神の御手もち　弾く琴に　儛する女　常世にもがも
（『古事記』下巻、雄略天皇条、山口佳紀・神野志隆光校注・訳『古事記（新編日本古典文学全集）』小学館、一九九七年）

まさしく、重ね絵の文学といえるだろう。ヤマト歌には、ヤマト歌の伝統と文脈があり、中国詩文には、中国詩文の伝統と文脈がある。したがって、『懐風藻』の詩は、その概ねにおいて、中国詩文の潮流のなかにあり、海東におけるその一つの支流ということになろう[7]。そこで、神仙を詠じた詩の源流の一つをここで辿ってみると、

遊仙詩七首　郭景純

京華は遊侠の窟にして、山林は隠遯の棲なり。
朱門は何ぞ榮とするに足らん、未だ若かず蓬萊に託するに。
源に臨みて清波を挹み、崗に陵《のぼ》りて丹荑《たんてい》を掇る。
靈谿は潛盤す可し、安んぞ雲梯に登るを事とせん。
漆園に傲吏有り、萊氏に逸妻有り。
進んでは則ち龍見を保つも、退いては藩《かき》に觸るるの羝《ひつじ》と爲る。
風塵の外に高蹈し、長揖して夷齊を謝す。

（『文選』遊仙（遊仙詩七首）、内田泉之助・網祐次『文選（詩篇）上（新釈漢文大系）』明治書院、一九八九年、初版一九六三年）

のような詩を掲げることができる。この詩は、風塵すわなち世俗の外にいて、世俗の礼教にとらわれない生き方を求める心を描いた詩である。広くいえば、これも、隠逸の士へのあこがれを詠じた詩といえよう。この遊仙へのあこがれは、吉野詩全体を覆うものといえる。近時、中国神仙詩の通史的研究をまとめた金秀雄は、次のように総括している。

中国の読書人が夢見た理想の世界とは、結局、神仙世界ではなかったのだろうか。紀元前屈原の「離騒」に始まり、遥か後代の明・清小説に至るまで、仙界が中国文学のテーマでなかったことはない。それは、俗界の官僚社会に呪縛された彼等が、唯一自由に精神を飛翔させられる心の解放の場として機能したのであり、その大いなる発見者と開拓者は、外ならぬ六朝士大夫であった。

〔金　二〇〇八年〕

金は、神仙詩こそ、中国における官人の伝統的文学であると逆説的に述べているのである。それは、日々礼教にとらわれて、自由のない生活をしている官人たちのあこがれが、想像力という翼を得て、ひとつのファンタジーに昇華し、神仙詩になってゆくからである。そこで、遊仙詩の伝統を、以下、吉野詩のなかに位置付けてみようと思う。

広く吉野詩を見渡して、その性格を簡潔に述べた波戸岡旭は、

一、遊覧詩である。但し従駕詩・公宴詩の性格をも帯びる傾向がある。
二、遊仙詩風である。
三、玄言詩の影響が見られる。

〔波戸岡　一九八四年〕

と総括している。本節の問題意識に引きつけてこれに蛇足を加えるならば、一は、吉野詩展開の契機になり、人麻呂の吉野讃歌と軌を一にするものといえよう。二は、仙人との邂逅の場として吉野が詠ぜられている点に特徴があるといえるだろう。三は、老荘思想、神仙思想、隠逸への志向が吉野詩全体を覆っており、それも吉野詩の大きな特質となっている。

以上のように、『懐風藻』の吉野詩を見てゆくと、中国詩文の神仙世界の景を、吉野の景に「見立て」ることに、各詩人が心血を注いだ意味もよくわかる。「見立て」は、Aではない Bを、Aと見る一つの趣向である。つまり、吉野は、中国の「南山」でもないし、神仙世界でもないが、そう見立てるのである。したがって、『懐風藻』の吉

野詩は、日本の「南山」「神仙世界」を吉野に発見するというスタイルを常に取る詩であるということができるだろう。その場合、重要な点が一つある。それは、吉野が国中の都から離れた場所にあるということである〔井実一九九八年〕。神仙世界への憧憬は、官人社会の成立や都城の文化の成立と、じつは連動しているのであって、陶淵明の「飲酒」（其五）において、悠然として南山を見た心には、神仙世界へのあこがれがあるのである。だから、陶淵明は、人境の俗世と対比的にこれを詠じているのである。こういった神仙世界への憧憬が描かれる詩の淵源を、川合康三は、次のように述べている。

都の指標、或いは都を圍繞する要害、それがいずれも長安という国の中心に結び付いた、いわば地上権力の象徴とすれば、一方で終南山は権勢から離れて隠者が住まう静謐な空間としての意味を帯びることもある。例えば班固は「終南山の賦」（『初学記』巻五）では「栄期・綺里、此こに心を恬んず」と、栄啓期・綺里季といった隠棲者が安らぎを得る場として、また「彭祖は宅して以て蟬蛻し、安期は饗して以て延年す」と、彭祖や安期生が長生を獲得した場としてその地を言い、それにあやかって天子がそこで長寿を願ったことに続けている。このように漢代では終南山は、地上世界の中心である帝都の権力と、権力から遠ざかり精神の安逸と長生を保證する超俗的空間という、両義的なシンボルを備えているのである。〔川合　一九九五年〕

川合は、権力論的視座から、精神の安逸を保證する土地として「終南山」が描かれている点に注目している。してみれば、『懐風藻』の吉野詩は、広くいえば、日本における「南山」「終南山」の文学といえるのである。

五　庭園文化の展開と神仙憧憬

本節では、都城文化の成立と神仙憧憬の思想が連動していることを強調してきたけれども、都城の文化の成立は同時に庭園文化の成立とも深く関わっている（第五章第二節）。宮内、邸内にわざわざ池を作り、その池に小島を作って、それを蓬莱瀛洲の島に見立てる。山を作って、崑崙、須弥山に見立てる。時には、それを石造物で造るといった庭園が登場するのは、じつは明日香時代からなのである。その嚆矢というべき庭が、蘇我馬子の島家であった⑧。

夏五月の戊子の朔にして丁未に、大臣薨《みう》せぬ。仍りて桃原墓に葬る。大臣は稲目宿禰の子なり。性《ひととなり》、武略有りて、亦弁才有り。以ちて三宝を恭敬して、飛鳥河の傍《ほとり》に家《いへゐ》せり。乃ち庭中に小池を開《ほ》れり。仍りて小島を池の中に興《つ》く。故、時人、島大臣と曰ふ。

（『日本書紀』巻第二十二、推古天皇三十四年［六二六］五月条、小島憲之他校注・訳『日本書紀②（新編日本古典文学全集）』小学館、一九九六年）

「桃原墓」は、明日香村の石舞台古墳である。彼の家には、池があり、小島があったのである。そして、それは馬子の進取の気性を表す「島大臣」という呼称にまでなっていたのである。この島家が、乙巳の変後、島宮となったのであり、たび重なる改築がなされたが、池は維持されたようである。それは、日並皇子の死を悼んだ、次の巻二の万葉挽歌からわかる。

或本の歌一首

一七〇　島の宮　勾《まがり》の池の　放ち鳥　人目に恋ひて　池に潜《かづ》かず
一七二　島の宮　上の池なる　放ち鳥　荒びな行きそ　君いまさずとも
一八一　み立たしの　島の荒磯を　今見れば　生ひざりし草　生ひにけるかも

「勾の池」と呼ばれる曲がった池があり（一七〇）、その池には、荒磯のような護岸工事が施され（一八一）、水辺には放ち鳥と呼ばれた飼育された鳥たちが遊んでいたのである（一七〇、一七二）。では、この島家、島宮のモデルはどこに求めればよいのだろうか。筆者は、百済の武王の宮池に求められると考えている。初期明日香の開発は、蘇我氏によって行なわれたが、それは主に百済の扶余をモデルとしていたからである。

三十五年春二月、王興寺成りたまふ。その寺、水に臨みて、彩飾壮麗なり。王、毎《つね》に、舟に乗りて寺に入り、香を行ひたまふ。三月、宮の南に池を穿ちたまふ。水を引くこと、二十余里。四岸に以て楊柳を植ゑ、水中に島嶼を築き、方丈の仙山に擬したまふ。
（「百済本紀」第五、朝鮮史学会編、末松保和校訂『三国史記（全）』国書刊行会、一九七一年、初版一九二八年。上記の書をもとに、筆者が書き下し文を作成した）

つまり、池の島は、「方丈仙山」に擬されているのである。ちなみに、百済の王興寺は、飛鳥寺のモデルともなった寺院である。

では、このように神仙世界に擬せられた庭の淵源はどこにあるのだろうか。もちろん、それは一つではないだろうけれど、『洛陽伽藍記』に記されている洛陽の華林園の例を挙げておきたい。

翟山の西に華林園があった。高祖は、泉が園の東にあるのに因《ちな》んで、泉の名を蒼龍海と改めた。華林園の中に大池があったが、これが漢代の天淵池であった。

この池の中には更に〔魏〕文帝の九華台があった。高祖はこの台の上に清涼殿を築かれ、世宗は池の中に蓬莱山を築かれた。その山上には仙人館があった。〔九華台の〕上には釣台殿があった。どれにも虹の閣道《かけはし》を掛け渡して、宙を歩いて往来できた。三月上巳《じょうし》の禊《みそぎ》の日と、季秋の巳辰の日になると、皇帝は鷁首《げきしゅ》の龍舟にお召しになり、池上を遊覧なされた。

この〔華林園の〕大池の西に氷室《ひむろ》があり、夏の六月に氷を取り出して百官に賜った。大池の西南には景陽山があり、山の東には羲和《ぎか》（神話中の太陽の御者）嶺があり、嶺上に温風室があった。山の西には姮娥《こうが》（神話中の月の女神）峰があり、峰上には露寒館があった。どれにも飛閣《かけはし》が掛け渡されていて、山や谷を跨いで行き来できた。山の北には玄武（北方の水神）池があり、山の南には清暑殿があった。この殿の東には臨澗亭があり、西には臨危台があった。

また景陽山の南には百果園があり、果物の種類ごとに果樹林が区分され、それぞれの果樹林ごとに堂が建ててあった。仙人棗《なつめ》というのがあって、長さは五寸に達し、手で握っても両端がはみ出た。核《さね》は針のように細かった。霜が下りると熟し、食えば非常にうまかった。俗伝では、崑崙《こんろん》山の原産だといい、西王母棗とも呼ばれた。また仙人桃というのがあり、色は赤くて、表から裏へ透き通って見えた。霜をかぶると熟した。やはり崑崙山の産で、西王母桃とも呼ばれた。

〔入矢　一九九〇年〕

まるで、曹操の「陌上桑」の世界を「うつし」た庭のようだ。いや、それは、結果としてそのように見えてしまうだけのことである。なぜならば、曹操の詩の世界も、神仙世界を「うつし」たものであり、華林園も神仙世界を

表５－１　円形・方形・曲形の表象する世界

図　形	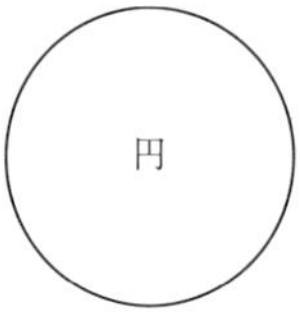 円	 方	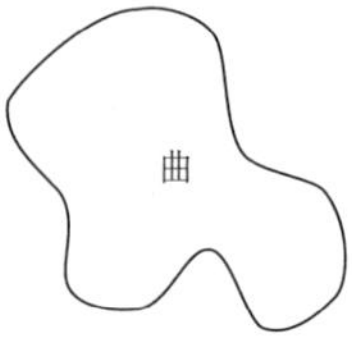 曲
感　覚	秩序的感覚（定型）	秩序的感覚（定型）	無秩序的感覚（不定型）
象徴性	上下なき一体性	上下ある一体性	混沌性
心　意	あるべき和する心	あるべき正す心	あるがままの自由な心
世界性	天の世界	地の世界	神仙の世界

筆者作成。

「うつし」た庭だからである。

『懐風藻』の長屋王宅を詠ずる詩の景は、まさに庭を神仙世界に見立てるものであるけれども、庭を作る側から見れば、神仙世界を「うつし（移・写）」た庭ということになる。「うつし」とは、その事物をそのまま移動したり、反映させたりすることをいう言葉である。作る側の立場でいえば、具現化するということになろう。対する「見立て」は、見る側が当該の事物を別の物に見立てるのである。つまり、見る側からいえば、〈神仙世界見立ての庭〉ということになり、庭を作る側からいえば、〈神仙世界うつしの庭〉ということになるのである。もちろん、「見立て」も「うつし」も、いわば作る側、見る側の視点、心の問題であるから、同じ池の中の島を見ても、これを神仙世界と見立てるか、これを浄土世界と見立てるか、そこには常に恣意性が生じてしまう。なお、新羅の都である慶州の雁鴨池についていえば、この池を神仙世界に見立てるか、浄土世界に見立てるかということについて、議論があるところである〔高瀬　二〇一二年〕。

さて、吉野の離宮の造営が最初になされたと考えられるのは、斉明朝である。その斉明朝には、道観とおぼしき宮の造営もなされていたことが『日本書紀』に記されている。[9] そして、さらには、発掘された飛鳥苑池遺構の造営も斉明朝になされたことがわかってきている。ここで注目したいことがある。発掘によって確認された飛鳥苑池遺構の池も、日並皇子挽歌で確認できる島宮の池も、曲がったかたちの池だということだ[10]。いわゆる「曲池《きょくち》」なのである。

じつは、明日香の池にはもう一つ方形池というタイプのものがある。これは、文字通り方形、四角い池である[11]。古代東アジア世界の都が、方格の地割りに基づく碁盤の目のような構造を持つのは、天を円形で表象するのに対して、地を方形で表象するからである。その方形の土地に曲池を作るのは、曲線が神仙世界を表象するからであろう。この推定は、大室幹雄、渡辺信一郎両氏の論考に刺激を受けて着想したものであるけれども、筆者なりに、円形、方型、曲型の表象する世界を整理したのが、表5－1である〔大室　一九八一年および一九八五年〕〔渡辺　二〇〇〇年〕。曲型は、秩序のない世界を表し、それは混沌性を表しているのだろう。あるがままの世界がうつされているのである。吉野の山水の造型はまさしくこの曲型であり、それは神仙世界を表象するものであったとみなくてはならない。

吉野の詩歌において、吉野の曲線美や巌が強調される理由もここにあるのである〔月野　一九八四年〕。天武天皇が、道教や神仙世界に傾斜していたことは、よく知られていることだが、天武天皇ゆかりの島宮が曲池のある宮であったことは、一つの時代思潮を反映するものとみてよいであろう。神仙世界を「うつす」庭が作られるようになった時代に、吉野を神仙世界に「見立てる」詩が詠ぜられるようになったのである。それは、一つの時代思潮を反映しているのである。

おわりに

深い山々に、湾曲した河川。巌と中州のある風景。それが、古代和歌と漢詩の描く吉野の景である。その地は、天子と仙人の邂逅の地でもあった。有徳の天子が、天帝の遣わす仙女と出逢う場所だったのである。六朝の文学に親しんでいた人びとは、この地をあこがれの七賢人の遊んだ地に見立て、吉野に遊ぶ自らの心を表現したのであった。だから、方形の都城のなかで、世俗の礼教に縛られて生きる律令官人たちの憩い場ともなっていったのである。

しかし、考えてみれば、吉野と同じような景観の渓谷は、日本国中にある。そのなかでも、吉野が選ばれたのは、やはり壬申の乱の天武天皇の吉野入りを契機とみなくてはならないだろう。壬申の乱を契機として、吉野は選ばれた土地になったのである。

諸先学の研究に、今、付け加えられることは乏しいけれども、吉野を日本の「南山」と見ることで見えてくるものもあろうし、神仙世界を「うつし」た庭と対比することで見えてくるものもある、と思われる。

本節においては、「自然」と「第二の自然」たる庭園を繋ぐ「見立て」「うつし」について考えてみた。次節では、動物とりわけ、鹿について考えてみたい。

注

（1）『万葉集』では、小地域を指して「クニ」ということがある。大和国のなかで、「クニ」と称されるのは、「吉野のクニ」（巻一の三六）と、「泊瀬ヲグニ」（巻十三の三三一二）である。

（2）今日、岡本宮と飛鳥浄御原宮は、ほぼ同地と考えられている。

（3）神武天皇大和入りの伝えや、雄略天皇の童女邂逅譚も想起されたであろうが、まずは壬申の乱の故地であることが想起されたはずである。多田一臣は、重層的にこれを捉えている〔多田　二〇〇〇年〕。

（4）今日、妹峠越えが明日香から吉野へのルートとして有力視されているが、確定はし得ない。

（5）ただし、これは竹林の七賢人の清談である。清談のもつ社会的意義が、歴史的にみると〈公／私〉、〈権力／反権力〉、〈俗／反俗〉の間で揺れていることについては、すでに指摘がある〔岡村　一九六三年〕〔丹羽　一九六七年〕。

（6）もちろん、この考え方には、和歌から漢詩への逆コースを想定する意見もあり、両説成り立つ可能性がある〔内田　一九九一年〕。

（7）もちろん、中国詩文の影響を受けて、万葉歌の表現も発達するのだが、その交差点を見極めることは非常に難しい。

（8）島宮を文学の場と捉えたのは、渡瀬昌忠である〔渡瀬　二〇〇三年、初版一九七六年〕。
（9）『日本書紀』斉明天皇二年（六五六）是歳条の「遂に宮室を起つ。天皇、乃ち遷りたまひ、号けて後飛鳥岡本宮と曰ふ。田身嶺に、冠らしむるに周垣を以ちてす。〔田身は山の名なり。此には大務と云ふ。〕復、嶺の上の両槻樹の辺に観を起て、号けて両槻宮とし、亦天宮と曰ふ」の「観」をどう解釈するかは、判断が難しい。単なる楼台と解釈するか、「道観」とし、道教寺院と解釈するか、判断は難しい。一般的に、道観と解釈されるのは、斉明朝の宗教政策に、道教的色彩を認めてのことである。ただ、その活動実態を記す記述が残っておらず、検証の手段がないのである。
（10）古代東アジアの苑池の造型については、近時、総合的研究が進んでいる〔独立行政法人文化財研究所奈良文化財研究所飛鳥資料館　二〇〇五年および二〇一二年〕。
（11）日本においては、明日香時代以降、方形池はあまり作られなくなり、曲池がその主流となる。では、朝鮮半島においては、どうであろうか。朴玧貞の「韓日古代苑池の変化からみた九黄洞苑池の性格研究」は、日韓苑池の包括的研究であるが、高句麗と百済の時代には方形池が多く、新羅時代には曲池が多いという〔朴　二〇〇八年〕。この点を筆者は、日本における苑池の流行は、朝鮮半島の流行を後追いしていたあらわれ、と考える。

参考文献

赤井益久　二〇〇三年「終南山――苦吟派に見る山と川（上）」『季刊河川レビュー』第三十二巻第二号所収、新公論社。
粟野　隆　二〇〇八年「庭園スタイルの模倣と創造――苑池の空間デザインと古代日韓」『日韓文化財論集Ⅰ』（奈良文化財研究所学報　第七十七冊）所収、奈良文化財研究所。
井実充史　一九九八年「『懐風藻』吉野詩について」『福島大学教育学部論集』第六十五号所収、福島大学教育学部。
――――　二〇〇八年「吉野の風土観と吉野詩の位相」辰巳正明ほか『懐風藻――日本的自然観はどのように成立したか』所収、笠間書院。

井上さやか　二〇一〇年『山部赤人と叙景』新典社。
入矢義高　一九九〇年『洛陽伽藍記（東洋文庫）』平凡社。
上野　誠　一九九七年『古代日本の文芸空間――万葉挽歌と葬送儀礼』雄山閣出版。
内田賢徳　一九九一年「萬葉の見たもの――景観と表現」吉井巖先生古希記念論集刊行会編『日本古典の眺望』所収、桜楓社。
王　暁平　一九九九年「懐風藻と山水と玄理」『帝塚山学院大学　人間文化学部研究年報』創刊号所収、帝塚山学院大学。
黄　仁鎬　二〇〇八年「新羅王京の造営計画についての一考察」『日韓文化財論集Ⅰ』（奈良文化財研究所学報　第七十七冊）所収、奈良文化財研究所。
太田善之　一九九九年「奈良朝の吉野讃歌――叙景と神仙世界」『日本文学研究』第三十八号所収、大東文化大学日本文学会。
大室幹雄　一九八一年『劇場都市――古代中国の世界像』三省堂。
――　一九八五年『園林都市――中世中国の世界像』三省堂。
緒方惟精　一九六〇年a「万葉集と懐風藻」『国文学攷』第二十三号所収、広島大学国語国文学会。
――　一九六〇年b「懐風藻と万葉集との関連について」『文化科学紀要』第二輯所収、千葉大学文理学部。
岡村　繁　一九六三年「清談の系譜と意義」『日本中国学会報』第十五集所収、日本中国学会。
沖　光正　一九八一年「吉野詩に於ける自然観――自然認識の方法の一試論」『日本文学研究』第二十号所収、大東文化大学日本文学会。
尾崎正治・平木康平・大形徹　一九八八年『抱朴子・列仙伝（鑑賞　中国の古典）』角川書店。
小尾郊一　一九六二年『中国文学に現れた自然と自然観』岩波書店。
――　一九八八年『中国の隠遁思想――陶淵明の心の軌跡』中央公論社。
――　一九九四年『真実と虚構――六朝文学』汲古書院。

神楽岡昌俊　一九九三年　『中国における隠逸思想の研究』ぺりかん社。
金子裕之編　二〇〇二年　『古代庭園の思想——神仙世界への憧憬』角川書店。
川合康三　一九九五年　「終南山の変容——盛唐から中唐へ」『中国文学報』第五十冊所収、中国文学会。
——　二〇一三年　『桃源郷——中国の楽園思想』講談社。
金　秀雄　二〇〇八年　『中国神仙詩の研究』汲古書院。
下出積與　一九七一年　『道教——その行動と思想』評論社。
——　一九七二年　『日本古代の神祇と道教』吉川弘文館。
——　一九八六年　『古代神仙思想の研究』吉川弘文館。
——　一九九五年　『神仙思想』（新装版、日本歴史学会編集、日本歴史叢書）、吉川弘文館、初版一九六八年。
関　晃　一九七七年　「律令国家と天命思想」『日本文化研究所研究報告』第十三集所収、東北大学日本文化研究所。
高瀬要一　二〇一二年　「韓国雁鴨池庭園再考」『日本庭園学会誌』第二十六号所収、日本庭園学会。
多田一臣　二〇〇〇年　「『懐風藻』吉野詩の一面——漢詩文と和歌」西宮一民編『上代語と表記』所収、おうふう。
辰巳正明　一九八七年　「人麻呂の吉野讃歌と中国遊覧詩」『万葉集と中国文学』笠間書院、初出一九八一年—一九八二年。
田中淳一　一九九八年　「『懐風藻』吉野詩と道教思想——吉野詩の道教思想的表現の変遷」『日本文学研究』第三十七号所収、大東文化大学日本文学会。
月野文子　一九八四年　「懐風藻の『吉野の詩』の表現——神仙境の景物としての『巖』を中心に」『桜美林大学中国文学論叢』第九号所収、桜美林大学。
——　一九九六年　「懐風藻——大宝二年秋の行幸と『吉野詩』」古橋信孝ほか編『歌謡（古代文学講座9）』所収、勉誠社。
土橋　寛　一九七八年　『万葉開眼（上）』ＮＨＫ出版。
独立行政法人文化財研究所奈良文化財研究所飛鳥資料館　二〇〇五年　『東アジアの古代苑池（特別展図録）』同資料館。

――　二〇一二年　『花開く都城文化（奈良文化財研究所創立六十周年記念、平成二十四年度飛鳥資料館秋期特別展図録）』同資料館。
土佐秀里　一九九六年　「弓削皇子遊吉野歌の論――無常の雲と神仙の雲」『古代研究』第二十九号所収、早稲田古代研究会。
ドナルド・ホルツマン　一九五六年　「阮籍と嵇康との道家思想」木全徳雄訳『東方宗教』第十号所収、日本道教学会。
富原カンナ　二〇〇五年　「『方丈』考」『和漢比較文学』第三十五号所収、和漢比較文学会。
――　二〇〇七年　「『維摩経』受容の問題――『方丈』の語をめぐって」『萬葉』第百九十七号所収、萬葉学会。
中西　進　一九九五年　「『清き河内』――吉野歌の問題」『万葉集の比較文学的研究（下）』講談社、初出一九六一年。
奈良県立橿原考古学研究所附属博物館　二〇〇九年　『吉野川紀行――吉野・宇智をめぐる交流と信仰（特別展図録）』同博物館。
丹羽兌子　一九六七年　「いわゆる竹林七賢について」『史林』第五十巻第四号所収、史学研究会。
芳賀紀雄　一九九一年　「詩と歌の接点――大伴旅人の表記・表現をめぐって」『上代文学』第六十六号所収、上代文学会。
波戸岡旭　一九八四年　「『懐風藻』吉野詩の山水観――『智水仁山』の典故を中心に」『國學院雜誌』第八十五巻第十号所収、國學院大學。
――　一九八九年　『上代漢詩文と中国文学』笠間書院。
――　二〇一六年　「大伴旅人『遊於松浦河』と『懐風藻』吉野詩」『奈良・平安朝漢詩文と中国文学』笠間書院、初出一九九一年。
福田俊昭　一九八四年　「懐風藻の吉野詩」『日本文学研究』第二十三号所収、大東文化大学日本文学会。
朴　玧貞　二〇〇八年　「韓日古代苑池の変化からみた九黄洞苑池の性格研究」『日韓文化財論集Ⅰ（奈良文化財研究所学報　第七十七冊）』所収、奈良文化財研究所。
本田　済　一九九〇年　『抱朴子　内篇（東洋文庫）』平凡社。

前園実知雄・松田真一編著　二〇〇四年　『吉野　仙境の歴史』文英堂。
前野直彬　一九八一年　「終南山」『中哲文学会報』第六号所収、東大中哲文学会。
増尾伸一郎　二〇〇〇年　「清風、阮嘯に入る――『懐風藻』の詩宴における阮籍の位相」辰巳正明編『懐風藻――漢字文化圏の中の日本古代漢詩』所収、笠間書院。
村上嘉実　一九七四年　「六朝の庭園」『六朝思想史研究』平楽寺書店、初出一九五五年。
村田正博　一九八四年　「上代の詩苑――長王宅における新羅使饗応の宴」『人文研究』第三十六巻第八分冊所収、大阪市立大学文学部。
山谷紀子　二〇〇八年　「『懐風藻』の『智水仁山』の受容と展開」辰巳正明ほか『懐風藻――日本的自然観はどのように成立したか』所収、笠間書院。
渡瀬昌忠　二〇〇三年　『渡瀬昌忠著作集　第六巻　島の宮の文学』おうふう、初版一九七六年。
渡辺信一郎　二〇〇〇年　「宮闕と園林――三～六世紀中国における皇帝権力の空間構成」『考古学研究』第四十七巻第二号所収、考古学研究会。

初　出
「南山、吉野の文学――『万葉集』『懐風藻』と神仙世界」辰巳正明編『『万葉集』と東アジア』竹林舎、二〇一七年。

第四節　みやびの鹿とひなびの鹿

あはれなるもの　孝ある人の子。鹿の音。(1)

（『枕草子』）

はじめに

かつて、大久保正は、東歌の一首のホトトギス、すなわち「信濃なる　須我の荒野に　ほととぎす　鳴く声聞けば　時過ぎにけり」（巻十四の三三五二）を問うことによって、東歌の「みやび」と「ひなび」、東歌は民謡か、それとも創作歌かという問題を学界に問いかけた（大久保　一九八二年、初出一九五七年）。大久保は当該一首を「京人の旅行の作が何らかの事情で紛れこんだ」と結論付け、当時、波紋を呼んだのである。大久保がこの問いを学界に発したのは、半世紀以上も前のことである。東歌に一首しか登場しないホトトギスを、農との関わりで捉え、東国農民の生活実感から歌われた鄙のホトトギスと捉えるべきなのか、それとも都の宮廷社会で形成された「都雅の伝統によって捉えられた」風流のホトトギスと解すべきなのか、大久保は学界に問いかけたのであった。それと同じようにといえば、まことにおこがましいことになってしまうのだが、万葉の鹿の「みやび」と「ひなび」を問いたいというのが、本節のはかない試みなのである。

力は及ぶところではないが、筆者も、鹿と万葉びととの関わりを考え、「生活体験」によって得られた「経験知」が、どのようなかたちで「知識」として人びとの脳裏に「記憶」として蓄積され、その「知識」を活かして、いかに万葉歌の表現が成り立っているのかを考えてみたい、と思う。

一　みやびの鹿とひなびの鹿

『大和物語』に、こんな話がある。

大和の国に、男女ありけり、年月かぎりなく思ひてすみけるを、いかがしけむ、女をえてけり。なほもあらず、この家に率《ゐ》て来て、壁をへだててすゑて、わが方にはさらに寄り来ず。いと憂しと思へど、さらにいひもねたまず。秋の夜の長きに、目をさまして聞けば、鹿なむ鳴きける。ものもいはで聞きけり。壁をへだてたる男、「聞きたまふや、西こそ」といひければ、「なにごと」といらへければ、「この鹿の鳴くは聞きたうぶや」といひければ、「さ聞きはべり」といらへけり。男、「さて、それをばいかが聞きたまふ」といひければ、女ふといらへけり。

　われもしかなきてぞ人に恋ひられし今こそよそに声をのみ聞け

とよみたりければ、かぎりなくめでて、この今の妻《め》をば送りて、もとのごとなむすみわたりける。

（『大和物語』百五十八、鹿鳴く声、片桐洋一他校注・訳『竹取物語・伊勢物語・大和物語・平中物語（新編日本古典文学全集）』小学館、一九九四年）

長年、連れ添った妻がいたにもかかわらず、男は、こともあろうに妾を自分の家に囲い、本妻と壁を隔てて住まわせた。秋の夜長に、鹿鳴を聞いた男は、壁を隔てた妾の室から、本妻に対して「聞きたまふや、西こそ」と問いかけた。「なにごと」と聞き返した本妻に、さきほどの鹿鳴を聞いたかと男が尋ねたのである。すると、「聞いております」と答える本妻に対して、男は、さらにこう問うたのであった。「では、この鹿の声をおまえはどのように聞いたか」と。すると女は「私も『しか』＝私も鹿と同じです。かつてあなたは雄鹿のようにない（泣・鳴）て妻訪いしてくれて恋慕われたのですが、今では「よそ」の家からあなたの声を聞くばかり（捨てさられております……）」と歌を詠んだのである。当該の歌で、本妻の心中を覚り、心を打たれた男は、妾を送り返して、本妻と元の鞘に納まり、末永く暮らしたというのである。この物語で、重要なポイントとなっているのは、「鹿鳴」が「妻恋」の声であり、本妻は、その「あはれ」を解して、自らの心情を込めた歌を男に贈った、という点であろう。なぜなら、贈られた歌によって、男は自らの行為を反省し、妾と別れたからである。

対して、ほぼ同型の話が、『今昔物語集』巻第三十にも伝わる。こちらは、「住丹波国者妻読和歌語第十二」と題され、妾の言葉も書き留められていて、本妻と妾が対比的に描かれ、より具体的である。たとえば、本妻は丹波国の者であるのに対して、妾は京の女という落差のある設定がなされている。田舎の男は、田舎育ちの本妻より、京の女に目を奪われたのであった。そんなある秋、北方から聞こえてくる「哀レ気ナル」鹿鳴を聞いた男は、妾に「此ハ何《いか》ガ聞給フカ」と聞くと、妾は、こう答えたのであった。「煎物ニテモ甘《むま》シ、焼物ニテモ美《うま》キ奴ゾカシ」と。つまり、「鍋の上で焼いてもおいしいし、あぶり焼きにしてもおいしいヤツですよね（鹿というものは！）」と言ったのである。男の興は一気にさめてしまった。[2] だから「男、心ニ違ヒテ、「『京ノ者ナレバ、此様《かやう》ノ事ヲバ興ズラム』トコソ思ケルニ、少シ心月無《こころづきな》シ」」と愛想をつかしてしまったのである。男は、京の女であるならば、「鹿鳴」の風流を解するであろうと期待していただけに、がっかりしたのであった。そこで男は、本妻の許に行き、同じように「此ノ鳴ツル鹿ノ音《こゑ》ハ聞給ヒツカ」と聞いたのである。すると、本妻は「ワレモシカナキテゾキミニコヒラレシイマコソコヱヲヨソニノミキケ」と歌で答えたのであった。[3] 男は、本妻のこの歌を「極《いみ》ジク哀レ」に聞いて、妾を京に送り返し、本妻とよりを戻した、というのである。このあとに、次のような「評語」がついている。

　思、田舎人ナレドモ、男モ女ノ心ヲ思ヒ知テ此《かく》ナム有ケル。亦、女モ心バヘ可咲《をかし》カリケレバ、此ナム和歌ヲモ読ケル、トナム語リ伝ヘタルトヤ。
(『今昔物語集』巻第三十、住丹波国者妻読和歌語第十二、馬淵和夫他校注・訳『今昔物語集④(新編日本古典文学全集)』小学館、二〇〇二年)

つまり、田舎の人であっても、男女の機微を知り、風流を解したので、このような和歌を詠んだのだ、と語り伝えられているというのである。

〈色気〉を愛でて囲った京の女が、「心ニ違ヒテ」〈喰い気〉を示し、本妻に「鹿鳴の趣」を尋ねたところ、「鹿鳴」の「あはれ」を知った歌を詠みつつ、自分の置かれているつらい立場を切々と語ったので、男は自らの行動を反省したという話である。同じ「鹿鳴」を聞いても、「妻恋」の「あはれ」を想起するか、その「味」を想起するかという違いがあり、男は京の女なら「あはれ」を解するであろうと、期待していたのである。同じ「鹿鳴」でも、これを「みやび」に聞くか、「ひなび」に聞くか、人によって聞こえ方が違うのである。同様の話が、「落花のあはれ」についても存在する。

『宇治拾遺物語』巻第一の第十三話は「田舎の児《ちご》、桜の散るを見て泣く事」という話である。この話でも、「都」と「田舎」、「みやび」と「ひなび」が、問題となっている。田舎の児が比叡山に登って修行をしていた時のこと、桜の花がみごとに咲いている時に、風が激しく吹いてきた。すると児はさめざめと泣くではないか。これを見た僧の一人は、駆け寄って次のように慰めたのである。「などかうは泣かせ給ふぞ。この花の散るを惜しう覚えさせ給ふか。桜ははかなきものにて、かく程なくうつろひ候ふなり。されどもさのみぞ候ふ」と。ところが、児の答えは、どうであった。「桜の散らんはあながちにいかがせん、苦しからず」というのである。桜の花の散ることなど、どうなってもかまいません。どうすることもできませんから、苦しいことなどではありません。ただ、「我が父の作りたる麦の花の散りて実の入らざらん思ふがわびしき」といって、しゃくりあげて泣くのである。つまり、風が吹くと花期が短くなり、受粉率が下がって麦の実入りが悪くなるということなのである。この話にも、最後に「評語」がついている。「うたてしやな」すなわち「がっかりだ」と評されているのである。同じ、桜の花を見ても、これを「うつろひ」ゆくものの定めと感じ、「もののあはれ」を思うか――はたまた田舎の父の生業を思い麦の実入りを心配するか――思いは分かれるのである。(4)

ここで、一つ注意しなくてはならないことがある。鹿鳴の「みやび」の話と、落花の「みやび」の話が「笑い話」として成り立つのは、そこに価値の逆転があるからである。「都」／「鄙」、「みやび」／「ひなび」の価値が逆転するところに、話の意外性があるのである。「京の女」なのに「鹿鳴」を聞いても「みやび」に思わない。逆に「田舎の女」なのに、「鹿鳴」に「みやび」を解したという逆転現象。「田舎」からやって来た児が、桜の落花に「みやび」を解したと早合点し、一人相撲をとった僧。その児の言葉との落差が、物語を笑い話として成り立たせているのである。

以上の話から、筆者が強調したいのは、次の点である。鹿や花について複数の感じ方が存在し、同時代においても、それが「みやび」／「ひなび」、「都」／「鄙」、「優」／「劣」、「新」／「旧」の価値観と密接に結びついていることである。(5)逆に鹿の側からいえば、同時代においても、「みやびの鹿」もいれば「ひなびの鹿」もいるということである。以上を予備的考察にして、以下万葉歌の鹿について考えてみたい、と思う。

二　さまざまな鹿の歌われ方

鹿は、万葉歌では「シカ」「カ」「ヲジカ」「サヲジカ」と歌われている。その子は「カコ」である。ただし、一方では「シシ」とも呼称される。「シシ」は、大型獣とその肉を示す言葉なのだが、具体的には日本列島では、鹿と猪を示す。ために『万葉集』においては、「鹿猪」（巻三の四七八、巻十二の三〇〇〇など）と書いて、「シシ」と訓む。ちなみに、外国なら、ライオンでもよいわけである。したがって、これを後世においては「イノシシ（猪）」「カノシシ（鹿）」と呼び分けたのである。一般に万葉歌の鹿についてよくいわれるのは、鹿は秋の「景物」となり、「萩」との取り合わせで詠まれ、恋情をかきたてる「類型的歌言葉表現」となっているという事実である。しかし、後述するように、これらの用例は巻八と巻十に著しく偏在するものである（表5－4参照　五二三頁）。これを、仮にここでは、「妻恋型」（ｉ）と名付けておこう。と同時に、見逃してはならないのは、類型からはずれる歌々も、他の巻間に少なからず存在している、という事実である。まずは、「妻恋型」からはずれる諸例から、本節では検討を始めてみたい。

『万葉集』の鹿の歌の分類を行なった近藤信義は、これをモチーフ別に、「A狩猟」十例、「B離別」五例、「C花妻」二十例、「D芸能」一例、「E景としての鹿」二十五例、「F鹿との新たな取り合わせ」三例と分類した〔近藤二〇〇三年、初出二〇〇一年〕（表5－2、表5－3）。対して、筆者は、本節の主旨に沿って次のように分類を試みる。

a　伏す鹿を歌うことに表現の主眼がある例、「伏す」ことの喩えとして鹿が歌われている例

　aの第一種　伏している鹿が歌われている例

　aの第二種　匍匐礼の形容として歌われている例

b　狩りの対象として鹿が歌われることに表現の主眼がある例

　bの第一種　鳴り物等で追い詰めるタイプの狩りが歌われている例、または、それを喩えとして歌っている例

　bの第二種　待ち伏せる狩りが歌われている例、または、それを喩えとして歌っている例

表5－2　モチーフ別

A	B	C	D	E	F
狩猟	離別	花妻	芸能	景としての鹿	鹿との新たな取り合わせ
③239	④570	⑥1047	⑯3884	①84	⑩2131
③405	⑥953	⑧1541		④502	⑩2220
③478	⑪2493	⑧1547		⑥1050	⑩2277
⑥926	⑫3099	⑧1550		⑥1053	
⑦1262	⑮3674	⑧1580		⑧1511	
⑦1292		⑧1598		⑧1561	
⑧1576		⑧1599		⑧1602	
⑬3278		⑧1609		⑧1603	
⑯3885		⑩2094		⑧1613	
⑳4320		⑩2098		⑨1664	
		⑩2142		⑩2141	
		⑩2143		⑩2146	
		⑩2144		⑩2147	
		⑩2145		⑩2148	
		⑩2150		⑩2149	
		⑩2152		⑩2151	
		⑩2153		⑩2156	
		⑩2154		⑩2267	
		⑩2155		⑩2268	
		⑳4297		⑭3428	
				⑭3530	
				⑭3531	
				⑮3678	
				⑮3680	
				⑳4319	

近藤〔2003年、初出2001年〕より。

c　鹿の足跡を追うところから、ゆくえを追う道や、ゆくえのわからないことを想起させる序となっている例

d　弓で射られて手負いとなった鹿の喩えを通して、心の痛みを想起させる序となっている例

e　作物を喰い荒らす害獣として鹿が歌われている例、またそれと関連して大切に育てたものを横取りする喩えとして歌われている例

f　鹿は一産一子であるので、鹿と同じひとり子のことを歌うために引き合いに歌われている例

g　初夏の角はまだ短いため、「束の間」の時間、短い時間の喩えとして歌われている例

h　現行民俗の鹿踊りのように、被りものを使った鹿の芸能を歌った例

i　秋の風景ないしは音風景として歌われている例（妻恋型）

表5-3　万葉集の鹿（64首）各巻番号および用字例

巻	小計	歌番号および用字
1	1	84（鹿）
3	3	239（十六・四時）、405（鹿）、478（猪鹿）
4	2	502（小壮鹿）、570（鹿）
6	5	926（十六）、953（竿壮鹿）、1047（狭男壮鹿）、1050（左男鹿）、1053（左壮鹿）
7	2	1262（鹿）、1292（次宍・宍）
8	13	1511（鹿）、1541（棹壮鹿・棹壮鹿）、1547（棹四香）、1550（鹿）、1561（鹿）、1576（小牡鹿）、1580（棹牡鹿）、1598（棹牡鹿）、1599（狭尾牡鹿）、1602（鹿）、1603（狭尾牡鹿）、1609（鹿）、1613（鹿）
9	1	1664（鹿）
10	23	2094（竿志鹿）、2098（男鹿）、2131（小壮鹿）、2141（雄鹿）、2142（左男鹿）、2143（左小牡）、2144（左小壮鹿）、2145（左壮鹿）、2146（左小壮鹿）、2147（沙小壮鹿）、2148（左小壮鹿）、2149（小壮鹿）、2150（棹壮鹿）、2151（狭小壮鹿）、2152（左小壮鹿）、2153（左小壮鹿）、2154（壮鹿）、2155（左壮鹿）、2156（鹿）、2220（左小壮鹿）、2267（左小壮鹿）、2268（左小壮）、2277（左小壮鹿）
11	1	2493（宍）
12	1	3099（鹿）
13	1	3278（十六）
14	3	3428（思之）、3530（左乎思鹿）、3531（思之）
15	3	3674（草乎思香）、3678（草乎思香）、3680（佐乎思賀）
16	2	3884（鹿）、3885（宍・佐男鹿）
20	3	4297（左乎之可）、4319（乎之可）、4320（左乎之可）

近藤〔2003年、初出2001年〕より。

近藤が、モチーフを中心に分類したのに対して、筆者は、目的に応じて選ばれた表現手段に着目して分類してみた。はなはだ矛盾も多いのだが、新たな分類を試みたつもりである。この分類案に基づいて、万葉歌の鹿の歌われ方を観察してゆこう。

a　伏す鹿を歌うことに表現の主眼がある例、「伏す」ことの喩えとして鹿が歌われている例

〈**a**の第一種　伏している鹿が歌われている例〉

① 江林《えばやし》に　伏せるシシやも　求むるに良き　白たへの　袖巻き上げて　シシ待つ我が背
（柿本人麻呂歌集歌、巻七の一二九二）草

② 吉隠《よなばり》の　猪養《ゐかひ》の山に　伏す鹿の　妻呼ぶ声を　聞くがともしさ
（秋雑歌、大伴坂上郎女、巻八の一五六一）萩・前の歌に萩が登場

③ 夕されば　小倉の山に　伏す鹿し　今夜は鳴かず　寝ねにけらしも
（雄略天皇御製歌、巻九の一六六四）

④ さ雄鹿の　朝伏す小野の　草若み　隠らひかねて　人に知らゆな（秋相聞、鹿に寄する、巻十の二二六七）草

⑤ さ雄鹿の　小野の草伏し　いちしろく　我が問はなくに　人の知れらく
（秋相聞、鹿に寄する、巻十の二二六八）草

⑥ 紫草《むらさき》を　草と別《わ》く別《わ》く　伏す鹿の　野は異にして　心は同じ
（寄物陳思歌、巻十二の三〇九九）草

⑦ 安達太良の　嶺に伏すシシの　ありつつも　我は至らむ　寝処《ねど》な去りそね
（東歌、陸奥国相聞往来歌、巻十四の三四二八）

⑧ ※後出（h①芸能ながら、伏す例もある）越中国歌、作者不記載歌
（巻十六の三八八四）

集中には、伏すシシ、鹿を歌った例がある。「伏す」という動作、状態は、獣を観察した場合、容易に認知される動作、状態である。ただし、この「伏すシシ」「伏す鹿」の用例の場合の「伏す」は、うつむけに胴体を地につけること、転じて横になることのみを表現するのではない。拡大解釈をしなくてはならないのである。そこで休む、その場所に棲んでいるという意味も込められるからである。掲げた江林、猪養の山、小倉の山、小野、安達太良の嶺などは、シシの寝ぐらなのである。当該の諸例で、ともに歌われるのは、「草」である。草むらが棲みかということであろう。もちろん、歌われ方は多様で、射る者と射られる者の関係の喩えとするものや（①④⑤）、寝処を起こす序となっている例もある（⑦）。

〈aの第二種　匍匐礼の形容として歌われている例〉

① ……使はしし　御門の人も　白たへの　麻衣《あさごろも》着て　埴安の　御門の原に　あかねさす　日のことごと　シシじもの　い這ひ伏しつつ　ぬばたまの　夕に至れば　大殿を　振り放《さ》け見つつ　鶉なす　い這ひもとほり　侍へど……

（柿本人麻呂、高市皇子挽歌、巻二の一九九）

② やすみしし　我が大君　高光る　我が日の皇子の　馬並めて　み狩立たせる　若薦《わかこも》を　猟路の小野に　シシこそば　い這ひ拝め　鶉こそ　い這ひもとほれ　シシじもの　い這ひ拝み　鶉なす　い這ひもとほり　恐みと　仕へ奉りて……

（柿本人麻呂、長皇子遊猟歌、巻三の二三九）

③ ひさかたの　天の原より　生れ来る　神の命《みこと》　奥山の　さかきの枝に　しらか付け　木綿取り付けて　斎瓫を　斎ひ掘り据ゑ　竹玉を　しじに貫き垂れ　シシじもの　膝折り伏して　たわやめの　おすひ取りかけ　……

（大伴坂上郎女、祭神歌、巻三の三七九）

「伏す」というシシの基本的動作を歌ったもののうち、神や天皇に対する拝礼の姿を形容したものがある。古代においての最敬礼は、膝を折り腹這う「匍匐礼」であった。『万葉集』においてこれを確認できるのは、右の高市皇子死後に香具山宮で行なわれた例（①）と、長皇子の遊猟時の例（②）、大伴氏の神祭りの例（③）である。言尽くされたことではあるが、古代の狩りは、野外で行なわれる最も大規模な王権儀礼であったので、大君に対する匍匐礼が行なわれたのである。

b　狩りの対象として鹿が歌われることに表現の主眼がある例

〈**b**の第一種　鳴り物等で追い詰めるタイプの狩りが歌われている例、または、それを喩えとして歌っている例
（多人数で行なわれる狩り。王権儀礼の狩りを含む）〉

①　※前出（aの第二種②）柿本人麻呂、長皇子遊猟歌　（巻三の二三九）

②　かけまくも　あやに恐し　我が大君　皇子の尊　もののふの　八十伴の男を　召し集へ　率ひたまひ　朝狩
に　シシ踏み起し　夕狩に　鶉雉《とり》踏み立て　大御馬の　口抑へ止め　御心を　見し明らめし　活道《いくぢ》山……
（大伴家持、安積皇子挽歌、三月二十四日作歌、巻三の四七八）

③　やすみしし　わご大君は　み吉野の　秋津の小野の　野の上には　跡見《とみ》据ゑ置きて　み山には　射目《いめ》立て渡
し　朝狩に　シシ踏み起し　夕狩に　鳥踏み立て　馬並めて　み狩そ立たす　春の茂野に
（山部赤人、神亀二年五月吉野離宮歌、巻六の九二六）

④　石上　布留の尊は　たわやめの　惑ひに因りて　馬じもの　縄取り付け　シシじもの　弓矢囲みて　大君の
命恐み　天離る　夷辺《ひなへ》に罷る……
（石上乙麻呂、配流歌、巻六の一〇一九）

⑤　この岡に　雄鹿踏み起し　うかねらひ　かもかもすらく　君故にこそ

（秋雑歌、巨曾倍津島、右大臣橘家宴歌、巻八の一五七六）

⑥　紀伊の国の　昔猟夫《さつを》の　鳴る矢もち　鹿《か》取りなびけし　坂の上にぞある

（大宝元年太上天皇・大行天皇紀伊国行幸歌、巻九の一六七八）

⑦　ますらをの　呼び立てしかば　さ雄鹿の　胸別け行かむ　秋野萩原

（大伴家持、秋野独憶拙懐歌、巻二十の四三二〇）萩

当然、シシことに鹿は、狩りの対象となっていた。しかし、筆者は万葉の狩りを考える場合、狩りといっても、二種類に別けて考える必要があると考えた。一つは、鳴り物や火などで、獣を追い込んでゆく狩りで、これはたいへん大がかりなものである。こういった多くの人員を動員し、さらには大規模な野営を伴う狩りは、その主催者の経済力と政治力を表象するものであったがために、王権儀礼となっていたのである。安積皇子挽歌において、家持がその狩りの姿を歌ったのは、狩りが一世一代の皇子の晴れ舞台であったと考えられていたからであろう（②）。早朝に、寝ている獣を起こすかのように、大人数で大地を踏みならし（②③⑤⑦）、馬を並べて鳴弦（巻一の三）や鳴矢（⑥）で、一定の場所に追いたてて、獣を射たのである。ために女性問題で追いつめられて捕縛された石上乙麻呂は、縄つきの馬と、追いつめられて弓矢で囲まれた鹿に喩えられているのである（④）。

〈**b**の第二種　待ち伏せる狩りが歌われている例、または、それを喩えとして歌っている例（ひとりないし少人数で猟師が行なう狩り。生業としての狩り）〉

①　春日野に　粟蒔けりせば　シシ待ちに　継ぎて行かましを　社し恨めし（佐伯赤麻呂、贈歌、巻三の四〇五）

②　あしひきの　山椿咲く　八つ峰《を》越え　シシ待つ君が　斎ひ妻かも

（古歌集歌、時に臨みて作る歌、巻七の一二六二）椿

③　※前出（aの第一種①）柿本人麻呂歌集歌　（巻七の一二九二）草

④　山の辺に　い行く猟夫は　多かれど　山にも野にも　さ雄鹿鳴くも　（秋雑歌、鹿鳴を詠む、巻十の二一四七）

⑤　山辺には　猟夫のねらひ　恐けど　雄鹿鳴くなり　妻が目を欲り　（秋雑歌、鹿鳴を詠む、巻十の二一四九）

⑥　赤駒を　厩に立て　黒駒を　厩に立てて　それを飼ひ　我が行くごとく　思ひ妻　心に乗りて　高山の　峰のたをりに　射目立てて　シシ待つごとく　床敷きて　我が待つ君を　犬な吠えそね　（巻十三の三二七八）

⑦　射ゆシシを　認《つな》ぐ川辺の　にこ草の　身の若かへに　さ寝し児らはも　（巻十六の三八七四）草

⑧　……シシ待つと　我が居る時に　さ雄鹿の　来立ち嘆かく　たちまちに　我は死ぬべし　大君に　我は仕へむ　我が角は　み笠のはやし　我が耳は　み墨坩《すみつほ》　我が目らは　ますみの鏡……

（乞食者詠、巻十六の三八八五）

多人数で行なう、いわゆる追い込み型の狩りに対して、獲物の習性を知り尽くした猟師が獣みちで待ち伏せする狩りもあった。その場合、獣に覚られないように、猟師が隠れる人工的遮蔽物が必要となる。それが「射目」⑥である。したがって、これらの狩りは主に待ち伏せ型猟ともいうべきものであり、長く待つことの喩えや序となっている例である（①②⑥）。こういった喩えや序が成り立つのは、待ち伏せ猟には長い待ち時間が費やされるという「知識」が、広く浸透し、了解事項として共有されていたからであろう。

〈**c**　鹿の足跡を追うところから、ゆくえを追う道や、ゆくえのわからないことを想起させる序となっている例〉

①　秋の野を　朝行く鹿の　跡もなく　思ひし君に　逢へる今夜か　（秋相聞、賀茂女王歌、巻八の一六一三）

②　※前出（bの第二種⑦）作者不記載歌　（巻十六の三八七四）草

獣はいったん見逃してしまうと二度目に出逢えるかどうかわからず、そのため獣が残す跡を追うしかない。また、手負いの獣を追えば、止めを刺すこともできるので、猟師はそれを追うことになる。cは、この知識を踏まえた序となっている例である。ここでいう「認《つな》ぐ」（②）は、足跡や血痕を追って、獣を探し求めることである。同様の序は、斉明紀四年（六五八）五月条の「射ゆ鹿猪を　認ぐ川辺の　若草の　若くありきと　吾が思はなくに」（『紀』歌謡一一七）にもある。鹿の場合、手負いとなると絶命しない限り水辺に逃げ込む習性があるため、ここに「川辺」とあるのは、この知識を踏まえたものである、と考えたい。(6)

〈**d**　弓で射られて手負いとなった鹿の喩えを通して、心の痛みを想起させる序となっている例〉

①　……また帰り来ぬ　遠つ国　黄泉の界に　延ふつたの　己が向き向き　天雲の　別れし行けば　闇夜なす　思ひ迷はひ　射ゆシシの　心を痛み　葦垣の　思ひ乱れて　春鳥の　音のみ泣きつつ　あぢさはふ　夜昼知らず　かぎろひの　心燃えつつ　嘆き別れぬ
（田辺福麻呂歌集歌、哀弟死去作歌、巻九の一八〇四）

②　……いづくにか　君がまさむと　天雲の　行きのまにまに　射ゆシシの　行きも死なむと　思へども　道の　知らねば　ひとり居て　君に恋ふるに　音のみし泣かゆ
（巻十三の三三四四）

これらの例は、死に至るつらい心の痛みを表現するにあたり、射られた獣を喩えとした例である。

〈**e**　作物を喰い荒らす害獣として鹿が歌われている例、またそれと関連して大切に育てたものを横取りする喩

えとして歌われている例〉

①　朝霞　鹿火屋《かひや》が下に　鳴くかはづ　声だに聞かば　我恋ひめやも（秋相聞、蝦に寄する、巻十の二二六五）霞

②　あしひきの　山田守る翁　置く蚊火《かひ》の　下焦れのみ　我が恋ひ居らく（寄物陳思歌、巻十一の二六四九）

③　心合へば　相寝るものを　小山田の　鹿猪田《ししだ》守るごと　母し守らすも〈一に云ふ、「母が守らしし」〉

（寄物陳思歌、巻十二の三〇〇〇）

④　妹をこそ　相見に来しか　眉引きの　横山辺ろの　シシなす思へる

（東歌、未勘国相聞往来歌、巻十四の三五三一）

⑤　朝霞　鹿火屋が下の　鳴くかはづ　偲ひつつありと　告げむ児もがも（河村王誦歌、巻十六の三八一八）霞

⑥　あらき田の　鹿猪田の稲を　倉に上げて　あなひねひねし　我が恋ふらくは

（忌部首黒麻呂夢裏歌、巻十六の三八四八）

これらについては、すでに述べているので、詳細は省く〔上野　二〇〇〇年〕。稲刈りを前にした農民の大敵は、鹿と猪であり、ことに山沿いの田は、田を荒らすこれらに厳重に備え、「タブセ」「タヤ」と呼ばれる小屋を作って見張る必要があった。そこにやって来る獣を射る場合もあったし、火を焚いて近づかないようにしむける場合もあった（「カヒ」②）。この火を焚く「タヤ」「タブセ」が、万葉語の「カヒヤ」（鹿火屋）なのである（①⑤）。こうして、見張り番を置き、獣を射ち、また追い払ったのである。だから、収獲前に田が荒らされないよう監視する見張り番は、結婚前の娘に悪い虫がつかないように見張る喩えに使われることともなり、田を荒らす獣は男に喩えられたのである（③④⑥）。当該諸例の歌の背景には「タヤ」「タブセ」での見張り番の知識があると思われる。

〈f　鹿は一産一子であるので、鹿と同じひとり子のことを歌うために引き合いに歌われている例〉

①　秋萩を　妻問ふ鹿《か》こそ　独り子に　子持てりといへ　鹿子じもの　我が独り子の　草枕　旅にし行けば……（天平五年遣唐使母歌、巻九の一七九〇）萩

②　……ちちの実の　父の命は　たくづのの　白ひげの上ゆ　涙垂り　嘆きのたばく　鹿子じもの　ただひとりして　朝戸出の　かなしき我が子　あらたまの　年の緒長く　相見ずは　恋しくあるべし……（大伴家持、陳防人悲別之情歌、巻二十の四四〇八）

猪（イノシシ）と鹿（カノシシ）が、決定的に違う点は、猪は多産で、一産で五匹から八匹も生まれるのに対して、鹿は一回のお産で一匹しか生まないという点がある。ために、「鹿のようなひとり子」という表現が成り立つのである。だから、右のように、ひとり子を遠方に送り出す遣唐使や防人の母の心情を表す際に使用されるのである。この二例から考えると、鹿が「一産一子」という「知識」が詠み手にもあり、同時代の歌の聞き手、読み手にも共有されていたことがわかる。

〈g　初夏の角はまだ短いため、「束の間」の時間、短い時間の喩えとして歌われている例〉

①　夏野行く　小鹿の角の　束の間も　妹が心を　忘れて思へや（柿本人麻呂、巻四の五〇二）

雄鹿の角は、早春二月末から三月にいったん古い角が抜け落ち、新しい角に生え代わる。古い角が落ちた当初の新しい角には、まだ血行があって、瘤状になっている。これが、いわゆる「袋角」である。ちなみに、漢方薬の強精剤である「鹿茸」は、この「袋角」のことである。(7)「袋角」は、成長して枝のごとき角となり、四月から六月には

血行も止まってしまう。こうなると、もう「袋角」ではなくなり、エナメル質の角となる。そのため、当該g①の歌のような初夏においては、鹿の角は瘤状の「袋角」なのである。したがって、まだ枝角になる前で短い。以上の理由から、短い間すなわち「束の間」を引き出す序となるのである。

〈**h**　現行民俗の鹿踊りのように、被りものを使った鹿の芸能を歌った例〉

①　弥彦《いやひこ》　神の麓に　今日らもか　鹿の伏すらむ　裘《かはごろも》着て　角つきながら　（越中国歌、巻十六の三八八四）

皮衣をまとい、角をつけた被り物を着て舞う芸能が万葉時代の越中国にもあり、おそらくそれが弥彦の神に関わる芸能であったことが推察される〔井口　一九九一年、初出一九八四年〕〔藤原　二〇〇三年〕。今日のいわゆる「民俗芸能」でいえば、東日本に広く分布する「鹿踊り」「三匹獅子舞」の系統の獅子舞であったことが予想される。これらは民俗芸能研究ではいわゆる「一人立ち」の獅子舞と呼ばれるもので、鹿の被り物をして、腹に固定した太鼓や羯鼓《かっこ》を打ち鳴らしながら舞う芸能である。対して、二人立ちの獅子舞は、二人以上の人間が一匹の獅子の被り物の中に入って舞う芸能で、中には百人以上もの人間が入って舞うものもある。皮衣に角ということであるならば、これはおそらく、一人立ちの獅子舞であり、角をつく所作が、印象的な演出になっていたことが当該h①の歌から推察されよう。

三　「鹿鳴」「萩」「妻恋」「秋」

鹿の動作、習性、さらには鹿と人間との関わりあいにおいてどのような点に着目して表現が成り立っているのかを見てゆくと、一口に鹿の歌といっても、多様な歌われ方が存在していることに気付かされる。

一方で、巻八と巻十には、主に「鹿鳴」を秋の「景物」として歌う諸例が著しく偏在している（表5－4参照）。ここでいう「景」ないし「風景」とは、歌によって描写される外部世界をいう。もちろん、それは内部の心情を描くものである。この「景」に音が含まれる場合、これを本節では「音風景」と呼ぶことにする。『播磨国風土記』には、

日岡。〔坐《いま》す神は、大御津歯《おほみつは》の命の子、伊波都比古《いはつひこ》の命なり。〕み狩せし時に、一鹿《しか》この丘に走り登りて鳴く。その声比々といひき。故れ、日岡と号《なづ》く。

（『播磨国風土記』賀古の郡、日岡条、植垣節也校注・訳『風土記（新編日本古典文学全集）』小学館、一九九七年）

とあるように、鹿の鳴き声を「比々」と表記している。これは、「ヒ」の長音を表すものだから、「ヒー」ないし「ピー」との「鹿鳴」の「聞きなし」が行なわれていたのであろう。『古今和歌集』の紀叔人歌では、

秋の野に　妻なき鹿の　年を経て　なぞわが恋の　かひよとぞ鳴く

（『古今和歌集』雑躰歌、巻十九の一〇三四、小沢正夫・松田成穂校注・訳『古今和歌集（新編日本古典文学全集）』小学館、一九九四年、一部私意により改めたところがある）

とあり、「甲斐よ」に掛けて「かひよ」との「聞きなし」が存在していたことがわかる。ちなみに、筆者の「聞きなし」をできるだけ忠実に表記してみると「ヒー」「ビーン」「ビー」と書くか、「イー」「イーン」「イィーン」と書くか、ないしは「キュイーン」と書くか迷うところである。なお、鹿の声を写す擬音語については、山口仲美

〔二〇〇二年〕に、詳細な分析がある。

では、万葉歌の「風景」「音風景」として鹿が描かれる場合、どのような「景物」との取り合わせが多いのだろうか。そのほとんどが、「萩」である。このように断言できるほどの偏りがある。そしてそのほとんどが、「妻恋」の情と結びついているのである。この事実は、「伏す鹿」が「草」とともに歌われるのと、好対照を成しているといえよう（aの第一種）。

〈i　秋の風景ないしは音風景として歌われている例（妻恋型）〉

① 秋さらば　今も見るごと　妻恋ひに　鹿鳴《か》かむ山そ　高野原の上

（長皇子、佐紀宮宴歌、巻一の八四）

② 大和辺に　君が立つ日の　近づけば　野に立つ鹿も　とよめてそ鳴く

（麻田陽春、大伴旅人餞宴歌、巻四の五七〇）

③ さ雄鹿の　鳴くなる山を　越え行かむ　日だにや君が　はた逢はざらむ

（笠金村歌集歌、神亀五年難波行幸歌、巻六の九五三）

④ ……八百万　千年をかねて　定めけむ　奈良の都は　かぎろひの　春にしなれば　春日山　三笠の野辺に
桜花　木の暗隠り　かほ鳥は　間なくしば鳴く　露霜の　秋さり来れば　生駒山　飛火が岡に　萩の枝を
しがらみ散らし　さ雄鹿は　妻呼びとよむ……

（田辺福麻呂歌集歌、奈良故郷悲歌、巻六の一〇四七）露霜・萩

⑤ ……高知らす　布当《ふたぎ》の宮は　川近み　瀬の音ぞ清き　山近み　鳥が音とよむ　秋されば　山もとどろに　さ
雄鹿は　妻呼びとよめ　春されば　岡辺もしじに　巌には　花咲きをり　あなおもしろ　布当の原　いと
貴　大宮所　うべしこそ　我が大君は　君ながら　聞かしたまひて　さす竹の　大宮こここと　定めけらしも

（田辺福麻呂歌集歌、久邇新京讃歌、巻六の一〇五〇）

⑥ ……布当の宮は　百木茂り　山は木高し　落ち激つ　瀬の音も清し　うぐひすの　来鳴く春へは　巌には
山下光り　錦なす　花咲きををり　さ雄鹿の　妻呼ぶ秋は　天霧らふ　しぐれを疾み　さにつらふ　黄葉散
りつつ　八千年に　生れつかしつつ　天の下　知らしめさむと　百代にも　変はるましじき　大宮所
（田辺福麻呂歌集歌、久邇新京讃歌第二長歌、巻六の一〇五三）霧・しぐれ・黄葉

⑦ 名児の海を　朝漕ぎ来れば　海中《わたなか》に　鹿子そ鳴くなる　あはれその鹿子
（羈旅歌、巻七の一四一七）

⑧ 夕されば　小倉の山に　鳴く鹿は　今夜は鳴かず　寝ねにけらしも
（秋雑歌、岡本天皇御製歌、巻八の一五一一）

⑨ 我が岡に　さ雄鹿来鳴く　初萩の　花妻問ひに　来鳴くさ雄鹿
（秋雑歌、大伴旅人、巻八の一五四一）萩

⑩ さ雄鹿の　萩に貫き置ける　露の白玉　あふさわに　誰《たれ》の人かも　手に巻かむちふ
（秋雑歌、藤原八束、巻八の一五四七）萩・露

⑪ 秋萩の　散りのまがひに　呼び立てて　鳴くなる鹿の　声の遥けさ
（秋雑歌、湯原王、鹿鳴の歌、巻八の一五五〇）萩

⑫ ※前出（aの第一種②）秋雑歌、大伴坂上郎女
（巻八の一五六一）萩・前の歌に萩が登場

⑬ さ雄鹿の　来立ち鳴く野の　秋萩は　露霜負ひて　散りにしものを
（秋雑歌、文馬養、天平十年右大臣橘家宴歌、巻八の一五八〇）萩・露・霜

⑭ さ雄鹿の　朝立つ野辺の　秋萩に　玉と見るまで　置ける白露
（秋雑歌、大伴家持、天平十五年八月歌、巻八の一五九八）萩・露

⑮ さ雄鹿の　胸別けにかも　秋萩の　散り過ぎにける　盛りかも去ぬる

⑯ 妻恋に　鹿《か》鳴く山辺の　秋萩は　露霜寒み　盛り過ぎ行く（秋雑歌、大伴家持、天平十五年八月歌、巻八の一五九九）萩
⑰ 山彦の　相とよむまで　妻恋に　鹿《か》鳴く山辺に　ひとりのみして（秋雑歌、石川広成、巻八の一六〇〇）萩・露・霜
⑱ このころの　朝明に聞けば　あしひきの　山呼びとよめ　さ雄鹿鳴くも（秋雑歌、大伴家持、天平十五年八月鹿鳴歌、巻八の一六〇二）
⑲ 宇陀の野の　秋萩しのぎ　鳴く鹿も　妻に恋ふらく　我には益さじ（秋雑歌、大伴家持、天平十五年八月鹿鳴歌、巻八の一六〇三）
（秋相聞、丹比真人歌、巻八の一六〇九）萩
⑳ あしひきの　山下とよめ　鳴く鹿の　言ともしかも　我が心夫（秋相聞、笠縫女王、巻八の一六一一）
㉑ ※前出（aの第一種③）雄略天皇御製歌（巻九の一六六四）
㉒ 三諸《みもろ》の　神奈備《かむなび》山に　立ち向かふ　三垣の山に　秋萩の　妻をまかむと　朝月夜　明けまく惜しみ　あしひきの　山彦とよめ　呼び立て鳴くも（詠鳴鹿、巻九の一七六一）萩
㉓ ※前出（f①）天平五年遣唐使母歌（巻九の一七九〇）萩
㉔ さ雄鹿の　心相思ふ　秋萩の　しぐれの降るに　散らくし惜しも（秋雑歌、柿本人麻呂歌集歌、花を詠む、巻十の二〇九四）萩・しぐれ
㉕ 奥山に　住むといふ鹿の　夕去らず　妻問ふ萩の　散らまく惜しも（秋雑歌、花を詠む、巻十の二〇九八）萩
㉖ さ雄鹿の　妻問ふ時に　月を良み　雁が音聞こゆ　今し来らしも（秋雑歌、雁を詠む、巻十の二一三一）雁
㉗ このころの　秋の朝明に　霧隠り　妻呼ぶ鹿の　声のさやけさ（秋雑歌、鹿鳴を詠む、巻十の二一四一）霧
㉘ さ雄鹿の　妻ととのふと　鳴く声の　至らむ極み　なびけ萩原（秋雑歌、鹿鳴を詠む、巻十の二一四二）萩

㉙君に恋ひ　うらぶれ居れば　敷の野の　秋萩凌ぎ　さ雄鹿鳴くも（秋雑歌、鹿鳴を詠む、巻十の二一四三）萩

㉚雁は来ぬ　萩は散りぬと　さ雄鹿の　鳴くなる声も　うらぶれにけり
（秋雑歌、鹿鳴を詠む、巻十の二一四四）雁・萩

㉛秋萩の　恋も尽きねば　さ雄鹿の　声い継ぎい継ぎ　恋こそ増され
（秋雑歌、鹿鳴を詠む、巻十の二一四五）萩

㉜山近く　家や居るべき　さ雄鹿の　声を聞きつつ　寝ねかてぬかも（秋雑歌、鹿鳴を詠む、巻十の二一四六）

㉝※前出（bの第二種④）秋雑歌、作者不記載歌、鹿鳴を詠む（巻十の二一四七）

㉞あしひきの　山より来せば　さ雄鹿の　妻呼ぶ声を　聞かましものを
（秋雑歌、鹿鳴を詠む、巻十の二一四八）

㉟※前出（bの第二種⑤）秋雑歌、作者不記載歌、鹿鳴を詠む（巻十の二一四九）

㊱秋萩の　散り行く見れば　おほほしみ　妻恋すらし　さ雄鹿鳴くも
（秋雑歌、鹿鳴を詠む、巻十の二一五〇）萩

㊲山遠き　都にしあれば　さ雄鹿の　妻呼ぶ声は　乏しくもあるか（秋雑歌、鹿鳴を詠む、巻十の二一五一）

㊳秋萩の　散り過ぎ行かば　さ雄鹿は　わび鳴きせむな　見ずはともしみ
（秋雑歌、鹿鳴を詠む、巻十の二一五二）萩

㊴秋萩の　咲ける野辺には　さ雄鹿そ　露を別けつつ　妻問ひしける
（秋雑歌、鹿鳴を詠む、巻十の二一五三）萩・露

㊵なぞ鹿の　わび鳴きすなる　けだしくも　秋野の萩や　繁く散るらむ
（秋雑歌、鹿鳴を詠む、巻十の二一五四）萩

㊶　秋萩の　咲きたる野辺の　さ雄鹿は　散らまく惜しみ　鳴き行くものを
（秋雑歌、鹿鳴を詠む、巻十の二一五五）萩

㊷　あしひきの　山の常陰に　鳴く鹿の　声聞かすやも　山田守らす児
（秋雑歌、鹿鳴を詠む、巻十の二一五六）

㊸　さ雄鹿の　妻呼ぶ山の　岡辺なる　早稲田は刈らじ　霜は降るとも
（秋雑歌、水田を詠む、巻十の二二二〇）早稲田・霜

㊹　※前出（aの第一種④）秋相聞、作者不記載歌、鹿に寄する
（巻十の二二六七）草

㊺　※前出（aの第一種⑤）秋相聞、作者不記載歌、鹿に寄する
（巻十の二二六八）草

㊻　さ雄鹿の　入野のすすき　初尾花　いつしか妹が　手を枕かむ（秋相聞、花に寄する、巻十の二二七七）尾花

㊼　高山の　峰行くししの　友を多み　袖振らず来ぬ　忘ると思ふな
（寄物陳思歌、巻十一の二四九三）

㊽　※前出（aの第一種⑥）寄物陳思歌、作者不記載歌
（巻十二の三〇九九）草

㊾　※前出（aの第一種⑦）東歌、作者不記載歌、陸奥国相聞往来歌
（巻十四の三四二八）

㊿　※前出（e④）東歌、作者不記載歌、未勘国相聞往来歌
（巻十四の三五三一）

(51)　草枕　旅を苦しみ　恋ひ居れば　可也《かや》の山辺に　さ雄鹿鳴くも（遣新羅使人歌、引津亭歌、巻十五の三六七四）

(52)　妹を思ひ　眠の寝らえぬに　秋の野に　さ雄鹿鳴きつ　妻思ひかねて
（遣新羅使人歌、引津亭歌、巻十五の三六七八）

(53)　夜を長み　眠の寝らえぬに　あしひきの　山彦とよめ　さ雄鹿鳴くも
（遣新羅使人歌、引津亭歌、巻十五の三六八〇）秋の夜長

(54)　をみなへし　秋萩凌ぎ　さ雄鹿の　露別け鳴かむ　高円の野そ
（大伴家持、天平勝宝五年高円野所心歌、巻二十の四二九七）をみなへし・萩・露

⑮　高円の　秋野の上の　朝霧に　妻呼ぶ雄鹿　出で立つらむか

（大伴家持、秋野独憶拙懐歌、巻二十の四三一九）霧

一般によくいわれるのは、「鹿鳴」と「妻恋」とが「秋の景物」あるいは「音風景」として結びついているということだが、これは当然のことである。なぜなら、鹿は秋の発情期に、雄雌が交尾の相手を求めて互いを呼びあうために鳴くからである。ただし、大きな声で鳴くのは、雄鹿の方である。だから、「鹿鳴」が秋の音風景になるのであり、雄鹿が声を響かせて鳴く声は、「ひとり」であることのわびしさを、聞き手の心に響かせる音ともなり得るのである。その一例を見てみよう。

天平十一年（七三九）の秋、大伴氏の人びとは、忙しく働いていた〔上野　二〇〇〇年〕。家持は都で宮仕えがあり、代わって跡見や竹田の荘園すなわち「田庄《たどころ》」には、大伴坂上郎女や大伴坂上大嬢が下向して、収穫に伴う諸事万端を取り仕切っていたからである。

大伴坂上郎女、跡見の田庄にして作る歌二首

妹が目を　始見《みそめ》の崎の　秋萩は　この月ごろは　散りこすなゆめ

吉隠の　猪養の山に　伏す鹿の　妻呼ぶ声を　聞くがともしさ（aの第一種②、i⑫）

（巻八の一五六〇、一五六一）

一首目では「始見の崎の秋萩よ、しばらくは散らないでおくれ」と歌い、二首目では「吉隠（桜井市吉隠）の猪養の山に棲む鹿の、妻を呼ぶ声が、独り寝の私には……うらやましい」と歌っている。萩の花が咲くころから数ケ月、

大伴坂上郎女は、跡見の「田庄」に留まる必要があった。その時に吉隠の猪養の山の鹿の声を聞き、「ともしく」つまり、うらやましいと思ったのである。言外には、鹿はまだ私よりましだ。恋しく思って鳴いてくれる人がいるのだから、と。私など愛する人から呼ばれることすらもないというのである。つまり、この二首においては、「萩」と「鹿鳴」と、大伴坂上郎女の「心情」とが、結びつけられて表現されている、といえるだろう。

では、なぜこのような結びつきが生まれたかといえば、「萩の開花期」と「鹿の発情期」がほぼ同時期だったからである。一方、この季節は「すすき」の穂が出る季節でもあり、それは「すすき」と同じ禾科の稲が「穂立ち」する季節でもあった。民俗学者・野本寛一は、雄鹿の擬鳴音を利用して雌鹿をおびき寄せて、それを射る「笛鹿猟」の猟期のはじまりを、どのような自然暦で知るのかという言い伝えを採集し、

①　薄《すすき》の穂が三穂出ると高山の鹿はサカリがつく（静岡県磐田郡水窪町村上・川下勘三郎・明治三六［一九〇三］年生まれ）。

②　板取山が紅葉になると鹿のサカリがつく（同榛原郡中川根町徳山）。

③　もみじが赤くなると鹿がさかる（同田方郡中伊豆町原保・海老名治作・明治二八［一八九五］年生まれ）。

④　彼岸花が咲くと鹿がさかる（同賀茂郡松崎町池代・山本吾郎・明治四一［一九〇八］年生まれ）。

⑤　猟師やお百姓が麦蒔き土用と呼んでいる、十月二〇日ころを中心にした約十日間が鹿のたき時（発情期）である（松山、一九七七年）。

⑥　薄の穂が三穂出ると鹿のサカリがつく（和歌山県西牟婁郡すさみ町追川・根木彦四郎・明治三八［一九〇五］年生まれ）。

⑦　薄の穂が出始めると鹿のサカリがつく（宮崎県東臼杵郡五ヶ瀬町波帰・矢野勇・明治三九［一九〇六］年生まれ）。

⑧　笛鹿は初尾花の時分盛りとしるべし（『猪猟古秘伝』）。

といった伝えを報告している〔野本　一九九五年〕。なぜ、このような言い伝えが大切であったかというと、鹿笛の擬鳴音を使った猟は、「鹿鳴」のさかんな「鹿の発情期」にしか行なえないからである。つまり、猟のはじまりが、「薄の穂」（①⑥⑦）、「初尾花」（⑧）が出始める時分と重なるのである。かえりみて、万葉貴族・大伴氏の人びとは「萩」が開花し、「すすきの穂」が出て、稲が穂立ちする時期、自らの「田庄」に出向し、収獲と倉入れを検分する必要があったのである〔上野　二〇〇〇年〕。これを敷衍化すれば、万葉歌の主たる担い手である平城京の貴族たちも家族と別れ、「田庄」のある鄙に下向しなくてはならなかった季節ということができる。こういった時期に、「鹿鳴」が「田庄」で響きわたったのである。「萩」と「尾花」の開花時期については、次の歌を見れば一目瞭然であろう。

笠朝臣金村が、伊香山《いかご》にして作る歌二首

草枕　旅行く人も　行き触れば　にほひぬべくも　咲ける萩かも

伊香山　野辺に咲きたる　萩見れば　君が家なる　尾花し思ほゆ

（巻八の一五三二、一五三三）

「萩」と「尾花」とが、連動するように開花するのである。では、ｉの歌に共通する「景」と「音」に対する反応は、どのようにして歌を支える「情感」「情操」として発生し、歌の世界に定着していったのであろうか。おそらく、これは日本の風土、ことに大和の風土から生まれたものである、と考えられる。なぜならば、「萩の開花」「稲の穂立ち」「鹿の発情」が同時期であるということを生活のなかで実感しなければ、こういった「鹿鳴」に対する

「情感」が「経験知」として多くの人々に「共有」されることはない、と考えられるからである。(8)

では、「萩」と「鹿」が、秋の「景物」のいわゆる「定番」の取り合わせとして固定化するのはいつごろなのであろうか。

この問題に、早い段階で考察を加えたのは、中西進〔一九六三年、初出一九六二年〕であった。中西は、雄略天皇御製歌（巻九の一六六四）とその重複歌（巻八の一五一一）の分析をするために、まず鹿の歌を、

●作者判明歌

人麿（4一五〇二・9一七六一・一七六二）三首

長皇子（1八四）金村歌集〔或云千年作〕（6九五三）麻田陽春（4五七〇）大伴旅人（8一五四一）坂上郎女（8一五六一）丹比真人（8一六〇九）笠縫女王（8一六一一）賀茂女王（8一六一三）藤原八束（8一五四七）湯原王（8一五五〇）文馬養（8一五八〇）巨曾部津島（8一五七六）石川広成（8一六〇〇）各一首

家持（8一五九八・一五九九・一六〇二・一六〇三・20四二九七・四三一九・四三二〇）七首

●作者未詳年代判明歌

大宝元年紀伊行幸の時の歌（9一六七八）天平五年作者未詳歌（9一七九〇）各一首

●作者未詳年代未詳歌

巻十　詠鹿鳴十六首（二一四一――二一五六）詠花二首（二〇九四・二〇九八）寄花一首（二二七七）

巻十二　寄物陳思一首（三〇九九）

巻十六　越中国歌一首（三八八四）

のように分類し、「鹿鳴」と「妻恋」の取り合わせができるのは、奈良朝とした。その上で、本節が問題にしたⅰの歌々が巻八と巻十に集中する理由を、次のように説明している。

この編者の意図とは、誰のどういうものか。巻八・九は家持の編たる事ほぼ間違いなく、巻十と家持圏の作歌との類歌を通しての近さも通説になっている。そして家持には七首の詠鹿歌がある。まず家持の、一歩を譲っても奈良朝後期の、文人趣味が濃厚に編纂意図に現われているという事は、可能だろう。

〔中西　一九六三年、初出一九六二年〕

中西は、家持に七首の詠鹿歌があることを勘案し、家持の編纂意図の投影から用例の偏在を説明しようとしたのである。雄略天皇御製歌（巻九の一六六四）が、鹿の歌の時系列分布からは外れた、著しく古い用例だとして、雄略天皇御製歌を「雄略の鹿物語を伝誦背景とする歌で、奈良朝になってから家持周辺にあって定着した歌であったろう」と推定したのであった(9)。これらの見解は、おおむね了解されるところであろう。ただ、本節の立場に沿って補足すれば、鹿と萩との取り合わせは、柿本人麻呂歌集にも見え、『万葉集』中の先行する歌集にも例があったことが指摘できる（ⅰの㉔）。また、中西は、家持の編纂意図から、用例の偏在を説明しようとしたが、その大前提として、やはり巻八と巻十が四季分類の巻であることを、まずは考慮する必要があろう。ことに巻十の秋雑歌に「鹿鳴を詠む」（二一四一〜二一五六）の十六首及び、秋相聞に「鹿に寄する」（二二六七、二二六八）の二首が存在していることが、用例偏在の主たる理由となっているからである。つまり、巻十の編纂時において、「鹿鳴」は後代の「季題」のごときものとして確立していたのである(10)。

さらには、奈良朝において、いかなる契機のもとに、「鹿鳴」が秋の景物として確立したのであろうか。中西はこの点について、次のように鋭くも述べている。「巻十の分類は『詠鹿鳴』とあって、単に『詠鹿』とか『詠鳴鹿』とかではない。この用語は勿論詩経の語で、懐風藻にも見られ、既に十分浸透していた知識であったが、編者の一括して収める意図には、十分詩経の連想があったといい得るであろう」と。つまり、巻十の秋雑歌の「詠鹿鳴」の背後には『詩経』の、

鹿鳴

呦呦《いういう》と鹿鳴き　野の苹《へい》を食む
我に嘉賓有り　瑟《しつ》を鼓き笙を吹かん
笙を吹き簧《くわう》を鼓き　筐を承げて是に将《すす》む
人の我を好《よみ》し　我に周行を示せ
（後略）

（『詩経』小雅、鹿鳴之什、鹿鳴、石川忠久『詩経（中）〔新釈漢文大系〕』明治書院、一九九八年）

があるというのである。確かに、中西のいうとおり、「詠鹿鳴」（鹿鳴を詠む）は『詩経』「鹿鳴」に由来する、と考えられる。『詩経』「鹿鳴」の影響は、『懐風藻』（六〇、六三）においても認められるところであり、巻十の「鹿鳴を詠む」が、『詩経』を背景としていることは否定できない。しかし、『詩経』の「鹿鳴」は、「君臣和楽」の宴盛んなることを表象するのに対して、万葉の秋の景物の鹿は、もっぱら「妻恋」を歌うものであるとする点は、まったく異なっている。そのために、岡崎義恵が「中国趣味でもあるけれども、また日本固有のものとも考えられる」と両説併記したように、彼我の違いを念頭に入れて、断定を避けるべきではなかろうか（岡崎　一九六〇年、初出一

九四二年）。なお『懐風藻』の用例の方は、新羅からやって来た使節を迎えての宴詩であり、こちらの方は『詩経』の「鹿鳴」詩を明らかに踏まえている。

筆者は、巻十の秋雑歌の「鹿鳴を詠む」が、『詩経』の影響を受けて成立していることは否定し得ないと思うが、『詩経』の「鹿鳴」詩を知っているということと、その内容を踏まえて歌を作るということは、別だと考えたい。つまり、「標目」の語の出典と、個々の歌の「発想」は別であったと考える方が、より実態に近いのではなかろうか。

以上の考察を踏まえて、ここで問題とすべきなのは、秋の「景物」の取り合わせの中でも「萩」との取り合わせに用例が著しく偏在しているという事実であろう。これは、「萩」が天平期において「ヤド」の花として愛好され、集中でも群を抜いて多く歌われていることとも関係しよう（一四〇首）（第五章第二節）。ここから、萩を鹿の「花妻」とする発想が生まれてくるのである。ここでいう「花」とは、「実」に対比される「花」である。「花」は見るだけのものであり、妻としえないものを表象しているのである（iの④⑨⑫⑯⑲㉒㉓㉔㉕㉘㉛㊱㊴など）。つまり、見るだけで実にならないもの、実らない恋を表象する「喩」なのである。つまり、花を妻とするしかなかった雄鹿は、雌鹿に出逢えなかった、いわばあわれな「ひとり寝」の鹿なのである。だから、鳴くしかないのであり、「鹿鳴」は「ひとり寝」のわびしさを、聞き手に想起させるのである。

さらには、次に述べる点も加味して、考察を行なう必要もあるだろう。鹿は、発情期以前は、雌雄別々に暮らし、発情期に限って同棲するという習性を持っている動物なのである。したがって、発情期においては交尾の相手を探しあい、誘いあい、求めあう必要があるのである。と同時に、この時期、雄鹿同士は、激しく雌を争った末、強い鹿だけが数匹の雌鹿を独占する、いわば「ハーレム」を形成するのである。冒頭に取り上げた『大和物語』と『今昔物語集』の話も、こういった鹿の習性を念頭において読む必要があるのである。ここから、鳴いている鹿は、ま

表5－4　表現手段に着目した万葉の鹿の歌の分類

巻＼分類	a 伏す	b 狩り	c ゆくえ	d 手負い	e 害獣	f 一産一子	g 束の間	h 芸能	i 風景
巻1									1
巻2	1								
巻3	2	3							
巻4							1		1
巻5									
巻6		2							4
巻7	1	2							1
巻8	1	1	1						13
巻9	1	1		1		1			3
巻10	2	2			1				23
巻11					1				1
巻12	1				1				1
巻13		1		1					
巻14	1				1				2
巻15									3
巻16	1	2	1		2			1	
巻17									
巻18									
巻19									
巻20		1				1			2
計	11	15	2	2	6	2	1	1	55

（注）　本節に分類して引用した全歌を一覧とした。ただし、二分類にわたって重複している場合は、両方に一例ずつカウントしている。一つの目安とはなろう。

筆者作成。

だ交尾相手が見つからない鹿であるとの想像がなされるのであろうし、そういう鹿は花を「ツマ」とするしかない、と連想されるのである。ちなみに、この時期、雄鹿は首筋を泥まみれにし、そこに自らの尿を塗りつけて、臭気を発して雌を誘う（フェロモン効果）。だから、秋に奈良公園で雄鹿に出逢うと、アンモニア臭がすることがある。筆者の体験だと、十メートルも近寄ると、もう臭う。そして、気も荒い。動物学的には雄鹿の「鹿鳴」は、自らの肺活量を競い合い、縄張りを誇示しあう役割もあるといわれているが、万葉びとはこれを「妻恋」の声と聞いたのである。

おわりに

「鹿鳴」と「萩」を秋の景物とする「類型的歌言葉表現」は、『万葉集』の季節分類巻八と巻十の編纂時において、すでに確立していた世界であった、ということができよう。この確立期をどこまで遡らせることができるかどうか、ということについては判断が難しいが、天平期を遡る可能性はきわめて少ないと思われる(11)。

以後、この取り合わせは、平安期の和歌研究者が検証しているように、八代集以降の王朝和歌世界に継承される〔四賀　一九四六年〕〔鶴田　一九七〇年〕。たとえば、『倭名類聚鈔』巻二十「鹿鳴草」の項に「爾雅集注云萩一名蕭」とあり、「和名波木」と見出せるのもこういった事柄を、反映しているのであろう。

かえりみて、縷々述べたように集中にはa～hまでのような鹿の歌い方も少なからず存在している。『万葉集』には、稲の「穂立ち」のころに田に現れて、作物を荒らす「ひなびの鹿」もいるのである。その鹿を射ることを生業とする猟師も歌われているのである（bの第二種）。この点を勘案していえることは、その鳴き声が歌われている場合は、例外なく「妻恋」と「ひとり寝」が鹿から想起されるということであり、さらには天平期において「萩」との取り合わせが確立してゆく。対して、「稲穂」や「すすき」との取り合わせは、『万葉集』では皆無に等しいのである。とすれば、「萩」を妻として鳴く鹿は、「みやびの鹿」ということはできまいか。万葉時代、ことに天平期の流行を踏まえているという点において。また、それがいわゆる王朝和歌世界に引き継がれた歌の世界に連なってゆくという点において。してみると、「東歌」には「みやびの鹿」は一頭もいない、ということになる。つまり、鹿の歌といっても、万葉歌の型のなかにあるわけであり、そこに万葉文化論の考究する心性もあるといえよう。次章においては、農をめぐる歌々と心性の問題について、考えてみることにする。

注

（1）松尾聰・永井和子校注訳『枕草子（日本古典文学全集）』（小学館、一九七四年）による。底本は、学習院大学蔵三条西家旧蔵本。いわゆる伝能因所持本系統に属する。

（2）京の女の「鍋で煎り煮するもよし、あぶり焼きもよし」というのは、まさに鹿肉の味をよく知っている人の言である。鹿肉は、猪肉や熊肉に比して臭味がなく、あぶり焼きにしても味がよいからである。ここで想起されるのは、枕詞「ししくしろ」である。「ししくしろ」は肉の串ざしを語源にもち、その美味しいところから「味寝（熟睡）」すなわち「うまい」（『紀』歌謡九六）、「良身」すなわち「ヨミ」の音を起し、同音の「黄泉」にかかる（巻九の一八〇九）。これは、直火のあぶり焼きのこうばしさを了解事項とした表現なのだろう。

（3）『大和物語』一五八段では、「人に」とあるところが「君に」と変わっただけの歌である。『今昔物語集』の方が男のことを直接的に表現している。

（4）この話から、いち早く花と花見の文芸の始源に「呪農」があることを強調したのは、桜井満であった〔桜井　二〇〇〇年、初出一九六一年〕。

（5）人と鹿との多様な関わり、それは現代においても同じである。奈良市の観光の中心は、寺院拝観ともう一つは、鹿見物である。奈良公園のように鹿が人になついている例は世界中ほかにないので、欧米からやって来る観光客には、寺院拝観よりもむしろ人気があるくらいである。「鹿せんべい」を買い、鹿とたわむれる時間を過ごすのである。ところが一方で、鹿は、猪とともに農作物に甚大な被害をもたらす害獣でもある。これは、深刻な地域の問題になっている。観光客の心を癒す鹿と、農作物を喰う鹿。同じ鹿でも、見方や立場が異なれば、感じ方もまったく違うのである。

（6）手負いの鹿が水辺に逃げ込むことは、奥三河の中山間地域の聞き書きをもとに、早くに民俗学者・早川孝太郎が報告している〔早川　一九七九年、初版一九二六年〕。また、筆者も一九八〇年代に、愛知県の北設楽郡や静岡市田代などの老猟師たちから、よく聞いた話であった。熟達した猟師ともなれば、手負いとなった鹿の逃げる道、川筋、谷筋をあらかじめ想定することができるという話を聞いたこともある。大抵の場合、その川や淵に入ったところで止めを刺すということであった。

（7）この「袋角」が傷ついてしまうと大量の出血をして死んでしまうこともある。含有成分の薬効とは別に、雄鹿の伸びゆく若角のイメージが、男性器を想起させ、強精剤としてのイメージ効果を高めているのであろう。ちなみに鹿茸には、強精のほか解熱、婦人病の諸症状改善に薬効があるといわれている。

（8）けれども、「風土」が同じならば、必ず同じような共有される「情感」が形成され、そこから文芸の伝統（＝ここでは、特定の「景物」の取り合わせ）が生まれるかというと、そうではない。それには、そう感じるための「学習」が必要だからである。

（9）なお、この巻九の一六六四と巻八の一五一一の両歌について、律令祭祀以前の大王儀礼として、精霊の代表である鹿の鳴き声を大王が聞く儀礼が古く存在し、それが雄略天皇の伝承と結びついたとする見解がある〔岡田　一九九二年、初出一九八八年〕〔辰巳和弘　一九九〇年〕。一つの解であろう。

（10）なお、平安時代の「月次屏風」では八月の題とされ、『和漢朗詠集』や『堀河百首』では、鹿が秋の「季題」として定立されている。

（11）もちろん、天平期以前の歌の絶対数が、そもそも少ないという資料上の制約もある。

参考文献

井口樹生　一九九一年「鹿鳴譚の由来――古代・鹿の文学と芸能」『境界芸文伝承研究』三弥井書店、初出一九八四年。

上野　誠　二〇〇〇年「万葉びとと農」『万葉びとの生活空間』塙書房。
大久保正　一九八二年「東歌のほととぎす――東歌研究の一側面」『萬葉集東歌論攷』塙書房、初出一九五七年。
岡崎義恵　一九六〇年「季節の表現」『岡崎義恵著作集　第四巻　万葉風の探究』宝文館、初出一九四二年。
岡田精司　一九九二年「古代伝承の鹿――大王祭祀復元の試み」『古代祭祀の史的研究』塙書房、初出一九八八年。
尾崎暢殃　一九七五年「秋芽子の恋」『大伴家持論攷』笠間書院、初出一九七〇年。
梶島孝雄　二〇〇二年『資料　日本動物史』八坂書房。
岸　俊男　一九八四年「画期としての雄略朝――稲荷山鉄剣銘付考」岸俊男教授退官記念会編『日本政治社会史研究　上』所収、塙書房。
小島憲之　一九六四年「口頭より記載へ」『上代日本文學と中國文學（中）――出典論を中心とする比較文学的考察』塙書房。
――　一九七三年「桓武・平城朝の文學」『國風暗黒時代の文學　中（上）』塙書房。
近藤信義　二〇〇三年「狩猟の宴歌」『万葉遊宴』若草書房、初出二〇〇一年。
桜井　満　二〇〇〇年「『花散らふ』と『み雪ふる』の発想」『櫻井満著作集　第五巻　万葉びとの憧憬』おうふう、初出一九六一年。
四賀光子　一九四六年『傳統と和歌』京都印書館。
孫　久富　一九九六年『日本上代の恋愛と中国古典』新典社。
高木市之助　一九六八年「鹿のとよみ」『雑草万葉』中央公論社、初出一九六三年。
辰巳和弘　一九九〇年『高殿の古代学――豪族の居館と王権祭儀』白水社。
辰巳正明　一九九三年「万葉集と詩経」『万葉集と中国文学　第二』笠間書院。
鶴田光枝　一九七〇年「和歌文学にあらわれた『鹿』――八代集を中心にして」『国文目白』第九号所収、日本女子大学国語国文学会。
寺山　宏　二〇〇二年「しか（鹿）」『和漢古典動物考』八坂書房。

中西　進　一九六三年「雄略御製の伝誦」『万葉集の比較文学的研究』桜楓社、初出一九六二年。
並木宏衛　一九七三年「花妻考」『王朝文学史稿』第二号所収、國學院大学王朝文学史研究会。
野本寛一　一九九五年「日本人の動物観の変遷——鹿をめぐる葛藤」河合雅雄・埴原和郎編『講座［文明と環境］八　動物と文明』所収、朝倉書店。
早川孝太郎　一九七九年『猪・鹿・狸』講談社、初版一九二六年。
平林章仁　一九九二年『鹿と鳥の文化史——古代日本の儀礼と呪術』白水社。
広岡義隆　一九七二年「はるかなる鹿鳴——『音之亮左』攷」『美夫君志』第十五号所収、美夫君志会。
藤原茂樹　二〇〇三年「春は皮服を著て——北国のうた・まつり・芸能」上野誠・大石泰夫編『万葉民俗学を学ぶ人のために』所収、世界思想社。
古橋信孝　一九九八年「桓武天皇の遊猟」『平安京の都市生活と郊外』吉川弘文館。
堀　勝博　一九九九年「『秋芽子』考」『大阪産業大学論集　人文科学編』第九十七号所収、大阪産業大学学会。
松田　浩　一九九九年「鹿の古代伝承と水神と——日本武尊の鹿狩りをめぐって」『三田國文』第三十号所収、三田國文の会。
松山義雄　一九七七年『続・狩りの語部——伊那の山狭より』法政大学出版局。
山口仲美　二〇〇二年「鹿の声に思いを託す」『犬は「びよ」と鳴いていた』光文社。
山口　博　一九八二年「鹿鳴歌」『王朝歌壇の研究——桓武仁明光孝朝篇』桜楓社。
横田健一　一九六九年『日本古代の精神——神々の発展と没落』講談社。
吉永　登　一九六六年「花つ妻なれや」『美夫君志』第九号所収、美夫君志会。
吉村　誠　一九八一年「『万葉集』鹿鳴歌『今夜は鳴かずい寝にけらしも』の一解釈」『群馬県立女子大学国文学研究』創刊号所収、群馬県立女子大学文学部国語国文学研究室。

〔付記〕

いわゆる小倉山の鹿鳴歌（巻八の一五一一、巻九の一六六四）については、具体的に考察を加えることができなかった。しかし、用例の趨勢を見、かつ本節の考察の延長線上に解を求めるならば、雌を得られない鹿に対する天皇の慈愛の心を示した歌と見て大過ないものと思われる。

初　出

「みやびの鹿とひなびの鹿」高岡市万葉歴史館編『四季の万葉集』笠間書院、二〇〇八年。

第六章　農と心性の万葉文化論

万葉びとと農耕というテーマについては、拙著『万葉びとの生活空間――歌・庭園・くらし』（塙書房、二〇〇〇年）執筆以来、関心を持っている。ものを作るという行為は、一つの生産活動だが、人間はその生産活動を通じて、社会をも形成してきた。稲を育て、収穫し、分配するという生産活動そのものが、人間関係を作り、労働慣行を作り、社会を形成した。万葉歌も、そういった古代社会のなかで流通したのである。農はいかに語られ、いかに歌われるのか、本章では考えてみたい。

第一節　語られる農

秋の田を刈る
仮廬もまだ
取り壊していないのに……
　雁の音が寒々と
雁の音が寒々と
　　霜モフランバカリ――
　　霜モフランバカリ――
（巻八の一五五六釈義）

秋田刈る　仮廬《かりほ》もいまだ　壊《こほ》たねば　雁が音寒し　霜も置きぬがに
（巻八の一五五六）

はじめに

バブル経済華やかなりし一九八〇年代後半、筆者は静岡県の山野を駆け巡っていた。静岡県史の民俗部会の「臨時調査員」という名刺をもらった時の下笑しさは、今もって忘れることができない。貧乏大学院生にとって、新宿や渋谷の灯は眩しすぎたから、民俗調査のムラを歩くのは大好きだった。

当時は、まだ「焼畑」を経験した古老があちらこちらにいた。なかでも、静岡市の井川地区では、「焼畑」の話をたくさん聞くことができた(1)。それは、戦後まもなくまでは、焼畑が行なわれていたからである。その地域では、焼畑のことをヤマバタとかキリハタと呼んでいた。焼畑を行なう山と、自宅が離れている場合には、デヅクリコヤ（出作り小屋）を耕作地に建てて、農繁期にはそこに寝泊りすることになる。なぜなら、ムラにある自宅から毎日通うわけにはいかないからである。このデヅクリコヤに泊まって仕事をするのは、主に男たちであった。妻や子は、この期間、自宅の周りの田畑を守り、そして慎ましやかに家を守ることになっていた。

古老たちから話を聞いていて、ことに印象的だったのは、収穫した粟や稗を背負って帰ってくる父親の姿が、幼年期の思い出とともに異口同音に語られていたことである。重い収穫物を背負って山路を下る父親。それを見たときのえもいわれぬ喜び、そして久しぶりに会ったことによる「テレ」などを率直に語っていたのが印象的であった。また、父親の帰りを待ちきれず山路に迷い込み、山中を一昼夜彷徨った話などもよく聞いた。しかし、話は結局、次の内容に集約されていったように思う。父親はいかに重たい荷物を持って長い道のりを歩いたか、それを家族はどれほど首を長くして待ったか。さらには、父親が背負って持ち帰った粟で炊いた粟飯がいかにおいしかったかなど、古老たちは子どもの頃の話を昨日のことのように語ってくれた。そして、実際にデヅクリコヤでの生活を体験した人の話も聞くことができた。

デヅクリコヤでの生活について語る男たちの話は、およそ三つに分類することができる。

A　一人で山のなかの小屋で過ごすことの恐怖や淋しさにまつわる話。ことに病気の家族を残して、デヅクリコヤに行かねばならなかった時などの心の機微に関わる話には、人情話の趣があった。また、なかには人魂を見たなどの一種の奇譚もあった。

B　畑を荒らしにやってきた猪や鹿、さらには熊と格闘したという武勇伝。こちらは、語る方も、聞く方も楽しい、座談である。

C　採れた粟や稗を担いで家に帰る話。これは、苦労が報われる喜びの時間であったようだ。そして、それはいかに重いものを昔は担いでいたかという自慢話であるとともに、往時をふりかえる苦労話だった。

こういう戦前の思い出話を、孫の世代にあたる二十代の筆者に、古老たちは熱を持って語ってくれたのである。しかし、多くの人びとの話を聞くうちに、そこには一つの傾向があることに筆者は気付いた。その傾向とは、かつての焼畑での体験を、若き日の苦労話として、もうあんな経験はしたくてもできないだろうが……と懐かしそうに語っている点である。もちろん、個人の経験はそれぞれ違うし、語り口にも個性があったが、ほとんどは「若い時の苦労があってこそ、今がある」というような肯定的な語り方になっていたように思う。そして、それは概ねＡＢＣの三つに分類できるのである。

この調査体験を通じ、筆者は次のようなことを学んだ。まず、考えておかなくてはならないのは、「聞き書き」から生活実感を復原し、それを語り手と聞き手が共有して記述するという方法には、限界があるということである。つまり、個々人の生活体験や生活実感は個々に異なっているのに、それらが語られるときには、一つのステレオタイプのなかで語られてゆくという事実である。たとえば、臨死体験者の語る死の世界にすら、三途川などの一つの型があるのである。とすれば、聞き書きによって、生活体験を記述しようとする時には、語りの傾向や方向性を見定めてゆく必要があるのではなかろうか。これは、民俗学という学問が抱えている宿命であるとさえ、思う。

しかし、筆者は、このステレオタイプ化した語りにこそ、語り手が聞き手に発信しようとしている大切なメッセージがあるのではないか、と考える。つまり、語り手側が、聞き手を見て同調しやすいように話を加工して語ってくれていたのではないか、と思うのである。そうでなければ、「対話」というものは成り立たないであろう。調査者だった筆者はまず「戦前、焼畑をなさっていた時は、ご苦労も多かったでしょう」と問いかける。それに対して語り手は「そりゃぁー、忙しいときは、デヅクリコヤで泊まり込みでしたからねえ……」と語り出すわけである。してみれば、語り手の側が、なるべく聞き手の望む話を伝えようとするのは当たり前であろう。つまり、民俗誌の記述は、語り手と聞き手が同調して成り立っているのである。ことに、国学の流れを汲み、国民国家の成立と軌を一にして発達してきた日本民俗学には、その傾向が強い。それは、日本民俗学が祖先の生活の歴史を辿るという、いわば「ロマン」を研究の活力源にしているからである。

C・ギアツの民族誌の解釈学の提唱を受けた若き民俗学徒に、こういった語り手と聞き手の関係を反省的に検証する動きが起こったのは当然のことであった〔C・ギアツ　一九八七年〕。筆者の実感でゆくと、一九八〇年代から九〇年代はじめの日本の民俗学界には、若手研究者を中心に、民俗誌の記述の背後にある、かくなる同調の思想について、反省的ないし批判的な再検討を加えよう、という学問の潮流のような雰囲気があったように思う(2)。

以上のことがらは、いったいわれわれに何を教えてくれるのだろうか。それは、語りから、生活体験を記述する場合に重要なことは、その語りに一定の傾向がないか、その偏りを見定める必要がある、ということであろう。

このようなことを縷々述べたのには、わけがある。それは、本書を以て言挙げをする「万葉文化論」の成否は、万葉研究と他の学問をいかに繋ぐか、という一点にかかっている。そのためには、一九三〇年代という比較的早い段階において提携が進んだ民俗学と万葉研究の在り方について、批判的な検討を加えておく必要があるのではないか。その検証の上に立って、万葉文化論は、その学際的研究の在り方を模索すべきである、と考えたからである。

一　歌のなかで語られる生活

さて、冒頭で述べた焼畑のデヅクリコヤに相当すると思われる仮設的建造物が、『万葉集』にもある。もちろん、それはイコールではない。しかし、農繁期に耕作地に宿泊するための仮設的建造物であるという点では、同じ機能を持っていた建造物ということができる。これが、万葉歌に登場する「カリホ」（仮廬）、「タヤ」（田屋）、「タブセ」（田廬）である。「カリホ」とは、「カリ・イホ」を略したもので、「イホ」とは小屋のことである。「タヤ」は田に建てられた小屋のこと。「タブセ」とは、田にある「フセヤ」、つまり屋根の低い粗末な小屋のことと考えればよい。これらの仮設的建造物は、収穫期の見張りや、農具、収穫物の一時的保管、農作業時の休憩場所として、利用されていた。特に収穫期には、この小屋に寝泊りする必要がどうしてもあったようなのである。それは、いよいよ収穫という時に、猪や鹿が田を荒すからである。これが、万葉恋歌の比喩としてしばしば登場するのである。

ア　あしひきの　山田作る児　秀でずとも　縄だに延へよ　守ると知るがね　（巻十の二二一九）

イ　かむとけの　日香空の　九月の　しぐれの降れば　雁がねも　いまだ来鳴かぬ　神奈備の　清き御田屋の
垣内田《かきつた》の　池の堤の……　（巻十三の三二二三）

ウ　妹が家の　門田を見むと　うち出来し　心も著く　照る月夜かも　（巻八の一五九六）

エ　衣手に　水渋《みしぶ》付くまで　植ゑし田を　引板《ひきた》我が延へ　守れる苦し　（巻八の一六三四）

このように通覧すると、さまざまな獣の撃退法が、万葉歌のなかに歌われていることがわかる。縄を張る（ア）、垣根を作る（イ）、家の近くに門田を作り見張る（ウ）、鳴子を仕掛けて音で追い払う（エ）などの方法を万葉歌から確認することができよう。

さらには、火を使って獣を追い払うということも行なわれていた。つまり、「カリホ」「タヤ」「タブセ」で、獣を追い払うために火を焚けば、それは「カヒヤ」（鹿火屋）と呼ばれたのである。したがって、これら「カリホ」

「タヤ」「タブセ」「カヒヤ」は、同じような仮設的建造物であった、と考えてさしつかえない。

以上のような方法で、獣を追い払う必要があったのは、居住地と耕作地とが離れていたからである。万葉の時代、居住地と耕作地が離れたのには、この時代特有の理由があったようである。つまり、口分田が必ずしも居住地に近いところに支給されるとは限らなかったのである。この時代において、口分田の不足という事態が、もっとも重大な社会問題であったということについては、多くの史家が説くところである。したがって、かくなる理由から奈良時代の人びとも、農繁期、なかんずく収穫期には、耕作地に建てられた小屋で生活をしたようなのである。

この「カリホ」の歌が、巻十に多く収載されている。巻十は、「雑歌」と「相聞」を四季分類した巻で、その編纂は巻八に準じている。ただし、巻八と異なるのは、作者不記載歌を中心に編纂された巻である、という点である。登場する地名は、平城京の周辺が多く、平城遷都後、それも比較的新しい歌が多い巻といわれている。では、なにゆえに作者が記されていないのだろうか。今、二つの考え方をここに示すことができる。一つは、作者はいるが、何らかの理由で伝わらなかった可能性である。作者名が失われたり、作者名が、身分が低く省かれたなどの理由が想定される。もう一つの可能性は、もともと作者というようなものがない歌々であった可能性である。作者という概念そのものが近代的なものであることについてはいうまでもないが、もともと歌というものには、作者など必要ない。むしろ、誰が作ったかという情報が付与されることの方が、異例であるといえよう。したがって、日常生活においては、作者が意識されることは、むしろ少ないように思われる。巻十を作者のない「民謡」のごときものとみなす立場もあるが、いまひとつ判然としない。一方、一般的には、社会階層の低い層の歌の方が、作者が伝わらない傾向があることも事実だ。おそらく、それは、文字の浸透度の違いがあるからであろう。

誤解を恐れずにいえば、巻十の歌々の作者の名前が伝わらないのは、巻八の作者層よりも社会階層の低い人びとの歌が多かったからである、と推定をすることもできる。そう考えると、巻十は平城京の下級官人を作者層として想定することができよう。これが、巻十に集中して「カリホ」が登場する理由ではないか、と筆者は考えている。つまり、下級官人たちは、実際に遠隔地にある自らの耕作地に建てられた「カリホ」などに寝泊りする必要があったのであろう。おそらく、こういった事情から天平期の下級官人の間で「カリホ」を詠むことが流行していた、と考えられるのである。では、「カリホ」での生活は、歌のなかでどのように語られているのだろうか。以下、見てみたい。

①　秋田刈る　仮廬の宿り　にほふまで　咲ける秋萩　見れど飽かぬかも　（巻十の二一〇〇）
②　秋田刈る　仮廬を作り　我が居れば　衣手寒く　露そ置きにける　（巻十の二一七四）
③　秋田刈る　苫手《とまで》動くなり　白露し　置く穂田なしと　告げに来ぬらし〈一に云ふ、「告げに来らしも」〉　（巻十の二一七六）
④　秋田刈る　旅の廬りに　しぐれ降り　我が袖濡れぬ　乾す人なしに　（巻十の二二三五）
⑤　秋田刈る　仮廬作り　廬りして　あるらむ君を　見むよしもがも　（巻十の二二四八）
⑥　鶴が音の　聞こゆる田居に　廬りして　我旅なりと　妹に告げこそ　（巻十の二二四九）

①の歌では「カリホ」での生活の慰めが、萩の花を見ることであったことが語られている。②③は「秋の雑歌」の「露を詠む」に、分類されている歌である。仮小屋で寝ていると露で衣が濡れるというのであるから、その寒さ、そのわびしさを、旅寝の苦労として語っているのである。④のしぐれが降っても、干してくれる人がいないというのは、家族から離れた淋しさを訴えているのであろう。⑤と⑥は、賀茂真淵『万葉考』が述べているように、問答かもしれない。⑤は愛する男との離別を嘆く女歌である。おそらく、「カリホ」で寝泊りするのは男性が多かった

のであろう。⑥が⑤の女歌に答える歌であるとすると、私は旅をしていると妹には答えておいてくださいという男歌になる。④⑤⑥を見ると、旅立つ背と、家に待つ妹という構図が浮かび上がってくる。つまり、②③④⑤⑥は、「カリホ」の生活のわびしさを嘆いた旅寝の孤独を歌う〈文芸〉ということができる。とすれば、巻十においては、「カリホ」での生活が〈寒さ〉と〈わびしさ〉という傾斜を持って語られているということができるだろう。このことは、後述するように巻十六の仮廬の文芸と比較すれば、より明確なものとなる。

もちろん、多くの人びとの「カリホ」での生活は、実際にわびしいものであったに違いない。しかし、歌において語られているわびしさが、「旅寝」の〈寒さ〉や〈わびしさ〉と重ねられていることに、注意を払わなくてはならないだろう。つまり、そう作者が語れば、聞き手も読み手も同調しやすいのである。なぜなら、多くの人びとが旅寝の苦しさを知っているからである。ここに、「カリホ」での生活の、語りのステレオタイプ化を見て取ることができる。おそらく、秋ともなれば、「田暇《でんけ》」と呼ばれる農休みをもらい、官人たちは耕作地に赴いたに違いない。そして、それぞれの「カリホ」での生活を経て、再び平城京に戻ってきたことだろう。戻ってきた人びとは、それぞれの「カリホ」での生活を語り合い、歌を詠んだのである。しかし、体験はそれぞれ個別であっても、歌のなかで語られる生活実感は、一つの傾向を持っていた、と考えられるのである。それを一言でいえば、〈旅寝の苦しさ〉ということに尽きるのである。共有される「知識」や「記憶」というものには多かれ少なかれ、そういう傾向が存在しているものである。われわれは無意識のうちに、聞き手の生活の歴史というものを類推し、聞き手に理解されやすい言葉と論理構成をもって語ろうとするからである（地域、性差、教養、階層）。それは、しばしば予定調和的な語りを形成してゆくこととなる。

二 「タブセ」での生活の終り

巻十六にも、「タブセ」は登場する。河村王が宴会の時には、必ず琴を弾いて歌った歌である、という。

かるうすは　田廬《たぶせ》の本に　我が背子は　にふぶに笑みて　立ちませり見ゆ〈田廬はたぶせの反し〉
朝霞　鹿火屋《かひや》が下の　鳴くかはづ　偲ひつつありと　告げむ児もがも
右の歌二首、河村王、宴居の時に、琴を弾きて即ち先づこの歌を誦《よ》み、以て常の行と為す。
（巻十六の三八一七、三八一八）

「以為常行也」とあるのを見ると、河村王が一杯飲めば必ず歌うという十八番であった、と考えなくてはならないだろう。しかし、その解釈は必ずしも安定しているわけではない。

そこで、まず筆者が現在考えている解釈の枠組みを示しておきたい。左注がいうように宴席で歌われたものであるとするならば、当該二首はどういう順番で歌われたのであろうか。当然、この配列された順番で歌われた、と考えるべきだろう。とするならば、一首目と二首目がどのように関連しているかということも考えねばなるまい。十八番であったとすれば、歌い手にとってはこの順番で歌われることに、なんらかの意味があった、と考えられるからである。以上の枠組みを踏まえて、なるべく妥当性のある解釈を探ってゆくことにしたい。

まず「かるうす」であるが、これは諸注が説くように「カラウス」であろう。簡単にいえば「てこ」の原理を利用して、籾を搗く道具である。杵と反対側の柄の端を足で踏めば、杵がもち上がり、その足を放せば、杵が臼に落ちて、籾が搗けるのである。これによって、精米すれば当然「飯炊《いひかし》くこと」（巻五の八九二）ができる。次に、「田廬の本に」が問題となる。これは、内田賢徳が説くように「建物のもと」にということであろう〔内田　一九九九年」)。つまり、この臼は「タブセ」の内側にあるわけではないのである。とすると、第四句と五句との関わりが問題となってくるであろう。従来、「カラウス」が向かい合わせで踏むものであるということを前提にこの部分は解釈されてきた。内田が指摘するようにそれは誤りである。内田は、その解釈の前提となっている『うつほ物語』の記述を再検討し、『うつほ物語』のそれは絹に光沢を出すための砧であるから、向かい合わせで踏む道具ではなく、当該歌の解釈には役立たないと述べている。したがって、「カラウス」は男女が向かいあって踏むものであるという前提そのものが成り立たないのである。以上のような理由から、「目の前に立って臼を踏みながら自分をにやにや見ている男のさまを、女性が詠じた」(伊藤博『釈注』)という解釈を採ることはできない。内田は、「カラウス」がてこの原理を利用していることから、構造上踏む場所(杵の柄の端)は、稲が搗かれる臼より高いところにあるとし、次のように解釈する。

カラウスを踏む男の壮快な笑みを見て、処女は歌う、カラウスは田廬の本の低いところにあって、それをふみつつあの高い所に、にふぶにゑみてお立ちのこと。(内田　一九九九年)

つまり、この高低差を利用して、杵を臼のなかに落とすのである。

正鵠を得た解であろう。ただし、筆者は必ずしも、「我が背子」が杵の柄を踏んでいる、と解釈する必要はないと考える。沢瀉久孝『注釈』が示した解釈の一案「(2)カルウスはタブセノモトニあり、ワガセコはタチマセリといふ對照」が、上句と下句を繋いでいるとすれば、「我が背子」が杵を踏んでいると解釈しなくてもいいのではないか。つまり、当該歌において「カラウス」と「我が背子」は対比されていると考えたいのである。この点を強調して筆者なりの釈義を示すと、以下のようになる。

カラウスは、伏せっているわけではないがタブセのもとに置いてある……のが今見える。
私のいい人は、にこにこにっこり笑って（こっちは伏せるのではなくて）立ッテいらっしゃる……のが今見える。

つまり、当該歌においては「カラウス」が田廬にある状態と、我が背子がにっこり笑って立っている状態とが対比されているのである。一首の笑いは、この対比のおもしろさにあると考えられるのである。「カラウス」が田廬の前に用意されているということは、いよいよ稲刈も終り、収穫物を食べる時である。「我が背子」がにこにこ笑って立っているのは、逢瀬のはじまりであろう。それが、一方は「伏せ」で、一方は「立つ」というのである。

田植え時から苦労してついに収穫、いよいよ稲搗き、さあ食べるばかり。「我が背子」はにっこり笑って立っている、さあお楽しみの時間を過ごすばかり。つまり、それは至福の景ともいうべきものではなかったか、と思うのである。収穫が終わって、その年に採れた米、すなわち「初飯《はついひ》」（巻八の一六三五）を食べるのは、愛する人と初めて結ばれる夜のごとき至福の時間であった、といえるだろう。そういう気分を推し量ることのできる歌を三首ほど挙げておきたい。ただし、三首目はその夢が潰えた時の恨みの歌である。

佐保川の　水を堰き上げて　植ゑし田を〈尼作る〉　刈れる初飯は　ひとりなるべし〈家持継ぐ〉（巻八の一六三五）

稲搗けば　かかる我が手を　今夜もか　殿の若子《わくご》が　取りて嘆かむ（巻十四の三四五九）

あらき田の　鹿猪田の稲を　倉に上げて　あなひねひねし　我が恋ふらくは（巻十六の三八四八）

［左注省略］

縷々述べたように至福の時間ということを踏まえると、三八一七番歌には次のことも暗示されているのではなかろうか。田廬での生活が、旅寝の苦しさであったことは前に述べた。そして、それは恋人たちにとっては別離の時間であった（⑤⑥）。田廬に「カラウス」が運ばれれば、私のよい男《ひと》が帰ってくる日も近い。つまり、これは実景ではなく、待つ女が田廬から帰ってくる男のことを、思いやった歌というべきであろう。

対して、次の歌はもてない男の歌である。田廬で火を焚いて獣を追えば、それは「鹿火屋」と呼ばれたであろうことは、前に述べた。つまり、この二首は同じ田廬の歌であるということができるのである。だから、一首目に続くのである。田廬の下で鳴いている蛙のように、貴男のことをお慕い申し上げます……と言ってくれる女の子はいないものかなぁーというのであるから、現在慕ってくれる女はいないのである。そんな気持ちを逆なでするように、蛙は一晩中鳴いて求愛の気持ちを伝えている。対して、俺様は一晩中火の番だ……、と何ともさえない夜をこの男は過ごしているのである。とすれば、一首目は、男を慕う女歌。二首目は、もてない男の嘆き節であるということができる。一首目は、田廬での生活も終りころであろうが、二首目はまだまだ一人淋しく田廬での生活が続いてゆくようである。一首目にもてる男が登場し、二首目にもてない男が登場する。その落差が、酒宴で好まれたのではなかろうか。すなわち、二首目がオチになっているのである。この二首を宴会芸の十八番としたのが男王とすれば、それは自らを落としめる道化の笑いになったはずである。文字通り、鳴り物入りの歌として。

以上のような視点から、当該二首の直前に配列されている次の歌を見てみよう。

穂積親王の御歌一首

家にありし　櫃《ひつ》に鏁《かぎ》刺し　蔵《をさ》めてし　恋の奴が　つかみかかりて

右の歌一首、穂積親王、宴飲の日に、酒酣《たけなわ》なる時に、よくこの歌を誦み、以て恒の賞《め》でとしたまふ、とい

ふ。　（巻十六の三八一六）

穂積親王のこの歌にも道化の笑いがある。こちらは、穂積親王の十八番で、「恋の奴が　つかみかかりて」という着想が眼を引く歌である。そして、それは間違いなく「わかっちゃいるけど、恋心だけはどうもコントロールできなくて……」という自らを笑う道化の笑いである。巻十六の宴席歌の笑いには、こういう道化の芸がある。つまり、自らが道化役となって参集者を盛り上げようとする性質と態度とを見て取ることができるのである。(3)

巻十の仮廬の文芸には、その生活を嘆く語りがあった。ところが、巻十六の仮廬の文芸は、その惨めさを自作自演で笑い飛ばしている。巻十の仮廬の文芸が、鄙にあって雅びを志向する文芸であるのに対して、巻十六のそれは都にあって鄙びを志向する文芸である、ということができよう。してみれば、歌における語りにも一定の傾向というものがあるのではないか。この語りのもつ傾向というものを見定めないかぎり、われわれは古代生活の実感のようなものに辿り着くことはできないのである。

おわりに

同じ仮廬を語るにおいても、その語り方は巻によってまったく違っていたことはすでに述べた。ところで、折口信夫が古代生活を復原するにあたり重視したのは、一も二もなく『万葉集』である。そして、それに付け加えるものがあるとすれば『風土記』であろう。折口は、『万葉集』にこそ古代生活の実感があると考え、『日本書紀』『続日本紀』などの六国史よりも重要視した。それを現代の民俗と重ね合わせることによって、日本人の民族性のようなものを語ろうとしたのである。この構想は万葉研究を文学研究から、文化研究へと読み換えてゆく試みであった、ということができよう。その意味では、折口のこの構想は、品田悦一がいうように「民族の精神文化史を志向していた」ということができる〔品田　一九九九年〕。その時に重要視されたのが『万葉集』であることは興味深い。それは、『万葉集』を民族の声であると考えたからである。ここに、『万葉集』の民俗学的研究の思想的起源、あるいは心情的根拠があるといえるだろう（緒言）。

しかし、本節において見たように、民俗調査による生活実感の共有化とその記述にも、歌から導きだされる生活世界の復原にも、語りの傾向や文脈というものがあるということを見逃してはならない。つまり、歌から生活実感を復原する研究には、作品世界に対する深い洞察が必要なのである。

オーラル・ヒストリーによって生活世界を復原して記述する民俗学(4)、歌から古代生活の実感を読み取る文学研究、そのどちらにも同じ「陥」がつきまとうのである。これは、万葉文化論の抱える大きな問題点でもある。この「陥」を乗り越えて万葉びとの生活を復原するためには、個々の研究者の民俗世界や作品世界に対する深い洞察力が求められることはいうまでもない。これは、筆者に課せられた課題であるとともに、万葉文化論に課せられた課題でもある、と思う。次節においては、本節の結論を踏まえて、稲作を通じて育まれた心性について考えてみたい、と思う。

注

（1）筆者が担当したのは、「家の神とムラの神」である〔上野　一九九一年〕。

（2）筆者なりに、この動きを受けて発表したものに「民俗芸能における見立てと再解釈」がある〔上野　二〇〇一年、初出一九九〇年〕。

（3）もう一つ挙げれば、三八二六番歌を挙げることができる。

（4）民俗学は、語られた言葉によって生活の歴史を再構成する学問であるということができる。語られた歴史、つまりオーラル・ヒストリーによって、文献資料に留められにくい庶民の日常生活を復原して記述する学問である。これに対して、近時は現代政治史を記述するオーラル・ヒストリーの研究も盛んになってきている。この分野における これまでの成果、および試行されたさまざまな方法の紹介については、御厨貴に簡便にして要を得た解説書がある〔御厨　二〇〇二年〕。御厨も述べているように、オーラル・ヒストリーは、調査者と被調査者との関係性において成り立つ。近い将来において、オーラル・ヒストリーの解釈学のごとき研究が、必要になってくるであろう。

参考文献
上野　誠　一九九一年「家の神とムラの神」静岡県教育委員会編『静岡県史民俗調査報告　第十四集　田代・小河内の民俗――静岡市井川』所収、同教育委員会。
――――　二〇〇〇年「万葉びとの『農』」『万葉びとの生活空間』塙書房。
――――　二〇〇一年「民俗芸能における見立てと再解釈」『芸能伝承の民俗誌的研究』世界思想社、初出一九九〇年。
内田賢徳　一九九九年「綺譚の女たち――巻十六有由縁」高岡市万葉歴史館編『伝承の万葉集』所収、笠間書院。
C・ギアツ　一九八七年「厚い記述――文化の解釈学的理論をめざして」吉田禎吾他訳『文化の解釈学（一）』所収、岩波書店。
品田悦一　一九九九年「民族の声――〈口誦文学〉の一面」稲岡耕二編『声と文字――上代文学へのアプローチ』所収、塙書房。
御厨　貴　二〇〇二年『オーラル・ヒストリー――現代史のための口述記録』中央公論新社。

初　出
「万葉びとの生活――解釈・復原・記述」中西進編『万葉古代学』大和書房、二〇〇三年。

第二節　稲作と心性

衣の袖に
水しぶきがつくまで苦労して
植えた田んぼ
その田んぼをねらう猪と鹿がいる
　鳴子の板に縄を通して
　私は田んぼに巡らす
田植えから稲刈りまで田んぼを守るのは苦しいよ

――娘ニ悪イ虫ガツカナイヨウニスルノモオンナジコトサナァ　　（巻八の一六三四釈義）

はじめに

民俗学には、「心意伝承」という研究領域がある。人びとの行為や行動を促したり、規制したりする心性を取り扱う研究領域である。世代を越えて受け継がれる感覚やものの見方や、特定の集団のなかに共有されている感覚やものの見方などを一つの伝承として扱うのが、「心意伝承」の研究といえるだろう。簡単にいえば、感性や感覚などの歴史的連続性を考察する研究ということができる。

柳田國男の紀行文に、「御祭の香」という一文がある〔柳田　一九九八年、初出一九三二年〕。これは、静岡県島田市の大井神社の祭礼、島田大祭の見聞記である。帯祭りと呼ばれるこの祭りは、三年に一度の地域をあげてのいわゆる都市型祭礼である。ちなみに、現在は十月中旬の土日を中心に三日間行なわれている。柳田は「歓楽も今日ばかりという淋しさも萌して居る」という言葉で、三年に一度の散財に沸く人びとの慶びと、祭りの終わりに漂う淋しさを余すところなく伝えている。つまり、「御祭の香」は、祭りに集う人びとの心性を問題にした見聞記なのである。

この見聞記で、柳田が祭りに集う人びとの心性を描くために詳細に記述したのが、匂いであった。まず「人いきれ」、そして髪油の匂い、白粉の匂い、新酒の匂い、そして煙草の匂い。柳田は、次々に祭りの匂いを記述してゆく。それがあいまって醸し出す不思議な雰囲気のようなものを、柳田は記述しようと努めているのである。これらの匂いは、三年に一度ということで許される贅沢の香、祭りの解放感の香なのであった。この日は、男性も白粉を塗って練り歩く。だから、祭りの日は、遊里の匂いが、街全体に充満して日頃見慣れた風景も一変、不思議な祝祭空間が広がるのであった。お洒落も、酒も煙草も、この日ばかりは咎める人がいない。柳田は匂いによって、祭りに遊ぶ人びとの心意伝承を記述しよう、としているのである。

こういった匂いや、その匂いに対する感覚などは、文献資料には表れにくい。したがって、このような感性の歴史のごときものを記述することは、文献史学よりも、民俗学や文学研究の方が本来得意とするものであった。しかしながら、フランスのアナール学派は、柳田が問題としたような「心意」「感覚」「感性」までも、研究領域に取り込もうとしている。その代表作は、アラン・コルバン『においの歴史』であろう〔アラン・コルバン　一九九〇年〕。この本のなかで、アラン・コルバンは、「かたち」として外には表れにくい心性の歴史を捉える方法を模索し、それを見事に描き出している。コルバンが描き出したのは、「異臭」と「芳香」を人びとがどのように理解し、そこからどのような「想像力」を働かせ、どのように「行動」したのかという「心意」の「歴史」である（緒言）。ならば、万葉歌は、どのような「心意」の「歴史」をわれわれに垣間見せてくれるのか？　本節において筆者が考えてみたいのは、稲作をめぐる万葉びとの「心意伝承」である。稲を育てるということが、万葉びとにどのような感覚で捉えられていたのか、考えてみたいと思う。まず、取り上げたいのは、万葉びとが稲作労働の苦労をどのように捉えていたのか、という問題。次に取り上げたいのは、万葉びとは稲の収穫をどのように捉えていたのか、という問題である。

当然のことながら、『万葉集』の稲作関係歌の多くは、稲作の民俗を記述するために歌われたものではない。その多くは、何らかの比喩として、稲作や稲作労働が歌われていることを忘れてはならない。もちろん、『万葉集』は、『日本書紀』『続日本紀』が記さない稲作に関わる民俗を伝える貴重な資料であることには変わりない。けれども、それは何らかの寓意を伝えるための比喩として登場していることも、また事実なのである。本節では逆にこの点を利用したい、と思う。つまり、逆照射によって稲作をめぐる心性の歴史の一齣を明らかにしたい、と思うのである。なぜならば、比喩が比喩として、歌の聞き手や読み手に理解されるのは、喩えの対象となる「知識」「感性」「感覚」などが、歌い手と聞き手、読み手との間に共有されていることを前提としているからである。そうでなくては、比喩として機能しない。そして、歌の比喩となるような事柄は、一般には多くの人びとの間で共有されている「知識」「感性」「感覚」なのである。つまり、aがなぜbの喩えとなっているのか、ということを考えることを通じて、aに対する万葉びとの感覚を明らかにできるのである。

▼稲作（a）は、愛娘を育てる（b）ようなものだ。
▼猪が収穫前の稲を荒らす（a）のは、年頃の娘が悪い男にかどわかされた（b）ようなものだ。

という比喩があるとすれば、ａの実態を明らかにすればｂがわかり、ｂの実態を明らかにすればａのことがわかるはずである。つまり、逆照射によって比喩のありようを探ることで、その奥にある万葉びとの「知識」「感性」「感覚」を考察することができるのではなかろうか。そして、この共有される「知識」「感性」「感覚」を支えるものこそ、生活実感のはずである（緒言）。筆者は、かくのごとき方法によって、稲作とその民俗をめぐる「心意伝承」を明らかにしたい、と思う。

一　稲作の苦労は何に喩えられたか

いつの時代も、稲を育てることには、苦労がつきまとっていた。田植えどきの水の心配、旱魃かと思えば風水害、真夏の重労働たる田の草取り、冷害に植物の病、蝗やバッタの大量発生。そして収穫直前にやって来て、稲を食い荒らす猪や鹿の獣害。そういう苦労を、万葉びとは、どのように喩えたか？

巻八に次のような歌がある。

或者の尼に贈る歌二首

手もすまに　植ゑし萩にや　かへりては　見れども飽かず　心尽くさむ

衣手に　水渋《みしぶ》付くまで　植ゑし田を　引板《ひきた》我が延《は》へ　守れる苦し

（巻八の一六三三、一六三四）

「手もすまに」は難解な語句で、「手も休めずせっせと」と解されてきたが、井手至が「手をすぼめて」という新解を示している〔井手　一九九三年〕。たしかに、そう解した方が、「かへりて」以下の結論部の理由として、ふさわしいのではなかろうか。つまり、上句は「御自ら手をすぼめて植えた萩だからでしょうか」と理由を示しているのであり、それを受けて「かえって、見ても見飽きることがなく、心を尽くすことになりそうです」と結論が述べられているのである。すなわち、自分で苦労して育てたものは、いとおしいと「或者」は訴えているのである。

実は、万葉びとも、〈庭いじり〉を楽しんでいた。人びとは自らの起居する建物の前に、お気に入りの植物を植えて、思い思いに観賞したのであった。建物の前の庭のことを、万葉びとは「ヤド」と呼び「屋外」「屋前」「屋庭」などと表記している（森　一九七五年、初出一九七四年）。この「ヤド」に主人の趣味を反映すべく、草木を植えたのである。庭には見る楽しみと、作る楽しみがあるが、万葉びとはその両方を楽しんでいた人びとということができよう。つまり、現在のガーデニングと同じような状況がすでに万葉の時代に存在していたのである（東　二〇〇二年）。

さて、早世した大伴家持の弟・書持は、その「ヤド」に萩を植えていたようである（第三章第一節および第五章第二節）。家持は弟を悼む挽歌のなかで、弟の「ひととなり」を、弟自らが丹精した庭を通して偲んでいる（巻十七の三九五七）。

以上のことを念頭において、巻十の「ヤド」の萩の歌について見てみよう。

①　我がやどに　植ゑ生ほしたる　秋萩を　誰か標刺す　我に知らえず　（巻十の二一一四）

「標」とは、占有や所有の意志を表すための目印のことである。すなわち、それが縄や紐などであれば結ふことになり、杭や串であるならば刺すことになる。つまり、萩の花に所有を表す「標」をした人間がいたのである。ところが、その萩は自分の「ヤド」のものであり、しかも自らが植えたものである。さらには、「我に知らえず」とあるから、無断で自分の「ヤド」に忍び入り、自ら丹精した萩に勝手に「標」を刺した不届き者がいたのである。こ我が物にする喩えとして、歌われる例が極めて多いのである。しかし、それは何かの比喩であろう。諸注釈がすでに指摘しているように、万葉の「標」について見ると異性をの許すべからざる事実を知った時の驚きを、当該歌は訴えているのである。

② 　大伴坂上郎女、親族を宴する日に吟ふ歌一首
山守が　ありける知らに　その山に　標結ひ立てて　結ひの恥しつ　（巻三の四〇一）

③ 　大伴宿禰駿河麻呂の即ち和ふる歌一首
山守は　けだしありとも　我妹子が　結ひけむ標を　人解かめやも　（巻三の四〇二）

④ 大野らに　たどきも知らず　標結ひて　ありかつましじ　我が恋ふらくは　（巻十一の二四八一）

②は、山守がいるにもかかわらず、「標を立てて」しまったという歌である。つまり、恋人がいるにもかかわらず、我が物とすることの喩えである。これを「結ひの恥」と称しているのである。②③については、第三章第二節において述べたので、省略したい。④は後先も考えず共寝をしてしまったが、今となっては、切ないほどの恋となってしまった、と今の思いを吐露した歌である。②〜④の例のように、恋歌のなかの「標」は、異性を我が物とする喩えとして使われることが多いのである。

話を戻すと、①の歌の伝えんとする寓意は、どこにあるのだろうか。それは、娘と恋仲になった男がいたということであろう。自分に無断で。苦労をして大切に育てた娘、その愛娘をさらって行ったにっくき男。かくなる行為は自らの庭で、自ら心を尽くして育てた萩に無断で「標」を刺すに等しい暴挙だ、と作者は訴えているのである。とすれば、一六三三番歌がいう自らが植えた萩にも、何らかの寓意があると見なければなるまい。続く一六三四番

歌の上句も同じ喩えをしている。一六三四番歌は、直前歌の「植える」という言葉を媒介として展開されているが、衣の袖に水しぶきがつくまでとは、田植えの苦労をいっているのであろう。「引板」は「ヒキイタ」の略で、鳴る子をつけた板のことである。これに縄を通して田に張り渡すのである。そうすれば、その音によって鳥や猪、鹿を追い払うことができる。「引板我が延へ」と歌っているように、張った縄にぶらさげて、獣を追い払ったのであろう。つまり、一六三四番歌は、田植えどき、衣に跳ね返る泥水をつけてまで植えた稲、その稲を獣たちから守るために見張っているのは辛い、と歌っているのである。

以上のように見てゆくと、一六三三番歌の寓意は、自ら育てた娘は目に入れても痛くないほど可愛いというところにあり、一六三四番歌の寓意は、そのような苦労をして育てた娘にいい寄ってくる男どもを追い払うのも、これまた苦労である、というところにあるのである。

ならば、娘を監視するのは、誰かという問題が次に浮かび上がってくる。『万葉集』では、左記のＡＢＣのように、娘を監視するのは、例外なく母親の役目である。おそらく、妻訪い婚を基本とし、主たる財産も母から娘へと継承される母系社会では、母親が娘の婚姻の承諾権をもっていたのであろう。このような婚姻形態においては、当然のことながら父親は娘の同居者ではなく、家や遺産は、母とその兄弟によって管理されていたと予想されるのである。したがって、縷々述べたような社会においては、母親が娘の婚姻を左右する発言力を有していたとしても、何の不思議もない。

A　たらちねの　母に知らえず　我が持てる　心はよしゑ　君がまにまに　（巻十一の二五三七）

B　たらちねの　母に申さば　君も我も　逢ふとはなしに　年そ経ぬべき　（巻十一の二五五七）

C　心合へば　相寝るものを　小山田の　鹿猪田守るごと　母し守らすも〈一に云ふ、「母が守らしし」〉

（巻十二の三〇〇〇）

Aは母に隠れて忍び逢う娘の心情、Bは母に交際を告白したら二人の間は引き裂かれるだろうという娘の不安な気持ちを吐露した歌である。それほど、母の監視は厳しかったのである。では、どのように娘を見張っていたのか。それは、Cの歌でわかる。母の監視は、収穫直前の穂田の見張りのように、厳しかったようである。ただし、Cは、どんなに見張りは厳しくても、「心が通じあう人とは、共寝もしましょうものを……」という娘の抵抗の気持ちを歌った歌であることは、考慮しなくてはならない。母親の厳しい監視があったとしても恋に生きたい娘、かくなるゆえに厳しく娘を見張る母親。その母親の見張りは、収穫直前の稲を奪う猪や鹿を見張るようだ、という表現に筆者は無限の興味を感じる。なぜなら、表現の背後にある万葉びとの生活実感のごときものが伝わってくるからである。

泥水に浸って自ら行なった田植え、それからの苦労の数々、そしていよいよ収穫。その収穫を前に、引板を張って田を守る日々。その苦労は、お年頃の娘をもつ母親の苦労と相通ずるものとして、理解されていたのである。

二　収穫の喜びは何に喩えられるか

以上のように考察を進めてゆくと、一六三三、一六三四番歌の二首は、「或者」が「尼」にお年頃の娘を持つ母親の苦労を訴えた歌である、という結論を導き出すことができる。これに対して、「尼」は「或者」に対して、当然歌を返さなくてはならない。ところが、尼は頭句（上句）のみを作り、末句（下句）は家持に制作を依頼したのであった。その理由はわからないが、家持は尼の要望に答えて下句を作ったのである。なお、この歌を、連歌の先蹤をなす作品として考える論考もある〔島津　一九六九年〕。

尼、頭句を作り、并せて大伴宿禰家持、尼に誂《あとら》へられて、末句等を継ぎて和ふる歌一首

佐保川の　水を堰き上げて　植ゑし田を〈尼作る〉　刈れる初飯は　ひとりなるべし〈家持継ぐ〉

（巻八の一六三五）

「佐保川の水を塞き止めて水を確保して植えた田を」という上句は、直前歌の「衣手に　水渋付くまで　植ゑし田を」（巻八の一六三四）を受けていることは間違いない。とすれば、これは直接的には田植えの苦労を歌ったこととなり、比喩としては娘を育てる苦労を歌った、といえるだろう。

ただし、それが「尼が自分の娘を育てた苦労を或者に語ったもの」なのか、「或者が娘を育てた苦労を尼が慮ったもの」なのか、諸注意見が分かれるところである。「或者」「尼」「家持」には、当然のこととして共有されていた情報であったが、今となっては享受者であるわれわれが推定するしかない。まず、これを類推するために留意しなくてはならないことは、何であろうか。それは、尼が家持に対して、上句を受けて下句を作るように依頼したという点ではなかろうか。とするならば、家持は尼の気持ちを代弁して下句を作ったのではなかろうか。そう考えれば、下句の「刈り取った稲、その新米の飯を食べることができるのは、一人だけでしょうな――」という句は、尼の気持ちを代弁するものとして理解しなくてはならないだろう。かくのごとくに考えると、下句は、上句に示された苦労に対する当然の報酬という意味合いが込められている、と考えることができる。つまり、家持は、ご苦労をなされたのは貴女なのですから、収穫物を独り占めしたとしても誰からも文句は言われますまい、という意味を込めて下句を作ったと考えられるのである。このような解釈に立つものに、古くは『代匠記』（精撰本）がある。

裏ノ意ハ佐保川ヲ塞上テ水澁付テミツカラ殖シ田ヲ刈テハ、獨喫テ樂シフヘキカ如ク、齋娘《イツキムスメ》ヲモ能守リテ生《オホ》

シ立《タテ》タラマシカハ、能聟ナト取テ、年比ノ苦シサヲ忘ル丶時アラムソト慰メテヨメル歟。

（契沖『萬葉代匠記　四』、久松潜一校訂者代表『契沖全集』第四巻、岩波書店、一九七五年）

契沖と同様の解釈に立つものに、近注では井上『新考』や沢瀉『注釈』がある。つまり、『代匠記』がいうように、聟《むこ》などを取って楽になれば、苦しみが報われるときもあるという寓意を読み取るのである。しかし、一六三五番歌を支配する気分は、井上『新考』が説くごとく「實は相手を弄」んでいるところにある。つまり、家持は、尼のホンネを見透かして、茶化した下句を付けたと考えられるのである。ただし、聟取りというのは問題で、娘がよい夫を得て、というくらいの意味に解釈しておくべきであろう。

娘の結婚は、母親の最大の関心事であり、それは稲の収穫にも喩えられるべきものであったことを、以上の歌々は示していると考えられるのである。また、母親が、信頼する男性に娘を託する歌もある。内容は反対であるが、稲の収穫を娘の結婚に喩えた点は同じである。

稲に寄する

石上　布留の早稲田を　秀でずとも　縄だに延へよ　守りつつ居らむ

（巻七の一三五三）

「早稲田」は早稲種が植えられた田、ないしは日当りなどの条件が良く結果として刈り入れの早い田のことである。その早稲田の稲の穂が出ていなくても、縄だけでも張りなさい、その間は私が見張り番をしていよう、というのが表の意味である。稲穂が出れば、雀や猪さらには鹿がそれを食い荒らしにやって来る。そこで、一六三四番歌のように引板を張ったり、縄を張ったりしなさい、といっているのである。

とすれば、裏にある寓意はどこにあるのだろうか。諸注がすでに指摘しているように、この娘が適齢期に達したら結婚させてあげましょう。だから、今のうちに娘に気持ちを伝えてよい仲になっておきなさい。それまでは、私が悪い虫がつかないように見張って上げますから、という寓意が込められているのであろう。本来ならば、ちょうど稲穂が出る頃に、引板や縄を張るのであるが、ぼやぼやしていると悪い虫がつくよ、と若者をけしかけているのである。

この一三五三番歌と同じ発想を持つ歌が、巻十にある。

水田《こなた》を詠む

あしひきの　山田作る児　秀でずとも　縄だに延へよ　守ると知るがね　（巻十の二二一九）

こちらは、第三者が、男性をけしかけ、煽る歌である。男が思いを寄せる若い女性がいることを知った第三者は、こう若者をからかったようだ。まだ娘はおさなくても、好意だけは伝えて、他の男が近づかないようにしておけよ、悪い虫がついたら大変だ、と。娘は「秀でずとも」とあることから、結婚適齢期前である。この歌の比喩でおもしろいのは、男を「山田作る児」といっている点である。山田は、山間部の田圃であり、ことのほか猪や鹿の害にあいやすい。だから、ただでさえあの娘を狙っている男は多いのに……というニュアンスが加味されてくるのである。「山田作る児」には、言い得て妙な演出効果があるのである。

以上のような目で、古代の獣害防止策を万葉歌から拾ってみよう。まず挙げなくてはならないのは、縄を張る方法や、引板を張るという方法である。これについては、縷々述べてきたところである。対して、垣根を作るという方法もあった。

かむとけの　日香空の　九月の　しぐれの降れば　雁がねも　いまだ来鳴かぬ　神奈備の　清き御田屋の　垣《かき》内田《つた》の　池の堤の……
（巻十三の三二二三）

神のいる聖なる空間である「神奈備」、その神に供える稲を作る田、その田に建つ「清き御田屋」にある田は、垣根で囲まれていたようである。これを、「垣内田」と称している。おそらく神聖な稲であったために垣根を作って、荒らされることがないようにしていたのであろう。

次に、家の前に田を作って見張るという方法もあった。

妹が家の　門田を見むと　うち出来し　心も著く　照る月夜かも
（巻八の一五九六）

「門田」とは、家の前の田のことである。近畿地方の農村を歩いていると、門田に早稲を植えるということをよく聞く。これを「門田の早稲の捨て作り」と称することが多い。門田に早稲を植えると、自分が耕作している田の状況を早稲の様子から判断できるので、見にゆく手間が省けて、楽ができるというのである。つまり、門田の早稲をパイロット・ケースとして、様子見をするのである。さらには、早稲なので刈り入れは早い。すると、早稲の刈り入れが終わった空間で、脱穀などの作業を行なうことができるのである。つまり、家の前の空間を効率よく使うことができるのである。だから、門田の早稲は収量を期待して作るものではないという意味で「門田の早稲の捨て作り」というのだと何度も教えられた。こういう話を聞くと、巻十の次の歌が想起される。

橘を　守部の里の　門田早稲　刈る時過ぎぬ　来じとすらしも
（巻十の二二五一）

下三句の「門田の早稲を刈る時が過ぎた、もう来ないかもしれない」というのは、門田の早稲を刈るときには手伝うという約束を交わしていた人が来なかったことをいうのであろう。しかも、何の連絡もなく。稲刈りは猫の手も借りたい「時」であるから、相手の不誠実を嘆いているのであろう。前述のように門田の早稲は最初に刈るものであるから、「門田早稲　刈る時」とは稲刈りが始まる「時」ということになる。そう解釈してこそ、この歌の味わいを知ることができるのではなかろうか。

さらには、火を焚いて、猪や鹿を寄せ付けない、という方法もあった。

あしひきの　山田守る翁《をぢ》　置く蚊火の　下焦れのみ　我が恋ひ居らく　（巻十一の二六四九）

この歌の歌意は下二句にしかなく、下が焦がれるだけの燻《ふす》ぶった火のような恋であるというところにある。その恋の火は、山田で猪や鹿を見張る翁の焚く火のようだ、といっているのである。ちなみに、火を焚く見張り小屋のことを、「鹿火屋」（巻十の二二六五）という。では、なぜ「鹿火」の火は燻ぶっているかというと、一晩中火を保たせるために一気に燃やすようなことはしないからである。さらには、猪や鹿はその焚火の匂いを嫌うので、燻ぶり続けた方が、具合がいいのである。

おそらく、もっとも効果のあるのは、「鹿火屋」の見張りであろう。巻十には、「仮廬」と呼ばれる田圃に隣接して建てられる小屋のことを詠んだ歌が多いが、刈り入れ時期は猪や鹿を追い払うために「仮廬」に寝泊りすることが多かった、と推定される〔上野　二〇〇〇年〕。そこで、火を焚いて見張れば、それは「鹿火屋」とも呼ばれたはずである。なお、獣害防止の現行の民俗の諸例については、野本寛一に網羅的研究がある〔野本　一九八四年〕。

以上のように取りあげた歌々について考察を加えてゆくと、収穫の期待と不安を、万葉びとは恋歌の比喩として好んで用いていたことがわかる。それは万葉びとの多くが農作業を直接ないし間接的に体験し、農作業に対する生活実感が共有されていたことを意味するであろう。生活実感が共有されているからこそ、短歌体においても寓意を示す喩えとなり得たのである。これは、万葉貴族が、農業に関わっていたことの証明になるのではなかろうか。つまり、〈官〉と〈農〉が未分化だったのである。この点は、戦後史学がことに強調したところである〔石母田　一九七三年〕。

おわりに

本節が示した方法は、万葉歌の表の意味と裏の寓意を往復するという迂遠かつ煩瑣なものであった。しかしながら、その往復によって万葉びとの稲作に対する「心意伝承」を明らかにできたのではなかろうか。なぜなら、寓意を寓意たらしめているのは共有された「知識」「感性」「感覚」なのであり、それを支えているのは万葉びとの生活実感にほかならないからである（緒言および第七章第三節）。

従来の文学研究は、表現の創造性を中心に考究してきた。したがって、表現とは常に獲得されたものとして認定されてきた歴史がある。対して、民俗学は研究の対象とする物や事柄の伝承性のみを問題としてきた。しかしながら、戦後の文学研究は、民俗学の影響を受け、表現の伝承性を取りあげてきたし、民俗学は民俗文化の形成過程をも追究するようになった（都市のイベントの形成過程の研究など）。そして、今や歴史学も「感性」や「感覚」をも研究領域に取り込んで来ているのである。つまり、研究領域の境界が液状化してきているのである〔上野　二〇〇一年〕。

これまでの研究は、他の領域の学問方法や成果を補助的に援用することによって、研究を深化させていった、といえるだろう。もちろん、それはそれでやるべきことが多く残っている。が、しかし。おそらく、今後求められるのは、他の学問分野にも刺激を与えることを意識して、研究を発信してゆくことではなかろうか（緒言）。その一助として、本稿を本節に置くことにした。次節では、同じ稲作をめぐる表現といっても、時代性のある「私田」という表現に着目して、その心性について論じてみたい、と思う。

参考文献
アラン・コルバン　一九九〇年　山田登世子・鹿島茂共訳『においの歴史――嗅覚と社会的想像力』藤原書店。
石母田正　一九七三年『日本古代国家論　第一部』岩波書店。
井手　至　一九九三年『万葉集全注　巻第八』有斐閣。
上野　誠　二〇〇〇年「万葉びとの『農』、仮廬の生活」『万葉びとの生活空間』塙書房。
――――　二〇〇一年『芸能伝承の民俗誌的研究――カタとココロを伝えるくふう』世界思想社。
島津忠夫　一九六九年「連歌源流の考――佐保河之水乎塞上而の歌を中心に」『萬葉』第三十三号所収、萬葉学会。
野本寛一　一九八四年『焼畑民俗文化論』雄山閣出版。
東　茂美　二〇〇二年『東アジア　万葉新風景』西日本新聞社。
森　淳司　一九七五年「万葉の〈やど〉」『万葉とその風土』桜楓社、初出一九七四年。
柳田國男　一九九八年「御祭の香」『柳田國男全集』第六巻、筑摩書房、初出一九三二年。

初　出
「稲作の民俗から『心意伝承』を垣間見る！」大石泰夫・上野誠共編『万葉民俗学を学ぶ人のために』世界思想社、二〇〇三年。

第三節　「私田刈る」という歌表現

住吉のちっちゃな田んぼで稲刈りをしている　そこのお若いのよぉー
奴はおらんのかねぇー
いやいや奴はおるにはおるが　ちっちゃな田んぼで手間賃払えば……手取りも少ないわね
　カワイイネイチャンノ御為ナラバト……自分デ刈ッテオルンデゴザイマス　（巻七の一二七五釈義）

はじめに

住吉《すみのえの》　小田苅為子《をだをからすこ》　賤鴨無《やつこかもなき》　奴雖在《やつこあれど》　妹御為《いもがみためと》　私田苅《わたくしだかる》

（旋頭歌、巻七の一二七五）

当該歌は、脇山七郎〔一九五四年〕が、古く「問答形式」と名付けた旋頭歌の一首である。

（一）　問答形式　二首
（二）　呼びかけ形式　九首
（三）　呼びかけ形式の変形　五首

（四）　繰返し形式　　十五首
（五）　その他　　三十一首

この脇山の分類は、多くの批判を受けながらも、今日まで基本的分類法として、継承されているといえるであろう。

　それでは、本節で考察を加える当該歌が、旋頭歌研究のなかで、なぜ注目を集めてきたのであろうか。それは、脇山分類にある本と末が問答をするかたちの歌が、当該歌の他には、一二八八番歌しかないからである。ために、当該歌をめぐって、

A　旋頭歌体の成立における問答形式の存在の意味
B　人麻呂歌集旋頭歌における問答形式の存在の意味
C　人麻呂歌集旋頭歌の享受の場の推定

などを問う多くの論者が、この歌の解釈や位置付けを行なってきた、という研究の歴史があるのである。つまり、旋頭歌の成立や、人麻呂歌集旋頭歌の性質を考究する論文においては、必ず議論の俎上にのせられてきた一首だった、といえよう。

　今回、筆者が注目したいのは、当該歌の問答の面白さがどこにあるのか、という点である。そこで着目したいのは、〈問〉においては「小田ヲ刈」ルとあるのに対して、「私田刈ル」と答えている点である。この点を中心に、本節では、

（ア）　当該歌に使用されている言葉の特質はどこにあるか
（イ）　さらには、その笑いを享受した人びとは、どのような人びとか
（ウ）　以上の点を踏まえて、当該歌の笑いの質をどのように考えるべきか

ということを考察してみたい、と思う。

一　当該歌における問答

住吉の　小田を刈らす児　奴かもなき……………………………〈本〉〈問〉〈主題〉
奴あれど　妹がみためと　私田刈る……………………………〈末〉〈答〉〈説明〉
（巻七の一二七五）
水門の　葦の末葉《うらば》を　誰か手折りし……………………………〈本〉〈問〉〈主題〉
我が背子が　振る手を見むと　我そ手折りし……………………………〈末〉〈答〉〈説明〉
（巻七の一二八八）

以上の二首が、脇山七郎によって問答形式と名付けられた旋頭歌である〔脇山　一九五四年〕。〈本〉が問となり主題を提示し、〈末〉がその答となり、説明が展開されるというかたちの歌である。つまり、二者による問答の形式をとっているのである。しかし、問答とはいっても、自問自答として受け取ることもできるであろう。一方は、自問自答であったとしても、主体を異にしているという考え方がある。

> 第一に、「小田を刈らす子」という呼び掛けに対して、「私田刈る」という答えは、自問自答と受け取ることを拒むものではないのか。「刈らす」という敬語を交えた表現は、やはりあくまでも相手に対する問いであることを表して居るのであり、たとえ一人の作者がこれを作ったという場合を想定するにしても、問いと答えとは主体を異にしていると解すべきものであろう。〔稲岡　一九七四年〕

稲岡耕二のこの見解に従うべきであろう。ただし、〈問〉は〈答〉を引き出す序のように機能し、一首の関心は後半の〈答〉にあることは、土橋寛〔一九六〇年〕をはじめとして、前掲の稲岡論文も注意を払っているところである。すなわち、問答形式の旋頭歌の笑いの質を考えるには、〈問〉がいかに〈答〉を引き出すか、という点を考慮しなくてはならないのである。

二　「小田」と「私田」との対応

そこで、〈問〉の「小田」と、〈答〉の「私田」との関係について見てみたい。この問題については、岩下武彦が、「私田」という語の特異性に注目している〔岩下　一九八〇年a〕。岩下は、「私田」が孤例であることを確認し、これを「際立つ」用例としている。岩下の行なった整理を細分化し、ここで集中の「田」の用例をあらためて整理しておきたい。

「田」の立地や形態をいう言葉

▼カキツタ（巻十三の三二二三）……カキツとは垣で囲まれた場所のこと。垣で覆いをした田。

▼カドタ（巻八の一五九六など）……家の前にある田。家に隣接した田。

▼カナトダ（巻十四の三五六一）……カナトとは門を意味するから、カドタと同じような意味をもつ言葉であろう。
▼ヤマダ（巻十の一八三九など）・ヲヤマダ（巻四の七七六など）……山間地の田圃。
▼ヲロタ（巻十四の三五〇一）……ヲを尾根、峰の意味に考え、ロは接尾語とすれば、山間地にある田を指す言葉と理解でき、ヤマダと同じような意味をもつ言葉と考えられる。
▼ヲダ（巻七の一二七五など）……ヲは接頭語。小さな田圃。

「田」の耕作の状況や稲の状況をいう言葉
▼アキタ（巻十の二一〇〇）……収穫を前にした田。
▼アラキタ（巻十六の三八四八）……開墾したばかりの田。
▼ハリタ（巻十の二二四四）……開墾するという意味のハル（墾る）田。アラキタと同じ意味であろう。地名化して、ヲハリタ（巻十一の二六四四）となることもある。明日香の小墾田も、それにあたる。
▼ウツタ（巻十一の二四七六）……打たれた田の意味。田を打つとは耕すこと。耕した状態にある田のこと。
▼シシダ（巻十二の三〇〇〇）……鹿や猪のでやすい田圃。人里離れた山の田圃や、アラキタ、シシダにはシシが出やすかった。
▼ホタ（巻四の五一二など）……収穫を待つ稔りの田。
▼ワサタ（巻七の一三五三など）……早稲が植えられている田圃。ないしは日当たりがよくて早く収穫できる田圃。

その他

〔上野　二〇〇〇年〕

▼ワタクシダ（巻七の一二七五）……律令の用語。

以上を通覧してみると、「小さな田」（後述）という呼び掛けに対して、『万葉集』において用例の少ない法律の用語で答えるというおもしろさを見出すことができるだろう。また、田に関する言葉のすべてが立地や状況をいう語であることを考え合わせると、「私田」という言葉が万葉語として、いかに異例なものであるか、わかるであろう。とすれば、これは一つの意外性を演出する表現であるということができる。忘れてならないのは、万葉びとも律令官人であり、日常生活においても律令用語の使用やその運用のもとで暮していたということである。それらの点を踏まえて、律令用語としての「私田」について、考察を加えてみたい。

三　律令用語「私田」

当該歌の「私田」については、旧訓「シノヒタ」と訓んで、

しのひ田　私田トかけり。大やけにかくれて作る田也。こゝによめるは、妹をしのふトいふ心によせたり。

〔下河辺　一九七二年、初版一九二五年〕

のようにも解釈されていたが、契沖『代匠記』（精撰本）が、律令の用語であることを指摘して「公ニ對スル私ナレハ、ワタクシ田ト讀ヘキ理ナリ」と改訓した歴史がある。対して、『略解』は、誤字説により「私」を「秋」に改め「アキノタ」とし、『古義』などはこれにしたがっている。誤字説の背景には、「ワタクシダ」と訓むと、集中の

孤例になってしまうという危惧があるものと思われる。しかしながら、新注以降は、契沖の「ワタクシダ」が定着して現在に至っている。管見の限りでは、「ワタクシ」の仮名書きの初見は壬生忠岑「古歌に加へて奉れる長歌」（『古今和歌集』巻十九の一〇〇三、雑躰歌）まで下るが、当該歌の「私田」は「ワタクシダ」と訓じるべきであろう。

以上の点を踏まえて、養老令の「私田」について、まず確認をしておきたい。

凡そ公私の田、荒廃して三年以上ならむ、能く借つて佃《つく》らむといふ者有らば、官司に経《ふ》れて、判《ことわ》つて借せ。隔越《きやくをち》せりと雖《いふと》も亦聴せ。私の田は三年あつて主に還《かへ》せ。公の田は六年あつて官に還せ。限満《かぎりみ》たむ日に、借らむ所の人の口分足らずは、公田は即ち口分に充《あ》つること聴せ。私田はすべからず。其れ官人、所部の界《さかひ》の内にして、空閑《くげん》の地有り、佃《つく》らむと願《ほ》りせば、任《ほしいまま》に営種《ゐやうしゆ》すること聴せ。替り解けむ日には、公に還せ。

（『令』巻第四、田令第九、二十九条、井上光貞他校注『律令（日本思想大系）』岩波書店、一九八一年、初版一九七六年）

この条項は、耕作者がなく荒廃してしまった田の耕作権に対する規定である。荒廃した田の耕作を希望する者は、監督官庁の許可を得ると耕作が許されるのだが、その返還については「公田」と「私田」で異なり、「私田」は三年で本来の所有者に返却しなければならないのに対して、「公田」は六年まで耕作が許され、「官」に返却しなければならないのであった。ただし、耕作地の場所の口分田が不足している場合にあっては、「公田」を「口分田」として班給することもできるとしている。この「凡そ公私の田」という部分について、『令義解』は次のように加注している。

謂。位田。賜田及口分田。墾田等類。是爲私田。自餘者。皆爲公田也。

（『令義解』巻三、田令、黒板勝美・國史大系編集會編『令義解』吉川弘文館、一九八三年）

つまり、この注は「私田」の範囲を明らかにしているのである。当該の二十九条を運用するには、「公田」と「私田」の範囲が明らかにならなければならないのは、いうまでもない[1]。以上のような状況を踏まえ、吉村武彦は、次のように述べている。

律令においては、田地に対する保有者＝田主の用益権の有無によって、公田・私田の区分がある。いうまでもなく、有主田が私田で無主田が公田である。『令集解』田令荒廃条の義解によれば、私田は位田・賜田や口分田・墾田の類であり、自余が公田という。

〔吉村　一九九六年〕

つまり、用益権の有無によって、「公田」「私田」という法律上の区分が存在していたようなのである。ところで、「私田」をめぐっては、『続日本紀』に次のような記事を見出だすことができる。

辛酉（十五日）、勅《みことのり》して曰はく、「如聞《きくな》らく、「比年、坂東の八国、穀を鎮所に運ぶ。而して、将吏《しやうり》ら、稲を以てその穀に相換《あひか》へて、代は軽物にて京に送り、苟得《こうとく》して恥づること無し。また、濫《みだり》に鎮兵《ちんひやう》を役《えだち》して多く私田を営む。茲《これ》に因りて、鎮兵疲弊して干戈《かんくわ》に任《た》へず」ときく。……」

（『続日本紀』巻第三十七、桓武天皇　延暦二年〔七八三〕四月十五日条、青木和夫他校注『続日本紀　五（新日本古典文学大系）』岩波書店、一九九八年）

傍線部は、鎮所（駐屯地）の兵隊を勝手に私用し、自分に用益権のある「私田」を耕作させ、利益を得る役人がいたことを伝える部分である。ために、兵隊は疲弊し、戦争に耐えない状態にあるという報告が、天皇の下に届いたのであった。

以上の資料を総合すると、「私田」とは、公に対して個人に用益権のある田のことであり、律令法においては「位田・賜田や口分田・墾田」などに個人の用益権が認められている、ということになる。用益権とは、所有権とは別に設定される権利で、その土地を利用し、利益を上げ、利益を得る権利のことである。このように「私田」という語の性格を確認してゆくと、これがいかにお堅い法制用語であったか――わかるであろう。つまり、「私田」という言葉が孤例となるのは、それが非詩的な用語だったからなのである。

四　妹がみためと私田刈る

さて、このように考察を進めてゆくと、一二七五番歌の「小田」がどのような田で、誰に用益権のある田か、ということを考えなくてはならないだろう。「小田」の「ヲ」は、『時代別国語大辞典　上代編』が、「接頭語。名詞に冠する。小さいの意を添え、また小さくかわいいものとして親しみをこめてもいう」とするのに、ここでは従いたい。対して、接頭語「ヲ」には、この原義から派生して、人との関わり合いの深さを示して、親密感を表す用例もある。そのために、手入れの行き届いた田とする注釈書も見られるが、集中の「小田」は、やはり「小さいの意」を内包しているようである。既に地名化しているものや、人名のなかにあるものを除いて、集中から「小田」の用例を他に拾いだすと、以下の二例がある。(2)

湯種蒔く　あらきの小田を〔小田矣〕　求めむと　足結出で濡れぬ　この川の瀬に（河を詠む、巻七の一一一〇）

大伴坂上郎女、竹田の庄にして作る歌二首
然とあらぬ　五百代小田を〔五百代小田乎〕　刈り乱り　田廬に居れば　都し思ほゆ
〔第二首目省略〕
（秋の雑歌、巻八の一五九二）

一首目は、新たなる耕作地を求めて、「川の瀬」をさまよう様子を歌ったものであり、新しく切り開かれる田は、狭い田であったようだ。新田開発の多くは、水源を見付け、試みの播種をするところからはじまる。そして、徐々に耕作地を拡大してゆくのが常である。二首目は、大伴坂上郎女が竹田の庄にあって、都を思った歌である。「五百代」は、現在の一ヘクタールに相当するが、それを坂上郎女は狭いと歌っているのである。荘園の平均的規模や、一定期間に刈入れできる標準面積を基準として――狭いといっているのであろうが――これは鄙にある自己を卑下した表現であろう。また、「庄」には農園管理のための建物も存在したが、この歌では第四句でそれを「田廬」と呼んでいる。しかし、大伴坂上郎女が、「田廬」と呼ばれるような粗末な小屋に、数か月にわたって住むことはないであろう。とすれば、これも自己のいる場所を卑下した表現であろう。つまり、この歌の「小田」と「田廬」とは、響き合って自嘲の気持ちを表現しているのである〔上野　二〇〇〇年〕。だから、都への思慕と、この表現が表裏の関係を成しているのである。こうしてみると、集中の「小田」には、『時代別国語大辞典　上代編』が説くような原義が残っている、と考えることができるであろう。

次に、当該歌の田の主は誰であるのか、ということについて考えておきたい。一般には「小田を刈らす子」の田となっているが、『私注』がこれを妹の田として以来、これに従う注釈書も増えてきている。『私注』は、「夫妻同居しない婚姻関係でも、夫は妻の家に勞力を供給する習慣があつて、かうした歌があるのであらう。」とし、妹の田で働く背の歌という解釈を示したのであった。近時は、『全集』『集成』『全注』『釈注』の諸注釈、および稲岡

〔一九七四年〕、品田悦一〔一九九四年〕などの論文が、『私注』の説に従っている。ただし、『新編全集』は、『全集』にあった「ここは『妹』の私田をさす。」という一文を削っている。この田主の問題について、筆者も立場を明確にしておく必要があるであろう。当該歌では、〈答〉がいわばオチになっているのだが、刈っている田圃の田主については言及していない。したがって、どちらが田主かという問題について積極的に判断を下す材料はない、と思う。ただ、敢えて問われれば、やはり背の田と答えたい。それは、田主について当該歌が言及していない以上、稲刈りをしている本人の田と、聞き手ないし読み手は推定すると思うからである。当該歌の関心は、奴の有無ではなく、奴がいるのになぜ自分で刈っているのかということにある。とすれば、背が用益権を持ち、普段ならば奴婢に耕作させている田と解釈した方が、歌としてはわかりやすいのではなかろうか。

ならば、問い手が奴を持っているはずだと考えて問うた「小田を刈らす子」が、なぜ奴はいるのに自ら稲刈りをしているのかということが、問題となろう。この点に早い段階で言及したのは、『古義』である。

……住吉の小田を刈賜ふ君は、令刈べき奴隷なくて、手自刈賜ふらむかと問たるに、いなさにあらず、からすべき奴隷はあれども、奴隷に令せて刈しめば、麁忽《アシザマ》にもぞなる、親切《ネモコロ》におもふ妹が御爲の故にかる稲なれば、大切にとりまかなひて、手づから秋田をかるぞ、さてもからき業ぞ、とことわれるなり

〔鹿持　一九一三年、傍線引用者〕

つまり、奴は所有していても、いとおしい妹のために自ら刈るという説である。これと同様の立場に立つ稲岡〔一九九一年〕は、

君がため　浮沼《うきぬ》の池の　菱摘むと　我が染めし袖　濡れにけるかも　（人麻呂歌集歌、巻七の一二四九）
山科の　木幡の山を　馬はあれど　徒歩《かち》ゆそ我《あ》が来し　汝《な》を思ひかねて　（寄物陳思歌、巻十一の二四二五）

を例に挙げ、「恋する相手のためにどれほど力を尽くしたか、恋心の証しとして」歌ったものという理解を示している。正鵠を得た解であろう。

ただ、その場合忘れてならないのは、「妹がみためと」という当該歌のもつ戯笑性であろう。この「みため」という敬語は、高野正美が「おどけ」と捉え、岩下武彦がこれを用例から検証したように、自らを貶めて笑いをさそう表現である〔高野　一九七三年〕〔岩下　一九八〇年a〕。

以上見てきた問答形式の旋頭歌のダイナミックスを余すところなく捉え、当該歌の笑いについて考究したすぐれた研究に、品田悦一の論文がある。

……世間の男がしばしば演ずる役回りを、とぼけた言い回しで誇張したところに笑いがある。〔品田　一九九四年〕

……「妹が御為」という言い回しが諧謔を含む点に注意しよう。恋人に労働奉仕する若者が自身の役回りをことさら貶めて、愚痴とものろけともつかない、とぼけた返答をした点に笑いがある。いわば道化による笑いだ。では、誰を笑わせるのか。問いかけた通行人ではなく、この歌の享受者、聴衆だろう。〔品田　一九九八年〕

これらの品田の発言を踏まえ、ここでもう一度〈問〉の「小田」と、〈答〉の「私田」の関係を見てみたい。田の種類をいう言葉としては類例のない律令用語が、〈答〉の意外性を演出することについては、すでに述べたとおりである。その「私田」を刈るのが「妹がみためと……」というところにも、品田のいう「とぼけた」笑いがあるのではなかろうか。とすれば、奴がいるにもかかわらず、「私田」の稲を自分で刈っているのだ、と答えたことの意味をあらためて問い直す必要があるであろう。〈問〉の「小田」との関わりで。

五　「食」と「功」と

「ヤツコ」が「家つ子」であり、個人の家に隷属して労働をする人びとであったことは、よく知られている事実である。しかし、岩下武彦が述べているように、歌のなかに登場する奴は戯れの気分を含んだものであり、その社会的実態を勘案したとしても、万葉歌の研究には得るところは少ないかもしれない〔岩下　一九八〇年a〕。けれども、当該歌の場合、〈問〉と〈答〉との関係を知るためには、奴婢や雇用されて耕作に従事する労働者の実態についても考えなくてはならない、と思われる。

長屋王邸宅木簡五万点のなかには、約八十二点の奴婢関係の木簡があり、いくつかの研究が発表されている〔神野　一九九三年〕。その木簡には奴婢に支給された食料に関するものも、含まれている。さらには、雇用されて御田、御薗の耕作にあたる人びとへの食料支給に関する木簡もある。なお、左記に掲げる木簡に登場する「功」とは、労働に対して支払われた代価のことである。

①・移　山背御薗造雇人卌人食米八斗塩四升可給　軽部朝臣三狩充 奴布伎　。
・山背使婢飯女子米万呂食米一斗五升 充　和銅五年七月廿日大書吏　扶　。

427・38・4　011　TC11

（『平城宮発掘調査出土木簡概報　二十五』二五頁、一九九二年）

②・都祁氷室二處深各一丈　廻各六丈　取置氷　一室三寸／一室二寸半　令被草千束　一室各五百束　苅廿人　一人各＝

＝五十束　功応給布三常　□□　米四斗塩一升　戸加須加比二具応造鉄二斤

・和銅五年二月一日火三田次

1250・105・5　6011　TC11

（『平城京左京二条二坊・三条二坊発掘調査報告　本文編』三頁、一九九五年）

③・片岡進上蓮葉卅枚　持人都夫良女　○

・御薗作人功事急々受給　六月二日真人　○

230・25・2　011　TG11

（『平城宮発掘調査出土木簡概報　二十一』九頁、一九八九年）

④・山口御田作人食米一斛塩□

・　和銅八年四月九日

(223)・(13)・5　019　TE11

（『平城宮発掘調査出土木簡概報　二十一』一一頁、一九八九年）

①の木簡は、山背御薗で働く四十人の「造雇人」の食料、米八斗塩四升の支給を指令する木簡である。送り手は北宮の「大書吏」という役人であり、受け手は長屋王家の家政機関で、米と塩を山背御薗に支給することを促すも

のとみられる。そのなかには、山背御薗で働く「婢飯女」の子である「米万呂」の分（＝一斗五升）も含まれていることを示すものと思われる。この米と塩を受け取るのは「軽部朝臣三狩」であり、三狩から奴の「布伎」に渡るべきものであることが記されているのである。

②は有名な氷室関係の木簡である。「都祁氷室」から、平城京の長屋王家へ提出された一種の業務報告、といえよう。氷室に氷が融けないように敷きつめる千束の草を、一人五十束ずつ二十人に苅らせ、その「功」として「布三常」「米四斗塩一升」を支給した旨が記されている。「苅廿人」は草を苅る仕事に従事する雇用労働者と考えてよい。「功」の支給の在り方を示す一例といえるであろう。

③は片岡の御薗から運ばれた蓮葉の送り状と、それに添えられた要請書ともいうべきものである。要請の内容は、片岡の御薗に雇っている「作人」（＝耕作者）に対して、「功」を急いで支給して欲しい、というものである。森公章は、農繁期に「作人」を繋ぎ止めて置くためには、「功」を前払いで支給する必要さえあったことを説いている〔森公章　二〇〇〇年、初出一九九八年〕。

④は「山口御田」の「作人」に対して、米と塩が支給されたことを示す木簡である。藤井一二は、田植え時期に特別に支給された食料としている〔藤井　一九九七年〕。

まず注意すべきは、長屋王家において働く奴婢やその他の雇用労働者に、食料が支給されていたことであろう（①）。この「食」は、奴婢にも雇用労働者にも支給されていたものである[3]。対して、「功」は奴婢には支払われない。しかし、雇用労働者には、労働の代価としての「功」が支給されていることがわかる（②）。森公章によれば、長屋王家においても、農繁期には、「功」によって労働力が確保されていたようである（③④）〔森公章　二〇〇〇年、初出一九九八年〕。つまり、労働力の需給関係が逼迫する農繁期には、雇用耕作者に「功」を出さなければならなかったようなのである。対して、奴婢に対しては「功」は支払われないものの「食」は支給しなくてはならないのであった。つまり、奴婢には「食」、雇用労働者には「食」と「功」が必要だったのである。こうした労働力の編成を勘案すると、「私田」の経営において労働力確保がいかに重要な問題であったかがわかるであろう。

この「功」という言葉は、律令にも使われている用語であり、実は『万葉集』にも登場する言葉なのである。ただし、こちらの「功」は官人の考課に関わる「功過行能」の「功」であり、役人の貢献度をさす言葉である〔上野一九九七年、初出一九九二年〕。

このころの　我が恋力　記し集め　功に申さば　五位の冠

このころの　我が恋力　給はずは　京兆《みさとづかさ》に　出でて訴へむ

右の歌二首

（巻十六の三八五八、三八五九）

右の「恋力」とは、恋を成就させるためにかけた手間、ヒマ、金であり、それを「功」として役所に提出して〈代価〉を求めたならば、五位の位に相当するというのである。五位といえば「五位の冠」とあるように天皇の勅によって位を賜る貴族にあたり、右の歌のおもしろさは、女性に貢いだものの大きさを自嘲するところにある。また「力」を「税」とすれば、多額の納税を「功」として換算し、役所に提出すれば貴族の位がもらえるくらいに……貢いだということになる。これも、古代の「功」の一つの形態である。

この点から、「小田」に対して、なぜ「私田」が対応するのかという理由を説明できるのではなかろうか。すなわち、雇い人や奴婢を入れて稲刈りをさせれば、その分「食」「功」を出さなければならない。奴婢といえども、農繁期には何らかの労働代価が必要になってくると思われる。小さな田圃の実入りは少ない。その少ない実入りから、奴婢に「食」を出せば……手取りはほとんど残らない。したがって、かわいい妹の御為には、自ら刈るのだ、ということになるのではなかろうか。手取りの目減りを気にして、せっせと働く田主、これもいとおしい妹のゆえ、という笑いがあるのであろう。(4)

六　人麻呂歌集旋頭歌と労働モチーフ

『万葉集』中に六十二首しかない旋頭歌のうち、人麻呂歌集に三十五首が集中し、しかも人麻呂以前の作を認めることができないという事実を、早くに武田祐吉は指摘している〔武田　一九四三年〕。これは、人麻呂と旋頭歌との深い関係を示している、といえよう。また、西條勉は、この三十五首のうちの十七例に労働モチーフを含む歌があることを指摘しており、当該歌もその一つに認定している。西條論文は重要な問題提起をしているのであるが、西條が労働モチーフを「民間歌謡の性質」と位置付けている点には、検討の余地も残るであろう〔西條　二〇〇〇年a〕。つまり、当該歌の「小田」と「私田」という対応は、律令官人の知性とウィットを反映し、「功」を支払う側の笑いだからである。したがって、労働モチーフとはいっても、労働が何の喩になっているかなど、さまざまなレベルがあるのではなかろうか。(5)つまり、労働と歌との関係にも、諸相があるのである。

ここで、想起したいのは、早くに吉田義孝が、人麻呂歌集との関わりで注目した次の記事である〔吉田　一九六二年〕。

二月の乙亥《いつがい》の朔にして癸未《きび》に、大倭・河内・摂津・山背・播磨・淡路・丹波・但馬・近江・若狭・伊勢・美濃・尾張等の国に勅して曰はく、「所部の百姓の能く歌ふ男女と侏儒・伎人を選ひて貢上れ」とのたまふ。

（『日本書紀』巻第二十九、天武天皇下　四年〔六七五〕二月九日条、小島憲之他校注・訳『日本書紀③（新編日本古典文学全集）』小学館、一九九八年）

吉田が指摘するように、各地から献上された歌い手が伝えたであろう歌謡が新風を吹き込み、新しい歌体が宮廷において流行したことを念頭において、人麻呂歌集旋頭歌を理解する必要はあるであろう。しかし、それは二次的三次的影響関係と見ておくべきである。本節においては、当該歌を以上のような状況のなかで歌われた律令官人の文芸と考えておきたい。

おわりに

以下、冒頭に掲げた（ア）（イ）（ウ）の三つの疑問点に答えるかたちで、本節の結論を述べてみたい。

（ア）　当該歌に使用されている言葉の特質はどこにあるか

以上のように見てゆくと、問答形式の旋頭歌のダイナミックスは、〈問〉と〈答〉の当意即妙のやりとりにあることはいうまでもなく、いかに問答がからみあうのかというところにある、といっても過言ではない。そして、そこで求められるのは、〈問〉を聞いた聴衆の予想をいかに裏切るかという点にある、といってよいだろう。その意外性を一首のうちに内包するところに、当該歌のおもしろさがある。「小田」と問いかけて「私田」と答えるところにも、意外性の笑いがあるのではなかろうか。「私田」という非詩的な用語を使って、意表をつくところに、当該歌の言葉の特色があるといえるだろう。

（イ）　さらには、その笑いを享受した人びとは、どのような人びとか

本節で問題提起したのは、当該歌の笑いが「功」を支給する側の人びとの支持を前提としている、という点である。しかも、その出費を痛いと思う人びとには、自身の生活実感に照しあわせ、当該歌は共感を持って迎えられた、と推定できるのである。

当然のことながら、これが実際の会話として機能するということはあり得ない。初句の「住吉の」のように自分

が今いる場所の地名を言って、相対する人に問いかけるということなどありはしないからである。これは、聴衆に対して話題を提供するためのものであり、聴衆を意識した表現と見なくてはならないであろう。つまり、当該歌を披露する一ないし二名に対して、複数の聴衆がいるという状態を想定できよう。そして、その聴衆は「私田」という言葉を聞いて反応ができる知識を有していた人びとであると考えることができるのである。(6) 月並ではあるが、官人の宴の席のようなものを考えるべきであろう。

（ウ）以上の点を踏まえて、当該歌の笑いの質をどのように考えるべきか

一座のなかで歌い手が道化役となって自らを卑下し、そこから参集者に笑いを提供しようとするといった類のものであろう。その意味では、今日の川柳のごとき文芸と見て大過ないのではなかろうか。

付、パラフレーズ（Paraphrase＝釈義）

	問	答
折口信夫	此住吉の田を苅つてゐなさるお方よ。見うける所が、お前さんの家には、奴隷がないから、さうなるのか。	いえ、私の家には奴隷はゐますけれども、いとしい人の御為に苅るのだから、人任せには出来ないで、自分で稔つた田を苅つてゐるのです。〔折口　一九九五年、初版一九一六年〕
品田悦一	住吉の田んぼを刈っていなさるお若いの、下僕はおらんのか。	いいや下僕はおるけれど、いとしい人のおためにと、わざわざ私田を刈ってあげるのじゃ。〔品田　一九九八年〕 かわいいおねえちゃんのおためならばと、こうしてせっせと私田を刈ってあげるのさ、全く男はつらいよ。〔品田　一九九四年〕
上野　誠	住吉のちっちゃな田んぼで稲刈りをしている、そこのお若いの、奴はおらんのかね。	いやいや奴はおるにはおるが、ちっちゃな田んぼで手間賃払えば……手取りも少ない。かわいいねいちゃんの御為ならばと……自分で刈っておんるんじゃわい。

筆者作成。

「私田」は田に関わる用語といっても、奈良時代という時代の歴史性を背負った律令用語ということである。そういう用語を用いた笑い歌であるということができよう。次節では、本章のこれまでの考察を踏まえ、「苗代水」の表現について考えてみたい、と思う。

注

（1）法制史上の問題としては、当条が飛鳥浄御原令段階にまで遡れるか。さらには、畿内の班田がどのような歴史的段階を踏んで実施されていったか、という問題が残るであろう。本節ではこの問題を、養老令、大宝令の条文から遡及して、考察を進めてゆくこととする。
（2）巻十六の三八五六番歌の「小田」については、「水田」に作るテキストもあり、除外した。
（3）長屋王家木簡には「常食」と記したものもある（『平城宮発掘調査出土木簡概報　二十五』三十頁、一九九二年）。ここから逆に考えれば、特別に手当てとして支給される「食」もあったことが予想される。
（4）当該歌は、直前の一二七三および一二七四番歌の「住吉」に引かれて、この場所に置かれたと推定されている〔稲岡　一九七六年〕〔村瀬　一九八四年〕。前記の住吉関係歌には、ハイカラな馬乗衣や、人麻呂の時代のトップ・モードとも考えられている赤裳が登場する〔板橋　一九六一年、初出一九五九年〕。これを当該歌に及ぼせば、当該歌の地名「住吉」はお洒落な男女が行来する街となり、そこで恋の奴となって稲刈りをするさえない男という落差を想定することもできるだろう。以上のように考えると、「住吉の小田を刈らす子」という初句の呼掛けに、オチの伏線があるのかもしれない。
（5）西條勉〔二〇〇〇年ａ〕の指摘した労働モチーフのうち、巻七の旋頭歌に集中的に現われるのは、植物を刈るという労働である。ただ、その場合も刈るという動作が何を引き出すのか、検証してゆく必要があるだろう。
（6）本節では、歌い手と聞き手という関係で主に考察を進めてきたが、一義的には記載のレベルで考察をすべきであろう。ことに「ヤツコ」は、「賤」「奴」と書き分けられている。このように記載のレベルで、視覚的に享受されていたことも考察しなくてはならないだろう。

参考文献
秋間俊夫　一九七四年　「人麻呂と旋頭歌」『文学』一九七四年一月号所収、岩波書店。

板橋倫行　一九六一年　「赤裳すそ引く万葉女性たち」『万葉集の詩と真実』淡路書房新社、初出一九五九年。

稲岡耕二　一九七四年　「人麻呂歌集旋頭歌の位置」五味智英・小島憲之編『萬葉集研究』第三集所収、塙書房。

――――　一九七六年　『万葉表記論』塙書房。

――――　一九七七年　「人麻呂歌集略体歌の方法（一）――集団歌謡性としての笑い」五味智英・小島憲之編『万葉集研究』第六集所収、塙書房。

――――　一九八〇年　「人麻呂歌集旋頭歌の文学史的意義」犬養孝博士古稀記念論集刊行委員会編『萬葉・その後』所収、塙書房。

――――　一九八五年　「習作時代」『柿本人麻呂（王朝の歌人Ⅰ）』集英社。

――――　一九九一年　「三　問答歌謡の性格」『人麻呂の表現世界』岩波書店。

岩下武彦　一九八〇年ａ　「旋頭歌の享受の場――人麻呂歌集論として」大久保正編『萬葉とその伝統』所収、桜楓社。

――――　一九八〇年ｂ　「旋頭歌の成立――人麻呂歌集論として」『日本文学』第二十九巻第八号所収、日本文学協会。

上野　誠　一九九七年　「古代宮都の文芸としての万葉歌」『古代日本の文芸空間――万葉挽歌と葬送儀礼』雄山閣出版、初出一九九二年。

――――　二〇〇〇年　『万葉びとの生活空間』塙書房。

――――　二〇〇一年　「民俗芸能における見立てと再解釈」『芸能伝承の民俗誌的研究――カタとココロを伝えるくふう』世界思想社、初出一九九〇年。

梅田康夫　一九八六年　「律令制と土地所有」雄山閣出版編『古代史研究の最前線〔政治・経済編〕上』第一巻所収、

雄山閣出版。
折口信夫　一九九五年　『口訳　万葉集』折口信夫全集刊行会編纂『折口信夫全集』第九巻、中央公論社、初版一九一六年。
鹿持雅澄　一九二三年　『万葉集古義』第四巻、名著刊行会。
神野志隆光　一九八一年　「『片歌』をめぐって──旋頭歌成立序説」『萬葉』第百六号所収、萬葉学会。
──　一九八二年　「旋頭歌試論」『万葉』第百九号所収、萬葉学会。
──　一九八三年　「方法と形式　旋頭歌のかたち」『國文學　解釈と教材の研究』第二十八巻第七号所収、學燈社。
後藤利雄　一九六一年　『人麿の歌集とその成立』至文堂。
──　一九九二年　「I　人麻呂の離陸」『柿本人麻呂研究──古代和歌文学の成立』塙書房。
近藤信義　一九九〇年　「旋頭歌小考──うたうかたち」『枕詞論──古層と伝承』桜楓社、初出一九八〇年。
西條　勉　二〇〇〇年ａ　「人麻呂歌集旋頭歌の略体的傾向──書くことの詩学へ」『国文学論輯』第二十一号所収、國士館大學国文学会。
──　二〇〇〇年ｂ　「人麻呂歌集略体歌の固有訓字──書くことの詩学」西宮一民編『上代語と表記』所収、おうふう。
──　二〇〇一年　「人麻呂歌集略体歌の『在』表記──書くことの詩学・続」『専修国文』第六十八号所収、専修大学国語国文学会。
品田悦一　一九九四年　「人麻呂歌集旋頭歌における叙述の位相」『萬葉』第百四十九号所収、萬葉学会。
──　一九九八年　「人麻呂歌集旋頭歌」『國文學　解釈と教材の研究』第四十三巻第九号所収、學燈社。
島田修三　一九九七年　「第二章　旋頭歌論」『古代和歌生成史論』砂子屋書房。
清水克彦　一九五〇年　「旋頭歌攷──口誦歌と記載歌　その二」『國語國文』第二十巻第一号所収、京都大学文学部国語学国文学研究室。

下河辺長流　一九七二年　武田祐吉校訂・橋本進吉解説『万葉集管見（万葉集叢書第六輯）』臨川書店、初版一九二五年。
新谷秀夫　二〇〇一年「平安時代における旋頭歌の意味――『万葉集』伝来をめぐる臆見・余滴」『高岡市万葉歴史館紀要』第十一号所収、高岡市万葉歴史館。
神野清一　一九九三年「『長屋王木簡』および『二条大路木簡』の奴婢」『日本古代奴婢の研究』名古屋大学出版会。
――　一九九七年「長屋王家の奴婢」『卑賤観の系譜』吉川弘文館。
高野正美　一九七三年「旋頭歌・仏足跡歌」久松潜一監修『万葉集講座』第四巻所収、有精堂出版。
――　一九八二年「二、旋頭歌の位相」『万葉集作者未詳歌の研究』笠間書院、初出一九六九年。
武田祐吉　一九四三年『国文学研究　柿本人麻呂攷』大岡山書店。
田辺幸雄　一九三九年「旋頭歌の推移（上・下）」『國語と國文學』一九三九年七月号および八月号所収、東京大学国語国文学会。
土橋　寛　一九六〇年『古代歌謡論』三一書房。
――　一九八八年「旋頭歌の論――人麻呂歌集の一面」『万葉集の文学と歴史　土橋寛論文集（上）』塙書房。
橋本達雄　一九七五年「柿本朝臣人麻呂之歌集」『万葉宮廷歌人の研究』笠間書院。
久松潜一　一九二八年『上代日本文学の研究』至文堂。
――　一九三五年「万葉集の歌体美」『万葉集考説』栗田書店。
藤井一二　一九九七年『古代日本の四季ごよみ』中央公論社。
俣野好治　一九八四年「律令制下公田についての一考察」岸俊男教授退官記念会編『日本政治社会史研究（上）』所収、塙書房。
身崎　壽　一九七八年「人麻呂歌集の位置――略体歌を中心に」『日本文学』第三十一巻第六号所収、日本文学協会。
村瀬憲夫　一九八四年「万葉集巻七・十一の旋頭歌の編纂」『国語国文学論集――後藤重郎教授停年退官記念』所収、名古屋大学出版会。

森　朝男　一九九三年「柿本人麿歌集様式論考」和歌文学論集編集委員会編『うたの発生と万葉和歌（和歌文学論集1）』所収、風間書房。
森　淳司　一九七六年『柿本朝臣人麻呂歌集の研究』桜楓社。
森　公章　二〇〇〇年「長屋王家木簡と田庄の経営」『長屋王家木簡の基礎的研究』吉川弘文館、初出一九九八年。
義江彰夫　一九七八年「儀制令春時祭田条の一考察」井上光貞博士還暦記念会『古代史論叢』中巻所収、吉川弘文館。
吉田　孝　一九八三年「I『律令国家』と『公地公民』」『律令国家と古代の社会』岩波書店。
吉田義孝　一九六二年「天武朝における人麻呂の事業」『国語国文学報』第十五号所収、愛知教育大学国語国文学研究室。
吉村武彦　一九九六年「第三部　律令制国家の土地支配と田地耕営」『日本古代の社会と国家』岩波書店。
脇山七郎　一九五四年「万葉集の旋頭歌」『万葉集大成』第七巻、平凡社。
渡瀬昌忠　一九六九年「人麻呂歌集はいつできたか」『國文學　解釈と鑑賞』一九六九年二月号所収、至文堂。
――――　一九七四年「万葉集の巻七と巻十――雑歌部と人麻呂歌集」『上代文学』第三十四号所収、上代文学会。

初　出

「妹がみためと私田刈る（巻七の一二七五）――旋頭歌の笑い」『美夫君志』第六十三号、美夫君志会、二〇〇一年。

第四節　「小山田の苗代水」という歌表現

はじめに言い寄って来たのは
いったいどこのどなたさま――（アンタじゃないの）
お山の田んぼは　寒い寒い
だから　だから　お山の田んぼは苗代水の水路が長い長い
　長い水路にゃ　中淀できる！
　今や　アンタは　長く長くのご無沙汰続き
　お山の苗代水ではないけれど……
　　中淀みたいにご無沙汰続きじゃないかいな――
（巻四の七七六釈義）

はじめに

事出之者　誰言尓有鹿　小山田之　苗代水乃　中与杼尓四手
（巻四の七七六）

本節では、大伴家持と紀女郎の贈答歌のうち、「黒木歌群」とも称される歌群冒頭の二首について考えてみたい、と思う（巻四の七七五～七八一）。家持が贈った七七五番歌に対して、意趣返しをした紀女郎の七七六番歌。それに再び答えるかたちで、家持は「更に紀女郎に贈る歌五首」（七七七〜七八一）を贈っている。つまり、七七五番歌と七七六番歌の贈答は、家持の歌五首を引き出す呼び水となっているのである。とすれば、当該二首を正しく理解することが、歌群全体の理解にとって重要となってくる、といえよう。

集中に、十二、三人の女性と恋歌のやり取りを残す家持であるが、双方の歌が残っている女性は意外にも少ない。坂上大嬢、笠女郎、巫部麻蘇娘子、日置長枝娘子と、本節であつかう紀女郎だけである。そのうち、家持自身が熱心に歌を返しているのは、最愛の嫡妻となる坂上大嬢と、紀女郎だけということができる。しかも、紀女郎は、しばらく不和となっていた大嬢との相聞往来が復活した天平十一年（七三九）秋以降においても、歌を交わし合っている。つまり、大嬢との蜜月時代においても、家持は紀女郎とだけは相聞歌をやり取りしているのである。これは、きわめて特異な関係にあるといわねばならない。この事実は、いったい何を意味するのだろうか。小野寛は、家持と紀女郎とを含めた幅広い交友関係に着目して、かくなる疑問に答えようとしている。

紀女郎は安貴王の妻であり、安貴王の子である市原王は、久邇京時代（七四一〜七四四）に安積皇子に期待を寄せるグループの一員であった、と考えられる。家持もその一員であり、

こういった関係から考えて、家持と紀女郎とが自分たちの身を破滅させるような恋の深みに陥るとは思えない。友人の父の、若くて聡明な美しい夫人に対して、青年家持が恋をしたのであろうが、年上の紀女郎がそれを適当にあしらっていた。これは危なっかしいながら紀女郎の年によって、天下御免のつき合いだったのであろうと思う。

〔小野　一九八〇年、初出一九七二年〕

としている。一つの首肯すべき解であろう。ただし、小野も示唆したように、恋というよりも、幅広い仲間づきあ

いのなかで考えなくてはならないようである。[1] 小野は、このように家持の紀女郎に対する何らかの恋情を想定しているが、一方で実際の恋愛というよりも恋愛情緒を楽しむ関係にあるとする諸論もある。[2] 筆者は、相聞的表現を踏まえている以上、実際に今日でいう恋愛関係にあったことも否定できないと考えるが、同じく現実に恋愛関係になかったことも実証し得ないと考える。どちらせよ、検証の手立てはない。ただし、贈答された歌の表現を見る限り、いいいい恋心を訴えるというよりも、恋歌に遊ぶものであると考える。

恋情といっても、長く連れ添った夫婦においては、友人関係に近いこともあるであろう。また、そうであるがゆえに恋歌を贈りあって遊ぶということもありえよう。したがって、歌表現から実際の関係を想定することは、鑑賞者の印象批評によるほかない、と考える。[3] むしろ、研究において問題とすべきは、どういう意図や意趣を以って贈答歌が交わされ、そこにどのような表現上の妙があるのか、ということに尽きるのではなかろうか。以上のような観点から、本節では作品世界を明らかにしてゆきたい、と思う。

一　反撃を予想しての伏線

大伴宿禰家持が紀女郎に贈る歌一首

鶉鳴く　故りにし郷ゆ　思へども　なにそも妹に　逢ふよしもなき

紀女郎が家持に報へ贈る歌一首

言出しは　誰が言なるか　小山田の　苗代水の　中淀にして

（巻四の七七五、七七六）

「黒木歌群」は、家持の紀女郎への贈歌からはじまる。家持が、ここでいいたいのは下二句の「どうして、あなたに逢う手だてが（こうも）ないのでしょう」ということである。ということは、紀女郎とはご無沙汰続きだったのであろう。

そこで、はじめに「故りにし郷ゆ」という表現から見てゆきたい。ここでいう「故りにし郷」とは、平城京のことである。久邇京時代、平城京は旧都であり、「故郷（ふるさと）」（巻六の一〇三八）、「古京跡（ふるきみやこ）」（巻六の一〇四八）と呼ばれているから、当該歌が「故郷（ふりにしさと）」と呼ぶのは、決して異例とはいえない。しかし、「フルサト」と「フリニシサト」では、微妙な違いもあるようである。「フルサト」が常に懐かしきもの、良きものとして歌われるのに対して、「フリニシサト」はさびれた場所や、荒廃した場所に使われることが多いようである〔上野　一九九七年a、初出一九九六年〕。つまり、「フリニシサト」には、「古臭い」とか「古ぼけた」というイメージがつきまとうのである。すなわち、〈古い〉という価値をマイナスに捉えた時に用いるのが「フリニシサト」といえよう。

では、新都・久邇京と、旧都・平城京は、当時どのような関係にあったのだろうか。新都たる久邇京から見れば、平城京は「フリニシサト」なのであろうが、貴族たちは久邇京への居住をためらっていたようである。そのことは、次の詔が如実に物語っている。

○乙丑、留守《るしゅ》の従三位大養徳《やまと》国守大野朝臣東人、兵部卿正四位下藤原朝臣豊成らに詔して曰はく、「今より以後《のち》、五位以上は意《こころ》に任せて平城に住むこと得じ。如《も》し事の故有りて退り帰るべくは、官符を賜はりて、然して後に聴《ゆる》せ。其れ、平城に見在《いまあ》る者は、今日の内を限りて、悉く皆催《もよほ》し発《た》て。自餘の、他所《あだしところ》に散在《あか》れたる者も亦、急ぎ追ふべし」とのたまふ。

（『続日本紀』巻第十四、聖武天皇　天平十三年〔七四一〕閏三月十五日条、青木和夫他校注『続日本紀　二』（新日

本古典文学大系）』岩波書店、一九九二年、初版一九九〇年）

この詔は、新都・久邇京に居住しようとしない貴族に対して、平城京に住むことを厳禁した詔である。しかも、特別の事情によって平城京に帰る場合には、官許を必要とし「太政官符」の発行を受けなくては、平城京に帰ることも許されないというのである。これは、強制力を持って貴族を移住させる布告である。[4] もちろん、五位以下の官人も、強制力はないにしても、新都・久邇京に留まることを求められた、と考えられる。したがって、内舎人たる家持も久邇京を離れるわけにはいかなかったようである。だから、天平十三年（七四一）になると、平城京にいる人びととの贈答歌がぐんと増えてゆく。[5] こういった理由から、家持は紀女郎と逢うことができなかったのであろう。けれども、逢えなかったのは、紀女郎だけではない。坂上大嬢や弟・書持なども逢えなかったのであり、だからこそ家持はこれらの人びとと書簡で歌を贈答したのである。とすれば、紀女郎も逢えない理由は、了解済みのはずである。こういう状況のもとで、家持は旧都・平城京のことを「故りにし郷」と詠んでいるのである。以上の点には、充分に注意を払う必要があるだろう。

この「故りにし郷」に冠されているのが、枕詞「鶉鳴く」である。「鶉鳴く」は、「鶉鳴く　古りにし郷の　秋萩を」（巻八の一五五八）や、「鶉鳴く　人の古家に　語らひて遣りつ」（巻十一の二七九九）とあり、「古」を起こしていることは間違いない。おそらく、それは『代匠記』が「鶉ハ草深ウ荒テ、人目ナキ所ニ鳴物ナレハ……」（精撰本）と述べているのが正鵠を得た解だと思われる。家持は「都が平城京にあった大昔から思っているのですが……」ということを、「鶉鳴く　故りにし郷ゆ　思へども」という表現で強調しているのである。それは何を強調しているかといえば、その歳月であろう。奈良に都があったずっと前からという時の長さである。つまり、旧都がさびれた場所になるまでの時間を想起させる表現で、「長い間思い続けてはいるのですよ」と歌いかけているのである。[6] これは、強調というよりも誇張というべきものではないか。「確かに最近はご無沙汰です（それは認めます）、しかし私はずっとアナタのことを思い続けてはいたのですから……」という言い訳の気持ちを表現するものであろう。そう解釈すると「けれども何せ今は状況が許さないのです」という結句が際立ってくる。

つまり、家持の当該歌は、伏線を張った歌ということができよう。家持はご無沙汰続きである紀女郎に歌を贈れば、必ず反撃にあうと予想していたのである。すなわち、家持は反撃にあうことを見越して、伏線を張っているのである。いや、かえって反撃にあうことを楽しみにしている、とさえいえるだろう。なぜなら、過度に誇張した伏線を張ることは、一つの挑発ともなるからである。ならば、紀女郎はどのように反撃したのか。[7]

二　伏線を逆手にとって反撃する

紀女郎は、こう反撃する。家持が思い続けた期間を強調していることを捉えて、反撃するのである。「では、その昔最初に言い寄ってきたのは、いったいどちらの方」と切り返しているのである。「言出しは　誰が言なるか」は、直訳すれば「言い出したのは、誰の言葉でしょう」となるが、『新編全集』がいうように「言出しは誰なるか」を整えた言い方であろう。当然、「か」は強い語調の反語で、誰の言葉でもありますまい、アナタの方からでしょう、と相手を問い詰める言い方となる。つまり、家持が思い続けた時間を言うのであるならば、最初に戻って、言い寄ってきたのはどちらの方でしょう、と反論しているわけである。

そして、ご無沙汰続きの今の状況を、「小山田の　苗代水の　中淀にして」と評するのである。「淀」とは、水の流れが途中で止まって水が淀む状態をいうが、ここでは家持の訪れが途絶えている状況をいう。『万葉集』中には、

湊入りの　葦別け小舟　障り多み　今来む我を　淀むと思ふな　（寄物陳思、巻十二の二九九八）

洗ひ衣　取替川《とりかひがは》の　川淀の　淀まむ心　思ひかねつも　（寄物陳思、巻十二の三〇一九）

という「淀」の用例もあり、妻訪いの途絶えることをいう一般的な喩え、ということができよう。つまり、男が女を思い続けている時には、川の水が途切れないように絶え間なく通い続ける、という理想的な男女関係があるのであろう。このあたりは、アナタは思い続けていたと口では言うが、実際には来なかったではないか、と問い詰めているのである。

この「中淀」を起こす序が「小山田の　苗代水の」である。「苗代」は稲種を蒔いて苗を発育させる田のことである。当然、ここで育った苗が、田植えされるわけである(8)。さて、「苗代水」とはどんな水のことをいうのだろうか。この点について言及しているのは、管見の限り木下『全注』のみである。

> 苗代は日照りが続いても水の涸れないことが第一条件で、主に清水の湧出する場所、山からの湧き水を利用できる所に作られる（文化財保護委員会編『田植の習俗』）。ここに「小山田」とことわってあるのも、山から流れ出るきれいな水を利用できる所にそれが設けられたことを示す。ただし苗代水の管理には細心の注意が必要で、滞らないように常に苦心した。〔木下　一九八三年〕

これは、きわめて貴重な指摘である。なぜならば、「苗代水」のありようが、歌の解釈に活かせるからである。確かに、苗を育てるためには、水が枯渇しないことが最大の条件であることは間違いない。しかし、この注釈には加えるべき点が、一点だけあると思われる。以下、その点を述べてみたい。

「小山田の　苗代水の　中淀にして」の「の」を現代語訳する場合には、諸注例外なく「ノヨウニ」と訳出する。

それは、前後の繋がりから見て当然の解釈ということができよう。ということは、「小山田の苗代水」には、「中淀」が多いとか、「中淀」ができやすいということが、その前提になくてはならない。そうでなくては、なぜここで「小山田の」とことわってあるか、わからない。では、なぜ山の苗代には、中淀が多いのだろうか。それは、結論を先にいうと、山間の苗代ほど、水路が長いからである。水路は、長くなればなるほど、当然「中淀」ができやすくなる。

奈良盆地の山間部の村々を歩いていると、今でも春先には、苗代に水を入れる場所に、御幣やすすきの穂などを立て、お祈りしているところに出くわすことがある。これを、水口祭《みなくちまつ》りという。それは、水口から良い水が入り、苗が順調に生育することを祈る予祝儀礼である。『全注』も言及しているように、苗代づくりの成否は、一に水口から入る水をどのようにコントロールするのかという技術にかかっている。聞き書き調査をすると、異口同音に返ってくるのは、「山田の苗床は風邪ひかすな」という言葉であった。(9) これは、山の水は冷たいので、苗の発育には悪く、水を温めることが必要だということを説く、民間に伝わる警句である（民間伝承）。

ならば、どういう方法で水を温めるのかと聞いたところ、次のような答えが返ってきた。一つは、天気の良い時に、昼間苗代の水を抜き、夕方再び水を入れるという方法である。そうすることによって、日光によって苗床を温めるのである。夕方に水を入れるのは、夜半に苗床から熱が逃げるのを防ぐためである。もう一つの方法は、水路を長くして、沢の冷たい水がそのまま苗床に入らないようにするという方法である。わざと水路を長くして、水が流れる間に温まるのを待つという方法である。苗に風邪をひかせないというのは、以上のような工夫をいうのだ、ということを聞いた。山田の苗代作りは、お百度を踏むくらいの気持ちで、足しげく様子を見に行かないと失敗するというのが、筆者の接した話者たちの口癖であった。一九七〇年代から、プランターの苗床が普及するにおよび、こういった技術は忘れさられたが、調査時の一九九五年当時においても、以上のような経験談を語る故老たちがまだいたのである。

つまり、「小山田の　苗代水の」という序には、次のような前提があるのであろう。それは、山の苗床に入る水の水路は長く、中淀になりやすいという知識である。その知識が広く共有されていたからこそ、「小山田の」という言葉が何のことわりもなく冠せられているのである。そして、もちろんこれは家持の「鶉鳴く　故りにし郷」に呼応した切り返しでもある。

以上のように考えてゆくと、詰問調の上二句との落差によって、笑いを生む序となっていることに気づく。この点に関して、掛け合いの妙を最もよく捉えているのは、『全註釈』の評語であろう。『全註釈』は「するどく責任を問うているが、序をつかって寄せ附けないといふほどでもない餘裕を與えている」と評する。その序による「余裕」があるからこそ、

大伴宿禰家持が更に紀女郎に贈る歌五首
我妹子が　やどのまがきを　見に行かば　けだし門より　帰してむかも
うつたへに　まがきの姿　見まく欲り　行かむと言へや　君を見にこそ
板葺の　黒木の屋根は　山近し　明日の日取りて　持ちて参ゐ来む
黒木取り　草も刈りつつ　仕へめど　いそしきわけと　褒めむともあらず〈一に云ふ、「仕ふとも」〉
ぬばたまの　昨夜は帰しつ　今夜さへ　我を帰すな　道の長手を
（巻四の七七七～七八一）

と歌い継げるのであろう。家持は、「ならば行きます、でも追い返したりはしないでしょうねえ」と歌い継いでいる。時に家持は、二十四、五歳、紀女郎は四十歳前後。どう見ても、家持には、勝ち目はないようである。

三　伏線、誇張、切り返し

この二人の関係について、極めて的確な評をしているのは、橋本達雄である。

あたかも年上のおばさんに安心して甘えているようなところがあり、女郎もそれを十分承知の上で、風流的に恋愛情緒を楽しむかのように受け答えしているように思われる。〔橋本　一九八五年、初出一九七六年〕

橋本と同様の見方としては「恋と母子愛をミックスしたような微妙な関係」〔石井　一九八八年〕という評もある。ならば、当該贈答歌の面白さは、いったいどこにあるのだろうか。それが、親密な人間関係を基礎とした丁丁発止のやりとりにあるということについては、いうまでもないことであろう。これと同じような関係にある女性としては、叔母たる大伴坂上郎女がいる。家持は、叔母とも恋歌のようなやり取りをしている。比較のために、見ておこう。

大伴家持、姑《をば》坂上郎女の竹田の庄に至りて作る歌一首
玉桙の　道は遠けど　はしきやし　妹を相見に　出でてそ我が来し
大伴坂上郎女の和ふる歌一首
あらたまの　月立つまでに　来まさねば　夢にし見つつ　思ひそ我がせし
右の二首、天平十一年己卯の秋八月に作る。〔巻八の一六一九、一六二〇〕

この二首は、「竹田の庄」滞在中の大伴坂上郎女を、家持が訪ねて来た時の唱和歌である。家持歌の「妹」は、通

常は男性から見て恋人に対して呼び掛ける言葉だから、叔母に対して使用するのは異例である。[10] それは、少しふざけて、「庄」への訪問を、逢引きにやって来たように歌うためであろう。叔母は、伏線を張った甥の言を受けて、男を待つ女として歌を返している。つまり、切り返しているのである。坂上郎女は、「月が変わるまで、やって来ないから、夢を見ながら、私は恋しく思っていましたよ」とやり返してはいるが、そこには「じゃれあい」のようなものが感じられる。

縷々述べたように家持はこの時期きわめて多忙であった。そんななかで、「竹田の庄」への訪問が、実現したのである。おそらく、訪問は延び延びになっていたに違いない。「月が変わるまでいらっしゃらないので……」という表現は、延び延びになっていた訪問を、明らかに皮肉った表現である。あたかも、恋人にすねるように。訪問が遅れたことを非難されると予期した家持は、「玉桙の　道は遠けど」という表現で「苦労して来たんですよ！」と伏線を張ったのであろう。恋歌において、遠い道程を歌うのは、距離など厭いません、ということを相手に伝えるためである。ところが、家持はそれを逆手にとって、「いとしいと思って、遠くから来たんですから、ご無沙汰は許してくださいね」と伏線を張ったのである。

おわりに

内舎人出仕と久邇京遷都で多忙をきわめる家持は、ご無沙汰続きの親愛なる人びとに、歌を贈った。そういったなかで、磨かれてゆく伏線や誇張、切り返しの表現世界について、当該贈答歌二首を通じて考えてみた。その面白さの一つは、思い続けた歳月の長さを訴えて、予想される反撃をかわそうとする家持、家持歌の表現を逆手にとって詰問するものの序の工夫によって逃げ道を作ってやる紀女郎の駆け引きにある、といえるだろう。そこで、本節の考察を踏まえて、筆者なりの釈義を最後に示しておきたい。

今となっては　鶉が鳴くような古びた里となってしまった旧都・奈良、その奈良に都があった時分から、ずっとずっと思い続けてはいるんですが……どうしてこんなにもアナタ様に逢う機会を作れないのでしょうか。ならば、ならば、お聞きしてよくって、はじめに言い寄って来たのは、いったいどこのどちらさんでしたっけ……お山の田圃の苗代水は水路が長い、だから中淀が多いというわけではないんでしょうけど、私の家にはご無沙汰続きの中淀になったりして！

（巻四の七七五、七七六釈義）

次章では、本章の考察を踏まえ、女性労働の万葉文化論を展開してゆきたい、と思う。

注

（1）現実の恋愛感情を踏まえているとする説には、山崎〔一九七七年〕、藤田〔一九七八年〕、小野〔一九八〇年、初出一九七二年〕、針原〔一九九九年〕がある。

（2）実際の恋愛ではなくして、風流に恋愛情緒を楽しむ文芸上の恋愛を想定する論としては、橋本〔一九八五年、初出一九七六年〕、多田〔一九九四年および一九九七年〕、佐藤〔二〇〇二年〕がある。佐藤は、このような文芸のあり方を「擬似相聞」と位置付けようとしている。

（3）筆者は、作品の印象批評を否定しない。むしろ、文芸研究の重要な一分野であると考えている。しかも、文芸研究においては、印象批評と研究は不可分の関係にある。実証的研究との関わりで、重要なことは、実証できることとできないことを峻別して、作品世界を論じてゆく態度であろう。

（4）たとえば、家持の弟・書持は平城京の宅に留まっている（巻十七の三九一〇）。このように大伴氏をはじめとする貴族たちの多くは、平城京の宅を引き払わず、新都と旧都を往来していたのであろう。

（5）天平十三年（七四一）の家持の贈答歌は、当該歌群を含む紀女郎関係歌を除いても、これだけある。「四月三日に、久邇京より弟書持に報へ送る歌」（巻十七の三九一一〜三九一三）／「坂上大嬢に贈る歌」（巻八の一四六四）

／「安部女郎に贈る歌」（巻八の一六三一）／「久邇京より奈良の宅に留まれる坂上大嬢に贈る歌」（巻八の一六三二）／「久邇京に在りて寧楽の宅に留まれる坂上大嬢を思ひて作る歌」（巻四の七六五）／「更に大嬢に贈る歌」（巻四の七六七、七六八）／「久邇京より坂上大嬢に贈る歌」（巻四の七七〇〜七七四）

（6）山崎〔一九七七年〕は、家持と紀女郎の相聞往来の関係が生じた時期を天平五年（七三三）と推定している。とすれば、付き合いだして、七ないし八年くらいということになろう。確かに、紀女郎は長く付き合いが続いた女性ということになろう。しかし、平城京が旧都になってからは、まだ一ないし二年と日が浅く「故りにし郷ゆ」という表現には誇張がある、と思われる。この歳月を長いと考えるか、短いと考えるかは主観の問題で、短いと表現することも可能であろう。しかし、家持は、「鶉鳴く　故りにし郷ゆ」という表現で、その期間の長さを誇張しているのである。

（7）親密な男女関係を基にした挑発と反撃ということでは、有名な天武天皇と藤原夫人の贈答歌が集中最古の例になるのではなかろうか（巻二の一〇三、一〇四）。

（8）『万葉集』には、陸田を指す「上田」（巻十二の二九九九）も水田（巻八の一六三四）も登場するが、「苗代」の例は当該の七七六番歌のみである。

（9）奈良県桜井市滝蔵の福田義治翁（一九一五年生）、井上長次郎翁（一九一七年生）からの聞き書き。その聞き書きのうち、村落の祭祀習俗に関わるものは、上野〔一九九七年b〕に集成した。

（10）この「妹を相見に」については、その恋歌的表現から、家持の新妻となった大嬢のために、郎女が代作したという説もある〔小野寺　一九九三年〕。けれども、題詞の記載を尊重すれば、叔母への歌と見るべきであろう〔梶川　一九九九年〕。ただし、歌が詠まれた竹田の庄に、大嬢がいた可能性は否定できない。しかしながら、歌はあくまでも坂上郎女に送られた、と考えるべきであろう。

参考文献

石井まゆみ　一九八八年　「大伴家持の青春時代——笠郎女と紀郎女」『國語國文』第二十一号所収、昭和学院短期大学国語国文学会。
井手　至　一九六一年「紀女郎の諧謔的技巧――『戯奴』をめぐって」『萬葉』第四十号所収、萬葉学会。
上野　誠　一九九七年a「万葉語『フルサト』の位相」『古代日本の文芸空間――万葉挽歌と葬送儀礼』雄山閣出版、初出一九九六年。
――　一九九七年b「泊瀬川上流の祭りと伝承――滝蔵権現を中心として」桜井満・上野誠共編『泊瀬川の祭りと伝承』所収、おうふう。
小野　寛　一九八〇年「女郎と娘子――家持の恋の諸相」『大伴家持研究』笠間書院、初出一九七二年。
――　二〇〇〇年『万葉びとの生活空間』塙書房。
小野寺静子　一九九三年『大伴坂上郎女』翰林書房。
影山尚之　二〇一七年『歌のおこない――萬葉集と古代の韻文』和泉書院。
梶川信行　一九九九年「天平期の女歌に関する一断章」美夫君志会編『万葉史を問う』所収、新典社。
木下正俊　一九八三年『萬葉集全注』巻第四、有斐閣。
佐藤　隆　二〇〇二年「家持の擬似相聞世界」『大伴家持作品研究』おうふう。
島田裕子　二〇〇〇年「第四期万葉人の歌学び――女歌を中心として」戸谷高明編『古代文学の思想と表現』所収、新典社。
多田一臣　一九九四年『大伴家持――古代和歌の基層』至文堂。
――　一九九七年「紀女郎への贈歌――戯れの世界の構築」『國文學　解釈と教材の研究』第四十二巻第八号所収、學燈社。
津之地直一　一九七三年「紀女郎の歌について」『愛知大学国文学』第十四号所収、愛知大学国文学会。
野本寛一　一九九三年「苗代の民俗」『稲作民俗文化論』雄山閣出版。
橋本達雄　一九八五年「家持をめぐる女性たち」『大伴家持作品論攷』塙書房、初出一九七六年。
針原孝之　一九九九年「家持をめぐる女性――笠女郎・山口女王・紀女郎たち」『大伴家持と女性たち（高岡市万葉

歴史館叢書11）』所収、高岡市万葉歴史館。
藤田寛海　一九七八年「大伴家持と紀女郎」『万葉集を学ぶ』第三集所収、有斐閣。
村瀬憲夫　一九八八年「家持の相聞歌――久迩京時代」『上代文学』第六十号所収、上代文学会。
山崎　馨　一九七七年「紀女郎小鹿考」五味智英先生古稀記念論文集刊行会・万葉七曜会編集『上代文学論叢・論集上代文学』第八冊所収、笠間書院。

初　出

「小山田の苗代水の中淀にして（『万葉集』巻四の七七六）――紀女郎の意趣返し」森永道夫編『芸能と信仰の民俗芸術』和泉書院、二〇〇三年。

第七章　洗濯と掃除の万葉文化論

前近代の社会において、女性労働の代表であった洗濯と掃除。この二つの労働は、古代社会において、どのように位置付けられていたのか。洗濯と掃除という労働を歌うことにどのような意味があるのか、ということについて、本章では考えてみたい、と思う。なお、第五節の後宮文学論が本章に入っていることに違和感を持つ読者も多いことと思う。後宮には、後宮十二司と呼ばれる天皇と后の生活を支える部署があった。万葉歌と後宮の女たちはどう関わったのか、第五節では具体的に考察をなすことになる。

第一節　麻と女

あなたのために
くたくたになるまで
織った衣――
　春になったら
　どんな色に
　染めたらいいのかしら……

（巻七の一二八一釈義）

君がため　手力疲れ　織りたる衣ぞ　春さらば　いかなる色に　摺りてば良けむ

（巻七の一二八一）

はじめに

民俗学という学問の魅力を問われれば、筆者は躊躇なくこう答えることにしている。自らの感性を信じ、聞き書きという方法で、個人の記憶に蓄積されている生活の歴史を、より身近に感じることであると〔上野　二〇〇三年〕。対して、民俗学という学問の危険性を問われれば、こう答えるであろう。自らの感性のみを過信し、自己中心的世界把握に堕することであると〔上野　二〇〇〇年〕。

民俗学の母とも呼ばれる折口信夫は、「万葉びと」という媒介物を通じて、文学研究と民俗学研究を結びつけようとした。このことについては、すでに本書でも述べてきたので繰り返さないが、折口のいう「万葉びとの生活」という問題設定には、万葉時代に生きた人間と自己との距離を無化しようとするイデオロギーが、その前提として内包されているのである〔上野　二〇〇〇年〕。つまり、それはとりもなおさず万葉歌に自己の生活体験を投影するという方法であるということができる。その結論は常に古代世界を身近に感じさせてくれると同時に、自己中心的世界把握に堕する危険性を孕んでいる（第六章第一節および第二節）。

しかし、研究対象に自己体験を注入して理解してしまうという「弊」は、開き直りのように聞こえるかもしれないが、批評や評価を伴うすべての学問に存在する宿痾ではないか、と今考えている。その「弊」を恐れつつ、古代の女性の労働について、書いてみたい。ために、本節では衣生活と、その労働に向けられた男たちの視線について思量するところを述べたい、と思う。

一　裸と文明開化

一九六〇年生まれの筆者が昔語りをするのもおこがましいが、一九七〇年代までは、赤ん坊の泣き声にいたたまれなくなった母親が、電車の中で乳房をさらして授乳する光景がまだ見られた。しかし、多くの乗客はほほえましくそれを見ていたものだ。つまり、「あたりまえ」だったのである。もちろん、若い男はドキマギしたが、それを表に出すことはなかった。

もう一つ、昔語りをしよう。筆者が玄海の島々を歩いた一九八〇年代、明治生まれの海女さんたちは、フンドシ一枚で東京から来た学生にアワビを採ってくれた（今から考えると、筆者に〈昔〉を演じてくれたのであろう）。彼女たちは、仕事で裸になるのは「あたりまえだ」と言っていた。かつて、島の若い男たちは、この「あたりまえ」の裸を何らかの理由をつけては……覗き見に行くことも多かったのである。その知恵を絞った作戦の数々を、酒席でのバレ話として、繰り返し聞かされた思い出がある。だから、筆者は、あけすけでいて味のある老いた男女のバレ話が、今でも大好きだ。

けれども、昭和のはじめころより、島外からの観光客が、海女たちの裸を見にやって来るようになった。このことをきっかけとして、海女の裸に対して賛否両論が起こり、どの島でも胸を隠し、腰巻を着用するようになっていった、という。しかし、海女たちが気にしたのは、金を取って裸を見せているという「よからぬ風聞」の方で、島の名誉のために女たちは胸を隠すようになっていったのである。裸をめぐるウチの視線と、ソトの視線があったのである。そして、女たちはウチの視線には、ある程度寛容であったことがわかるのである。

幕末から明治の写真集を見ると、多くの人びとが半裸で働いている。管見の限りでは、駕篭かきや足踏み水車の踏み手もフンドシ一枚であった。筆者の記憶では、一九七〇年代までは、裸で肉体労働をする人びとをよく見かけたように思う。しかし、だからといって、どんな場合でも裸が許されていたわけではない。授乳や特定の労働のために、人前で半裸になることについては許容するという社会的な合意が存在していたのである。それは、子供の裸についてもいえる。一九七〇年代あたりから街の裸が消えていったような気がする。つまり、これは裸に対する社会的な合意が失われていったことを示すのではないか。したがって、授乳に関しても、好奇の視線が注がれるようになり、見られる側に羞恥の心が芽生え、視線をさえぎる授乳室が生まれたのである(1)。

二　水辺の女性労働と男たちの視線

洋の古今東西を問わず、前近代の社会においては、衣服に関わる家事労働が女性によって支えられていた。逆にいえば、独占されていた。冒頭に裸について縷々述べたのはほかでもなく、衣に関わる労働の多くが、水辺における女性労働であり、それも半裸の労働であったことを、これから論じたいからである。このことは、中世の絵巻によっても確認できる。と同時に、そこに注がれる男たちの視線があったこと、裸体に関わる社会的合意が存在していたことについても、注意を喚起したかったからである。糸から布へ、布から衣へ、さらには洗濯という女性労働は、屋内労働と水辺での野外労働の反復によって成り立つものであった。衣の生産活動は、今日われわれが予想する以上に、水に関わる集団的、共同的労働だったのである。この点を確認して、常陸国の「曝井」の記事を見てみよう。

そこより南に当りて、泉坂の中に出づ。多に流れて尤清く、曝井と謂ふ。泉に縁りて居める村落の婦女、夏の月に会集ひて、布を浣ひ曝し乾す。

（『常陸国風土記』那賀の郡、植垣節也他校注・訳『風土記（新編日本古典文学全集）』小学館、一九九七年）

特定の泉が女たちの集う場所であったことがわかる。「洗濯話」や「井戸端会議」に代表されるように、女たちは水辺に集い労働をしたのである。そうすれば、当然、男たちの視線を集めるはずである。男たちにとって、常陸の曝井は、いわば女たちを見る「名所」であったようだ。

那賀郡の曝井の歌一首

三栗の　那賀に向かへる　曝井の　絶えず通はむ　そこに妻もが

（雑歌、巻九の一七四五）

「そこに妻もが」とは、その女たちのなかに将来、妻となる人はいないかなぁーという意味である。そんな男たちの気分と視線を踏まえて釈義を作ると、「（三栗の）那賀ノ向カイニアル曝井デハナイケレド、サラニサラニ絶エルコトナク通ッテ行コーット……ソノナカニ、イイ子ガイタライイノニナァー！」となろうか。

さて、布曝しや洗濯という女性労働に注がれる男の視線を語るときに、必ず想起される話がある。それは『今昔物語集』の「久米仙人始造久米寺語第二十四」である。久米の仙人が、いわゆる「験力」を失った理由が、次のように語られている。

後ニ、久米モ既ニ仙ニ成テ、空ニ昇テ飛テ渡ル間、吉野河ノ辺ニ、若キ女衣ヲ洗テ立テリ。衣ヲ洗フトテ、女ノ肺《はぎ》脛マデ衣ヲ掻上タルニ、肺《はぎ》ノ白カリケルヲ見テ、久米心穢レテ其女ノ前ニ落ヌ。

（『今昔物語集』巻第十一、久米仙人始造久米寺語第二十四、馬淵和夫他校注・訳『今昔物語集①（新編日本古典文学全集）』小学館、一九九九年）

吉田兼好が「世の人の心まどはす事、色欲にはしかず。人の心は愚かなるものかな」（『徒然草』第八段）と評しているところである。おそらく、多くの人びとが、洗濯といえば、腰まで裾をたくし上げた女たちの姿を連想したのではなかろうか。けれど、それは繰り返し述べたように、ある程度社会的に許容された裸であった、と思われる。しかし、神ならぬ身の俗人の俗人たるところ、あらぬ妄想を抱くこともあったに違いない。そこに、この話の妙もある。

戦後の日本においては、工業製品としての衣料品の普及と、電気洗濯機の導入によって、衣生活に関わる家事労働時間は、飛躍的に短縮された〔天野正子他　一九九二年〕。そういえば、徹夜で繕いものをする人、河辺で足踏みをして洗濯をする人の姿を見かけることは、とんとなくなった。今日、針すらもない家庭が増えているという。簡単にいえば、買えば済むのである。

三　麻と女の古代

そこで、麻を事例として、その労働を万葉歌（①〜⑯）、祝詞（⑰）、風土記（⑱）で通覧してみよう、と思う。なぜ、麻を選んだかといえば、何よりも麻は古代の衣生活の中心となっていた素材であったからである。ここでは、〈麻と記されている諸例〉と〈麻とも解し得る諸例〉を管見の限り挙げてみることにする。ただし、⑰は菅であるが、菅も麻と同様に繊維が取り出され、その労働工程は総じて変らないと判断し、例に入れることにした。

藤原宇合大夫、遷任して京に上る時に、常陸娘子が贈る歌一首

① 庭に立つ　麻手刈り干し　布曝す　東女を　忘れたまふな　（雑歌、巻四の五二一）

② 麻衣　着《け》ればなつかし　紀伊の国の　妹背の山に　麻蒔く我妹

右の七首は、藤原卿の作なり。未だ年月を審らかにせず。（雑歌、藤原房前か、巻七の一一九五）

③ 今年行く　新島守が　麻衣　肩のまよひは　誰れか取り見む　（雑歌、臨時に作る歌十二首、古歌集所出歌、巻七の一二六五）

④ かにかくに　人は言ふとも　織り継がむ　我が機物《はたもの》の　白き麻衣　（雑歌、譬喩歌、巻七の一二九八）

那賀郡の曝井の歌一首

⑤ 三栗の　那賀に向かへる　曝井の　絶えず通はむ　そこに妻もが　（雑歌、巻九の一七四五）

⑥ 小垣内《をかきつ》の　麻を引き干し　妹なねが　作り着せけむ　白たへの　紐をも解かず　一重結ふ　帯を三重結ひ　苦しきに　仕へ奉りて……　（挽歌、足柄の坂に過るに、死人を見て作る歌一首、巻九の一八〇〇）

⑦ 桜麻の　麻生《をふ》の下草　露しあれば　明かしてい行け　母は知るとも　（寄物陳思、巻十一の二六八七）

⑧ 娘子らが　績麻《うみを》のたたり　打ち麻《そ》懸け　倦《う》む時なしに　恋ひ渡るかも　（寄物陳思、巻十二の二九九〇）

⑨ 桜麻の　麻生の下草　早く生《お》ひば　妹が下紐　解かざらましを　（寄物陳思、巻十二の三〇四九）

⑩ 夏麻引く　海上潟の　沖つ渚《す》に　船は留めむ　さ夜更《ふ》けにけり　（東歌、上総国、巻十四の三三四八）

⑪ 筑波嶺に　雪かも降らる　いなをかも　かなしき子ろが　布干さるかも　（東歌、常陸国、巻十四の三三五一）

⑫ 多摩川に　さらす手作り　さらさらに　なにそこの子の　ここだ愛しき
（東歌、相聞、武蔵国、巻十四の三三七三）

⑬ 上野《かみつけの》　安蘇のま麻群《そむら》　かき抱《むだ》き　寝《ぬ》れど飽かぬを　あどか我がせむ　（東歌、相聞、上野国、巻十四の三四〇四）

⑭ 庭に立つ　麻手小衾《こぶすま》　今夜だに　夫寄しこせね　麻手小衾　（東歌、雑歌、未勘国歌、巻十四の三四五四）

⑮ 麻苧《あさを》らを　麻笥《をけ》にふすさに　績《う》まずとも　明日着せさめや　いざせ小床に
（東歌、相聞、未勘国歌、巻十四の三四八四）

⑯ ……刺部重部　なみ重ね着て　打麻《うちそ》やし　麻績《をみ》の子ら　あり衣の　宝の子らが　うつたへは　綜《へ》て織る布　日ざらしの　麻手作りを　信巾裳成者之寸丹取為支屋所経……
（竹取翁の歌、巻十六の三七九一）

⑰ ……大中臣天つ金木を本打ち切り、末打ち断ちて、千座《ちくら》の置き座に置き足らはして、天つ菅そを本苅り断ち、末苅り切りて、八針に取り辟《さ》きて、天つ祝詞の太祝詞事を宣れ。
（祝詞、六月晦大祓〔青木　二〇〇〇年〕）

⑱ 麻打山。昔、但馬の国の人、伊頭志の君麻良比《まらひ》、この山に家居しき。二の女、夜麻を打つに、すなはち麻を己が胸に置きて死にけり。故れ、麻打山と号く。今に、この辺に居《す》める者、夜に至らば麻を打たず。俗人《くにひと》、「讃伎の国」とも云ふ。
（『播磨国風土記』揖保の郡、麻打山条、植垣節也他校注・訳『風土記（新編日本古典文学全集）』小学館、一九九七年）

以上を麻に関わる労働の工程に沿って、整理して示してみることにする。

蒔く……②（俗に「麻百日」といわれるほど成長が早い）
育てる……⑦⑨（下草刈り）、①⑥⑭（庭での栽培や刈干しも）
引く……⑥⑩⑬（夏に麻を引き抜き、紡ぐ〔績み麻をなす〕ので「ウ」音を起こす）
刈干し……①⑩⑬（引き抜く様子、運搬する様子）、①⑥（垣内や、庭での刈干し）、⑰（当該歌は菅であるが〔青木二〇〇〇年〕、本を断ち、末を切って、刈り取って干し、繊維を取り出すことを歌っている）
麻打ち……⑧⑯⑱（繊維を叩きほぐし、「麻苧《あさを》」を取り出すために打つ。「麻苧」は紡ぐ前の麻の繊維のこと）
曝す・干す……①⑤⑫（この作業で麻は白くなってゆく）
紡ぐ（績み麻をなす）……⑧（麻の繊維を紡いで糸を作る。その時「たたり」に糸を懸けてゆく）、⑮（「麻笥《をけ》」は、績《う》んだ麻苧を入れる容器）、⑯
織る……④（当該歌は男性に贈る衣）、⑯
布打ち……⑯（「うつたへ」は、布を柔らかくし、光沢を出すために打つ行為）
布曝す・布干す……①⑤⑪⑫⑯（布打ち・布曝し・布干しの反復）
衣を作る（仕立てる）……②③④⑥（当該歌は旅衣を妹が仕立てること）
洗い張り……③（麻の皺を取るのは洗い張り）、「解き洗ひ衣」（巻十五の三六六六など、第七章第二節）

以上のように見てゆくと、「刈干し」「麻打ち」「紡ぐ」「織る」「布打ち」「衣を作る」さらには「洗い張り、解き洗ひ」の各段階で、「曝す」「洗ふ」「干す」という作業が繰り返されることがわかる。それらの労働は、多く特定の水辺で行なわれたのである。不純物を除去し、繊維を均一化し、光沢を出す。あるいは、漂白し、皺を取り、汚れを取り除くために、女たちは水辺の労働に従事したのである。以上の点を踏まえて、参考のために現在の麻栽培の状況と重ね合わせてみよう。現在の麻栽培は古代とは全く違うであろうが、一部の工程に似たところもあると考えるからである。

【参考】栃木県栃木市西方町・那須郡那珂川町の大麻栽培（引用者要約）

十二月に「ユバリ」（粗起）し、三月下旬から四月上旬に種まきを行なう（②）。そして、五月下旬に「中耕《ちゅうこう》」と「間引き」とを二回行なう。「中耕」とは、畝間の除草と土寄せのことである（⑦⑨）。六月下旬になると、一メートル以下の発育が遅れている麻を抜く「下《した》麻《そ》抜き」を行ない、上質の麻だけの成長を促すことになる。また、この「下麻抜き」には、その成長を均一にして、繊維の長さを揃えるという役割もある。そうして、いよいよ収穫たる「麻引き」がはじまる（⑥⑩⑬）。これは、七月上旬の梅雨明け十日の好天を利用して行なわれる。なお、「麻引き」は、現在もその名のとおりに引き抜いている。以下に、収穫後に行なわれる繊維を取り出す作業の概略を引用しておきたい。

収穫後、上級品と下級品の選別をして、葉を落とし、根を切り落とす。次に、一定の寸法に切り揃えて、「湯かけ」を行う。同じ長さに揃えるのは、繊維の長さを一定にするため。「湯かけ」とは、釜の熱湯に麻を浸す作業のことである。その後、三ないし四日の天日干しをして、取り入れる。取り入れた麻は、次に「麻《を》槽《ぶね》」で発酵させる。水を張り、麦藁などで「麻床」を作って、三日三晩かけて発酵させるのである。なぜならば、発酵させて、皮を剝ぎやすくするためである。こうして、茎から麻を剝ぎ分ける「麻《を》剝《は》ぎ」という作業が可能になるのである。以上の作業を通じて、やっと必要な繊維だけを取り出す「麻《を》引き」が可能になる。「麻《を》引き」

とは、「引きゴ」と呼ばれる金具で麻の外皮を取り除き、必要とする繊維のみを取り出す作業のことである。〔竹内　一九九五年〕

おそらく、「湯かけ」や「発酵」をしない場合には、水と太陽に曝すことを繰り返して、繊維を取り出したのではなかろうか。打ちながら繊維をほぐして取り出したのであろう（⑧⑯⑱）。つまり、麻をめぐる労働は、きわめて反復性の強い労働なのである。

四　『木綿以前の事』のこと

そこで、以上の点を踏まえて、麻と木綿を比較してみようと思う。麻が、古代から中世までの衣生活の中心となる繊維であったことは、前に述べたとおりである。対して、木綿は中世以降の衣生活の中心であるということができる。木綿の登場は、初期の民俗学が着目したテーマの一つであると同時に、すぐれて社会経済史的問題でもある。ここでは、木綿との比較を通じて、麻をめぐる古代の労働環境を逆照射したい、と考えている。

柳田國男『木綿以前の事』は、衣生活から見た女性史として読むことのできる著作である（創元社、一九三八年、初版一九二四年）。柳田は、木綿の着やすさ、暖かさ、外に表れる身のこなし、丸みを帯びたラインの登場を評して、「木綿の幸福」といっている。柳田は、まるで木綿の暖かさに、民俗学が研究対象とした「故郷」の暖かさを重ねあわせているようだ。(2) 対して、永原慶二の『新・木綿以前のこと』は、衣生活から見た社会経済史というべきものである（中央公論社、一九九〇年）。永原は、木綿の登場を社会経済史上の一つの革命と捉えている。そして、衣生活の中心が、麻から木綿へ移ったことに関して、次のように述べる。

衣生活における麻の時代と木綿の時代とでは、以下詳しく考察してゆくが、非常に大きなちがいがあった。麻の時代の民衆の衣生活は、原料植物の栽培から紡績・織布にいたるまで、全体として未分化で自給性が強い上、一反の生地を作りあげるまでの手間は非常に多くを必要とした。
〔永原　一九九〇年〕

近世以降、綿花や糸などの半製品段階において流通した木綿は、技術が集約されて技術革新が起きやすく、したがって投機性も高い商品作物であった。だから、木綿は軽工業発達の糸口となった、と永原は述べている。つまり、工業製品としての衣服は、木綿からはじまるのである。民俗学者の見た木綿と、社会経済史学者が見た木綿は、かくも違うのである。永原は、麻の生産を木綿と比べて次のように言及している。


苧麻布の生産が、白布の場合でも、きわめて能率の悪い、婦女たちにとっては過酷な労働と長時間の忍耐を要求される作業であって、秋から冬を越し春になるまで織りつづけても、やはり三〜四反程度、よほど能率を上げても五反をこえることが容易でなかったことはまずまちがいないであろう。

してみると、一農家の生産量三〜五反を基準として、自家用、年貢分を確保するとすれば、直接の織布生産者がそれ以上に余分なものを織り出し、独自に商品化できるものを生みだすことは、きわめて困難だと見なくてはならない。

〔永原　一九九〇年〕

つまり、麻は自給性が強く、木綿は商品性が強いのである。やや情緒的にいえば、麻衣は、栽培から縫製まで、着る相手のことを思い浮かべながら作られた愛の結晶である、ということができる。なぜなら、女たちは一年のうちに三〜五反の布しか作ることができなかったからである。(3) 以上のような古代の衣料の事情を考えると、冒頭に掲げた歌のように、衣が家族や男女間の絆として歌われる背景も、容易に理解できるのではなかろうか。男たちは、それぞれの衣に袖を通すとき、その衣に集積された女たちの「テマ」「ヒマ」「ワザ」を想起したことだろう。

おわりに

本節では、古代の衣生活を支えた女性の野外での労働と、それを見る男の視線について考えてみた。女性労働をめぐる環境を、以上の二点から論じたつもりである。このように女性労働と男性の視線という観点からイメージを膨らますと、よくわかる歌が東歌に存在することに気付く。これらはすべて男の視線を通じて歌われている。

筑波嶺に　雪かも降らる　いなをかも　かなしき子ろが　布干《にの》さるかも　（東歌、常陸国、巻十四の三三五一）

多摩川に　さらす手作り　さらさらに　なにそこの児の　ここだ愛しき　（東歌、相聞、武蔵国、巻十四の三三七三）

麻苧らを　麻笥にふすさに　績まずとも　明日着せさめや　いざせ小床に　（東歌、相聞、未勘国歌、巻十四の三四八四）

反復性の強い集団的、共同的女性労働を歌う男たちの視線。それは、縷々述べたように当時容易に想起されるものだったのであろう。これらは、麻をめぐる女性労働を前提として発想された歌々であるということができる。個々人の心性と歌の表現が、生活を媒介として結びついている一つの例として、ここに掲出しておきたい。

次節では、さらに具体的に、衣をめぐる女性労働と歌表現のあり方について、万葉文化論を展開したいと思う。

注

（1）なお、文明と裸ということについては、『高橋是清自伝』（千倉書房、一九三六年）に、おもしろい記述がある〔高橋　一九七六年〕。文部卿西郷従道が、お雇い外国人を招いて晩餐会を開いたとき、赤ん坊が泣き出したので西郷夫人が突然乳房をさらして授乳をはじめたという話である。米国生活のある高橋はあわてて別室に移したとある。もう一つは、高橋がペルーの銀山採掘のために、リマに連れて行った大工が、当地での宿舎となっていた邸内において、裸で仕事をすることを禁じられたので、たいそう不平を述べたという話である。授乳や労働においては、裸がある程度社会的に許容されていたのである。

（2）しらぬひ　筑紫の綿は　身に着けて　いまだは着ねど　暖けく見ゆ　（沙弥満誓、巻三の三三六）

（3）麻布は東国における重要な貢納物であったから、半製品が流通しなかったわけではない。しかし、木綿の持つ商品性とは比較にならないであろう。

参考文献

青木紀元　二〇〇〇年　『祝詞全評釈』右文書院。
天野正子他　一九九二年　『「モノ」と女の戦後史――身体性・家庭性・社会性を軸に』有信堂高文社。
池田三枝子　二〇〇三年　「歌われた女性労働」上野誠・大石泰夫編『万葉民俗学を学ぶ人のために』所収、世界思想社。
上野　誠　二〇〇〇年　「万葉研究と民俗学の結婚」『歴博』百一号所収、国立歴史民俗博物館。
――――　二〇〇三年　「万葉民俗学の可能性を探る」上野誠・大石泰夫編『万葉民俗学を学ぶ人のために』所収、世界思想社。
江馬三枝子　一九六七年　「衣――麻布と木綿のこと」『国文学　解釈と鑑賞』一九六七年八月号所収、至文堂。
加藤静雄　二〇〇一年　「東国の男と女」『続万葉集東歌論』おうふう、初出一九九七年。
小泉和子　一九八九年　『道具が語る生活史』朝日新聞社。

――――　一九九三年　「家事の近世」林玲子編『日本の近世』第十五巻所収、中央公論社。
志村有弘　一九九四年　「久米仙人」志村有弘・松本寧至編『日本奇談逸話伝説大辞典』所収、勉誠社。
関口裕子　二〇一八年　『日本古代女性史の研究』塙書房。
高橋是清　一九七六年　上塚司編『高橋是清自伝』中央公論社。
竹内淳子　一九九五年　『草木布Ⅰ』法政大学出版局。
田中喜多美　一九三一年　「麻と女との関係」『民俗学』第三巻第十号所収、民俗学会。
永原慶二　一九九〇年　『新・木綿以前のこと』中央公論社。
菱田淳子　二〇〇〇年　「男女分業の起源」『古代史の争点2』所収、小学館。
服藤早苗　一九八二年　「古代の女性労働」『日本女性史』第一巻所収、東京大学出版会。
柳田國男　一九三八年　『木綿以前の事』創元社、初版一九二四年。
渡部和雄　一九六五年　「東歌の『麻』」『國語と國文學』第四百九十一号所収、東京大学国語国文学会。

初　出

「麻と女――古代の労働環境を考える」『國文學　解釈と教材の研究』第四十九巻第八号、學燈社、二〇〇四年。

第二節　万葉びとの洗濯

もうこうなったからには　あれやこれやと
他人《ひと》さんは言ったとしても……
　織り続けてゆこう――
　私の織り機の
この真っ白な麻の衣は！
　噂ナンカニ負ケテタマルカ！
（巻七の一二九八釈義）

かにかくに　人は言ふとも　織り継がむ　我が機物の　白き麻衣
（巻七の一二九八）

はじめに

冒頭より私事にわたることを、それも一九七〇年代の話となることを、お許し願いたい。現在、筆者は家庭の内外を問わず「洗濯」を家事労働の一つとして分担することを厭わないし、ベランダで衣服を干すことも厭わない（筆者＝男、一九六〇年〜）。父親も、その点は同じくであった（父、一九二〇〜一九八七年）。ただし、母親は何かの事情で父や筆者が「洗濯」するのはよいとしても、「洗濯」した衣類を庭に干すことについては嫌がった（母、一九二二〜二〇一六年）。ことに、父が干すことについては嫌がった。それは、近所の眼を気にしたからである。「あすこのゴリョンサンな亭主に洗濯ばさせとるとよ！（アノ家ノ奥サンハ亭主ニ洗濯ヲサセテイルノヨ！）」と言われたくなかったからである。「ゴリョンサン」とは、博多の商家の「おかみさん」を示す方言である。

対して、祖父は洗濯することも、料理することも、掃除することもなく一生を終えた男であった（祖父、一八九五〜一九七三年）。祖母も、「洗濯」は女の仕事であると考えていたから、男には決して「洗濯」をさせなかった（祖母、一九〇〇〜一九八三年）。つまり、父こそ家事労働としての「洗濯」を厭わない最初の男であった、我が家において。それが父個人の性格のみに由来するものではないことが、最近わかった。鈴木淳は、「洗濯」という家事労働に、戦後、男たちが参画しはじめた理由を、二つ挙げている。一つは占領下における男女同権思想の浸透、もう一つは太平洋戦争期における空前絶後の徴兵を挙げている〔鈴木　一九九九年〕。軍隊生活で、はじめて「洗濯」を体験した男たちも多かったはずである。父は、学徒出陣世代で、東京での下宿暮らしと、短期間ながら海軍生活を経験している。軍隊生活と男性の威信低下のなかで受けた新憲法の洗礼、それは父母と祖父母の歩んだ昭和の歴史でもあった。

ここで問題としたいのは、なぜ母が「世間体」を気にしたかである。それは、「洗濯」は女の仕事だと思っている人には、妻が夫に「洗濯」をさせているように見えると、母は予想したのであった。つまり、一九七〇年代までは夫に「洗濯」をさせる妻は、家事をさぼっているとか、恐妻だとか……近所の評判を落としたのである[1]。

そして、もう一つ見逃してはならない事実がある。それは、「電気洗濯機」の導入によって、「洗濯」という家事が屋内での労働に、戦後、変化したことである。したがって、干す作業だけが、屋外での労働になったのである。そうなると家の外から覗かれるのは、干すところだけとなる（だから、母はいわゆる「ソトミ」を気にしたのである）。それまでは、「お爺さんは山に芝刈りに、お婆さんは川に洗濯に行きましたとさ」というように、「洗濯」はすべて屋外での労働だったのである。だから、電気洗濯機の家庭への浸透は、「洗濯」という家事労働に起こった一大革命なのであった。では、電気洗濯機は、どのようにして各家庭に浸透していったのであろうか。鈴木が鋭くも指摘しているように、電気洗濯機が普及するためには、近代水道ないしは電気井戸ポンプによって、ある程度水圧のある水を確保しなくてはならない〔鈴木　一九九九年〕。水圧のある水を屋内に引くことによって、はじめて電気洗濯機の導入が可能となったのである。電気洗濯機の急速な普及は、戦後の水道と電気井戸ポンプの普及と、まさに軌を一にしているのである。こうして、「洗濯」ははじめて屋内での家事になっていったのであった(2)。家事労働としての「洗濯」については、社会学、民俗学、家政学に若干の研究蓄積があるが、電気洗濯機の導入によって「洗濯」が屋内労働になったことに言及するものは管見の限りない。この点については、強調してもし過ぎることはない、と思われる。なぜなら、男性が「洗濯」という家事に、外聞を気にせず従事することができる環境を作ったのだから。

ならば、電気洗濯機普及以前は、どんな場所で「洗濯」が行なわれていたのであろうか？　それ以前は井戸や川辺が「洗濯」の場所であり、ムラや都市部の集合住宅には、共同の「洗濯場」が設けられていた。川の場合は、川上に飲料用の水汲み場を確保し、その下手に食器の洗い場や洗濯場、さらに下手にオムツの洗い場を設けるのが普通であった。だから、各自が好き勝手な場所で「洗濯」ができる、というわけではなかったのである。以上のような理由から、特定の川辺や井戸の洗濯場に女たちは集まり、いうところの「井戸端会議」や「洗濯話」に花を咲かせたのである。実は、我が家では一槽タイプで噴流式、それに手動ローラの脱水機の付いた洗濯機を、一九五〇年代前半には導入していた。我が家にやって来た最初の洗濯機は白色角型のなぜか英国製であった。こう書くと聞こえはよいが、種をあかせば進駐軍の払い下げ品である。ただし、値の張る服については、相変わらず木製の洗濯板を使用していた。なぜなら、当時の電気洗濯機は、服地やボタンを痛めたからである。また、大きな敷布などは盥で足踏みの「洗濯」をしていた。以上が、博多に暮らした一九七〇年代の中流商家の「洗濯事情」であり、以後の我が家の「洗濯」の歴史である。おそらく、祖母ならば、川や井戸端などでの「洗濯」の経験もあったはずである。

本節冒頭部において、縷々私事について語ったのは、他でもない。電気洗濯機普及以前の「洗濯」という家事労働について、次の点を確認しておきたかったからである(3)。

a「洗濯」は、女性が分担すべき労働として、広く認識されていた。
b「洗濯」は、屋外における労働であった。
c「洗濯」は、共同体のなかで定められた場所で行なう労働であった。
d　ａｂｃの内容は、戦後の水道の普及と、電気洗濯機普及のなかで、変化してゆくことになる。すなわち、男女間の分業はなくなり（ａ）、屋内の家事となっていった（ｂｃ）。

以上を予備的考察として、「洗濯」と「男と女」、さらには「洗濯」によって希求された「白」について見てみよう、と思う。もちろん、この「白」は、「無垢」をシンボライズした「白」である。

一　垢と衣と男と女

平城京を出発し、なれぬ船旅を続ける遣新羅使人一行は、周防国佐婆郡《さばのこおり》で逆風に遭い、漂流の後、九死に一生の艱難を経て、豊前国下毛郡《しもつみけのこおり》の分間《わくま》の浦に到着、筑紫館《つくしのたち》に入る。時に、天平八年（七三六）の七夕のことであった。しかし、ここでも望郷と妹への思いばかりがつのる。「海辺に月を望みて作る歌九首」（巻十五の三六五九〜三六六七）も、景を詠んだ三六六一と三六六四番歌を除くと、家と妹の歌ばかりである。第一、早くに『万葉代匠記』（精撰本）が指摘しているように、この九首には月の歌が一首もない。海辺での観月の宴とはいうものの、一行の心は遠く「本郷」にあるのである（巻十五の三六五二題詞）。その最後の三首に、注目してみよう。

A　妹を思ひ　眠の寝らえぬに　暁の　朝霧隠り　雁がねそ鳴く

B　夕されば　秋風寒し　我妹子が　解き洗ひ衣　行きてはや着む

C　我が旅は　久しくあらし　この我が着る　妹が衣の　垢付く見れば

（巻十五の三六六五〜三六六七）

Aは、妻恋しさに眠ることができない夜を過ごしていると、暁に雁が音が聞こえ、もう来雁の季節だということを知った、という歌である。万葉の雁は一部の例外を除いて、秋の来雁である（巻十九の四一四四、四一四五）。だから、Aの歌は秋の深まりを発見した歌、ということになろう。とすれば、Aの歌は、伊藤博が指摘したように、冒頭一首の「秋風は　日に異に吹きぬ　我妹子は　何時とか我を　斎ひ待つらむ」（巻十五の三六五九）に、呼応するものと考えることができる（伊藤　一九九二年、初出一九八八年）。しかも、遣新羅使人たちは、秋には平城京に帰ることができる、と信じて出発していたのである（巻十五の三五八一）。ところが、一行は帰るどころか、いまだ筑紫で足踏みしていたのであった。彼らは、改めて、旅路のはるかなることと、妹との別離の時間を意識したはずである。そう理解することによって、はじめて「夕されば　秋風寒し」（B）と歌い継がれる必然性が明らかになるであろう。なぜなら、「雁」と「雁が音」は秋風を連想させるものだからである。

家離り　旅にしあれば　秋風の　寒き夕に　雁鳴き渡る

（作者不記載歌、雑歌、羈旅にして作る、巻七の一一六一）

秋田刈る　仮廬《かりほ》もいまだ　壊たねば　雁が音寒し　霜も置きぬがに　（忌部首黒麻呂、秋雑歌、巻八の一五五六）

今朝の朝明　秋風寒し　遠つ人　雁が来鳴かむ　時近みかも
（大伴宿禰家持、天平十八年［七四六］八月七日家持館集宴歌、巻十七の三九四七）

雁がねは　使ひに来むと　騒くらむ　秋風寒み　その川の上に
（大伴宿禰家持、天平十八年［七四六］八月七日家持館集宴歌、巻十七の三九五三）

そのB歌の下の句に「解き洗ひ衣」という言葉が登場する。「解き洗ひ衣」とは、早くに『古義』が解釈を示したように「解洗ひて縫たる衣」のことである。いわゆる「洗い張り」のことで、着古した衣の縫糸をいったん解き、その上で洗濯した衣のことである。洗濯された衣は、板に張り付けて干すか、竹の弾力性を利用して布を引っ張って干すなどの方法が一般的には用いられる。それは、ただ何もせずに干すと、皺が寄り、布が暴れて仕立て直すことができないからである。「布が暴れる」とは、布が波うち、皺がよって、「衣」としての使用にたえない状態をいう。ことに、麻、藤、楮などのいわゆる「アラタへ」（荒栲）は繊維が強く、そのぶん干すと暴れやすい(4)。したがって、どうしても「解き洗ひ」が必要になってくるのである。木綿や絹などのいわゆる「ニキタへ」（和細布）が、日常的な衣ではなかった古代においては、本格的な「洗濯」とは「解き洗ひ」だったはずである。その「解き洗ひ」こそ、「妹」「妻」の仕事だったのである。それが、いわゆる「木綿以前」の「洗濯」の実態ではなかったか、と思われる。

秋風を寒く感じたこの日、作者が着たいと願ったのは、他でもなく「我妹子が　解き洗ひ衣」であった。それを「行きてはや着む」とは、妹との再会と帰郷を熱望することを表している、と見るべきであろう。そう解釈して、はじめて歌の心に辿り着けるのではなかろうか。単なる「洗濯」ならば旅先でもできようが、「解き洗ひ」となると、仕立て直しを必要とする。これは、家なる妹によってしか、なし得ない「洗濯」である。すなわち、「解き洗ひ」と歌われている場合には、妹が想起されているのである。こうしてみると、「少シデモ早ク帰ッテ着タイ」（B）という気持ちも、よくわかる。(5) なお、「解き洗ひ衣」の用例は、このほかに二首あり、ともに作者不記載歌である。

橡《つるはみ》の　解き洗ひ衣の　怪しくも　ことに着欲しき　この夕かも　（譬喩歌、衣に寄する、巻七の一三一四）

橡の　衣解き洗ひ　真土山　本つ人には　なほ及かずけり　（寄物陳思歌、巻十二の三〇〇九）

まず、注目したいのは、前者の譬喩歌の「橡の　解き洗ひ衣」は長年連れ添った古女房の比喩となっていることである。次に、後者の寄物陳思歌では、「橡の　衣解き洗ひ　真土山」が序となっていて、「本つ人」すなわち「長年連れ添った人」を起こしている。これらの連想的表現が成り立つのも、「解き洗ひ」が家なる妹の仕事として、多くの人びとに認識されていたからである、と考えることができる。

さて、以上の点を踏まえて、注意しておきたいのは、「雁（A）⇩秋風（Bの上の句）⇩解き洗ひ衣（Bの下の句）」と歌が展開されていることである。すなわち、妹との別離の時間が、読み手に伝わってゆく構成になっている。その別離の時間は、Cの歌の「垢」に結実して表現されることになる。宴において歌われた順か、連作の故か、はたまた配列の妙かは判断しかねるが、C歌が少なくともABの歌を承けていることは間違いない。AとBの歌に表現されている別離の時間に呼応して「我が旅は　久しくあらし」と歌い継いだ、ないしは歌い継いだように配列されていることは、疑い得ない。その久しいと感じた理由が、妹から贈られた衣の「垢」なのである。万葉びとが、しばしの別離に対して、互いの下着を贈答しあったことについては、今日広く知られている事柄であろう。それは、この遣新羅使人歌群においても、例外ではない。

別れなば　うら悲しけむ　我が衣　下にを着ませ　直《ただ》に逢ふまでに
我妹子が　下にも着よと　贈りたる　衣の紐を　我解かめやも
（巻十五の三五八四、三五八五）

C歌の「この我が着る　妹が衣」とは、妹から贈られた妹自身の下着であろう。この形見の下着の「垢」によって、作者は別離の時の久しさを嘆いたのであった。これと同じ発想の歌が、防人歌にもある。

旅とへど　真旅になりぬ　家の妹が　着せし衣に　垢付きにかり
（巻二十の四三八八）

注目したいのは、「タビ」に接頭語「マ」を付けた「マタビ」（真旅）という言葉が当該歌に使用されている点である。「真旅」とは、それが「旅らしい旅」すなわち「長旅」になったことを表す表現である。したがって、上の句は「旅トイッテモ、本格的ナ旅ニナッテキタ」と解釈することができる。その「真旅」になった証が、下の句に「家ノ妹ガ着セテクレタ衣ニ垢ガ付イテキタ」と示されている。妹は、出発時には、当然「垢」の付いていない衣を着せてくれるはずである。作者は、贈られた衣に「垢」が付いたのを見て、妹との別離の時間を想起したのであった。つまり、遣新羅使人も防人も「垢」から、旅の時間、妹との別離の時間を想起しているのである。

さらに、「別離の時間」と「垢」との関係を見てゆこう。巻十の七夕歌には、次のような歌がある。

我がためと　織女の　そのやどに　織る白たへは　織りてけむかも
君に逢はず　久しき時ゆ　織る服の　白たへ衣　垢付くまでに
（巻十の二〇二七、二〇二八）

この二首は彦星と織女の「問答」になっている。彦星が「私ノタメニ織女ガソノ家デ織ッテイル白イ布ハ、モウ織リ上ガッタダロウカ?」と問い掛けたのに対して、織女は二人の別離の時間をこう誇張して表現する。「ソノ長イ時間ハ、織リ上ゲタ布ニ『垢』ガ付クホド長イ時間デアッタ」と。織女が誇張するのは「白たへ衣　垢付くまでに」という時間の長さである。当然、普通なら着衣しなければ「垢」など付くはずもなく、織女が彦星のために織った「白たへ」を他人に贈るということもあり得まい。つまり、織り上げて未使用なのに、アナタに差し上げもしていないのに、「垢」が付いたのよ！　と、答えているのである。すなわち、そのいわんとするところは、「未使用ノママ保管シタ白タヘニ垢ガ付クホドノ長イ時間ニ私ハ感ジマシタ。アナタヲオ待チ申シ上ゲタ時間ハ……」というところにある。それほど待ち焦がれた、ということである。この大げさな言い回しにこそ、この問答のおもしろさがあるのではなかろうか。とすれば、ここでの「白たへ」は「垢」の付いた衣と対置されている、といえるだろう。

『万葉集』に登場する「垢」は、この三首のみである。(6)そこから共通項を拾うと「垢＝旅（別離の時間）」というつながりを見出すことができる。これに対置されるのが、「白＝家（妹との時間）」というつながりである。そして、この「垢」を落とすのが、家なる妹の「解き洗ひ」ということになる。こういった対置構造のなかでは、妹は「白無垢」の衣を贈ることが愛情の表現になるはずである。もちろん、この場合の「白」は、あくまでも「垢」に対置されるものであるから、染めたものでも「無垢」であればよいはずである（巻二十の四四二四）。「白」は「無垢」であることをシンボライズした色なのである。

自ら作った衣を贈ることが、恋人への愛情の表現になるとすれば、本節の冒頭に掲げた女歌の心情も、たやすく理解できる。つまり、他人の横槍や噂などに強く抗する女心が、歌われているのである。その気持ちが「織り継がむ　我が機物の　白き麻衣」（巻七の一二九八）に、結集されているのではないか。筆者があえて「負ケテタマル

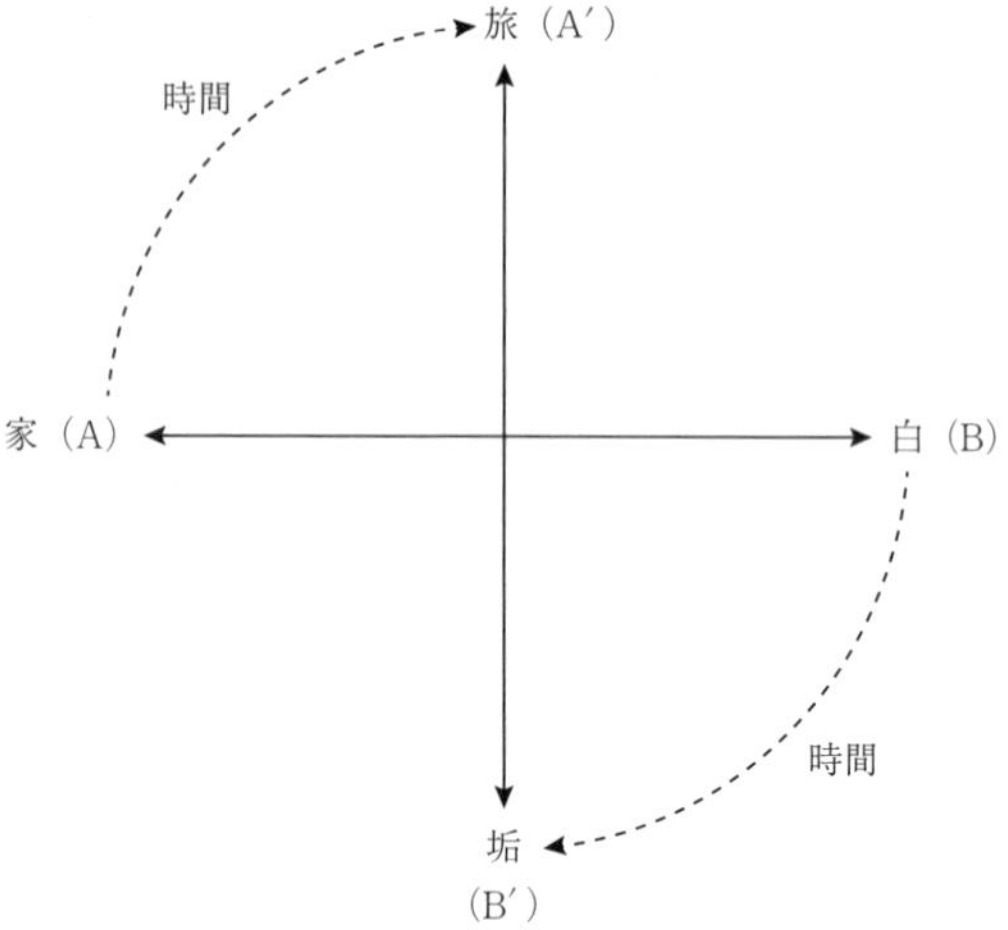

図7－1　「家」↔「旅」、「白」↔「垢」と時間の概念図

（注）　旅衣につく「垢」で、「家」「妹」の別離の時間を意識する発想が万葉びとにはあった。

筆者作成。

カ！」という釈義を補ったのは、この吹っ切った、女の闘争心を顕在化させたかったからである。とすれば、その結句に、衣の白い色が表現されていることは、きわめて重要といわねばならない。なぜならば、そこに考察を重ねてきた「垢」と「白」を対置する発想法を読み取ることができるからである（図7－1）。

さて、以上のような観点で、旅の歌を見てゆくと、同じ巻十五の狭野茅上娘子の歌に、彼女が中臣宅守に贈った形見の衣を詠んだ歌があることに気付く。

我が背子し　けだし罷《まか》らば　白たへの　袖を振らさね　見つつ偲はむ　（巻十五の三七二五）

白たへの　我が下衣　失はず　持てれ我が背子　直に逢ふまでに　（巻十五の三七五一）

白たへの　我が衣手を　取り持ちて　斎へ我が背子　直に逢ふまでに　（巻十五の三七七八）

娘子は、私が贈った形見の「白たへ」の衣を持って、「無事ニ帰ッテキテチョウダイ」と歌う。三つの例は、すべて袖ないし衣に係る枕詞であるが、その袖と衣に白のイメージを付加していると考えることは、あながち不当であるとはいえないであろう(7)。女は来るべき旅の苦難を予想しつつ「白たへ」の下衣を贈り、無事に帰ることを祈った

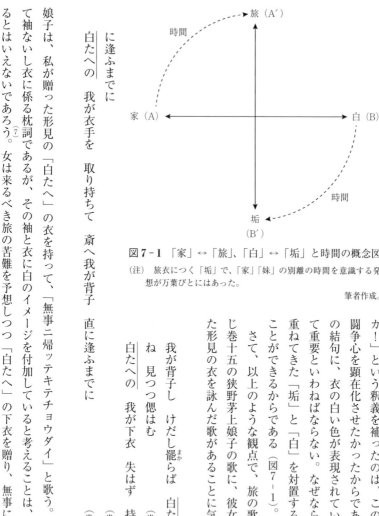

のであろう。そして、その旅の困難さは、言外に「衣」の「垢」として想定されているはずである。しかし、それは時としてむなしい祈りになることもあった。巻九には、足柄の坂（静岡県小山町から神奈川県南足柄市）での横死を悼んだ歌が収載されている。

足柄の坂に過るに、死人を見て作る歌一首

小垣内の　麻を引き干し　妹なねが　作り着せけむ　白たへの　紐をも解かず　一重結ふ　帯を三重結ひ　苦しきに　仕へ奉りて　今だにも　国に罷りて　父母も　妻をも見むと　思ひつつ　行きけむ君は　鶏が鳴く　東の国の　恐きや　神のみ坂に　和たへの　衣寒らに　ぬばたまの　髪は乱れて　国問へど　国をも告らず　家問へど　家をも言はず　ますらをの　行きのまにまに　ここに臥《こ》やせる

（田辺福麻呂歌集歌、巻九の一八〇〇）

このいわゆる「行路死人歌」は、妹が麻を栽培して、背のために「麻を引き干し」「白たへ」の旅衣を作るところからはじまる。なぜ、そのような方法が選ばれているのだろうか。それは、この麻の旅衣が、「家なる妹」と「旅ゆく背」の心を繋ぐものであったからであろう。つまり、歌の作者は、この冒頭表現を選択することが、多くの読み手の共感をさそう方法と予想し、採用したのである。

二　役人たちの洗濯日和

本節ではこれまで、天平八年（七三六）の遣新羅使人たちの歌を取り上げながら、論を進めてきた。この遣新羅使の副使だった人物が、大伴宿禰三中である。三中こそ、遣新羅使人たちの歌稿を持ち帰った人物である、と考えられている。その三中は、最初で最後の「班田」といわれる天平元年（七二九）の班田に際しては、摂津国の班田使の判官を務めていたことが、後述する挽歌の題詞から判明する（三等官）。新しく口分田を分配しなおす「班田」は、利害関係が複雑に絡みあい、徹底することは難しかった〔上野　二〇〇〇年b〕。しかし、天平元年（七二九）の班田は、違っていた。畿内に班田使が派遣され、徹底が期されたのである。官人たちは、受給者認定、測量、図面作成、帳簿作成など多忙を極めたことであろう。その折も折り、三中は部下の自殺に直面する。書記生丈部龍麻呂の自殺である。時に、遣新羅使の副使になる七年前のことであった。今日的にいえば、「過労死」である。

天平元年己巳、摂津国の班田の史生丈部龍麻呂自ら経きて死にし時に、判官大伴宿禰三中が作る歌一首〔并せて短歌〕

天雲の　向伏《むかぶ》す国の　もののふと　言はるる人は　天皇《すめろき》の　神の御門に　外《と》の重《へ》に　立ち候ひ　内の重に　仕へ奉りて　玉葛　いや遠長く　祖《おや》の名も　継ぎ行くものと　母父《おもちち》に　妻に子どもに　語らひて　立ちにし日より　たらちねの　母の命は　斎瓮《いはひへ》を　前に据ゑ置きて　片手には　木綿取り持ち　片手には　和《にき》たへ奉り　平けく　ま幸くませと　天地の　神を乞ひ禱《の》み　いかにあらむ　年月日にか　つつじ花　にほへる君が　にほ鳥の　なづさひ来むと　立ちて居て　待ちけむ人は　大君の　命恐み　おしてる　難波の国に　あらたまの　年経るまでに　白たへの　衣も干さず　朝夕《あさよひ》に　ありつる君は　いかさまに　思ひいませか　うつせみの　惜しきこの世を　露霜の　置きて去にけむ　時にあらずして

反歌

昨日こそ　君はありしか　思はぬに　浜松の上に　雲にたなびく

いつしかと　待つらむ妹に　玉梓の　言だに告げず　去にし君かも

（巻三の四四三～四四五）

自殺をした史生の丈部龍麻呂については伝未詳であるが、長歌冒頭の「天雲ガ地平線ノ彼方ニ垂レコメタ国」という表現から、遠国の出身者であることがわかる。さらには「母父に　妻に子どもに　語らひて　立ちにし日より」という表現がされていることから、東国しかも東山道出身者の可能性が高い、といわれている。なぜなら、父よりも先に母を呼称するのは、母権制のなごりを留める呼称法で、東山道地域の防人たちに顕著な表現だからである〔桜井　一九七七年、初版一九六七年〕。

つまり、三中は、龍麻呂の出身地を慮って用いたのであろう。現に、三中は龍麻呂を待つ母父や妻子のことを想像しながら長反歌を制作している。長歌の前半部では、「ますらを」の自負をもつ龍麻呂が、先祖の名を汚すまいと、家族への思いを断ち切って故郷を発ち、官人として出仕したことが描かれている。そして、次に三中は、龍麻呂の母が祈る姿を想像する。「斎瓮」を据え「木綿」をもって、旅先にある男たちの無事を祈るのは、家を守る女たちの務めであり、遣唐使の母の歌にも例があることである（巻九の一七九〇）。三中は、息子の帰郷を待ち焦がれる母の気持ちを想像し、長歌を制作したのであった。そして、最後に龍麻呂の死が語られ、長歌が歌い収められるのである。

その長歌終末部に、龍麻呂の自殺の理由をほのめかすところがある。傍線を施した「オシテル難波ノ国デ、年ガ経ツマデ、シロタエノ衣ヲ干ス暇モナク」という部分である。つまり、龍麻呂は、自殺の直前まで「洗濯」する時間もなく働いていたのである。この部分は明らかに、母の祭祀を描いた部分と響きあっている。つまり、単身で東国からやって来た下級官人の龍麻呂には、「洗濯」をしてくれる人もいなかったのである（四等官に次ぐ地位にある）。では、自殺の原因ともほのめかされている激務を、なぜこのように表現したのであろうか？　それは、官人の休暇制度に由来するのではなかろうか。正倉院文書のなかには、東大寺写経所の写経生たちの休暇申請書である「解《げ》」が存在している。自らの病気療養や、母親の看護、さらには窃盗の被害など、多くの休暇申請理由を、われわれはこれらの文書から窺い知ることができる。代表的なものを挙げてみよう。

大原国持謹解　請暇日事
合伍箇日
右、請穢衣服洗為暇日如前、以解、
天平寶字二年十月廿一日
（竹内理三編『寧楽遺文』中巻、五七五頁、東京堂出版、一九六八年）

大原国持《おおはらのくにもち》は、天平宝字二年（七五八）の九月に東大寺写経所に出仕した人物である。彼は、洗濯のために休暇を申請したのであった。当該文書は、着替えるべき衣もない劣悪な写経生の職場環境を示す史料としてよく引用される。たしかに、それはそうだろう。しかし、このような欠勤事由を容認するいわば「社会的通念」にも、目を向ける必要があるのではなかろうか。おそらく、「洗濯」は、病気と同じような正当な欠勤事由として認められていた、と筆者は推定するのである。

栄原永遠男の調査によれば、国持と同じ写経生たちの提出した休暇願いのうち、「洗濯」を事由としたものは、十三件を数えるという（栄原　一九八七年）。これは、本人の病気や、神祭や仏事に比しても、少ない数ではない（表7－1参照）。けっして、「洗濯」という欠勤事由は、特異な事由ではなかったのである。たしかに、写経司の職場環境に対する改善要求上申書の素案と見られる「写経司解案」には、洗っても臭いの落ちない衣の交換の要求もあり、彼らにとって「洗濯」は切実な問題であったのだろう（東京大学史料編纂所編『大日本古文書』編年之二十四、一一七頁、東京大学出版会、一九七五年）。写経生には、衣が支給されていたが、彼らは臭うほどの「垢」に悩まされていたのである。もちろん、上申書の作成の背景には、写経生たちのいわゆる「突き上げ」があったことは間違いない。ちなみに、この「写経司解案」は、天平十一年（七三九）ころのものと考えられている。こういった切実な状況からも、「洗濯」は、正当な欠勤事由となっていたのであろう。なお、律令官人の休暇については、歴史学に若干の研究蓄積がある〔新村　一九八五年、初出一九七三年〕〔丸山　一九九八年〕〔山田　一九八七年、初出一九七八年〕。

ところで、小泉和子は、近世において「洗濯」が単に休暇の意味で用いられていることに注目し、官人の休暇申請理由として「洗濯」が認められていた、と推定している。小泉が注目したのは、唐代の官人の休暇制度の「澣」であった[8]。「澣」は「すすぐ」「洗う」という意味で、衣の垢を洗うという意味でも用いられる漢字である。小泉は、唐代では、「澣」すなわち「洗濯」「沐浴」を理由として、帰宅のための休暇が許されていたことを指摘している〔小泉　一九九三年〕。唐代の官人の社会においても、「洗濯」は正当な欠勤事由だったのである。

実は、一九五〇年代まで、日本海沿岸地域では、「センタク」ないしは「センタクガエリ」と称する慣行が広く分布していた。これは、「センタク」と称して、嫁の長期の里帰りを容認する民俗慣行である。実際の「洗濯」や「繕い物」も行なわれたのであるが、その主目的は農閑期における嫁の休息であったことはいうまでもない〔鎌田　一九七二年〕〔瀬川　一九八八年〕〔蓼沼　一九九九年〕〔中込　一九九四年〕〔長野　一九八九年〕。いわゆる「鬼のいぬ間の洗濯」ならぬ

表7－1　写経生たちの休暇（退家）請求の理由

理由		件数
病気	写経生本人	85
	妻子父母	8
	その他の親族	4
死亡	妻子父母	4
	その他の親族	8
神祭・仏事		22
計帳・田租をたてまつる		3
盗人に入られる		3
仕事の切れ目		52
衣服の洗濯		13
私的な理由		7
その他（内訳省略）		11
不明		28
計		248

複数の理由があげられている場合は両方で件数に入れた。

（引用者注）　栄原永遠男は、正倉院文書の写経生の「請暇解」に示されている休暇理由を上記のように集計している〔栄原1987年〕。確認できる248件の理由のうち、13件の休暇申請事由が洗濯である。これは「洗濯」が正当な欠勤事由として、認知されていたからであろう。

栄原〔1987年〕より。

「鬼から逃げての洗濯」である。古代社会における「官人」と、民俗社会における「嫁」とは、まったくそのおかれている時代も環境も違う。しかし、同じように「洗濯」が休暇の正当な理由として容認される社会であったと、筆者は考えている。それほど、前近代の社会においては、衣服は貴重であり、洗濯は重労働だったのである。

とすれば、大原国持の五日間の休暇願いは、「洗濯」と称した申請と見るのが、実情に近いのではないか。汚れた衣を清めることが、リフレッシュに繋がることはいうまでもない。これこそ、「命の洗濯」である。だから、「洗濯」が正当な休暇事由として、容認されていたのであろう。たとえば、秦度守《はたのわたしもり》の解のように、「仕事の切れ目」と「洗濯」とを、並列して休暇の事由に挙げている例もある（『寧楽遺文』中巻、東京堂出版、一九六八年）。「洗濯」を事由に帰宅した彼らは、妻や子と「命の洗濯」をしたに違いない。

以上のように考察を進めてゆくと、「あらたまの　年経るまでに　白たへの　衣も干さず」という表現がとられている理由も、氷解するのである。すなわち、いわんとするところは、官人として正当に認められている休暇の申請も、実質的に認められないほどの激務をこなしていた、ということであろう。同時期、三中も龍麻呂と等しく激務をこなしていたに違いない。つまり、この部分は役人生活の実感からくる発想なのであり、そこに三中の同情心も込められているのではなかろうか。

ところで、天平元年（七二九）の班田では、かの笠金村も激務をこなしていたことが、巻九の次の歌によってわかる。(9) 金村の出張先は、大和の石上の布留であった。次に引用する巻九の歌では、旅の丸寝で衣は汚れたと歌い、続いて妻が恋しいと歌っている。

天平元年己巳の冬十二月の歌一首〔并せて短歌〕

うつせみの　世の人なれば　大君の　命恐み　磯城島《しきしま》の　大和の国の　石上　布留の里に　紐解かず　丸寝を

すれば　我が着たる　衣はなれぬ　見るごとに　恋は増されど　色に出でば　人知りぬべみ　冬の夜の　明かしも得ぬを　眠《い》も寝ずに　我はそ恋ふる　妹がただかに

反歌

布留山ゆ　直《ただ》に見渡す　都にそ　眠も寝ず恋ふる　遠からなくに

我妹子が　結ひてし紐を　解かめやも　絶えば絶ゆとも　直に逢ふまでに

（巻九の一七八七～一七八九）

［左注省略］

この歌で注目したいのは、「なれた衣」すなわち「着古して垢がついた衣」を見るたびに妹への恋は増さる、と述べていることである。下二段動詞「なる」には、「親しみ馴れる」の意と「衣が着古されてよれよれになり、垢が付く」という二つの意味があるが、歌のなかでは、二つの意味が掛けられている場合が多い。次に挙げる歌もその一つである。神亀五年（七二八）の「難波宮に幸せる時に作る歌四首」には、

韓衣　着奈良の里の　妻まつに　玉をし付けむ　良き人もがも

（笠金村歌集、巻六の九五二）

という歌がある。「韓衣を着ならすではないが→奈良の里の→妻待つではないが→妻松に」と序が展開されている。この歌にも、衣の「褄《つま》」の「垢」が別離の時間を意識させ、家なる妹を想起させるという発想を見出すことができよう。してみれば、『伊勢物語』の有名な東下りの折句も、この発想の系譜に繋がることがわかる（木村　一九九九年）。

韓衣　着つつなれにし　つましあれば　はるばる来ぬる　旅をしぞ思ふ
（『伊勢物語』第九段、東下り、片桐洋一他校注・訳『竹取物語・伊勢物語・大和物語・平中物語（新編日本古典文学全集）』小学館、一九九四年、ただし私意により改めたところがある）

「着つつなれにしつま（褄）」が「妻」に係り、妻との別離の時間を意識させる歌になっているのである。さて、「洗濯」した衣は、干さなくてはならない。そこで、旅の孤独を歌う「干す人なしに」という表現について、見てゆこう。

三　干す人なしに

本節の前半部では、天平元年（七二九）の班田事務に関わった官人たちの「洗濯」について考えてみた。大伴三中は、その激務を「衣も干さず」と表現し、部下たる龍麻呂の死を悼んだのであった。それは、とりもなおさず東国から単身赴任した下級官人の悲哀を含意した表現、ということができる。この点を踏まえて、『万葉集』を通覧すると、「干す人なしに」「干す児はなしに」などの表現があることに気付く。管見の限り、それらはすべて、別離の淋しさを歌うものである。

① 照らす日を　闇に見なして　泣く涙　衣濡らしつ　干す人なしに
（大伴三依、悲別歌、巻四の六九〇）

② 朝霧に　濡れにし衣　干さずして　ひとりか君が　山路越ゆらむ
（作者不記載歌、岡本天皇紀伊幸行歌、巻九の一六六六）

③ あぶり干す　人もあれやも　濡れ衣を　家には遣らな　旅のしるしに

④　あぶり干す　人もあれやも　家人の　春雨すらを　間使ひにする
（人麻呂歌集非略体歌、名木河作歌二首、巻九の一六八八）

⑤　三川の　淵瀬も落ちず　小網さすに　衣手濡れぬ　干す児はなしに
（人麻呂歌集非略体歌、名木河作歌三首、巻九の一六九八）

⑥　秋田刈る　旅の廬りに　しぐれ降り　我が袖濡れぬ　干す人なしに
（春日の歌、巻九の一七一七）

（作者不記載歌、秋雑歌、雨を詠む、巻十の二二三五）

⑦　沫雪は　今日はな降りそ　白たへの　袖まき干さむ　人もあらなくに

（作者不記載歌、冬雑歌、雪を詠む、巻十の二三二一）

⑧　ぬばたまの　妹が干すべく　あらなくに　我が衣手を　濡れていかにせむ

（遣新羅使人関係作者不記載歌、竹敷浦十八首、巻十五の三七一二）

涙（①）、朝霧（②）、川や海（③⑤⑧）、雨や雪（④⑥⑦）で衣が濡れても、干してくれる人がいないと歌うのは、旅において「家」と「妹」が想起されているからであることはいうまでもない。

個別に見てゆくと、①は愛する女性との悲別を歌った歌。②は、いわゆる留守歌で、「洗濯」してやることができない悲しみを歌う女歌である。「洗濯」をしてやれない嘆きを歌う、他に例を見ない歌である。③は、「旅の記念」に濡れた衣を家に送りつけてやろう、というところにおもしろさがある。旅の悲哀を、ユーモアに包んで表現しているのであろう。やはり、「洗濯」は「家なる妹」の仕事だったのである。④は、春雨を頻繁にやって来る家人の使いに喩え、降り続く雨の鬱陶しさを歌った歌である。「干シテクレル人モイナイノニ、ヨク降ッテクレルヨ」と、③と同じく、旅の悲哀をユーモアに包んだ歌といえるだろう。⑤は、旅先で衣を濡らしてしまったときに、

「家」と「妹」とを想起した歌。⑥は、稲刈りシーズンに耕作地に建てられる仮の小屋である「仮廬《かりほ》」での生活の悲哀を嘆いた歌。収穫の季節、官人たちはそれぞれの耕作地に下向し、仮廬に仮住まいして農作業に従事したから、秋は別れの季節になっていたのである。そして、それは妹と離別する小さな旅となっていたのであった。仮廬の「とま」は荒く、袖を濡らしてしまったのであろう。[10]⑦は、折悪しく降雪にあったことを嘆く歌。⑧は、遣新羅使人の対馬での船泊り宴で披露された歌である。[11]これも、妻恋の歌である。

以上のように見てゆくと、「干す人がいない」と歌うのは、旅の悲哀を感じ、「家」と「妹」とを想起する表現である、ということがわかる。こういった表現を支えているものは、一体何だろうか。おそらく、それは「洗濯」が、家なる妹の代表的な労働と考えられていたことに由来するのであろう（緒言）。生活から、認識が共有化され、表現の類型性を支えているのである。

おわりに

そこで、本節の結論を、万葉研究や歴史研究のなかに位置付けながら反芻し、本節の綴じ目の言葉としたい。「洗濯」に限らず衣服に関わる家事労働が、前近代の社会においては、女性の仕事であったことは、今日広く知られている。それは、洋の東西を問わない普遍性のある文化現象といえる。通覧する限り、万葉びとも、その例外ではなかった。まず、そのことは本節で確認できた、と思う。

しかし、さらに重要なことは、万葉歌においては、「洗濯」が旅先の男たちと、家を守る女たちの心を繋ぐものとして、歌われていることである。本節では、「洗濯」において除かれるべき「垢」に着目して、「無垢」を象徴的に表現した「白」のシンボリズムについて、考察を重ねてきた。そして、それは、王朝和歌世界にも引き継がれる旅の歌の類型の一つであったことを、最後に指摘した。「洗濯」が歌われるのは、「旅」と対比される「家」とからである。

「妹」が想起されるときなのである。これは、伊藤博が指摘した「旅」⇕「家と妹」という歌の構図にあらたに加え得るモチーフの一つ、と筆者は考える〔伊藤　一九七六年、初出一九七三年〕。つまり、旅の歌のモチーフの一つに、「洗濯」もあったのである。また、「行路死人歌」の研究のなかに位置付ければ、神野志隆光が注意した「旅人と『家』『妻』との呪術的共感関係」の一つとして、理解されるべきものであろう〔神野志　一九九二年、初出一九七三年〕。すなわち、本節が考究したのは、「衣」と「洗濯」を媒介とした男女間の「呪術的共感関係」というべきものだからである。

対して、民俗学の研究蓄積のなかに位置付ければ、これは「妹の力」の一つということになる〔柳田國男『妹の力』創元社、一九四〇年〕。柳田の女性研究は、おおむね女性の霊力の発見に力が注がれているが、本節が論じた「洗濯」を通じた男女間の「呪術的共感関係」こそ、柳田のいう「妹の力」に合致するものである。たとえば、沖縄のオナリ神信仰など。本節は、万葉版「妹の力」と呼び得るものであろう。ただ、それは、労働の実感と密接に結びついていることを、忘れてはならない。

この柳田の研究を基礎として、史料を渉猟した歴史学の「洗濯」の研究に、勝浦令子の研究がある。勝浦の問いは、なぜ女性が「洗濯」という家事労働を分担したのか、という点にある。勝浦は、古代における女性労働としての「洗濯」が、女性の「洗う力」「洗う霊力」に由来するものである、と説く[12]。もし、これに本節の結論を踏まえて、今加えるべき点があるとすれば、その「力」は「衣」を媒介として男性に付与される「力」であり、「白」によってシンボライズされるものである、という点であろうか。そして、それが意識されるのは、妹との別離によってである。だから、旅は「洗濯」という家事労働を想起させる機会となったのである。なぜならば、旅先での不慮の死は、男性に付与される女性の霊力の不足と、万葉びとは意味付けしていたからである[13]。

本節においては、「白無垢」のシンボリズムについて考察してみた。次節においては、橡染め衣の解き洗いと、その〈喩〉について考えてみたい、と思う。

注

(1)　もちろん、こういった考え方の背景には、近世以降の女訓の影響があるだろう。代表的な女訓である貝原益軒『和俗童子訓』巻之五の「女子を教ゆる法」には、次のようにある（一七一〇年撰述）。「女は、人につかうるものなれば、父の家富貴なりとても、夫の家にゆきては、其のおやの家にありし時よりも身を低くして、舅姑にへりくだり、つつしみつかえて、朝夕のつとめおこたるべからず。舅姑のために衣をぬい食をととのえ、わが家にては、夫につかえてたかぶらず、みずから衣をたたみ、席を掃き、食をととのえ、うみ、つむぎ、ぬい物し、子をそだて、けがれをあらい、婢おおくとも、万の事にみずから辛労をこらえてつとむる、是れ婦人の職分なれば、わが位と身におうぜぬほど引きさがりつとむべし」（石川松太郎編『女大学集』平凡社、一九七七年）と。

(2)　電気洗濯機は、一九五五年前後、テレビ、電気冷蔵庫とともに「三種の神器」と呼ばれていた。そして、女性がもっとも家庭に導入を渇望した機械でもあった。人口五万人以上の都市居住世帯では、一九五〇年代後半で約二〇％の保有率であるが、七〇年には九〇％に達している〔鈴木　一九九九年〕。瀬地山角は、日本における一九五〇年代から六〇年代の家電製品の普及が、「洗濯機⇩テレビ⇩冷蔵庫」の順であったことに対して、七〇年以降における韓国・台湾での普及が「テレビ⇩冷蔵庫⇩洗濯機」であったことを指摘している〔瀬地山　一九九六年〕。鈴木は、瀬地山の指摘に注目し、これを日本特有の現象と捉えている。対して、筆者には、テレビの値段が七〇年代に大幅に下がったという実感がある。これが、韓国と台湾におけるテレビの普及の早さの一因ではないかと考えるが、どうであろうか。ともあれ、日本においては、三種の電化製品のうち電気洗濯機の普及が一番早いことになる。なお、天野正子は、電気洗濯機の普及によって、女性の余暇時間の増大、女性への科学知識の普及、家事労働の男女分業に対する意識変化などが起こったことを指摘、女性の社会参加に果たした役割を高く評価している〔天野他　一九九二年〕。

(3)　ａｂｃは文化的な規範が存在していたことを指摘しているのであって、個別の事例には例外があることはいうまでもない。つまり、多くの人びとに共有されていたであろう共通理解について述べているのである。

（4）ちなみに、枕詞「解き衣の」は、「思い乱る」に係るが、これは、「解き洗ひ」の洗い張りの作業が難しく、少しでも注意を怠ると暴れて「乱れ」てしまうところからいうものであると推測される（巻十の二〇九二、巻十一の二五〇四、巻十一の二六二〇、巻十二の二九六九）。

（5）武田『全註釈』の評語がこの点をよく捉えている、と思う。曰く「それにしても、妻が手わざの解き洗い衣を思う心はつのつて來る。實物に卽して歌つているだけに、切實の感の深い歌である」と。

（6）ちなみに、『古今集』には一例も「垢」の用例がない。

（7）野上久人は、万葉歌の「白たへ」をすべて具体的な物の色として捉えている。「（万葉歌の『しろたへ』は）すべて具体的な形あるものに対してのみ用いられている。そうして『しろたへ』が万葉では直接衣服を説明形容する語として用いられている点は特徴的な使用である。『しろたへ』七十二例中六十一例が衣服に関したものである」としている〔野上　一九五七年〕。筆者はここまで断言することには躊躇するが、読み手にその衣服の白いことをイメージさせる機能はある、と考える。

（8）つまり、洗濯による臨時休暇の恒常的制度化ということになる。

（9）また、葛城王（橘諸兄）も、天平元年（七二九）の班田業務のために、山背国相楽郡に出張していた（巻二十の四四五五、四四五六）。おそらく、国家の威信を賭しての官人の総動員体制がとられたのであろう。律令官人たる「万葉歌人」たちも、その例外ではなかったのである。

（10）「秋の田の　かりほの庵《いほ》の　とまをあらみ　我が衣手は　露にぬれつつ」（天智天皇『百人一首』）。「とま」とは、屋根を葺くのに用いられる菅や、カヤで編んだ薦《こも》のことである。秋の田の仮廬の「とま」の編目が荒いので、衣の袖が濡れるのである。ただし、この歌は『後撰集』（巻第六、秋中、三〇二）から採用されたもの。天智天皇の歌というよりも、平安朝の人びとが、天智天皇の歌と信じていた歌、といったほうが適切であろう。「仮廬の文芸」については、旧著で言及した〔上野　二〇〇〇年b〕。

（11）ちなみに、この「竹敷の浦に船泊まりする時に、各心緒を陳べて作る歌十八首」には、遣新羅使の副使となっていた大伴三中の歌も収められている（巻十五の三七〇一、三七〇七）。

（12）　勝浦は、「僧衣を着る者」と「洗濯する者」との間に存在する宗教的あるいは霊的な依存関係に注目している〔勝浦　一九八一年および一九九五年〕。おそらく、それはそのまま本節において考察したように「旅衣を着る者」と「洗濯する者」との関係にも普遍化できるものであろう。つまり、出家することは旅に出ることと同じように理解されていたのであろう。

（13）　遣新羅使人歌群の「壱岐島に至りて、雪連宅満が忽ちに鬼病に遇ひて死去せし時に作る歌一首」には「天皇の遠の朝廷と　韓国に　渡る我が背は　家人の　斎ひ待たねか　正身かも　過ちしけむ……」（巻十五の三六八八）と、鬼病に遇った理由が意味付けされている。

参考文献

アラン・コルバン　一九九〇年　山田登世子・鹿島茂共訳『においの歴史』藤原書店。

天野正子他　一九九二年　『「モノ」と女の戦後史――身体性・家庭性・社会性を軸に』有信堂高文社。

池田三枝子　二〇〇三年　「歌われた女性労働」上野誠・大石泰夫編『万葉民俗学を学ぶ人のために』所収、世界思想社。

伊藤　博　一九七六年　「家と旅」『萬葉集の表現と方法（下）』塙書房、初出一九七三年。

――　一九九二年　「海辺にして月を望む歌九首」『萬葉集の歌群と配列（下）』塙書房、初出一九八八年。

伊原　昭　一九五六年　「しらむ――和歌における白の系譜」『國語國文』第二十五巻第十二号所収、京都大学国文学会。

――　一九六四年　『万葉の色相』塙書房。

――　一九八八年　「日本文学と色彩語」『日本語学』一九八八年一月号所収、明治書院。

――　一九八九年　『万葉の色――その背景を探る』笠間書院。

――　一九九四年　『文学にみる日本の色』朝日新聞社。

今井　尭　一九九三年「階級の発生と女性の社会的地位」総合女性史研究会編『日本女性の歴史　女のはたらき』所収、角川書店。
上野　誠　二〇〇〇年ａ「万葉研究の現状と研究戦略――筆者が選んだ選択肢」『日本文学』第四十九巻第一号所収、日本文学協会。
――　二〇〇〇年ｂ『万葉びとの生活空間』塙書房。
江馬三枝子　一九六七年「衣――麻布と木綿のこと」『国文学　解釈と鑑賞』一九六七年八月号所収、至文堂。
大塚千紗子　二〇一七年『日本霊異記の罪業と救済の形象』笠間書院。
落合　茂　一九八四年『洗う風俗史』未來社。
勝浦令子　一九八一年「古代の洗濯女たち」『月刊百科』第二百二十五号所収、平凡社。
――　一九九五年『女の信心――妻が出家した時代』平凡社。
鎌田久子　一九七二年「洗濯」大塚民俗学会編『日本民俗事典』所収項目、弘文堂。
川端善明　一九九六年「海辺の感情」伊藤博博士古稀記念論文集『萬葉学藻』所収、塙書房。
木村紀子　一九九九年「古代衣料語彙とその歌言葉――麻と木綿をめぐって」『奈良大学紀要』第二十七号所収、奈良大学。
小泉和子　一九八九年『道具が語る生活史』朝日新聞社。
――　一九九三年「家事の近世」林玲子編『日本の近世』第十五巻所収、中央公論社。
神野志隆光　一九九二年「行路死人歌の周辺」『柿本人麻呂研究』塙書房、初出一九七三年。
栄原永遠男　一九八七年「平城京住民の生活誌」岸俊男編『日本の古代』第九巻所収、中央公論社。
桜井　満　一九七七年『万葉集の風土』講談社、初版一九六七年。
――　二〇〇〇年「防人歌の発想――丈部の歌を中心に」『桜井満著作集』第一巻、おうふう、初出一九六七年。
ジュリア・クセルゴン　一九九二年　鹿島茂訳『自由・平等・清潔――入浴の社会史』河出書房新社。
新村　拓　一九八五年「写経生と病気」『日本医療社会史の研究』法政大学出版局、初出一九七三年。

スーエレン・ホイ　一九九九年　『清潔文化の誕生』紀伊国屋書店。
鈴木　淳　一九九九年　『新技術の社会史』中央公論新社。
瀬川清子　一九八八年　「嫁の里帰り」大島建彦編『嫁と里方』所収、岩崎美術社。
瀬地山角　一九九六年　『東アジアの家父長制――ジェンダーの比較社会学』勁草書房。
高田　昇　一九六六年　「万葉集における〈色彩語〉の分析」『文学会論集』第三十二号（国文学編第六集）所収、甲南大学。
竹内淳子　一九九五年　『草木布Ⅰ』法政大学出版局。
蓼沼康子　一九九九年　「センタクガエリ」『日本民俗大辞典（上）』所収項目、吉川弘文館。
長尾壮助　一九七三年　「白色の意味するもの――上代文学を中心として」『跡見学園国語科紀要』第二十一号所収、跡見学園国語科研究会。
中込睦子　一九九四年　「若狭地方における里帰り慣行と主婦権」『シリーズ比較家族』第一期第三巻所収、早稲田大学出版局。
長野ふさ子　一九八九年　「センタクという行事」『女性と経験』第十四号所収、女性と経験の会。
西口順子　一九八七年　『女の力』平凡社。
野上久人　一九五七年　「『しろたへ』と『くれなゐ』――万葉集の色彩感について」『研究紀要』第六集所収、尾道短期大学。
菱田淳子　二〇〇〇年　「男女分業の起源」『古代史の争点2』所収、小学館。
服藤早苗　一九八二年　「古代の女性労働」『日本女性史』第一巻所収、東京大学出版会。
古橋信孝　一九八七年　『古代の恋愛生活』日本放送出版協会。
本田和子　一九八三年　「『洗う女』考」『現代思想』第十一巻第十号所収、青土社
丸山裕美子　一九九八年　『日本古代の医療制度』名著刊行会。
メアリー・ダグラス　一九九五年　塚本利幸訳『汚穢と禁忌』思潮社。

柳田國男　一九四〇年『妹の力』創元社。
山崎祐子　一九九九年「洗濯」『日本民俗大辞典（上）』所収項目、吉川弘文館。
山田英雄　一九八七年「律令官人の休日」『日本古代史攷』岩波書店、初出一九七八年。

初　出

「万葉びとの洗濯——白を希求した男と女」高岡市万葉歴史館編『色の万葉集』笠間書院、二〇〇四年。

第三節　「橡の解き洗ひ衣」という歌表現

どんぐり染めの
洗い張りした衣
　こんな衣がね
我ながら不思議なほどに
むしょうに着たいんだよ――
今宵はね……
　ヤッパリ古女房ガ俺ニハ一番！

（巻七の一三一四釈義）

はじめに

長旅から帰ってくると、どうしてもやらねば気のすまぬことが筆者にはある。それは、汚れ物の「洗濯」である。やっとの思いで洗濯物を干し上げると、いくつかの情が、波のように去来する。第一の波は、溜まった借金を返し終えたような安堵感と爽快感。第二波は、早くも旅の時間を思いやる追懐の情。第三波は、あぁこれで、明日からは日常の時間に戻ってしまうのかという軽い憂鬱感。この三つの情が、筆者の胸に寄せては返す波のように去来する。たぶん、長旅のあとの洗濯は、筆者にとって、旅の時間から、日常の時間に戻る儀礼のようなものなのだろう。「洗濯」や「掃除」、さらには「沐浴」が、生活の節目となることがある。緊張と緩和、聖と俗の交差点に「洗濯」「掃除」「沐浴」が位置するのである。たとえば、暮れから正月へという時間のなかでも、これらは節目の役割を果たしている。暮れまでに「洗濯」と「掃除」を済ませておくことが、今日においても社会的規範として求められているのは、そのためである。だから、正月には「洗濯」と「掃除」をしてはならない、という禁忌まで存在するのである。近畿圏の古社寺では、盆と正月を前に檀家や信徒、さらには縁者総出で、掃除を行なうところが多い。有名なのは東大寺と薬師寺の「おみぬぐい」であるが、古い村落ではムラ総出の行事として、行なわれている。筆者も何度か体験したが、参集者が爽快感と達成感を共有する儀礼となっていることを、奉仕するたびに痛感する。つまり、時間というものを、儀礼によって参集者が共有するのである。こうして、晴れて、盆というトキを、正月というトキを迎えることができるのである。後述する生活体験の共有とは、こういう感覚を共有することでもある、と筆者は考える。もちろん、共有されない個々別々の思いというものも、当然存在するのだが……。

一　「十二月のつごもり」の物語

『伊勢物語』に、富者と貧者に嫁いだ女はらからの物語がある。豊かな家に育った二人は、洗濯ということをしたことがなかった。貧者に嫁いだ女は、亭主の一張羅を破いてしまう。万葉語でいう「解き洗ひ」すなわち「洗い張り」をした時のことである。この窮地を救ったのは、「あてなる男」すなわち富者であった。この男は、女はらからの気持ちを汲みつつ、援助される側のプライドを傷つけぬように、歌を添えて衣を送ったのである。そのやさしい配慮が「武蔵野の心」と賞賛されている有名な章段である。

むかし、女はらから二人ありけり。一人はいやしき男のまづしき、一人はあてなる男もたりけり。いやしき男もたる、十二月のつごもりに、うへのきぬを洗ひて、手づから張りけり。心ざしはいたしけれど、さるいやしきわざも習はざりければ、うへのきぬの肩を張り破《や》りてけり。せむ方もなくて、ただ泣きに泣きけり。これをかのあてなる男聞きて、いと心ぐるしかりければ、いと清らなる緑衫《ろうそう》のうへのきぬを見いでてやるとて、

むらさきの　色こき時は　めもはるに　野なる草木ぞ　わかれざりける

武蔵野の心なるべし。

（『伊勢物語』第四十一段、紫、片桐洋一他校注・訳『竹取物語・伊勢物語・大和物語・平中物語（新編日本古典文学全集）』小学館、一九九四年、私意により一部改めたところがある）

当該の物語には、一つの時間が設定されている。それは、「十二月のつごもり」という時間である。この時間の設定が、物語に切迫感を与えているのである。つまり、これは大晦日の物語なのであり、明ければ正月、翌朝には拝賀の儀が待っている。身分秩序が服制によって表象される宮廷社会においては、まさに絶体絶命というところであろう(1)。

したがって、この物語は大晦日一日で完結する物語なのである。もちろん、これは物語の時間というべきであろう。実際に、洗濯をしたとすれば乾かす時間を考えると間に合わないだろう。この日は、いうまでもなく「大祓」の日であり、罪穢れを祓い除く祭祀が国家的規模で行なわれている日でもあった。男たちの拝賀に備えて、女たちが忙しく働く時、罪穢れを祓い清める祭りの時、そのようななかで起こった出来事として、当該の物語は語られているのである。この時間設定に、語りのリアリティーもあるのであろう。生活を実とすれば、物語は虚であろうが、生活実感が取り込まれているからこそ、物語のリアリティーが保証されるのである（緒言）。そういう眼で、巻七の「譬喩歌」についても見てみたい、と思う。

二　隠しておいて、気付かせる文芸

「譬喩歌」については長い研究史があるが、今日それらを総括する地位にあるのは井手至の研究であろう〔井手一九九三年、初出一九八三年〕。井手は、〈話し手の主意〉〈譬喩の媒体〉〈譬喩する行為〉のうち、媒体のみが表現されているものを「寓喩」と規定し、寓喩歌として「譬喩歌」を理解しようとしている。これを反転させ表現の方法の問題として見れば、〈媒体〉の裏に〈主意〉を隠し、聞き手ないしは読み手に気付かせる方法であるといえるだろう。つまり、「譬喩歌」はもともと、表現が二重構造になっているのであり、二重の像のうち隠されている方の像を享受者に気付かせる文芸なのである。冒頭に示した釈義は、次に挙げるD歌の〈主意〉を「ヤッパリ古女房ガ俺ニハ一番！」と顕在化させたものである。後述するが、「橡の　解き洗ひ衣」は、男にとって気の置けないホッとする存在であり、「若い愛人」に対する「古女房」をいうものであろう。もちろん、「古女房」というのは、筆者が享受者の一人として発見した〈主意〉を、釈義として補ったものである。

したがって、以下に示す譬喩歌も、〈媒体〉の裏にある〈主意〉を、どのように顕在化させるかは、聞き手、読者さらには注釈者の判断にゆだねられている、といえるだろう。注釈や研究ならば論証の正否、印象批評ならば好悪や価値観にゆだねられている。

衣に寄する

A　橡の　衣は人皆　事なしと　言ひし時より　着欲しく思ほゆ

B　凡ろかに　我し思はば　下に着て　なれにし衣を　取りて着めやも

C　紅の　深染めの衣　下に着て　上に取り着ば　言なさむかも

D　橡の　解き洗ひ衣の　怪しくも　ことに着欲しき　この夕かも

E　橘の　島にし居れば　川遠み　曝さず縫ひし　我が下衣　（譬喩歌、寄衣、巻七の一三一一～一三一五）

こうして見ると、傍線を施した衣が〈譬喩の媒体〉であり、その裏に何らかの〈主意〉があることは容易にわかる。では、なぜ、それは容易にわかるのであろうか。一つは、「譬喩歌」「寄衣」と題詞に示されているからであろう。題詞を読んだ読み手は、隠されている〈主意〉を探ろうという目で見るし、衣が〈媒体〉になっていることを前提に読むはずである。これは、編纂者が読者に示した配慮というべきものであろう。

もう一つの理由は、〈主意〉を導き出す補助線のようなものが、歌のなかに内包されているからであろう。この点について井手は、「譬喩歌」の「縁語」に着目している。「衣—着る」「衣—穢（な）る」の類縁関係が、婚姻関係を結ぶという〈主意〉を隠す〈譬喩の媒体〉となっていると述べている（波線部参照）。しかも、それは『万葉集』を紐解けば散見するほど固定的な関係である。だから、隠されている〈主意〉が、見つかりやすいのである。

このように見てゆくと、「譬喩歌」とは、〈主意〉を隠しておきながら、聞き手や読み手にそれを気付かせる文芸であるということができる。もちろん、〈主意〉はぼんやりと描かれるから、〈主意〉の解釈に揺れが生じてしまうのだが、そこにはある程度の許容範囲があらかじめ設定されていると見るべきであろう（実際これらの歌にも解釈がわかれているものがある）。しかし、「譬喩歌」において大切なのは、聞き手や読み手が、想定される許容範囲のなかで、〈主意〉に気付くことである。つまり、「譬喩歌」は、〈主意〉の発見のさせかたに、表現の妙のある文芸なのである。(2)また、聞き手や読み手の立場からいえば、その発見を楽しむ文芸といえるだろう。

では、なぜそのようなことが可能なのだろうか。それは、〈媒体〉の情報が、少なくとも、表現者と享受者の間に共有されていたからであろう。筆者は、この点にこそ「譬喩歌」において、生活世界が取り込まれる余地が存在すると考えている。それは、誰もが知っていて、経験したことがある事物や事柄が、〈媒体〉としてはふさわしいからである。ところが、歌が歌われた当時においては、表現者と享受者が互いに共有していた生活体験や情報であっても、それが現在においては、体験しがたい場合がある。その場合には、それを知識として注釈で補う必要が生ずるのである。そういう観点から、「橡の衣」について見てみたい、と思う。

三　「橡の衣」という〈譬喩の媒体〉をどう捉えるか

「譬喩歌」を注釈して、〈主意〉を探る場合に重要なことは〈媒体〉に関わる情報であろう。[3] なぜならば、それによって、〈主意〉を読み違える恐れが生ずるからである。これを誤ると、前述した許容範囲の外になるので、〈主意〉を読み違えてしまうのである。

まず、橡であるが、『令義解』衣服令の六条にある「橡墨衣」の注記に「謂。橡。櫟木實也。以橡染繒。俗云橡衣也。」とあり、十巻本『和名抄』に「橡　唐韻云橡〔徐兩反上声之重和名都流波美〕櫟實也」とあるから、櫟の木の実と判明する。古代の「櫟」がいかなる樹木にあたるかについては、問題が残るが、ドングリであることは間違いない。これを煮出して衣を染めたものが、橡の衣であることも以上からわかる。

今日、正倉院文書小事典のような役割を果たしている関根真隆編『正倉院文書事項索引』を見ると、橡に対する記述が約三十点に上ることがわかり、ありがたい。関根は、そのなかで茶系統を代表する染料の一つとして、クルミや桑とともに橡を挙げている〔関根編　二〇〇一年〕。したがって、クルミや桑と同様に煮出して、灰汁などの媒染剤を用いて、衣や紙を染めたことがわかるのである。

一例を挙げると、天平勝宝年間（七四九—七五七）のものと推定されている「染臈纈所解」は、絁をロウケツ染にするために必要な物品の下賜を願うための上申書であるが、ここでは「茜」の次に「橡子」が挙げられている[4]〔東京大学史料編纂所編『大日本古文書』編年之二十五、一九四〇年〕。造東大寺司のなかに、ロウケツ染を司る部署があったのである。この解では、ほかに「薪」（燃料用）、「灰」（媒染剤用）、「酢糟」（定着剤用）も挙げられていて、染色の様子を知る重要な史料となっている。まさに、「紫は　灰さすものそ……」（巻十二の三一〇一）なのである。さらに、おもしろいのは、この解の最後に、染めの作業に従事する女性すなわち「染女」の「裳」が三人分請求されていることである。「裳」といえば、万葉学徒は晴れ着をイメージしてしまうのだが、染色作業のための前掛けやエプロンも、「裳」なのである。

また、長屋王家木簡にも橡が登場する「以大命符……」からはじまる木簡のなかに、

「御」　　「加」
橡煮遣絁卌匹之中伊勢絁十匹大服煮今卅匹宮在絁十匹并卌匹煮今急々進

（奈良国立文化財研究所編集・発行『平城京　長屋王邸宅跡』一九九六年、一頁）

という部分がある。家令は主人の命を受け、牟射と広足という人物たちに対して、指定した数量の絁を早く煮て献上するように命じているのである。東野治之の書き下し文を参考にして、内容を推測すると以下のようになる（東野　一九九〇年）。先に遣わしてある四十匹のうち十匹は王の大御服として煮て献上し、次に残りの三十匹に宮にある十匹を加えて四十匹として献上せよ、ということだろう。東野は、「大御服」を、長屋王の服と考えている。

こうして見ると、橡の衣について、ドングリのタンニン質を利用した染めは、貴人の大御服の絹染めにも利用されていることがわかる。橡の衣について、これを身分の低い人間が着るとの注釈がこれまでは多かったが、この説は以上の木簡の例を証左としても、修正されるべきものであろう。

橡の衣を身分の低い人間の身に付けるべき衣としたのは、管見の限りでは、真淵『万葉考』が早く、近年まで引

き継がれている有力な解釈となっている。真淵はA歌に「貴き人にて賤をうらやみし也、つるばみの衣きる人は賤きなり」と注記をつけている。本節に引き付けていうと、これは真淵が発見した〈主意〉である。おそらく、真淵は、衣服令の六条を参照したのであろう。当該条項は「制服」に関する規定で、「制服」とは無位の者が朝廷の公事に着用すべき服のことである。ここに「家人奴婢。橡墨衣。」とあるので、賤者とみたのである。真淵説の影響は大きく、爾来諸注はこれに倣い、今日の渡瀬『全注』、伊藤『釈注』も採用するところとなっている。

しかし、この解には服飾史と古代史の研究者から、反論が出ている。服飾史の増田美子は、橡色が茶系統であるのに対して、橡墨は黒系統であり、その違いが明確であることから、橡色は奴婢の色ではないとの結論を出しているる〔増田　一九九五年、初出一九八六年〕。さらに増田は、その上で、万葉の橡の衣は茶系統であり、奴婢の着る黒色とは違うという結論を出している。対して、古代史の山田英雄は、衣服令の服色規定は、身分の低い者がより高位の者の色を着ることを禁ずる規定であって、高位の者が下位の色を身につけても問題はなく、橡の衣は奴婢専用の衣ではなく、誰でも身に付けることができたことを、多くの事例によって示している〔山田　一九九九年、初出一九九一年〕。増田論は橡色と橡墨色とは違うという主張であり、橡色は奴婢の色ではないとする説である。対して、山田論は、具体的な色相には触れず、橡色あるいは橡墨色であるから奴婢の服色とすることはできないとする主張である。こうした見解を受け入れて、まず『新編全集』は『全集』時代の解釈を修正して、賤者の衣とする説を退けている。また、『新大系』は、校注者の一人である山田の論を引用して、賤者の衣とする説に依拠しない旨を明記している。

ちなみに、染色史の上村六郎は、〈万葉の橡色〉＝〈橡墨色〉とし、それを黒色系統とした上で、媒染剤の違いで色相に濃淡がでることを実験によって明らかにしている〔上村　一九七九年〕。上村の『万葉色名大鑑』の布見本は、「白橡」は無媒染、「黄橡」は灰汁媒染、「橡」＝「橡墨」は鉄媒染で染めて復原している〔上村　一九八〇年〕。

上村の試作した布見本を見ると、「白橡」は淡い褐色、「黄橡」は黄褐色、「橡」＝「橡墨」は上品な黒色で復原されている(5)。上村は一貫して、万葉時代の橡色は鉄媒染を使った黒であると主張しており、『延喜式』（九二七年完成奏上、九六七年施行）の時代になってはじめて褐色系になると考えている。しかし、これは、逆に上村が真淵説を踏襲する諸注釈の影響を受けているからにほかならない。ところが、多くの注釈は、上村のこの復原布見本をもとにして、橡色を黒色系統としているわけで、染色研究の知見が注釈にうまく生かされず、負の還流、循環を繰り返しているといわざるを得ない。

それでは、万葉の「橡の衣」の色については、どのように考えるのが、よいのだろうか。筆者は、あくまでも歌のなかでは、ドングリで出せる色は、すべて橡色として考えればよい、と思量する。つまり、上村のように、黒色と限定する必要はなく、当たり前のことだが、歌の表現において重要なことは、ドングリで染めたということだけなのではなかろうか。

以下、具体的に主張を述べてみたい。同じ衣服令の七条には服の色として、身分の高い順に「凡服色。白。黄丹。紫。蘇方。緋。紅。黄橡。纁。蒲萄。緑。紺。縹。桑。黄。揩衣。秦。柴。橡墨。如此之属。当色以下。各兼得服之。」と記されている。実は、そのなかにおいては「黄橡」と「橡墨」とが別の色として挙げられているのである。しかし、歌においては「黄橡」であっても、「橡墨」であっても、ドングリで染めていれば「橡の衣」といい得るであろう、というのが筆者の考えである。媒染剤や染め方によって実際の色相に開きがあっても、よいのではなかろうか。これまでの諸注と諸研究は、具体的な色相をつきとめようとしたが、それではかえって歌の〈主意〉から遠ざかることになるであろう。

では何が、歌の〈主意〉を発見するために重要な情報なのだろうか。それは、主原料がドングリなので、誰もが自由に集められて、染料とすることができるということであろう。つまり、身近で安価な染めであったということが重要であった、と考えられる。だから、身分を問わず、誰でも身に付けることができる服色になるのである。と同時に重要なことは、橡染めの特色として、色あせ、色落ちしにくいということである。家持の「史生尾張少咋を教へ喩す歌」は、越中に単身赴任している部下の史生の不行状を歌でたしなめるという特異な作品である（巻十八の四一〇六〜四一一〇）。遊行女婦と同棲している尾張少咋に対して、平城京に残した妻を顧みるように、序と長歌と反歌のそれぞれでたしなめている。第三反歌に次の一首がある。

紅は　うつろふものそ　橡の　なれにし衣に　なほ及かめやも　（巻十八の四一〇九）

「紅」はベニバナを染料とした染めであり、美しいが褪色しやすいという性質がある。これが、華やかな遊行女婦を指すことは明確であり、対して「橡のなれにし衣」が、平城京の長年連れ添った妻を指すことは、いうまでもない。その〈主意〉は、「見タ目ハ華ヤカデモ、長続キハシナイヨ」というところにあるだろう。長続きしないというのが、遊行女婦の愛情なのか、その容姿なのかは、どちらであっても前述した許容範囲のなかに入るだろう。したがって、二者の選択権は、享受者にあると考える。ところで、この一首のみを取り出して何らの前提もなく読めば、井手のいう「寓喩歌としての『譬喩歌』」と同様の歌と見ることもできよう。そう見れば、〈譬喩の媒体〉のみしか表出しておらず、聞き手ないし読み手が〈主意〉を発見する歌として読むことができるからである。当該歌については、沢瀉『注釈』が、鋭くもAとDの歌を踏まえていることを指摘しているが、極めて慎重に、AとDの歌を「心に置いて用ゐたものではなからうか」と記している。すなわち、AとDの歌を直接踏まえているかは、一考を要するところであろう。なぜなら、橡の衣に対する知識があり、それを家持が少咋をはじめとする享受者も知っているだろうという判断を下せば、「譬喩歌」として歌えるからである。

四　〈主意〉を発見する補助線となる生活体験と生活知識

以上の点を踏まえて、「橡の衣」という〈譬喩の媒体〉の裏にある〈主意〉を発見するための補助線について述べておきたい。それは、「橡の衣」の次の性格からくるものであろう。一つは安価で身近な染物であるという性格。もう一つは、色落ちしにくい、褪色しにくいという性格である。この二つの性格を持つがゆえに、「橡の衣」が、「若い愛人」に対する「古女房」という意味を持ち得るのである。つまり、長く連れ添うべき女を〈主意〉に持つ、と類推できるのである。そうして見ると、A歌の「事なし」との関係もきわめて明瞭となる。「事なし」は文字通り「事がない」のであろうが、諸注は知恵を絞って訳出している。「無事である」（沢瀉『注釈』）や、「無難のもの」（土屋『私注』・伊藤『釈注』）、さらには「気楽」（佐佐木『評釈』）などの解釈がそれである。どれも、許容の範疇に入るであろうが、妻とするに無難、長く連れ添うに気楽ということであろう。したがって、皆も言うように昔馴染みの女と過ごしたいと思うようになった、ということであろう。

D歌では、「解き洗ひ」との関係が〈主意〉を考える上で重要であろう。「解き洗ひ」はいうまでもなく洗い張りのことであるが、これは本格的な洗濯であり、家なる妹の労働である。したがって、「解き洗ひ」を着たいというのは家でくつろぎたい、妹との時間を持ちたいということなのである（第七章第二節）。その「解き洗ひ衣」が橡染めということは、「古女房」の喩えとなるであろう。(6) 宴席歌とすれば、今宵は「若い愛人」の宅ではなくして、「古女房」の家にしけこもうか！　というバレ歌として機能するであろう。また、有名な「憶良らは……」の歌のように、出席者を笑わせておいて、自らは先に退席する罷宴歌としても機能するはずである（巻三の三三七）。この〈主意〉の隠し方は、次の寄物陳思歌にも共通したところがある。(7)

橡の　衣解き洗ひ　真土山　本つ人には　なほ及かずけり　（巻十二の三〇〇九）

「真土山」は「また（再び）打つ」であり、それはなれた衣、身になじんだ衣を連想させる序となっている。汚れを落したり、柔らかくするために、「解き洗ひ」に際して、衣を砧で打つのである。つまり、糸を解いて洗濯し、また縫うのであり、これは家なる妹の仕事なのである。したがって、ここから「本つ人」というぼかした言い回しでも、「古女房」と類推できるのである。序の部分が、「本つ人」が「古女房」であることを類推させる補助線になっているのであろう。その点を強調した釈義を作ると次のようになるであろう。

どんぐり染めの衣の洗い張りではないけれど、解いてまた打つ真土山、その真土山の古女房、真土山の古女房に及ぶ女なんてぇー、ありゃーしない！

（巻十二の三〇〇九の釈義）

こうしてみると、橡染めのもつもう一つの性格である褪色しにくいという性格が、「解き洗ひ」と深く関わっていることがわかる。なぜなら橡染めなら何度「解き洗ひ」をしても、色落ちや褪色しにくいからである。つまり、何度も洗い張りをして、仕立て直して使うような衣には、橡染めがよいのである。何度も洗濯する褻着《けぎ》ほど、褪色や色落ちに強い染めを使うのは今日でもなかば常識である。以上のように見ることによって、「橡の衣」という〈媒体〉の性格がわかるのではなかろうか。そうすれば、それは、〈主意〉を発見する補助線となるはずである。

おわりに

本節では、洗濯と染色に関わる「物語」と「譬喩歌」を通じて、文芸に生活世界が取り込まれる契機を探ってきた。表現者と同時代の享受者の間に共有されていたであろう生活体験と生活知識が「物語」の時間設定に利用されたり、「譬喩歌」の〈主意〉を発見する補助線となったりすることを、縷々述べてきたわけである。

しかし、表現された当時は共有されていたであろう体験や知識も時代が離れれば、共有されない部分の方が徐々に大きくなる。これを、考証によって補おうとするのが〈注釈〉である。歴史研究も、古典研究も、広くいえば現代と過去とが対話するための方法の一つだが……〈注釈〉はその重要な手段だといえる。だから、筆者は論文のなかでも、〈注釈〉と合わせて自らの「今」「ここ」を語ることにしている。現代を生きる生活者として。

現在、筆者が模索しているのは、表現者と同時代の享受者の間に共有されていたであろう生活体験や知識、感覚など（これらを総じて「生活実感」と称する）を明らかにすることである。それを歌の表現の側から逆照射したいのである（緒言）。簡単にいえば、自己と万葉びとが共有する生活体験、生活知識、生活感覚を大きくしたいのである。筆者は、古典研究者が、読書空間から、旅やフィールドへ出る意味も、この点にあると考えている。したがって、その旅やフィールドワークは、自らの体験や知識として、実感を伴って、研究者の体内に蓄積されるべきものであろうと考える。だから、自己の今を起点として考えてゆくことが、大切なのではなかろうか。

次の付節においては、本節の考察を踏まえて、巻七の譬喩歌、一三一五番歌の新たなる解釈案を示しておきたいと思う。

注

（1）破いてしまった「緑衫のうへのきぬ」とは、令制でいえば六位の者が着用する衣である。六位という設定も、上下は相対的なものだが、物語としては微官として機能しているであろう。微官、貧者なるが故の悲哀である。

（2）したがって、誰にも〈主意〉が発見できない「譬喩歌」というものは、理論上は存在しないはずである。そのために、歌のなかに、縁語や序、共有された情報などで補助線が引かれているのである。

（3）筆者は、その情報の大部分が表現者と享受者に共有されている生活体験に依拠すると考えている。

（4）ちなみに、正倉院の宝物にも、橡のロウケツ染めがある。「象羊木屏風」がそれで、黄絁地に茶褐色の染料で染められている。下端には「天平勝宝三年十月」（七五一）の墨書があり、国産品であると考えられている（奈良国立博物館『正倉院展 図録』一九九二年）。今でも、象と羊と木をはっきりと肉眼で確認することができる。

（5）ちなみに、旧版の沢瀉『注釈』の表紙の地色は、沢瀉の考える橡色で、これは上村が鉄媒染で復原した黒色系統の色を想起してのことであろう。

（6）ABCDを一連の歌群として見る考え方があるが、本節においては、この連作説を採用せず、後考を待つことにしたい。早くに沢瀉『注釈』はBCを連作と見るべきことを説き、渡瀬『全注』がこれを受けて、AとDが対応し、BとCが対応するいわゆる波紋型対応と見るべきことを説いている。その上で、渡瀬は「宴席で披露するように作られた、四首一組の『衣』に寄せた譬喩歌群」としている。渡瀬の考えを受けた伊藤『釈注』は「四人の人が歌い継いで結果として一人の男の思いを形象した宴の場の歌であるかのように、編者が装ったのではないか」としている。一つの可能性の模索ではあろうが、各歌に縁語があり、〈主意〉が隠されている「譬喩歌」の場合、連作ではなくても、連作として読めてしまう可能性が大きいと筆者は考える。しかも、連作として読む場合、E歌との関係も問題となろう。それは、E歌が、なぜこのグループに入らないのかということを説明する立証義務が生じてしまうからである。

（7）もちろん、〈譬喩の媒体〉に隠されている〈主意〉の中心が、橡にない場合もある。橡が歌われている歌は『万葉集』中に六首あるが、次の二首については、「袷」「一重」の「裏」の方に中心がある。

橡の　袷《あはせ》の衣　裏にせば　我強ひめやも　君が来まさぬ　（寄物陳思歌、巻十二の二九六五）

橡の　一重の衣　裏もなく　あるらむ児故　恋ひ渡るかも　（寄物陳思歌、巻十二の二九六八）

参考文献

阿蘇瑞枝　一九九二年a　「万葉集巻七の世界」『万葉和歌史論考』笠間書院、初出一九七七年。

――――　一九九二年b　「譬喩歌の流れ」『万葉和歌史論考』笠間書院、初出一九八四年。

井手　至　一九九三年「巻七・十・十一・十三・十四の譬喩歌」『遊文録　萬葉篇二』和泉書院、初出一九八三年。
伊原　昭　二〇〇四年「色と『万葉集』のかかわり」高岡市万葉歴史館編『色の万葉集』所収、笠間書院。
上村六郎　一九七九年「つるばみ考」『上村六郎染色著作集』第二巻所収、思文閣出版。
――　一九八〇年『万葉色名大鑑』染色と生活社。
尾崎富義　一九九三年「衣と装飾の民俗」並木宏衛他編『万葉集の民俗学』所収、桜楓社。
神野清一　一九八六年『律令国家と賤民』吉川弘文館。
――　一九九三年『日本古代奴婢の研究』名古屋大学出版会。
関根真隆　二〇〇一年「長屋王木簡にみる物名について」奈良国立文化財研究所編集『長屋王家・二条大路木簡を読む』所収、吉川弘文館。
関根真隆編　二〇〇一年『正倉院文書事項索引』吉川弘文館。
武田佐知子　一九八四年『古代国家の形成と衣服制』吉川弘文館。
津之地直一　一九七八年「巻七譬喩歌抄」伊藤博・稲岡耕二編『万葉集を学ぶ』第五集所収、有斐閣。
東野治之　一九九〇年「古代人の日常文」『週刊　朝日百科　日本の歴史』通巻第七百三十二号所収、朝日新聞。
中島光風　一九三三年「譬喩歌・問答歌論」『萬葉集講座』第六巻所収、春陽堂。
名久井文明　一九九九年『樹皮の文化史』吉川弘文館。
増田美子　一九九五年「位色と色彩制度」『古代服飾の研究』源流社、初出一九八六年。
村瀬憲夫　二〇〇二年「巻七の場合」『萬葉集編纂の研究』塙書房、初出一九八二年。
山田英雄　一九九九年「橡衣考」『万葉集覚書』岩波書店、初出一九九一年。

初出

「橡の解き洗ひ衣――譬喩と生活実感と」『古代文学』第四十四号、古代文学会、二〇〇五年。

付　曝さず縫ひし我が下衣

橘の島に居るとね……川が遠いから
曝さずに縫っちまったんだよ
——自分の下着をね！　（巻七の一三一五釈義）

橘の　島にし居れば　川遠み　曝さず縫ひし　我が下衣　（巻七の一三一五）

当該歌は、多くの注釈家を悩ませてきた迷路のような歌である。いったい、どのような寓意が込められているのか？　その寓意がなかなか読み取れないのである。「我が下衣」が〈譬喩の媒体〉となっており、その背後に何らかの〈主意〉があることはわかるのだが、それを読み取ることが難しい歌なのである。

「橘の島」は、いうまでもなく明日香の橘であり、島は石舞台古墳の下手にあたる。当該歌には、日並皇子（草壁皇子）の居所であった「島」が詠み込まれている。皇子の挽歌にも、「橘の島の宮には……」（巻二の一七九）と歌われているのである。したがって、島は橘に入ると考えてよい。この島宮を最初に築いたのは蘇我馬子であった。馬子は、この地に池を掘って、庭園を営み、ために「島の大臣」と呼ばれている（『日本書紀』推古三十四年［六二六］五月二十日条）。いわゆる「飛鳥河の傍の家」である。二〇〇四年一月から明日香村教育委員会が行なった島庄遺跡の調査によって、七世紀前半および後半の大型建物跡が確認され、これが「飛鳥河の傍の家」「島宮」と現在考えられている（「明日香村の文化財④　島庄遺跡」明日香村教育委員会、二〇〇四年）。しかも、建物群は、今後の調査によって、さらに広がってゆく可能性も大きいようである。

そうすると、なぜ明日香川に接し、そのために「飛鳥河の傍の家」のある「橘の島」が、「川遠み」（川ガ遠イノデ）と表現されているのか、ということが問題となるのである。これには、万葉学の祖・仙覚も頭を悩ませている（『仙覚抄』一二六九年成立）。仙覚は、「橘の島」を伊予に求めている。しかし、これを支持する注釈書は現在無い。この問題に対する一つ解は、衣を干すのにふさわしい川は、遠かったとする解釈であろう。森本治吉は、布を干すのには広い河原が必要で、「橘の島」はそれにふさわしい土地ではなかったとして、この解釈を提案している（「飛鳥文学の庶民性」『明日香村史』中巻所収、明日香村史刊行会、一九七四年）。森本説を、渡瀬『全注』は支持するが、筆者はこれを支持しない。なぜなら、歌の遠近は主観だと考えるからである。たとえば、「采女の　袖吹き返す　明日香風　京を遠み　いたづらに吹く」（巻一の五一）も、これは物理的な距離の遠近を述べているのではない。時代が変わり、都が遷った空虚感を、距離で表現しているのである。明日香宮と藤原宮という目と鼻の先の距離でも、遠いと歌われることがあるのである。したがって、ここは無理に実態化せずに、作者は何らかの理由で遠いと感じていた、と解釈するしかない、と思量する。

では、「曝さず縫ふ」とは、どういうことなのだろうか。仕立てる前に、布を水と太陽に曝すのは、〈布から汚れを除去し〉〈光沢を出し〉、さらには〈肌になじむようにするため〉である。麻ならば、曝せば曝すほどに白くなってゆく。これは、反復性の強い女性労働であった（第七章第一節）。有名な「多摩川に　さらす手作り　さらさらになにそこの児の　ここだかなしき」（巻十四の三三七三）も、この労働に従事する妹への思いを歌った歌である。そして、忘れてはならないのは、「洗い張り」すなわち万葉語でいう「解き洗ひ」の場合も、いったん縫い糸を取り払い、布を洗ってから、仕立て直すので、「曝して縫ふ」ことになるのである。とすれば、曝さずに縫うということは、《汚れていて》《光沢がなく》《肌になじまない》状態で縫製をしてしまうということになる。諸注釈は、「衣——着る（＝結婚の意）」という縁語関係を手がかりとして、ここに寓意を読み取ろうとするのである。「衣を着る」という縁語が、結婚を意味することは、当該歌の直前の歌などによっても、確認できる（巻七の一三一一、一三一三、巻十二の二八五二）。それが、下衣ならば、内縁関係という意味合いを持つのではないかと考えるのである。以上の点を手がかりとして、諸注釈は、知恵のかぎりを尽くして、その〈主意〉を探ろうとしているのである。

①　公にできない結婚（契沖『代匠記』精撰本）
②　仲立ちを立てずにした結婚（鹿持雅澄『古義』）
③　女の性格を調べもせずにした結婚（鴻巣『全釈』）
④　手続きもせずにした結婚（窪田『評釈』）
⑤　人妻を奪った結婚（土屋『私注』）
⑥　色黒で垢抜けしない女との結婚（渡瀬『全注』）

②③⑤⑥は、かなり具体的に推定しているのがおもしろい。どれも、隠されている〈主意〉の想定許容範囲のなかに入るであろうが、大切なのは次の二点である、と筆者は考える。一つは、一般的な結婚において踏まれるべき手続きをしていなかったということ（②④）。もう一つは、したがって拙速な結婚であった、ということである。

ならば、結婚において、想定される手続きや障害とは、どういう事柄なのだろうか。万葉歌のなかから、考えてみよう。一つは、思いを寄せた女性が未成年であったということが考えられる（巻十の二二一九）。とすれば、「髪上げ」を済ませるまで、待たねばならないことになる（巻十六の三八二二）。二番目は、母の承諾が得られないということが想定される。

たらちねの　母に障らば　いたづらに　汝も我も　事そなるべき　（巻十一の二五一七）

たらちねの　母に申さば　君も我も　逢ふとはなしに　年そ経ぬべき　（巻十一の二五五七）

母の承諾のない結婚は絶望的なのである。万葉びとの結婚においては、最大の難関といえよう。しかし、こういった手続きを待てない場合も多かったはずである。したがって、その場合は、先に内縁関係を結ぶということがあったのではなかろうか。

人言の　繁き時には　我妹子し　衣にありせば　下に着ましを　（巻十二の二八五二）

この歌は「人の噂が　こんなにも激しいときには　もしあの娘が　衣であったら　下に着ように」と歌っている。つまり、噂を避けるために、密かに内縁関係を持ちたいとホンネを述べているのである。

以上の点を勘案すれば、当該歌は何らかの理由により、一般的な結婚では、一つ一つ踏まえられてゆく手続きを飛ばして、拙速に内縁関係を結んだことを歌う歌ということになるのではないか。髪上げ前に事実婚をした、母の承諾を得ることを不可能と判断して内縁関係を結んだ、激しい噂を避けたいので内縁関係とした……などの理由が想定されるであろう。もちろん、万葉歌のなかから、内縁関係をとる理由を探せば、これらの理由が想定できるということに過ぎない。おそらく、それを特定する鍵が上句の「橘の　島にし居れば」にあるのであろうが、歌われた当時においては、表現者と聞き手、読み手に共有されていた情報や知識を、残念なことに今日われわれは知り得ないのである。依然として、不確定な点を残すが、解釈の揺れ幅を特定できたのではないか、と思う。

次節においては、洗濯と同時に大切な女性労働であった、掃除について考えてみたい。その手掛かりとするのは、第三章第四節においても考察を試みた好去好来歌の反歌である。

初　出

「曝さず縫ひし我が下衣——解釈の迷路」『明日香風』第九十三号、古都飛鳥保存財団、二〇〇五年。

第四節　万葉びとの掃除

ベッドの塵をはたいて清め
アナタを待つのもよいけれど……
ワタシが待つのは
アナタを乗せた船舞い戻る
難波《なにわ》の津　大伴の三津の松原
その松ではないけれど
いかいかと待ってます
今か今かと待ってます
さぁさぁ早く　お帰り下さいましよ
ワタシの愛しい旦那さま――
ワタシの愛しい旦那さま――

（巻五の八九五釈義）

はじめに
あり得る話ではないけれど、もし、公務で三年間、筆者（＝男性）がアメリカで働くことになったとしよう。その準備中のことである。スマートフォンに一通のメールが届いた。そのメールには、あなたの旅立つ空港には、毎日毎日行きますわ。お帰りを今か今かと待ちわびながら、空港を掃いて清めて待ってまーす。お早く、お帰りあそばせ❤

と書かれていたとする。すると筆者は、次のことを一瞬のうちにも考えるはずである。

① 空港の職員でもないのに、空港の清掃をして待っているということなどあり得るはずもないことである（虚偽事実の推定）。

② 空港での清掃などあり得るはずもないことならば、誇張表現、比喩表現の可能性を考え、そのなかで虚偽の事実を表現した理由を考える（表現の真意を把握）。

③ 現実上あり得ぬ話であるならば、このメールは待ち焦がれる思いをユーモラスに表現したものであると認知する（真意と意図の認知）。

こういったメールのやり取りが可能なのは、少なくともメールの送り手とメールの受け手との間に、すでに親密な人間関係があるからである。社会階層の上下関係があったとしても、いわば気心の知れた仲であるならば、許容される内容であろう。また、メールの送り手が男性であった場合は、メールの送り手は、その身を女性に仮構して遊んでいる、と筆者なら考える。この場合、おまえさんを待ちわびる愛人もいるんじゃあないかというような揶揄の気持ちを読解すべきかもしれない。

本節も、衒学趣味もはなはだしい書き出しとなってしまったことを、まずもって読者にお詫びしたい。しかし、それには理由がある。遣唐使という国家の命運を荷う対外使。その命を賭しての旅路を前に、渡唐経験のある憶良が絶唱した歌であるという先入観をもって、好去好来歌を読解したくないからである。そういう先入観が、憶良が意図して長反歌に仕掛けている笑いの構図を見えなくしてきたのではないか、と筆者は懸念している。

言霊の発動と神々の加護を高らかに歌い上げる冒頭から展開部。ところが、反歌になると、旅ゆく背を待つ家なる妹の歌のように読めてしまうのである。少しでも万葉歌に親しんだことのある人なら、類型があるので、そう読めてしまうのである〔伊藤　一九八四年、初版一九七六年、初出一九七三年〕〔三田　二〇一二年〕。その「大伴の　三津の浜辺に　直泊てに　御船は泊てむ　つつみなく　幸くいまして　はや帰りませ」という長歌の結びに呼応して、響き合って、反歌二首は展開されているのである。「はや帰りませ」は壮行の辞の常套句で、女性語ではないけれども、文脈によっては妹が背を送る言葉であるかのように聞こえてしまう言辞である。すると反歌二首も、帰国を待つ女の歌であるかのように読めてしまうのである。本節では、第一反歌をつぶさに観察することによって、その生活性、表現性、心性を結ぶ回路を明らかにしたい、と思う。憶良はなぜ、大伴の三津の松原の清掃をすると歌ったのか？

なお、第二反歌については、第三章第四節において、すでに述べたところである。ここでは、長歌と左注を省略し、考察の対象とする反歌のみを示すことにする。

反歌

大伴の　三津の松原　掻き掃きて　我立ち待たむ　はや帰りませ

難波津に　御船泊てぬと　聞こえ来ば　紐解き放けて　立ち走りせむ　（巻五の八九五、八九六）

一　大伴の三津の松原の清掃

歌の中では、大伴の三津が、難波津と同地であることは、第一反歌と第二反歌を見れば自明なことである。同港に対して、両方の呼称が用いられていたのであろう。大伴の名が冠せられるのは、港の開発と管理が、大君の伴たる大伴氏に委ねられていた時代があったからである。憶良在唐歌には、

山上臣憶良、大唐に在りし時に、本郷《くに》を憶《おも》ひて作る歌
いざ子ども　早く日本《やまと》へ　大伴の　三津の浜松　待ち恋ひぬらむ　（巻一の六三）

とあり、憶良の時代においては、住吉に代わって、まさに遣唐使船の港であった。近注では『新編全集』が注意を払ったように、「松」と「待つ」が掛け言葉となっている。その松原は、おそらく海上からもあざやかに見えたので、出港時には「見送りの松」に、帰港時には「出迎えの松」になったのであった。見送りの松として海上から名残りを惜しめばこそ、その出迎えを受けたいと強く願ったのであろう(1)。

「いざ子ども」という呼びかけは、帰国船の乗船者に対する檄であり、あの大伴の三津の松原をもう一度見ようと、呼びかけたのであった。安全な帰国への思いを直接歌い込むのではなくして、間接的に表現しているとみてよいだろう。「大伴の三津に帰らむ」ではなく、「大伴の　三津の浜松　待ち恋ひぬらむ」とした方が、景が思い浮かび、そこから情感が生まれてゆく。と同時に、大伴の三津の松が待つという表現は、帰国者たちを、港の懐に包み込み、抱くような効果をもたらしているといえよう。あたり前のことだが、遣唐使船は男たちの船である。その男たちは、本郷の家々に妹を残しているはずだから、「待つ」と言った時に想起されるのは、妹であることはいうまでもない。旅と家との対比構造は、遣唐使関係歌においても顕著なのである。ここで確認しておきたいのは、好去

好来歌第一反歌の「三津の松原」の「マツ」も、「待つ」に掛かっているということである。そういう眼で、「我立ち待たむ　はや帰りませ」という句を見ると、待つ女の声のごとき印象を伴って読めてしまうのである。立って待つとは、待つ思いが強いがゆえに、今か今かと待つさまである。用例を閲すると、そのほとんどは、

久邇京に在りて、寧楽の宅に留まれる坂上大嬢を思ひて、大伴宿禰家持が作る歌一首

一重山　隔《へな》れるものを　月夜良《よ》み　門に出で立ち　妹か待つらむ　（巻四の七六五）

この月の　ここに来《きた》れば　今とかも　妹が出で立ち　待ちつつあるらむ　（巻七の一〇七八）

のような女が待つ歌なのである。管見の十七例を見ると、男が待つ歌は三例（巻二の一〇七、巻十一の二七七六、巻十九の四二五三）。題詞、歌の内容から性別の判断がつかぬものが二例ある（巻十二の三一九五、巻十四の三四〇六）。残りの十二例は、女が立って「待つ」例である。(2) もちろん、数だけで考えるのはよくないけれども、傾向に偏りがあることは明白である。繰り返しとなるが、こういった偏在にも「家なる妹」と「旅ゆく背」という万葉歌の対比構造の存在を認めなければならないだろう〔伊藤　一九八四年、初版一九七六年、初出一九七三年〕〔三田　二〇一二年〕。

妹が家で背を待つ場合、その身だしなみとして、家の内外や寝室の清掃をすることと飾ることは、実際にも行なわれたことであろうし、歌のなかにも表れている。

思ふ人　来《こ》むと知りせば　八重むぐら　覆へる庭に　玉敷かましを　（巻十一の二八二四）

もちろん、これは反実仮想の歌である。反実仮想は、誇張表現を伴うものだから、玉を敷いてお迎えしたいくらいに、あなたを慕っていますという点に思いの力点はあるはずである。早くに中西進は、「掻き掃きて」という表現の第一義とすべき点を、次の二首から考えようとした〔中西　一九七三年〕。

太上皇、難波宮に御在《いま》しし時の歌七首〔清足姫天皇なり〕

左大臣橘宿禰の歌一首

堀江には　玉敷かましを　大君を　御船漕がむと　かねて知りせば

御製の歌一首〔和《こた》へ〕

玉敷かず　君が悔いて言ふ　堀江には　玉敷き満《み》てて　継ぎて通はむ〈或は云ふ、「玉扱《こ》き敷きて」〉

右の二首の件《くだり》の歌は、御船江《おほみふねかは》を泝《さかのぼ》り遊宴せし日に、左大臣の奏せると御製となり。

〔巻十八の四〇五六、四〇五七〕

右の二首は、元正太上天皇の難波宮行幸に際して詠まれた贈答歌である。中西は、この贈答歌を捉えて、

賓客を迎えるときの礼儀として玉を敷く、かき掃く、ということであろう。しかしその美しくしつらえるということの上に、憶良の歌には「御津の松原」という存在が重くかかっているのを感ずる。清浄に——あの万葉人にとって「清」に、松原を保ちつつ待つということは、根底に右に見て来たような景の生命感が在しないだろうか。「待つ」ということば、「早帰りませ」ということばと共用されるそれは、虫麻呂の「早く来まさね」「迎へ参出む」とひとしい。〔中西　一九七三年〕

と述べている。「玉敷かましを」は、『万葉集』では、愛する人や尊く思う人士の来訪を嬉しくも思い、光栄にも思う気持ちを表す常套句である。[3] 来訪への感謝や謙譲の気持ちを表す表現ではあるが、取りようによっては大げさな表現といえよう。

「玉を敷く」という飾りたてる行為が、来訪者への気持ちを表すならば、「大伴の　三津の松原　掻き掃きて」も同じであろう。窪田『評釈』（一九八四年、初版一九四三年）が、「『かき掃き』は、『かき』は接頭語、『掃き』は、掃き清めてで、憶良自身する意である。廣成に對する敬意からの云ひ方である」と述べているのは、その表現の一側面を鋭く突いたものであるけれども、裏を返せば、大仰な表現であるともいえる。常識的に考えて、七十を越え、一応貴族の列に加わった老人、しかも病を得ていると思われる憶良が、大伴の三津の清掃を行なうとは考えにくい。[4] 当然、実際にはあり得ないことを前提として、第一反歌は成り立っているのではないか（虚偽事実の推定）。その際、憶良は自らの身を「待つ女」に仮構していたのではなかろうか。ならば、清掃とは、いかなる労働であったのか、具体的に考えねばなるまい。

基本的に、前近代までの社会において、清掃は女性労働であり、家内の清掃もまた、戦後に至るまで、主として女性労働であった。ただ、単純に女性労働であったといっても、それは実相を捉えた説明にはなっていない。次のように、その関係性を説明しておかなくてはなるまい。清掃、水汲み、衣服生産、洗濯といった労働は、優位者と劣位者がいた場合、常に劣位者が行なう労働なのであった。社会階層の上層が優位者であるならば、社会階層の下位者は劣位者となる。かくなる場合、清掃、水汲み、衣服生産、洗濯は社会階層の下位者の仕事となる。[5] 男性が優位の性であるなら、女性は劣位の性となる。そのため、劣位者の労働である清掃、水汲み、衣服生産、洗濯などは、女性労働となる。

櫛木謙周は、古代宮都における清掃を富の再分配という経済的側面だけでなく、社会秩序を確認する表象としても捉えようとしている〔櫛木　二〇一四年〕。つまり、清掃奉仕をする側（劣位者）と清掃をさせる側（優位者）が、労働によって可視化されることを重要視しているのである。と同時に、そこに清浄な空間を出現させれば、それは古代的な公共空間とも成り得る。そういった清掃作業を通じて、古代的公共性が生成されていたことを鋭く指摘した論である。清穢の観念の形成や差別構造の解明にもつながる卓れた史論といえよう。以上のように考えてゆくと、港の清掃をして待つという歌は、歌を献上した丹比広成への敬意を込めつつも、それをユーモラスに表現したものとみなくてはなるまい。

　これまで、清掃が劣位者の労働であることを縷々述べてきたわけだが、こういった社会通念を逆手に取って意図的に心意を可視化することもあった。いわゆる天平十八年（七四六）の正月の雪掃きがまさにそうである。

天平十八年正月、白雪多く零《ふ》り、地に積むこと数寸なり。ここに左大臣橘卿、大納言藤原豊成朝臣また諸王諸臣たちを率《ゐ》て、太上天皇の御在所〔中宮の西院〕に参入《まゐ》り、仕え奉りて雪を掃く。ここに詔《みことのり》を降《くだ》し、大臣参議并せて諸王は、大殿の上に侍《さもら》はしめ、諸卿大夫は、南の細殿に侍はしめて、則《すなは》ち酒を賜ひ肆宴《しえん》したまふ。勅《みことのり》して曰く、「汝ら諸王卿たち、聊《いささ》かにこの雪を賦《ふ》して、各《おのもおのも》その歌を奏せよ」とのりたまふ。

左大臣橘宿禰、詔に応《こた》ふる歌一首

降る雪の　白髪までに　大君に　仕へ奉れば　貴くもあるか　（巻十七の三九二二）

　左大臣以下、大納言、諸王諸臣の元正太上天皇御所西院での雪掃きの奉仕は、臣下の忠心を表すものである。奉仕される太上天皇と奉仕する臣は、雪掃きという労働を通じ、可視化されるのである。対する太上天皇は、その忠心に応えるかたちで、酒肆宴を賜うたのであった(6)。したがって、日常的に大臣たちが雪掃きをしたり、太上天皇居所の清掃作業を行なっていたわけではない。新年であり、しかも豊年の兆しとなる白雪が降ったから特別に雪掃きを名目として参内したのであるが、それは太上天皇への敬愛の念を表現する、いわば儀礼として機能したのである。むしろ、「大臣も、太上天皇さまの前にあっては、一下僕にすぎません」とのメッセージが、この雪掃き参集という行動によって表現されたはずである。まさに、心意の可視化である。

　このような議論を重ねてきたのは、清掃をさせる側（優位者）と清掃奉仕をする側（劣位者）の間にある力学を確認したかったからである。

　じつは、契沖『代匠記』初稿本（一六八七年成立）は、そういう力学をどうも認識していたようなのである。

史記孟子荀卿列傳曰。騶衍　如《ユクトキニ》燕《ニ》昭王擁《シテ》　彗《ヲ》先驅。〔索隱曰。彗帚《ハ》也。謂爲之掃地。以衣袂擁帚而却行。恐塵埃之及長者所以爲敬也。〕

（「萬葉代匠記　三」久松潜一ほか校訂『契沖全集』第三巻、岩波書店、一九七四年）

そこで、契沖の引用する『史記』孟子荀卿列伝の部分を見てみよう。

是《ここ》を以て騶子《すうし》齊に重んぜらる。梁に適《ゆ》く。惠王郊迎《けいわうかうげい》して賓主《ひんしゆ》の禮を執《と》る。趙に適く。平原君側行《へいげんくんそくかう》して席を襒《はら》ふ。燕に如《ゆ》く。昭王彗《せうわうはうき》を擁《よう》して先驅し、弟子の座に列して業《げふ》を受くるを請ひ、碣石宮《けつせききゆう》を築き、身親《みみづか》ら往《ゆ》いて之《これ》を師とす。主運《しゆうん》を作る。其の諸侯に游《あそ》びて尊禮せらるること此くの如し。

（「孟子荀卿列伝」水沢利忠『史記　九（列伝二）』〔新釈漢文大系〕明治書院、一九九三年）

当該部分は、騶子が各国に遊説した時の話である。名声鰻昇りの騶子を各国の王がいかに丁重に遇したかが語られている部分である。王たちは、城外まで出迎え、体を屈めて先導し、自らの袖をもって椅子を拭いて、賓主の礼をもって、騶子を迎えたとある。そのなかで、昭王は自ら彗すなわち箒を持って先導し、弟子の座に着いたと記されている。箒を持って先導するのは、燕の国王といえども、師に対する礼をもって接し、上席を騶子に譲ることを表しているのであろう。昭王は箒を手にすることによって、劣位者の立場にあることを自ら表明したのである。契沖が引用している唐・司馬貞の『史記索隠』の注記部分も、そのことを表している。まさに、上下関係の可視化である。

憶良が『史記』孟子荀卿伝を踏まえて、「掻き掃きて」と歌ったとは思えないけれども、少なくとも、契沖は箒を持った昭王の姿を当該歌から想起し、引用したのであった。清掃して待つことに謙譲の意を感じ取ったのだろう。

二　待つ妹と床の払ひ

迂遠な議論を重ねてしまったが、冒頭の①②③に対応して考えれば、

① 憶良自身が港の清掃をすることなど、実際上はあり得ない（虚偽事実の推定）。
② 憶良自身の清掃などあり得るはずもないことならば、それは一種の誇張表現であると考えざるを得ない（表現の真意を把握）。
③ それは、待ち焦がれる気持ちをユーモラスに歌った表現であると考えるべきである（真意と意図の認知）。

となろう。しかも、それは、待つ妹を仮構しているようなのである。背を待つ妹の清掃ということを念頭に、『万

葉集』を閲してみると、床を払い清めることが、待つ妹のたしなみとして歌われている。心地よい床を、やって来る背に提供することは、家なる妹の身だしなみの一つと考えられていたようなのである。そもそも、床を敷くという行為そのものが、背を待つことなのであり、

赤駒を　厩《うまや》に立てて　黒駒を　厩に立てて　それを飼ひ　我が行くごとく　思ひ妻　心に乗りて　高山の　峰のたをりに　射目《いめ》立てて　鹿猪《しし》待つごとく　床敷きて　我《あ》が待つ君を　犬な吠《ほ》えそね
〔反歌省略〕　　（巻十三の三二七八）

のような歌も見出すことができる。ここでは「床敷きて」と表現している。妻訪い婚においては、間々このようなこともあったのだろう。犬が吠えて、困ったことになってしまう。吠え声で、近所の人びとに知られてしまうようなこともあったからこそ、こういう歌も歌われるのであろう。

そして、その床は、当然清浄なものがよいわけで、床を清掃して背を迎えるはずである。(7) 次に挙げるＡＢＣの三例は、床を払い清める歌である。

A　　大伴宿禰家持が坂上大嬢に贈る歌一首〔并せて短歌〕

ねもころに　物を思へば　言はむすべ　せむすべもなし　妹と我《あれ》と　手携はりて　朝には　庭に出で立ち　夕には　床打ち払ひ〔床打払〕　白たへの　袖さし交へて　さ寝し夜や　常にありける　あしひきの　山鳥こそば　峰向《を》かひに　妻問ひすといへ　うつせみの　人なる我《あれ》や　なにすとか　一日一夜《ひとひひとよ》も　離《さか》り居て　嘆き恋ふらむ　ここ思へば　胸こそ痛き　そこ故に　心なぐやと　高円の　山にも野にも　打ち行きて　遊び

あるけど　花のみに　にほひてあれば　見るごとに　まして偲はゆ　いかにして　忘るるものそ　恋といふものを
（巻八の一六二九）

〔反歌省略〕

B　ま袖もち　床打ち払ひ〔床打払〕　君待つと　居りし間に　月傾きぬ
（巻十一の二六六七）

C　我が背子は　待てど来まさず　天の原　振り放け見れば　ぬばたまの　夜も更けにけり　さ夜更けて　あらしの吹けば　立ち待てる　我が衣手に　降る雪は　凍り渡りぬ　今更に　君来まさめや　さな葛　後も逢はむと　慰むる　心を持ちて　ま袖もち　床打ち払ひ〔床打払〕　現には　君には逢はず　夢にだに　逢ふと見えこそ　天の足る夜を
（巻十三の三二八〇）

Aは、家持の大嬢に贈る歌であるが、そのなかで、せっかくの新婚生活も多忙で、それを楽しむことができないと嘆いているところがある。A歌で、家持が心から希求したものとは、朝には手を繫ぎあって庭に遊び、夜には床を清めて袖をさし交わして寝ることであった。

Bは、待っても待ってもやって来ぬ「君」への嘆き節である。もちろん、そういう思いを聞き手、読み手に訴えかける歌であることは、いうまでもない。「ま袖」とあるからには、両袖を使って丁寧に床をはたき、清めるのであろう。片袖では、相手を軽んじることになるから、両袖でねんごろに塵を払い清めるのである。しかも、それは他人に命じるのではなく、自らの両袖で行なってこそ真心が伝わるものと考えられていたようなのである。

Cも、Bと同じく待ってもやって来ぬ「背」への嘆き節である。こちらも、Bと同じく「ま袖」を使って床を払い清めるとある。

一方、背がもうやって来ないとわかっていた場合もあるはずだ。来訪があり得ぬことが分かった上で、床の塵を払えば、それはなすところない独寝の嘆き節ともなった。DEは、その例である。

D　明日よりは　我が玉床を　打ち払ひ〔打払〕　君と寝《い》ねずて　ひとりかも寝《ね》む　（巻十の二〇五〇）

E　夕されば　人なき床を　うち払ひ　歎かむためと　なれるわが身か

（『古今和歌集』恋歌五、巻十五の八一五、小沢正夫・松田成穂校注・訳『古今和歌集（新編日本古典文学全集）』小学館、一九九四年）

Dは七夕歌であり、逢瀬の後の気分を祭りが済んだ後の寂寥感のごとき感情として歌っている。(8) Eは、わが身を思うやるせなさが表現されている歌である。

万葉びとの恋情表現が、後代の和歌よりみれば、より直截的かつ具体的であることは、異口同音に諸家が指摘してきたところである。家のなかでも、閨房（寝室）。閨房のうちでも、床、枕、床辺、枕辺が、愛する背を偲ぶ事物や場所として、堂々と描かれ、偲びのよすがとされている点は、万葉歌の特色の一つといえるかもしれない。きわめて、具体的なのである。床、枕、床辺、枕辺は、不在の背を偲ぶよすがとなり、それは相聞歌、死者への相聞歌ともいえる挽歌に共通しているところでもある。そして、それは、人麻呂挽歌以降、多くの類同歌を生みだしてゆくのであった。

一方で、床は、斎瓮を据えての斎ひの祭祀の場ともなり得る場所なのであった。むしろ、偲びのよすがともなり、恋情が収斂してゆく場所であったからこそ、旅ゆく背の無事を祈る場所ともなったのであった。これまた具体的である。この点については、かつて述べたこともあるので再論しないが、本節に有利な防人の別れを惜しむ歌を引用しておこう〔上野　一九九七年、初出一九八六年〕。

防人が悲別の心を追ひて痛み作る歌一首〔并せて短歌〕

大君の　遠の朝廷《みかど》と　しらぬひ　筑紫の国は　敵守《あたまも》る　おさへの城《き》そと　聞こし食《を》す　四方《よも》の国には　人さはに　満ちてはあれど　鶏が鳴く　東男《あづまをのこ》は　出で向かひ　顧みせずて　勇みたる　猛き軍士《いくさ》と　ねぎたまひ　任《ま》けのまにまに　たらちねの　母が目離《か》れて　若草の　妻をもまかず　あらたまの　月日数《よ》みつつ　葦が散る　難波の三津に　大船に　ま櫂しじ貫き　朝なぎに　水手《かこ》整へ　夕潮に　梶引き折り　率《あど》ひて　漕ぎ行く君は　波の間を　い行きさぐくみ　ま幸くも　早く至りて　大君の　命のまにま　ますらをの　心を持ちて　あり巡り　事し終はらば　障《つつ》まはず　帰り来ませと　斎瓮を　床辺に据ゑて　白たへの　袖折り返し　ぬばたまの　黒髪敷きて　長き日《け》を　待ちかも恋ひむ　愛《は》しき妻らは

ますらをの　靫《ゆき》取り負ひて　出でて行けば　別れを惜しみ　嘆きけむ妻

鶏が鳴く　東男の　妻別れ　悲しくありけむ　年の緒長み

右、二月八日、兵部使少輔《ひやうぶしのせうふ》大伴宿禰家持

（巻二十の四三三一～四三三三）

家持は、防人の悲別を歌うにあたり、「愛しき妻ら」の思いを歌っているのである。やはり、ここでも、旅ゆく背と家なる妹との対比構造から歌が発想されている。その家守る妻たちの姿を、床辺での斎ひの祭祀と、愛する背を夢に見るための呪術である袖折りによって描いているのである。万葉歌中における旅の苦難の際たるものは、独寝なのである。数ある旅の苦難のなかでも、独寝の苦しみが中心に歌われるのは、万葉歌そのものが、恋歌を基盤に成立していることと、無縁ではない。しかも、それは、家なる妹と旅ゆく背の対比のなかで歌われるものなのである。「床打払」と歌い、背の訪れを待つ歌々も、そういう万葉歌の類型のなかで、まずは考えなくてはならないのである。

縷々述べてきたような文芸の伝統があればこそ、床を歌う中国詩を受容することもできるのであろう。小島憲之は、「床打払」という表現が『玉台新詠』の張衡「同聲歌一首」や同集の種葛篇から学ばれたものとし、

……この枕席を清める動作はやはり、「夕べには床うち拂ひ」と関係があるのではなからうか。「床うち拂ひ白妙の袖さしかへてさ寐し夜や」とある通り——玉臺新詠巻二種葛篇に、「歡愛在枕席、宿昔同衣衾」とある——、単に床を清潔にして待つと云つた（或は宗教的な）表現ではないと思はれる。しかもかうした男女の「合歡」の前のわざとしてかかる動作を万葉人が必ずしもやつたものとは思われず、むしろ書物から得た表現が、イデオム化して万葉歌人の世界に流行したのではなからうか。つまり「床うち拂ひ」は、もとは男女の「合ひ」に関係する句であり、舶載書の知識がやがて万葉人の表現となつてあらはれたものと思はれる。

〔小島　一九六四年a〕

と記している。そこで「同聲歌一首」を見ると、

（前略）
洒掃枕席《さいさうちんせき》を清め、鞮芬狄香《ていふんてきかう》を以《もち》ゆ。
重戸《ちょうこ》金扃《きんけい》を結び、高下《かうげ》鐙光《とうくわう》華やかなり。
衣解かれて巾粉《きんぷん》を御《ぎょ》し、圖《づ》を列ねて陳枕《ちんちん》張らる。
素女《そぢょ》を我が師と爲し、儀態萬方《ぎたいばんばう》盈《み》つ。
（後略）

〔「同聲歌一首」内田泉之助『玉台新詠（上）〔新釈漢文大系〕』明治書院、一九七四年〕

とある。この詩は、結婚して初夜を迎える女のたしなみを述べた詩である。初夜を迎える女は、男に尽くすべく閨房において、あらん限りの心尽くしをすると語り出す。そのなかに、枕席すなわち床を清め、皮靴には高価な舶来の香料を用い、嬌声が外に漏れないように、重ね戸は金属製のとぼそで固く締め、閨房の照明も華やかにするとある。そして、続くところには、枕絵を並べるとある。率直に感想を述べれば、まさに、男が自らのために造型した「尽くす女」の理想像としかいいようのない代物である。

ここからは、暴論の謗りを恐れず、自らが思量するところをあますところなく開陳したい。第一反歌が長歌末尾の「はや帰りませ」を受け、待つ女に仮構されていること。さらには、第二反歌における、紐を解き走る行為の先には、宴と共寝の二つが想定されることを考え合わせるならば、第一反歌も、背を待ちわびる妹の姿を前提に歌が構想されているのではなかろうか（第三章第四節）。そして、港を清掃すると歌うのは、港を妹の家と見立てているのではないか。家の内外や床を清掃して男を待つ妹の姿を投影して当該歌を読むのは、筆者の見た幻を語るに等しいことだろうか。読者の審判を仰ぎたい。

本節の主張を図化すると、

港の清掃
→ 待つ妹の家の清掃を想起させる
→ 待つ妹の床の清掃を想起させる

となろうか。第三章第四節において、筆者は第二反歌の紐解きを、

と理解したが、同じ構造になっていると考えたいのである。好去好来歌の長反歌関係を分析した唯一の論文である成者連の稿では、場面設定（x）⇩心情の描写（y）⇩行動（z）と反歌の構成を分類、分析して、

x　大伴の三津の松原　⇕　難波津に御船泊てぬと聞こえ来ば
y　掻き掃きて　⇕　紐解き放けて
z　我立ち待たむはや帰りませ　⇕　立ち走りせむ

という共通の構造があるとする〔成　一九九六年〕。筆者は、同種の構成法はいくらでも他に類例を見出し得るので、意図的になされたものとは思わないけれども、反歌二首は内容において響き合って、長歌と連動しているように思われる。反歌二首まで読んできて、どんでん返しを食らうように作られているのである。反歌二首まで読み終えると、この好去好来歌の「オチ」は、ここにあったのか、と気付く仕掛けになっているのである。前半部はなんだか重々しくて神妙だったが、なぁんだ笑わせ歌だったのだなぁと、はっと気付かせるように、仕組まれているのではなかろうか(9)。

本節の冒頭において述べた、「憶良が意図して長反歌に仕掛けている笑いの構図」とは、このどんでん返しのことを指す拙辞なのであった。

おわりに

長歌の「人さはに　満ちてはあれども　高光る　日の大朝廷　神ながら　愛での盛りに　天の下　奏したまひし家の子と　選ひたまひて」の部分に着目して、広成が丹比家の家の子であることが強調されるのは、憶良と広成の個人的関係に起因するのではないかとする説がある〔菊地　一九八四年〕。推定の部分は多いとしても、筆者は、菊地論文を卓論だ、と思う。

大使広成は嶋の第五子であった（『続紀』）。よって、広成を「家の子」と詠んだのは、そのこと自体誤りではないが、広成が大使に任命されたのは、別に丹比家の出身だったからではないであろう。養老時には、広成の兄の県守が押使に任命されてはいるが、広成自身、『懐風藻』に三首の詩を残すほどに漢文学にも造詣が深く、また任官以前には、下野守、迎新羅使左副将軍、越前守、能登、越中、越後の按察使などを歴任しており、大使任官は広成個人の資質によるところ大であったと思う。憶良が広成を「家の子」といい、その父嶋の事績にまで溯って、大使任命のことをうたったのは、この歌の発想そのものが、憶良の極めて個人的なところに起因するからではなかろうか。〔菊地　一九八四年〕

さらに菊地は、好去好来歌が、三月三日の丹比家での宴で披露されることを前提に制作されたのだとする。

筆者は、菊地論文を受けて、以下のように推考する。この長歌「人さはに……」部分は、宴に参集するであろう丹比家の人びとに配慮した部分なのではなかろうか。このように表現すれば、広成だけでなく丹比家の人びと歴代の栄誉も讃えられるわけである。だとすれば、書簡に書かれた長歌を読み上げるかたちで、好去好来歌は公表されたはずである。宴の参会者たちは、長歌の末尾が読み上げられると、何やら大げさな表現が登場したことに驚いたことだろう。そうして、反歌二首まで読み上げられると、いつの間にやら好去好来歌は笑わせ歌となっているではないか――。そういう仕掛けがあるのではなかろうか。

　宴で披露される長歌を制作する場合、制作者はまず二つのことを考えるであろう。一つは、宴席の主旨にあっているか、どうか。もう一つは、聞き手の集中力が途切れないように、最後まで聞いてもらえるか、どうか。初期万葉の小型長歌ではあるけれども、額田王の春秋競憐歌（巻一の一六）は、春派、秋派の心を左右に揺らしておいて、最後には、「しっかり」「きっぱり」と自らの主張が述べられて終わる。同じく、どんでん返しだ。しかも、読み終わると、額田王は、はじめから秋派だったと分かるように仕掛けられているのである。梶川信行は、そうした歌のあり様を捉えて、これを歌人の芸と見た方が、より実相に近いのではないかと論じている〔梶川　一九九七年〕。

　梶川の言に倣えば、反歌二首の配置にこそ、憶良の芸があるのかもしれない、と思う。冒頭に示したのは、本論の解釈案を誇張して作成したお座敷歌、俗謡仕立ての釈義である。これまた衒学趣味のなせる業ながら、行きつ戻りつ迷走した拙論の理解の一助とされたい。

　本節では、掃除という労働が古代社会において、どのように位置付けられていたのか。そして、その位置付けを利用して、いかなる歌表現がなされたのか、考えてみた。次節においては、後宮に奉仕した女たちの世界を明らかにしたい、と思う。

注

（1）「見送りの松」のようなものを山に求めるならば、その山は、生駒山であろう。それは、水平線に最後に消えるのは生駒山の山頂だからである。「難波津《なにはと》を　漕ぎ出て見れば　神さぶる　生駒高嶺に　雲そたなびく」（巻二十の四三八〇）や、『住吉大社神代記』の「膽駒《いこま》神南備山本記」に住吉の神が生駒山を領有する話がある。住吉の大神が、生駒山を領有するのは、難波、住吉から出港した場合、最後に水平線に沈む見納めの山だったからであろう。
（2）巻三の四四三、巻四の七六五、巻七の一〇七八、巻七の一二四二、巻十の二〇八三、巻十二の二九二九、巻十二の三一九五、巻十三の三二八〇、巻十三の三二八一、巻十四の三四五五、巻十六の三八六一、巻十七の三九七八。
（3）こういった謙譲によって敬意を表する例としては、巻六の一〇一三、巻十九の四二七〇がある。
（4）もちろん、それは文脈の中で解決すべきことがらではあるけれども、この場合については、常識の範囲で考えてもよいだろう。
（5）たとえば、洗濯も戦前までは女性労働であった。これは、文化を越えたレベルの汎世界的労働習慣であった。したがって、資本主義下において賃金労働が普及しても、洗濯は女性職業の労働であったのだ。かえりみて、万葉歌を見ると、旅ゆく背が洗濯に言及する場合、例外なく、それは望郷の言となり、妻恋の布曝しの言となっている。ために、布の白さに言及する表現は、多くの場合、布を白くするための河川での布曝しの女性労働が想起されていることを忘れてはならない（第七章第二節）。描かれた文芸世界と実生活の回路を常に模索し、その関係性を、清掃についても考えてゆくべきだろう。
（6）「玉箒　刈り来《こ》鎌麻呂　むろの木と　棗が本《もと》と　かき掃かむため」（巻十六の三八三〇）は、男性が日常行なわない清掃に従事するところに、歌の妙があり、その名を題によって鎌麻呂としたところにおもしろさがあるのである。
（7）巻十三には、背を寝取られて激しく嫉妬する女歌があるが、寝取った相手を攻撃する言葉のなかに、寝屋の貧弱さ、腕の不格好さとともに、「破れ薦《やれごも》を敷きて」と床が破れていることが挙げられている（巻十三の三二七〇）。これは、心地よい床を提供できない女はダメ女であるという考え方があったからであろう。
（8）この歌について、小島憲之は、中国詩においては、織女が牽牛のもとを訪れるのであり、日本の生活習慣の違いに基づくものであることを指摘している。したがって、中国詩においては、二〇五〇番歌の嘆きは牽牛の嘆きであると指摘している。

そこに彼此文学の差があり、万葉集の二星の会合は、男が女人の許に行くと云ふ地上の現実のそのままの反映である。これは作家位相、文学形態の差なども一つの原因であらう。この点に於て懐風藻の詩は中国詩の模倣であり、行動を起すのは織女星である。万葉集の七夕歌は七夕詩と差があるにも拘はらず、なほ全般よりみれば、七夕詩に得た点もあり、この詩想を歌にこなし、現実に即して詠むために、万葉歌人としての努力が必要であつた。

〔小島　一九六四年c〕

（9）なお、第一反歌と第二反歌に異質性を認め、断層を想定する意見がある。中西進は、

第一反歌は先に述べた正訓字が多い部分と似かよい、第二反歌は、「難波津」「紐解」だけ、極端にいえば「難」「紐解」だけが仮名書きでないだけで、他はすべて一字一音である。また、第一反歌では「大伴の御津」といい、同じ場所を第二反歌では「難波津」という。同じ時、同じ条件でつくりながら、なぜこう違うのか。さらには第一反歌は格式にあった儀礼性をもっているのに、第二反歌は「紐解き放けて立ち走りせむ」という、卑俗ささえ感じられる歌いぶりである。たしかに「早帰りませ」――「泊てぬと聞こえ来ば」と意味はつながっているが、肝心の精神に懸隔がある。

これは一体なぜか。その点を、この一篇の寿歌は、反歌一首をもって完了しているのではないかと、考える。最初から反歌一首を添えるべく添えて歌いおわった。そしてさらにもう一首を、少し間をおいて加えたのが現形ではないのだろうか。

〔中西　一九七三年〕

と述べている。つまり、用字法、同一地に対する呼称法の違い、格式を重んじた儀礼性をもった歌いぶりと一種の卑俗性を持った歌いぶりの異質性を認める立場である。対する本節は、反歌二首に一貫性、同質性を認める立場である。反歌二首には、誇張表現による笑い、洒脱性、滑稽性が共通していると思われる。したがって、本節は、反歌二首に異質性を認める中西説とは異なる。

参考文献

伊藤　博　一九八三年「貧窮問答歌の成立」『萬葉集の歌人と作品（下）（古代和歌史研究4）』塙書房、初版一九七五年、初出一九六九年。
――――　一九八四年「家と旅」『萬葉集の表現と方法（下）（古代和歌史研究6）』塙書房、初版一九七六年、初出一九七三年。
稲岡耕二　二〇一〇年『山上憶良』吉川弘文館。
上野　誠　一九九七年「人麻呂挽歌の発想――枕と床と」『古代日本の文芸空間――万葉挽歌と葬送儀礼』雄山閣出版、初出一九八六年。
――――　二〇〇〇年「千年の養老七年芳野行幸歌」神野志隆光・坂本信幸企画編集『笠金村・車持千年・田辺福麻呂（セミナー万葉の歌人と作品）』第六巻所収、和泉書院。
太田善麿　一九六六年「万葉時代の現出基盤の問題」『古代日本文学思潮論Ⅳ』桜楓社。
荻原千鶴　二〇〇〇年「入唐使に贈る歌」神野志隆光・坂本信幸企画編集『笠金村・車持千年・田辺福麻呂（セミナー万葉の歌人と作品）』第六巻所収、和泉書院。
奥田和広　二〇〇六年「山上憶良『好去好来歌』の細注について」『学芸　国語国文学』第三十八号所収、東京学芸大学国語国文学会。
折口信夫全集刊行会編　一九九五年「口訳万葉集」『折口信夫全集』第九巻、中央公論社、初出一九一六年。
梶川信行　一九九七年「《芸》の世界」『万葉史の論　山部赤人』翰林書房。
菊地義裕　一九八四年「憶良と丹比家――〈好去好来歌〉の献呈」『上代文学』第五十三号所収、上代文学会。
櫛木謙周　二〇一四年『日本古代の首都と公共性』塙書房。
小島憲之　一九六四年a「萬葉集と中国文学との交流」『上代日本文学と中国文学（中）――出典論を中心とする比較文学的考察』塙書房。
――――　一九六四年b「山上憶良の述作」『上代日本文学と中国文学（中）――出典論を中心とする比較文学的考

察』塙書房。
――――　一九六四年c「七夕をめぐる詩と歌」『上代日本文学と中国文学（中）――出典論を中心とする比較文学的考察』塙書房。
成　耆達　一九九六年「山上憶良の『好去好来歌』について――特に反歌二首を中心に」『武庫川国文』第四十八号所収、武庫川女子大学国文学会。
辰巳正明　一九八七年『万葉集と中国文学』笠間書院。
鉄野昌弘　一九九一年「『秋立待』をめぐって」『帝塚山学院大学　日本文学研究』第二十二号所収、帝塚山学院大学日本文学会。
永池健二　二〇〇五年「立待考――歌謡研究からのアプローチ」『奈良教育大学　国文――研究と教育』第二十八号所収、奈良教育大学国文学会。
中西　進　一九七三年「遣唐使に餞る」『山上憶良』河出書房新社。
橋本達雄　一九六八年「初期の憶良――その歌人的性格と位置」『跡見学園女子大学紀要』創刊号所収、跡見学園女子大学。
林田洋子　一九七三年「水辺の遊び――万葉集における三月上巳の頃」『上代文学』第三十二号所収、上代文学会。
東　茂美　二〇〇六年『山上憶良の研究』翰林書房。
藤原茂樹　二〇〇〇年「大唐に在りし時本郷を憶ひて作る歌と好去好来歌」神野志隆光・坂本信幸企画編集『大伴旅人・山上憶良（二）（セミナー万葉の歌人と作品）』第五巻所収、和泉書院。
三田誠司　二〇一二年『萬葉集の羈旅と文芸』塙書房。
村山　出　一九九九年「車持千年の吉野讃歌」『北海学園大学人文論集』第十三号所収、北海学園大学。
守屋　毅　一九八七年「『くるひ』と芸能――中世における諸相」梅棹忠夫監修・守屋毅編『祭りは神々のパフォーマンス』所収、力富書房。

初　出

「『大伴の三津の松原掻き掃きて』再考——好去好来歌反歌の論」『京都語文』第二十二号、仏教大学国語国文学会、二〇一五年。

第五節　天智天皇挽歌と後宮

天の原
振り仰いで見ると
　大王の御寿《みいのち》は……
長く長く天に満ち満ちている
　　――大王ノ御寿ハ永遠ナリ

（巻二の一四七釈義）

はじめに

A1　天皇聖躬不豫之時、大后奉御歌一首
天原　振放見者　大王乃　御寿者長久　天足有（一四七）

A2　一書曰、近江天皇聖躬不豫、御病急時、大后奉献御歌一首
青旗乃　木旗能上乎　賀欲布跡羽　目尓者雖視　直尓不相香裳（一四八）

B1　天皇崩後之時、倭大后御作歌一首
人者縦　念息登母　玉縵　影尓所見乍　不所忘鴨（一四九）

B2　天皇崩時、婦人作歌一首〔姓氏未詳〕

空蝉師　神尓不勝者　離居而　朝嘆君　放居而　吾恋君　玉有者　手尓巻持而　衣有者　脱時毛無　吾恋
君曾伎賊乃夜　夢所見鶴（一五〇）

天皇大殯之時歌二首

C1　如是有乃　懐知勢婆　大御船　泊之登万里人　標結麻思乎〔額田王〕（一五一）

C2　八隅知之　吾期大王乃　大御船　待可将恋　四賀乃辛埼〔舎人吉年〕（一五二）

大后御歌一首

C3　鯨魚取　淡海乃海乎　奥放而　榜来船　辺附而　榜来船　奥津加伊　痛勿波祢曾　辺津加伊　痛莫波祢曾
若草乃　嬬之　念鳥立（一五三）

石川夫人歌一首

C4　神楽浪乃　大山守者　為誰可　山尓標結　君毛不有国（一五四）

従山科御陵退散之時、額田王作歌一首

D1　八隅知之　和期大王乃　恐也　御陵奉仕流　山科乃　鏡山尓　夜者毛　夜之尽　昼者母　日之尽　哭耳呼
泣乍在而哉　百磯城乃　大宮人者　去別南（一五五）

今日、西本願寺本等によって知ることのできる『万葉集』の姿は、長い時間をかけて、逐次に編纂を繰り返されたものである。そのため現存する姿（テキスト／本文）を完成体と見てよいかどうかということについては、議論の余地も残るところであろう。したがって、編纂論や構造論を論ずる論者たちも、一応完成体とみなして、論を立てているというのが実情ではないのか、と思う。そこで、話をいわゆる古撰の巻たる巻一と巻二に絞って考えてみた場合、研究者の間で異論なく合意できる点は、どのような点まででであろうかと考えてみると、以下の二点くらいに落ち着くのではないかと思量する。その一つは、時代も性質も異なる原資料が、それぞれの編纂段階において使用されていること。もう一つは、巻一、二は他巻に比べ、用いた原資料の個別の伝を尊重し、その伝の異同をなるべく読者に伝えようとする傾向を看取することができること、というくらいの点であろう。

したがって、編纂に用いた原資料の伝に異同のある場合、編纂者独自の判断をなるべく避け、異同をできるだけありのままに記す傾向が強いのである。この傾向が強いということは、編纂実務者の一種の「丁寧さ」「慎重さ」の表れとも考えられるし、そこに遺漏なく歌と歌が歌われた事情を後世に伝えようとする意思を看取することもできよう。

前置きが長くなってしまったが、本節では右記の理解に立って、巻二のいわゆる天智天皇挽歌群について、それを「後宮」の文学として位置づける場合、どのような予備的考察が必要なのか、考えてみたい、と思う。そこで、当該歌群を冒頭に掲げたように、

聖躬不豫時……A
崩後時…………B
大殯時…………C
御陵退散時……D

と分けた場合、どのようなことがわかるだろうか。まず、A1とA2は、別資料であることが編纂者によって明示されていることがわかる。また、B1に「崩後之時」、B2に「崩時」とあることは、Bがたとえ同一資料から出た歌であったとしても、B1とB2の歌われた場所が同時同所であることを保証し得るものではない。対して、Cは、四首一括して大殯時歌と認定してよいけれども、作者表記法の違いから、C1、C2とC3、C4とは、別資

料より伝来した歌々と考えなくてはならない。Ｃは、ＡＢＤの歌と同一の資料から引用された可能性も大きいのだが、ＡＢＤとは別資料から伝来した可能性を排除することはできない。阿蘇瑞枝は、ＢＣＤの七首について、「五乃至六の場を異にして成立した作品」であると早くに指摘している〔阿蘇　一九七〇年〕。阿蘇の見解を踏まえた大浦誠士は、「天智朝挽歌が複数の伝承経路を持つとすれば、歌数・作者数の多さをもって、天智朝挽歌が一つの公的・儀礼的な場を持つことに直結することはできないのである」との主張を明確に述べている〔大浦　二〇〇〇年〕。大浦の提言は、天智天皇挽歌群の場を一つの場に想定して考えようとする論者を強く牽制するものであり、正鵠を得た注意喚起といえよう。その牽制の対象となっているのは、たとえば曽倉岑の次のような発言に代表される見解である。

天智挽歌群は後宮の公的、儀礼的な場において作られた。従って全体として把えた時、公的、儀礼的性格は十分に認められるし、公的、儀礼的な場の歌という意味では等しく公的、儀礼的性格を持つとも言えよう。しかし、個々の作者や歌についてみた場合、その強弱はまちまちであり、作者個人の独自性や私的、個人的立場や心情をあらわしている歌も少なくない。このようなことが可能であったのは、一方では作者、少なくともその一部が場にありつつも必ずしも場に埋没せず、また自分の公的立場においてのみうたうといったことをせず、歌自体には個人的、私的感情を盛り込みうる程度の文学的個性を持っていたことによる。

〔曽倉　一九七五年、傍点引用者〕

加えて、場の同一性を問題とする身崎壽の挽歌論なども、その牽制の対象となっていることは間違いない〔身崎　一九九四年および一九九八年〕。しかし、曽倉が問題とした場とは、具体的に歌い手がともに集い、意識や考え方を共有させるに至った場とも考えてよく、時間と地点を想定できる誦詠の場だけを言っているのではないようだ。ために、曽倉は時間と地点を限定せず、「後宮の公的、儀礼的な場」と称しているのである。すなわち、それは「筑紫歌壇」とか、「大宰府文学圏」とか「宮廷サロン」とかいう言い方にむしろ近い言い方と考えてよいのではなかろうか。場といっても、具体的に誦詠の時間や地点のみを特定しているわけではなく、倭大后、婦人、額田王、舎人吉年、石川夫人らが集ったであろう場を想定し、そこで行なわれた儀礼を契機として歌が生まれたことを想定しているに過ぎないのである。そして、かつては、そこに天智天皇もいたはずだ。したがって、歌の「伝承経路」から想定されるような誦詠の時と場だけを曽倉は問題にしているわけではないのである。

ならば、今度は逆に、九首形成の場を「後宮」と想定する論者たちは、「後宮」という場をいったいどのような場と想定しているのか、出来得る限りにおいて具体的に説明する責任があるはずである。しかるに、天智朝における「後宮」について、具体的に論及した論文は、管見の限り、存在しない。ために、力及ばずながら愚見を示し、その予備的考察をなしたい、と考えるに至ったのである。

一　後宮文学論の淵原

天智天皇挽歌群のうち、ABCをいわば、「後宮の文学」と考え、倭大后、婦人、額田王、舎人吉年、石川夫人を後宮の構成員とはじめに考えたのは、橋本達雄であった。橋本は、一九六四年の「人麻呂と持統朝」という論文で、天智天皇挽歌群を「後宮の文学」と規定している〔橋本達雄　一九八二年、初版一九七五年〕。さらに、橋本は、一九七〇年の「初期万葉と額田王」という論文の中で、ABCとDとの間に断層を認め、D歌の出現を以っていわゆる「宮廷歌人」の誕生を考えたのであった〔橋本達雄　一九八二年、初版一九七五年〕。したがって、以下の発言は、橋本の一連の宮廷歌人論の中で展開されたものとして読まれなければならない。

この中における5（引用者注＝「天皇大殯之時歌」、一五一番歌）の額田王は、並ぶ舎人吉年と同じ資格で歌を詠んでいるもののごとく、大后は別としても、姓氏未詳の婦人や石川夫人とも、それほど別の資格で詠んでいるとは考えられない。額田王はいわば後宮の一員としてここに歌をつらねているに過ぎず、本来死者に親近した女性が、葬りなど死者儀礼に奉仕するという、原始から古代にかけての世界的傾向の原則がここにも保たれているのを見るというような範囲の歌である。

〔橋本達雄　一九八二年、初版一九七五年、傍点引用者〕

さらに橋本は、同じ額田王の歌であっても、C1とD1については、次元を異にすると考え、

一首は、御陵における一定期間の奉仕を終り、大宮人たちが、それぞれの哀しみを胸に秘めて、退散してゆこうとするさまを描き上げているのであって、額田王自身ももちろんその中の一人である筈なのであるが、みずからを含めた大宮人一般の心情を広い立場から歌い上げていることである。ここに王の、他の吉年や石川夫人などと異なる面を見るのであって、かつてサロンの花形として春秋の美の優劣を宮廷人士の前で判定した時果たした役割を延長した姿、すなわち衆を代表して歌う立場をはじめてうち出しているのであった。そしてこれが王の公的作品の最後を飾る作となったのである。

〔橋本達雄　一九八二年、初版一九七五年〕

と考えを進めたのであった。当時、問題となっていた集団的感動、代表的感動の議論が、橋本の発言にも大きな影響を与えているようである。では、橋本の後宮文学論の前提となっているものは何かといえば、それは西郷信綱の著名な「女の挽歌」の論である。西郷は、

葬礼で哭きつつ――声あげて泣くを哭といい、ネナクとよんでいる――悲しみの歌をうたう〔合唱?〕のは、すぐれて女たちの役であったのだ。天から突きもどした還矢が高胸坂に命中して天若日子の死んだとき、「故《か》れ天若日子が妻下照比売《したてるひめ》の哭く声、風のむた響きて天に到りき」（神代記）という一節などにも、今いったような、葬礼において女が声あげて泣くという原始古代生活の深い印象が刻みこまれていると思う。また天若日子の喪屋《もや》ではいろいろの鳥たち、とくに雀を碓女《うすめ》とし、雉子を哭女《なきめ》として、八日八夜、鎮魂歌舞したというのだが、もし女の挽歌の歴史を原点まで遡ろうとすれば、それは結局、劇的に狂う原始の哭女なるものに達するのではないかと推測される。

〔西郷　一九六四年、初出一九五八年〕

と述べて、天智天皇挽歌群を「女の挽歌」と規定したのであるが、西郷が問題としたのは、汎世界史的視野に立って文学史上における「原始」の意味を問うことであり、エンゲルスのいう女性の歴史的敗北の問題であって、女の挽歌の論は、各論の一つに過ぎない。したがって、それは舎人吉年男性説や、中国文学からの受容の問題等で反論補正されるべき性質のものではないのである。(1)ために、西郷は次のような一文で、その論を結んでいる。

平安朝貴族社会においてなお神秘性を持ちつづけていた斎宮や斎院という巫女制の存在、あるいは男文字と女文字との区別、また他に比を見ないきわめて独特な宮廷女流文学の開花、これらは平安時代そのものだけからは到底説明しえない、もっとふかぶかと原始社会へつながる地層を有つ現象といわざるをえない。そして古い哭女の伝統を負う挽歌も、ほぼ初期万葉のころまでその約束を守りながら一つの芸術的完成期を迎えたわけで、それがつまり万葉集巻二におけるA群〔引用者注＝天智天皇挽歌群〕の歌々に外ならなかった。

〔西郷　一九六四年、初出一九五八年〕

この西郷の論を受けて、天智天皇挽歌群を「後宮の文学」と規定したのが、橋本であり、それをより具体的に九首の船や標などの主題的まとまりから論証しようとしたのが曽倉の後宮文学論だったといえよう。今日、西郷、橋本、曽倉らの後宮文学論を強く支持するのが、身崎壽の挽歌史論であろう。身崎は、

「後宮」をこれらのうたうたの〈場〉とする見解は、はやく橋本達雄の画期的な挽歌史論〔「人麻呂と持統朝」『万葉宮廷歌人の研究』、初出一九六四年三、七月〕においてしめされていたものだ。橋本は天智挽歌群が本質的に「後宮の文学」だったという規定のうえにたち、これらの挽歌は葬儀にかかわるとはいっても「殯宮の場ではなく、後宮の奥深く、皇子や女官たちやそれに類する私的な集団の面前でしめやかに、古式豊かに奏されたものだと推定している。これは西郷信綱のやはり画期的な〈女の挽歌〉論〔「柿本人麿」『詩の発生』、初出一九五八年八月〕を継承しまた発展させて、〈女の挽歌〉の伝統とその生成の〈場〉を実体として把握しなおそうとこころみた、すぐれた見解だとおもわれる。〔身崎　一九九四年〕

との見解を示している。以上縷々述べた諸点を踏まえながら、筆者の立場を述べたい。筆者は、阿蘇瑞枝が指摘し、大浦誠士が注意喚起したように、歌群そのものが、複数の資料から成り立っていることについては、十分に注意を払う必要があると考えている〔阿蘇　一九七〇年〕〔大浦　二〇〇〇年〕。しかしながら、少なくとも不豫から御陵退散までが一括して配列され、Cの四首については、各歌の間に共通した志向性を認めることができ、前歌を踏まえて船、標の後歌が歌われたことを予想させるものであることについては、認めてよいだろう、と思う（C1→C2、C1・C2→C3、C1→C4）。したがって、天智天皇挽歌群の場の想定を容認する立場に立つ。ために、どうしても、具体的に「後宮」という場について、考察をしてみたいのである。そうしなければ、筆者もまた説明責任を果

たすことができないからである。

二　令制の後宮制度から遡求する方法

では、まず行なわなくてはならない作業は、いったいいかなる作業であろうか。それは、「養老令」の後宮職員令でその構成者を確認しておくことであろう。

妃《ひ》二員
　右は四品《しほむ》以上。
夫人《ぶにん》三員
　右は三位《さむゐ》以上。
嬪《ひん》四員
　右は五位以上。
宮人《くうにん》の職員《しきゐん》
（以下省略）

（「後宮職員令」第三、井上光貞ほか校注『律令（日本思想大系）』岩波書店、一九八一年、初版一九七六年）

冒頭に妃、夫人、嬪の定員が示されているが、妃、夫人、嬪は、職員ではない。後宮に仕える「宮人《くにん》」からが、職員である。(2)この妃のなかから、皇后が選ばれるのだが、皇后の規定は、天皇の規定同様に令文には存在しない。それは、令が欽定法であるため、令文にはなじまないのである。次に、妃、夫人、嬪については、「品」「位」と封禄について規定があるので、表7－2にして示しておこう（イ）。

以上が、「養老令」に定められた規定であり、ここから天智朝まで遡求してゆくしか、遡求方法はないのである。

以上の諸点を念頭において、次に「後宮」の語義を確認しておきたい、と思う。前掲の後宮職員令の表題部の『令集解』所収の「穴説」には、「在二御所後一。故號二後宮一。」とあり、同部所引の「古記」には「為二御在所後一。故後宮云耳。」と記されている。つまり、天皇居所たる御在所の後方に存在しているとする解釈が、当時一般に行なわれていた解釈なのである。また同部所引の「穴説」には「其皇后亦合レ在二後宮一。」とあるから、後宮に、皇后、妃、夫人、嬪がいたことも予想される（ロ）。ただし、これは法制上の理念型であって、実際上はさまざまなケースがあったものと思われる。その後宮を支える職員が、「宮人」と呼ばれる女性職員たちであると考えればよい。この宮人たちが、いわゆる後宮十二司と呼ばれる各司に分属されて、儀式や衣食住の仕事に携わって、後宮が運営されていたのである（ハ）。宮人たちは、職員ではあっても、官位相当規定はないので、給禄については准用規定によっていた。ために、宮人たちは、長期間にわたり、同じ司に仕え続けることもでき、さらには天皇や皇后（大后）の寵愛を得て、准位を急上昇させること

表7－2　妃・夫人・嬪の「品」「位」と封禄

妃・夫人・嬪	序列	品位	封禄支給品（春夏の号禄）
妃（2）	序列2位 ～ 序列3位	四品以上	絁20疋・糸40絇・布60端
夫人（3）	序列4位 ～ 序列6位	三位以上	絁18疋・糸36絇・布54端
嬪（4）	序列7位 ～ 序列10位	五位以上	絁12疋・糸24絇・布36端

（注）　養老禄令の嬪以上の品位と号禄の一覧表。妃には一品～四品の「品」が授けられ、夫人や嬪には一位以下の「位」が授けられる。そうすると「品」の授与が行なわれるのは、皇子、皇女に限られているから、自動的に妃は先代までの天皇の皇女に限定されることになる。この妃の中から皇后が選ばれるので、皇后は皇族出身者に限定されることになる。号禄は、妃、夫人、嬪などの称号に対して与えられる禄のこと。春夏の季禄にも差があった。この規定は、『令集解』の同条に引用されている「古記」によって大宝令にも存在していたことがわかる。「古記」は、大宝令の注釈書である。

筆者作成。

もできたのである。これは、野村忠夫が明らかにしたように、采女や氏女として貢進された女性たちが大王（天皇）の家政機関に採用されていた、令制以前の制度の名残りであり、令制下においても、宮人制度には、いわゆる「内廷的要素」が残存していたといわれる由縁である〔野村　一九七八年〕。

そこで、これまで考察を加えてきた養老令の規定をもとに、本節の立論に必要な「後宮」成立の要件を考えてみよう。

イ　天皇の妻妾間に序列が存在すること（順位優劣、称号、待遇差の存在）

ロ　特定の生活空間の存在（殿舎、庭などの存在）

ハ　天皇の妻妾を支える組織の存在（後の後宮十二司のごとき組織の存在）

が、三要件となるであろう。

では、まずイの検討からはじめよう。『日本書紀』に記された天武天皇の后妃記事について整理すると、次のようになる。なお、掲げた序列は、あくまでも『日本書紀』の記す序列順位であり、その序列存在の有無については、後に検討を加えることにしたい。

序列一位▼正妃《むかひめ》［＝皇后《きさき》］……菟野皇女《うののひめみこ》［後の持統天皇］（草壁《くさかべの》皇《み》子尊《このみこと》）

序列二位▼妃《みめ》……大田皇女《おほたのひめみこ》（大来皇女《おほくのひめみこ》、大津皇子《おほつのみこ》）

序列三位▼次妃《つぎのみめ》……大江皇女《おほえのひめみこ》（長皇子《ながのみこ》、弓削皇子《ゆげのみこ》）

序列四位▼次妃……新田部皇女《にひたべのひめみこ》（舎人皇子《とねりのみこ》）

序列五位▼夫人《おほとじ》……氷上娘《ひかみのいらつめ》（但馬皇女《たぢまのひめみこ》）
序列六位▼次夫人……五百重娘《いほへのいらつめ》（新田部皇子《にひたべのみこ》）
序列七位▼次夫人……大蕤娘《おほぬのいらつめ》（穂積皇子《ほづみのみこ》、紀皇女《きのひめみこ》、田形皇女《たかたのひめみこ》）
序列八位▼称号なし……額田姫王《ぬかたのおほきみ》（十市皇女《とをちのひめみこ》）
序列九位▼称号なし……尼子娘《あまこのいらつめ》（高市皇子命《たけちのみこのみこと》）
序列十位▼称号なし……榖媛娘《かぢひめのいらつめ》（忍壁皇子《おさかべのみこ》、磯城皇子《しきのみこ》、泊瀬部皇女《はつせべのひめみこ》、託基皇女《たきのひめみこ》）

「正妃」「妃」「夫人」と、称号のない序列八位以下の女性たちとがいる。したがって、序列が存在したことは明らかなのであるが、この后妃記事を考える場合、次の三点については、十分に考慮する必要がある。その第一点目は、あくまでも皇子、皇女を生んだ女性たちの列記であること。第二点目は、記載された后妃数は、天皇の崩御後にしか確定し得ないこと。第三点目は、天武・持統朝の原資料は存在したにせよ、最終的には、『日本書紀』編纂時に確定されたものと見るべきこと、の三点である。するとこの后妃称号と序列は、持統朝初期までしか遡ることができない資料と考えねばならない。以上は、皇后、妃、夫人、嬪の身分と称号が飛鳥浄御原令において、制度化されて確定されるとする青木和夫の考え方である〔青木　一九九二年、初出一九六二年〕。また、青木は、妃以下の称号について、令制の定義に基づいて統一した編集の痕跡は認められないとし、「かくて天武紀の后妃子女記事が最初に記定された時点の上限は、天武天皇の死後であり、下限は浄御原令班賜以前ではないかと、いちおう推定して置かう」と述べている。従うべき見解であろう。とすれば、今日われわれが見ることのできる「養老令」の后妃序列や称号とは異なるものの、少なくとも天武朝末年から持統朝初期には、後の令制後宮制度に連なる天皇の妻妾間序列が存在したと考えてよいだろう(3)。では、天智天皇の后妃について、『日本書紀』はどのように記すのであろうか。

序列一位▼皇后《きさき》……倭姫王《やまとひめのおほきみ》「＝倭大后《やまとのおほきさき》」
序列二位▼嬪《みめ》……遠智娘《をちのいらつめ》（大田皇女《おほたのひめみこ》、鸕野皇女《うののひめみこ》「＝持統天皇」、建皇子《たけるのみこ》）
序列三位▼嬪……姪娘《めひのいらつめ》（御名部皇女《みなべのひめみこ》、阿陪皇女《あへのひめみこ》「＝元明天皇」）
序列四位▼嬪……橘娘《たちばなのいらつめ》（飛鳥皇女《あすかのひめみこ》、新田部皇女《にひたべのひめみこ》）
序列五位▼嬪……常陸娘《ひたちのいらつめ》（山辺皇女《やまのへのひめみこ》）
序列六位▼宮人《みやひと》……色夫古娘《しこぶこのいらつめ》（大江皇女《おほえのひめみこ》、川島皇子《かはしまのみこ》、泉皇女《いづみのひめみこ》）
序列七位▼宮人……黒媛娘《くろひめのいらつめ》（水主皇女《もひとりのひめみこ》）
序列八位▼宮人……越道君伊羅都売《こしのみちのきみいらつめ》（施基皇子《しきのみこ》）
序列九位▼宮人……伊賀采女宅子娘《いがのうねめやかこのいらつめ》（伊賀皇子《いがのみこ》「＝大友皇子《おほとものみこ》」「＝弘文天皇」）

天武天皇の后妃記事と比較して、一目瞭然なのは、「妃」と「夫人」の称号をもって記される妻妾の記事がないということであり、また「宮人」と称される色夫古娘、黒媛娘、越道君伊羅都売、伊賀采女宅子娘の名が見えることである。これらの「宮人」はいわゆる地方の下級豪族から貢進された采女たちであり、天智天皇との間に子をなしたが故に記されていると考えてよい。一方、嬪と称される遠智娘、姪娘、橘娘、常陸娘の四人は、中央の有力豪族出身者である。つまり、皇后と称される倭姫王を別格の序列上位者として、嬪と称される中央有力豪族出身の妻たちと、「宮人」と称される采女たちのうち、子をなした女性たちの名が記されていることになる。これは、天智朝においては、令制に基づく「妃」「夫人」などの称号や区別が存在しなかったことを意味するのではないか（ただし、語の存在は別に考える。後述）。おそらくは、妻たる資格をもって天皇に近侍した中央有力豪族出身者と、采女として出仕し、宮で働くうちに寵愛を受け、妻の資格を得た地方下級豪族出身者の二種の区別しかなかったのではなかろうか。ただ、皇后（大后）の権能を史的に検証した岸俊男の著名な論文「光明立后の史的意義」によって明らかにされたように、「皇后（大后）」と呼称される正妻については、国政上の重要な権能を有し、皇位継承が紛糾した場合、即位の可能性があるので、皇女たるべき資格が求められるようになっていったのである〔岸　一九九一年、初版一九六六年、初出一九五七年〕。

したがって、天智朝における妻妾間序列は、大きく分けて二つに区分される。すなわち、「皇后（大后）」とその他の妻妾である。さらに、細かく分けた場合、その出身階層（皇女／中央有力豪族／地方下級豪族）によって三つに分かれていたと考えてよいだろう。筆者は、天智天皇挽歌群における、「大后」「夫人」「婦人」の地位も、右記のごとき状況のなかで考える必要があると考えるが、この点については後述する。

次に、ロの特定の生活空間の存在の有無について考えてみたい。後宮と特定された建物は、はたして存在していたのであろうか。また、特定の建物は存在していないにしても、定められた空間に妻妾の生活の場はあったのであろうか。また、その経済的基盤はどのようなものであったのだろうか。これについては、わずかにだが、建物の存在を思わせる記載が、天武紀にある。

丁巳に、天皇、大安殿に御《おは》しまして、諸王卿を喚《め》して宴《とよのあかり》を賜ふ。因りて絁《あしきぬ》・綿・布を賜ふ。各差《しな》有り。是の日に、天皇、群臣《まへつきみたち》に問ふに、無端事《はしなしこと》を以ちてしたまふ。則ち当時《そのとき》に実《まこと》を得ば、重ねて絁・綿を給ふ。戊午に、後宮《きさきのみや》に宴したまふ。己未に、朝庭《みかど》に大きに酺《さけたま》ふ。是の日に、御窟殿《みむろとの》の前に御しまして、倡優等に禄《もの》賜ふこと差有り。亦、歌人等に袍袴《きぬはかま》を賜ふ。

（『日本書紀』巻第二十九、天武天皇下　朱鳥元年〔六八六〕正月条、小島憲之他校注・訳『日本書紀③（新編日本

古典文学全集）』小学館、一九九八年）

朱鳥元年（六八六）の正月の記事は、きわめて具体的に、その宴が行なわれた場所が記されているのである。丁巳（十六日）記事の「大安殿」が後の大極殿の先蹤をなす建物なのか、それとも内裏正殿の先蹤をなす建物なのか、解明されていないが、「大安殿」が天皇の安所であり、そこに諸王が集って「無端事」（なぞなぞ）の遊びが行なわれたことは間違いない。「大安殿」については、天武十四年（六八五）九月十八日記事にも、その殿前に王卿らを集め博戯を行なったとの記事を見出すことができる。

正月戊午（十七日）には、「後宮」で宴が行なわれたのだが、参集者については、記載がない。次に、翌己未（十八日）には、朝庭で酒がふるまわれ、「御窟殿」の前で「倡優」らに賜禄が行なわれ、「歌人」らに「袍袴」の下賜が行なわれたと記されている。つまり、諸王卿集う「大安殿」、参集者不明の「後宮」、諸王卿よりも下級の臣下に酒を賜ったとみられる「朝庭」、そして、おそらく丁巳（十六日）から続く宴に奉仕したとみられる「倡優」「歌人」への下賜が行なわれた「御窟殿」という建物が、当該記事から確認できるのである。前後の記事よりみれば、諸王卿の宴の席、それ以下の臣下の宴の席、そして「後宮」での宴の席は、日を改めて行なわれていることがわかる。この「後宮」に皇后がいたとすれば、それは皇后の名を持って、「皇后宮」と呼ばれた可能性があるはずだが、同じ『日本書紀』朱鳥元年（六八六）四月十三日記事に、

壬午に、新羅の客等に饗《あ》へたまはむが為に、川原寺の伎楽を筑紫に運べり。仍りて皇后宮《きさきのみや》の私《わたくしのいね》稲五千束を以ちて、川原寺に納む。

（『日本書紀』巻第二十九、天武天皇下　朱鳥元年［六八六］四月条、小島憲之他校注・訳『日本書紀③（新編日本

古典文学全集〕』小学館、一九九八年〕

という記事を見出すことができる。当該記事は、新羅使饗応のために、川原寺の伎楽の楽人を筑紫に派遣した記事なのだが、その費用に充てるべく、川原寺に皇后宮から稲五千束が施入されたというのである。三崎裕子が述べているように、これは皇后宮が独立した経済基盤を有していた証であろう〔三崎　一九八八年〕。「後宮」と「皇后宮」の関係については、推測の域を出るものではなく、(4)「大安殿」と「御窟殿」についても、発掘によってその位置が確定したわけではないが、文献上では少なくとも飛鳥岡本宮において、「後宮」「皇后宮」の呼称を以って称される建物が存在した可能性はあるのである。ただ、これを近江大津宮まで遡求させてよいかどうかという点については、可能性の指摘に留めておくべきであろう。なお、飛鳥の諸宮の殿舎名の比定と復元については、林部均、小澤毅の両氏に詳細な研究があるのだが、未だ「後宮」「皇后宮」については解明されていない〔林部　二〇〇一年〕〔小澤　二〇〇三年〕。さらなる進展が期待されているところである。比定が困難な理由は、殿舎名の潤色をどの程度容認するのかという点について見解が分かれ、その上で発掘データとの照合をしなければならないからである。なお、平城宮、平安宮における「後宮」の位置については、橋本義則〔二〇一一年〕に詳細な研究があるが、それを飛鳥や大津の諸宮に遡求させて考えることはできない。

次に、ハの天皇と妻妾を支える組織について考えてみよう。ハについては、令制以前の伝統を「宮人」が引き継いだと考えられているが、令制以前の「宮人」の活動の一端を知る資料となり得る記事が、舒明天皇の即位前紀にある。それは、次期皇位継承者をめぐり、先帝推古天皇の「遺勅」に関しての諍いが、山背大兄王擁立側と田村皇子擁立側との間に生じた際のいきさつを記した條である。なかでも蘇我蝦夷大臣の意を受けた群大夫たちが、斑鳩宮に赴き、遺勅について、山背大兄王に問いただす部分に注目したい。そのやりとりのなかに、群大夫たちは、その遺勅の内容をよく知らないが、天皇の病床に参上した山背大兄王と田村皇子は当然知っており、加えて、「近侍る諸の女王と采女等、悉に知れり」という記述がある。当該箇所の「女王」「采女」とは、後段に登場する近習していた「栗下女王」と「女孺鮪女等八人幷せて数十人」のことと考えねばならない。

ここで、山背大兄王は、逆に、では誰が遺勅を聞いたのかと群大夫らに問い返している。すると、群大夫たちは、「臣等、其の密にあることを知らず」と答えている。天子の御在所たる「密」、すなわち禁中のことは、知らないという返答をするのである。つまり、遺勅を受けた本人のほか、栗下女王と、ここでは女孺と称されている采女八名を含む数十名しか、遺勅の内容を知らないというのである。ということは、群大夫らが立ち入ることが許されない空間が存在したということになる。そこで、山背大兄王は、推古天皇のもとに参内した折の自らの見聞を語るのである。ここは、語るというより、証言したという方がよいかもしれない。山背大兄王は、天皇の病気を聞き、

吾、天皇臥病《みやまひ》したまふと聞《うけたまは》りて、馳上《はせのぼ》りて門下《みかどのもと》に侍りき。時に中臣連弥気《みけ》、禁省《みやのうち》より出でて曰さく、『天皇の命《おほみこと》を以ちて喚《め》す』とまをす。則ち参進《まゐすす》みて閤門《うちつみかど》に向ふ。亦栗隈采女黒女《くるくまのうねめくろめ》、庭中《おほば》に迎へて大殿に引入る。是に、近習の者栗下女王《くるもとのおほきみ》を首《このかみ》として、女孺鮪女《にょじゅしびめ》等八人幷せて数十人、天皇の側《みもと》に侍りき。且《また》田村皇子在しましき。時に天皇沈病《みやまひおも》りて、我を観《みそこなは》すこと能《あた》はず。乃ち栗下女王奏《まを》して曰さく、『喚しつる山背大兄王参赴《まゐけ》り』とまをす。即ち天皇、起《お》臨きたまひて詔して曰ひしく、『朕《われ》、寡薄《いやしきみ》を以ちて久しく大業《たいげふ》に労れり。今し暦運《よ》終《つ》きなむとして、病諱むべからず。故、汝本より朕が心腹《こころ》たり。愛寵《めぐみあが》むる情、為比《くら》ぶべからず。其れ、国家の大基《おほきなるもと》は、是朕が世のみに非ず。本よりの務《つとめ》なり。汝肝稚しと雖も、慎みて言へ』とのたまひき。乃ち当時《そのとき》に侍りし近習の者、悉に知れり。

（『日本書紀』巻第二十三、舒明天皇　即位前紀〔推古天皇三十六年［六二八］九月〕条、小島憲之他校注・訳『日

本書紀③（新編日本古典文学全集）』小学館、一九九八年）

と述べている。山背大兄王の主張をまとめると次のとおりである。

一、「門下」すなわち宮の外郭の門に着いて控えていると、中から中臣連弥気が迎えに来て、天皇から逢う旨のお言葉があったことが伝えられた。そこで、宮の外郭門から、「閤門」すなわち天皇の居所の建物の門まで進んだ（内郭の門）。

二、「閤門」から、天皇の居所である「大殿」までの間には庭があり、庭から「大殿」までは、栗隈采女黒女が案内した。

三、「大殿」の中には、近習の栗下女王を首座として女孺（＝采女）鮪女八名、合わせて数十人が天皇の近くに控えていた。

四、病床の天皇は、栗下女王の言葉を通じて山背大兄王が昇殿したことを知り、床から身を起こして遺勅を伝えた。

五、したがって、近習の者は、その内容をつぶさに知っているはずである。

すると天皇のまわりには、近習者の首座たる栗下女王と采女を束ねる鮪女がおり、外郭の門と内郭の門との間には、中臣連弥気がいて案内したことになる。中臣連弥気は、「閤門」より内側に入ることはできないので、栗隈采女黒女が「閤門」から「大殿」までは案内したのであろう。この箇所について、きわめて重要な指摘を吉川真司がしているので、引用しておきたい。

ここで再び小墾田宮の構造に目を移せば、南門を入ると朝庭と大臣・大夫の着座する朝堂があり、その北に閤門を隔てて大王が生活する大殿一画がある。つまり大夫の座は閤門の外にあったのであり、弥気らが閤門外で役割を果し、大殿上に侍していなかったという推定を裏書きする。大夫、さらに男性官人一般は閤門外で奉仕するのが原則で、閤門内は大王と近侍の女性だけが暮らす空間であったと考えられるのである。この閤門内＝大殿一郭は宮の中心であるが、そこで奉仕していたのが女性ばかりであったからこそ、大王に近侍する女性たちは「宮人」と呼ばれたのではあるまいか。〔吉川　一九九八年、初出一九九〇年〕

もちろん、分析の対象としての箇所は、女帝・推古天皇の不豫に関するものであり、山背大兄王の証言から類推し得るところでしかないのであるが、いわばオク（奥）とオモテ（表）との関係の一端を示していると考えて差し支えないであろう。実は、女孺（＝采女）鮪女は、かつて推古天皇の命によって、豊浦寺に滞在していた山背大兄王のもとに、詔を伝える役割を果たしたことが、この後段に記されている。大夫や大臣のように国政上に果たす権能を有するわけではないが、近習者として天皇の意思を知り、それを伝えるが故に、側近者としての権力を有することになるのであろう。こうした「宮人」の奉仕のありようについては、後述する『日本書紀』天武天皇十年（六八一）五月十一日の詔によって、ある程度類推することができる。

そこで、再度考えてみると、「宮人」の原義は、「宮に仕える人」というところにあるはずだから、男性も「宮人」と呼ばれるはずである。しかし、「宮人」といえば女性のみを指すのは、天皇（大王）に近習するのが、吉川のいうとおり、やはり基本的には女性であったからであろう。さらには、後の令制の官人制度においても、「宮人」は官ではなく、宮にいて天皇や皇太子に直接仕える人びとであったことから、「宮人」という呼称が後の世にも残ったものと考えられる。こういった「宮人」の出仕のありようは、同じく貢進者によって構成された「舎人」とも同じであった。

加えて、注意しておきたいことがある。それは、皇太子の宮にも「宮人」がいたことである。「養老令」の東宮職員令の春宮坊条（第二条）には、「宮人」の名帳の管理者規定があるのである（d）。そこで想起されるのは、天武紀の元年（六七二）六月二十四日条に、吉野より挙兵した天武天皇に付き従った諸皇子、諸臣の記事である。その中には、「女孺十有余人なり」との記載があるのだが、そこには皇子宮にいた「宮人」のうち、十人あまりが付き従ったことが記されている。ひとたび戦乱ともなれば、女性といえども「宮人」たちは宮の天皇や皇子に同行したのである。おそらく、それは、斉明天皇の筑紫下向も同じであったはずだ。以上の諸点からも、天智天皇の宮の「宮人」の存在と活動の一端は類推できると思われる。縷々述べた諸点を踏まえて、『万葉集』を眺めてみると、次のような歌が伝わっていることが気にかかる。

大津皇子の宮の侍《まかだち》石川女郎、大伴宿禰宿奈麻呂に贈る歌一首〔女郎、字を山田郎女といふ。宿奈麻呂宿禰は大納言兼大将軍卿の第三子にあたる〕

古りにし　嫗《おみな》にしてや　かくばかり　恋に沈まむ　手童のごと〈一に云ふ、「恋をだに　忍びかねてむ　手童のごと」〉（巻二の一二九）

「宮の侍」とは、まさに宮に侍する「宮人」であろう。彼女たちの呼称は一般的に、宮内で通用すればよいので、〈氏名＋郎女〉や〈地名＋郎女〉でよく、同一呼称が生まれやすいのは、ここに理由があると考えられる。大伴宿奈麻呂に対して、このようなざれ歌を歌いかけることができたのは、大津皇子の宮に仕える「宮人」であり、大津皇子に近侍しているが故に、大津皇子と交友のあった人については、階層差を越えて、こういう親しみを込めた表現を取り得たのだと思われる。ちなみに、従来の都城研究に皇子宮の分析を加味したすぐれた研究が、仁藤敦史によってなされている〔仁藤　一九九八年〕。今後の万葉集研究への応用が、期待されるところである。

話を天智天皇紀の后妃記事に戻すと、即位前より仕えていた「宮人」たちと、即位後に仕えた「宮人」たちのなかで、寵愛を受けて、皇子、皇女を生んだ「宮人」がいたことを表しているのである。したがって、ハについていえば、令制の後宮十二司に整備される宮人組織は、まだ生まれていなかったにせよ、天智朝においてはすでに、天皇に近習する「宮人」たちの集団は存在し、仕事を分担していたと考えてよいだろう。この「宮人」の組織が十二司のようなかたちに整備されるのは、飛鳥浄御原令を待たねばならないが、天武朝の終わりにはその制度が整えられつつあったと思われる。それは、天武天皇の殯宮儀礼中に奏された誄のなかに、当時整いつつあった飛鳥浄御原令施行にともなう官司の状況を報告する誄があるからである。そのなかに、「宮人」に関わり、いわばオクの組織に関連するものがある。

甲子の平旦《とらのとき》に、諸の僧尼《ほふしあま》、殯庭《もがりのおほば》に発哭たてまつりて乃ち退でぬ。是の日に、肇めて進奠《ものたてまつ》り、即ち誄《しのひこと》たてまつる。第一《はじめ》に大海宿禰《おほしあまのすくね》蒭蒲《あらかま》、壬生の事を誄たてまつる。次に浄大肆《じやうだいし》伊勢王《いせのおほきみ》、諸王の事を誄たてまつる。次に直大参《ぢきだいさむ》県犬養宿禰《あがたのいぬかひのすくね》大伴《おほとも》、総て宮内の事を誄たてまつる。次に浄広肆《じやうくわうし》河内王《かふちのおほきみ》、左右《ひだりみぎの》大舎人《おほとねり》の事を誄たてまつる。次に直大参当摩《たぎまの》真人《まひと》国見《くにみ》、左右兵衛《ひだりみぎのとねり》の事を誄たてまつる。次に直大肆《ぢきだいし》采女朝臣《うねめのあそみ》竺羅《ちくら》、内命婦《うちのひめとね》の事を誄たてまつる。次に直広肆紀朝臣真人、膳職《かしはでのつかさ》の事を誄たてまつる。

（『日本書紀』巻第二十九、天武天皇下　朱鳥元年〔六八六〕九月条、小島憲之他校注・訳『日本書紀③（新編日本古典文学全集）』小学館、一九九八年）

ここにいう「壬生」「諸王」「宮内」「左右大舎人」「左右兵衛」「内命婦」「膳職」は、すべて授乳、養育、家政、身辺警護、食事といった天皇に対して直接奉仕を行なう諸司でありその部署である。こういった天皇のオクに関わる部署の奉誄から天武天皇殯宮の奉誄は、はじまるのである。したがって、当該奉誄記事から、「宮人」を令制の組織に取り込む一つの過程を看取することも、可能であると考えられるのである。(5)

三　宮人組織の特質

かつて、多くの万葉集研究者が、「後宮」と称していたものは、それを天智朝にまで遡求した場合、歴史用語としては、「宮人」ないし「宮人組織」と称すべきものにあたることについては、縷々述べてきた。さらには、それが、令制の「後宮」に移行してゆく過程があることについても、すでに述べたところである。その上で、筆者は、「後宮」の成立を妻妾間序列の形成（イ）、建物（ロ）、組織（ハ）から分析し、イおよびハについては天智朝に遡求し得るとの判断を下したが、ロについては天武朝までは遡求できても、天智朝においては確認する手段がないとの結論に達したのであった。

ここで、ふたたび研究史を振り返っておこう。かつて、一九八〇年代までは、天智朝の「後宮」のあり方について、多くの論者が言及していた。それは、額田王の出自をめぐる議論のなかで言及されていたのである。そのなかで、中西進は次のように発言している。

天皇に何人かの妻のいた事は事実であるが、それらが後にいう後宮の如き別殿をもち、別の世界を構成していたとは、古くは考え難い。おそらくは内廷とも称すべき天皇の常殿に近く、あるいは同じ生活圏に、彼女らは起居したであろうが、やがてこの内廷から女の世界を独立させ、後宮を生んでいく過程が令制の整備であったにちがいない。だから先程から用いて来た「後宮」なる語は、「天皇の妻たちの世界」といった程度のもので、そこにはさまざまな人々がいたであろうと想像する。天皇の妻たち、その女孺（と後に呼ばれたものに相当する者）たち、あるいはこの妻たちに仕えるのではない、天皇に仕える女たち、これらはやはり天皇を主として、内廷という生活圏によって統括される女たちである。〔中西　一九六八年〕

以上の、中西の発言は、先駆的発言として評価されてしかるべきであろう。対して、筆者は、その非力な学力の及ぶ範囲ながら、より具体的に、天智朝の宮人組織について論じてみたつもりである。そこで、さらにもう一歩踏み込んで、その宮人組織の特質について、考察を加えてみたいと思う。前述したように「宮人」の原義は、「宮に出仕している人」という意味であるからして、男女の別はないはずである。ところが、令制用語「宮人」においては、「宮人」は女性に限定される。これは吉川真司が述べるように、天皇に近習しているのが女性たちであったためであり、そこから派生的に「宮人」が女性であるとの用法が生まれたものと推定できよう〔吉川　一九九八年、初出一九九〇年〕。

さすれば、やはり万葉学徒として、気にかかることがある。万葉語の「ミヤヒト（宮人）」「オホミヤビト（大宮人）」との関係である。集中の「ミヤヒト」「オホミヤビト」には、男女の区別はない。これは、より原義に近い用法といえよう。おそらく、一般的には原義で使用されるのであるが、宮のなかでも宮内のオクの天皇（大王）居所に仕える女性を、オモテの男性官人と区別して呼んだところから、女性職員のみを「宮人」と称する用法が生まれたと思われる。筆者は以上のように、令制用語「宮人」と万葉語「宮人」の異同を理解している。

そこで、令制用語で「宮人」を、どのように法家たちが定義しているか、点検しておきたい。

a　宮人〔謂。婦人仕官者之惣號也。〕
（『令義解』巻一、後宮職員令、黒板勝美・国史大系編修会編『令義解（新訂・増補　国史大系〈普及版〉）』吉川弘文館、一九八三年）

b　宮人〔謂。婦人仕官者之惣號也。釋。無レ別也。穴云。件宮人等。亦合レ在二御所後一也。〕
（『令集解』巻六、職員令、黒板勝美・国史大系編修会編『令集解第一（新訂・増補　国史大系〈普及版〉）』吉川弘文館、一九八二年）

c　凡宮人給レ禄者。〔古記云。問。宮人。職員令。六位以下稱二宮人一。五位以上稱二命婦一。此條宮人若爲分別。答。此條无レ別。五位以上亦稱二宮人一耳。朱云。宮人給レ禄事。不レ依二本位一也。猶依レ官給耳。〕
（『令集解』巻廿三、禄令、黒板勝美・国史大系編修会編『令集解第三（新訂・増補　国史大系〈普及版〉）』吉川弘文館、一九七七年）

d　宮人名帳。〔跡云。宮人謂二此女孺等一也。穴云。宮人名帳。亦在二中務省一。其舎人等名帳。在二三監六署一。皆是也。〕
（『令集解』巻六、職員令、黒板勝美・国史大系編修会編『令集解第一（新訂・増補　国史大系〈普及版〉）』吉川弘文館、一九八二年）

これらの『令義解』『令集解』およびそれが引用する「古記」などの記述用法から、玉井力は、令制用語「宮人」について、次のような用語法があったとする。玉井力〔一九六九年〕の考えを端的に記せば、

Ⅰ　宮仕えする女性一般を指すもの。

Ⅱ　六位以下の女性職員を宮人と称する。

Ⅲ　采女と同等またはそれ以下の待遇のもの。

となる。これを野村忠夫と原奈美子は、次のように定義し直している。

（一）　女性職員一般をさす。

（二）　六位以下の女性職員で、具体的に職事、女孺、采女、御巫、縫女、東宮の女性職員、嬪以上の女竪、歌女、その他の総称。

〔野村・原　一九七七年〕

用例を確認してみるとａｂを見る限り、Ⅰと（一）の定義によるべきであることは言を俟たない。ところが、ｃの古記には、「六位以下ヲ宮人ト称シ、五位以上ヲ命婦ト称スル」のではないかという疑問が提示され、かくのごとくに宮人を分けて考えるべきかどうかとの問いが出されている。それに対する答えは、「五位以上モマタ、宮人ト称スルノミ」というものであり、ａｂの用法で考えるべきだ、との解説がなされているのである。したがって、諸法家が支持する考え方は、Ⅰと（一）に集約できる。だが六位以下のみを「宮人」とする考え方も存在していたのはなぜなのだろうか。おそらく、それは、五位以上の「宮人」については「命婦」という呼称を以って称されるために、六位以下の女性職員についてもっぱら「宮人」とされていたからではないのか。実際には、宮人のうち、五位以上に達し、命婦と称される女性職員は、全体から見れば少数であるので、そこから六位以下の者を、もっぱら「宮人」と称する考え方が生まれたのであろう。その一方で、男性官人とは異なって、下級階層の出身者であっても、天皇の寵愛を受けたり、実務の能力が評価されることによって、四位、五位に昇るチャンスが「宮人」にはあった。野村忠夫は、彼女たちは、貢進される出身の身分として采女とよばれるとともに、「出身」つまり広義での官僚機構に参加した後、十二女司などの下級職員である女孺《にょじゅ》や采女の職についたのであるが、最下級の宮人から勤務をはじめ、長い年月の実務のなかでたたき上げて、四位の中級貴族官僚、五位クラスの下級貴族官僚の地歩にまで到達したものが少なくなかった。

このような下級からたたき上げた実務宮人たちによって、十二女司の中堅的なポストが占められ、その運営が維持されていたといえようか。　〔野村　一九七八年〕

と述べている。この昇進者の代表が、後に見る飯高宿禰諸高である。つまり、令制下においても、こういったオクの特質を、宮人組織は継承、温存していたのである。実は、「……又、宮人の、男女《ひこみこひめみこ》を生める者四人有り。……」（『日本書紀』天智天皇七年〔六六八〕二月条）とあり、天智天皇と宮人との間には四人の子がいたことがわかる。大友皇子もその一人であり、近江方が壬申の乱に勝利すれば、宮人所生の天皇が誕生したはずである。松原弘宣は、天智天皇の「不改常典」が「直系継承法」であるとすれば、たとえ地方下級豪族出身者の「宮人」の所生の皇子であっても皇位継承者となる可能性を生み、これが「宮人」台頭の契機となったと述べている〔松原　一九七四年〕。つまり、「卑母」を母とする天皇が即位する可能性が生じるというのである。ために、松原は壬申の乱を経た天武朝においては、主として皇親勢力によって、宮人組織の政治上、社会上の地位を低下させる諸政策が講じられたことを指摘している。その「宮人」の地位を低下させるための政策の一つが、天武天皇十年（六八一）五月十一日の詔である。

五月の己巳の朔にして己卯に、皇祖《すめみおや》の御魂を祭る。是の日に、詔して曰はく、「凡そ百寮《ももつかさ》の諸人《ひとども》、宮人を恭敬《ゐやま》ふこと、過ぎて甚し。或いは其の門に詣《いた》り己が訟《うたへ》を謁《あつら》へ、或いは幣《まひなひ》を捧げて其の家に媚ぶ。今より以後、若し此の如きこと有らば、事の随《まにま》に共に罪せむ」とのたまふ。

（『日本書紀』巻第二十九、天武天皇下　十年［六八一］五月条、小島憲之他校注・訳『日本書紀③（新編日本古典文学全集）』小学館、一九九八年）

「宮人」は大王、天皇の近習者であることを利用して、他の官人に対して便宜を図ることで、私腹を肥やすことが可能だったのである。つまり、近習者であることを利用することもあったのだろう。この詔の内容を見ると、「宮人」のそういった権力形態をある程度類推することができる。それは、寄生的権力形態ともいうべきものである。[6] 松原は、さらに天武八年（六七九）正月七日の詔の卑母への拝礼の禁止も、天武朝における「宮人」の地位低下政策の一環と解釈している。きわめて、重要な指摘だろう。おそらく、こういった政策と、「宮人」の令制編入は、軌を一にしているものとみられる。これらの政策の推進者は、皇親勢力と中央有力豪族層であることは容易に類推できよう。しかし、かくなる諸政策が実施されても、令制下において「宮人」たちは、いわば特殊権益のような権力を持ち続けたのである。天智天皇挽歌群を「宮人」の文学と規定し直す場合、その予備的考察として、以上のような宮人制度の史的変遷と、特性を考慮しておく必要がある、と思われる（表7－3）。

四　中国の後宮制度から推考する方法

これまで、令制を遡求する方法をとって、「宮人」「後宮」について考えてきたが、日本令が、唐令を継受していることを利用して、その影響関係から、「宮人」「後宮」制度を復元する方法について考えてみたい。ただし、当該の方法で復元できるのは、法の背後にある思想的背景や理念というべきものでしかない。この方法の先蹤をなすの

表7－3　『日本書紀』に見える皇后・大后・妃・夫人・嬪・宮人クラス

	皇后・大后	妃	夫人	嬪	宮人クラス
舒明天皇	宝皇女		蘇我嶋大臣女法提郎媛		吉備国蚊屋采女
孝徳天皇	間人皇女	阿倍倉梯麻呂大臣女 蘇我山田石川麻呂大臣女			
天智天皇	倭姫王			蘇我山田石川麻呂大臣女遠智娘 遠智娘弟姪娘 阿倍倉梯麻呂大臣女橘娘 蘇我赤兄大臣女常陸娘	忍海造小龍娘色夫古娘 栗隈首徳万女黒媛娘 越道君伊羅都売 伊賀采女宅子
天武天皇	菟野皇女	大田皇女 大江皇女 新田部皇女	藤原大臣女氷上娘 氷上娘弟五百重娘 蘇我赤兄女大蕤娘		額田姫王（？） 胸形君徳善女尼子娘 宍人大臣麻呂娘檝媛娘

筆者作成。

は、中西進〔一九六八年〕である。中西は、『礼記』および『周礼』の鄭玄注を引用して、後宮諸職の役割を推定し、額田王の役割を推定している。一方、直木孝次郎は、中西の方法を高く評価しつつも、より時代的に近い『大唐六典』を利用する方法を提案している(7)。

唐の玄宗撰・李林甫等奉勅注の『大唐六典』は、唐令の多くが散逸している現在、唐代官制を知る第一級史料となる書物であって、開元十年〔七二二〕に、勅令によって編纂が開始され、開元二十六年〔七三八〕に完成した書である。その構成は、唐代の律令制度の諸司と官吏について、正文に職官の構成と職掌、注にはそれぞれの諸司、官吏の沿革が記され、唐代官制のあらましと、その歴史を知ることができるように編纂がなされている。ちなみに、近時の研究では、所引の唐令文は、開元二十五年〔七三七〕の令文と言われている〔玄宗撰・李林甫等奉勅注・広池千九郎訓点・内田智雄補訂　一九八九年、

表7－4　『大唐六典』（巻12）内官定員

称号・官	定員	后・妃・六儀・美人・才人	序列	品
称号	后（1）	后（1）	序列1位	正一品
内官	妃（3）	恵妃（1）	序列2位	
		麗妃（1）	序列3位	
		華妃（1）	序列4位	
	六儀（6）	淑儀（1）	序列5位	正二品
		徳儀（1）	序列6位	
		賢儀（1）	序列7位	
		順儀（1）	序列8位	
		婉儀（1）	序列9位	
		芳儀（1）	序列10位	
	美人（4）	美人（4）	序列11位〜14位	正三品
	才人（7）	才人（7）	序列15位〜21位	正四品

『大唐六典』〔玄宗撰・李林甫等奉勅注・広池千九郎訓点・内田智雄補訂　1989年、初版1973年〕より筆者作成。

初版一九七三年）〔玄宗撰・李林甫等奉勅撰　一九九一年）〔奥村　一九九三年〕。直木は、次のように『大唐六典』を利用し、天智朝の「後宮」を復元した。

それによると（引用者注＝大唐六典）天子の後宮には、后一人のつぎに、妃三人・六儀六人・美人四人・才人七人がいる（巻十二、内官・宮官・内侍省）。しかしそれは玄宗の時に定めた制で、唐の初めは夫人・嬪・婕妤・美人・才人・宝林・御女・采女等がいた。『大唐六典』によると、夫人を妃に、嬪を六儀に改め、婕妤・美人・才人をまとめて美人とし、宝林以下をまとめて才人と称したことがわかる。天智天皇の後宮の構成は、皇后一人・嬪四人（何れも中央有力豪族出身）・宮人四人（何れも下級豪族出身）である。唐初の制にのっとり、後宮の制度化を図ったと考えられる。天智朝の嬪が初唐の嬪、六典の六儀に相当し、宮人は初唐の宝林以下、六典の才人に相当するとみてよかろう。

〔直木　一九八五年、初出一九七五年〕

その上で、天武紀后妃記事にみえる額田王の記述から、額田王を夫人以下宮人以上と推定し、額田王の天智朝における地位を『大唐六典』の「美人」に相当するとの結論を出したのであった[8]。そこで、筆者は、直木の方法にならい、『大唐六典』を参照して、内官の定員と序列と品をつけた表7−4を作成してみた。この表を見れば、その序列と品の対応関係が一目瞭然である。

妃と六儀に徳目を表す称号が付くのは、女訓を念頭に、その徳目によって臣下の婦女子を教化してゆくことが、理念上、妃と六儀には求められており、そのことが『大唐六典』にも縷々述べられている。一方、美人や才人は、その持てる技芸によって奉仕する内官ということができる。おそらく、実際には、成文化されないさまざまな慣習法によって、出身地や家格などが考慮され、内官としての序列が決定されてゆくものとみられる。そこで、推考に推考を重ねることになってしまうが、日唐の後宮制度を比較する表7−5を作って、ここに提示してみたいと思う[9]。仮に、后妃の序列を「后妃クラス」「嬪・夫人クラス」「宮人クラス」と分け、『大唐六典』の初唐の規定と玄宗時代の規定を並べ、天智紀、天武紀の后妃記事と養老令段階とを対照できるように作成してみた。このように作表すれば、額田王の宮廷での位置も、ある程度は類推することが可能である[10]。

五　天智天皇挽歌群にみえる称号と職掌

天智天皇挽歌群が複数の資料より成り立つ歌群であること、そして、その原資料が尊重されるかたちで編纂がなされていることについては、冒頭において述べたところである。その上で、令制から遡求する方法と、唐令から復元する方法で、「後宮」と「宮人」について考察を深めてきた。そこで、これまでの作業を踏まえて、天智天皇挽歌群の「近江天皇」「大后」「婦人」「舎人」「夫人」の呼称法について、考察を行なってゆきたいと思う。

まず、A2「近江天皇」なる呼称についてであるが、今日、天皇称号の成立が天武・持統朝にまで下ることは、

表7－5　日唐の後宮制度の比較

	唐の後宮		ヤマト王権、日本の後宮		
史料※	初唐の規定（『大唐六典』から遡源）	『大唐六典』（玄宗皇帝時制定。巻12、内官、宮官、内侍省）	『日本書紀』天智天皇7年2月条	『日本書紀』天武天皇2年2月条	養老令段階※※
后妃クラス	夫人	后（1）	皇后（1）［皇族出身］	皇后（1）［皇族出身］	皇后（1）［皇族出身、妃から選ばれ立后］
		妃（3）		妃（3）［皇族出身］	妃（2）［皇族出身、四品以上］
嬪・夫人クラス	嬪	六儀（6）	嬪（4）［中央有力豪族出身］	夫人（3）［中央有力豪族出身］	夫人（3）［三位以上］嬪（4）［五位以上］
宮人クラス	婕妤・美人・才人	美人（4）	←	〈額田姫王？〉	宮人［内侍司以下十二司に分属して奉仕する職員］
	宝林・御女・采女	才人（7）	宮人（4）［下級豪族出身］	尼子・欙媛［下級豪族出身］	

（注）　※　（　）内の数字は人数だが、『大唐六典』と「養老令」は法令に定められた定員数、『日本書紀』天智7年条、天武2年条は記載数である。

※※　皇后の規定は欽定法である「令」にはなく、妃、夫人、嬪も称号であって職員ではない。宮人以下が職員。

筆者作成。

ほぼ通説化している。したがって、「近江天皇」が天智朝における呼称ではないことは確実である〔東野　一九八〇年〕。この点については、梶川信行〔一九九五年〕が、つとに注意を払ったところである。A1、B1、B2、C1、C2に「天皇」とのみあるのに、A2に国名を冠した「近江天皇」とあるのは、一書にこの呼称が存在していたことを推察させるものである。地名を冠した呼称法は、集中に、仁徳天皇を指すと思われる「難波天皇」なる呼称も見えるから、特例ではあるけれども、以下見るように、『日本書紀』編纂時点にはすでに存在していた略称法である。それは、「治天下大王」や「治天下天皇」「御宇天皇」などの御代ごとに宮地が変わる、一代一宮制時代の呼称法の名残りを伝えているのである。用例を見てみよう。

仁徳天皇……難波天皇（『万葉集』巻四の四八四題詞）
舒明天皇……高市天皇（『日本書紀』皇極天皇二年九月条）、崗本天皇（『万葉集』巻四の四八五題詞、四八七左注、
　巻八の一五一一題詞〔ただし、舒明および皇極・斉明天皇のいずれかは決し難い〕）
天武天皇……清御原天皇（『日本書紀』持統天皇七年九月条）

「難波」と「近江」の国名が呼称に用いられるのは、「難波」に宮を営んだ天皇が、仁徳天皇と孝徳天皇しかなく、「近江」に宮を営んだのは天智天皇しかいないからである。こういった呼称法が用いられるのは、他の宮地に宮が遷ってからであるから、一書の「近江天皇」なる呼称は、天武朝以降に生まれた呼称法ということになる。かくなる呼称法を、くしくも一書は伝えているのである。ちなみに、難波天皇は、仁徳天皇説が、通説である。

次に、A1、A2、B1、C3の「大后」についてであるが、「大后」については、前述の岸俊男に先駆的かつ堅牢な研究があり、今日においても、岸説に、部分的修正を加えながら研究が進められているのが現状である〔岸一九九一年、初版一九六六年、初出一九五七年〕。そこで、本節の主旨に関連する部分のみを摘記して、行論を急ぎたい。

［1］ごく一部の例外を除き『古事記』では「大后」、『日本書紀』では「皇后」と呼称法が統一されており、「大后」が「皇后」に先立つ呼称であったと考えられる。したがって、「大后」は令制の「皇后」に相当すると

考えてよい。

［2］［1］の制度上の確立期は、敏達天皇六年の私部設置記事により、敏達朝から推古朝と考えられ、ほぼこの時期に、后妃（キサキ）の地位が確立して、后妃の中の一人が大后（オホキサキ）となる慣例が定着した。

［3］推古朝の少し前からは、皇太子と並ぶ国政上の権能を有し、皇位継承者としての資格を有するに至った。

このうち［1］については、岸が「皇后」称号の成立を天智朝末年から天武朝初年としたのに対して、青木和夫によって「皇后」「妃」「婦人」「嬪」「宮人」などの令制用語は、「飛鳥浄御原令ではじめて制度的な定義が背負わされることになった」との修正が加えられている（青木　一九九二年、初出一九六二年）。「皇后」の称が、天皇号の対になることを考えれば、青木の修正は正鵠を得た修正案と考えられる(11)。

では、集中における「大后」と「皇后」「皇大后」の用語使用は、どのようになっているのだろうか。なお、「大」と「太」は通用として考えて用例を列挙する。

① 飛鳥岡本宮に天の下治めたまひし天皇の元年己丑、九年丁酉の十二月、己巳の朔の壬午に、天皇・大后、伊予の湯の宮に幸す。（巻一の八、左注）

② 磐姫皇后、天皇を思ひて作らす歌四首（巻二の八五、題詞）

③ 難波高津宮に天の下治めたまひし大鷦鷯《おほさざき》天皇の二十二年の春正月、天皇、皇后に語りて、八田皇女を納《めしい》れて妃とせむとしたまふ。時に、皇后聴《ゆる》しまつらず。ここに、天皇、歌《みうた》よみして、皇后に乞ひたまふ〔云々《しかしか》〕。三十年の秋九月、乙卯の朔の乙丑に、皇后、紀伊国に遊行きて、熊野の岬に至り、その処の御綱葉《みつながしは》を取りて還る。ここに、天皇、皇后の在らぬを伺ひて、八田皇女を娶りて宮の中に納《めしい》れたまふ。時に、皇后、難

波の済《わたり》に至りて、『天皇八田皇女を合《め》しつ』と聞きて大《いた》く恨む〔云々〕。（巻二の九〇、左注）

④ 天皇の聖躬《みやまひ》不豫したまふ時に、大后の奉る御歌一首（巻二の一四七、題詞）

⑤ 一書に曰く、近江天皇の聖躬不豫したまひて、御病急《には》かなる時に、大后の奉献《たてまつ》る御歌一首（巻二の一四八、題詞）

⑥ 天皇の崩りましし後の時に、倭大后の作らす歌一首（巻二の一四九、題詞）

⑦ 大后の御歌一首（巻二の一五三、題詞）

⑧ 天皇の崩ります時に、大后の作らす歌一首（巻二の一五九、題詞）

⑨ ここに、太上天皇・天皇・皇后、共に皇后の宮に在《いま》して、肆宴をなし、即ち橘を賀《ほ》く歌を御製《つく》らし、并せて御酒を宿禰等に賜ふ。或は云はく、この歌一首は太上天皇の御歌《おほみうた》なり、ただし、天皇・皇后の御歌各《おのもおのも》一首あり、といふ、その歌遺《う》せ落ちて、未だ探《あなぐ》り求むること得ず。（巻六の一〇〇九、左注）

⑩ 右、冬十月、皇后宮の維摩講に、終日《ひねもす》に大唐・高麗等の種々の音楽を供養し、爾《しか》して乃ちこの歌詞を唱《うた》ふ。（巻八の一五九四、左注）

⑪ 藤皇后、天皇に奉る御歌一首（巻八の一六五八、題詞）

⑫ 右の一首の歌、吉野の宮に幸しし時に、藤原皇后の作らせるなり。ただし年月未だ審詳《つばひ》らかならず。
十月五日、河辺朝臣東人が伝誦せるなりと云爾《いふ》。（巻十九の四二二四、左注）

⑬ 春日に神を祭る日に、藤原太后の作らす歌一首
即ち入唐大使藤原朝臣清河に賜ふ〔参議従四位下遣唐使〕（巻十九の四二四〇、題詞）

⑭ 天皇・太后共に大納言藤原家に幸《いでま》せる日に、もみてる沢蘭一株《さはあららぎひともと》抜き取り、内侍佐々貴山君に持たしめ、
大納言藤原卿と陪従の大夫等とに遣し賜ふ御歌一首（巻十九の四二六八、題詞）

⑮　七日に、天皇・太上天皇・皇太后、東の常宮の南大殿に在して肆宴したまふ歌一首
（巻二十の四三〇一、題詞）

⑯　天平勝宝八歳丙申の二月朔乙酉の二十四日戊申に、太上天皇・天皇・大后、河内の離宮《とつみや》に幸行し、信《ふた》を経て壬子を以て難波宮に伝幸したまふ。三月七日に、河内国《かふちのくに》伎人郷《くれのさと》の馬国人の家にして宴したまふ歌三首
（巻二十の四四五七、題詞）

まず、注意しておきたいのは、光明子の例で、⑩⑪⑫が「皇后」であるのに対して、⑬は「太后」であり、『万葉集』中では、「皇后」と「大后」は通用するということが確認できる。次に注意したいのは、天皇、皇后を並記する場合、〈天皇／皇后〉とする例が②③⑨⑪の四例あり、対して〈天皇／大后〉とする例も①④⑤⑥⑧⑭⑯の七例あるということである。したがって、〈天皇／大后〉という対応もけっして異例ではないのである。このことから、次のことが指摘できるのではないか。それは、「皇后」の称号が成立してからも、〈天皇／大后〉と並称することは一般的であり、当該歌群もその例の一つにすぎないということである。これは「皇后」も「大后」も口頭では「オホキサキ」と呼称していたためであろう。しかしながら、注意しておかなくてはならないのは、天皇称号については、「皇后」「大后」のような揺れはない。おそらく、それは君主称号であるために厳重な統一作業が行なわれたことと、口頭でもオホキミ（大王）と、スメミマノミコトないしスメラミコト（天皇）で呼び分けがあったからではなかろうか。ために、揺れがないのである。

一方『日本書紀』の方はというと、編纂段階で、「皇后」称号に統一されている。『日本書紀』は、「日本」国号、「天皇」称号、「皇后」称号が、令の規定に基づいて統一的に用いられる書物なのである。[12]したがって、『日本書紀』において「皇后」称号に統一されているのは、令制用語を重んずる編纂方針によるものなのだが、例外がないわけ

ではない。『日本書紀』の「大后」の例を列記すると、次のようになる。

① 百済記に云はく、「蓋鹵王《かふろわう》の乙卯年……王と大后《こにをるく》・王子等《せしむ》、皆敵手に没ちぬ」
（『日本書紀』巻第十四、雄略天皇二十年［四七六］冬条、小島憲之他校注・訳『日本書紀②』（新編日本古典文学全集）』小学館、一九九六年）

② 「……故、大后気長足姫尊と大臣武内宿禰と、国毎に初めて官家を置きて、海表《わたのほか》の蕃屏《まがき》として、其の来る《ありく》こと尚し《ひさ》。……」
（『日本書紀』巻第十七、継体天皇六年［五一二］十二月条、小島憲之他校注・訳『日本書紀②』（新編日本古典文学全集）』小学館、一九九六年）

③ 四年の春二月の癸酉の朔にして丁酉に、間人大后薨《かむさ》りましぬ。
（『日本書紀』巻第二十七、天智天皇四年［六六五］二月条、小島憲之他校注・訳『日本書紀③』（新編日本古典文学全集）』小学館、一九九八年）

④ ……間人大后の為《みため》に、三百三十人を度《いへで》せしむ。
（『日本書紀』巻第二十七、天智天皇四年［六六五］三月条、小島憲之他校注・訳『日本書紀③』（新編日本古典文学全集）』小学館、一九九八年）

⑤ ……詔して曰はく、「朕《われ》、疾甚《やまひおも》し。後事を以ちて汝《いまし》に属《つ》く」と、云々《しかしか》のたまふ。是に、再拝《をろが》みたてまつりたまひて、疾を称して固辞《いな》びまをし、受けずして曰したまはく、「請はくは、洪業《ひつぎ》を奉《あ》げて、大后に付属《さづ》けまつり、大友王をして諸政《もろもろのまつりごと》を奉宣《のりたま》はしめむことを。……」
（『日本書紀』巻第二十七、天智天皇十年［六七一］十月条、小島憲之他校注・訳『日本書紀③』（新編日本古典文学

全集）』小学館、一九九八年）

このうち、①は百済の「大后」の記載なので除外する。すると、神功皇后（②）、間人大后（③④）と倭大后（⑤）の三名となる。しかし、この三人についても他の記事では「皇后」と称されている。[13]もう一つ注意すべきことがらがある。③④⑤はともに、天智紀の例であるということである。そして、さらに考慮しなくてはならないことがある。それは、天武紀に「大后」の例が一例もないということである。つまり、天智紀は原資料のかたちを残しているのである。では、③④⑤は、いかなる理由によって残存しているのであろうか。残存の理由は、天智紀編纂方針と関わっているとみなくてはなるまい。天智紀の原資料の性格については、坂本太郎に詳細な分析がある。坂本はまず、「天智紀を一見して気づくことは、この巻に編修上の遺漏欠陥が多く、未定稿ともいいたいような杜撰の所の見えることとである」と述べ、その齟齬を分析し、天智紀の資料の性格について、次のように結論づけている。

> ここに最後に編修の過程についての私見を概述しよう。おそらく書紀の各巻はそれぞれに長い間の史料蒐集とその編修とのくり返しのうえに成立したものと思われるのであり、いまの書紀の文章は原史料の筆者の文のほかに、何人かの編者の時をへだてて次々に加えていった文章がまじっているのであろう。そして少なくとも天智紀の場合、次々の編者はその紀を通覧して、記事の取捨整理をすることは少なく、自分の見出した事実をただ付加えてゆくという方向に働くことが多かったのであろう。それは前後を勘案して史法を整えることをしない怠慢を責めるべきものではなく、先人の業績を尊重し、疑わしいものには敢て手をつけないという、後学のゆかしい態度として受取るべきものであろう。そして、このことは最後の編者に至るまでそうであって、ついに全体を見て重複を削り凹凸を平らげる仕上げの工程を経ないで、まとめ上げられた形となったのであろう。

〔坂本　一九六四年〕

つまり、以上のような理由から、統一に遺漏ができてしまい、原資料の表記が残ったのである。天智紀については、森博達〔一九九九年〕に、持統朝に編纂がなされたとの指摘があるが、森の発言を受けた遠藤みどりは、天智朝から持統朝では、わずか二十年余りの歳月しか経過しておらず、実際に当時を知る人物が多く存在していたために、「大后」を統一化できなかったのではないかと結論づけている〔遠藤　二〇一一年b〕。その持統朝にできた原資料が、『日本書紀』編纂の最終段階においても統一されることなく残存したのであろう。おそらく、遠藤も指摘しているように、⑤の「大友王」なる表記も同様の理由から統一が図られなかったのであろう。

集中においては、光明子の例を見るように「皇后」と「大后」が通用していることを考えれば、「大后」なる表記が奈良朝後期の表記とみて差し支えない。一方、表記がいったいどこまで遡源できるかといえば、それは『日本書紀』の例を見る限り、持統朝ということになる。その上で、遠藤が述べているように、持統朝において、天智朝の表記が尊重されたとすれば、天智朝まで遡求することが可能であるといえよう。よしんば、「大后」の表記が持統朝のものであったとしても、⑤にみるように、倭大后に皇位継承者としての資格があったことは認めてよいはずで、それは岸が述べた「大后」の政治的地位をそのまま表すものであるはずだ〔岸　一九九一年、初版一九六六年、初出一九五七年〕。そして、その「大后」の政治的地位は、菟野皇女にも引き継がれたことは、

癸丑に、勅して曰く、「天下の事、大小《おほきちひさき》を問《い》はず、悉《ことごとく》に皇后《きさき》と皇太子《ひつぎのみこ》に啓《まを》せ」とのたまふ。是の日に、大赦《おほきにつみゆる》す。

（『日本書紀』巻第二十九、天武天皇下　朱鳥元年〔六八六〕七月十五日条、小島憲之他校注・訳『日本書紀③』〔新

編日本古典文学全集〕』小学館、一九九八年）

によってもわかる。権能と称号とは、必ずしも一致するものであるとは限らないけれども、権能が確認できるとすれば、称号も存在していたと考える方が自然であろう。したがって、「倭大后」の「大后」称号は、天智朝に遡り得る可能性があるのである。

次に、B2「婦人」なる語について、考えてみよう。令制用語「宮人」を分析した際に見たａｂを根拠として、「後宮職員令の宮人について、『令義解』に「謂婦人仕官者之惣号也」とあるように、婦人とは後宮の女官を意味するのであろう。」（『全注』）などと施注されることが多い。しかしながら、当該箇所の『令義解』の一文はあくまでも、「宮人」についた注記であるため、この「婦人」は、今日いう「女性」「女子」の意味と解さねばならない。したがって、「女性で仕官している者の総称である」ほどの意味となる。もちろん、天智天皇挽歌群の「婦人」が宮人であった可能性は高いのだけれども、「婦人」という語がそのまま女官を意味するわけではない。とすれば、この「婦人」については、二つの解釈が可能であろう。一つは、単純に女性の意味と解して、具体的には歌の内容から天智天皇の寵愛を受けていた女性と考える見方である。『万葉集』中には、

新田部親王に献る歌一首〔未詳なり〕

勝間田の　池は我知る　蓮なし　然言ふ君が　鬚なきごとし

右、或人あり、聞きて曰く、新田部親王、堵裏《みやこのうち》に出遊《いでま》す。勝間田の池を御見《みそこなは》し、御心の中に感緒《め》づ。水その池より還りて、怜愛《れんあい》に忍びず。ここに婦人に語りて曰く、「今日遊行でて、勝間田の池を見るに、水影濤々に、蓮花灼々なり、可怜《おもしろ》きこと腸《はらわた》を断ち、得て言ふべからず」といふ。すなわち婦人、この戯歌《きか》

を作り、専ら吟詠す、といふ。（巻十六の三八三五）

の例があって、この「婦人」は女性であり、なおかつ親しい関係にあることが、前後の文脈から判断できる。したがって、天智天皇挽歌群における「婦人」を女性と解釈し、歌の内容から、生前に天智天皇から寵愛を受けた女性と解釈するのがよいだろう。二つ目の解釈案は、かつて存在した天皇妻妾の呼称法の一つが、残存しているとする見方である。それが、天智朝まで遡れるかどうかは不明というほかはない。

そこで、仮に前者の解釈案を採用した上で、推考を重ねてみたい。「姓氏未詳」と小書きされているのは、額田王、石川夫人より身分が低いという理由からであるとするなら、子供をなさなかったがために『日本書紀』に名を記されなかった下級の宮人の一人ということができよう。ただし、この解釈案については、三つ以上の作業仮説を是とした上での推考であることを忘れてはならない。

次に、C2「舎人吉年」について考えてみよう。「舎人吉年」は、一般には当該の人物を舎人氏出身の吉年という人物とみて、女性説が採用されることが多い。ただし、それとて確証があってのことではない。通説では、巻四の四九二番歌の歌の下に「舎人吉年」との小書きが見え、歌の内容から女性と考え、後には田部忌寸櫟子の妻となっていたと考えられている。しかしながら、これを氏名ではなく職掌の「舎人」と解釈し、たとえ男性と考えても問題はないだろう。「吉年」なる名に、職掌の「舎人」が冠されれば、「舎人吉年」と呼称されることになるので、同一呼称が発生しやすいから、四九二番歌の「舎人吉年」とは、同呼称の別人と考えてもよいのではなかろうか。そう考えると、舎人については、日並皇子挽歌に「皇子尊の宮の舎人等が慟傷して作る歌二十三首」があり、挽歌と舎人は深い関係があって、後には宮廷挽歌の一つの類型として、舎人を景として歌い込む伝統が生まれることを考慮すれば、氏ではなく「職掌」と考える方が、妥当性が高いように思われる（巻二の一七一〜一九三）。では、なぜ挽歌と舎人との結びつきがかくも深いかといえば、それは諸家が説き尽くしたように、「宮人」と同様、天皇や皇子に近習する職掌であったからであろう。

吉川真司は、令制前の大王（天皇）宮においては、舎人と宮人がペアとなって奉仕する形態が一般的であり、ともに豪族から貢進された奉仕者として、天皇や皇子に奉仕していたことを明らかにしている〔吉川　一九九八年、初出一九九〇年〕。前掲の天武天皇殯宮の初日の誄が、壬生、諸王、宮内、左右大舎人、左右兵衛、内命婦、膳職と続くのを見ても、その一端を垣間見ることができよう。文官として奉仕する左右大舎人と、武官として奉仕する左右兵衛の誄が奏上されたあと、五位以上の夫人に相当すると思われる宮人の「内命婦」の誄が奏上されるのは、舎人と宮人と膳職が、天皇の近習者であったことを表していると考えてよいだろう。してみると、舎人吉年も宮人と同じ天皇近習者の一人であったと断ずることができるのではなかろうか。

最後に、C4「石川夫人」について考えてみよう。「養老令」の令文の后妃称号規定の呼称法と合致する「夫人」は、氷上娘・五百重娘・大蕤娘からである。藤原五百重娘については、『万葉集』中にも「藤原夫人」との記載もある（巻二の一〇三、一〇四）。では、遡って天智朝に、令に定める「夫人」称号が存在したかといえば、おそらく存在しないであろう。前述したように、「養老令」にみられる皇后、妃、夫人、嬪の称号が、飛鳥浄御原令より定まるとすれば、「夫人」称号は天智朝には存在していなかったと考えられる。実際に、天智紀には、「夫人」の記載はない。ならば、どう考えればよいのか。それは、持統朝以降に、C4の作者は後の「夫人」に相当する位置にあったはずだという判断がなされ、「夫人」称号がつけられたということである。とすれば、何らかの所伝が、伝わっていた可能性が高い。

しかしながら、筆者は、「夫人」なる語は、天智朝にもあったと考える。確かに、令制の后妃間序列は、飛鳥浄御原令よりはじまるけれども、それ以前にも「夫人」なる呼称法で呼ばれる天皇の妻妾が存在していた可能性もあるのではなかろうか。このように推考をするのは、令制の後宮制度から天智朝の「後宮」を遡求して考えた場合、建物（ロ）の存在は確認する手法はないが、序列と組織については、その存在が認められるからである。とすれば、令制の基準とは異なるものであったとしても、何らかの呼称は存在したはずであり、そのなかに「夫人」なる語もあったのではないかと考えるからである。筆者は、石川夫人について、かつて子をなさなかったが故に、天智紀の后妃記事に名を留めない石川氏出身の「夫人」がいたと考えるのが、もっとも妥当性の高い推考であろう、と論じたことがあった〔上野　二〇一二年〕。ために、『万葉集』中にのみその名が残されているのである。

実は、かくのごとくに愚考するのは、「夫人」称号が令文に定められている令制下においても、令文に定められた以外の意味で使用されている例があるからである。後宮職員令の凡内親王女王及内命婦条（第十六条）の『令集解』所引「古記」に、

内命婦謂㆓五位以上夫人㆒也。外命婦謂㆓五位以上妻㆒也。

（『令集解』巻六、職員令、黒板勝美・国史大系編修会編『令集解第一（新訂・増補　国史大系〈普及版〉）』吉川弘文館、一九八二年）

とあり、「内命婦ハ五位以上ノ夫人ヲ謂フナリ」とあるところを見ると、この「夫人」は后妃規定の「夫人」称号ではなく、女官一般を指すと見られる。対して、五位以上の位階を持つ官人の妻が「外命婦」である。「古記」の大宝令段階においても、このような令文に定められていない「夫人」の語の使用例が確認できるので、天智天皇挽歌群の「石川夫人」を、令文に定めた后妃称号と限定する必要はなく、単に「宮人」として奉仕している者の一人くらいに解釈することも、可能だと思われる。

六　額田王と飯高宿禰諸高

以上のごとくに、「近江天皇」「大后」「婦人」「舎人吉年」「石川夫人」について分析してゆくと、当然、額田王についても言及しなくてはなるまい。額田王の出自については、鏡王家との関係や「額田」という地名などからさまざまなアプローチがなされてきたが、未だ説得力のある説は提示されるに至っていない。その理由の一つは、資料の少なさに起因するものであり、もう一つの理由は、『日本書紀』『万葉集』の成立時期から、初期万葉の時代ははなはだ遠く、推考の手段が限られてしまうからであろう。そのような資料の制約がある状況のなかで出自を問うことは、きわめて難しいのである。かろうじて考察することができるのは、宮廷への出仕の形態であろう。その一つの答えが、谷馨のいう「采女的なもの」とする考え方である〔谷　一九九四年、初版一九六七年〕。つまり、采女として貢進されて、宮人となった女性であるとする説である。これを本節に引きつけていうならば、大海人皇子の宮の宮人として出仕した時期があるということになろうか。しかし、天智天皇の寵愛を受けていたことも事実であろうから、この点についてはさまざまな憶測を呼ぶところである（巻四の四八八）。一方で、『日本書紀』の后妃記事に登場するのは、天智紀ではなく天武紀である。この点について、明確な解を与えているのは直木孝次郎の左の発言である。

ここで疑問に思われるのは、額田王の名が、彼女が実際に活動した天智朝の後宮記事にあらわれず、ほとんど活動を停止した天武朝の後宮記事にみえるのはなぜかということである。天智紀にみえないところから、額田王は天智天皇の後宮の人（天智の妻）でなかったのではないか、額田王を天智の妻のようにとりなしている『万葉集』所載の歌は、王の周辺ないし後人の虚構・仮託ではないかとする説がある。しかし、天智紀七年二月の后妃記事に額田王がみえないのは、天智とのあいだに子がなかったからと解するのが妥当であろう。そうして天武紀にみえるのは、彼女が天武とのあいだに十市皇女を生んでいたからである。即位以後の天武の後宮には、実際には額田王は侍していなかったが、十市皇女を生んでいるために、その名を記さないわけにはいかない。その際、后妃の序列のどこに位置づけるかが問題となるが、皇后・妃・夫人のつぎ、下級豪族出身の女性（天智朝の宮人相当）の上に記入したのは、天智の後宮における額田王の地位に従ったものであろう。その記事に、「天皇初娶㆓鏡王女額田姫王㆒、生㆓十市皇女㆒」と他に類例をみない表記をするのは、額田王が天武の朝廷では後宮の人ではなく、すでに過去の人となっていることを示すものと考えられる。

〔直木　一九八五年、初出一九七五年〕

直木の考えを、縷々述べた本節の考察に当て嵌めると、持統朝において額田王は、姫王なので下級豪族出身者の「宮人」ではないが、夫人などの称号を以って称される妻妾クラスでもなかったことになろう。これを天智朝に遡って考えると、額田王も「宮人」と呼ばれる妻妾の一人と考えてよいだろう。以上のように推考すると、天智朝においては「宮人」のなかでも最上位者の「宮人」の一人と考えられるのではないか。それは、額田王が畿内の下級豪族出身者であったことに由来するものと筆者は考えているが、どうであろうか。

直木の発言を踏まえた上で想起したいのが、吉井巖も注意を払った、推古天皇の宮に侍する人びとを束ねる首座の位置にあった栗下女王なる人物の存在である〔吉井　一九九〇年a、初出一九六四年〕。栗下女王は、采女の鮪女を通して、采女を統率していたはずである。栗下女王は、この舒明天皇即位前紀しか名を留めない人物であるのだが、天皇の近習者を束ねる位置にあったことは明白である。こういう特殊な地位や出仕形態も宮廷内には存在していたわけである。いや、それこそが、「宮人」の典型的な存在形態とみなくてはならないのである。

額田王歌の一部に、天皇の意を代弁するかたちを取る歌があるのも、こういった「宮人」の出仕形態から今後は考察してゆく必要があるであろう〔巻一の七、八〕。「宮人」の原義が、宮で奉仕する人というところにあり、そこから天皇や皇子の宮に奉仕する女性職員を呼ぶようになったことは、再三述べてきた。その出仕者の多くは、采女や氏女であり、貢進されたか、出願して許された女性たちであった。額田王も、その一人として、天智天皇挽歌群に歌を留めているのであろう。こういった宮人たちのなかには、稀ではあるが特進に特進を重ねてゆく者がおり、それは令制下の奈良朝においても存在している。多くの官位制度研究者が注目する飯高宿禰諸高である。その地位は、晩年、後宮十二司の内侍司の次席にあたる典侍にまで達し、薨去時には従三位に達していた。ために『続日本紀』は、彼女の薨伝を伝えている。

○戊寅、典侍《ないしのすけ》従三位飯高宿禰諸高薨《こう》しぬ。伊勢国飯高郡の人なり。性甚だ廉謹《れむきん》にして、志《こころ》に貞潔を慕《ねが》ふ。奈保山天皇《なほやまのすめらみこと》の御世に、内教坊に直《とのゐ》して、遂《つひ》に本郡《もとのこほり》の采女に補《ふ》せらる。飯高氏の采女を貢《たてまつ》ることは此より始れり。四代に歴仕《つか》へて終始《つひ》に失《あやまち》無し。薨しぬる時、年八十。

〔『続日本紀』巻第三十四、光仁天皇　宝亀八年［七七七］五月二十八日条、青木和夫他校注『続日本紀　五〈新日本古典文学大系〉』岩波書店、一九九八年〕

奈保山天皇すなわち元正朝に内教坊に出仕し、次に采女となって「宮人」として出仕し、その精勤ぶりが評価されて、八十歳に至るまで「宮人」として働いた人物である。内教坊は、その設置について議論のあるところだが、女楽の教習所であり、諸高の出仕は、内教坊の伎女から始まったと考えられる〔瀧川　一九六五年〕〔鈴木　一九八七年〕。伊勢国の地方下級豪族の出自ながら、元正朝から光仁朝まで出仕し、上級貴族に准じる位を得た人物である〔玉井　一九六九年〕〔野村　一九七八年〕〔須田　一九七八年〕。野村〔一九七八年〕は、諸高が八十歳まで典侍を勤め上げたところから、職務に精通し、宮内の慣習を知り尽くした実務者とのイメージで諸高を語ろうとしている。宮人組織の上位者は、皇親、中央豪族出身者で占められたはずだが、対して下級宮人は、持てる才知、美貌（令文にいう「形容端正」）や技芸、職務遂行能力によって選抜されたはずである。諸高も、そういう容姿や能力の評価を受けて昇進がなされたのであった。つまり、下級であればあるほど、容姿や能力の評価が高くなければ、出仕も昇進も叶わない組織であったと考えられるのである。つまり上位者は家格によって昇進するが、下位者は才能でしか出仕のチャンスも昇進のチャンスも得られなかったのである。この点に、「宮人組織」の特質を看取することができる。

一方、「宮人」となれば、たとえ下級宮人であったとしても、高い評価を受ければ異例の昇進が望め、天皇の寵愛を受ければ、皇子の生母となることができたのであった。この点も、「宮人組織」の大きな特質の一つということができる。それは、彼女たちが、天皇の近習者であったからである。筆者は、以上のような「宮人組織」のなかから、額田王はその宮廷内での地位を築いたのではないかと考えた。斉明朝と天智朝における額田王の歌の伝来のありようも、天皇や皇子に近習する宮人の出仕形態と深く関わっているのではないか、と筆者は考えている。

おわりに

本節では、天智天皇挽歌群の後宮文学論を擁護する立場から、「養老令」から遡求する方法を主とし、唐令から復元する方法を従として、天智朝における「後宮」について考察をし、愚見を著した。縷々述べたるごとく、天智朝においては、天子御在所の後方にある宮との意味をもつ「後宮」という用語を使用すべきではないであろう。舒明天皇即位前紀の小墾田宮の「宮人」の奉仕のありようから観察したように、天皇居所そのものが「宮人」の世界であり、それが令制の「後宮」へと引き継がれてゆくのである。とすれば、「大后」「婦人」「舎人」「夫人」が奉仕する空間とは天皇（大王）の宮そのものであるということになる。「大后」「婦人」「舎人」「夫人」という構成は、そのまま、天智朝における「宮人組織」のありようを反映しているものであろうとの判断を筆者は下した。「婦人」「舎人吉年」「石川夫人」という、他の史料によって、その人物を特定することがまったく不可能な人物たちが、天皇〔大王〕の死に際して、歌を作り、発表できたのは、彼女たちが「宮人」として、天皇に近習していた人びとであったからなのであり、額田王も、その一人であったと筆者は考える。

もちろん、大浦誠士が指摘するように、本歌群は複数の原資料を集成して形成された歌群であり、安易にその場を想定することは慎むべきであろう〔大浦　二〇〇〇年〕。なぜなら、編纂者が、それらの複数の原資料を尊重しながら、天智天皇の宮で歌われた「宮人」たちの嘆きの歌々を伝えようとした跡を見てとれるからである。たしかに、そのような資料的制約を無視することはできないけれども、当該歌群が、天智天皇の宮のいわゆるオクの世界の「宮人」たちの歌々が集成されたものであるということも、縷々述べてきたとおりである。(14)

以って筆者は、ここに「後宮の文学」という分析用語に代えて、「大后と宮人《くにん》の文学」なる用語の使用を提起して、本節の結びの言葉としたい。本節においては、いわばオクの女たちの世界について考えてみたが、次章の第一節と第二節では、具体的に歌の表現に即して、天智天皇挽歌群の万葉文化論を展開してみたい、と思う。

注

(1)　おそらく、西郷は文明の中心部では長い時間をかけて史的に展開をして変化してゆく社会が、文明の周縁部では中心部より、より短い時間のうちに変化してゆくため、中心部よりも周縁部の方が、より古型を観察しやすいと考えているのである。ために、原始社会の葬送において女性が果たした役割を、日本の古代文献は伝えていると判断したのであろう。以上のような考え方から、引用箇所のような説明がなされているのである。

(2)　ちなみに、令制用語では、「宮人」について「くうにん」「くにん」と訓むことが、現在いわゆる訓み癖として慣例化しているが、「みやひと」と訓んでも差し支えないはずである。

（3）なお、妃、夫人、嬪の序列規定を飛鳥浄御原令段階から存在したとする青木和夫説に対し、遠藤みどりが、大宝令段階まで下げる修正説を提出している〔遠藤　二〇一一年a〕。本節は、大宝令への移行以前にも称号や序列は何らかのかたちで存在したとの立場で立論する。

（4）もちろん、天武紀に記されている「後宮」と「皇后宮」を別々の建物とみる見方もある〔三崎　一九八八年〕。ちなみに、藤原夫人と天武天皇の「わが里に大雪降れり……」の巻二の一〇三、一〇四番歌の問答を見ると、大原に藤原夫人が居住しているようにも見える。大原は、藤原氏の本拠地であり、巻八の一四六五番歌の題詞の藤原夫人の割注に「字曰二大原大刀自一」とあるので、日常大原に住んでいた可能性が高い。ただ、大原のある長岡の麓が岡本と呼ばれる地で、今日の発掘によって確定した飛鳥岡本宮の天皇正宮とは五百メートルも離れていない。また、雪の日の柿本人麻呂献歌で知られる「矢釣山」と大原とは隣接しており、二〇〇六年に明日香村教育委員会が発掘した竹田遺跡の七世紀代後半の大型建物群跡を、新田部皇子邸宅の一部とする見方が有力視されつつある（巻三の二六一、二六二番歌）〔明日香村教育委員会　二〇〇六年〕。このように、天皇正宮のまわりに、妻妾の居所が点在したというのが実態であろうが、一方では、私的な邸宅とは別に、「後宮」「皇后宮」と呼ばれる建物も存在していたと考えてよいだろう。

（5）「宮人」を中心としたオクのいわば内廷に対して、外廷の組織が令制によって拡大することによって、官僚機構が発展してゆく歴史があるのであろう。したがって、天智朝では、外廷すなわちオモテの機構が未発達であったと考えねばならない。一方、オモテの組織が発展、拡大することで、宮人組織は、「後宮」として位置づけられると考えてよい。ただ、これまで内廷と外廷の議論については、日中比較のための概念規定や方法が不明確なまま、議論が進んでしまっていることについて、史学の内部から反省の声が上がっている〔古瀬　一九八八年〕。

（6）ここにいう寄生的権力形態とは、古めかしい分析用語だが、大王、天皇と私的関係を結ぶことによって生じる権力で、その代表として筆者が想起しているのは、宦官や側用人などの持つ権力である。したがって、官による公的権力の行使とは異なるものである。

（7）ただ、『礼記』『周礼』の理念を受け継ぐかたちで、日唐の後宮制度は制度構築されているので、中西進の方法が、あながち無効というわけではない〔中西　一九六八年〕。

(8) ただし、中西〔一九六八年〕と直木〔一九八五年、初出一九七五年〕が、「美人」に要求されるつとめとして、祭祀や侍宴を挙げて、そこから額田王の春秋競憐歌（巻一の一六）や、いわゆる三輪山挨拶歌（巻一の一七、一八）を理解しようとしたのには従えない。それは、天子の妻妾に求められる一つの理念的な役割なのであって、実際の作歌に影響を与えるものとは考えにくいからである。また、他の歌々との整合性も取れない。

(9) さらにこれを遡って、『隋書』を見ると、皇后の下に三夫人（品正第一）があり、九嬪（品正第二）、婕妤十二員（品正第三）、世婦（美人と才人）を十五員（品正第四）として、宝林二十四員（品正第五）、御女二十四員（品正第六）、采女三十七員（品正第七）以上を女御となすとの記載がある（『隋書』三十六、列伝第一、后妃）。なお、検したのは、台湾商務印書館の百衲本二十四史『隋書　一冊』（一九八一年版、初版一九三七年）である。

(10) 松原弘宣がいうように、天智朝においては、「宮人」も、次期天皇の母になる可能性があり、皇女に対して二世から五世の孫と考えられる「姫王」の称を持つ額田王も序列としては下位ではあるが、序列が急上昇する可能性もあったと考えてよい〔松原　一九七四年〕。

(11) また、［2］［3］については、「大王」号と「大后」号の対応から、大后の祭政に関わる権能について議論が交わされている〔井出　一九七〇年〕〔小林　一九八七年〕〔成清　一九九九年〕〔篠川　二〇〇一年〕〔中田　二〇〇七年〕〔遠藤　二〇一一年b〕。なお、［1］の「大后」と「皇后」の記紀における扱いの違いを、逆に用語の積極的な選択の結果とみて、「大后」と記されていることの意味を追究した国文学の論文も発表されている〔阿部　一九八二年〕〔川上　一九九五年〕〔山崎　二〇一〇年〕。このうち、山崎〔二〇一〇年〕は、大后の上代文献の悉皆調査に基づくものであり、本節もその学恩に浴するものである。

(12) 一方、『古事記』には、「日本」の用例が一例もなく、『日本書紀』と書名に付されているようにもっぱら「日本」という言葉を用いて志向したところは、神野志隆光の研究によって明らかにされている〔神野志　二〇〇四年および二〇〇五年〕。

(13) ②の例は、神功皇后を「大后」と称する原資料があり、その資料が尊重されて残ったものと考えられよう。

(14)　これを、歌人論として考えた場合、各原資料の編纂者が想定し、それを『万葉集』の編纂者が追認した「額田王」像を重ね合わせて合成写真のごときものを作り上げてみても、歌人の個性には到達し得ないとする立場もあり得る〔梶川　一九九八年、二〇〇〇年、二〇〇六年〕。また、これを文学史として考えて見た場合においても、同様かもしれない。そういった立場に対し、身崎壽は、歌人論や文学史論が学問研究に求められる論証要求に応えられる水準に達していなくとも、資料と自らの研究方法の限界を認識しつつ、論を積み重ねるべきだと説いている〔身崎　二〇〇六年〕。身崎は、論の可能性を否定するだけでは、研究の未来への責任の放棄に等しいと断じているのである。けれども、今日の歴史研究の成果を応用し、筆者の咀嚼能力の範囲で考えて、天智天皇挽歌群と「後宮」との関わりを推考すれば、かくのごとくにイメージ化できるのではないかというところを素描してみた。ただ、そこで、筆者の立場を述べると、筆者の考えは、身崎の考え方に近い。本節もまた、論証要求の水準とは程遠いものである。筆者の考えは、身崎よりもはるかに楽天的で、論証要求の水準は、時代と共にある相対的なものなので、過去の研究蓄積を利用して、それぞれの時代の要請に応えて立論がなされればよいのではないか、と思っている。ために、研究者に求められるのは、その時代に求められている科学性を出来得る限りにおいて担保しさえすれば、それでよいと考える。したがって、研究のあるべき完成型のごとき姿を、筆者は希求しないという立場を採りたい、と考えている。

参考文献

青木和夫　一九九二年「日本書紀考証三題」『日本律令国家論攷』岩波書店、初出一九六二年。

明日香村教育委員会　二〇〇六年『竹田遺跡』リーフレット。

阿蘇瑞枝　一九七〇年「挽歌の歴史——初期万葉における挽歌とその源流」萬葉七曜会編『論集上代文学』第一冊所収、笠間書院。

——　一九九二年「万葉集と女官」『万葉和歌史論考』笠間書院、初出一九八〇年。

阿部寛子　一九八二年「古事記の大后伝承をめぐって」『田園調布学園大学紀要』第十五・十六号所収、田園調布学園大学。
磯貝正義　一九七八年『郡司及び采女制度の研究』吉川弘文館。
井出久美子　一九七〇年「『大兄制』の史的考察――欽明～推古朝の政治過程にふれて」『日本史研究』第百九号所収、日本史研究会。
伊藤　博　一九八一年a「歌人と宮廷」『萬葉集の歌人と作品（上）（古代和歌史研究3）』塙書房、初版一九七五年、初出一九六六年。
――　一九八一年b「代作の問題」『萬葉集の歌人と作品（上）（古代和歌史研究3）』塙書房、初版一九七五年、初出一九五七年。
――　一九八二年『萬葉集の表現と方法（上）（古代和歌史研究5）』塙書房
井村哲夫　一九八六年「倭太后考」『赤ら小船――万葉作家作品論』和泉書院、初出一九六七年。
上野　誠　二〇一二年『万葉挽歌のこころ――夢と死の古代学』角川学芸出版。
植野良子　二〇一〇年「天武系皇統と『皇后』の地位」栄原永遠男編『日本古代の王権と社会』所収、塙書房。
梅村恵子　二〇〇〇年「天皇家における皇后の位置――中国と日本との比較」『おんなとおとこの誕生――古代から中世へ（下）（〈藤原セレクション〉女と男の時空――日本女性史再考④）』所収、藤原書店。
遠藤みどり　二〇一〇年「令制キサキ制度の展開」『続日本紀研究』第三百八十七号所収、続日本紀研究会。
――　二〇一一年a「令制キサキ制度の成立――妃・夫人・嬪の序列をめぐって」『日本歴史』第七百五十四号所収、日本歴史学会。
――　二〇一一年b「〈大后制〉の再検討」『古代文化』第六十三巻第二号所収、古代学協会。
大浦誠士　二〇〇〇年「天智朝挽歌をめぐって」『美夫君志』第六十号所収、美夫君志会。
岡部隆志　二〇〇三年『古代文学の表象と論理』武蔵野書院。
岡村幸子　一九九六年「皇后制の変質――皇嗣決定と関連して」『古代文化』第四十八巻第九号所収、古代学協会。
荻原千鶴　一九九八年a「天武皇子の序列について」『日本古代の神話と文学』塙書房、初出一九九二年。

――　一九九八年b「天智天皇崩時『婦人作歌』考――『女の挽歌』論によせて」『日本古代の神話と文学』塙書房。
奥村郁三　一九九三年「大唐六典」滋賀秀三編『中国法制史――基本資料の研究』所収、東京大学出版会。
小澤　毅　二〇〇三年『日本古代宮都構造の研究』青木書店。
影山尚之　一九九三年「天智天皇挽歌私考――倭大后作一四七～一四九番歌をめぐって」『園田国文』第十四号所収、園田学園女子短期大学国文学会。
梶川信行　一九九五年『初期万葉をどう読むか』翰林書房。
――　一九九八年「八世紀の《初期万葉》」『上代文学』第八十号所収、上代文学会。
――　二〇〇〇年『創られた万葉の歌人　額田王』塙書房。
――　二〇〇六年「『額田王』は何人いたか――〈初期万葉〉にとっての歌人論とは」『上代文学』第九十六号所収、上代文学会。
梶川信行編　二〇〇七年『初期万葉論』笠間書院。
勝浦令子　二〇〇〇年「古代宮廷女性組織と性別分業――宮人・巫女・尼の比較を通して」『日本古代の僧尼と社会』吉川弘文館、初出一九九五年。
門脇禎二　一九七九年『采女――献上された豪族の娘たち』中央公論社、初版一九六五年。
川上順子　一九九五年『古事記と女性祭祀伝承』高科書店。
川口常孝　一九八〇年「倭大后論」『帝京大学文学部紀要（国語国文学）』第十二号所収、帝京大学文学部国文学科。
川﨑　晃　二〇一八年『万葉の史的世界』慶應義塾大学出版会。
神田秀夫　一九七七年『初期万葉の女王たち』塙書房、初版一九六九年。
岸　俊男　一九九一年「光明立后の史的意義――古代における皇后の地位」『日本古代政治史研究』塙書房、初版一九六六年、初出一九五七年。
宮内庁　一九八七年『皇室制度史料　后妃一』吉川弘文館。

倉本一宏　一九八四年「天武天皇殯宮に誄した官人について――皇親政治像再構築の一前提」『史学雑誌』第九十三編第二号所収、史学会。
玄宗撰・李林甫等奉勅撰　一九九一年『宋本大唐六典』中華書局。
玄宗撰・李林甫等奉勅注・広池千九郎訓点・内田智雄補訂　一九八九年『大唐六典』広池学園出版、初版一九七三年。
神野志隆光　二〇〇四年「『やまと』と『日本』」『上代文学』第九十二号所収、上代文学会。
――　二〇〇五年『「日本」とは何か――国号の意味と歴史』講談社。
――　二〇〇七年『複数の「古代」』講談社。
後藤利雄　一九八二年「舎人吉年――女性にあらず」『文芸研究』第九十九号所収、東北大学。
小林敏男　一九八七年「大后制の成立事情」『古代女帝の時代』校倉書房。
西郷信綱　一九六四年「柿本人麿」『詩の発生――文学における原始・古代の意味』未來社、初出一九五八年。
坂本太郎　一九六四年「天智紀の史料批判」『日本古代史の基礎的研究　上（文献篇）』東京大学出版会。
篠川　賢　二〇〇一年「六・七世紀の王権と王統」『日本古代の王権と王統』吉川弘文館。
新沢典子　二〇一七年『万葉歌に映る古代和歌史――大伴家持・表現と編纂の交点』笠間書院。
鈴木規子　一九八七年「内教坊の成立過程について――律令制下音楽制度の一考察」『皇學館史学』第二号所収、皇學館大學史學会。
須田春子　一九七八年「律令制下の女性」『律令制女性史研究』千代田書房。
――　一九八二年『平安時代後宮及び女司の研究』千代田書房。
曽倉　岑　一九七二年「天智挽歌群について」『國語と國文学』第四十九巻第十号所収、東京大学国語国文学会。
――　一九七五年「天智挽歌群続考」万葉七曜会編『論集上代文学』第五冊所収、笠間書院。
――　一九八七年a「額田王――従山科御陵退散之時の歌」和歌文学会編『論集　万葉集』所収、笠間書院。
――　一九八七年b「人麻呂儀礼歌の作歌主体」『國語と國文学』第六十四巻第四号所収、東京大学国語国文学会。

――――　一九九九年　「額田王山科御陵退散の歌」神野志隆光・坂本信幸企画編集『万葉の歌人と作品　第一巻
初期万葉の歌人たち』所収、和泉書院。
瀧川政次郎　一九六五年　「内教坊考」『國學院法学』第二巻第二号所収、國學院大學法学会。
瀧浪貞子　一九九一年　『日本古代宮廷社会の研究』思文閣出版。
武尾和彦　一九八二年　「倭大后論――万葉集巻二・一四八番歌をめぐって」『青山語文』第十二号所収、青山学院大
学。
――――　一九八三年　「倭大后と倭氏」『青山語文』第十三号所収、青山学院大学。
――――　一九九二年　「天智挽歌群・姓氏未詳婦人作歌」『美夫君志』第四十五号所収、美夫君志会。
谷　馨　一九九四年　『額田姫王』紀伊國屋書店、初版一九六七年。
谷口やすよ　一九七八年　「漢代の皇后権」『史学雑誌』第八十七編第十一号所収、史学会。
玉井　力　一九六九年　「天平期における女官の動向について」『名古屋大学文学部二十周年記念論集』所収、名古屋
大学文学部。
築山治三郎　一九七一年　「唐代の後宮と政治について」『古代学』第十七巻第四号所収、古代学協会。
津田京子　一九九二年　「日本古代の皇后について――令制後宮の成立を中心に」『寧楽史苑』第三十七号所収、奈良
女子大学史学会。
角田文衛　一九七三年　『日本の後宮』學燈社。
東野治之　一九八〇年　「『大王』号の成立と『天皇』号」上田正昭他『ゼミナール日本古代史』下所収、光文社。
遠山美都男　二〇〇五年　『古代日本の女帝とキサキ』角川書店。
礪波　護　一九九八年　『唐の行政機構と官僚』中央公論社。
直木孝次郎　一九八五年　「宴げと笑い――額田王登場の背景」『夜の船出――古代史からみた萬葉集』塙書房、初出一
九七五年。
中田興吉　二〇〇七年　「大王と大后――その成立と性格」『日本歴史』第七百八号所収、日本歴史学会。

中西　進　一九六八年「額田王」『万葉史の研究』桜楓社。
――　二〇一一年『天智伝』中央公論新社、初版一九七五年。
成清弘和　一九九九年「大后についての史料的再検討」『日本古代の王位継承と親族』岩田書院。
西野悠紀子　一九九七年「中宮論――古代天皇制における母の役割」大山喬平教授退官記念会編『日本国家の史的特質　古代・中世』所収、思文閣出版。
――　一九九八年「母后と皇后――九世紀を中心に」前近代女性史研究会編『家・社会・女性――古代から中世へ』所収、吉川弘文館、初版一九九七年。
仁藤敦史　一九九八年『古代王権と都城』吉川弘文館。
野村忠夫　一九七八年『後宮と女官』教育社。
野村忠夫・原奈美子　一九七七年「律令宮人制についての覚書――『宮人』と『女官』」『続日本紀研究』第百九十二号所収、続日本紀研究会。
橋本達雄　一九八二年『万葉宮廷歌人の研究』笠間書院、初版一九七五年。
橋本義則　二〇一一年『古代宮都の内裏構造』吉川弘文館。
橋本義彦　一九七六年「中宮の意義と沿革」『平安貴族社会の研究』吉川弘文館、初出一九七〇年。
林部　均　二〇〇一年『古代宮都形成過程の研究』青木書店。
原　朋志　二〇〇五年「大后と三后」『続日本紀研究』第三百五十七号所収、続日本紀研究会。
古瀬奈津子　一九八八年「中国の『内廷』と『外廷』――日本古代史における『内廷』『外廷』概念再検討のために」『東洋文化』第六十八号所収、東京大学東洋文化研究所。
松原弘宣　一九七四年「『宮人』考――天智・天武朝の後宮について」『続日本紀研究』第百七十一号所収、続日本紀研究会。
身崎　壽　一九八六年「額田王『山科御陵退散』挽歌試論」『國語と國文学』第六十三巻第十一号所収、東京大学国語国文学会。

――　一九九四年「二　天智挽歌群　その（一）」『宮廷挽歌の世界――古代王権と万葉和歌』塙書房。
――　一九九八年『額田王――萬葉歌人の誕生』塙書房。
――　一九九九年「倭大后の歌」神野志隆光・坂本信幸企画編集『万葉の歌人と作品　第一巻　初期万葉の歌人たち』所収、和泉書院。
――　二〇〇六年「『歌人』とはなにか、『歌人論』になにができるか」『上代文学』第九十六号所収、上代文学会。
三崎裕子　一九八八年「キサキの宮の存在形態について」『史論』第四十一号所収、東京女子大学。
水野柳太郎　二〇〇九年「いわゆる光明立后の詔について」『奈良史学』第二十六号所収、奈良大学史学会。
森　博達　一九九九年『日本書紀の謎を解く』中央公論新社。
文殊正子　一九九二年「令制宮人の一特質について――『與男官共預知』の宮人たち」関西大学博物館学課程編『阡陵』所収、関西大学考古学等資料室。
――　一九九九年「歌女とその周辺」薗田香融編『日本古代社会の史的展開』所収、塙書房。
柳　たか　一九七〇年「日本古代の後宮について――平安時代の変化を中心に」『お茶の水史学』第十三号所収、お茶の水女子大史学科。
山崎かおり　二〇〇一年「古事記の『大后』」『古事記年報』第四十三号所収、古事記学会。
――　二〇一〇年「上代日本における『大后』の語義」『埼玉学園大学紀要（人間学部篇）』第十号所収、埼玉学園大学。
山本一也　二〇〇一年「日本古代の皇后とキサキの序列――皇位継承に関連して」『日本史研究』第四百七十号所収、日本史研究会。
横田健一　一九九四年「天平の采女・飯高宿禰諸高とその一族」『古代王権と女性たち』吉川弘文館。
吉井　巖　一九九〇年a「額田王覚え書――歌人額田王誕生の基盤と額田王メモの採録」『万葉集への視角』和泉書院、初出一九六四年。

―――　一九九〇年b「倭大后の歌一首について」『萬葉集への視角』和泉書院、初出一九八九年。
吉川真司　一九九八年「律令国家の女官」『律令官僚制の研究』塙書房、初出一九九〇年。

初出

「天智天皇挽歌群と『後宮』――その予備的考察」稲岡耕二監修、神野志隆光・芳賀紀雄編『萬葉集研究』第三十三集、塙書房、二〇一二年。

第八章　死と霊魂の万葉文化論

本章は、第七章第五節において取り上げた天智天皇挽歌群の再考からはじまる。遊離魂とは、身体から抜け出た霊魂のことをいう学術用語である。その遊離魂の感覚のようなものが、どのような歌表現となって表れているのか、考えてみたい。さらには殯や墓の伝承について考えることは、古代社会における死の位置付けについて考えることにも繋がるはずである。一方、知識人の一部には、そういった儀礼や呪的世界を拒否する考え方を持つ人びともいた。その両方を取り上げなければ、万葉びとの死生観は、明らかにできない、と筆者は、今、考えている。

第一節　倭大后奉献歌の遊離魂感覚

青旗が棚引くというのではないけれど
木幡の地の上空を
大王の御魂が行き来しているのが見える――
　その御魂を目では見ることができるのだけれど
　直接には　もうお逢いすることはできない――
　　大王ノ御魂ハ　ソノ肉体カラ離レテユクノカ……

（巻二の一四八釈義）

はじめに

「遊離魂」とは、肉体から遊離した霊魂を示す学術用語であり、分析概念である。もちろん、肉体から離れるということは、霊肉二元論的身体観に立つ霊魂観である。その元になったのは、『令義解』職員令の神祇官の「伯一人」の本注に登場する「離遊之運魂」という言葉である。『令義解』の本注は、「鎮魂」を以下のように説明している。

　謂。鎮ハ安ナリ。人ノ陽気ヲ魂ト曰フ。魂ハ運ナリ。言ハ離遊ノ運魂ヲ招キテ、身体ノ府中ニ鎮ムルナリ。故ニ鎮魂ト曰フ。

（原文は漢文。書き下しは引用者）

今日「遊離魂」という学術用語は、民俗学や宗教学において定着しているが、それはこの「離遊之運魂」から造られた新造語であると考えられる。鎮魂祭は、身体から遊離しないように、天皇の霊魂を身体に結びつける儀礼であることが、この記述からわかる。身体の外に出てしまった魂を再び身体に戻すために招くのが「招魂」であり、ここでいう「鎮魂」とは「離遊ノ運魂ヲ招キテ、身体ノ府中ニ鎮ムル」行為であるということができよう。つまり、身体から霊魂が遊離することは、「いのち」の危機であり、それを再び招いて身体に戻すことが、律令神祇祭祀における「鎮魂」と説明することができる。

では、以上のような祭祀の根底には、どのような考え方があるのであろうか。その前提となるのが、霊肉二元論に基づく身体観であることはいうまでもなかろう。そして、さらにその前提となるのが、「霊魂不滅」という考え方である。すなわち、霊肉二元論に立つと、肉体は霊魂の入れものであり、肉体は朽ち果てるが、霊魂は肉体がなくなっても存在し続けるという「霊魂不滅」という考え方に行き着くのである。

ところで、一九五〇年代に鎮魂と神話との関わりに注目していた松前健は、「鎮魂神話論」において「病気に関する原始信仰」を、以下のように整理している。これは、日本における遊離魂と病との関係を論じた最初期の論文の一つである。

（1）木とか石とか骨とかのような何らかの有害物体を、精霊や呪術師が病人の体の中に打ち込むと疾病が起るという観念

（2）精霊自身が、その犠牲者の体の中に入り込み、また憑りうつると病気が起るという観念

（3）精霊や呪術師が、犠牲者の体からその霊魂を奪ったため霊魂が欠け、あるいは無くなって病気が起るという観念

〔松前　一九九八年、初出一九六〇年〕

（1）は異物注入型、（2）は憑依型、（3）は脱魂型ないしは遊離魂型といい得るであろう。それを「いのち」の危機の理由ということで考えれば、（1）は毒物注入などによる「いのち」の危機、（2）は狐憑きや怨霊、生き霊などによる「いのち」の危機、（3）は意識不明などによる「いのち」の危機、と考えるとわかりやすいかもしれない。

一　遊離魂を身体に戻す民間療法

本節において、考察の対象とするのは（3）である。霊魂が身体から遊離することが、「いのち」の危機であるという考え方に基づくと、意識不明の状態にある病はどのように治療されるのであろうか。筆者の採訪ノートから、その例を見てみよう。沖縄県知念村久高島の西銘シズ女（一九〇五年生）は、戦前の子供の病気治療について、次のように語ってくれた（一九八一年筆者採訪、古典と民俗学の会の調査時）。子供が高熱などでうなされて、意識がなくなると、子供の着物を持ち、屋根に登って、何度も子供の名前を叫んだ。そして、その着物を持って屋根から下り、着物を子供に着せると子供の意識が戻る、と当時は信じられていた。これを久高島では「マブリッケ」と呼んでいた、という。「マブリ」とは、霊魂のことである。

それでも、「マブリ」が子供の身体に戻らない時は、「目の強い人」に「マブリ」を探してもらうという。「目の強い人」とは「セジ高さん」のことである。久高島で「セジが高い人」というのは、霊力の高い人のことをいう。霊力の高い「セジ高さん」は、予知の力や霊的なものを見る力があるので、子供の「マブリ」を見つけることができるのだという。島の人々には、だいたい誰のセジが高いのかわかっているらしく、あの人は「セジが高い」などと歓談されていたのを、調査期間中、幾度となく耳にした。さらにはあの人はセジが高いので悩みごとがあったら、占ってもらうとよいと勧められた記憶が、筆者にもある。

そのセジ高さんに頼むと、子供の「マブリ」を探してくれるという。セジ高さんは子供の「マブリ」を探し出すと、子供の「マブリ」のいる場所や方角を教えてくれるので、いわれた場所に行って、子供の着物を振ったり、子供の使用している茶碗に子供の好物を入れてかざすなどの行為をする。そして、子供の「マブリ」を着物につけて帰り、子供にその着物を着せることをした、という。こうして、子供の意識が戻ったりすると、あの人はセジが高いと評判が評判を呼び、あの人は目が強いから、何でもよく見てもらえると、「マブリツケ」「占い」「探しもの」の相談に、遠方からでも多くの人がやって来ることになった、という。シズ女は、それは今でいう「ひきつけ」や「熱性痙攣」にあたるだろう、と説明してくれた。しかし、そのシズ女も、それは戦前までのことで、今では「マブリツケ」を信じる人はいない、と断言していたのが印象的である。したがって、一九八一年の久高島においては、「マブリツケ」は迷信の範疇に入れられていたようである。つまり、病の原因の理解方法が変わったのである。霊魂で説明されていた病が、近代的な医学の知識によって説明されるようになったのである。このような「魂」を呼び返そうとする儀礼については井之口章次が日本における多くの事例を紹介している〔井之口　一九七七年〕。

さて、以上は筆者の聞き書きによるものであるが、同じような民間療法を中国宗教史の泰斗デ・ホロートも報告している（一八五四―一九二一）。その著『中国宗教制度』に次のような記載を見出すことができる〔デ・ホロート　一九四六年〕。中国のアモイにおいては、気を失ったり、子供が痙攣を起こした時には、その人間が使用していた着物を竹竿にかけて振りかざし、銅鑼を叩いてその名を呼んで、魂を身体に戻すという。基本的には、これは久高島の「マブリツケ」と同じといえる。この一致は、中国から日本へ、南から北へという伝播関係で説明することもできるだろう。しかし、霊肉二元論に立ち、魂の遊離が「いのち」の危機をもたらす、という考え方に立てば、場所を異にして同じような儀礼が存在していたとしても、驚くには当たらない。なお同様の儀礼は、朝鮮半島、中国朝鮮族の間にも存在している。

以上は、遊離魂によって説明される病とその治療についてであったが、以下方言に残る「遊離魂感覚」について言及しておきたい。九州地方では、驚いた時に「タマガル」という表現を使う。これは、驚きが大きいことを表す表現で、失神するほど驚いたときに使用される言葉である。「ほんなこつ、たまがったばい！」といえば、「ホントウニ、ビックリシタヨ！」という意味である。実はこの言葉は、

タマ（魂）＋アガル（上がる）

が変化した言葉で、身体のなかにある魂が、身体から遊離して意識を失ってしまうことを、「タマ・アガル」と考えた結果であろう。もちろん、その原義は今日忘れられているが、この言葉の背景にそういう考え方が存在していたことは間違いない。つまり、日常的には身体のなかにある魂が、身体から離れると意識を失うのだ、という考えがかつてあったのである。対して、びっくりした時に、「タマゲル」という地方もある。こちらは、中国地方と北関東、さらには東北地方の一部である。タマゲルは、

タマ（魂）＋キエル（消える）

が変化した言葉で、魂が身体から抜け出てしまい、消えてしまう状態をいう言葉である。これを強調して接頭語をつけると、「ぶったまげた！」となる。つまり、驚くことは、魂が上がったり、消えたりすることだ――という理解が存在したことを物語るものであろう。

そこで、以上の予備的考察を踏まえて、本節のよって立つところを示しておきたい。山折哲雄は、身体から魂が

離れるという感覚を「遊離魂感覚」と呼び、「遊離魂感覚」を軸として、日本における多くの宗教現象を説明しようとしている。そして、さまざまな宗教事象を「遊離魂感覚」を軸として記述してゆく日本精神文化史、日本宗教文化史を構想している。その代表作が『日本人の霊魂観』〔河出書房新社、一九七六年〕、『霊と肉』〔東京大学出版会、一九七九年〕、『日本人の心情』〔日本放送協会出版、一九八二年〕、『日本宗教文化の構造と祖型――宗教史学序説』〔青土社、一九九五年〕などの著作である。これらの著作は、「遊離魂感覚」を軸として統合され、構造化される、時代や地域を超えた「日本文化論」ともなっている。本節でいう「遊離魂感覚」とは、山折の用語に学ぶものである。

二　「タダアヒ」と「タマアヒ」

その具体的事例としては、天智天皇挽歌群の一四七および一四八番歌を取り上げたい。なお、天智天皇挽歌群については、影山尚之、平舘英子、大浦誠士、村田右富実によって、すぐれた業績が発表されている。本節も、その驥尾に付すものであることをあらかじめ断っておきたい〔影山　一九九三年〕〔平舘　一九九八年〕〔大浦　二〇〇〇年〕〔村田　二〇〇一年〕。

　　天皇の聖躬不豫したまふ時に、大后の奉る御歌一首
天の原　振り放け見れば　大君の　御寿は長く　天足らしたり
　一書に曰く、近江天皇の聖躬不豫したまひて、御病急かなる時に、大后の奉献る御歌一首
青旗の　木幡の上を　通ふとは　目には見れども　直に逢はぬかも
〔巻二の一四七、一四八〕

「聖躬不豫」の時とは、天皇の病が重篤であることを表している。その際に、倭大后は「御歌」を「奉〔献〕」した

わけである。一四八番歌は、「一書」から採用されたものであるが、「一書」にも一四七番の題詞と同じような御歌奉献の由来が書き留められていた、ということができよう。つまり、表現に若干の差異がありながらも、同文に近い内容を二つの資料から重ねて編者は引用しているのである。もちろん、ほとんど同文であるので、なんらかの錯簡を想定する議論もある。しかしながら、錯簡を想定しなくても、一四八番歌の題詞を天皇の病がさらに重くなった時点と考えれば、問題はないのではなかろうか。ということは、編纂時点に存在した二種類の資料によって、われわれは、倭大后の御歌奉献の歴史的事実を確認することができるのである。

以上によって、二首の歌を、原資料が異なる奉献歌と認定することができよう。一四七番歌は、大空に充満する天皇の「御寿」を歌った歌である。近時では『新編全集』が、「宝寿無限なること疑いなしと確信していった」と述べているのが、正鵠を得た解であろう。幻視ではあっても「天足らしたり」と、確信した言い回しをするところに、祝福詞章としての機能を見出すことができよう。さらには、こういった確信した言い回しに、天皇の病気回復を願う奉献歌としての機能も、見出すことができるのではなかろうか。たとえば、顕宗天皇即位前紀に伝わる室寿ぎの詞章には、

築き立つる　稚室葛根《わかむろかづね》、築き立つる　柱は、此の家長《いへきみ》の　御心の鎮なり。
取り挙ぐる　棟梁《むねうつはり》は、此の家長の　御心の林なり。
取り置ける　椽橑《はへき》は、此の家長の　御心の斉《ととのほり》なり。
取り置ける　蘆萑《えつり》は、此の家長の　御心の平《たひらぎ》なり。〔蘆萑、此には哀都利と云ふ。萑、音は之潤反。〕
取り結へる　縄葛《つなかづら》は、此の家長の　御寿《みいのち》の堅《かため》なり。（後略）

（『日本書紀』巻第十五、顕宗天皇即位前紀、小島憲之他校注・訳『日本書紀②（新編日本古典文学全集）』小学館、

一九九六年〕

とあり、「〜ハ、〜ナリ」と一つ一つ新室の普請を取り上げて、それを家長の弥栄を象徴するものとして讃美している。すでに言い古されたことではあるが、「大王の御寿ハ長く天足らしタリ」という確信し、断定した言い方も、おそらく「〜ハ、〜ナリ」と同じで、祝福詞章の伝統のなかでいったんは考えておくべき表現であると思われる〔土橋　一九八八年、初出一九六一年〕。嘱目の景としては、吉兆となるべき雲や暁光などを「御寿」の弥栄を象徴する天界の事象と捉えているのだろう。そういった嘱目の景を捉えて、確信的に吉兆として歌うところに、祝福詞章としての機能がある。だから、「御寿」を見える、と表現するのである。

しかしながら、杉山康彦が指摘しているように、一四七番歌は呪詞や寿歌そのものではない〔杉山　一九七七年〕。あえていうなら、「呪詞発想ないし寿歌発想を利用」した歌、ということになろうか。村田論文は、挽歌が抒情詩から出発したことを確認した上で、次のように述べている。

挽歌が儀礼的な表現を身にまといはじめ、また、歌を通じて己の悲しみを表現しはじめた初発の段階と定位できるのではなかろうか。〔村田　二〇〇一年〕

この指摘は、杉山の主張を展開して補正したものと筆者は理解している。

続く、一四八番歌は「一書」の「奉献御歌」である。この歌を論じる場合には、よって立つ各句の解釈を明らかにしなければならないポイントが、三点ある。その第一点が、「青旗の木幡」の解釈である。『仙覚抄』や賀茂真淵『万葉考』以降、これを葬儀に用いられる「旗」「幡」と解釈する説がある。しかしながら、沢瀉久孝『萬葉集注釈』が指摘したように、「木幡」の「こ」は上代特殊仮名遣いの乙類であることから、甲類の「小幡」と解釈することはできず、現在は地名の「木幡」説が有力である。そして、何よりも、ここは題詞を尊重するかぎり、葬礼用の「幡」とする説を取ることはできない、と考える。なぜなら、題詞を尊重するかぎり、当該歌は「崩」「崩後」の歌ではないからである。さすれば、「青旗の」は枕詞、「木幡」は地名と解しなくてはなるまい（後述）。

二番目は、そのことに関わって「ただに逢ふ」という状態をどう解釈するか、ということである。吉井巌は、集中の悉皆調査から「目には見れども　ただに逢はぬかも」について、

命ある人への直接の逢会を願望するものであつたことに相違なく、死者への哀惜を意味する表現であつた筈はないのである。（吉井　一九九〇年、初出一九八九年）

のように述べている。卓論であり、筆者はこれに従いたい。なぜならば、そう解釈すれば、題詞と齟齬をきたすこともないからである。

三番目の解釈のポイントは、「通ふ」の主語をどのように補うかであろう。村田論文は、「木幡」の地名説に依拠しつつ、

「木幡」は天智陵の真南にあたる。大和と近江とを結ぶ交通の要衝であったと考えられ、そこを通過し、倭大后のもとへ通う天智天皇の映像を詠んだものと見て大過なかろう。（村田　二〇〇一年）

としている。たしかに、「通ふ」とは特定の場所と場所とを往来する行為であるから、「青旗の木幡の上」を通うと

いう表現は、妻訪いを表すのかもしれない。しかし、そう解釈すると、天皇の元気なころの姿を追懐していることになる。対して、筆者は、当該歌の表現は、歌われている「今」に立脚して一時的には理解されるべきであると考える。もちろん、それは夫・天智天皇の妻訪いの姿であるかもしれないが、今見ているものはその過去を偲ぶ何かであり、そこには「遊離魂」を介在させておくべきであろう。したがって、筆者は、ここは夫たる天智天皇の御魂と解釈したい。つまり、肉体から霊魂が離れた状態を想定せざるを得ないのではないか、と思うのである。それを、「目に見る」わけである。このように御魂がゆかりある場所に去来するということについては、鸕野大后が歌った天武天皇挽歌にも例がある。

天皇の崩《かむあが》ります時に、大后の作らす歌一首

やすみしし　我が大君の　夕されば　見したまふらし　明け来れば　問ひたまふらし　神丘の　山の黄葉を
今日もかも　問ひたまはまし　明日もかも　見したまはまし　その山を　振り放け見つつ　夕されば　あやに
哀しみ　明け来れば　うらさび暮らし　荒たへの　衣の袖は　乾る時もなし　（巻二の一五九）

こちらは、飛鳥の国魂のいますカムナビの紅葉を、天皇の御魂は見にやって来るに違いない、きっとやって来るだろうと歌っているのである。すなわち、妻・鸕野大后は、夫・天武天皇の生前の姿を追想しているわけではないのである。妻たる大后が歌うのは、「今日」と「明日」なのであって、生前の姿ではない。もちろん、生前に二人でカムナビの紅葉を見たこともあったであろうが、ここで歌われているのは、「今日」「明日」やって来る夫の魂の去来なのである。さすれば、一四八番で「目には見れども」と歌っているのは、夫・天智天皇の遊離魂と見て差し支えない。以上の理解に立って、一四八番歌の釈義を示しておくと、

（青旗のような緑の木々ではないが）木幡の地の上を、（天皇の御魂が）行き来している。それを目では見ることができるのだが、直接逢うことはできないことだよ。

となろうか。そうすると、倭大后は木幡において天皇の御魂を見たことになる。「ただに逢ふ」とは、土屋『私注』の指摘を、吉井論文が用例の悉皆調査によって確認したように、「生きている人間どうしが現実じかに逢う」ことである〔吉井　一九九〇年、初出一九八九年〕。それが逆接を表す助詞「ドモ」で接続されているということは、目で遠くから天皇の御魂を捕捉することはできるけれども、直接逢うことができない、という状態を示していることになるであろう。

では、こういった表現からいったい何が読み取れるのだろうか。一四八番歌の背後にあるのは、祈願や儀礼に全面的に身を預けてしまうがごとき心的態度ではない（第八章第二節）。それを百パーセント信じ得ないことを、〈悲しみ〉かつ〈もどかしく〉思う心的態度である。しかしながら、それは一方で、遊離した霊魂に対する共有された感覚を前提に発想された歌であるということもできる。

つまり、こういった表現が成り立つためには、肉体どうしが接する「ただに逢ふ」という行為に対して、霊魂どうしが逢うということが、対立的に想起されていたと、筆者は理解したいのである。つまり、肉体から離れた霊魂との邂逅である。おそらく、それが万葉歌の表現でいう「魂逢ひ（タマアヒ）」ということなのであろう。

①　魂逢はば　相寝るものを　小山田の　鹿猪田守るごと　母し守らすも〈一に云ふ、「母が守らしし」〉
（巻十二の三〇〇〇）

②　……せむすべの　たづきを知らに　もののふの　八十《やそ》の心を　天地に　思ひ足らはし　魂逢はば　君来ます

やと　我が嘆く　八尺《やさか》の嘆き……　（巻十三の三二七六）

③　筑波嶺の　をてもこのもに　守部据ゑ　母い守れども　魂そ逢ひにける　（巻十四の三三九三）

これらの用例は、すべて直接に肉体どうしが逢えないことを嘆いた歌である。母親の監視や旅によって逢えない時には、肉体から遊離した霊魂が代わりに邂逅することを歌っているのである。それは、〈夢で逢う〉と歌う「天皇崩時婦人作歌一首」についても同じであろう。

天皇の崩りましし時に、婦人の作る歌一首〈姓氏未詳〉
うつせみし　神に堪へねば　離れ居て　朝嘆く君　離り居て　我が恋ふる君　玉ならば　手に巻き持ちて　衣ならば　脱く時もなく　我が恋ふる　君そ昨夜　夢に見えつる　（巻二の一五〇）

つまり、当該の一四八番歌は、「魂逢ひ」はできるのだが、「ただ逢ひ」はできない、ということを歌った歌といえよう。このように、愛する者の死に際して、「ただ逢ひ」ができない時に、せめての「魂逢ひ」を希求する表現は、柿本人麻呂の終焉歌群のなかにもある。

柿本朝臣人麻呂が死にし時に、妻依羅娘子《よさみのをとめ》が作る歌二首
今日今日と　我が待つ君は　石川の　貝に〈一に云ふ、「谷に」〉交じりて　ありといはずやも
直に逢はば　逢ひかつましじ　石川に　雲立ち渡れ　見つつ偲はむ　（巻二の二二四、二二五）

つまり、「ただ逢ひ」が望めないのなら、せめて雲をよすがとして偲びたい、といっているわけである。「ただ逢ひ」は肉体どうしの邂逅であるから、生きている時しか望めないが、「魂逢ひ」は生死や時空にとらわれることがないのである。ここでは、石川に立つ雲となって示顕した人麻呂の魂と逢いたい、というのであろう。だから、雲さえも立たなければ、その悲しみは、さらにさらに増すのである。斉明天皇の皇孫建王を悼む歌には、次のようにある。

今城なる　小丘《をむれ》が上に　雲だにも　著《しる》くし立たば　何か嘆かむ
（『日本書紀』巻第二十六、斉明天皇四年［六五八］五月条、歌謡番号一一六、小島憲之他校注・訳『日本書紀③（新編日本古典文学全集）』小学館、一九九八年）

注意すべきなのは、このようないわば「魂逢ひ」の歌が、親密な男女関係や家族関係を基礎として歌われていることである。当該歌二首の表現は、こうした相聞的抒情世界の上に成り立っているのであろう。つまり、「魂逢ひ」が歌われる前提には、親密な人間関係を基礎とした呪的共感関係が存在しているのである。

三　歌と儀礼との距離

以上のように考えてゆくと、天智天皇の「御寿」と、肉体から遊離した霊魂を見る歌、と当該二首を理解することができるだろう。逆にいえば、見えると歌うことに、奉献歌としての意味があるのである。こういった表現の背景に、祭式とか、儀礼の存在を想定する論者も多い。おそらく、その嚆矢は西郷信綱「柿本人麿」であろう〔西郷一九六〇年、初出一九五八年〕。西郷は、天智天皇挽歌群を「女の挽歌」と規定し、そこに泣女の伝統を見ようとした。

西郷の議論を踏まえて、一四七番歌について、もっとも直截に儀礼との関係を打ち出したのが、伊藤博である。

天界を仰いで聖寿の長久を予祝し病魔を払うための祭儀がおごそかにとり行なわれた。その場で神がかりした「大后」が実際に身振りした祭式行為をそのまま示すもの、それが「天の原振り放けみれば」ではなかったか。〔伊藤　一九七五年〕

この伊藤の発言は、その後大きな影響力を持つこととなる。祭式や儀礼との関わりを、どの程度まで考えるかは論者によって温度差があるものの、当該二首の表現を、なんらかの祭式や儀礼を通して考えることは、今日多くの論者が共有する理解、といえるだろう。たとえば、杉山康彦も「集団儀礼による共同の幻想に支えられている」と述べている〔杉山　一九七七年〕。こういった考え方には、筆者も共感するのだが、一四七番歌の確信的な寿歌表現と、一四八番歌の「ど～ぬかも」で繋がれた屈折した表現とでは、落差があるようにも感じられる。身崎壽はこの点について、

呪術的性格をなにほどかはかかえこんだうたとみるべきで、一四七とおなじく儀礼的な〈場〉を背景にして制作されたものと想像される。だが、このうたのばあいは一四七とはちがって、そうした側面だけを過大にみることは適切ではない。〔身崎　一九九四年〕

と述べている。これは、きわめて貴重な発言であろう。つまり、一四八番歌には、儀礼や呪術に専心する自己と、その力が及ばないことを無念に思う自己が共存しているのである。それが、一四八番歌の分裂ないしは屈折した表

現となっているのであろう。同じような思いは、一五〇番歌の「うつせみし　神に堪へねば」という表現にも表れている。初期万葉といえば、祭式や儀礼と直截に結びつけられて論じられることが多いのだが、同じ初期万葉でも、さらには当該二首のなかでさえも、歌と儀礼との距離（関係）に差異があるのである。

四　想定される儀礼とその場

当該二首に、儀礼との距離に差があることを認めつつ、具体的にその儀礼について、以下考えてみたいと思う。ただ、その前提として、注意しておかなければならないことがある。それは、倭大后のいる場所についてである。この点について、「ただに逢はぬ」という表現の分析から、倭大后が近江の宮廷にいなかったことを積極的に説いた井村哲夫の論文がある（井村　一九八六年、初出一九六七年）。井村は、その宮廷内での政治的立場の考察から、倭大后が近江で天皇に近侍して看病をする立場にはなかったとする。これを受けて、倭大后が天皇に近侍していなかったことを、表現の面から検証したのが、吉井巌論文であった。吉井は死者に歌を奉るという用例が古代にはなく、〈歌を奉る〉という行為は生者から生者への行為であった、と述べている。その上で、当該二首を「天皇の傍らに居られなかつた倭大后がなんらかの方法で奉献」した歌である、との結論を述べている（吉井　一九九〇年、初出一九八九年）。これに、従うべきであろう。

さすれば、倭大后は何処で何をしていたのだろうか。さらには、天皇の肉体から遊離した霊魂を見る歌が機能した場とは、どんな場だったのだろうか。この問題に対して、一歩踏み込んで、具体的な想定を行なった注釈に、稲岡『全注』がある。稲岡は、一四七番歌を「タマフリの呪歌」と規定した上で、招魂の儀礼との関係について言及している。我田引水となるが、筆者の立場からいえば、遊離魂を確信的に見えると歌うところに、「タマフリの呪歌」としての機能を認めたい、と思う。稲岡は、本注釈書で後の令制祭祀の鎮魂祭との関係を示唆している。

ここで問題となるのが、大后が天皇の遊離魂を見た「木幡」であろう。前述したように、木幡は地名で、現在の京都府宇治市の木幡に比定するのがよい。身崎論文は、

山科の　木幡の山を　馬はあれど　徒歩ゆそ我が来し　汝を思ひかねて　（巻十一の二四二五）

を引用して、木幡が近江から宇治を経て大和に向かう交通の要衝であることを指摘している。大和に向かおうとする天皇の遊離魂をこの地で見たのは、天皇の大和への望郷の心を代弁したもの、とする〔身崎　一九九四年〕。これを受けた平舘英子は、木幡の地が、大和、近江、伏見へと続く三叉路となっており、いわゆる古代の「衢」であったことに注目している。首肯すべき意見であろう。平舘は、衢が古代においては招魂儀礼の祭場ともなり得ることを確認した上で、〈木幡の衢〉での招魂の儀礼を想定しているのである。けれども、天皇の容体は、はかばかしくない。この点について、平舘は、

招魂儀礼としての行為はここに果たされる。しかし、逢えるはずの木幡で『逢うこと』の否定。ここには呪術が果たし得なかった現実があり、その悲しみの表現は『ど～ぬかも』の形式をとる。〔平舘　一九九八年〕

と述べている。とすれば、一四八番歌は、天皇に木幡で祭祀を行なったことを伝える奉献歌、といえるだろう。歌が作られた場所は不明というほかはないが、少なくとも当該二首は、天皇の下で披露されることを前提としていることは、間違いない。病の天皇に披露するには、〈使者が口頭で伝える〉〈書簡として奉献される〉〈奉書を使者ないしは天皇近侍の者が詠みあげる〉などということを前提に作歌されたのである。さすれば、この歌が機能する場

とは、近江の天皇の御前ということになろう。つまり、当該歌の場合、〈儀礼の場〉〈作歌の場〉〈披露の場〉とが、必ずしも一致するとはいいがたいのである。とすれば、儀礼からどのように表現が発想され、獲得されたかということが、当該二首の正しい理解に不可欠なものとなってくるであろう。

そこで、稲岡『全注』が示唆した鎮魂祭との関係について、さらに踏み込んで考えてみよう、と思う。後の養老神祇令の鎮魂祭は、仲冬（十一月）の寅の日と決まっている。つまり、鎮魂祭は歳時儀礼として、後には宮廷に定着したのであった。この宮廷行事の初見は、『日本書紀』天武天皇十四年（六八五）の十一月二十四日（寅丙）条であり、養老神祇令の前述の規定と合致している。当該条には、「天皇の為に招魂《みたまふり》しき」と記されている。しかしながら、この日の「招魂」は、天皇の病気平癒を臨時に祈念するものであったことは間違いない。なぜなら、

丙寅に、法蔵法師・金鍾、白朮の煎たるを献る。是の日に、天皇の為に招魂《みたまふり》しき。

（『日本書紀』巻第二十九、天武天皇下　十四年［六八五］十一月二十四日条、小島憲之他校注・訳『日本書紀③（新編日本古典文学全集）』小学館、一九九八年）

とあり、「法蔵法師・金鍾」によって、「白朮」の煎じ薬が献上されているからである。「白朮」は、古代から用いられた薬草であり、今日でも漢方胃腸薬に処方されている。つまり、体調のすぐれない天皇に対して、一方では薬が献ぜられ、一方では魂を身体に鎮める儀礼が行なわれたのである。おそらく、この天武天皇への「招魂」が先例となり、仲冬の寅の日の歳時儀礼として宮廷に定着し、後には律令神祇祭祀として神祇官が毎年儀礼を執行していったのであろう。近江令、飛鳥浄御原令段階で、どのような鎮魂祭の規定が存在したかは不明というほかはないのだが、『日本書紀』の伝える初見の鎮魂祭の事例は、天皇の病気平癒を祈念する、という役割を担っていたとい

うことは確かである。

天武天皇は、同十四年（六八五）九月二十四日に「不予」となり、大官大寺、川原寺、飛鳥寺では、病気平癒の誦経が行なわれている。そして、冬十月八日には、金鍾をわざわざ美濃に遣わして、「白朮」を煎じさせている。さらに、その「白朮」献上と「招魂」が十一月二十四日に行なわれたのである。

明けて翌十五年（六八六）の正月十六日条には、「大安殿」に天皇出御の記事が見えるので、天武天皇の病は小康を得たのであろう。しかし、五月二十四日には、また病が重くなったようであり、川原寺では薬師経が説かれ、宮中では安居《あんご》が行なわれている。この安居は、天皇の病気平癒を願っての斎戒蟄居であろう。続いて、天皇の病の理由が草薙剣の祟りとの占いが出て、その日のうちに草薙剣は尾張国の熱田社に奉安されている（六月十日）。それからは、国家的規模での儀礼が続々と執行されてゆく。飛鳥寺、川原寺での祈願（六月十六日）。諸国に詔しての「大《おほ》解除《はらへ》」（七月三日）。国懸神や、飛鳥四社、住吉大神の諸社への奉幣、祈願（七月五日）。さらには、各寺院や宮中での読経などが行なわれるなか、七月二十八日に天皇の病気平癒を願って、改元がなされ、あらたに嘉名を冠した宮号がつけられている。

戊午に、改元《はじめのとしをあらた》めて朱鳥元年と曰ふ〔朱鳥、此には阿訶美苔利といふ。〕仍りて、宮を名けて飛鳥浄御原宮と曰ふ。

（『日本書紀』巻第二十九、天武天皇下　朱鳥元年［六八六］七月二十八日条、小島憲之他校注・訳『日本書紀③（新編日本古典文学全集）』小学館、一九九八年）

これこそ、時間と空間を支配する王権が行なう最大の病気平癒祈願なのである。以上のように見てゆくと、天武朝において、さまざまな天皇の病気平癒の儀礼が行なわれていたことがわかる。そのなかで、「招魂」の儀礼も機能していたと見なくてはならないのである。

では、具体的には、それはどのようなものだったのだろうか。従来からいわれていることを本節にひきつけていえば、弱った霊魂を活性化させる「タマフリ」と、遊離魂を肉体に戻す「タマシヅメ」を通して、対象者の長生を祈る儀礼ということができよう。冒頭で見た『令義解』職員令の神祇官の伯一人の本注の「鎮魂」条では、「離遊之運魂」を「身体之府中」に鎮めることが「鎮魂」であると説明している。この条について、藤野岩友は、中国の医方、道家の書との関係を推定している〔藤野　一九六八年〕。藤野は『令義解』の鎮魂の説明は、「医方」や「道家」の書の呪術の記事を出典としていたのではないか、と推考したのであった。とすれば、天武朝の「招魂」が、病気平癒を祈念する役割を担っていた、ということもよくわかるのである。もちろん、「養老令」段階の「鎮魂」に対する理解を、天武朝さらには天智朝まで遡らせることには慎重を期すべきであるが、「鎮魂」が病気治療や道家の呪術として理解されていた形跡があることには、注目すべきである。おそらく、そういった長生のための「タマフリ」「タマシヅメ」の儀礼に、かつては天皇近侍の女性が直接的ないし間接的に関与したのではなかろうか。なお、第七章第五節では、これを「後宮の文学」という言葉に代えて「大后と宮人の文学」と呼び代えることを提案した。本節の予備的考察となっているので、注意せられたい。そういう大后と宮人たちの儀礼を通じて、共有された気持ちが一四七および一四八番歌に表現されているのであろう。もちろん、儀礼が行なわれていたことと、儀礼の場で醸成され、共有されたであろう心情を歌にすることは別物である。だから、当該二首にも心情的差異が認められるのである。とするならば、当該二首の差異について論じておく必要が出てくる。

五　儀礼と歌との屈折した関係

一四八番歌からわかるように、倭大后が行なった「タマフリ」「タマシヅメ」の儀礼の場の一つは、木幡の地であったようである。そういった儀礼を踏まえて、歌を天皇に奉献したのが当該二首であった、と思われる。しかしながら、同じ儀礼ないしは同じ目的を持つ儀礼を踏まえた歌であっても、歌い方には差異があるのである。天皇の長生を祈念するという儀礼の目的と、自己の心情が一致している一四七番歌。対して、一四八番歌は、その二つに、分裂ないしは屈折した関係を見て取れるのである。一四七番歌が寿歌の予祝詞章の伝統を引き継いでいるのに対して、一四八番歌は自らの呪の力の及ばないことを吐露する抒情詩ともなっている。一四八番歌のような儀礼との屈折した関係を歌う挽歌の伝統を引き継ぐのは、高市皇子挽歌の「或る書の反歌」であろう。

泣沢の　神社に神酒据ゑ　祈れども　我が大君は　高日知らしぬ　（巻二の二〇二）

この歌も、檜隈女王が泣沢神社で行なった招魂の儀礼を媒介として、屈折した「怨」の心情を吐露している〔上野　一九九七年、初出一九九五年〕。このような「怨」や屈折した心情を吐露するのは、相手への思いの強さを表現するためであり、けっして自らの信仰の強さを訴えるためではない（第八章第二節）。つまり、儀礼と儀礼の場で共有されたであろう心情を踏まえて、自らの「個」の思いを表出するのが、一四八番歌や二〇二番歌の方法であるといえるのではなかろうか。

儀礼や祭式が言語を演練した母胎と考え、その母胎との関わり方の差異に「古代的特質」の濃淡を見定めることができるという仮説は、総論としては有効であろう。縷々述べたように、当該二首も儀礼を踏まえて歌が発想され、表現が獲得されているからである。しかしながら、儀礼と歌との関わり方については、個々に事情が違うということとも、考慮しなればならないだろう。その意味では、各論の万葉史は、決して一方向のベクトルに支配されているとはいえないのである。

おわりに

歴史学や民俗学、文化人類学の儀礼研究は、儀礼の機能や社会性の追究に、力点がある。したがって、その研究は、社会、民族、村落などを単位として行なわれてきた。つまり、集団や共同体などの社会が、研究上の分析単位となっているのである。だから、そこに参加する個人の心情を研究の対象とすることは、ほとんど無い。一方、文学研究は、作品と作家を繋ぐものとして、個人の心情をその研究の中心に据えている。文学研究が、儀礼について言及する場合、その多くは個別の作品の背景として言及されるに過ぎない。前者は集団と社会を重要視するあまり個を見ることが無く、後者は個を重要視するあまり集団や社会という文脈を見逃す傾向にある。

このように個の心情の追究をもっぱらとした日本の文学研究は、一九五〇年代から社会のありようを視野に入れるようになった。主にその役割を担ったのは、民俗学派と歴史社会学派である。彼らは、〈儀礼〉〈社会〉〈集団〉〈階級〉という分析概念を文学研究に持ち込むことになる。挽歌研究においては、儀礼から歌へと説いた西郷論文が、その後の研究に大きな影響を与えることになる〔西郷　一九六〇年、初出一九五八年〕。それは、儀礼というものを通じて、文学研究者に集団や社会という文脈を自覚させる契機となった、と思われる。しかし、日本の挽歌は、その最初期から相聞歌的抒情性を持っている。あくまでも、その単位は個の思いから発せられているのである。だから、作品個別の心情のありようを追究することが不可欠となる。そこで、現在多くの挽歌研究者は、歌と儀礼との関係をもう一度見直そうとしているのである。その意味で、挽歌と儀礼との関係を考えることは、個と社会との関係を考えることである、といえるだろう（第八章第五節）。

万葉挽歌は、葬送儀礼のなかで機能した詞章から出発したものでもなく、また儀礼歌として出発したものでもない。村田右富実が強調するように、抒情詩として出発した挽歌は徐々に「儀礼的な表現を身にまと」ってゆくという理解が正鵠を得た解であろう〔村田　二〇〇一年〕。しかしながら、天智天皇挽歌群の作者たちが、その「招魂」を中心とする病気平癒祈願の儀礼、崩御時の儀礼、殯宮時の儀礼、陵前の儀礼に、近親者として直接的ないし間接的に関わったことも間違いない、と思われる。当該二首も、大后の関わった「招魂」を踏まえていることは縷々述べたとおりである。その上で、歌が天皇に献じられているのである。つまり、儀礼に関与した者が共有する心情を踏まえて、自らの思いを述べているのである。

ただし、その踏まえ方は、当該二首においても違うのだ。祝福儀礼の詞章の伝統を踏まえ、「御寿」が見えると確信的に歌う一四七番歌。「遊離魂」を見ることはできるのだが、逢うことのできない嘆きを述べる一四八番歌。この場合、嘆きを述べることは、夫・天智天皇の心に訴える相聞表現になっているのである。つまり、当該二首は、儀礼の場の雰囲気を踏まえ、あえていえばそれを利用して、自らの思い（「個」）を述べる歌である、という結論に達することができるのである。儀礼は集団や社会を単位として行なわれるが、そこに参加するのは個である。倭大后が見た「遊離魂」を、筆者は儀礼の持つ社会性と、心情の個別性から、以上のように理解したい。次節においては、第七章第五節および本節の考察を踏まえ、額田王の山科御陵退散歌の抒情について論じてみたい、と思う。

参考文献

伊藤　博　一九七五年「第四節　天智天皇を悼む歌」『萬葉集の表現と方法（上）』塙書房。

井之口章次　一九七七年『日本の葬式』筑摩書房。

井村哲夫　一九八六年「倭太后考」『赤ら小船』和泉書院、初出一九六七年。

上野　誠　一九九七年　「高市皇子挽歌と香具山宮」『古代日本の文芸空間――万葉挽歌と葬送儀礼』雄山閣出版、初出一九九五年。

大浦誠士　二〇〇〇年　「天智朝挽歌をめぐって」『美夫君志』第六十号所収、美夫君志会。

影山尚之　一九九三年　「天智天皇挽歌私考――倭大后作一四七～一四九番歌をめぐって」『国文園田』第十四号所収、園田学園女子大学。

西郷信綱　一九六〇年　「柿本人麿」『詩の発生』未來社、初出一九五八年。

杉山康彦　一九七七年　「天智天皇挽歌」『万葉集を学ぶ』第二集所収、有斐閣。

平舘英子　一九九八年　「初期宮廷挽歌――呪性と挽歌」『萬葉歌の主題と意匠』塙書房。

土橋　寛　一九八八年　「見ることのタマフリ的意義」『萬葉集の文学と歴史』塙書房、初出一九六一年。

デ・ホロート　一九四六年　清水金次郎・荻野目博道共訳『中国宗教制度』大雅堂。

藤野岩友　一九六八年　「『鎮魂』の語義とその出典と」『國學院雑誌』第六十九巻第十一号所収、國學院大學。

松前　健　一九九八年　「鎮魂神話論」『松前健著作集』第十一巻、おうふう、初出一九六〇年。

身崎　壽　一九九四年　「二　天智挽歌群　その（一）」『宮廷挽歌の世界』塙書房。

村田右富実　二〇〇一年　「天智天皇不豫の時の歌二首」『日本文学』第五十巻第五号所収、日本文学協会。

吉井　巖　一九九〇年　「倭大后の歌一首について」『萬葉集への視角』和泉書院、初出一九八九年。

初　出

「初期万葉挽歌と遊離魂感覚――倭太后奉献歌における『儀礼』と『個』」『万葉古代学研究所年報』第二号、財団法人万葉文化振興財団、二〇〇四年。なお、本節の韓国語訳は、『東アジア古代学』第八輯（東アジア古代学会、韓国ソウル、二〇〇三年十二月二十日発行）に収載されている。

第二節　山科御陵退散歌の不足、不満の抒情

やすみしし　わが大君の
畏れ多い畏れ多い　御陵にご奉仕をする
その山科の鏡の山に
——夜は夜通し
——昼はひねもす一日中
声をあげて
ただ哭き続けているだけ
そのももしきの大宮人たちは……
もうばらばらに行き別れてしまうのか！
　畏レ多クモ　マタ寂シクモアルケレド——

（巻二の一五五釈義）

はじめに

山科の御陵《みはか》より退《まか》り散《あら》くる時に、額田王の作る歌一首
やすみしし　わご大君の　恐《かしこ》きや　御陵仕ふる　山科の　鏡の山に　夜はも　夜《よ》のことごと　昼はも　日の

ことごと　音のみを　泣きつつありてや　ももしきの　大宮人は　行《ゆ》き別れなむ　（巻二の一五五）

いわゆる山科御陵退散歌は、天智天皇挽歌群の掉尾を飾る額田王の挽歌である。本節では、

A　当該歌の表現のいわんとするところは、いったいどこにあるのか（〈主題〉を問う）。

B　その抒情はどのような性質のものなのか（抒情が生まれる構造を問う）。

C　いわゆる殯宮之時挽歌の抒情と、山科御陵退散歌の抒情はどのような関係にあるのか（抒情の構造の連続、不連続を問う）。

ということについて考えてみたい。

一　〈主題〉と〈主体〉をどう見るか

山科御陵退散歌について論ずるにあたり、常に問題となるのは、その〈主体〉についてである。〈主体〉が見えにくいのである。すると、当然、〈主体〉と〈主題〉は繋がっているので、当該歌のいわんとするところも、今日のわれわれからすると、見えにくいものとなる。土屋文明の次の酷評の背景には、〈主体〉と〈主題〉の見えにくさが作用していることは、いうまでもなかろう。

（一五一）の歌に就いて言つたことが此の歌でもいへる。或はそれよりも一層よそよそしいであらうか。いはば傍観者の態度であり、一篇ただ儀禮的表現で終つて居る。さういへば此の作者の歌には、巻一の春秋判歌な

どでも似たやうな作風が見てとれるのかも知れない。達者にまかせて作れば短詩形の形式化してしまふことは古へも今も同じと見える。

〈土屋　一九八二年、初版一九四九年〉

土屋の評にある「よそよそしい」「傍観者の態度」「一篇ただ儀禮的表現で終つて居る」とは、ようするに〈主体〉が明示されておらず、その思いも伝わってこないから、感動が薄い歌だということであろう。いわば、悲しみが伝わって来ず、他人ごとのような挽歌になっているのではないか、という評語といえよう。そこで、〈主体〉について考えるために、一四七番から一五四番において、天智天皇の呼称を拾ってみると、

大君（一四七、一五二）
君（一五〇、一五四）
夫（一五三）

となっている。このように見てゆくと、「夫」や「君」というのは、比較的親しみのある私的表現、「大君」となると天皇か皇子にしか用いることができない、畏まった公的表現と一応分類できる。さらに、「やすみしし　わご大君」といえば、より畏まった儀礼的かつ公的表現であることになろう。これらは、天智天皇と歌い手の距離を表すとともに、披露の場の性格から選ばれたものと推定される。端的にいえば、一四八、一四九、一五〇、一五三、一五四番歌は、妻としての恋歌志向。一四七、一五一、一五二、一五五番歌は、大宮人としての宮廷讃歌志向といえよう。

すると当該歌の、「やすみしし　わご大君の」と「大宮人は　行き別れなむ」との関係をどう捉えるかが問題と

なってくる。額田王は、宮廷に奉仕する大宮人を代表して、一五五番の歌を歌ったのだとする説がある。橋本達雄は、

> 一首は、御陵における一定期間の奉仕を終り、大宮人たちが、それぞれの哀しみを胸に秘めて、退散してゆこうとするさまを描き上げているのであって、額田王自身ももちろんその中の一人である筈なのであるが、みずからを含めた大宮人一般の心情を広い立場から歌い上げていることである。ここに王の、他の吉年や石川夫人などと異なる面を見るのであって、かつてサロンの花形として春秋の美の優劣を宮廷人士の前で判定した時果たした役割を延長した姿、すなわち衆を代表して歌う立場をはじめてうち出しているのであった。そしてこれが王の公的作品の最後を飾る作となったのである。〔橋本　一九八二年、初版一九七五年〕

と述べている。橋本の考え方は、伊藤博や身崎壽に継承されて深化し、今日有力な学説となっている。ことに身崎は、精緻な分析から次のような読解案を提示している〔伊藤　一九八一年、初版一九七五年、初出一九六六年〕〔身崎　一九八六年〕。

> 冒頭からここまで（「泣きつつありてや」まで＝引用者注）の叙述は、動作の主体をそれと明瞭にしめすことなくおこなわれている。そのとき、もっとも自然な理解としては、〈われ〉という一人称の主語をおぎなって、
>
> 　みはかにおつかえするわたくしは、……よるもひるも一日中声をあげてなきつづけて……
>
> と解するしかたなのではないだろうか。すぐあとに、つまりとじめの三句で
>
> 　ももしきの大宮人は　ゆき別れなむ

という叙述がなされて、その「大宮人」は、直接的には「ゆき別れ」る主体として説明されているが、同時にまえにさかのぼって「御陵つかふる」ところの、また「哭のみを泣きつつあ」るところの主体としても、把握しなおされることになる。そのような表現のダイナミズムに注目すべきなのではないか。

〔身崎　一九八六年〕

以上のように、〈われ〉を補って読むべきだというのが、身崎の考え方である。この考え方は、〈われ〉と〈大宮人〉を重ね合わせて読めば、〈主体〉がはっきりするというのである。たしかに、〈われ〉と〈大宮人〉を一体のものとして考えることもできよう。つまり、身崎の主張は、〈われ〉と〈大宮人〉の二重主体論である。しかし、この考え方には、曽倉岑による反論もある。身崎がいうように、額田王が〈われ〉と〈大宮人〉を一体化して挽歌を作ったのなら、もっとその心情に力点がおかれることになるのではないかという批判である〔曽倉　一九八七年〕。こういった批判に加え、本節では、別の角度から反論を試みたい。

それは、身崎の論法では、「逆もまた真なり」が成り立ってしまうのではなかろうか、ということである。身崎は、「ももしきの　大宮人は」の二句を削除することによって、隠れていた〈主体〉である〈われ〉が顕在化するというのだが、だとすれば、額田王は、わざと「ももしきの　大宮人は」と、この位置に表現することによって、〈主体〉が〈われ〉にないことを明らかにしたといえてしまうのではないか。よって、筆者は〈われ〉と〈大宮人〉は一体化しない、と考える。むしろ、そうではないからこそ、額田王は「ももしきの　大宮人は」をこの位置に置いているのだ、と考える。

そこで、今しばらく、筆者なりに表現の検討を重ねてみよう。「恐きや」には、二つの具体的意味内容が託されていると思われる。一つは、天皇が亡くなってしまい、そのこと自体が畏れ多いということ。もう一つは、天皇の葬儀に奉仕することが、宮に仕える者として畏れ多いということである。この「御陵仕ふる」について、具体的に御陵を造営することに奉仕すると書いてある注釈書も見受けられるが、それは明らかに誤りである。なぜならば、畏れ多い気持をもって奉仕するのは、「山科の鏡の山」に昼夜を問わず近侍していて、声を上げて哭くことであると明示されているからである。つまり、生ける天皇に仕えるごとくに、死せる天皇に近侍し、夜は侍宿《とのい》し、一日中哭くことこそ、ここでいう「御陵仕ふる」ということの具体的内容なのである。死者に寄り添って、離れずにいることと哭くことこそ、「御陵仕ふる」ということの内実なのであり、死者に対して行なわれるべき、もっとも大切な儀礼なのであって、その儀礼の執行によって死者に対する敬意を表すのである。

死者に近侍すること、匍匐すること、哭くことの三つが、古代の死者儀礼において、もっとも枢要な儀礼であった。この儀礼を、でき得る限り丁重に、でき得る限り長期間行なうことが――実際には、死者の身分や現実の状況に従って定められるにしても――古代の葬礼の本願とするところであったと考えてよい。〈死⇩殯⇩墓〉の各段階で、この三つの儀礼は断続的に行なわれるのであり、これを繰り返すことこそ死者に対する最大の礼であったのだ。だからこそ、「山科の　鏡の山に」と場所を明示し、「夜はも　夜のことごと　昼はも　日のことごと」と時間に切れ目がないことを明示し、「音のみを　泣きつつ」と哭くという儀礼内容がこのように明示されているのである。以上の点について、簡潔な注ながら核心をついていたのは、賀茂真淵『万葉考』の注記であろう。

> 葬まして一周の間は、近習の臣より舎人まで、諸々御陵に侍宿《トノイ》する事、下の日並知皇子尊の御墓づかへする舎人の哥にてしらる　〔担当編者・井上豊　一九七七年〕

日並皇子の場合は、殯宮と墓所が同地にあり、死後、早い段階から、墓所で〈近侍〉〈匍匐〉〈哭泣〉が行なわれている。真淵は、墓所たる真弓の岡で日並皇子の舎人たちの侍宿〔宿直〕が行なわれた例があることに気付き、以上の注記を施したのである。侍宿、すなわち夜あかしの近侍である。

では、山科御陵退散歌に描かれている儀礼とは、どのようなものなのであろうか。整理してみると、

①われわれ近親者と大宮人たちは、
②山科の御陵に近侍し、
③一日中、
④哭泣儀礼を行なっていたが、
⑤哭泣儀礼も終わりが近付いてきた。
⑥そのうち大宮人たちは、哭泣儀礼が終われば、別れて行ってしまうのか。それもいたしかたないが、やはり寂しいことだ。

ということになる。このなかの⑥は、近い未来において、そうなると予想されることがらである〔図8－1参照〕。

以上の考察を踏まえて、「ももしきの　大宮人は　行き別れなむ」とは具体的にはどのようなことがらを示すのか、考えてみたい。一つの考え方としては、壬申の乱による儀礼中断退散説がある〔久米　一九七五年〕。儀礼中断退散説は、歴史学の側からも提起されていて、中断説に従う注釈もあって、今や多数派学説となった感すらある〔笹山　一九七八年〕。この説では、題詞にいう「御陵退散」を、戦争による御陵の造営の中断と捉えることになるから、中断によって大宮人も退散したのだと解釈することになる。一方、新宮での殯宮儀礼が、壬申の乱によって中断し、山科の御陵に仮安置されたと考える説もある〔渡瀬　二〇〇三年、初出一九七八年〕。筆者は、歴史的事実とし

ては、たとえ中断であったとしても、額田王のいう「大宮人は　行き別れなむ」は、儀礼の中断による退散を意味するものではけっしてないと考えている。以下、その理由を申し述べたい。

二　その抒情の性格

それは、〈近侍〉〈匍匐〉〈哭泣〉を死者に対してどれほど行なったとしても、それで充分であるとは絶対に表現しないと考えられるからである。精一杯やったとしても、やり足りない、足り得るものではないと、挽歌においては歌うものなのである。なぜなら、この三つを繰り返し繰り返し、丁重に丁重に、それも長期間に渡って行なうことによって、死者への敬意を表すのだから、もうねんごろにやりましたから充分ですとか、充分に哭き尽くしましたから終わりにしますとは、絶対に表現しないのである。常に、なごりを惜しみつつ、やり足りなかったと悔やむことが求められるのである。たとえば、

弓削皇子《ゆげのみこ》の薨ぜし時に、置始東人《おきそめのあづまひと》が作る歌一首〔并せて短歌〕
やすみしし　我が大君　高光る　日の皇子　ひさかたの　天《あま》つ宮に　神《かむ》ながら　神といませば　そこをしも
あやに恐《かしこ》み　昼はも　日のことごと　夜はも　夜のことごと　臥《ふ》し居《ゐ》嘆けど　飽き足《だ》らぬかも
（巻二の二〇四）

というように歌うものなのである。また、高市皇子挽歌では、「鶉《うづら》なす　い這ひもとほり　侍へど　侍ひ得ねば　春鳥の　さまよひぬれば　嘆きも　いまだ過ぎぬに……」（巻二の一九九）と歌っている。近侍しても近侍しても、嘆いても嘆いても、なごりはつきないと、挽歌においては歌うものなのだ。したがって、額田王が歌ったのは、戦

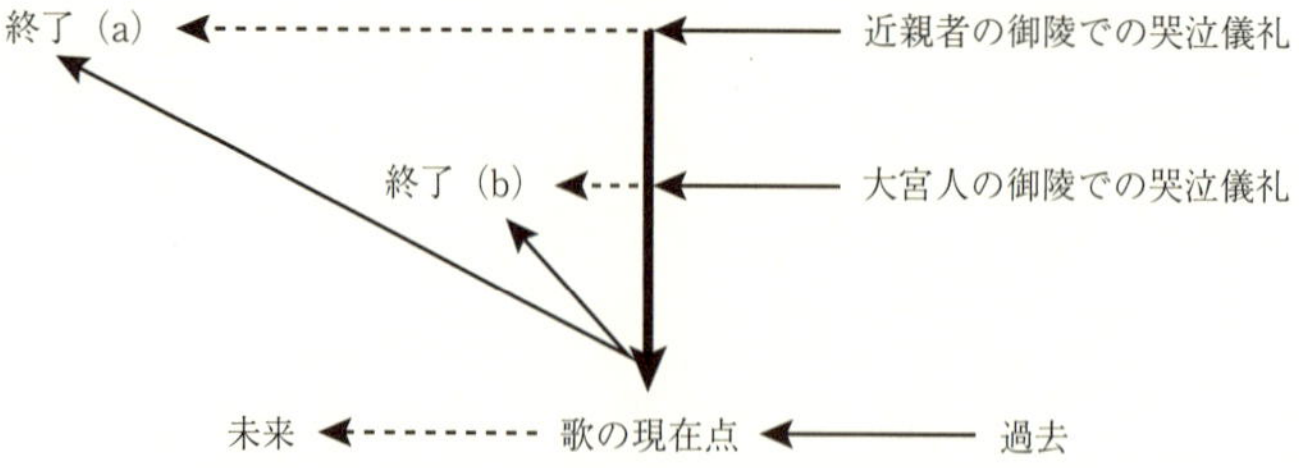

額田王は、近親者の〈近侍〉〈哭泣〉が、大宮人のその終了後もさらに続くことを念頭に入れて（a）、近い将来に予想される大宮人の〈近侍〉〈哭泣〉終了（b）とその退散を歌った。したがって、歌の主題は、大宮人退散後の寂しさを予想し嘆く点にあると考えられる。

図8－1　歌の現在点と予想される哭泣終了時点（a）（b）の概念図

上野〔2012年〕より。

争によって大宮人が退散したので、充分に哭泣儀礼が行なわれなかったということではないのである。

　おそらく、大宮人たちと、妻たち近親者とでは、御陵での〈近侍〉と〈哭泣〉の終了日時が異なり、大宮人たちが退散した後も、妻たち近親者は御陵に残ったのであろう。大宮人たちの儀礼の存続期間はもう終わりに近くなってきているのであり、遠くない将来において、御陵からの退散が予想されるのである（b）。しかし、その後も妻たち近親者の〈近侍〉と〈哭泣〉は続く（a）。人数としては、圧倒的に大宮人が多かったはずだから大宮人の退散によって寂しくなるはずである。ただし、妻たち近親者の儀礼終了時点については、歌のなかでは触れられてはいない。では、かといって曽倉がいうように額田王が、残される妻たちの立場で、その寂しさを歌っているのかといえば、そうではない。大宮人の退散によって、〈近侍〉と〈哭泣〉をする人が少なくなり、結果として御陵が寂しくなるという点にこそ、額田王の表現の力点があると考えねばならないのである。図8－1に示してみよう。

　額田王は、大宮人たちの御陵退散にあたって、わざと〈主体〉を明示せず、大宮人退散にともなう寂しさだけを表現したのである[1]。つまり、寂しさの主体を不明瞭なものと、あえて表現したのである。

こうしておけば、去る大宮人の立場も、残る妻たち近親者の立場も、両方守られることとなる。どちらの人びとについても、尽きせぬ思いをもって、尽きせぬなごりに後ろ髪を引かれながら、御陵を去るのだと表現しなくてはならないのである。つまり、御陵での尽きせぬなごりを表現することに、額田王の意図があったと見なくてはならないのである。『万葉集』中における〈大宮人〉は、天皇宮の奉仕者であり、〈宮人〉は皇子宮の奉仕者である（公の奉仕者）。つまり、宮に奉仕する人である。一方、特定の個人との家族関係や恋愛関係によって近侍していた人もいるはずである。本節のいう近親者とは、そのような個人的関係によって近侍している人びとをいう（私の奉仕者）。

額田王は、歌中において、残された者の寂しさのみに力点を置かず、大宮人の退散によって、御陵に集っていた人が少なくなってしまうことに力点を置いて表現することで、去る者と残る者の両方に気配りをしたのではないか。早く去る者の非情さを歌うことなど、絶対にあり得ないのだ。その気配りが、ある意味では、愛する人の死を他人ごとのごとくに語っているように見えてしまうのである。土屋文明の酷評は、この点に由来してのことなのである。しかし、そのような「傍観的態度」で歌ったのも、額田王の採った一つの方法だったと筆者は考えている。

三　初期挽歌の抒情

山科御陵退散歌の抒情とは、天智天皇が生きてさえいれば、ずっと近侍できるのに亡くなってしまった。崩御の後も、丁重に丁重に、ずっとずっと近侍していたのだが、御陵における近侍の時も、終了が近づいている。大宮人たちも、退散の時期が迫っており、続いて近親者も御陵から退散しなくてはならない、という寂しさを歌うものであったというのが、冒頭に掲げたBの問いに対する本節の結論である。儀礼終了が予期された時に、湧きあがってくる寂しさこそ、山科御陵退散歌の抒情といえよう。

議論を以上のように整理してゆくと、その抒情のありようは、人麻呂の殯宮之時挽歌のそれときわめて近い質のものといえるのではないか。渡瀬昌忠は、殯宮之時挽歌の長歌がその終結部において、皇子、皇女の生前居所である宮に収斂してゆき、死者を偲ぶよすがの地として、強い愛着が表現されていることに注意を払った〔渡瀬　一九七六年〕。渡瀬が注意した殯宮之時挽歌の特質を、今あらためて注目してみると、それは、迫りくる殯宮儀礼の終わりの時が意識されていることがわかる。宮人と死者、宮人と宮人同士の別れの時が、挽歌の終わりに暗示されているのである。

……いかさまに　思ほしめせか　つれもなき　真弓の岡に　宮柱　太敷きいまし　みあらかを　高知りまして　朝言に　御言問はさず　日月の　まねくなりぬれ　そこ故に　皇子の宮人　行くへ知らずも〈一に云ふ、「さす竹の　皇子の宮人　行くへ知らにす」〉
（巻二の一六七）

……夕星《ゆふつづ》の　か行きかく行き　大船の　たゆたふ見れば　慰もる　心もあらず　そこ故に　せむすべ知れや　音のみも　名のみも絶えず　天地の　いや遠長く　偲ひ行かむ　御名にかかせる　明日香川　万代までに　はしきやし　我が大君の　形見にここを
（巻二の一九六）

……然れども　我が大君の　万代と　思ほしめして　作らしし　香具山の宮　万代に　過ぎむと思へや　天のごと　振り放け見つつ　玉だすき　かけて偲はむ　恐くありとも
（巻二の一九九）

このように、皇子、皇女ゆかりの〈島の宮〉〈皇女の名にゆかりある明日香川〉〈香具山の宮〉に長歌が収斂してゆくのは、退散の日を意識し、その日のことを心の中で逆算してしまうからである。つまり、生ける皇子、皇女に仕えてきた者たちは、今となっては死せる皇子、皇女のみもとに近侍しているのだが、その死者への近侍も終わりが近づいてきているのである。皇子、皇女が死んだ今となっては、〈匍匐〉と〈哭泣〉を以って侍宿するほかはない。

しかし、それも、もう終わりが近い。だから、その寂しさをどのように埋めるのか、ということが、殯宮之時挽歌の〈主題〉となってゆくのである。

してみると、抒情を生みだす表現の構造のようなものは、山科御陵退散歌も殯宮之時挽歌も同じだといえるのではないか——。

四　不満足が生む抒情

死者に奉仕する侍宿ということでいえば、いわゆる舎人慟傷歌群も同じである。

外《よそ》に見し　真弓の岡も　君ませば　常つ御門と　侍宿《とのゐ》するかも（巻二の一七四）

橘の　島の宮には　飽かねかも　佐田の岡辺に　侍宿しに行く（巻二の一七九）

たとえ、今まで縁のなかった真弓の岡にも、皇子の殯宮がある限り、私はそこに永遠の侍宿にゆきたい。私は島の宮での侍宿と同じように、皇子の殯宮のある佐田の岡辺に通ってゆく、ずっとずっと。このように舎人たちは、自らの心情を吐露してゆくのである。ずっとこのまま侍宿をしていたいのに、殯宮儀礼終了の時は、迫ってゆく。しかも、その終わりの日までの時間的経過が読者に伝わるように、舎人慟傷歌群の歌々は配列されているのである。つまり、舎人慟傷歌群の抒情も、儀礼の終わりの時を想起するところから生まれる抒情であるということができるのである。

山科御陵退散歌以降の挽歌には、いわば、もの足りなさ、不満も表明することによって、生まれてくる抒情というものがあるようである。それは、次のような心的不均衡を原因として起こっている、と筆者は考えている。

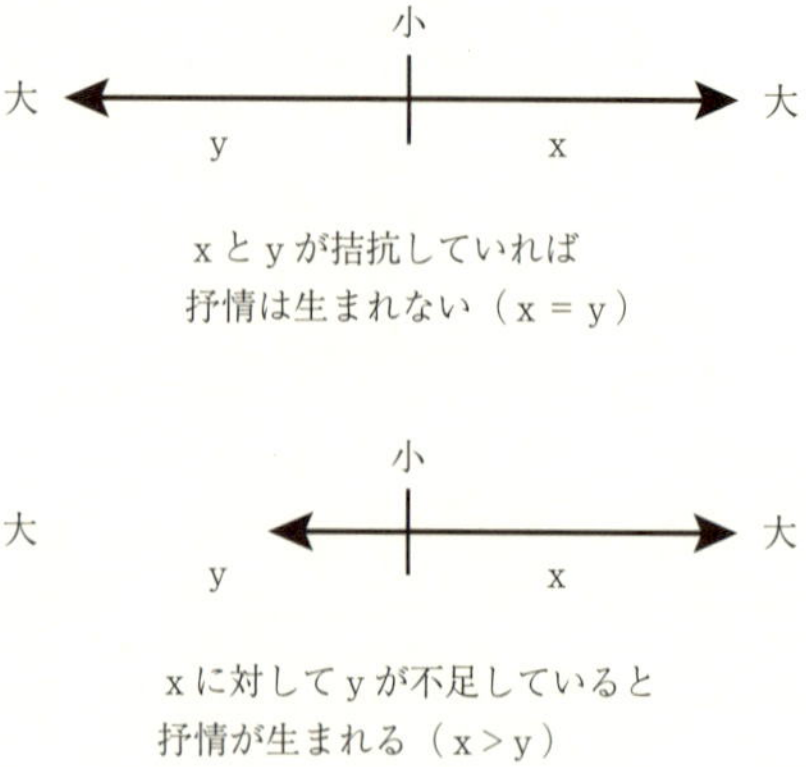

図8－2　抒情の発生の図化

筆者作成。

x　自らが充分だと思える儀礼の丁重さと儀礼の時間の長さ

y　自らが予想している儀礼の丁重さと儀礼の時間の長さ

つまり、xに対してyの量の不足が予想される場合、もっと侍宿したいのにという不足、不満の感情が生じるのである。もちろん、それは、相対比較であり、ここで大切なのはxに対するyの不足感、不満感である。つまり、この不満感の感情の表出によって、抒情が生まれる仕組みがあるのである。だから、前述したように、xに対してyが充足されたと表明することは、ないのである。なぜならば、その不足感、不満感こそが、抒情そのものだからである（抒情を生みだす構造といってよいだろう）（図8－2）。

こういった不足、不満の表明によって発生する抒情を利用した歌としては、ほかにどんな歌があるのだろうか。筆者は、額田王の近江下向歌を、その典型例として挙げることができる、と思う。

額田王、近江国に下る時に作る歌、井戸王の即ち和ふる歌

味酒　三輪の山　あをによし　奈良の山の　山の際に　い隠るまで　道の隈　い積もるまでに　つばらにも
見つつ行かむを　しばしばも　見放けむ山を　心なく　雲の　隠さふべしや

反歌

三輪山を　然も隠すか　雲だにも　心あらなも　隠さふべしや

［左注省略］　　　　　　　　　　　　　　　　　　　　　　　　　（巻一の一七、一八）

道が九十九折りになっているので、三輪山を見続けることができない。しかも、見たい三輪山を雲が隠している。見たいと思うxの量に対して、yが不足しているのである。まして、奈良山から望む三輪山は、ことのほか小さく、龍王山の山影にさえぎられている。しかも、背後には多武峰の山系があって、背後の山との判別が難しい。額田王は、絶えず振り返って見たいと歌うわけであるが、この場合の見るという行為は、儀礼行為にも置き換えられるものである。理論上は、たくさん見れば見るほど、三輪山に執着する思いが表現されるはずである。三輪山への執着が、その裏に大和から去り難い気持ちを表していることは間違いない。つまり、見ることの不足を表明することによって、抒情が生まれているのである。そして、もう一つ大切なことがある。この奈良山を越えてしまえば、三輪山を望むことは不可能になるということだ。もちろん、相楽地域にも丘陵地があるから、一部三輪山を望むことができるところもあるのだが、それはきわめて限定される地でしかない。したがって、もう、三輪山を見ることはできないということを前提に、このような表現がなされているとみてよいだろう。（不足感、不満感の最大）

一方、過去に行なっておくべき儀礼の不足や不守備、判断の誤りを自らが表明することによって生まれる抒情もある。

天皇の大殯の時の歌二首

かからむと　かねて知りせば　大御船　泊てし泊まりに　標結はましを〈額田王〉

（巻二の一五一）

この歌は、こうなるとわかっていたら、標を結っていたのに――と表明することによって、今は亡き天智天皇への思いが伝わる構造となっているのである。(2) ただ、こちらは、イメージとして想起されているものであろう。

古く折口信夫は、挽歌を死者への恋歌とし、本来、生き別れ、死に別れの表現に差異のないことを説いた〔折口一九九五年、初出一九三八年〕。いわば、挽歌は死者への相聞歌とする論である。筆者も、かつて、天智天皇挽歌群は、個対個の、見えると歌う呪的共感関係であると説いたことがある。その一方で、殯宮之時挽歌は臣下奏上の挽歌というべきものであり、そういう変化の背景には、誄詞の受容があったのではないかと推定したことがあった〔上野一九九七年、初出一九九〇年〕。また、大浦誠士は、初期の挽歌が夫妻の情愛をもとにして成り立っているのは、初期の挽歌は相聞的抒情によって支えられていたのであり、初期万葉においては挽歌独自の表現が未だ成立していなかったためと説いた〔大浦　二〇〇八年、初出二〇〇〇年〕。この指摘は、今日、研究史上きわめて重要な意味を持つ指摘となっている。なぜなら、それは、初期挽歌が相聞的性格を持つことの意味を、きわめて合理的に説明できる仮説となっているからである。

筆者は、一四七～一五四番歌までの天智天皇挽歌群は、そのおおよそにおいて、大浦のいう相聞歌を基盤とした抒情歌であると考える。一方、山科御陵退散歌については、儀礼の不足に対する不満を表明するタイプの抒情歌であると考えている。また、人麻呂の殯宮之時挽歌も同じ不足、不満型の抒情歌である。この違いを、額田王から人麻呂への影響と受容の関係によって説明すべきなのか、個々の歌の持つ表現の展開や、表現の獲得の問題として捉えるべきなのか。今、その判断を下すことは難しい、と思われる。

おわりに

「はじめに」において示したＡＢＣの問いに対して、本節の考えた答えをａｂｃとして、仮に示しておこう。

a　山科御陵退散歌の〈主題〉は、御陵仕え、具体的には〈近侍〉〈匍匐〉〈哭泣〉の終了が予想された時の寂しさを伝えることにあると思われる。末尾にある「大宮人は　行き別れなむ」は、まず大宮人たちの退散が近い時期に行なわれることを予測し、次に、近親者の退散も予想されていることを意味する。葬儀が終わり、退散した後の寂しさをどう埋めようかという点にこそ、山科御陵退散歌の〈主題〉はあるのではないか。

b　山科御陵退散歌の抒情の性質を一言でいえば、なごりは尽きないのに、〈近侍〉〈匍匐〉〈哭泣〉を終えねばならないことに起因する抒情ということができる。より丁重に、より時間を掛けたいのに、近い将来において、それを終了せねばならないという不足感、不満感から生まれる抒情ということができる。一方、これを自覚的に表現の方法として用いれば、不足感、不満感を利用して抒情を生む方法ということができよう。これは、配偶者間の情愛を基盤とした相聞的抒情とは異なるもので、主として奉仕者の視点から生まれるものであると考えられる。生前の侍宿と死後の侍宿が対比されるのも、そのためであると推定される。

c　人麻呂の殯宮之時挽歌も、本節のいう不足感、不満感の抒情と認定することができるが、ならば山科御陵退散歌の抒情とどのような関係にあるのか、ということについては、解答を保留したいと思う。額田王から柿本人麻呂へという影響関係や、文学史的展開を考えるべきであろうが、いくつもの可能性が想定されてしまうので、解答を保留せざるを得ないのである。現時点での見通しを問われれば、天武天皇挽歌（巻二の一五九）、献呈挽歌と呼ばれる河島皇子挽歌（巻二の一九四、一九五）などをはじめとする多くの挽歌は、相聞的抒情に支えられており、むしろ山科御陵退散歌と殯宮之時挽歌の方が例外のように見える。一方、儀礼の不足感からくる抒情は、額田王の近江下向歌にも看取できるものであった。したがって、山科御陵退散歌から殯宮之時挽歌への抒情の継承、史的展開という見方は、成り立ち得るとしても、証明の方法がないといわざるを得ない(3)。

以上が、万葉文化論から見た当該歌の抒情の質である。次節においては、墓をめぐる伝承を取り上げ、死をめぐる心性のありようについて考えてみたい。

注

（1）ここで注意したいのは、「ももしきの　大宮人は」となっていることである。助詞「は」は、〈とりたて〉機能をもつ。この点を強調して釈義を作れば、「大宮人についていえば、行き別れていってしまうのだろうか」と限定をしたいい方となる。つまり、大宮人以外は、まだ残って「御陵仕ふる」ことを続行するということが、言外に示されているとみなくてはならないのである。

（2）さらには、xに対するyの不足を、自らの無力によるものとし、そこに抗うことのできない命の儚さを歌う歌もある。いわば、無力感、無常感の抒情だ。それらは、

一書に曰く、近江天皇の聖躬不豫したまひて、御病急かなる時に、大后の奉献る御歌一首

青旗の　木幡の上を　通ふとは　目には見れども　直に逢はぬかも　（巻二の一四八）

或書の反歌一首

泣沢の　神社に神酒据ゑ　祈れども　我が大君は　高日知らしぬ　（巻二の二〇二）

［左注省略］

のように、屈折した思いから生まれる抒情である。

（3）一つの例を述べると、甲が古く、乙が古いことがわかっていても、事物や現象が甲乙二つしかない場合、甲から乙への影響関係や先後関係は証明できない。新旧と差異を、影響関係には置き換えられないのである。ために、cについては、解答を保留したい、と思う。

参考文献

伊藤　博　一九八一年「歌人と宮廷」『萬葉集の歌人と作品（上）（古代和歌史研究3）』塙書房、初版一九七五年、初出一九六六年。
上野　誠　一九九七年「日並皇子挽歌と〈誄詞〉の受容」『古代日本の文芸空間――万葉挽歌と葬送儀礼』雄山閣出版、初出一九九〇年。
――――　二〇一二年『万葉挽歌のこころ――夢と死の古代学』角川学芸出版。
大浦誠士　二〇〇八年「天智朝挽歌をめぐって」『万葉集の様式と表現――伝達可能な造形としての〈心〉』笠間書院、初出二〇〇〇年。
折口信夫　一九九五年「相聞歌概説」『折口信夫全集』第六巻、中央公論社、初出一九三八年。
影山尚之　二〇一一年「額田王三輪山歌と井戸王即和歌」稲岡耕二監修、神野志隆光・芳賀紀雄編『萬葉集研究』第三十二集所収、塙書房。
川端善明　一九九四年「係結の形式」『國語学』第百七十六集所収、国語学会。
木下正俊　一九八九年「『斯くや嘆かむ』という語法」五味智英・小島憲之編『萬葉集研究』第七集所収、塙書房、初版一九七八年。
久米常民　一九七五年「額田王『山科御陵退散歌』の背景」『説林』第二十四号所収、愛知県立大学国文学会。
笹山晴生　一九七八年「『従山科御陵退散之時額田王作歌』と壬申の乱」『國文學　解釈と教材の研究』第二十三巻第五号所収、學燈社。
曽倉　岑　一九八七年「額田王――従山科御陵退散之時の歌」和歌文学会編『論集　万葉集』所収、笠間書院。
担当編者・井上豊　一九七七年「万葉考」『賀茂真淵全集』第一巻、続群書類従完成会。
土屋文明　一九八二年『万葉集私注』第一巻、筑摩書房、初版一九四九年。
鉄野昌弘　二〇〇一年「額田王『山科御陵退散歌』の〈儀礼〉と〈主体〉」『國語と國文學』第九百三十六号所収、東京大学国語国文学会。

橋本達雄　一九八二年『万葉宮廷歌人の研究』笠間書院、初版一九七五年。
身﨑　壽　一九八六年「額田王『山科御陵退散』挽歌試論」『國語と國文學』第六十三巻第十一号所収、東京大学国語国文学会。
森重　敏　一九四九年「結合語格補説——『情無　雲乃　隠障倍之也』」『國語学（季刊）』第二輯所収、国語学会。
渡瀬昌忠　一九七六年『柿本人麻呂研究——島の宮の文学』桜楓社。
——　二〇〇三年「近江朝挽歌とその場」『渡瀬昌忠著作集』第八巻、おうふう、初出一九七八年。

〔補説〕

本節の初出後、以下の二つの重要な先行論文について、見落としがあるとの指摘を受けた。

木下正俊「『斯くや嘆かむ』という語法」（五味智英・小島憲之編『萬葉集研究』第七集所収、塙書房、一九八九年、初版一九七八年）

鉄野昌弘「額田王『山科御陵退散歌』の〈儀礼〉と〈主体〉」（『國語と國文學』第九百三十六号所収、東京大学国語国文学会、二〇〇一年）

見落としを指摘していただいた、鉄野昌弘、佐野宏の両氏には感謝を表したい。と同時に、本節の考察にとって重要な論考を見落としていた不明を深く恥じている。木下論文を参照すれば、本節を補強することができるし、鉄野論文については、鉄野論文を踏まえた私見を述べる義務があるので、補説をここに置くことにする。

木下論文は、一人称で用いられる「や〜む」について、反語というよりも、「こうも〜することか」というくらいの気持ちで、自分の不甲斐なさを思いつつもどうすることもできない心情を表す語法であるとの新見を示した論文である。筆者なりに整理すると、望まない事態がやって来ることを予測しつつ、その事態を変更できない自己の不甲斐なさを嘆く気持ちを伝える語法ということができよう。そして、それは不甲斐なさを、諦念をもって受け入れる表現でもある。

そこから、抒情が生まれることもある語法でもある。ここでは、二つの例のみを挙げて考えてみることにする。

舎人皇子の御歌一首
ますらをや　片恋せむと　嘆けども　醜のますらを　なほ恋ひにけり　（巻二の一一七）

この歌の場合、あらかじめ「ますらを」は片恋などというものをして、心を乱れさせてはならないという規範が存在している。しかし、その望まない事態が起ってしまうであろうことを嘆いているのである。釈義を示すとこうなる。「片恋なんかして、心を乱してはいけないますらを。俺様は、そのますらをであるはずなのに、こんな片恋なんかして、心を乱している。あぁ不甲斐ない、と自分自身を責めてはみるものの、俺は似非のますらを。悲しいことに――」というくらいの気持ちなのであろう。ますらをたる者、心を乱すことなどあってはならぬという規範が、この歌の前提として設定されているのだが、恋をして心を乱している自分がそこにいるのである。しかし、こうなってはどうしようもない、望まぬ状況を受け入れざるを得ないということなのだろう。そこに諦念が生まれ、望まぬ状況を受け入れるというところに、抒情が生まれているのである。

大津皇子、死を被《たまは》りし時に、磐余の池の堤にして涙を流して作らす歌一首
百伝ふ　磐余の池に　鳴く鴨を　今日のみ見てや　雲隠りなむ　（巻三の四一六）

右の大津皇子自傷歌の場合は、「自分は今日も、明日も、さらにはずっとずっと磐余の池の鴨を見ていたいのに、明日はもう見ることなどできない。なぜなら、雲隠れてしまうのだから」というような心情が表現されているのだろう。あらかじめ望まれていることは、永続的に鴨を見ることである。望まないことは、明日から鴨が見られなくなることである。しかし、死を賜った私は、今日しか鴨を見ることができないというのである。死を直接歌わず、鴨を見ることに生への執着を凝縮させている歌といえよう。その一方で、処刑を受け入れるしかないという気持ちも表されている。こ

こに、当該歌の抒情が生まれていると思われるのである。

では、本節で考察した額田王歌の「泣きつつありてや～行き別れなむ」は、どう考えればよいのだろうか。本節の結論に引きつけると、「本来であるならば、もっともっと長く哭泣の礼を尽くさなければならないのに、哭泣の礼も終わりが近づいてきた。大宮人たちが、まずこの山科の御陵から退散してしまう。しかし、それをどうすることもできやしない」ということなのであろう。では、どういう事態があらかじめ想定されているのだろうか。当該歌の冒頭には「やすみしし　わご大君の　恐きや　御陵仕ふる」とある。御陵に仕えるということは、畏れ多いことであると先に表明しているのである。つまり、偉大なる大王には、仕えても仕えても、それで充分などということなど、絶対にあり得ない。全身全霊を尽くしてどんなに長く長く奉仕をしても、充分ということなどありはしない。尽くしても、尽くしきれるものではないのに、大宮人は行き別れてしまう。そして、やがては、すべての人びとがこの御陵から離れることになってしまう。しかし、その望まない御陵退散をあまんじて受け入れなければならない時が、日々刻々と迫っているのである。これが、想定されている望まない事態である。そこに、本節のいう不足、不満の抒情が生まれているのではなかろうか。

次に、鉄野論文であるが、鉄野はいわゆる人麻呂以前の「小型長歌」の口誦性を重要視する。口誦歌においては、話者や〈主体〉という想定そのものが有効ではないという主張がなされている。その上で、

> 自称・他称といった区別を持たない〈主体〉が歌を通じて存在していると見て差し支えないだろう。話者であり聞き手でもある人びとの総体「ももしきの大宮人」こそが、当該歌では〈主体〉なのだと考える。
>
> 〔鉄野　二〇〇一年〕

としている。この指摘は重要であろう。本節が検討してきた、身崎〔一九八六年〕、曽倉〔一九八七年〕の議論から、議論を大きく発展できるからである。本節においては、〈主体〉のあいまいさを額田王が選びとった一つの方法として論じてきたが、今、鉄野論文に接してみると、それは口誦性の一つの特性ということになる。口誦歌として見た場合、鉄野の議論は、卓見であると思われる。

歌い手も、聞き手も同じ場所にいて、口から耳へと伝えられる場合、〈主体〉を明示する必要などないのである。では、本節の議論の余地はないかといえば、わずかにだがある、と考える。というのは、その表現が口から耳への口誦を前提としていることは正しくても、今、見ることのできる万葉歌は、記載の文芸だからだ。声の文芸も一端記載されてしまうと、場から切り離されてしまう。すると、その瞬間から、〈主体〉を探さなくてはならなくなるのである。これは、「中大兄の三山の歌」の長反歌に横たわる諸問題とも同じ位相関係にあると思われる（巻一の一三～一五）。山の性別を歌からは判断できないし、一五番歌がなぜ反歌になるのかという点については、『万葉集』の編纂段階からすでに問題となっていた。左注記載者は、反歌の問題について考察の放棄を宣言した上で、原資料尊重の立場から、疑問を表明しつつも、ここにそのまま載せると明言している。

したがって、筆者は、鉄野論文が説くように、口誦歌の特性として、〈主体〉の問題を把握できていなかった。〈主体〉のあいまいさを額田王が積極的に採用した方法を考えていたからである。反面、当該歌を記載の文芸としてみると、やはり〈主体〉探しは必要になってしまう、と思う。口誦の文芸として論ずる場合は、歌の場を研究者の側が任意に設定しなくてはならなくなる。一方、記載の文芸として見る場合は、〈主体〉を探す必要が生じてしまう。じつに、悩ましい問題がここには横たわっている。ようやく、この点に、気付いた。

しかし、本節初出の時点においては、筆者は鉄野の指摘したように口誦性の問題があることを認識していなかった。鉄野論文を見落としていたのである。この点については、鉄野氏に対して、改めてお詫びを申し上げておきたい、と思う。申し訳ないことでした。

初　出

「山科御陵退散歌再考——不足、不満の抒情」『國學院雑誌』第百十五巻第十号、國學院大學、二〇一四年。

第三節　筑紫君磐井墓の伝

はじめに

本節では、死と霊魂をめぐる万葉文化論として、墓にまつわる古代伝承の一斑について考えてみたいと思う。筑紫君磐井の反乱の伝承については、六世紀前半におけるヤマト王権の地方支配を考える手掛かりとして、主に歴史学と考古学の側から、これまで多くの研究がなされてきた。この継体朝の磐井の反乱について、『古事記』は、

此の御世に、竺紫君石井、天皇の命に従はずして、礼無きこと多し。故、物部荒甲之大連・大伴之金村連の二人を遣して、石井を殺しき。

（『古事記』下巻、継体天皇、山口佳紀・神野志隆光校注・訳『古事記（新編日本古典文学全集）』小学館、一九九七年）

と手短に記している。対して『日本書紀』は、継体二十一年（五二七）と二十二年（五二八）条に、乱の発端、展開、顛末を詳しく記載し、反乱を起こした磐井の人柄や、それに協力する勢力、平定に向かった物部大連麁鹿火《あらかひ》の奮戦を生き生きと描いている。そして、『日本書紀』は、磐井の最期を次のように記す。

二十二年の冬十一月の甲寅の朔にして甲子に、大将軍物部大連麁鹿火、親ら賊帥磐井と筑紫の御井郡に交戦す。

旗鼓相望み、埃塵相接げり。機を両陣之間に決して、万死之地を避らず。遂に磐井を斬りて、果して彊場を定む。

十二月に、筑紫君葛子、父の坐《つみによ》りて誅されむことを恐り、糟屋屯倉を献りて、死罪を贖《あか》はむことを求む。

（『日本書紀』巻第十七、継体天皇二十二年［五二八］条、小島憲之他校注・訳『日本書紀②（新編日本古典文学全集）』小学館、一九九六年）

以上が『古事記』と『日本書紀』の記す筑紫君磐井の最期である。ところが、『風土記』における伝承では、ヤマトからの軍勢を逃れ、磐井は生き延びたことになっている。さらに『風土記』は、『古事記』『日本書紀』が伝えない磐井の墓に関する伝承を伝えている。磐井の墓といえば、古墳の外部を飾る「石製表飾」である石人石馬が有名であり、現在、福岡県八女市吉田の岩戸山古墳が有力視されている〔森　一九五六年〕。本節では八世紀における磐井の墓に関する記事を、歴史的事実としてではなく、説話伝承として理解するための諸問題について、論じてみたいと思う。

一　『風土記』における筑紫君磐井の伝承の位置付け

『釈日本紀』巻十三には、「筑後の国風土記に曰ふ」として、次のような伝承を伝えている。

上妻県《かみつやめあがた》。県の南二里《ふたさと》に、筑紫君磐井の墓墳《はか》有り。高さ七丈《つゑ》、周《めぐ》り六十丈《むそつゑ》にて、墓田《はかどころ》は、南と北と各《おのもおのも》六十丈、東と西と各四十丈《よそつゑ》なり。石人《いしひと》と石盾《いしたて》と各六十枚《むそひら》、交《こもごも》に陣《つら》なり行《つら》を成して、四面《よも》に周匝《めぐ》れり。東北の角《すみ》に当りて、一つの別区《ことどころ》有り。号《なづ》けて衙頭《がとう》と曰ふ〔衙頭は、政所なり〕。其の中《うち》一つの石人有り、縦容《おもぶる》に地に立てり。号づけて解部《ときべ》と曰ふ。前に一人有り、裸形《あかはだか》にて地に伏したり。号づけて偸人《ぬすびと》と曰ふ〔生けりしときに、猪を偸みき。仍りて罪を決められむとす〕。側《かたはら》に石猪《いはしし》四頭《よぎ》有り。号づけて賊物《ぞくもつ》と曰ふ〔賊物は盗みし物なり〕。彼の処に亦石馬《いしうま》三疋《みぎ》、石殿三間《いしとのみま》、石蔵二間《いしくらふたま》有り。古老《ふるおきな》の伝へて云はく、「雄大迹《をほど》天皇の世《みよ》に当りて、筑紫君磐井、豪強《つよ》く暴虐《あらく》して、皇風《おもむけ》に偃《したが》はず。生平《つね》の時、預《あらかじめ》此墓を造りき。俄に官軍《みいくさ》動発《うご》きて、襲《う》たむとする間《ほど》に、勢《いきほひ》勝《あ》ふましじきことを知りて、独自《ひとり》豊前の国の上膳県《かみつみけ》に遁れて、南の山の峻《さかし》き嶺の曲《くま》に終《うせ》き。是《ここ》に、官軍追ひ尋ねて蹤《あと》を失《うしな》ひき。士《つはもの》怒り泄《やま》ず、石人の手を撃ち折り、石馬の頭《かしら》を打ち堕《おと》しき。」といふ。古老の伝へて云はく、「上妻県《かみつやめ》に、多く篤《あつ》き疾《やまひ》有るは、蓋茲《けだしこれ》に由《よ》るか。」といふ。

（上代文献を読む会編『風土記逸文注釈』翰林書房、二〇〇一年）

この『筑後国風土記』逸文記事において報告されていることは、次の三点に要約することができるだろう。

① 磐井の墓と呼ばれる墓が「上妻県」に存在していたこと。
② その墓には多くの石像物があり、石像物に対する土地の人びとの言い伝えが存在したこと。
③ 磐井は生き延びたが、磐井の墓の石像物は、「官軍」によって破壊されたこと。

『風土記』の律令文書的性格を念頭に置くならば、これらを磐井の墓を見聞した官人の報告である、と読むことができる。当該記事の「古老伝」のすべてが聞き取りに基づくものではないにしても、『古事記』『日本書紀』の伝承とは相違した伝承が、八世紀の筑紫において存在していたとみて差し支えないだろう(1)。また、『日本書紀』の磐井の反乱の記述ないし同様の伝承を知っている者にとっては、〈後日譚〉として享受されたことも推定できよう。とするならば、筑紫の人びとが語る伝承の中には、磐井が官軍の追手から逃れた話もあったのだろう。つまり、『古事記』『日本書紀』の記載する伝えとは別に、当地においては源義経や西郷隆盛のような磐井の〈英雄不死伝説〉が存在していたのである。殺された筈の英雄が実は生きていたという〈英雄不死伝説〉は、非業の死を遂げた英雄について回る伝説である。

すなわち、磐井を逃した官軍が「怒りは止まず、石人の手を折り落とし、石馬の頭を打ち落してしまった」という伝えは、この〈英雄不死伝説〉に由来するものであった、と考えられよう。それは、磐井に対する判官贔屓からきたものと考えられる。そこに八世紀における筑紫の人びとの磐井に対する同情の気持ちを読み取ることができよう。その伝説の正しさを保証するのが、壊れた石人石馬の存在だったのである。おそらく、「上妻の県に、身体の障害(2)を持つ者が多いのは、たぶんこのことに由来してのことだろうか」という古老の言は、壊れた石人石馬から連想されたのではなかろうか。

かえりみて、『古事記』『日本書紀』は石人石馬の破壊の伝承を伝えない。とするならば、官軍が石人石馬を壊したという話は、八世紀の前半の筑紫において存在した伝承の一つでしかない、ということができるだろう。六世紀前半の史実を、八世紀前半の伝説の一つで確認することは、事実上不可能ではなかろうか。岡田精司が、史料批判から「官軍の暴行を歴史的事実のように説くのは誤りであろう」というのは、以上のことから考えても正鵠を得た解であると思われる〔岡田　一九九三年〕。つまり、官軍の石人石馬破壊の伝承は、石人石馬が破損していることを説明することから発生した伝説と見るべきなのである。

二　石製表飾の起源説明伝承

磐井の墓とされる岩戸山古墳からは、百点を越える石製品が発見されている。それは、「①人物　②動物　③武器・武具　④その他の器材　⑤不明」に分類され、当該記事の前半部を思わせる石製品には、武人、裸体の武人、猪、盾などがある。ところが、それ以外に、鳥や壺、蓋、棒をかたどった石製品も発見されている〔福岡県八女市教育委員会編　一九九四年〕。そこで、当該の記事を見てみると、鳥や壺などは登場しないのである。このことから、当該の『風土記』逸文の伝承は、一部の石像物に対する意味付けでしかなかったことがわかる。おそらく、古墳の外部に置かれた石像物の存在理由がわからなくなったのちに、新たに存在理由が説明されるようになった歴史があるのであろう。

つまり、『古事記』『日本書紀』や『風土記』が編纂された八世紀前半においては、石人石馬を古墳の外側に飾る意味がわからなくなっていたのである。すなわち、原義が忘れられたのちに、新たな解釈がなされたのではなかろうか[3]。その一つが、当該記事の前半部の衙頭における裁判の話であった、と考えることができよう。そして、そこから石像物が壊れている理由も説明される必要が新たに生じたのである[4]。したがって、実際には存在の理由がわからなくなった石像物群に、複数の起源説明伝承が存在し、その一部が採集され、当該記事の参考となった、と筆者は考えている。

そこで、当該の石人石馬の伝承を相対化するために、次の説話伝承との比較を行なってみたい。石人石馬と同じように古墳の外側に置かれる表飾物としては、焼き物の埴輪がある。『日本書紀』垂仁天皇条には、埴輪の起源伝承が収載されている。垂仁天皇二十八年の冬十月、天皇の同母弟である倭彦命が薨去。その葬礼について、次のような話が伝えられている。倭彦命に近習した寵臣は、「陵域」に生き埋めにされたといい、その「泣吟」は天皇を悩ましたという。そして、死した寵臣たちは「遂に死にて爛《く》ち臰《くさ》り、犬・鳥聚《あつま》り噉《は》む」という状態にあった。これに対して、天皇は群卿たちに「夫れ生《いけるとき》に愛《うつく》しびし所を以ちて亡者《すぎにしひと》に殉《したが》はしむるは、是甚だ傷《いたましきわざ》なり。其れ古の風《のり》と雖も、非良《よからず》は何ぞ従はむ。今より以後、議りて殉《したがひしぬること》を止めよ」と詔したという。

時は移り、垂仁天皇三十二年秋七月、皇后・日葉酢媛命が薨去。天皇は倭彦命の葬礼を想起して、「死《しにひと》に従ふ道、前に不可《よからず》と知れり。今し此の行《たび》の葬《みはぶり》に奈之為何《いかがせ》む」と群卿に詔する。この詔に答えて、野見宿禰が殉死の禁止を建言し、出雲国から土部《はにべ》百人を呼び寄せ、人や馬などの焼き物を作り、それを天皇に献上して「今より以後、是の土物《はに》を以て生人を更易《か》へ、陵墓に樹てて、後葉の法則《のり》とせむ」と上申した、という話になっている。天皇は、野見宿禰の建言を讃え、献上された焼き物をはじめて皇后・日葉酢媛命の墓に立てた、というのである。この焼き物こそ「埴輪」のはじまりであり、またの名を「立物《たてもの》」というようになった、と『日本書紀』は伝えている。つまり、これは殉死者の代わりに埴輪が立てられるようになった、という埴輪の起源説明譚なのである。ちなみに、漢風諡号の「垂仁」が、この話に由来するのはいうまでもない。

天皇は、これによって野見宿禰の功を褒め、粘土を練り固める土地を与え、土部職《はじのつかさ》に任命したという。そして、この記事の最後には、次のような記載が存在する。

……因りて本姓を改めて土部臣と謂ふ。是、土部連等、天皇の喪葬《みはぶり》を主《つかさど》る縁《えに》なり。所謂野見宿禰は、是土部連等が始祖《はじめのおや》なり。

（『日本書紀』巻第六、垂仁天皇三十二年七月条、小島憲之他校注・訳『日本書紀①（新編日本古典文学全集）』小学館、一九九四年）

右の記事こそ、土部臣にとっては、宮廷内における職掌を保証する大切な伝承であった、といえるだろう。すなわち、歴代の天皇の葬礼に土部連が関わることを、当条の伝承が保証してくれるからである。このことは、『日本書紀』および『続日本紀』における歴代の天皇の葬礼記事によって確認できるところである。中村啓信は、野見宿禰の活躍物語が倭彦命の葬礼の話を受けて展開することに着目し、「日葉酢媛命説話の伝承者である土師氏、倭彦命の説話をも伝承管理してきた氏族である」と推定している〔中村　二〇〇〇年、初出一九九九年〕。とするならば、埴輪の起源伝承となっている倭彦命と日葉酢媛命の説話は、『日本書紀』編纂段階において、野見宿禰を始祖とする土部連の主張であった、ということができるであろう。そして、この説話に従えば、埴輪は垂仁天皇の時代にはじまったことになるのである。

しかし、それはあくまでも、八世紀前半の土部連の主張する伝承であって、歴史的事実を投影するものであるとは認められない(5)。よく言われることではあるが、発掘調査によって、日本では殉死の風習が確認できないからである。古墳を飾る埴輪については、首長権継承儀礼との関わりや、墳丘における祭祀や芸能との関係から研究が進んでいるが、本説話を歴史的事実として跡付ける考古学的資料は発見されていない。つまり、垂仁紀の埴輪の起源説話は、むしろ存在の意義がわからなくなっていた埴輪の起源を説明する伝承であった、といえるだろう。すなわち、埴輪を古墳に立てる意味が忘れられて、新たにそれを説明する話として発生した、と考えるのが至当であろう。

こういった本来の意味の忘却、新たなる意味付け、新たなる起源説明譚の発生という伝承のありようは、磐井の墓の石人石馬の話と同じ位相にあるのではなかろうか。灰石で出来た石像物は破損しやすい。ところが、破損の事情がわからなくなると、石像物が破損していることの意味付けが新たに必要になってくる。そこで、破損の理由が、磐井の反乱の伝承によって意味付けされ、説明されている、といえよう。ここから極言すれば、岩戸山古墳は、八世紀前半において磐井の墓といわれていたことは間違いなくても、さらに二百年を遡り本当の磐井の墓であったかどうかという点については、不明というほかはない……ということになろう。

三　墓を破壊する伝承

遺体埋葬施設である墓を破壊することは、その墓に眠る主人や墓を祀る人間に対する最大の侮辱行為であることは、今日の感覚からしても理解できるところである。したがって、「士怒り泄ず、石人の手を撃ち折り、石馬の頭を打ち堕」すという行為が、強い怒りを背景にしていることは、いうまでもない。それは、磐井を捕縛できなかった士が行なった行為として語られているもので、官軍が行なった磐井とその末裔を辱める行為と理解することができるだろう。

そこで参考として、次の例を挙げたい。『日本書紀』舒明天皇即位前紀の境部摩理勢の行動を記した部分である。境部摩理勢は、山背大兄王の即位を主張し、蘇我蝦夷大臣らの群臣と対立することになる。その時の行動を見てみよう。

乃ち大きに忿《いか》りて起《た》ちて行《い》ぬ。是の時に適《あた》りて、蘇我氏の諸族等悉《ことごとく》に集ひて、島大臣の為に墓を造りて、墓所に次《やど》れり。爰《ここ》に摩理勢臣、墓所の廬を壊《こほ》ち、蘇我の田家《なりどころ》に退りて仕えず。

（『日本書紀』巻第二十三、舒明天皇即位前紀条、小島憲之他校注・訳『日本書紀③（新編日本古典文学全集）』小学館、一九九八年）

怒った摩理勢は、蘇我馬子の墓所の「廬」を壊し、田家に退去して、罷業したというのである。蘇我氏の諸族が集まっていたというのであるから、この「廬」が墓前において祭祀を行なうための仮設的建造物であったことは間違いない。つまり、摩理勢の行なった行為は、墓所に付属する宗教施設の破壊行為ということになるであろう。実は、摩理勢は馬子の弟にあたり、摩理勢自身も蘇我一族に入るのである。とすれば、摩理勢が自身の兄である馬子の墓の祭祀施設を壊したのは何故であろうか。それは、この墓前祭祀の主催者が、対立する蝦夷だったからであろう。つまり、摩理勢は馬子の後継者である蝦夷の主催する墓前祭祀の妨害を行なったことになる。すなわち、摩理勢の行為は、甥である蝦夷を激しく侮辱する行為だったのである。この後、蝦夷が同族のよしみがなければ殺す、と言ったのはそのため、と考えられる。以上の事例は、墓そのものの破壊ではないにしても、墓の破壊が最大の侮辱行為であることを知る手掛かりを与えてくれる伝承である。ちなみに、墓前に廬を造り祭祀を行なうのは、墓所を家族と同族の紐帯とする儒教思想の影響があるものと思われる。

　ところで、こういった儒教思想の浸透を背景として、止むを得ず墓を破壊する場合においても、手厚く改葬せよとの詔が、遷都にあたって度々出されている〔上野　一九九七年、初出一九九五年〕。古くは、難波の都の造営にあたり「宮地に入れむが為に、丘墓を壊られ及《また》遷されたる人には、物賜ふこと各差有り」（『日本書紀』孝徳天皇　白雉元年〔六五〇〕条）という詔を見出だすことができる。また、同様の記事は、藤原京の造営にあたっても「造京司衣縫王等に詔して、掘せる尸を収めしむ」（『日本書紀』持統天皇　七年〔六九三〕二月十日条）とあり、平城遷都にあたっても、

　造平城京司、若し彼の墳隴、発き掘られれば、随即埋み斂めて、露し棄てしむること勿れ。普く祭酹を加へて、幽魂を慰めよ。

（『続日本紀』巻第四、元明天皇　和銅二年〔七〇九〕十月十一日条、青木和夫他校注『続日本紀　一（新日本古典文学大系）』岩波書店、一九九一年、初版一九八九年）

という命令が出ているのである。このように遷都によって、改葬を余儀なくされた墓に対して、手厚い祭祀をせよ

との詔が出るのは、天子の徳を民に示す政策の一つと見てよいであろう。(6) つまり、儒教思想を背景とした民衆徳化政策の一つと見るべきなのである。こういった徳化政策の一つに「孝義」の人の顕彰というものがある。時代は下るが、夫とその父の墓に仕え、孝養を尽くした人物に対して、

対馬嶋上県郡の人高橋連波自米女《はじめめ》、夫亡にて後、誓ひて志を改めず。その父も尋《つ》ぎて亦死にぬ。廬を墓の側に結びて毎日に斎食す。孝義の至、行路を感せしむること有り。その門閭に表して、租を復《ゆる》すこと終身。

（『続日本紀』巻第二十九、称徳天皇　神護景雲二年［七六八］二月五日条、青木和夫他校注『続日本紀　四（新日本古典文学大系）』岩波書店、一九九五年）

という顕彰を行なっている。当条で注目したいのは、墓に伏屋を建てて、午前中に一回だけ食事をとる生活を続ける女性を「孝義」の人として顕彰し、税金を免除していることである。墓での籠もりが、この時代においてはおそらく奇特な行為と周囲の目には映ったのであろう。(7) つまり、墓の傍らに廬を造り、生けるごとくに夫と義父に仕える女性を「節婦」の鏡として、国家が褒賞しているのである。すなわち、ここでは墓前祭祀が、「孝義」として意味付けられている、といえるだろう。

以上のように見てゆくと、墓の破壊行為が、強い怒りの表れであったことを再認識することができる。『古事記』顕宗天皇条には、父王・忍歯王を雄略天皇に殺された天皇が、兄・意祁命に命じて、雄略天皇の陵を破壊させようとする話が載っている。(8) 顕宗天皇の意を汲んだ意祁命は、「其の陵の傍らの土を少し掘」って、その陵を破壊することを行なわなかったという。どうして、すべてを取り壊さないのか、という天皇に対して、意祁命は以下のように諭す。父の怨《あだ》ではあるが、雄略天皇は従父《をじ》であり、かつ天皇である。単に父の仇というだけで、陵を破壊するな

らば、後人の誹謗《そしり》を受ける――と。ために、その陵の辺りを少し掘り下げ、「既に是の恥めを以て、後の世に示」したという。つまり、意祁命は、怒りの気持ちを後世に伝えるには、これで充分であると述べているのである。

対して『日本書紀』は、皇太子・億計の言を漢籍で修飾しながら、いかなる理由があろうとも、陵を壊すことは「不可」であると説いている。とくに注目したいのは、億計が述べている二番目の理由である。億計は老賢の言を引き、不徳には不徳の報いがあることを告げ、

陛下、国を饗《う》けて、徳行広く天下に聞《きこ》ゆ。而るに、陵を毀ち、翻りて華裔《くわえい》に見しめば、億計、其れ、以ちて国に莅《のぞ》み民を子《やしな》ふべからざらむことを恐る。其れ、毀つべからざるの二なり。

（『日本書紀』巻第十五、顕宗天皇二年［四八六］八月条、小島憲之他校注・訳『日本書紀②（新編日本古典文学全集）』小学館、一九九六年）


と述べている。現在、天皇の徳行はあまねく天下に聞こえているのに、陵を壊すという行為に及べば、国を治めることができなくなる。つまり、それでは民に範を示すことができないというのである。天皇は、ついに億計の言を受け入れ、陵を破壊することを止めた、と『日本書紀』は伝えている。これは、遷都による改葬の詔、孝義の人の顕彰による民衆徳化政策と通底するものであろう。だからこそ、天皇が行なうべき行為ではないのである。以上のような観点からすれば、磐井の墓への官軍の行為は大いなる怒りの表現であるということができよう。しかし、それはあくまでも〈英雄不死伝説〉の一齣として語られているのである。

おわりに

『古事記』『日本書紀』では誅殺された磐井も、『風土記』では生き延びる。王権の側からすれば、磐井は「皇風」に従わず、寿墓を造り、反乱を起こした賊帥である。当然、『風土記』も磐井を暴虐な賊として記述している。しかし、『風土記』では生き延びる。これは、磐井の乱から二百年を経た筑紫において、磐井の〈英雄不死伝説〉が存在していたことを意味するのであろう。この〈英雄不死伝説〉は、八世紀における筑紫の人びとの磐井に対する判官贔屓の心情からきたものであることは、容易に想像できる。そのような磐井に対する判官贔屓の語りのなかで、磐井をとり逃した官軍の悔しさや怒りが、強調されて語られてゆくことは、当然といえよう。ここに、筆者は鄙に住む人間の心性のようなものを見定めている。

かえりみて、八世紀の筑紫の人びとが磐井の墓と考えていた古墳の石像物は、この時代すでに多くが破損していたと考えられる。『風土記』の伝承は、その石像物が存在する意味と、なおかつそれが破損して現在存在している意味を同時に説明する説話伝承だったのである。賊帥の寿墓といえども、縷々述べたように墓の破壊は不徳の行為であり、官軍が不徳の行為に及んだとする伝承は、〈英雄不死伝説〉のなかで尋常ならざる怒りの表現として、語られていたものと推定することができる。それは、官軍が怒れば怒るほど、悔しがれば悔しがるほど、磐井の〈英雄不死伝説〉に光彩を添えるからである。以上が、筆者が考える筑紫君磐井をめぐる『風土記』記事の説話的理解である。次節では、形骸化した儀礼や信仰を打破する思想も、古代社会に存在していたことを、大伴旅人の讃酒歌を通じて考えてみたい、と思う。

注

（1）これを「在地伝承」と呼ぶことには躊躇を覚えるが、地方に赴任した官人が「古老伝」として中央に報告していることから、何らかの見聞と聞き取りがその背後にあったことは、認められるであろう。それを、官人の理解できる範囲において記録し、官人の知識に基づいて述作したものと筆者は理解している。

(2) 本文にある「篤疾」とは、律令用語である。戸令に定められた課役免除規定には、「悪疾、癲狂、二つの支廃れたらむ、両つの目盲らむ、此れの如き類をば、皆篤疾と為よ」（戸令7）とある。つまり、手足の四肢のうち二肢以上に障害を持つなどの重篤な障害をいう語である。

(3) 芸能伝承における原義の忘却と再解釈については、上野〔二〇〇一年、初出一九九〇年〕において述べた。

(4) 石人石馬は、九州中部に分布する阿蘇山の噴火による灰石で作られている。この灰石は、脆い反面、細工がしやすく、古墳を飾る石製品として利用されているのである。したがって、破損しやすいのである。

(5) 垂仁紀に埴輪の起源伝承が位置付けられているのは、崇神紀と垂仁紀に律令祭祀以前の祭祀起源伝承を集中させるという『日本書紀』の構想と深く関わっていると思われる。つまり、こういった構想のなかに土部連の職掌を保証する伝承が位置付けられていった歴史があるのであろう。なお、崇神紀には、箸墓説話が置かれており、これは古い時代の古墳が巨大なのは神と人とが協力して古墳を造ったからであるという話になっている。

(6) 『続日本紀』には、墓地の破壊の禁令以外に、墓地の景観保全に関する禁令が出ている。たとえば、墓地からの採石の禁止（光仁天皇、宝亀十一年〔七八〇〕十二月四日条）、墓地の樹木の保護（文武天皇、慶雲三年〔七〇六〕三月十四日条）（桓武天皇、延暦三年〔七八四〕十二月十三日条）などである。これらも、儒教思想を背景として、墓所での祖先祭祀を奨励し、民衆の徳化をはかる政策ということができよう。

(7) おそらく、殯の退化したかたちであると思われる。

(8) なお、復讐としての墓暴きについては、『史記』伍子胥列伝第六に例がある。呉王が伍子胥の墓を暴き、遺体を馬の革の袋に入れ、川に流したとある。この点は、井村哲夫の教示による。

参考文献

飯泉健司　二〇一八年　『風土記の方法——文学の知恵』おうふう。

荊木美行　二〇一八年『東アジア金石文と日本古代史』汲古書院。
上野　誠　一九九七年「高市皇子挽歌と城上殯宮」『古代日本の文芸空間――万葉挽歌と葬送儀礼』雄山閣出版、初出一九九五年。
――　二〇〇一年「民俗芸能における見立てと再解釈」『芸能伝承の民俗誌的研究――カタとココロを伝えるくふう』世界思想社、初出一九九〇年。
岡田精司　一九九三年「風土記の磐井関係記事について――史実と伝承の狭間」上田正昭編『神々の祭祀と伝承』所収、同朋舎出版。
小田富士雄　一九七〇年「磐井の反乱」鏡山猛・田村圓澄編『古代の日本』第三巻所収、角川書店。
栗田　寛　一九〇三年『古風土記逸文考証（上・下）』大日本図書。
上代文献を読む会編　二〇〇一年『風土記逸文注釈』翰林書房。
田村圓澄他編　一九九八年『磐井の乱』大和書房。
藤間生大　一九五一年『日本民族の形成』岩波書店。
中村啓信　二〇〇〇年「死と不死の景観――土師・三宅・常世三氏ワンセットの論」『古事記の本性』おうふう、初出一九九九年。
福岡県八女市教育委員会編　一九八七年『八女市文化財報告書岩戸山古墳群』同教育委員会。
――　一九九四年『石人・石馬――里帰り展』福岡県八女市教育委員会。
森貞次郎　一九五六年「筑後風土記逸文に見える筑紫君磐井の墳墓」『考古学雑誌』第四十一巻第三号所収、日本考古学協会。
――　一九七〇年『岩戸山古墳（美術文化シリーズ）』中央公論美術出版。
――　一九七七年「磐井の叛乱――古墳文化からみた磐井の反乱」井上辰雄編『地方の古代史』第一巻所収、朝倉書店。
――　一九九三年「筑前国風土記逸文と岩戸山古墳」斎藤忠・坂詰秀一編『考古学から古典を読む（季刊　考

古学別冊4）』所収、雄山閣出版。

初　出

「筑紫君磐井の墓――その説話的理解」菅野雅雄博士古稀記念論集刊行会編『古事記・日本書紀論集』おうふう、二〇〇二年。

第四節　讃酒歌の示す死生観

三三八　考えてみてもどうしようもないことをだな　物思いをするくらいなら……　一杯の　濁った酒を　飲むほうがまし――

三三九　酒の名を　聖と名づけた　古の　大聖人さまの言は……　言い得て妙　神技絶妙！

三四〇　古の　竹林の七賢人さまも　求めたものは　酒であったらしいぞ　ならばならば　われらも　さぁ一杯！

三四一　偉そうに　物を言うやつなんかより　酒飲んで　酔い泣きするやつのほうが　まだまし

三四二　言いようもなく　どうしようもないほどに……　きわめて貴いものは　酒ではないのかなぁ――

三四三　なまじっか　人間さまでいるよりも……　酒壺に　なってしまいたいもんじゃわい　そうすりゃ酒に浸っていられるというもの

三四四　どうしようもなくみっともねぇ野郎だよ……　偉ぶって　酒を飲まないやつは……　そいつの顔をよくよく見たらさぁ　それが猿に似ているんだよ

三四五　値のつかぬほどの　貴い宝珠とやらも……　一杯の　濁った酒に　どうして及ぼうか　及ぶはずもなかろうに

三四六　夜光る　玉といってもだなぁ……　酒飲んで　憂さを晴らすことにだなぁ　なんでまさろうか　まさるはずなんてなかろうに――

三四七　世の中の　遊びの道というものに　かなっているのはね……　じつは酔って泣くことさ

三四八　この世でね　楽しく生きたらね……　あの世では　虫になっても鳥になっても　俺はかまわんさ　踊らにゃそんそん

三四九　生きとし生ける者は――　ついには死を迎える　ならばならば　この世にいる間は……　楽しく生きなきゃー　ソン！

三五〇　黙りこくって　偉そうにするやつは……　酒を飲んで　酔い泣きをするやつに　やはり及ばぬわい　ざまぁ見ろ！

（『万葉集』巻三、大宰帥大伴卿の酒を讃める歌十三首の釈義）

はじめに

中国古典に対する学殖を有さない筆者が、讃酒歌を論ずるがごときは蛮勇のきわみである。が、しかし。どうしても、今、これを論じてみたい、と思う。というのは、古代日本の知識人が東アジアの知の潮流に接して大宰府の地で到達した「知」が、短歌体の中に凝縮されていると思うからである。(1) 漢文の文章ではなく、ヤマト歌のなかに、あこがれの大愚や大賢の生き方を表現しようとしている点が、他に例をみない歌群となっている。そのために、万葉文化論を標榜する筆者としては、どうしても避けることのできない課題なのである。冒頭には、まず筆者の読解しているところを簡便に示すために、筆者の読解において強調したいと考えている点をデフォルメした釈義を掲げておいた。(2) 釈義は、宴席において、年配者が若者に対して説教調に語る「てい」で作成したものである。なお、書き下し文については、第二章第四節（一五九頁）に示している。

一　読解の立脚点

東アジアの知の潮流などと大言壮語してしまったが、その前提として、まず、十三首の読解を示しておかねばなるまい。十三首全体を大きく見た場合、井村哲夫が示しているような大枠があることは間違いない。

猿にかも似る
酒のまぬ
酔泣きするに及かず ――人間ラシイ情意的ナ生活ヲシリゾケ
黙然居りて賢しらする――アリノママノ自己ヲヒトニ見ラレルコトヲ警戒シテ胸襟ヲ披カズ
賢しみと物言ふ ――自分ダケガ理非曲直ノ分別アリゲニ物言ウ

〔井村　一九七三年a、初出一九七〇年〕

この大枠については、研究者間に大きな意見の隔たりはなさそうである。けれども、さらに踏み込んで、連作と認め得るか否か、十三首に構成を認めるのか否かという点になると、意見の集約は容易ではない。十三首に、一貫した構成の意図が存在すると最初に主張したのは、山田孝雄『講義』であった。山田の構成論は、「この十三首又一連続をなして一の意を完うするもの」として、各歌の役割を想定する一つの仮説として提示したのである。その後、歌群の「場の論」や、「座の論」が進展して、精緻な構成論が展開されてゆくことになる。ことに清水克彦、五味智英、胡志昂らの研究は、歌の配列そのものに明確なメッセージがあると認定する代表的なものといえるだろう〔清水　一九七五年、初出一九六一年〕〔五味　一九八二年、初出一九六九年〕〔胡　一九九八年、初出一九八九年〕。

これらの構成論は、説得力に富むものであり、賛同者も多い。が、しかし。筆者は、十三首に構成の意図があるとする通説諸論に与しない。なぜならば、構成論は、有効かつ有力な作業仮説であったとしても、研究者が仮構した構造に過ぎないと考えるからである。むしろ、一つの題詞の下に左注もなく、十三首が並んでいるということは、これをグループ分けすることなく読むことを、『万葉集』は求めているのではなかろうか。したがって、筆者は以下のように考える。十三首の個々の歌が互いに響き合って、十三首全体で一つの主張がなされていることについては是認する。だから、読者は、十三首から一つのメッセージを読み取ることも可能であると考えてよい。しかし、歌を数首ごとにグループ分けして、グループごとに意味や役割があるとする考え方には与しない。たとえ、グループがあったとしても、それを証明する方法がないのではないか。また、以下縷々述べるように、本節は、多くの作業仮説を設定して論を構築してゆく。だから、筆者としては、基礎となる読解の段階で作業仮説を設定してしまうことは、何としても避けておきたいのである。

次に用語の性格付けに対する、本節の立場を説明しておきたい。十三首に翻訳語が多用されていることについては、早くに小島憲之が次のような見解を示している。

心やる（遣悶・遣情・消悶）　この世（現世）　来む世（来世）　濁れる酒（濁酒）　いにしへの七の賢しき人等（七賢人）　價なき宝（無價宝珠）　夜光る玉（夜光之璧）　生ける者遂にも死ぬる（涅槃経純陀品）などの翻訳語を造語してゐる点などは、表現の上にやはり漢籍を「眼」で学んだことが明かである。歌の中ににじみ出た老荘的虚無的思想も、それは彼の心に深く根ざした「思想」と云ふよりは、その大半は外来書によつて得た知識として受け取るべきであらう。〔小島　一九六四年〕

以後、翻訳語の研究はさらに深められ、柳瀬喜代志が「酔哭」について阮籍の伝との関係を指摘し、その用語の使用法の特徴について新見を示すに至った〔柳瀬　一九七三年〕（後述）。また、「賢良」という語については、村田正博、辰巳正明の両氏が、それが、もともと官人の真摯な生き方を示す語であったことを明らかにしている〔辰巳一九八七年b、初出一九七四年）〔村田　一九七八年〕。こういった小島以後の翻訳語研究の成果を充分に活かして施注をしている注釈書に、『新大系』がある。『新大系』は、今日の翻訳語の研究水準を示している注釈といえるだろう。こういった研究の深まりを踏まえると、讃酒歌十三首は、翻訳語を多用する文芸と位置付けることができる。したがって、当時の人びとにとっても、なじみのない言葉の多い歌群であったはずだ。

さらに重要なことがある。それは、讃酒歌十三首は、読者に対して、中国古典に対する知識を要求する歌群であるということだ。たとえば、三三九番歌なら、「古の大き聖」である徐邈の故事を知っている必要があり、また三四〇番歌なら竹林の七賢人の故事を知っている必要がある。知識が不足している場合には、身近にいる物知りに聞くのが手っ取り早い方法だが、さもなくば自ら中国古典を読む必要が出て来る。出典や詳細な知識までは不要としても、どういう人かくらいの知識がないと、歌のいわんとするところを理解することはまずもって不可能だ。対して、三四三番歌は、鄭泉に対する知識がなくても、歌のいわんとすることを、充分に理解することができる。しかしながら、こちらの方は、読んだ読者の側が背後にある故事を知りたいと思うように書かれているのではなかろうか。逆にいえば、注記もないヤマト歌だけの讃酒歌十三首は、背後に何らかの故事があるだろうとわかるように書かれているのである。読者の知識が不足している場合には、人に聞くか、書物を読んで学ぶことが求められる歌群なのである。もちろん、旅人が想定していたであろう読者は、中国古典に明るく、故事を想定できる知識を有した人びとであったことはいうまでもないけれども、讃酒歌十三首の特徴は、歌の側が読者に対して知識を要求する点にあるといえるだろう。

翻訳語を多用する文芸であり、かつ読者に中国古典の知識を要求する讃酒歌十三首は、必然的に孤語の使用が多い歌群となっている。この点を鋭く指摘したのは、浅見徹であった。浅見は、

「酒」とともにこの歌群中の単独使用語、または万葉集中に他にほとんど用例のない語は、「濁る（三三八、三四五）・聖（三三九）・醜（三四四）・猿（三四四）・価（三四五）・虫（三四八）」であり、派生語・複合語の段階では、「一杯（三三八）・酔泣（三四一、三五〇）・賢しみ（三四一）・極まる（三四二）・酒壺（三四三）・賢しら（三四四、三五〇）・来む世（三四八）・此の世（三四八）」などが加わる。むろん、使用度数一という語が用いられていること自体は、別段珍しいことではない。しかしここに挙げた語を見る限り、直感的にも、小学館の『完訳日本の古典』本が脚注に指摘したことではあるが、俊成が古来風躰抄で「雅ならざる歌、学ぶべからざる歌」と評したのもむべなるかなと思われるであろう。

〔浅見　二〇〇七年、初出一九九五年〕

と述べている。藤原俊成から見れば、伝統の文芸であるべき和歌の用語選択、用語法のルールをまったく無視した学ぶべからざる歌々であると映ったのであろう。『万葉集』の歌々には、さまざまな語が用いられているけれども、類歌、類句も多い。すでに万葉歌の時代において、口承と書承の歴史のなかで伝統的常套表現が形成されていたからである。その万葉歌のなかにあっても、讃酒歌十三首の用語選択は、異質、異様なものであると俊成の眼には映ったのであった。しかし、裏を返せば、中国古典の故事を踏まえて自らの思惟を表現するために、旅人が自覚的に選んだ、用語選択と用語法であったということになる。

次に、十三首のうちに明確に示されていない「験なき物」「賢しら」をなす人について、どこまで具体化して考えるべきかという点について、筆者の立場を明確にしておきたい。端的にいえば、長屋王の変を中心とした不穏な政治情勢に対する不安や、愛妻を失った苦悶などの歌の外側にある情報を、どこまで盛り込んで歌を読解すればよいのかという問題に尽きる。たとえば、「賢しら」をなす人物について、具体的に山上憶良を想定して読むような読解法である。さらに進んでは、旅人と憶良とが互いに反発しあっていたなどと考える諸論もある。このような読解法は、歴史事実や人物を具体的に当て嵌めることによって、歌の内実を問う読解法ということができる。古くは、高木市之助、また中西進らが進めた具体化論である〔中西　一九九五年a、初出一九五八年〕〔高木　一九七六年、初出一九七二年〕〔趙　一九九五年〕。

しかしながら、本節においては、こういった具体的な比定論については、一顧だにしない。というのは、讃酒歌十三首のメッセージは、そこにはないと断言できるからである。もし、具体的な歴史事実を伝えようとしたのなら、歌中か漢文の序によって伝える方法もあったはずである。むしろ、そういう具体的な情報が提示されていない点を重要視して読解すべきだ、と筆者は考える。とすれば、十三首に託されたメッセージを、われわれはもっと抽象度の高いものとして読み取る必要があるのではないかと思われる。一義的には、酒宴における身の処し方について歌っているのだが、どのような人生を志向するかとか、生きるということはどういうことなのかとか、輪廻転生ということをどう考えればよいのかとか、もっと抽象度の高い思惟が示されていると考えねばならないのである。したがって、酒を飲むとか、「酔ひ泣き」という行為が象徴する思惟を問題にせねばならぬのである。もちろん、そういった抽象度の高い思惟も、個人的体験から出発することは否定しないけれども、具体化すればするほどに、メッセージを矮小化してしまうことになる、と筆者は考えている。

次に、十三首で問題となる「楽しさ」と「楽しみ」についても、説明しておきたい。この問題については、佐竹昭広の議論を踏まえて、一義的には宴の楽しさについて言及したものと考えるべきであろう〔佐竹　二〇〇〇年、初出一九七七年〕。ただし、佐竹は、そこから一歩進めて独酌の楽しみとするが、そうではない。なぜならば、多くの人びとのいる宴の場でのふるまいが問題とされているからである。したがって、ここは、多くの人びとが語らい、心を通わせる「楽しさ」「楽しみ」とみなくてはなるまい。たとえば、梅花の宴の楽しさである〔巻五の八一五、八三二、八三三など〕。そして、それは、梅花宴歌の序文が踏まえる王羲之「蘭亭の序」において描かれているような、心を寄せる人びとの歓を尽くした宴の楽しさと考えるべきであろう。しかしながら、その宴の楽しさは、人生を生きる楽しさを象徴するものとして歌われていると考えねばならないのである。筆者は以上のような手続きを経て、讃酒歌十三首は、抽象度を上げて読むべきであると考えている。

そう考えてゆくと、飲酒が示しているところにも注意を払っておく必要が出てくる。この点については、大久保廣行が、次のように述べている。

つまり、讃酒とはいっても酒そのものを礼讃したわけではなく、飲酒によって遣悶が可能となる、その具である点において酒を尊んでいるのである。飲酒はおのれの賢しみ・賢しらの仮面を剝ぎ取って「酔泣き」をもたらし、それによって人間の本然の姿に立ち返り、初めて心を遣る＝自己解放が可能となるのである。そういう力の秘められた酒を讃えようというのであろう。〔大久保　一九九八年、初出一九九六年〕

大久保がいうように、飲酒は、人生の歓楽を代表するものを象徴しているのである[3]。これは、陶淵明の詩において、しばしば酒が登場するのは、飲酒ということを通して人生の苦楽、すなわち人間の生き方を語ろうとしているのだと『陶淵明集』の序で昭明太子が述べたことと、軌を一にしているといえるだろう。讃酒歌の酒ということについても、抽象度を上げて考えておかなくてはならないのである。

最後に、三五〇番歌の解釈についても言及しておきたい。筆者は、構成論に与しないので、冒頭の三三八番歌から、直前の三四九番歌までを総括して、やはり「賢しら」をするやつよりは、「酔ひ泣き」するやつの方が勝っているのだという解釈案は採用しない〔伊藤博　一九八二年、初版一九七五年、初出一九六九年〕。では、どのように読めばよいのだろうか。「なほ及かずけり」と短歌体のなかで断言した場合には、あらかじめ一つの基準が想定されていると思われる。その基準を踏まえて断定的に評価を下す表現であると考える。当該歌を除いた、集中の「なほ及かずけり」の全四例を確認すると、

①　帥大伴卿、吉野の離宮を遥かに思ひて作る歌一首
隼人《はやひと》の　瀬戸の巌《いはほ》も　鮎走る　吉野の滝に　なほ及かずけり　（巻六の九六〇）

②　大伴坂上郎女の晩《おくて》の萩の歌一首
咲く花も　をそろはいとはし　おくてなる　長き心に　なほ及かずけり　（巻八の一五四八）

③　他田広津娘子《をさたのひろきつのをとめ》が梅の歌一首
梅の花　折りも折らずも　見つれども　今夜《こよひ》の花に　なほ及かずけり　（巻八の一六五二）

④　橡《つるはみ》の　衣解き洗ひ　真土山　本《もと》つ人には　なほ及かずけり　（巻十二の三〇〇九）

となる。①は、たとえ「美しい隼人の瀬戸」であったとしてもという前提があり、それでもやはり「鮎走る吉野の滝には及ばない」ということなのであろう。どんなに美しくても、心のなかの望郷の景には勝てないのである。②は、言外に早咲きでも遅咲きでも、萩の花が咲くのはよいことだという前提があるはずである。その前提を踏まえて、私は早咲きよりも遅咲きの花のように長く心にかけて思う方が好きだ、と述べているのであろう。③には、梅の花を見るのは楽しいことだという前提があるはずである。かの前提を踏まえて、近寄って手に取り、折ったり折らなかったりして見るのもよいものであるけれど、そういう見方をうんぬんするよりも、今夜見る梅が一番だといいたいのであろう。④は、序詞なので①②③と同じようには分析できないけれども、女房というものはよいものだという前提があるはずである。その上で、新しい女房もよいかもしれないが、私には慣れ親しんだ古女房の方がや

はり気兼ねなくてよい、ということなのだろう。

では、三五〇番歌については、どう考えればよいのだろうか。一番よい酒の飲み方は、酔い泣きなどせず人さまに迷惑などかけない飲み方がよいということが、前提となるはずだ。しかし、賢しらをするやつよりは、人に迷惑がかかる「酔ひ泣き」の方がまだましだといいたいのであろう。だから、酔い泣きが、社会的に容認されない行為であるという前提があることも、解釈上、けっして忘れてはならないのである。しかし、それでも、「まだまし」ということなのである。だから、酔い泣きが推奨されているというわけではないのである。しかしながら、そうはいっても、人の人たるもの、酔い泣きをせざるを得ないことだってあるはずだということなのだろう。その酔い泣きに、むしろ人間性の発露を認めようというのである。以上のような論理で、人に心を開かない賢しらを、いちじるしく貶めていると見るべきなのである。おそらく、そこには、自らの愚かさを知る賢人（＝飲酒の人）と、自らを賢人とする愚かな人（＝飲酒せぬ人）という対比があるのである。

二　反礼教主義と偽善打破

「酔ひ泣き」の方が「賢しら」よりましだということは、いったいどういうことを表しているのだろうか。具体化して考えれば、それは宴の席における酒の飲み方であり、宴における参会者の身の処し方にほかならない。楽しむべき宴の時に楽しまず、道理を持ち込んで説教したり、黙りこくったりして、宴を白けさせるのは、人と似て非なるもの、すなわち猿の行為だとまで断じるのである（三四四）。この点を踏まえた上で、抽象度を上げて考えてみよう。

人は、真面目であるべきだ。品行方正であるべきだという道徳律があれば、その教えを守り、礼儀正しく振る舞うのがいわゆる「礼教主義」である。いわば、礼教順守第一主義だ。一方、礼教は一つの型でもあるので、型だけを順守してゆくと、いつかは形骸化してしまう。と同時に、思考停止に陥ってしまう。そして、それは何よりも、俗物主義的で、かつ他律的な迎合にほかならない。この点を、井村哲夫は、次のように断じている。

さて、飲酒の報として愚かなミミズやトンビになるというような威嚇を以てする不飲酒戒は、旅人の目から見れば、他律的、形式的で偽善に類する道徳律であったと思われる。私は先の歌で（引用者注＝三四四番歌）、旅人が皮肉る賢しらの意味について、それはおしなべて社会一般の偽善的なエトスというものだと説明した。今ここに、他律的な不飲酒戒を信奉する偽善もまた、旅人が非難する賢しらの最たるものに外ならないことを知る。

そうして、旅人は不飲酒戒の偽善よりも諸駭《しょがい》虫鳥を選ぶと言う。虫や鳥が愚であることを先刻承知の上で言うのであるから、これは反語《アイロニー》であり、不飲酒戒に対する偽悪的な反噬ということになる。つまり、偽善に対するに偽悪を以てしているのである。〔井村　一九八六年〕

礼教を守りさえすればよいのかという疑問が反俗的な生き方に繋がってゆくのは、井村が着眼した点にすでに端緒があるといってよいのである。つまり、酒を讃仰し、竹林の七賢人を称揚する行為そのものが、一つの礼教主義批判なのである。そこで、竹林の七賢人の伝から、礼教主義批判と反俗精神が結びついている話を、二つだけ示しておこう。一つは、阮籍の話である。以下、要約を示す。

阮籍が母をなくした時のことである。裴令公が弔問に行った。すると阮籍は酔っぱらっており、ざんばら髪のまま牀に座って、足をなげ出したままで母の喪を弔うのに重要な哭泣の礼すらしていなかった。対して、裴令公は、礼法に定められた席の上で哭泣し、弔問した。不思議に思った人が、裴令公に、「主人が哭せぬうちに、客であるあなたが哭礼をしたのは礼にかないますまい」と問いかけてきた。すると裴令公は、「阮籍は方外の人すなわち世俗を超越した人なので、礼法などには従いますまい。けれど、私は世俗の俗物なのですから、儀軌すなわち礼法を守るしかないのです」と言った。二人の生き方の違いを見た時の人びとは、二人はともに理にかなっていると感嘆したという。

（『世説新語』任誕、第二十三、目加田誠『世説新語（下）〔新釈漢文大系〕』明治書院、一九八九年、初版一九七五年。筆者による要約）

筆者が礼教主義批判においてこの話を重要視するのは、以下の理由による。『礼記』等の説く礼教のうちで、もっとも重要視されるのが、父母への孝であり、そのなかでもさらに重要なのが葬礼である。にもかかわらず、阮籍は死せる母への哭泣の礼を行なわずに飲酒に耽っていた。では、古式にのっとり哭泣をしさえすればよいのか？それは、礼教の形骸化ではないのか、思考停止ではないのかという問いかけが、この伝にはあるのである。当該の話のみならず、阮籍の伝を広く見渡した柳瀬喜代志は、偽善の打破という観点から、次のように述べている。

さきに、旅人は、世間の認める価値を越えるものとして「酔泣」を礼讃していると考えた。今、阮籍の伝について見た所では、「酔泣」は、世間の礼法を無視し己れの哀しみの真意を表現する為の行為であった。自己の心情を表現する時、人の心情を形式美たるべく規定する礼法は偽善的形骸となり果てるだろう。竹林の七賢の目した任達、不羈とは形式を打破して自己の心情を直截に表現する行為を意味する。人の自然な感情の表現を美とする考えは、礼法の「文」、常識的価値観の世界と価値を逆転した、反対のみかたを取って成り立つ。

〔柳瀬　一九七三年〕

つまり、酔い泣きは、偽善を打破する積極的な行為になることもあるのだ。一方、裴令公は、阮籍の気持ちを理解した上で、あえて礼教に随ったのであった。この部分を深読みすると、偽善の打破を真似しても、また偽善に陥るだけだというメッセージがあるように思う。

もう一つは、阮咸の話である。

阮咸はかねてより、姑《おば》の家の鮮卑人の婢を寵愛してやまなかった。阮咸が母の喪に服している時のこと、姑が遠くに引っ越すことになった。その当初は、「侍女はお前のために残しておくよ」と言ってはいたのだが、姑は婢を連れていってしまった。やはり阮咸の思いはつのるばかり。彼は客人の驢馬を借りると、喪服をつけたまま追いかけ、侍女を連れ戻して帰ってきた。そして、こう言った。「いくら母の服喪の時といえども、わが胤《たね》を絶やしてはならぬわい」と。この鮮卑人の婢こそ、阮孚の母なのであった。

（『世説新語』任誕、第二十三、目加田誠『世説新語（下）〔新釈漢文大系〕』明治書院、一九八九年、初版一九七五年。筆者による要約）

父母の服喪中に、夫婦間の性交渉を慎む礼教があることが、この話の前提となっている。服喪中の性交渉によって妊娠した場合、それは不義の子であると認定されていたのである。まして、婢と性交渉をもつなど言語道断のことであった。しかし、阮咸は、そういう礼教こそ、一つの人の心を縛るものだと考えたのである。この話で、むしろ大切なのは、あるがままの自分ではないのかということを問題提起しているのである。では、二つの話に共通す

るのは、どんな点なのであろうか。それは、礼教の墨守こそ世間体を気にした偽善にほかならないのだという考え方である。(4)

三　無常観を前提とした享楽思想

これまで、偽善の打破を志向する反礼教主義が讃酒歌から読み取れること。そういった思惟の淵源の一つを竹林の七賢人の伝に辿り得ることを確認してきた。しかしながら、筆者の学力では、七賢人の思惟全体を俯瞰的に祖述することなど、まずもって不可能である。そこで、その高踏的側面や救済的機能について、簡潔にまとめた山岡利一の一文をここに示しておくことにする。

中国における二大思潮に現実主義の儒家と自然無為の老荘思想を中核とする道家がある。その道家思想を信奉する人々の処世態度は往々高踏的である。高踏の世界は現世の紛擾、個人の失意より生ずる苦悩の救済の場でもある。そこでは独善即ち個人的自由がある。然るに独善的生活は一面意気軒昂であるが、他面、孤独の寂寥を隠くすことはできない。その孤独を自慰するために清談・文芸・自然美・酒によったのである。魏晋間における高踏主義者の典型なるものは竹林の七賢人で彼等の択んだ慰安は以上の四つであり、それは生活のすべてでもあった。

〔山岡　一九七五年〕

反礼教主義は、独善的で自由である反面、一つの孤独でもあるとの言は、その本質を余すところなく捉えた指摘といえよう。礼教に拘泥しない自由への希求は、現実の謳歌を歌う享楽主義的な側面も持っている。三四八、三四九番歌に、その点を読み取ることができる。生きている間が花だよ、楽しまなきゃあ。死んだあとのことなんて考えてどうする、というのだから。こういった讃酒歌の持つ享楽主義傾向を最初に指摘したのは誰かといえば、管見の限り、津田左右吉であろう〔津田　一九八〇年、初版一九七七年、初出一九一六年〕。一方、これを無常との関わりで捉えたのは、久松潜一であったと思われる。津田や久松は、西洋哲学の概念的枠組みを使って、日本文学や日本思想を説明することのできる第三世代に属する学者である。

享楽思想は無常観を基点とする。而も人が人生の無常を感ずるのは永遠に生きたいといふ意志を有するからである。永遠の生に対する希求が哲学的思惟によつて実在論となり宗教的に来世思想ともなる。

〔久松　一九二五年〕

つまり、人生の短さを悟り、それが無常であることを知った上で、今を楽しむべきであるという主張も、讃酒歌を貫く思想である。こういった「無常観を前提とした享楽思想」を読み取ることのできる陶淵明の詩がある。讃酒歌十三首との関わりでゆけば、「飲酒」ばかりが引用されるが、筆者はこの詩の方が心情的に近いと思われる。

己酉《きゆう》の歳九月九日

靡靡《びび》として秋已《すで》に夕《く》れ
淒淒《せいせい》として風露《ふうろ》交はる
蔓草《まんそう》　復《また》栄えず
園木《えんぼく》　空しく自《おのづか》ら凋《しぼ》む
清気《せいき》に余滓《よし》澄み

杳然《ようぜん》として天界高し
哀蟬《あいせん》　響きを留むる無く
叢雁《そうがん》　雲霄《うんしょう》に鳴く
万化相尋《あひつ》ぎて異なり
人生　豈《あ》に労せざらんや
古より皆没する有り
之を念へば　中心焦《ちゅうしんこ》がる
何を以て我が情に称《かな》へん
濁酒　且《しばら》く自ら陶《たの》しまん
千載は知る所に非ず
聊《いささ》か以て今朝《こんちょう》を永《なが》くせん

（「己酉歳九月九日」『陶淵明集』巻三、詩五言、田部井文雄・上田武『陶淵明集全釈』明治書院、二〇〇一年。傍線引用者）

無学の徒たる筆者などが見ると、この詩こそ、讃酒歌十三首の出典と見えてしまう。家族旧友相集うべき重陽の日に、自然の気に接して、人生を思う詩である。人生の短さを知り、生を楽しまんとする考え方が、ここに表れている。「従古皆有没　念之中心焦　何以称我情　濁酒且自陶」という後半部分は、三四七、三四八、三四九番歌の直接的出典ではないかと筆者には見えてしまう。しかし、『陶淵明集』が、大伴旅人の座右の書であったとするのは土岐善麿が説くところであったけれども、黒川洋一が強い口調で警告を発したとおり、奈良時代における伝来の可能性はまずない〔土岐　一九五四年〕〔黒川　一九七六年〕。黒川のいうように、八世紀における日本への伝来についての確証がないのである。また、八世紀においては、陶淵明は中国においてまったく無名であった。その無名の陶淵明を中国国内に先んじて旅人が独自に評価した可能性などあり得ない、というのが大かたの見方である(5)〔上田　一九九三年〕。

そこで、黒川の指摘にうながされて、同様の発想のあるものを拾うと、王梵志にも、同様の発想の詩を見ることができるから、やはり陶淵明の詩だけを、その源流と断定するわけにはいかないのである。

人生能《よ》く幾時《いくとき》ぞ

人生能く幾時ぞ、朝夕《あさゆう》保つべからず。死亡は今古伝え、何ぞ須《すべから》く此の道を愁う。酒有らば但当《ただまさ》に飲むべく、立てば即ち相老るを看《み》る。兀兀《こつこつ》として因縁に信《まか》すも、終《つい》に一倒《いっとう》有るに帰る。

（「人生能幾時」『王梵志詩集』巻三、辰巳正明『王梵志詩集注釈——敦煌出土の仏教詩を読む』笠間書院、二〇一五年）

生有れば必ず死有り

生有れば必ず死有り、来去は相《あい》離れず。常に五濁の地に居て、更に亦頭皮を取るのみ。縦《も》し百年の活を得るも、須臾《しゅゆ》にして一向子《いっこうし》たり。彭祖《ほうそ》は七百歳、終《つい》に老爛《ろうらん》の鬼と成る。生を託すに他郷を得、生に随い名字を作《な》す。輪廻の転ずるは動《やや》もすれば急にして、生死は伱《なんじ》に由《よ》らず。生は無常の苦を帯び、長命何ぞ喜ぶべし。

（「［有生必］有死」『王梵志詩集』巻五、辰巳正明『王梵志詩集注釈——敦煌出土の仏教詩を読む』笠間書院、二〇一五年）

いかんともしがたい死生をあれこれ考えることなど意味のないことであり、生あるものに可能なのは、生ある今を楽しむことだけなのだということを、これらの詩は教えてくれる。そこで、陶淵明、王梵志の詩の無常観を前提とした享楽主義の先蹤を探すと、すでに諸家が説き尽したところではあるけれども、古詩十九首や蘭亭の序にゆきつくことになる。

（前略）
浩浩《かうかう》として陰陽は移り
年命は朝露の如し
人生は忽《こつ》として寄《やどり》の如く
壽に金石の固き無し
萬歲に更《こもごも》相送り
聖賢も能く度《こ》ゆること莫し
服食して神仙を求むるも
多くは藥の誤る所と爲る
如かず　美酒を飲み
紈《ぐわん》と素《そ》とを被服せんには
（「古詩十九首」第十三、『文選』巻第二十九、雑詩、上、花房英樹著・全釈漢文大系刊行会編『文選（詩騒編）四〔全釈漢文大系〕』集英社、一九八六年、初版一九七四年）

生年　百に満たざるに
常に懐く　千歳の憂ひ
晝は短きに夜の長きに苦しまば
何ぞ燭《しょく》を秉《と》りて遊ばざる
楽しみを爲すは當《まさ》に時に及ぶべし
何ぞ能く來茲《らいじ》を待たん
愚者は費えを愛惜して
但《ただ》後世の嗤《わらひ》と爲る
仙人の王子喬《わうしけう》
與《とも》に期を等しうす可きこと難し

（「古詩十九首」第十五、『文選』巻第二十九、雑詩、上、花房英樹著・全釈漢文大系刊行会編『文選（詩騒編）四〔全釈漢文大系〕』集英社、一九八六年、初版一九七四年）

向《さき》の欣《よろこ》ぶ所は、俛仰《ふぎやう》の閒《かん》に、以《すで》に陳迹《ちんせき》と爲る。尤《もつと》も之を以て懷《おもひ》を興さざる能はず。況や脩短化《しうたんくわ》に随つて、終に盡《つ》くるに期するをや。古人云ふ、死生も亦大なりと。豈《あに》痛ましからずや。

（「蘭亭記」『古文真宝後集』巻之四、記類、星川清孝『古文真宝（後集）〔新釈漢文大系〕』明治書院、一九八九年、初版一九六三年）

ここでの酒や宴は、人生の歓楽を代表するものである。こうして見ると、陶淵明や王梵志の詩と、讃酒歌十三首が似ているのは、その祖を同じくするからであると考えねばなるまい。譬えていえば、親子関係ではないのである。共通の親から生まれた兄弟姉妹の関係にあるのである。また、それを潮流に譬えるならば、祖となる源流が同じであったということになろうか。ここで、思い起こされるのは、早くに中西進が、いわゆる筑紫歌壇の歌々の多くが酒と友をテーマとしているのは、六朝風の影響下にあるからだと喝破していたことである〔中西　一九九五年a、初出一九五八年〕。陶淵明も大伴旅人も、反礼教主義と無常観を前提とした享楽主義という、同じ知の潮流のなかにいたのであった。ために、彼らは、ともに竹林の七賢人に対する敬慕の念を抱いてやまなかったのである。

四　戴逵と陶淵明

反礼教主義と享楽主義の王者のように語られる七賢人。しかしながら、竹林の遊の故事は、伝説であって、歴史的事実ではなかった。七賢人はそれぞれ政治的立場も異なるし、そもそも七賢人の詩に、竹林を歌ったものが一詩もないのである〔松浦　一九七七年〕。むしろ、七賢人が称揚されるようになったのは東晋時代（三一七―四一九）からなのである。それは、とりもなおさず七賢人が伝説化されてゆく時代でもあった。今日、われわれの知ることのできる七賢人像は、東晋時代の伝説化した伝なのである。『晋書』と『世説新語』の伝える七賢人像とは、そういう性格のものであると考えておく必要がある。逆にいえば、今日われわれが知ることのできる七賢人伝説には、伝説化が進んだ東晋時代の知識人の影が色濃く反映されているとみなくてはならないのである。こういった七賢人伝説化の時代に、七賢人の論文を著した人物がいた。戴逵（三三〇頃―三九六）である。彼の『竹林七賢論』は散逸してしまったが、『世説新語』の注記と『太平御覧』に、その逸文を見ることができる。幸い戴逵については、蜂屋邦夫に総合的な伝記研究および思想研究があるので、順次引用してゆきたい。

戴逵は芸術と儒学に通じ、老荘的な境地をよしとして自然と冥合する隠遁生活を送りつつ、一方で内実の空虚な放達を批判し、儒学の造詣と清潔な行為によってしばしば徴召されながら応じないという生涯を送った。思想の傾向としては、いわゆる儒道合一の風潮に全面的に同調しているが、また仏教をも信奉していた。

〔蜂屋　一九七九年〕

戴逵のこういった生き方は、東晋の知識人を代表する生き方なのであって、同時代を生きた陶淵明とも共通するところは大きい〔宮沢　一九五七年〕〔大矢根　一九六七年〕〔安立　一九九四年〕。ちなみに、戴逵には、「酒賛」という文章もある。『初学記』第二十六、器物部の酒の項には、「余、王元琳と露立亭に集ひて、觴ぶ臨んで琴を撫す。二物の間には味はひ有りて、遂に共にこれを賛と為して曰はく……」として、酒こそ至楽のきわみであると酒を讃めている。琴と酒とは、まさに六朝文人を象徴するものではないか――。讃酒歌十三首と源流を同じくする文といえる。じつは、浅学を省みず戴逵について言及したのは、ほかでもない。次のような筆者の意図があるからである。戴逵の著した『釈疑論』の考え方と、三四八、三四九番歌の考え方を比較してみたいと思うからである。

ここで、まず、三四八番歌は、仏説の飲酒戒を笑い飛ばし、因果応報の仏罰を受けて、来世に虫に転生しようが、鳥に転生しようが構わないとまで言い切っている点に注意を払いたい。飲酒戒は、仏説における禁酒戒なのであるが、破戒者へは因果応報の報いがあるとされていた。井村哲夫は、奈良時代に広く行なわれた仏教経典で、かつ破戒の報いとして異類への転生を説く教典があったことを指摘している。それが、『大智度論』である。今日、大智度論説は、通説となっている(6)〔井村　一九八六年〕。三四九番歌の説くところは、現世において楽しくあれば、それ以外は考えてもしょうがないということである。破戒によって、来世にどうなろうが、知ったことではない。今、酒を飲んで楽しめばよいのだという考え方は、仏教における因果応報説に反発する説である。それは、かぎりなく否定に近い反発といえよう。戴逵の『釈疑論』も、因果応報説に対するかぎりなく否定に近い反発なのである。『釈疑論』は、慧遠（三三四—四一六）に対する書簡に付された一種の争論の書である。慧遠は、中国における仏教聖地・廬山を本拠地として、巨大な教団を組織した東晋仏教の最大の指導者であった。太元十八年（三九三）ころに提出されたこの争論の書は、教団内部に大きな波紋を呼んだらしく、在家信者の周続之（三七七—四二三）が『難釈疑論』という反論書を書き、二年間にわたって論争が続いたようである。

そこで、『広弘明集』巻十八に収載されている戴逵の『釈疑論』を見ていたのだが、悲しいことに、筆者の学力ではどうすることもできない〔台湾商務印書館　一九七五年〕。幸い、京都大学人文科学研究所報告の一つに、木村英一編『慧遠研究　遺文篇』があり、この訳注を利用し、さらには、いくつかの文献を参照して、筆者なりの要約を作って示すことにした〔大正新脩大蔵経刊行会　一九六一年、初版一九二七年〕〔岩野眞雄編　一九八二年a、初版一九三六年〕〔木村英一編　一九六〇年〕〔岩野眞雄編　一九八二年b、初版一九六三年〕〔吉川忠夫訳　一九八八年〕。ちなみに、玄明先生に問う「てい」で、自らの疑念を述べ、玄明先生が答える「てい」で執筆者の意見を開陳するのは、争論の一つのスタイルである。したがって、次に示す要約は、架空の玄明先生の口から、戴逵自身の意見が伝えられるかたちになっている。(7)

戴逵は、玄明先生に次のように問うた。私の聞きますところでは、「積善の家には、よいことがあり、不善をなした家は必ず不幸になる。天は公平にして、常に善人を助ける」と。これは、古より不変の聖賢の教えでございます。つまり、善行は、幸福が後世にまで繋がり、不善は死後も罪を受けることでありましょう。とすれば、数世代を経ても、その功徳は少しも減ずることがないはずです。また、悪事を働けば、その子孫は不幸になるはずです。ところが、世の中には善行を積んでも不幸になる人がいるし、暴虐の限りを尽くした人も幸福となり、子孫が繁栄している例さえもあるではありませんか。もちろん、人には自らを自制して、善行を行なうという性もありますが、積善の人も不幸となり、不善の人も幸福となるとすれば、どうやって生きてゆけばよいか、わかりません。どうか、私の迷妄を解いて下さい。

するとと玄明先生は、こう答えた。

あなたの質問は、ほんとうによい質問です。かの司馬遷は、「天が善人に苦難を与えるのはいかがなものか」と疑義を呈していますし、あなたの疑問ももっともなので、いま試みにこの問題を論じてみることにしましょう。

人の人たるものは、生まれつき定まった運命を受け、木火土金水の五行の気を受けて育ちます。定まった運命を背負っているので、長命と短命、賢と愚の違いがあらかじめあるのです。これは、人の力ではどうすることもできないものなのです。だから、かの堯舜は聖人であったけれども、愚かな息子が生まれました。瞽叟は暗愚の人であったけれども舜を生んだではありませんか。また、顔回は賢人であったけれども、若死にして子孫が絶えています。対して、商臣は、極悪非道の人でありましたが子孫は立派に栄えてゆきました。また、かの伯夷・叔齊は、仁徳の人でありましたが餓死しましたよね。張湯は、酷吏でありましたが、没後七世の孫まで官に任ぜられているという例があります。このことについては、聖人も、常人も変わるところがありません。したがって、〈賢／愚〉〈善／悪〉〈長命／短命〉〈富／貧〉は、それぞれに「分命」すなわち定まった運命が決定するのであって、本人の善行悪行によるわけではありません。

とりもなおさず、天地は遠大、陰陽の気も広大ですから、一人の人間の一善一悪の行為などで「分命」が変わるものではないのです。ですから、善行を積めば幸福となり、不善をなせば不幸となるというような教えは、民を善導するための方便にすぎないと心得ていればよいでしょう。

一例を挙げてみますと、人の性は生まれつき静なるものであると考えられていますが、外部の刺激に応じて欲というものが生まれます。その欲というものは、なかなか抑制できないものなのです。古の聖人たちは、人に欲というものがあることを知って神妙なる道を授けて教化してきたので、悪を抑えて民を善導できているのです。ですから、因果応報の説など民を善導する方便とさえ心得ていればよいのです。したがいまして、自己の善行に対する応報など、ゆめゆめ期待などしてはいけませんよ。

今、われわれにできることは、聖人の教えを学び、与えられた「分命」をわきまえることです。そうすれば、あなたの迷妄は解けるはずでありましょう。そして、現世に因果応報などを求めることなどしなくなるでしょう。

玄明先生の教示を聞いた戴逵は、敬意を示すために席を立って礼をし、こう言った。真理を探して暗い迷路の中におりましたが、先生のお言葉を伺いまして、今、疑念が晴れましてございます。愚なる私めではございますが、先生のお言葉を胸にこれからは生きてゆこうと思います。

この戴逵の『釈疑論』は、慧遠宛に送り状書簡とともに届けられたのであるが、その送り状書簡において、戴逵は次のことを告白している。それは、自らの人生が苦難の連続であったということだ。自らは、善を積めば幸福になれると信じ、まじめに修養を積んできたつもりだ。なのに、わが人生は艱難辛苦の連続ではなかったか、と。そういう体験を通じ、善行は幸福をもたらし、不善は不幸をもたらすという因果応報の説が、単に民を教化するための方便に過ぎぬことがわかったので、自らの思いを綴った『釈疑論』を草し、献上して指導を仰ぎたいと書かれているのである。この時すでに、戴逵は、六十歳の声を聞いていた。戴逵は、自らの人生を振り返って、人生の疑問を率直に慧遠にぶつけたのであった。

戴逵の論文は、すぐに慧遠教団内で、検討がなされたようである。慧遠から反論を託されたのは、齢まだ二十歳にも満たない周続之（三七七―四二三）という弟子であった〔蜂屋　一九七九年〕。在家信者の周続之に、なぜ戴逵への反論が任されたのかは、明らかにし得ないけれども、これは送り状書簡の書きぶりからして、慧遠教団を代表して執筆された反論であることは間違いない。周の書いた『難釈疑論』は、慧遠の送り状書簡とともに、戴逵の手元に届けられたようだ。『難釈疑論』は、戴逵の採る分命説すなわち運命決定論そのものを否定するところからはじまる。果たして、人がもともと背負っている分命すなわち運命を、常人が情と理で認知できるのか。もし、分命がわかる境地にすでに達しているとすれば、もはや聖人ではないのかと反論する。人の寿命ですらわからないのに、分命などわかるはずもないというのである。戴逵がいう因果応報論では、〈幸／不幸〉〈善／悪〉を人がすぐに認知できると考えているが、仏教の説く因果応報論は深遠なもので、世俗の教えである儒教の知識で理解できるようなものではない、と周続之は反論したのであった。

この周の反論を受けて、戴逵は、再反論を書く。『釈疑論答周居士難』がそれである。この再反論も、送り状書簡とともに慧遠に届けられたのであった。分命はたしかに存在するのであって、問題は、その認知が難しいことにあるのだが、認知ができないというわけではない、と主張する。戴逵は、周の反論を認めず、因果応報などあるはずもないといい、存在するのは分命のみであるとの立場を崩すことはなかった。このあと、周の側から『重難釈疑論』が出されるのだが、戴と周との溝は埋まったようには見えない。

こうした膠着状態を打開して論争に決着をつけるべく、慧遠が書いたのが『三報論』である。『三報論』は、慧遠自身の送り状書簡とともに、戴逵のもとに送られたようだ。教団の盟主が示した最終回答書といってよいだろう。かの『三報論』は、その後、東晋仏教が到達した因果応報論として、名高いものとなってゆく。こちらは、『弘明集』巻五に収載されている。参考文献をもとに、そのあらましを記しておきたい〔慧遠　一九七四年〕〔吉川忠夫訳一九八八年〕。

慧遠は、人間の業には、三種の報があるとまず説く。一つは現報で、生きている間にその善行、不善によって受ける報である。二つ目は、生報で、死後来世において受ける報である。三つ目は、後報で二世代、三世代、百世代と後に報を受けるものである。このように応報に時間差が生じるのは、人間の知覚というものに、遅い反応と早い反応があるのと同じであると説いている。したがって、因果応報というものは必ず存在しているのであって、加持祈祷や知恵などの人知で、これを免れることなどできないものだと慧遠は断言する。慧遠は、以上の論理を踏まえた上で、次のような結論を出している。積善をなした者が不幸となり、不善をなした者が幸福となるというけれども、それは遠い昔にすでに定まっていた応報であって、それも因果応報による報であるとみなくてはならぬものである。したがって、分命論は、三報論からみれば、取るに足りない論であるといえるのだ。だから、仏教が因果応報を説くのは、単に、民を善導するためではなく、真理に基づくものなのだ。以上よりすれば、儒学や玄学をはじめとする諸学よりも、仏教が優れていることはすでに明確である、と述べて『三報論』は終わる。

以上が、筆者なりにまとめた『三報論』の要諦である。この『三報論』を受けた戴逵は、自らの浅学を告白し、三報の深遠なることを知ったが、その奥義を極めることは私には難しいと述べている。もちろん、『弘明集』も『広弘明集』も、護教の書であるので、割引く必要はあるけれども、この慧遠の『三報論』の提示で、一連の論争は終結したかのように筆者には見える。『釈疑論』に端を発したかの論争は、広くいえば因果応報説と運命決定論の優劣を決する論争であったわけだが、慧遠の『三報論』の応報説には、運命論と近いところもあるように見受けられる。この類似と差異については、どう理解すればよいのだろうか。蜂屋は、

《釈疑論》を批判した慧遠・周続之の理論的根拠は三報論であった。慧遠の《三報論》は、人のあり方を

念々の働きにもとづけ、三世の因果に組みこんでおり、これは伝統的発想にない深刻なもので、因果説はそれだけ人間世界の解釈を深めたといえる。因果説にはまた、一面に運命決定論の性格があったが、それは逵の偶然定命論と違って、人の思考・行為を原因とする必然運命論であった。分命論が、逵の場合、本質的には退嬰的であるのに対し、将来のあり方にむけて修養を位置付ける因果説には、観念的ではあるがそれなりの積極性もあったわけである。　〔蜂屋　一九七九年〕

と述べている。戴逵の運命決定論の特徴はどこにあるかといえば、前世と来世に跨る因果応報など意味のないものだと考える点にある。前世と来世の存在は否定しないけれども、現世における積善／不善の報は、その一代一身が背負うべきものであるとする考え方である。であるにもかかわらず、因果応報に不平等があるのは、因果応報などということはなく、すべては「分命」すなわち運命によって決まっているからなのだというのが戴逵の主張なのであった。[8]

この戴逵の分命論が、陶淵明の死生観に影響を与えているとする説がある。[9] 有名な「自祭文」の「勤めては労を余すこと靡《な》く、心に常閑《じょうかん》有り。天を楽しみ分に委《ゆだ》ね、以て百年に至る」の一文に凝縮された死生観である〔安立一九九四年〕。「生きている間は、楽しく遊び、楽しく働いた。だから、心は晴々。天命を楽しみ、その分あることを知って、ここに分相応に百年の人生を今終える」という達観の言葉である。筆者は、この分命論の考え方こそ、讃酒歌十三首の基底にあるものだと固く信じている。前世は知らず、来世も頼まず。今を楽しく生きて、死んだ後のことなどあい知らぬ。仏説の飲酒戒を犯したからとて、鳥や虫に転生するというのなら、それもまたよしという境地こそ、分命論と軌を一にするものである。もちろん、その分命論も、一つの思想の潮流のなかにあるものである。

五　分命論と『荘子』『列子』

契沖『代匠記』は、精撰本、初稿本ともに、三四八番歌の背景に『荘子』と『列子』があることを指摘している。ここは、契沖の学殖の広さを思わせる施注である。戴逵の分命論も、この二書を背景にしていることは、間違いないところである。たとえば、

死生は、命なり。其の夜旦《やたん》の常有るは、天なり。人の與《あづか》るを得ざる所有るは、皆物の情なり。彼は特《ただ》天を以て父と爲し、身猶《な》ほ之を愛す。而《しか》るを況んや其の卓たるをや。人は特《ただ》君有るを以て己に愈《まさ》ると爲し、身猶《な》ほ之に死す。而《しか》るを況んや其の眞なるをや。

（『荘子』内篇、大宗師、第六、阿部吉雄ほか『老子・荘子（上）〔新釈漢文大系〕』明治書院、一九九一年、初版一九六六年）

は、まさに死生は天命であるとする考え方を述べたものである。また死後に鼠の肝になるか、虫の臂になるかと明るく説く一文もある。

俄にして子來《しらい》病有り。喘喘然《ぜんぜんぜん》として將に死せんとす。其の妻子環《めぐ》りて之に泣く。子犂《しり》往きて之を問ふ。曰く、叱《しつ》。避けよ。化《くわ》を怛《おど》す無かれ、と。其の戸に倚《よ》り、之と語りて曰く、偉《ゐ》なるかな造化、又將に奚《いづく》にか汝を以て爲さんとする。將に奚にか汝を以て適《ゆ》かんとする。汝を以て鼠肝《そかん》と爲すか、汝を以て蟲臂《ちゅうひ》と爲すか、と。

（『荘子』内篇、大宗師、第六、阿部吉雄ほか『老子・荘子（上）〔新釈漢文大系〕』明治書院、一九九一年、初版一九六六年）

こういった知識があればこそ、仏法の因果応報説も数ある死生観の一つであると相対化できたのであろう。ことに『列子』の力命は、死生が天命であって、人知の及ぶものではないことを、繰り返し強調する章となっている。

> 以て生くべくして生くるは、天の福《さいわい》なり。以て死すべくして死するも、天の福なり。以て生くべくして生きざるは、天の罰なり。以て死すべくして死せざるも、天の罰なり。以て生くべく、以て死すべくして、生くるを得、死するを得るものあり。以て生くべく、以て死すべくして、或は死し、或は生くるものあり。然而《かくのごとくにして》　生生死死するは、物にあらず我にあらず、皆〔天〕命なり。智の奈何《いかん》ともするなき所なり。故に曰く、窈然《ようぜん》として際なく、天道自ずから会し、漠然として分《けじめ》なく、天道自ずから運《めぐ》ると。天地も犯すこと能わず、聖智も干《おか》すこと能わず、鬼魅《きみ》も欺くこと能わず、自然なるものは、黙し、成し、平《たいら》にし、寧《やす》んじ、将《おく》（送）り、迎う。
>
> （『列子』力命第六、小林勝人訳『列子（下）』岩波書店、一九八七年）

「生生死死」は、人知の及ぶものにあらず、皆これ天命なりとの教えである。一方で『列子』力命は、積善の人の不幸、不善の人の幸福についても論じている。長くなるので、ここは筆者の理解した内容を要約で示すことにしたい。

> 一見、自他ともに成功のごとくに見えるものも、それは成功らしく見えるだけのことであって、もともと成功しているわけではない。失敗も同じくで、そう見えているだけのことだ。人の人たる迷いは、そう見える場合に起こってしまうものなのである。しかし、その真実などハッキリと分かるようなものではない。
>
> （『列子』力命第六、小林勝人訳『列子（下）』岩波書店、一九八七年。筆者による要約）

つまり、ほんとうにそれが幸福なのかどうかはわからないというのである。そして、

人生のすべてをあるがままの運命に任せることのできる人は、心が揺れ動くこともない。だから、いっそのこと目隠しをして耳をふさぐほうがよいかもしれない。

したがって、古より人の生死というものは運命の定めによるのだし、貧苦も時のめぐりあわせで決まるといわれているのだ。早逝を怨む奴は運命を悟らぬ愚か者であり、貧苦を怨む奴は時勢の推移を知らぬ愚か者である。死を恐れず、貧苦を悲しまぬ人は、運命を悟った人といえよう。

（『列子』力命第六、小林勝人訳『列子（下）』岩波書店、一九八七年。筆者による要約）

と説いている。いわば、貧苦の分命論であり、人にできることはその運命を受け入れることだけだというのである。さらに、力命は、

したがって、人間は損得の打算で生きてゆけるわけでもない。人知の及ぶところではないのだ。無為自然の境地に至れば、損得も善悪すらにも心はとらわれることがない。

（『列子』力命第六、小林勝人訳『列子（下）』岩波書店、一九八七年。筆者による要約）

と説く。〈死／生〉〈幸／不幸〉が運命によるものなら、人は打算で生きてゆくことなどできないというのである。その上で、古来の聖賢の〈幸／不幸〉、極悪人の〈幸／不幸〉も、人為によるものではないのだと、次のように説く。

たとえば、殷《いん》の紂《ちゅう》王の例を見てみると先祖代々の富の力で天子となり、国を治めた。万事如意で、立派な宮殿を建て、やりたい放題のことをした。礼儀道徳などあったものではなかった。紂王は、このように生きている間は歓楽をきわめ尽くしたので、死後は暴君の悪名をこうむったのであるけれど、それはじつに幸せな人生ではなかったのか。死後の評価など本人の知るところではあるまい。死んでしまえば、皆、土に帰るだけだ。舜と禹、周公と孔子などの大聖人たちは、積善の人であったけれども、苦しみながら一生を終えたではないか。死ねば同じだ。悪人だって、楽しみながら一生を終えることができる。死ねば同じなのだ。彼らもまた、常人と同じく死がその帰着点であるのだから。

（『列子』楊朱第七、小林勝人訳『列子（下）』岩波書店、一九八七年。筆者による要約）

ここのところは、戴逵が、自己の不幸と対照して論じたところでもあった。積善の益を説くのは、民を教化する方便に過ぎないのではないかという戴逵の疑義の根底には、『荘子』と『列子』のこういった教えがあったのである。以上のように見てゆくと、讃酒歌十三首の示す死生観は、戴逵の分命論に近く、『荘子』『列子』を淵源とする思想と見なすことが出来よう。

一方、山上憶良の「沈痾自哀文」を読むと、こういった死生観とは、やや異なるところもあるように感じられる。憶良は散佚書である『帛公略説』なる書物から「生は貪るべく、死は畏るべし」「生は好物なり、死は悪物なり」の二文を引用し、死ねば死せる者を鼠にも及ばないといい、生が極めて貴く、命が重いことをひたすらに説いてゆく。死生は天命であるとは、わかっていても、そこに執着する心意を書きつづろうとしているのである。憶良が「沈痾自哀文」で希求したものは、生への強い執着であったと喝破したのは、芳賀紀雄であった。したがって、この点は、死生を等価値とする『荘子』『列子』とは、相容れないようなのである。『荘子』『列子』は、死生への執

着を離れよと説く哲学であり、その上で、現世における享楽を説く哲学であった。この点について芳賀は、

従って、死生同状を力説する荘子の言（荘子・天地篇）は、まずもって拒否されるべきであった。そして同じく道家の系譜に属しながら、不老不死を説く『抱朴子』（内篇）が、憶良には最も好もしい書だったのである。それは、生死において荘子の徒を誹謗し（「釈滞」・「勤求」）、また死の必定を是認する儒家をも論駁して（「論仙」・「対俗」）、生に執する彼の意を迎えたからである。また、前掲『帛公略説』の言と類似の句が、「地真」（生可惜也、死可畏也）・「勤求」（生好物也）に見えるのも、その証といえる。

〔芳賀　二〇〇三年、初出一九七三年〕

と述べている。あえていえば、「沈痾自哀文」の死生観は、無常観を前提とした延命主義といえるのではないか。ここが、無常観を前提とした享楽主義と異なる点であると思われる。もちろん、あえて対比的に捉えれば、そうなるというだけのことなのだが、理解の一助として、申し述べておきたい。

六　享楽主義と反礼教主義のゆくえ

無常観を前提として、生きることを楽しむ享楽主義の潮流は、どのように後代に受け継がれてゆくのだろうか。その一斑として、思い至る文章を示してみたい。それは、『徒然草』の第九十三段である。この段は、牛の売買の話からはじまる寓話である。牛を売る者があり、買う者がいて、その売買の契約が成立した。ところが買い主が明日お金を払い、牛を受け取ろうと約束をしたその日の夜のこと。牛は死んでしまった。当然、買おうとした人に利益があり、売ろうとした人は損をしたことになる。そんな話をした人がいた。この話を聞いた「かたへなる人」は

こう言った。たしかに、売り主は損をしたけれども、引き換えに大きな利益を得たはずである。それは、生ある者の隣には、常に死というものがあるということを身を以って知ったからである、と。売ろうとした主人は、少なくとも、牛より一日は長生きしたではないか。一日の命というものは、万金より重いのだから、牛より一日長く生きたということは、万金を得たのと同じではないか、というのである。当然、これを聞いた人びとは笑って、「ならば、その理屈はすべてに通用するはずだ。牛の売り主に限ったことではあるまい」と言ったというのである。こうして、「かたへなる人」は、次のように語り出す。

又言はく、「されば、人、死を憎まば、生を愛すべし。存命の喜び、日々に楽しまざらんや。愚かなる人、この楽しびを忘れて、いたづかはしく外の楽しびを求め、この財を忘れて、危ふく他の財をむさぼるには、志、満つ事なし。生ける間生を楽しまずして、死に臨みて死を恐れば、この理《ことわり》あるべからず。人皆生を楽しまざるは、死を恐れざる故なり。死を恐れざるにはあらず、死の近き事を忘るるなり。もし又、生死の相にあづからずといはば、実《まこと》の理《ことわり》を得たりといふべし」と言ふに、人いよいよ嘲る。

（『徒然草』第九十三段、神田秀夫他校注・訳『方丈記・徒然草・正法眼蔵随聞記・歎異抄（新編日本古典文学全集）』小学館、一九九五年）

人は日々の生活のなかで、死が差し迫っていることを忘れている。死を憎み、生を愛しているにもかかわらず、存命の喜びというものを忘れているのだ。だから、今、生きている時を楽しもうとしないのだ。生きている間に、生を楽しまず、死を恐れるのは、じつに愚かなことである、と言うのである。(10) ただし、生を楽しむ生き方のほかには、生死を越えた悟りの境地に達した生き方もあると述べ、この文章は終わる。けれども、この「かたへなる人」

の説く真理が、多くの人びとに理解されることはなかった。大げさだというのだろう。だから、人びとは、さらに嘲ったのである。筆者は、この一文に接して、「人は死ぬんだから、生きている間は楽しくやろうよ」という、三四九番歌を想起した。影響関係を説明できなくても、同様の死生観が基底にあると認定することはできるのではないか。とすれば、この段にいう「外の楽しび」とは、諸注が一致して述べているように、金銭や名利を求める「楽しび」であろう。冨倉徳二郎は、「かたへなる人」が言及した生き方を、次のように整理している。

（一）　無常を悟らずに空虚な名利に執着する者
（二）　無常を知って生を楽しむ者
（三）　生死の相にあずからぬ者

〔冨倉　一九五六年〕

冨倉の発言を受けた石橋栄治は、次のように述べている。

……（二）の「無常を知って生を楽しむ者」は、世俗的欲望を満たして楽しむのではなくて、生そのものを楽しむ人である。そのような人には、まず「死の近き事」を知ること、死の自覚がある。人は死すべき存在であって、その死がいつ来るかは分からない。しかし人が死ぬものだからといって人生に絶望せず、却って生の有り難みを知り、一日を生き延びることの喜びをかみしめるのである。その「存命」の楽しみから比べれば、世俗的な楽しみは取るに足りないものなのである。「かたへなる者」はこの境地を人々にすすめている。

〔石橋　一九九九年〕

讃酒歌十三首に引きつけて考えるならば、（一）は賢しらをなす人であり、（二）が讃酒歌の希求する境地であるといえるだろう。おそらく、（三）の輪廻転生を越えた悟りの境地というものは、讃酒歌の希求する生き方ではないだろう。なぜならば、来世を頼まず、鳥虫に生まれ変わろうが知ったことか、という考え方は、今を楽しむこと以外は考えるなという現実享楽主義だからだ。この段は、世俗的な生き方を忌避する讃酒歌十三首の世界と同じ知の潮流のなかにあるといえよう。

ちなみに、当該の段について、「荘子あたりから得て来たやうな寓言である」と断じたのは、武田祐吉『徒然草新解』である（一九四二年、初版一九三五年）。管見の限り、『荘子』について言及したのは、武田の発言が唯一であった。

では、形骸化を嫌い、こだわりとなるものを排除して、心の自由を求める反礼教主義の教えは、どのように引き継がれてゆくのだろうか。筆者は、その一つとして、禅の語録を挙げたいと思う。臨済義玄（生年未詳―八七六）の言行録である『臨済録』は、師弟関係における安易な妥協や、型にとらわれた生き方を強く排斥する書である。よく、猛烈とか熾烈とかいわれるが、それは権威や惰性と対決し、留まるところなく自己を鍛えぬく思想であった。こだわりのもととなるのなら、仏と祖も、父母も殺せと咆哮する臨済の思想は、反礼教主義的側面を持っている。(11)読経も、坐禅もこだわりの元凶であると臨済はいうのだが、そのなかに次の一文がある。

師、衆に示して云く、道流、仏法は用功の処無し、祇《た》だ是れ平常《びょうじょう》無事。屙屎送尿《あしそうにょう》、著衣喫飯《じゃくえきつぱん》、困《つか》れ来たれば即ち臥す。愚人は我れを笑うも、智は乃ち焉《これ》を知る。古人云く、外に向って工夫を作《な》すは、総べて是れ痴頑の漢なり、と。你且《しばら》く随処に主と作れば、立処皆な真なり。境来たるも回換《えかん》すること得ず。縦《たと》い従来の習気《じつけ》、五無間の業有るも、自ら解脱の大海と為る。

（「示衆」入矢義高訳注『臨済録』岩波書店、一九九〇年、初版一九八九年）

仏法というものは造作のほどこしようがないものだ。ただ平常の生活のありのままでよいのだ。大便、小便をしたり、着物を着たり、食事をしたり、寝るのが修行だ。真理は日常の生活のなかにしかなく、いかなる修行もこだわりのもとではないかと呼びかけているのである。一方、こういった問題提起を師からされてしまえば、「道流」すなわち修行者たちは、己で己の修行を考え、己で己を救済する道を考えざるを得ない。「その場その場の主人公となれば、自己のいるところはみな真実の場となる」との教えは、有名であるが、それは世俗の礼教に馴染むことが、堕落のはじまりとなってしまうのだぞ、という教えにもなっている。臨済の思想は、仏教における反礼教主義の到達点といえるだろう。以上のように俯瞰的に思潮の流れを辿れば、讃酒歌も、その知の潮流の一つであった、と相対化して理解することができるだろう。

おわりに

ヤマト歌の短歌十三首を並べて記し、一義的には宴における身の処し方を説きつつも、人の生き方を鋭く問う讃酒歌は、山上憶良が、漢文の序とヤマト歌を組み合わせて、自らの思惟を語ったスタイルとも、明らかに違うスタイルである。翻訳語の多用と、あたかも読者に対して中国古典に対する知識を問うような歌々は、伝統的なヤマト歌の範疇からは、大きく外れたものとなっている。

筆者は、この十三首に接近する方法として、反礼教主義と無常観を前提とする享楽主義という二つの観点から、考察を行なった。学力の不足は補いようもなく、論としては破綻しているかもしれないけれども、筆者なりに東晋知識人が希求した生き方と讃酒歌十三首のメッセージを重ね絵にして、知の潮流のごときものを描き出したつもりである。

具体的には、戴逵を東晋の文人の典型として取り上げることによって、讃酒歌十三首の思惟と対比し、その思惟が同じ潮流のなかにあることを考究した。そういった知の潮流の一端が、ヤマト歌に凝縮されているのである。以上の考察を踏まえた上で、最後に、その思想の潮流の後代における展開を、『徒然草』と『臨済録』に確認してみた。近代の文化は、宗教に懐疑を抱き、宗教と距離を置くところからはじまった。ために、前近代の社会とりわけ古代を宗教や信仰に価値を置く社会であると類推してしまう傾向が強い。しかし、それも一つの見方であって、本節のような思想も存在していたのである。次節においては、古代の死者儀礼に関心のある多くの研究者が注目する、遊部伝承について考えてみたいと思う。果たして、古代は、信仰と宗教の時代なのだろうか。

注

（1）ここで「潮流」という比喩を用いたのは、知のスタイルの流行、流れというものを移動の観点から捉えたいからである。したがって、中国古典との引用関係や、表記のための利用というような直接的な影響関係を本節では考究するわけではない。

（2）原文提示と違い、釈義や要約はその恣意性を免れ得ない。しかし、その恣意性のなかに作成者の引用意図が表れているものと理解されたい。

（3）梅花宴歌の「楽し」の用例から、讃酒歌の飲酒は独酌ではないと述べたが、中国文学の「濁酒」は、文人の飲む安酒というイメージがある（巻五の八一五、八三二、八三三など）。しかし、讃酒歌十三首の「飲酒」は独酌ではない。なお、「飲酒」という行為が、どのような経緯を経て文芸上の主題になり得たのかという点については、大矢根文次郎に詳細な追跡研究があり、その後も主題化の研究が引き継がれている〔大矢根　一九六七年〕〔沼口　一九九九年〕。

（4）伊丹十三監督の『お葬式』という映画がある〔配給ATG、一九八四年〕。この映画では、世間の笑い者にならぬように、どうにかうまく葬儀を行なおうとする人びとと、少数ではあるが自らの思いのままに死者に別れを告げようとする人びとを対比的に描いている。通夜で酒に酔って管を巻いている茂〔尾藤イサオ〕の方が、哀悼のまことを持つ人と描かれている。これも、一つの反礼教主義に基づく人物造型である、と筆者は考える。

（5）中国における陶淵明の評価が、中唐以降に高まるとする通説については、庾信〔五一三―五八一〕などの詩に影響が見られることなどから、今後見直しが行なわれる可能性があるとの教示を、安藤信廣から受けた。氏のご教示に深謝し、ここに書き留めておきたい。なお、出典論ではなく、比較論ということであれば、「飲酒」を中心として早くから研究がなされている〔中西　一九九五年a、初出一九五八年〕〔辰巳　一九八七年c、初出一九八一年〕。

（6）その後、寺川眞知夫も、いくつかの仏典の飲酒戒の比較検討を行なっている。比較検討を行なった寺川も、『大智度論』の飲酒戒を念頭において、三四八番歌を理解するのが適切であるとの判断を示している〔寺川　二〇〇五年〕。

（7）「玄明」の寓意がどこにあるかは不明だが、明暗をいうか、玄学を明らかにする人という意味があるのではなかろうか。

（8）広くいえば、『釈疑論』も儒仏道の交渉と論争の歴史のなかの一齣であり、六朝文化史のなかで論じる必要があろうが、今、これを論ずる力は筆者にはない〔中嶋　一九八五年〕〔森　一九八六年〕〔吉川　一九八四年〕。

（9）安立典世は、陶淵明に影響を与えたのは、郭象『荘子注』であるとし、この注の「分」を運命として捉える解釈の影響が大きかったのではないかと推定している。郭象注は、西晋時代に成立、六朝期知識人に大きな影響を与えた注であった点を安立は強調している。なお、契沖『代匠記』精撰本は、三四九番歌の注記で郭象注を引用している。

（10）迫り来る死を前に、一刻も早く仏道修行をはじめるべきだという教えこそが、『徒然草』の基調低音となっている兼好の思惟だ、と筆者は考えている。

（11）一方、臨済の思想には、『荘子』などを淵源とする反教養主義的な側面もある。ちなみに、柳田聖山は、臨済義玄の人間観を、現世のみを信じる「即今性」、権威主義の源となる古典の否定、自己の自由を妨げる信仰を否定する「殺仏殺祖」などに、特徴があると断じている〔柳田　一九六九年〕。一つの見方であろう。ただし、それは、戦後の日本の思想状況を反映した仏教者の思惟という側面をも持っていると思われる。

参考文献

青木正兒　一九六一年　『中華飲酒詩選』筑摩書房。
浅見　徹　二〇〇七年　「旅人の讃酒歌」『万葉集の表現と受容』和泉書院、初出一九九五年。
安立典世　一九九四年　「陶淵明『自祭文』〈楽天委分　以至百年〉考」『中国文化　研究と教育　漢文学会会報』第五十二号所収、筑波大学。
安藤信廣　一九八七年　「陶淵明『形影神三首』の内包する問題——佛教と〈贈答詩〉」『日本中国学会報』第三十九集所収、日本中国学会。
安藤信廣・大上正美・堀池信夫編　二〇〇八年　『陶淵明　詩と酒と田園』東方書店、初版二〇〇六年。
石橋栄治　一九九九年　「『徒然草』第九十三段に関する一考察」『文学研究論集』第十号所収、明治大学大学院。
伊藤　博　一九八二年　「古代の歌壇」『萬葉集の表現と方法（上）（古代和歌史研究５）』塙書房、初版一九七五年、初出一九六九年。
伊藤　益　二〇〇四年　「無常と撥無——讃酒歌の思想」伊藤博・稲岡耕二編『萬葉集研究』第二十六集所収、塙書房。
井村哲夫　一九七三年ａ　「憶良らの論——憶良は〈さかしらびと〉か」『憶良と虫麻呂』桜楓社、初出一九七〇年。
———　一九七三年ｂ　「憶良らの論——罷宴歌は避宴歌か」『憶良と虫麻呂』桜楓社、初出一九七〇年。
———　一九八六年　「大宰帥大伴卿讃酒歌十三首」『赤ら小船　万葉作家作品論』和泉書院。
———　一九九七年　「山上憶良——万葉史上の位置を定める試み」『憶良・虫麻呂と天平歌壇』翰林書房、初出一九九三年。

入矢義高　二〇〇〇年『求道と悦楽――中国の禅と詩』岩波書店、初版一九八三年。
――　二〇一二年『増補　自己と超越――禅・人・ことば』岩波書店。
岩野眞雄編　一九八二年a『国訳一切経和漢撰述部　護教部　二』大東出版社、初版一九三六年。
――　一九八二年b『国訳一切経和漢撰述部　護教部　三』大東出版社、初版一九六三年。
上田　武　一九九三年「『貧窮問答歌』における中国文学の影響について」『学校法人佐藤栄学園埼玉短期大学紀要』第二号所収、埼玉短期大学。
漆山又四郎訳注　一九八二年『訳注　陶淵明集』岩波書店、初版一九二八年。
慧　遠　一九七四年「三報論」僧祐撰／牧田諦亮編『弘明集研究　巻中　譯注篇（上）（巻一～五）』京都大学人文科学研究所。
袁行霈撰　二〇一一年『陶淵明集箋注』中華書局出版、初版二〇〇三年。
王瑤著／石川忠久・松岡榮志訳　一九九一年『中国の文人――「竹林の七賢」とその時代』大修館書店。
大久保廣行　一九九八年「讃酒歌二首」『筑紫文学圏論　大伴旅人筑紫文学圏』笠間書院、初出一九九六年。
大矢根文次郎　一九六七年『陶淵明研究』早稲田大学出版部。
――　一九八三年『世説新語と六朝文学』早稲田大学出版部。
岡村　繁　一九八四年『陶淵明――世俗と超俗』日本放送出版協会、初版一九七四年。
小川　隆　二〇〇八年『臨済録』――禅の語録のことばと思想（書物誕生――あたらしい古典入門）』岩波書店。
小尾郊一　一九六二年『中国文学に現れた自然と自然観』岩波書店。
――　一九八八年『中国の隠遁思想』中央公論社。
――　一九九四年『真実と虚構――六朝文学』汲古書院。
神楽岡昌俊　一九九三年『中国における隠遁思想の研究』ぺりかん社。
加藤　清　二〇〇〇年「旅人の讃酒歌と憶良の罷宴歌」神野志隆光・坂本信幸企画編集『大伴旅人・山上憶良（一）（セミナー　万葉の歌人と作品　第四巻）』所収、和泉書院。

川合康三　一九九六年『中国の自伝文学』創文社。
――――　二〇一六年「憶良と杜甫、そして陶淵明」芳賀紀雄監修、鉄野昌弘・奥村和美編『萬葉集研究』第三十六集所収、塙書房。
――――　二〇一八年「解説」川合康三他訳注『文選　詩篇（一）』所収、岩波書店。
川口常孝　一九七三年「無常観と在家信仰の発生」『万葉歌人の美学と構造』桜楓社。
木村英一編　一九六〇年『慧遠研究　遺文篇』創文社。
――――
黒川洋一　一九七六年「憶良における陶淵明の影響の問題――『貧窮問答の歌』をめぐって」『萬葉』第九十一号所収、萬葉学会。
胡　志昂　一九九八年「讃酒歌の論」『奈良万葉と中国文学』笠間書院、初出一九八九年。
小島憲之　一九六四年『上代日本文學と中國文學（中）――出典論を中心とする比較文学的考察』塙書房。
後藤利雄　一九八六年「禁酒令と打酒歌一首」『万葉集成立新論』桜楓社、初出一九六八年。
小林勝人　一九八一年『列子の研究――老荘思想研究序説』明治書院。
五味智英　一九八二年「讃酒歌」『萬葉集の作家と作品』岩波書店、初出一九六九年。
小守郁子　一九六四年「陶淵明の思想」『日本中国学会報』第十六集所収、日本中国学会。
佐竹昭広　二〇〇〇年「意味の変遷」『萬葉集抜書』岩波書店、初出一九七七年。
斯波六郎　一九六五年『中国文学における孤独感』岩波書店、初版一九五八年。
――――　一九八一年『陶淵明詩譯注』北九州中国書店、初版一九五一年。
清水克彦　一九七五年「讃酒歌の性格――大伴旅人論」『萬葉論集』桜楓社、初出一九六一年。
志村良治　一九八三年「慧遠における法身の理解――『佛影銘』を中心として」金谷治編『中国における人間性の探求』所収、創文社。
鈴木修次　一九六三年「嵇康・阮籍から陶淵明へ――矛盾感情の文学的処理における三つの型」『中国文学報』第十八号所収、中国文学会。

鈴木虎雄　一九九一年　『陶淵明詩解』平凡社。

大正新脩大蔵経刊行会　一九六一年　『大正新脩大蔵経　第五十二巻　史傳部四』大正新脩大蔵経刊行会、初版一九二七年。

大地武雄　一九九九年　「陶淵明の孤独感」『六朝学術学会報』第一集所収、六朝学術学会。

台湾商務印書館　一九七五年　『弘明集／廣弘明集（四部叢刊初編縮本、二十八、子部）』。

高木市之助　一九七六年　「反発」『高木市之助全集』第三巻、講談社、初出一九七二年。

武田祐吉　一九四二年　『徒然草新解』山海堂、初版一九三五年。

辰巳正明　一九八七年ａ　「讃酒歌と反俗の思想」『万葉集と中国文学』笠間書院、初出一九七四年。

――　一九八七年ｂ　「賢良」『万葉集と中国文学』笠間書院、初出一九七四年。

――　一九八七年ｃ　「讃酒歌の構成と主題」『万葉集と中国文学』笠間書院、初出一九八一年。

――　二〇一五年　『王梵志詩集注釈――敦煌出土の仏教詩を読む』笠間書院。

趙　楽甡　一九九五年　「大伴旅人と長屋王の変――『酒を讃むる歌』を中心に」『環日本海研究年報』第二号所収、新潟大学。

津田左右吉　一九八〇年　「貴族文学の時代　第一篇　第五章」『文学に現はれたる我が国民思想の研究（一）』岩波書店、初版一九七七年、初出一九一六年。

寺川眞知夫　二〇〇五年　「旅人の讃酒歌――理と情」『万葉古代学研究所年報』第三号所収、万葉古代学研究所。

土岐善麿　一九五四年　「旅人の讃酒歌について」『国文学研究』第九、十合併号所収、早稲田大学国文学会。

冨倉徳二郎　一九五六年　『類纂評釈徒然草』開文社。

中嶋隆蔵　一九八五年　『六朝思想の研究――士大夫と仏教思想』平楽寺書店。

中西　進　一九九五年ａ　「六朝風――旅人と憶良」『万葉集の比較文学的研究（中西進　万葉論集　第一巻）』講談社、初出一九五八年。

――　一九九五年ｂ　「愚の世界――万葉集巻十六の形成」『万葉集形成の研究　万葉の世界（中西進　万葉論集

第六巻）』講談社、初出一九六七年。
沼口　勝　一九九九年「陶淵明の『飲酒』の詩題の典據とその寓意について」『六朝学術学会報』第一集所収、六朝学術学会。
芳賀紀雄　二〇〇三年「理と情――憶良の相克」『萬葉集における中國文學の受容』塙書房、初出一九七三年。
長谷川滋成　一九九五年『陶淵明の精神生活』汲古書院。
蜂屋邦夫　一九七九年「戴逵について――その芸術・学問・信仰」『東洋文化研究所紀要』第七十七号所収、東京大学東洋文化研究所。
原田貞義　二〇〇一年「酒と子等と――『讃酒歌十三首』をめぐって」『読み歌の成立――大伴旅人と山上憶良』翰林書房、初出一九九二年。
林　宏作　一九九三年「途に窮し慟哭する心情――阮籍の場合」『桃山学院大学人間科学』第四号所収、桃山学院大学。
林田正男　一九九九年『万葉集と神仙思想』笠間書院。
東　茂美　二〇〇六年a「〔付論〕旅人の讃酒歌と満誓歌のあいだに何があるのか」『山上憶良の研究』翰林書房、初出一九九九年。
――――二〇〇六年b「六朝仏教からみた憶良歌の位置」『山上憶良の研究』翰林書房、初出一九八五年。
久松潛一　一九二五年「大伴旅人と享楽思想」『萬葉集の新研究』至文堂。
平山城児　一九九三年「讃酒歌の出典」青木生子博士頌寿記念会編『青木生子博士頌寿記念論集　上代文学の諸相』所収、塙書房。
廣川晶輝　二〇一五年『山上憶良と大伴旅人の表現方法――和歌と漢文の一体化』和泉書院。
福井文雅　一九五九年「竹林七賢についての一試論」『フィロソフィア』第三十七号所収、早稲田大学哲学会。
松浦　崇　一九七七年「袁宏『名士伝』と戴逵『竹林七賢論』」『Studies in Chinese Literature』第六号所収、九州大学中国文学会。

松枝茂夫・和田武司訳注　一九九一年『陶淵明全集（上）』岩波書店、初版一九九〇年。
――　二〇〇二年『陶淵明全集（下）』岩波書店、初版一九九一年。
三谷榮一・峯村文人編　一九八六年『増補　徒然草解釋大成』有精堂出版、初版一九六六年。
宮沢正順　一九五七年「陶淵明と佛教について」『宗教文化』第十二号所収、宗教文化研究会。
棟方　徳　二〇〇〇年「陶淵明の挽歌詩について」『岐阜聖徳学園大学国語国文学』第十九号所収、岐阜聖徳学園大学。
村上哲見　一九九四年『中国文人論』汲古書院。
村田正博　一九七八年「大伴旅人讃酒歌十三首」伊藤博・稲岡耕二編『万葉集を学ぶ』第三集所収、有斐閣。
村山　出　二〇〇〇年「大伴旅人論」神野志隆光・坂本信幸企画編集『大伴旅人・山上憶良（一）（セミナー　万葉の歌人と作品　第四巻）』所収、和泉書院。
森三樹三郎　一九八六年『六朝士大夫の精神』同朋舎出版。
柳田聖山　一九六九年「臨済義玄の人間観――『臨済録』おぼえがき」『禅文化研究所紀要』第一号所収、花園大学内禅文化研究所。
柳瀬喜代志　一九七三年「旅人の讃酒歌に見える『酔哭（泣）』について――阮籍の伝とのかかわり」『国文学研究』第五十巻所収、早稲田大学国文学会。
矢淵孝良　一九九四年「陶淵明小論」『金沢大学教養部論集　人文科学篇』第三十二巻第一号所収、金沢大学。
山岡利一　一九七五年「世説新語を中心とする竹林七賢人考」『甲南女子大学研究紀要』第十一・十二号所収、甲南女子大学。
山崎良幸　一九五八年「大伴旅人について――特に讃酒歌と梅花歌との関係について」『日本文学』第七巻第七号所収、日本文学協会。
吉川忠夫　一九八四年『六朝精神史研究』同朋舎出版。
吉川忠夫訳　一九八八年『大乗仏典〈中国・日本篇〉』第四巻、中央公論社。

李長之著、松枝茂夫・和田武司訳　一九七一年『陶淵明』筑摩書房、初版一九六六年。
劉　雨珍　二〇〇三年「大伴旅人の『讃酒歌』における猿について」『万葉古代学研究所年報』第一号所収、万葉古代学研究所。
臨済著／慧然編／入矢義高訳注　一九九〇年『臨済録』岩波書店、初版一九八九年。
魯迅著／増田渉訳　一九五六年「魏晋の気風および文章と薬および酒の関係——九月に広東夏期学術講演会で講演」『魯迅選集』第七集、岩波書店、一九二七年講演。

〔補説〕

注（5）において述べたように、万葉歌に陶淵明詩の影響を認めるか、否かについては賛否両論ある。万葉研究者間においては、黒川洋一論文以来、影響を否定的にみる見解が、今のところ多数派学説となっている〔黒川　一九七六年〕。しかし、これについては、解釈変更が行なわれる可能性が高まっている。川合康三が、杜甫詩と山上憶良歌に類似点が多く、しかも類似点のほとんどが陶淵明詩を起源とする表現であることを指摘したからである。川合は、憶良歌と杜甫詩に類似点が多いのは、ともに陶淵明詩の影響を受けているからだと断じている〔川合　二〇一六年〕。また、川合は、岩波文庫『文選　詩篇（一）』の「解説」において、『文選』に陶淵明詩の採用が少ないのではないかという見方について、次のように述べている。

宋の蘇軾《そしょく》は『文選』に対する批判の言葉を数々のこしているが、そのなかに作品の取捨選択が当を得ていないことを挙げている。その一例は陶淵明の作が少ないことである。「淵明の集を観るに、喜ぶべき者甚だ多し。而《しか》るに独《た》だ数首を取るのみ」（『東坡志林』第一）。先に触れたように昭明太子は陶淵明の熱心な愛好者であった。にもかかわらず、陸機《りくき》五十二篇、謝霊運《しゃれいうん》四十篇、顔延之二十一篇などと比べて、陶淵明の八篇はあまりにも少ない。しかしそこに『文選』の選択基準をうかがうことができるのではないだろうか。昭明太子個人としては高く評価する陶淵明ではあっても、文学としては当時の規格から逸脱している。標準的な、典型となる作品を選ぶ方針のなかで、

破格の陶淵明から精いっぱいたくさん取った数が八篇だった、そのように理解したい。〔川合　二〇一八年〕

とすれば、注（5）に述べたように、陶淵明詩の評価についても、今後、見直しが進む可能性が高い。『文選』に採用篇数が少ないからといって、陶淵明詩の評価がまったくなかったとは言い切れないのである。本節においては、讃酒歌における陶淵明詩の影響については、きわめて抑制的に扱っているが、今後の研究推移を、なお見守ってゆきたい、と思う。

初出

「讃酒歌十三首の示す死生観――『荘子』『列子』と分命論」芳賀紀雄監修、鉄野昌弘・奥村和美編『萬葉集研究』第三十六集、塙書房、二〇一六年。

第五節　遊部伝承の理解

はじめに

古代の葬礼における芸能的要素をどう見るか。

これは、一九八〇年代まで挽歌史の前史をめぐる議論として、活発に議論がなされてきた問題であった〔新井　一九六二年〕〔秋間　一九七二年〕〔吉井　一九八九年〕。殯宮における歌舞の伝統は、葬歌、挽歌とどう繋がるのか。殯宮の内と外における歌舞の存在は確認できるのだが、それが『古事記』『日本書紀』の葬歌、『万葉集』の挽歌とどう繋がるのか、さまざまな議論があり、定説をみない。論者それぞれの観点から、蓋然性の高い指摘がなされてはいるものの、これを葬歌、挽歌の表現と繋げようとすると、成功しないのである。

どう考えても、天智天皇挽歌群の歌々や柿本人麻呂挽歌の歌々の表現とは、繋がらないのである。いわゆる「女の挽歌」の伝統は、泣女に繋がるとか、人麻呂は遊部であったというような議論は、実証の方法がなく、今日これらの問題が論じられることは無くなってしまった。もちろん、第七章第五節および第八章第一節、第二節で考察したように、考え方のベクトルは示せても、表現とはなかなか結びつかないのである。以上が、筆者なりの現今の研究史の展望である。だとすれば、遊部の伝承と、葬歌、挽歌の関係については、その考察を保留しておくほかはなかろう。推定に推定を重ねても、得るものはないと思われるからである。

では、本節は、何を目指すのか。現今の状況においては、史料のもつ歴史観に即して、もう一度、遊部の伝承を検討しておくことこそ肝要ではないのか。中華文明圏の史書は、儒教の礼制を上位のものとして、それ以外を化外の俗として下位に位置付けている。また、かつて存在した遺制として位置付ける傾向も顕著である。本節では、方相氏との比較を通じて、遊部の奉仕が礼に対する俗であり、化外の俗であると認識されていたことを論じてみたい、と思う。

一　礼と俗

律令国家というものを、乱暴に概括すれば、それは「礼」による国家建設ということに尽きるのではないか。したがって、経書の学と律令国家は、表裏一体のものと考えてよい。『礼記』『儀礼』『周礼』などの礼を、家族関係にも、君臣関係にも、国家間の関係にもゆきわたらせることこそが、律令法の精神といえるだろう〔濱田　二〇〇二年、初出一九八四年〕〔大平　二〇一〇年〕〔大隅　二〇一一年〕。したがって、礼は普遍的な文明なのであって、あらゆる民が従うべきものと考えられていた。この礼に対して、残されるべき地域性、個別性が俗である。俗が「くにぶり」とも訓まれるのは、以上の理由による。

礼俗
→ 礼、普遍性＝文明
→ 俗、個別性＝文化

礼の普及と俗の尊重は、多文化社会であった中華文明を束ねる核となる思想であった〔渡邉　二〇一二年〕。

一方、隋唐帝国の律令法を手本とした日本の律令は、母法の精神には従いながらも、日本の実態に合わせる必要から、遺制を残す必要があった。郡司制度などは、そのよい例であろう。地方においては、在地勢力を代表する郡司の力を借りなくては、国司といえども、その実務を成し得なかったからである。これは、日本令の個別性といえるし、中華世界から見れば、後進性ということができよう。

葬礼においても、それはしかりである。喪葬令においては、君臣関係を可視化するために、葬礼に使用される威儀具については厳しい制限が設けられている。その制限も、身分を反映して、段階的な使用制限がなされている〔小倉　二〇一二年〕。だから、葬列を見れば、その身分がわかるようになっているはずである。葬儀は、個人、集団、共同体の個々の悲しみの表出を儀礼として形式化したかたちであるといえるが、古代においては礼制を可視化する役割も担っていたのである（喪葬の王権儀礼化）。なお、この点については、稲田奈津子の詳細かつ広範な研究が公にされている〔稲田　二〇一五年〕。今後、大きく研究が進展することだろう。

海東と西域、さらには、その外部の絶域に礼制は広がり、そのなかで地域ごとの葬礼も統一化されていったのであろう。われわれは、そういった視点で養老の喪葬令を見てゆく必要があるだろう。

凡そ親王一品には、方相《はうさう》轜車《にしや》各《おのおの》一具《ぐ》、鼓《く》一百面《めん》、大角《だいかく》五十口《く》、小角《せうかく》一百口、幡《ばん》四百竿《かん》、金鉦鐃鼓《こむしやうねうく》各二面、楯《たて》七枚《まい》、発喪《ほちあい》三日。二品には、鼓八十面、大角四十口、小角八十口、幡三百五十竿。三品、四品には、鼓六十面、大角卅口、小角六十口、幡三百竿。其れ轜車、鐃鼓、楯、鉦、及び発喪の日は、並に一品に准へよ。諸臣の一位及び左右の大臣は、皆二品に准へよ。二位及び大納言は、三品に准へよ。唯《ただ》し楯、車を除《のぞ》け。三位には、轜一具、鼓四十面、大角廿口、小角四十口、幡二百竿、金鉦鐃鼓各一面、発喪一日。太政大臣には、方相轜車各一具、鼓一百四十面、大角七十口、小角一百四十口、幡五百竿、金鉦鐃鼓各四面、楯九枚、発喪五日。以外《いぐゑ》の葬具《さうぐ》及び遊部《あそびべ》は、並に別式に従へよ。五位以上及び親王、並に轜具及び帷帳《ゆいちやう》を借《か》り、若しくは私《わたくし》に備へむと欲《ねが》はば聴せ。［女も亦此に准へよ。］

（『令』巻第九、喪葬令第廿六、井上光貞他校注『律令（日本思想大系）』岩波書店、一九八一年、初版一九七六年）

方相氏の記述からはじまるこの条は、葬列の威儀に関わる身分制を反映した段階的制限条項である。その葬列に遊部も加わっていたのである。滝川政次郎は、威儀具の多くが軍事に関わるものであることから、これほどの幡や楽器が揃えられたのは、実際に壬申の乱で使用されたものが、保管されていたからであろうと推定している〔滝川一九六〇年〕。正鵠を得た推定であろう。この推定が正しければ、当該条項は、飛鳥浄御原令にまで遡り得ることになる。滝川の指摘に加え、もう一つ、見逃してはならぬ点がある。それは、方相氏については、『令義解』『令集解』ともに、簡単な注記しかないということだ。対して、遊部については、その由来などについて、多くの注記が付されているのである。『令集解』が引用する諸注解書には、遊部について、かなりの注記が付されていたことが、推察されるのである。これは、何を意味するのであろうか。おそらく、八世紀中葉段階においては、遊部が葬列に加わる理由が、ほとんどわからなくなっていたことを意味するのであろう。同じく葬列に加わる方相氏は、中国起源で、礼として日本に入ってきたものであり、中国文献を見れば、どのようなものであるかよくわかったのである（1）。対して、遊部については、多くの注記を必要としていたのであった。

つまり、死者に取りつこうとする邪霊を追い払う方相氏は礼に適うものであり、遊部は俗と位置付けられているのである。今日、東アジアの祭りや葬礼には、方相氏の末裔と思われる金眼四つ目の呪師の姿が散見される。日本においては、追儺の鬼たちと、その流れを汲む節分の鬼たちが、方相氏の末裔ということになろう。礼がその土地に根づき、その土地の俗となっているといえるかもしれない。単純化した伝播のモデルをここに示すと、一つの礼が伝播してゆくごとに、新しい要素が増えてゆくことになる。すると地理的に離れた二地点においても、民俗調査をすれば、類似のものを発見することができる（図8-3）。理論上は、どの地点においても、共通点を見出せるは

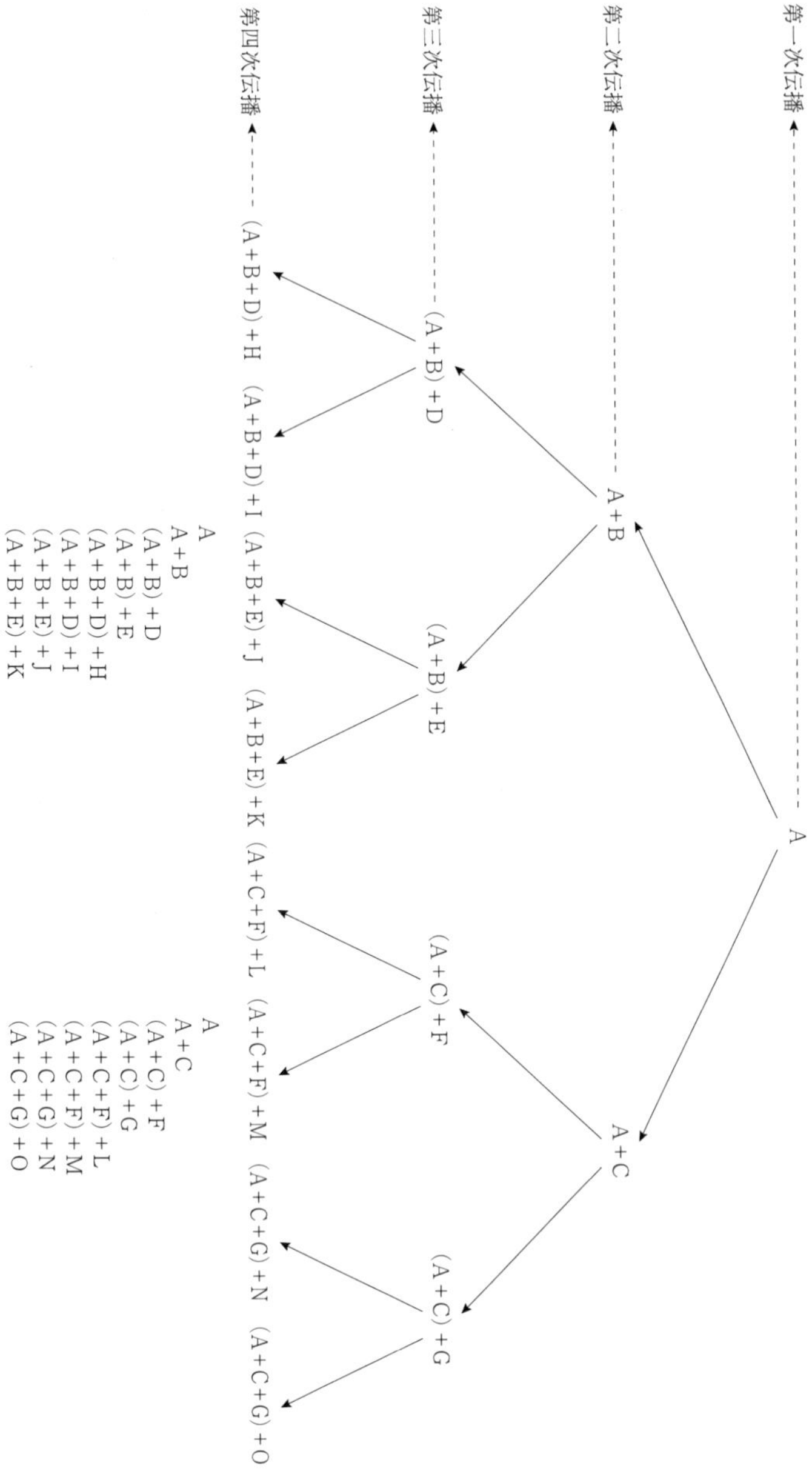

図8－3　伝播するごとに新しい要素が加わることをモデル化した図

上野〔2008年〕より。

ずだ。

多くの民俗学徒が、嬉々として着目する近くの不一致と遠くの一致という現象である。似ているが、どこか違う。違っているが、考えようによっては似ている、という実感を持ちながら、筆者も民俗学の調査に励んだ日々を今思い出す。それは、民俗学徒の醍醐味ともいえよう。一方、今、遊部の末裔を調査によって見出すことはできない。それは、礼としてひろく伝播するという性質のものではなかったからである。その地域、固有のものなのである。

『魏志』東夷伝倭人条は、東の化外の民の俗を記している。東夷の民、倭人の俗を見てみよう。

> 倭の地は温暖、冬夏生菜を食す。皆徒跣《とせん／はだし》。屋室有り、父母兄弟、臥息處を異にす。朱丹を以って其の身體に塗る、中國の粉を用うるが如きなり。食飲には籩豆《へんとう／たかつき》を用い手食す。其の死には棺有るも槨《かく／そとばこ》無く、土を封じて冢を作る。始め死するや停喪十餘日、時に當りて肉を食わず、喪主哭泣し、他人就いて歌舞飲酒す。已に葬れば、擧家水中に詣りて澡浴し、以って練沐の如くす。其の行來・渡海、中國に詣るには、恆に一人をして頭を梳《くしけず》らず、蟣蝨《きしつ／しらみ》を去らず、衣服垢汚、肉を食わず、婦人を近づけず、喪人の如くせしむ。之を名づけて持衰《じさい》と爲す。若し行く者吉善なれば、共に其の生口・財物を顧し、若し疾病有り、暴害に遭えば、便ち之を殺さんと欲す。其の持衰謹まずと謂えばなり。
>
> （「釋註・魏志倭人傳」和田清・石原道博編訳『魏志倭人伝・後漢書倭伝・宋書倭国伝・隋書倭国伝』岩波書店、一九八三年、初版一九五一年）

倭人の習俗について、はだし、朱を身に塗る俗などのほかに、死者の棺はあるが、槨がないという記載もある。槨がないのは、礼に反する俗である。これは、あきらかに、化外の民たる「東夷」の俗として描かれているといえよう。このなかに、死の忌や、葬儀における歌舞飲酒の俗が描かれている。以上の記述は、実態を反映するものであると同時に、東夷の俗として理念的に記述されたものとみなくてはならないのである。では、遊部の俗とはいかなるものなのであろうか。

二　遊部の伝承をどう読むか

そこで、国史大系本の訓点と伴信友の『比古婆衣』を参考にして、遊部に関する『令集解』の注記の書き下し文と訳文を作成してみた〔伴信友著・林陸朗編集・校訂　一九八二年〕。

なお、当該条項の引用関係については、寺崎保広に教示を仰ぎ、次のように、今のところ判断している。義解引用（Aまで）⇩「釋」引用（Bまで）⇩「古記」引用（Cまで）⇩『令集解』編纂者コメント（Dまで）⇩『釋』に引用された「穴」の孫引き引用（Eまで）とする。判断が分かれるのは、「古記」引用の終わりをどこまでと考えるかである。「古記」が引用された後、ふたたび「古記」が引用されるので、最初の「古記」の引用は、それまでに終わっていなくてはならない。仮に「古記」の引用がCで終わるとすれば、そのあとは『令集解』編纂者のコメントとなり、そのコメントのなかで、ふたたび「古記」が引用され、「釋」に引用された「穴」が孫引きされたと判断する。

繰り返し述べるように、「遊部」がいかなるものかわからなくなった時代、『令集解』の編纂者も、苦労して、遊部に関する記事を集めていたのであろう。さすれば、本節で考察の主たる対象とする「野中・古市の人の歌垣の類、是なり」は、「古記」引用部分ではなく、『令集解』編纂者のコメントの一つであるということになる。そして、編纂者は、問題に答えるかたちで、「釋」に引用された「穴」を参照したと、考えておきたい。

わが学力の不足は、汗顔のきわみながら、一案を示すことにする。

〈書き下し文〉

謂《いふこころ》、葬具は帷帳の属《たぐひ》なり。遊部は、身を終ふるまで事勿らしむ、故に遊部と云ふなり（A）。釋に云はく、以外の葬具は帷帳の属、皆是なり。遊部は幽顕の境を隔てて、凶癘《きょうらい》の魂を鎮める氏なり。身を終ふるまで事勿らしむ。故に遊部と云ふなり（B）。古記に云はく、遊部は、大倭国高市郡に在り。生目天皇の苗裔《びょうえい》なり。遊部と負《なお》ふ所以は、生目《いくめ》天皇の孽《わきばら》たりし円目王、伊賀の比自支和気の女《むすめ》を娶りて妻《めと》となしたり。凡そ天皇の崩する時は、比自支和気ら殯所に到り、而して其事に供奉したりき。仍りて其氏の二人を取る。名を祢義と余比と称す。祢義は刀を負ひ并せて戈を持ち、余比は酒食を持ち并せて刀を負ひて、並びて内に入りて供奉したり。唯、祢義らの申《の》ぶる辞《こと》は、輙《たやす》くは、人に知らしめざるところなり。後《のち》に長谷《はつせ》天皇の崩する時に及びて、比自支和気棄《とほざ》けられしに依りて、七日七夜、御食《みけ》を奉らず。此に依りて荒らびたまひき。この時、諸国にその氏人を求めたり（C）。或人曰はく、「円目王、比自岐和気を娶りて妻と為《な》したり。是に王に問ふ可し」と云ふ。仍りて召して問ひたりしに、答へて云ふ、「然《しか》なり」といひき。其の妻を召して問ふに答へて云はく、「我らの氏は死に絶へたり。妾《われ》一人在るのみ。」といひき。即ち、其事を負はしめき。女、申して云ふに、「女は兵を負ひて供奉することに便へず」といひき。仍りて、其の事を以ちて円目王に移《つた》へ、即ち其の夫、其の妻に代りて、而して其の事に供奉したりき。此に依りて、和《やは》し平《たひら》げき。この時の詔《みことのり》に、今日より以後《のち》、手足の毛、八束の毛と成るまで遊べとの詔あり。故に、遊部君と名づけたるは是によるなり。但し、此の條《くだり》の遊部、謂、野中・古市の人の歌垣の類、是なり。古記に云ふ、注に、以外葬具は、謂、上の條の注と云ひ、殯斂の事、是なりといふ。一に云はく葬具は、謂、相ひ従ふ威儀の細少の物をいふなり。衣・垣・火爐等の類、是なり、と。問ふ、「遊部は何人なるぞ」と（D）。答へて云はく。釋を見るに穴に云はく、遊部、並《みな》別式に従へ。謂、給《あた》ふもの、ありやなしやの状《かたち》をいふ。遊部、謂、令釋に云ふ、幽顕の境を隔てて、凶癘の魂の鎮むる氏なり。謂、伯姓の中に人有りて、凶癘の魂を鎮むる。この人らを云ひて氏といひなしたり。事細は古私記に在るところなり。又、其の人、好みて凶癘を鎮むること為すが故に、身を終ふるまで事を无《な》さざりき。課役《かえき》を免ぜられて、任意《ほしいまま》に遊行す。故に遊部と云ふ。身を終ふるまで、課役《かえき》・差科《さか》なし。故に、これ、身を終ふるまで事を无さざることを謂ひたり（E）。

（黒板勝実・国史大系編修会編輯『令集解　第四』〔一九八一年、吉川弘文館〕をもとに作成した訓読試案）

〈訳文〉

その言葉の意味するところは、葬具というのは帷帳のたぐいについていうのである。遊部という人びとは、一生涯働くことがなく、そのために遊部というのである（A、ココマデ義解引用）。釋に記されているところでは、以外の葬具とは帷帳のたぐい、みなそれに相当する。遊部は、死者と生者の棲む世界の境を隔てて、祟りなす魂を鎮める役割を果たす氏である。一生涯働くことがなく、そのために遊部というのである（B、ココマデ釋引用）。古記に記されているところでは、遊部は、大倭国高市郡に居住している。垂仁天皇の末裔である。遊部との名が冠せられている理由は、垂仁天皇の庶子であった円目王は、伊賀の比自支和気の女《むすめ》と結婚して妻とした。天皇の崩くなった時には、比自支和気らが殯所に赴き、殯所での諸儀礼に奉仕していた。そういう理由で氏の二人を葬礼には採用するのである。「祢義」と「余比」というのは、その呼び名である。祢義は刀を背負って戈を持ち、余比は酒食を持ち刀を背負って、二人して殯所に入って奉仕をした。ただし、祢義らが奏上する言葉は、たやすく人に明かされるものではない。後に雄略天皇が崩くなった時、比自支和気が遠ざけられたことによって、七日七夜、供えの食事を奉らなかった。そのために天皇の御魂が荒ぶる状態となってしまった。この時、全国に比自支和気の氏の人を探し求めた（C、ココマデ古記引用カ?）。ある人が言うことには、「円目王は、比自岐和気の氏の娘と結婚して妻としている。だから、王に問い直すべきである」という。そこで召して聞いてみると、答えていうことには、「その通りでございます」と言った。さらに、妻を召して聞いてみると、答えてこのように言った。「われわれの氏は、すでに死に絶えてしまいました。私一人だけがいるのみとなりました」と。そこで、殯所での奉仕を依頼したのである。しかし、妻が言上して言うことには、「女は武器を背負って奉仕することなどできませぬ」と言った。そういうわけで、殯所での奉仕の仕事を円目王に伝えて、比自支和気の娘である妻に代わって、殯所の諸儀礼の奉仕をしたのである。以上のことで、天皇の御魂は、安らかに鎮まり、和んだのであった。この時の詔《みことのり》において、今日より以後《のち》、手足の毛が、八束に成るまで遊んでおれとの詔を賜ったのであった。そういう理由から、「遊部君」と名づけられたのである。ただし、此の條でいう遊部（の芸）は、（いうなれば現在の）野中・古市の人が行なう歌垣のたぐいがこれにあたる（同じような芸とみてよい）。古記に記された注には、〈以外葬具〉が示す意味は、上の條の注にあたるといい、殯所の儀礼のことが、これにあたるという。一書が伝えるところでは、葬具と記されているのは、葬儀に必要な威儀具のうちでも、小さなものがこれにあたるという。たとえば、衣・垣・火爐などが、これにあたるといわれている。問う。「遊部はいかなる人か」と（D、ココマデ編纂者ノコメントカ）。答えていうことには、「『釋』を見ると『穴記』には、遊部については、別に定められている施行細則に従うのがよい」と。その施行細則が示すところは、（遊部の人数）遊部に対して与えられる下賜物の有無、多寡についてである。遊部、その意味は、令釋がいうように、死者の世界と生者の世界を隔てて、祟りをなす魂を鎮める氏である。その意味するところは、百姓の中に特定の人びとがいて、祟りをなす魂を鎮めることができる。こういう人のことをここでは氏といっているのである。詳細は古私記に書かれているところである。その人は、好んで、祟りを鎮めることをなすために、一生、仕事をしない。税となる労役を免除されて、ほしいままに旅をしている。だから遊部というのである。一生涯、税となる労役と勤労奉仕を免除されている。したがって、死ぬまで働かなくてよいのである（E、ココマデ釋ニ引用サレタ穴)。

これほどの注記をつけなくては、遊部というものがいかなるものか、わからなかったのである。では、当時、どのようなことが、わからなかったのか。整理すると、以下のようになる。

①遊部は、何をする氏なのか（氏の職掌）
②遊部は、どのような系譜を持った氏なのか（氏族系譜）
③なぜ、遊部と呼ばれるのか（呼称由来）
④遊部の居住地はどこか（本貫地）
⑤どうして、天皇の殯宮の奉仕をするようになったのか（宮廷奉仕の由来）
⑥奉仕に対して、どのような賜り物を出せばよいのか（賜物の多寡。ただし、これには別式があった）
⑦なぜ遊部は、課役を免除されるのか

こういったことがらについて、一つ一つ説明する必要があったのである。①〜⑥の説明のなかに遊部の由緒、由来も伝えられている。今日でいう神話の記載があるのは、②③④⑤の説明の部分である。生目と円目が対応するのは、及川智早が断じたように、眼を開くことのない死者の話と神話的に繋がっているのであろう〔及川 一九八七年〕。また、吉井巖が、

また、「禰義」は、のちの「禰宜《ねぎ》」に引き継がれる名称で、ネグ（心を和ませ願う）意の名詞形であり、「余

比」は呼び寄せる意のヨブの名詞形（ただし、余は仮名遣い、比は上代では濁音に用いられない。だが「古記」の時代の混乱とみることができる）ではなかったか。　〔吉井　一九八九年〕

と述べているように、ネギ、ヨヒという名称がその神話のなかで果たす役割を表しているのであろう（⑤）。つまり、荒ぶる魂を和ませる力があったから、天皇の殯宮に奉仕することができたのだと書かれているのである（⑤）。また、その時間表現も、手足の毛が八束になるまでとは、神話的な時間表現といえる。では、遊部という名称については、どう考えればよいのだろうか。おそらく、殯宮での奉仕行為そのものを「遊び」と称していたものが、その意味が忘却され、新しく再解釈されて、働かずに遊ぶという意味で捉えられているとみてさしつかえない。ただし、これはあくまでも伝承なのであって、事実であったかどうかは判断のしようがない（③⑦）。

『古事記』において、次のような喪葬儀礼の記事がみられる。

故《かれ》、天若日子が妻《め》、下照比売《したでるひめ》が哭《な》く声、風と響《ひび》きて天に到りき。是《ここ》に、天に在《あ》る、天若日子が父天津国玉《あまつくにたまの》神《かみ》と其の妻子《めこ》と、聞きて、降《くだ》り来て、哭き悲しびて、乃《すなは》ち其処《そこ》に喪屋《もや》を作りて、河鴈《かはかり》をきさり持《もち》と為《し》、鷺《さぎ》を掃持《ははきもち》と為《し》、翠鳥《そにどり》を御食人《みけびと》と為《し》、雀《すずめ》を碓女《うすめ》と為《し》、雉《きざし》を哭女《なきめ》と為《し》、如此《かく》行ひ定めて、日八日夜八夜《やうかよやよ》以《もち》て、遊びき。

（『古事記』上巻、山口佳紀・神野志隆光校注・訳『古事記（新編日本古典文学全集）』小学館、一九九七年）

鳥たちが、供物を奉り、哭泣儀礼を行ない、死者に施す呪術や儀礼、奉仕をする。これらのことがらを総称する言葉が「遊び」なのである。以上のごとき「遊び」の意味がすでに忘却され、新たに説明する必要が、八世紀半ばには生じていたのであろう。

殯の儀礼、とりわけその「遊び」については、死者の魂を招くとする折口説や、荒ぶる死霊を鎮め送るとする説がある。両説は対立しているように捉えられているが、筆者は儀礼の意味付けというものは、必ずしも一元的なものではないと考えているので、対立的に捉える必要などないと考える。(2)

つまり、同じ儀礼について、複数の説明が存在することもあるわけで、そもそも儀礼で表現していることがらを、言語で説明することなど不可能なのである。絵や音楽の評論が、絵と音楽でないのと同じことだ。したがって、儀礼の解釈というものは、常に解釈者の新たな意味付けでしかないのだ〔上野　二〇〇一年、初出一九九〇年〕。

そう考えると、『令集解』が引用する諸注釈書に示されている解釈も、個々の解釈者の殯と「遊び」に対する意味付けの一つでしかないということになる。諸注釈が示す、祟りなす荒ぶる霊を鎮めるという殯の儀礼と「遊び」の解釈も、無数にある意味付けの一つと見ておくべきであろう。

三　野中・古市の人の歌垣の類、是なり

喪葬令の葬列の規定に登場する「遊部」は、その実いかなるものであるのか、ほとんど知る者がなかった。だから、貴人の葬列に加わる理由を説明しなくてはならなかったのである。

では、どのように遊部は、葬列に加わったのであろうか。その加わり方を示したのが、「野中・古市の人の歌垣の類、是なり」という一文である。

野中（野中郷）は、河内国丹比郡の一郷であり、対する古市（古市郷）は河内国古市郡の一郷である。郡は、丹比郡と古市郡で異なるけれども、隣接しているので、一地域とみることができる。今日の羽曳野市の一部である。いうまでもなく、古市古墳群のある地域で、日本で有数の巨大古墳が林立する地域である。かの地域は、漢字伝来の始祖と仰がれている王仁の末裔、西文氏（文首・文忌寸・文宿禰・浄野宿禰）の本貫地である。また、その同族と称

していた蔵氏、馬氏〔馬史・厚見連・武生連〕の本貫地でもあった。隣接する丹比郡の東部は、同じく渡来系の船氏、葛井氏、津氏などの本貫地でもある。さらに、この地域の近くには、志紀郡土師郷があり、葬礼や歌舞と深く関わった土師氏の本貫地とも近いのである。

つまり、野中、古市は、渡来系氏族の本貫地であり、巨大古墳の里なのである。こういった諸点を踏まえて、遊部が土師氏の支配下にあったとか、遊部から土師氏へと殯宮奉仕の氏族が変わったとする研究も多い〔新井　一九六二年〕。渡来系の氏族が、葬礼に奉仕したことについては、史料が残っているからだ。が、しかし。遊部と渡来系氏族や、土師氏を直接的に結び付ける史料は存在しない。むしろ、当該の条項から、これまで遊部と渡来系氏族や土師氏との関わりが論じられてきたのであった。筆者は、『令集解』の当該の文脈は、そういう氏族間の関わりについて言及したものではないと考える。前後の文脈から読みとることが出来るのは、単にその葬列のありようを説明しているだけではないのか。

では、当該条項にいう歌垣とは、どんなものを想起すればよいのだろうか。八世紀中葉の人びとにとって、歌垣といって想起されるのは、聖武朝における次の歌舞であった。

①　二月癸巳の朔、天皇《すめらみこと》、朱雀門に御《いでま》して歌垣を覧《みそなは》す。男女二百卌餘人、五品已上の風流《みやび》有る者、皆その中に交雑《まじは》る。正四位下長田王、従四位下栗栖王・門部王、従五位下野中王等を頭《かみ》とす。本末《もとすゑ》を以て唱和し、難波曲《なにはぶり》・倭部曲《やまとべぶり》・浅茅原曲《あさぢはらぶり》・広瀬曲《ひろせぶり》・八裳刺曲《やつもさすぶり》の音を為す。都の中の士女《をとこをみな》をして縦《ほしきまにま》に覧《み》せしむ。歓を極めて罷《や》む。歌垣を奉れる男女らに禄賜ふこと差《しな》有り。

（『続日本紀』第第十一、聖武天皇　天平六年［七三四］二月一日条、青木和夫他校注『続日本紀　二』（新日本古典文学大系）』岩波書店、一九九二年、初版一九九〇年）

② 辛卯、葛井・船・津・文・武生・蔵の六氏の男女二百卅人、歌垣に供奉《つかへまつ》る。その服は並《ならび》に青揩の細布衣《たへのころも》を著、紅の長紐を垂る。男女相並びて、行《つら》を分けて徐《おもむろ》に進む。歌ひて曰はく、「少女《をとめ》らに　男立ち添ひ　踏み平らす　西の都は　万世《よろづよ》の宮」といふ。その歌垣に歌ひて曰はく、「淵も瀬も　清く爽《さや》けし　博多川　千歳を待ちて　澄める川かも」といふ。哥の曲折毎に、袂を挙げて節を為す。その餘《ほか》の四首は並に是れ古詩なり。復煩しくは載せず。時に、五位已上と内舎人と女孺とに詔して、亦その歌垣の中に列《つらな》らしむ。歌、数《すく》闋訖《ゑつをは》りて、河内大夫従四位上藤原朝臣雄田麻呂《をだまろ》已下、和儛《やまとまひ》を奏《つかへまつ》る。六氏の哥垣の人に、商布二千段、綿五十屯を賜ふ。

（『続日本紀』巻第三十、称徳天皇　宝亀元［七七〇］年三月二十八日条、青木和夫他校注『続日本紀　四（新日本古典文学大系）』岩波書店、一九九五年）

③ 丁酉、詔して、由義寺《ゆぎでら》の塔を造らしむる諸司の人と雑工ら九十五人とに、労の軽重に随ひて、位階を加へ賜ふ。正六位上船連浄足《きよたり》・東人《あづまひと》・虫麻呂の三人は、族《うがら》の中の長老にして、歌垣に率ひ奉る。並に外従五位下を授く。東人を摂津大進《つのだいしん》とす。また、正六位上土師宿禰和麻呂《やまとまろ》に外従五位下を授く。

（『続日本紀』巻第三十、称徳天皇　宝亀元年［七七〇］四月五日条、青木和夫他校注『続日本紀　四（新日本古典文学大系）』岩波書店、一九九五年）

少なくとも、『令義解』の編纂者が想起していたのは、①②③のような歌垣であった。①②③は、農耕儀礼に淵源をもち、互いに歌に気持ちを託して、配偶者を見つけるような歌垣ではない。一種のマスゲームのような集団演技である。

注意しなくてはならないのは、特定の演技者集団がいて、不特定多数の観客にそれを見せる芸能だったということである。演技者は「二百卌餘人」①、「二百卅人」②、「九十五人」③とあり、観客をその十倍に見積もれば、大がかりな見世物ということになる。

また、歌も、即興ではなく、「難波曲」など特定の歌曲が用いられていたようである。②にあるように、衣装の色彩も鮮やかなものであったと考えられる。

さらに注意しなくてはならない点は、〈行進〉〈交差〉〈歌舞〉などが組み合わされた屋外劇の要素もあったということである。行進しては、停まってマスゲームを見せ、歌舞を見せるという芸態であったことが想像される。ここでいう芸態とは、芸のありようや姿を指すと了解せられたい。今日の盆踊りなら、道行して、特定の広場に進み、そこで輪踊りを披露してさらに道行をするような芸態であったと推定することができる。②では、和儛も行なわれている。

そういう野中・古市の歌垣の芸態に似ていると「古記」は説明しているのであって、野中・古市に居住する渡来系氏族の職掌と関わるといっているわけではないのである。あくまでも、葬列における「遊部」の役割について述べている、と思われるのである。

とすれば、葬列の風流というべきものを、遊部は行なっていたことになる。いわば、遊部の芸だ。天皇の殯宮で奉仕していたことは、言い伝えでしかなく、その伝承があればこそ、葬列に加わることが許され、賜物を得ることができたのである。

したがって、遊部たちは、かつて天皇の殯宮に奉仕して、荒ぶる御霊を鎮めた功を主張して、葬列に加わって、賜物を得ていたと思われる。つまり、遊部の権利を保障する伝承であったとみなくてはならないのである。

おわりに

令に定められた官人、職員として葬列に加わる人びとや楽人と、遊部の葬列への参加のありようは、まったく異なるものであった。そもそも、官人や職員に関する規定であるならば、これほどの注記は必要なかったはずである。遊部は葬列に加わる権利を主張して、葬列に加わることによって、報酬を得ていたのである（少なくとも、令の注釈家たちは、葬列に加わる時以外は、遊んでいるとみなしていたのである）。こういう参加方法は、いわば、中世の「推参」に近いものであって、その参加権利はそれなりに保障されているものの、一般的には、何を根拠として葬列に加わっているのか、よくわからない存在であったといえよう。ここでいう「推参」とは、相手の要請によらず、参加する側が参加を無理強いする参内をいう。もちろん、伝承をすなおに読めば、かつては天皇の殯宮の内部で奉仕していたことになるが、それが事実か伝承かは、判断のしようがない。もとより『古事記』『日本書紀』に記載がなく、比較検討すらできないのだ。わかるのは、そういう主張によって、遊部が賜物を得ていたということだけである。

ここで、本論の主張をまとめておきたい。

一、方相氏が「礼」であるのに対して、遊部は「俗」と位置付けられていた。
二、八世紀中葉においては、遊部がなぜ貴人の葬列に参加するか、わからなくなっていた。
三、遊部の葬列への参加は、いわば中世の「推参」に近いかたちであった。だから、令の諸注釈家の伝える遊部の伝承は、遊部が葬列に加わる理由を説明するのであった。遊部たちは、この伝えを盾に葬列に加わっていたものと推定される。

以上が、筆者が考える遊部の伝承である。今日までの遊部の研究は、呪術や信仰的側面ばかりが強調されてきた。それには、理由がある。なぜなら、神話部分だけを分析対象としていたからである。しかし、その神話は、貴人の葬列への参加を認めてもらうために、遊部側が主張していた伝だったのである。しかも、以上検証したごとくに、かの主張が広くいきわたっていたとは、到底考えられないのである。死をめぐる古代文化を論じようとする際、われわれはこのように無意識のうちに呪術や信仰的側面ばかりに眼を奪われてしまいがちである。以上のごとき傾向を、われわれは、反省しなくてはなるまい。

ここで第八章第一節、第二節を振り返ってみよう。儀礼実修の効果を疑う心性を基底として、初期万葉挽歌も発想されていた。つまり、儀礼の効果を疑うところから、抒情が発生していることを見逃してはならない。本節を含む第八章が、死と儀礼をめぐる心性と歌との関係を見直す一助となれば幸甚である。

以上が、筆者が構想する死と霊魂をめぐる万葉文化論の一斑である。以って、擱筆の言とし、ご叱正を仰ぎたい、と思う。

注

（1）方相氏については、小林市太郎と松本昭に網羅的研究があり、多くの資料が掲げられている〔小林　一九四六年〕〔松本　二〇〇一年〕。

（2）折口の招魂説を批判したのは、五来重であった。五来が批判した点は、平安朝の資料を遡及させて、殯を招魂の儀と説くことを否としたのである。五来は、喪葬令の当該条項に荒ぶる霊を鎮めるとあることを尊重すべきであると説いたのである〔折口　一九七九年、初出一九二〇年〕〔五来　一九六六年、初版一九六三年〕。しかし、そもそも儀礼は、恣意的に解釈されるものなので、招魂、鎮霊も一つの意味付けでしかない、と思う。したがって、殯の儀礼の解釈としては、両方成り立つと思われる。

参考文献

秋間俊夫　一九七二年「『死者の歌』――斉明天皇の歌謡と遊部」『文学』第四十巻第三号所収、岩波書店。
新井喜久男　一九六二年「遊部考」『続日本紀研究』第九巻第九号所収、続日本紀研究会。
稲田奈津子　二〇一五年『日本古代の喪葬儀礼と律令制』吉川弘文館。
井上光貞他校注　一九八一年「令　巻第九　喪葬令」『律令』岩波書店、初版一九七六年。
岩田　勝　一九九二年『神楽新考』名著出版。
岩脇　紳　一九七九年「『殯』（モガリ）」『葬送儀礼（葬送墓制研究集成　第二巻）』所収、名著出版、初出一九七三年。
上野　誠　二〇〇一年「民俗芸能における見立てと再解釈」『芸能伝承の民俗誌的研究――カタとココロを伝えるくふう』世界思想社、初出一九九〇年。
――　二〇〇八年「万葉古代学における比較研究の覚書」『万葉古代学研究所年報』第六号所収、万葉古代学研究所。
遠藤耕太郎　二〇〇九年『古代の歌――アジアの歌文化と日本古代文学』瑞木書房。
及川智早　一九八七年「都夫良意富美と目弱王攷――遊部伝承との関連も含めて」『古代研究』第十九号所収、早稲田大学古代研究会。
――　一九八九年「遊部伝承攷」『早稲田大学大学院文学研究科紀要別冊（文学・芸術学編）』第十五集所収、早稲田大学大学院文学研究科。
大隅清陽　二〇一一年『律令官制と礼秩序の研究』吉川弘文館。
大平　聡　二〇一〇年「古代の政治思想」宮地正人ほか編『政治社会思想史（新大系日本史4）』所収、山川出版社。
小倉久美子　二〇一二年「日本古代における天皇服喪の実態と展開」『日本歴史』第七百七十三号所収、吉川弘文館。
折口信夫　一九七九年「上代葬儀の精神」『葬送儀礼（葬送墓制研究集成　第二巻）』所収、名著出版、初出一九三〇年。

工藤　隆　二〇一五年　『歌垣の世界――歌垣文化圏の中の日本』勉誠出版。
久保哲三　一九六七年　「古代前期における二重葬制について」『史観』第七十五冊所収、早稲田大学史学会。
黒板勝美・国史大系編修会編　一九八一年　「喪葬令」『令集解　第四』吉川弘文館。
小林市太郎　一九四六年　「方相殴疫攷」『支那学』第十一巻第四号所収、支那学社。
五来　重　一九六六年　「遊部考」仏教文学研究会編『仏教文学研究』第一集所収、法蔵館、初版一九六三年。
斎川　眞　一九八八年　「律令注釈書研究の現状と問題点」『早稲田法学』第六十三巻第二号所収、早稲田大学法学会。
島津　毅　二〇一五年　「奈良・平安時代の葬送と仏教――皇族・貴族の葬送を中心として」『日本史研究』第六百三十七号所収、日本史研究会。
滝川政次郎　一九六〇年　「令の喪制と方相氏」『日本上古史研究』第四巻第一号所収、日本上古史研究会。
土井卓治　一九七九年　「古代葬制のモガリについて」『葬送儀礼（葬送墓制研究集成　第二巻）』所収、名著出版、初出一九六六年。
中田太造　一九七九年　「『殯』・（もがり）における民俗学的考察」『葬送儀礼（葬送墓制研究集成　第二巻）』所収、名著出版、初出一九七一年。
図書刊行会編　一九七五年　「比古婆衣」『伴信友全集　巻四（明治四十年刊図書刊行会版の覆刻）』ぺりかん社。
直木孝次郎　一九八六年　『日本古代の氏族と天皇』塙書房、初版一九六四年。
濱田耕策　二〇〇二年　「祀典と名山大川の祭祀」『新羅国史の研究――東アジア史の視点から』吉川弘文館、初出一九八四年。
伴信友著・林陸朗編集・校訂　一九八二年　『増訂　比古婆衣（上）』現代思想社。
松本　昭　二〇〇一年　「古代日本の天皇の葬儀に登場する方相氏と死後観について」『昭和女子大学文化史研究』第五号所収、昭和女子大学。
吉井　巌　一九八九年　「河内飛鳥の渡来人と挽歌史」門脇禎二・水野正好編『古代を考える　河内飛鳥』所収、吉川弘文館。

渡邉義浩　二〇一二年『魏志倭人伝の謎を解く――三国志から見る邪馬台国』中央公論新社。
和田　萃　一九九五年『日本古代の儀礼と祭祀・信仰（上）』塙書房。

初　出

「遊部の伝承をどう見るか――礼制と化外・遺制の俗」『東アジア民族文化研究』第十五号、東アジア民族文化学会、二〇一六年。

あとがき

ともかくも、わが『万葉文化論』の一冊が上梓できたのだから、素直に歓びたい、と思う。『古代日本の文芸空間――万葉挽歌と葬送儀礼』（雄山閣出版、一九九七年）、『芸能伝承の民俗誌的研究――カタとココロを伝えるくふう』（世界思想社、二〇〇一年）から、早くも二十年の歳月が流れている。とにもかくにも、今、生きて、上梓の日を迎えることができた。自祝してやらねば……。もちろん、謙譲の美徳を発揮して、こんな取るに足りない本がと卑下し、先師の思い出を語り、多くの人びとへの謝辞を述べるのが、正しい「あとがき」の書き方だとは思うが、今はそんな気分にもなれない。というのは、この二十年というもの、私は人生の多くの時間を一つ一つの論文の執筆のために費やしてきたわけだし、その論文評価に基づいて、大学内でのポストを得たわけであるから、自己卑下する気持ちにもなれないのである。

学会で口頭発表して、投稿し、論文採用の当否を、首を長くして待つ。そうして、一本一本の論文を活字化して、その点数でポストを争う。いつも、びくびく。いつも、戦々恐々。そんなことをしているうちに、還暦が近づいてきた。古稀まで、こんな生活が続くのか、と思うとうんざりする。情けなくなる。しかし、ここから飛び立つこともできない――。やはり、学会から得るものも大きいのだ。学友タチノ叱咤ヲ経ズシテ、ナンノ学問ゾ。ナンノ論文ゾ。

それに、近年は論文の引用率が業績評価の対象になっている。これも悩ましい問題だ。本書に収められている論文にも、引用実績の多いものと少ないものとがある。もちろん、一件も引用実績のない論文もある。それでも、生みの親たる私にとっては、いとし子だ。なかには、引用実績が一件もないけれど、秘かに自愛している論文もある。第七章第二節の「万葉びとの洗濯」も、その一つだ。衣服に関わる労働は、前近代の社会においては女性に独占されていた。女たちは、ひたすら、糸を紡ぎ、機を織り、服に仕立てた。麻をはじめとする繊維は、曝せば曝すほどに白くなる。女たちが、川に浸り、布を干すという労働を果てしなく繰り返して、ようやく白い布地が生まれるわけである。したがって、布地の白さは、女たちの重労働の証なのであった。だから、より白い布を恋人に贈りたいと歌えば、女の愛情表現になるのだ。また、男が曝された布の白さを歌えば、それもまた、女を思いやる愛情表現となるのである。旅先の男が服に付いた垢を歌い、その洗濯を思いやることは、家なる妹を思う表現となるのも、同様だ。従来の色彩表現論には、こういった労働文化の観点がなかった。引用の実績はまだないけれど、歌と生活を往復することによって、表現の本願とするところを突き止めた論文だと、私は秘かに思っている。引用実績がまだないがゆえに、この論文のことを、私はせつないほどに愛おしく思う。

他方、どんなに拙い論文であったとしても、活字にさえしておけば、本にさえしておけば、百年後、二百年後の読者が、あるいは評価してくれるのではないか？　そう思うと、書かねばならないと思うし、書きたい、とも思う。書けるうちに書かなければ……と強く強く思う。この本に共感する読者が、時空を越えてどこかにいるはずだ。六十一歳で死んだ先師。五十九歳で死んだ兄のことを、今、思うと、書ける間は、全力投球をしなくてはなるまい。

残念なことに、学問領域を越境してしまう万葉文化論の追随者はいないようである。しかし、私は、表現を支える文化的側面の研究こそ、現今の万葉研究の喫緊の課題である、と考えている。今、万葉文化論は絶対に必要な研究だと考えている。だから、流行とは無縁に、独自の道を歩んで、論文を書いてきてよかった、と思う。いや、そう思いたい。だから、たとえ、研究が破綻したとしても、この旗を降ろしたくはない。それが、私のプライドだ。

今日の万葉研究の水準を踏まえ、その表現と古代の生活世界の回路のごときものを明らかにする。そうすることによって、歌表現を立体的に捉えることができるのではないか。二次元の歌を、三次元の世界で実感したかったのである。生活に無縁の言葉や歌などあり得るはずもない。その表現のリアリティーを支えるものこそ、生活文化ではないのか（第六章第二節）。だから、私は、万葉文化論の研究をしたかったのだ。そして、ようやく今日の日を迎えることができた。なお、本書とあい前後して上梓される姉妹篇の拙著がある。『折口信夫的思考——越境する民俗学者』（青土社）である。こちらは、本書が各論であるのに対して、総論、理論篇ということになる。

最後は、やはりといおうか、型どおりの辞となるが、校正の労を厭わなかった佐伯恵果、大場友加、仲島尚美、太田遥、永井里歩の諸氏。また、出版事情の悪いなか、出版を引き受けてくれたミネルヴァ書房の杉田啓三社長と実務を担当された柿山真紀氏をはじめとする皆々さまには、御礼を申し上げたく存じます。多謝。感謝。ありがたく。ほんとうに幸せでした。

M氏の勧めで映画「グレイテスト・ショーマン」を見た日に、著者しるす

二〇一八年四月一六日

初出一覧——本書に収載した論文・報告文

以下は本書に収載した論文および報告文の一覧である。一覧は、時系列を追って並べ、その末尾に本書の章と節を付すことにする。ただし、中には大幅な修正と加筆を行なったものもある。

一九九九年　「歌ことば『カムナビ』の性格——三輪・飛鳥・葛城・竜田」『大三輪』第九十六号所収、大神神社〈一月一日〉（第五章第一節付）

二〇〇一年a　「万葉のモリとミモロと——古代の祭場、あるいは古代的祭場」『祭祀研究』第一号所収、祭祀史料研究会〈二月一日〉（第五章第一節）

二〇〇一年b　「文学が語る都市——律令官人と『万葉集』」奈良大学文学部世界遺産コース編『世界遺産と都市』所収、風媒社〈六月二五日〉（第一章第一節）

二〇〇一年c　「大伴書持挽歌の説明的自注——萩の花にほへる屋戸を」美夫君志会編『美夫君志論攷』所収、おうふう〈九月一五日〉（第三章第一節）

二〇〇一年d　「妹がみためと私田刈る（巻七の一二七五）——旋頭歌の笑い」『美夫君志』第六十三号所収、美夫君志会〈一〇月三〇日〉（第六章第三節）

二〇〇二年a　「筑紫君磐井の墓——その説話的理解」菅野雅雄博士古稀記念論集刊行会編『古事記・日本書紀論集』所収、おうふう〈四月三日〉（第八章第三節）

二〇〇二年b　「それからの明日香」『東アジアの古代文化』第百十三号所収、大和書房〈一一月五日〉（第一章第三節付）

二〇〇三年a　「万葉びとの庭、天平の庭——王の庭と、民の庭」梶川信行・東茂美共編『天平万葉論』所収、翰林書房

〈四月一六日〉（第五章第二節）
二〇〇三年b　「万葉びとの生活——解釈・復原・記述」中西進編『万葉古代学』所収、大和書房〈五月二五日〉（第六章第一節）
二〇〇三年c　「小山田の苗代水の中淀にして（『万葉集』巻四の七七六）——紀女郎の意趣返し」森永道夫編『芸能と信仰の民俗芸術』所収、和泉書院〈五月三〇日〉（第六章第四節）
二〇〇三年d　「稲作の民俗から『心意伝承』を垣間見る！」大石泰夫・上野誠共編『万葉民俗学を学ぶ人のために』所収、世界思想社〈一〇月一〇日〉（第六章第二節）
二〇〇四年a　「初期万葉挽歌と遊離魂感覚——倭太后奉献歌における『儀礼』と『個』」『万葉古代学研究所年報』第二号所収、財団法人万葉文化振興財団〈三月一〇日〉、なお、韓国語訳は、『東アジア古代学』第八輯（東アジア古代学会、韓国ソウル、二〇〇三年十二月二十日発行）に収載されている。（第八章第一節）
二〇〇四年b　「万葉びとの洗濯——白を希求した男と女」高岡市万葉歴史館編『色の万葉集』所収、笠間書院〈三月三一日〉（第七章第二節）
二〇〇四年c　「麻と女——古代の労働環境を考える」『國文學　解釈と教材の研究』第四十九巻第八号所収、學燈社〈七月一〇日〉（第七章第一節）
二〇〇五年a　「曝さず縫ひし我が下衣——解釈の迷路」『明日香風』第九十三号所収、古都飛鳥保存財団〈一月一日〉（第七章第三節付）
二〇〇五年b　「橡の解き洗ひ衣——譬喩と生活実感と」『古代文学』第四十四号所収、古代文学会〈三月五日〉（第七章第三節）
二〇〇六年a　「万葉民俗学と万葉文化論の将来」全国大学国語国文学会編『日本語日本文学の新たな視座』所収、全国大学国語国文学会〈六月三日〉（緒言）
二〇〇六年b　「金子裕之『古代都城と道教思想』の問いかけるもの——万葉歌の三山」『明日香風』第百号所収、古都飛鳥保存財団〈一〇月一日〉（第一章第二節）

二〇〇七年ａ　「大伴坂上郎女と大伴駿河麻呂の贈答歌——『怨み』をめぐる表現の特性と内実と」『万葉古代学研究所年報』第五号所収、財団法人万葉文化振興財団万葉古代学研究所〈三月二五日〉（第三章第二節）

二〇〇七年ｂ　「憶良の中文——春さらば奈良の都に召上げたまはね」『國語と國文學』第八十四巻第十一号所収、東京大学国語国文学会〈一一月一日〉（第二章第二節）

二〇〇八年　「みやびの鹿とひなびの鹿」高岡市万葉歴史館編『四季の万葉集』所収、笠間書院〈三月三一日〉（第五章第四節）

二〇〇九年ａ　「難波津歌典礼唱和説批判——いわゆる『万葉歌木簡』研究覚書」『國文學　解釈と教材の研究』第五十四巻第六号所収、學燈社〈四月二五日〉（第四章第一節）

二〇〇九年ｂ　「明日香からの視線で舒明天皇御製歌を読む」美夫君志会編『万葉集の今を考える』所収、新典社〈七月五日〉（第一章第三節）

二〇〇九年ｃ　「『黄葉』と書かれた墨書土器について——馬場南遺跡出土」『日本文学』第五十八巻第十号所収、日本文学協会〈一〇月一〇日〉（第四章第三節付）

二〇〇九年ｄ　「馬場南遺跡出土木簡臆説——ヤマトウタを歌うこと」『國學院雜誌』第百十巻第十一号所収、國學院大學〈一一月一五日〉（第四章第三節）

二〇一〇年ａ　「難波津歌の伝——いわゆる安積山木簡から考える」『文学・語学』第百九十六号所収、全国大学国語国文学会〈三月三一日〉（第四章第二節）

二〇一〇年ｂ　「『書殿にして餞酒する日の倭歌』の論」『萬葉』第二百六号所収、萬葉学会〈三月三一日〉（第二章第一節）

二〇一〇年ｃ　「春日なる三笠の山に出でし月——平城京の東」『國語と國文學』第八十七巻第十一号所収、東京大学国語国文学会〈一一月一日〉（第一章第四節）

二〇一一年　「天智天皇挽歌群と『後宮』——その予備的考察」稲岡耕二監修、神野志隆光・芳賀紀雄編『萬葉集研究』第三十三集所収、塙書房〈一〇月一日〉（第七章第五節）

二〇一四年a　「宴の場を歌集から復元することは可能か――『万葉集』巻十九の四二二九～四二三七」『日本文学』第六十三巻第五号所収、日本文学協会〈五月一〇日〉（第二章第三節）

二〇一四年b　「山科御陵退散歌再考――不足、不満の抒情」『國學院雜誌』第百十五巻第十号所収、國學院大學〈一〇月一五日〉（第八章第二節）

二〇一四年c　「この御酒は我が御酒ならず――古代酒宴歌の本願」和田萃編、田原本町記紀・万葉事業実行委員会監修『古事記と太安万侶』所収、吉川弘文館〈一一月二〇日〉（第三章第三節）

二〇一五年a　「『紐解き放けて立ち走りせむ』再考――好去好来歌の笑い」『文学』第十六巻第三号所収、岩波書店〈五月二五日〉（第三章第四節）

二〇一五年b　「『大伴の三津の松原掻き掃きて』再考――好去好来歌反歌の論」『京都語文』第二十二号所収、仏教大学国語国文学会〈一一月二八日〉（第七章第四節）

二〇一六年a　「遊部の伝承をどう見るか――礼制と化外・遺制の俗」『東アジア民族文化研究』第十五号所収、東アジア民族文化学会〈三月三一日〉（第八章第五節）

二〇一六年b　「讃酒歌十三首の示す死生観――『荘子』『列子』と分命論」芳賀紀雄監修、鉄野昌弘・奥村和美編『萬葉集研究』第三十六集所収、塙書房〈一二月二〇日〉（第八章第四節）

二〇一七年a　「秋萩木簡と仏前唱歌と――吉川真司氏の批判に答える」『萬葉』第二百二十四号所収、萬葉学会〈八月三一日〉（第四章第四節）

二〇一七年b　「南山、吉野の文学――『万葉集』『懐風藻』と神仙世界」辰巳正明編『『万葉集』と東アジア』所収、竹林舎〈九月一〇日〉（第五章第三節）

二〇一七年c　「讃酒歌の酒――酒をめぐる頌讃の文学様式から」万葉七曜会編『論集上代文学』第三十八冊所収、笠間書院〈九月三〇日〉（第二章第四節）

《著者紹介》

上野　誠（うえの・まこと）

一九六〇（昭和三五）年、福岡県生まれ。

國學院大學大学院文学研究科博士課程後期単位取得満期退学。

現在、奈良大学文学部国文学科教授。博士（文学）。

国際日本文化研究センター客員教授（二〇一四年四月―二〇一七年三月）。東アジア古代文化学会副会長（二〇一四年四月―二〇一七年三月）。

著書に『古代日本の文芸空間――万葉挽歌と葬送儀礼』（雄山閣出版、一九九七年）、『芸能伝承の民俗誌的研究――カタとココロを伝えるくふう』（世界思想社、二〇〇一年）、『書淫日記――万葉と現代をつないで』（ミネルヴァ書房、二〇一三年）、『日本人にとって聖なるものとは何か』（中央公論新社、二〇一五年）など多数ある。

万葉文化論

二〇一八年十二月三十日　初版第一刷発行　〈検印省略〉

定価はケースに
表示しています

著　者　上野　誠
発行者　杉田啓三
印刷者　坂本喜杏
発行所　株式会社ミネルヴァ書房
郵便番号　六〇七-八四九四
京都市山科区日ノ岡堤谷町一
電話　〇七五-五八一-五一九一（代表）
振替口座　〇一〇二〇-〇-八〇七六番

冨山房インターナショナル／新生製本

ISBN 978-4-623-08427-2

中文摘要及目录

郭惠珍　译

本书是一部探讨万叶和歌的表现形式、以及该表现形式与支撑它的生活文化之间的关联回路的论文集。歌的表达之所以能够让人产生共鸣，是因为它与生活文化之间有着某种回路串联着。例如、制衣、洗衣、扫除等女性劳动与歌的表达之间究竟是通过怎样的回路串联的，本论文集对此进行了逐个的思考。之所以特定的表达能够引起人们的共鸣，是因为它有着生活文化支撑的一面。若无真实的生活体验，必定无法产生共鸣。笔者将这种歌与生活文化相结合的研究方法，称为万叶文化论。可以说本书的论文就是通过各个问题展开的万叶文化论。

目录

한국어 개요설명과 목차

구정호 역

이 책은 『만요슈』의 표현과 그 표현을 지탱하고 있는 생활문화와의 연결 고리를 규명한 논문집이다. 노래의 표현이 공감을 불러일으킬 수 있는 것은, 그 어딘가에 생활문화 표현과 연결되는 고리가 있기 때문이다. 예를 들어 설명하자면, 의복생산이나 세탁, 청소 등과 같은 여성노동이 노래의 표현과 어떠한 고리로 연결되어있는가 등을 하나 하나 짚어 고찰하였다. 어떤 특정한 표현이 공감을 불러일으킬 수 있는 것은 그와 관련된 생활문화가 지탱하는 측면이 있기 때문이다. 생활의 리얼리티 없이는 공감을 얻을 수도 없다. 저자는 이러한 노래와 생활문화를 잇는 연구방법을 만요문화론(万葉文化論)이라고 부르고 있다. 각 장의 논문은 개별적인 주제를 가지고 고찰한 만요문화론이라고 할 수 있다.

목차

索　　引

重要項目索引を，ここに収める。索引は，〈万葉歌国歌大観番号索引〉〈神仏名，人物名索引〉〈書名索引〉〈事項索引〉の４種目とする。ただし，〈事項索引〉には，歴史地名と歴史地名に関わる表現も含めている。〈万葉歌国歌大観番号索引〉については網羅索引であるが，他については，筆者が選抜したあらあらのキーワード集であることを了とされたい。したがって，類似語句をまとめたり，反対に恣意的に選んで頁を指示しているところもある。

（凡　例）

1．索引は，基本的には現代仮名遣いによる50音順である。
2．索引にはふりがなを付けないが，検索の便を考えて，考え得るもっとも一般的な音訓を採用している。したがって，本文中の音訓とは異なる場合もある。
3．神仏名，人物名，事項について複数の呼称法が存在する場合，まとめて記すこともある。

万葉歌国歌大観番号索引

神仏名，人物名索引

あ 行

か 行

さ　行

た　行

な・は　行

ま・や・ら　行

書名索引

あ行

か行

さ行

た 行

な・は 行

ま・や・ら・わ 行

事項索引

あ　行

か　行

さ　行

た　行

な　行

は　行

ま　行